Deep & Dark

De la même auteure dans la collection

Luv

L'inconnu de l'ascenseur & moi

My Stepbrother. L'initiation

SOPHIE S. PIERUCCI

Deep & Dark

addictives
POCHE

Prologue

Elle

Je zippe ma doudoune, et sors de la voiture d'un pas décidé. Instantanément, je niche ma tête dans mon écharpe et enfourne mes mains dans mes poches, il fait un froid hivernal ici. Je laisse la brise glaciale provenant de la forêt fouetter mes joues, se glisser dans le coton de mon jean, et ferme les yeux une seconde pour apprécier le silence aux allures de quiétude.

Silence brisé par de minuscules aboiements. Si on peut appeler ça comme ça. Je baisse la tête vers les couinements. Un chiot, au pelage blanc et aux yeux aussi bleus qu'un ciel sans nuages, s'attaque à la fourrure de mes bottes. Je l'observe mordiller, laper le revêtement synthétique sans trop de réactions. Lizie, ma meilleure amie de ma vie d'avant, dirait qu'il ne fait pas un bon choix en s'attaquant à moi. Je n'affectionne pas particulièrement les boules de poils. Alors j'hésite à avoir un lâcher de pied involontaire – pour ne pas dire coup de pied.

Histoire que mes bottes ne finissent pas déchiquetées, je tente une première sommation :

– Si tu ne veux pas finir en écharpe ou en tapis de lit, tu ferais bien de filer !

Soit je parle le chien, soit ce chien comprend la langue de Shakespeare. Ni une ni deux, il cesse son attentat contre mes bottes fourrées pour s'asseoir devant moi, droit comme un piquet. *Bien sage !* Finalement, Boule-de-poils est plutôt attendrissant, j'ai même l'impression qu'il me sourit. En tout cas, il m'a divertie l'espace d'un instant, mais je n'oublie pas le but de ma présence ici.

J'observe le chalet devant moi. Ma demeure pour les jours

à venir. De plain-pied, faite de pierres et de bois sombres, elle est engloutie sous les sapins et les grands chênes de la forêt. L'endroit est propice à la détente, au calme et aux petits déjeuners sur la terrasse sous un soleil perçant. Retirée de la ville, à plus de dix kilomètres du premier homme, la vie en autarcie garantie.

C'est parfait.

Parfait pour les jours à venir.

Je contourne ma voiture garée sur l'unique chemin de terre, ignore le véhicule de police juste à côté qui me rappelle à la réalité, et remonte l'allée jusqu'au porche en bois.

Boule-de-poils me suit en remuant sa minuscule queue en tire-bouchon. À peine ai-je atteint le haut des marches que l'angoisse me saisit. Et si je faisais la plus grosse erreur de ma vie ? Et si je me trompais ? Impossible de faire marche arrière, j'entends déjà des pas lourds provenir de l'intérieur. Mon cœur bat la chamade. L'instant suivant, la porte d'entrée s'ouvre sur un officier de police, imposant, la trentaine, des cheveux noirs coiffés en brosse. Il m'offre un sourire accueillant.

– Bonjour, Leia, nous vous attendions.

Je ne peux m'empêcher de froncer les sourcils en entendant mon ancien prénom. Le vrai. Il me semble que ça fait une éternité qu'on ne m'a pas appelée comme ça. Le policier comprend immédiatement son erreur. Gêné, il se reprend :

– Excusez-moi, je voulais dire Lana. Lana Smith, c'est ça ? Je suis Charly O'Kelly, entrez.

Aussi muette qu'une tombe, je m'exécute et pénètre dans le chalet. La chaleur d'une cheminée m'enveloppe immédiatement, similaire aux bras d'une maman, réconfortante, agréable. Pourtant, je frissonne et je n'ai aucune envie de me mettre à l'aise. Sûrement parce que je suis loin de l'être. Rien à voir avec de la timidité ou de la pudeur ni la crainte de me retrouver dans ce lieu inconnu, il s'agit uniquement de passer à l'étape suivante, d'accepter ce qu'il va se jouer ici les prochains jours.

Je prends une grande inspiration pour affronter la réalité.

Je découvre une cuisine ouverte sur la droite, ainsi qu'une table et ses quatre chaises. Composée de seulement quelques placards, cette cuisine est bien loin de celle, ultra-fonctionnelle, de mon luxueux appartement à Los Angeles.

En même temps, je me souviens dans une lucidité poignante que je serai *toujours* loin de ma cuisine sophistiquée.

En face de moi, j'aperçois un petit couloir avec trois portes. Je suppose que derrière l'une d'elles se trouve ma chambre pour les prochains jours. Et enfin, sur la gauche, je découvre un salon où une nouvelle inconnue m'accueille avec un sourire, debout devant l'un des deux sofas en tissu rose délavé, un ventre rond moulé sous une robe pull. C'est *elle*. C'est à elle que je dois m'en remettre.

Elizabeth O'Kelly. Le même air bienveillant que sur la photo de l'association que j'ai contactée. Je connais son profil par cœur : 32 ans, institutrice, 1,68 m pour 61 kg, cheveux noirs et yeux marron, vaccinations à jour, casier judiciaire vierge.

Heureusement, pour la femme d'un officier de police, vous me direz.

Alors que je me perds dans la contemplation de son ventre de future maman, les aboiements reprennent.

– Mais qu'est-ce que tu fiches ici, chenapan ! s'égosille Charly O'Kelly en courant après le chiot.

Boule-de-poils ne se laisse pas faire, il arpente tout le chalet, slalome autour du canapé puis passe devant un buffet imposant qui manque de tomber pour finir sa course entre mes jambes en posture offensive.

Note : offensive à qui veut l'entendre, puisque le sac à puces ne dépasse pas les vingt centimètres de diamètre.

– Rebel, viens ici ! tente Charly O'Kelly.

Son ton est sans appel ; moi, en tout cas, j'obéirais. Mais Boule-de-poils n'en démord pas, au contraire, ses grognements augmentent.

– Rebel ? demandé-je en comprenant que ce truc est à eux.

L'intéressé émet un dernier aboiement, comme s'il tentait de me répondre : « Bien entendu, c'est moi ! », avant de reprendre sa position « offensive ».

– C'est l'un des chiots de notre chienne Yusi, me répond Elizabeth, amusée. Comment est-il arrivé ici ?

Elle tente de s'approcher, mais Rebel l'en dissuade d'un grognement.

– Il a dû monter dans la voiture pendant que nous chargions les provisions pour le chalet.

– Nous sommes désolés, Rebel n'obéit à rien ni à personne et a tendance à échapper à notre surveillance. Elizabeth, se présente-t-elle en me tendant la main.

Je sors la mienne de ma poche pour la lui serrer. Il me semble qu'elle tremble autant que la mienne. Mais là où, moi, je suis terrorisée, je devine de l'excitation de son côté. La fin est proche. Pour toutes les deux.

– Vous devez être fatiguée, s'enquiert Charly. Je peux vous faire visiter et nous verrons pour les documents un autre jour.

Je secoue la tête activement. Ne surtout pas faire marche arrière, ET ne surtout pas donner l'occasion à quelqu'un de le proposer.

– Non. Je souhaiterais en finir tout de suite.

Je sors de ma poche le document essentiel à cette transaction et le leur tends.

C'est Charly qui le récupère, tandis qu'Elizabeth m'invite à m'asseoir. Je m'exécute sans vraiment avoir le choix. J'ai la sensation de peser une tonne ces derniers temps et il n'a pas tort, je suis épuisée.

À ce rythme-là, je ne vais pas tenir longtemps.

– Benson m'a vaguement expliqué votre situation, vous êtes en sécurité ici, me rassure Charly.

Boule-de-poils, ou Rebel, saute sur mes genoux pour s'y coucher. Je souris exagérément en entendant le nom de Benson qui me fait dresser l'échine. C'est plus fort que moi. La peur d'être prise et d'être ramenée à… *lui* me terrorise, j'ai envie de prendre mes jambes à mon cou. Même si Benson est la seule personne en qui je peux avoir confiance, son nom réveille d'autres souvenirs et je n'oublie pas que mon adversaire a beaucoup plus de pouvoir. Il ne cessera jamais de me traquer. Je pourrais lui causer bien trop de dommages. C'est ce que je devrais faire, c'est ce que j'aurais dû faire.

Sans doute manquai-je de courage ? Certainement ai-je eu peur d'exposer les personnes qui me sont chères ? Qu'importe la raison, il y a six mois, la fuite et mon changement d'identité, m'ont paru être le meilleur choix, pas le plus simple, pas le moins dangereux, mais le plus raisonnable.

Le crépitement d'une bûche dans la cheminée me ramène à la réalité. *Chalet, chiot, O'Kelly, transaction.* Surtout transaction. J'entends le couple s'étonner de l'affection que me porte Rebel. Inhabituel, inouï, d'après eux. Un peu comme toute cette histoire.

– Je partirai dès que je le pourrai, précisé-je aux deux inconnus dans le sofa d'en face.

Elizabeth s'en étonne :

– Aussi vite ?

– Ça ne serait pas raisonnable, renchérit Charly. Ils ont prévu de la neige d'ici à la fin de la semaine et les cols deviendront difficilement praticables.

– Je ne sais pas… Je ne suis pas chez moi.

Je ne serai chez moi nulle part, ma réponse n'a pas de sens. Charly semble l'avoir compris, il me sert une moue compatissante. C'est plus fort que moi, je détourne le regard et pose les yeux sur le chiot endormi sur mes jambes. Je n'ai pas l'habitude qu'on compatisse à mon triste sort. Je compatissais et je sauvais des vies – parce que je suis médecin – pas l'inverse. Je me mets à caresser le chien. Il se laisse faire, ne bronche pas d'un poil. Comme si je l'avais apprivoisé alors que ses propres maîtres n'ont jamais, apparemment, réussi à l'approcher. Je n'aime pas les animaux et pourtant celui-ci ne me débecte pas. Sans doute parce que nous nous ressemblons quelque part. Nous courons tous les deux pour une liberté. La mienne est de pouvoir retrouver un jour un semblant de vie normale. Me lever le matin sans avoir besoin de vérifier que je suis bien seule dans ma chambre d'hôtel. Rester dans la même ville plus d'une semaine. Me coucher sur un oreiller qui ne dissimule pas un Beretta 9 mm et dormir d'un sommeil de plomb. Pouvoir manger une crème glacée sur un banc dans un parc sans me demander si je suis observée.

Un sourire stupide sur les lèvres, je gratte derrière l'oreille de Rebel et lui demande par télépathie : « Tu aimes la crème glacée, toi ? »

Pour les transmissions de pensée, on repassera : aucune réaction.

Est-ce qu'être restée seule pendant six mois, n'avoir eu de conversations qu'avec une radiocassette et ma vieille voiture m'a rendue stupide ?

Je soupire et reviens à mes hôtes.

– Seulement jusqu'à la fin de l'hiver, tente de me persuader Elizabeth.

Mon cœur accélère sa cadence, mon corps se réchauffe et mon esprit s'extasie. Je l'ai bien choisie. Elizabeth sera parfaite. Elle ne pense même pas que je puisse un jour changer d'avis et venir reprendre ce qui m'appartiendrait. Ça n'est pas de la naïveté, mais de la confiance. Je ne l'explique pas, je le sens. Néanmoins, j'ai besoin de le préciser :

– Ne vous faites aucun souci. J'ai déjà signé ma partie, il est à vous. En contrepartie, si je reste, je veux que vous appeliez Benson pour lui faire savoir que j'ai repris la route. Personne ne doit savoir où je suis. Pas même lui.

Charly hoche la tête d'un geste entendu. J'espère qu'il tiendra parole. Il en va de notre destin à tous. Maintenant, il n'est plus question seulement de moi.

Autant, moi, je deviens stupide, autant lui, je suis certaine qu'il ne l'est pas.

Je ne refuse pas d'emblée leur proposition ; néanmoins, ce

qu'ils me proposent vaut la peine d'être étudié. Une pause dans mon *bad-roadtrip*. Oublier quelques semaines la peur. Faire comme s'il s'agissait d'un nouveau départ. Un semblant de vie normale.

Comme la leur.

Je prends le temps d'observer le chalet. Des rideaux bleus fleuris aux fenêtres, raidis par le temps, des meubles en bois rustique dénués de poussière, un guéridon dans le coin gauche du salon, un meuble haut abritant des livres et, entre le couloir et la cuisine, le fameux buffet haut, mais surtout très instable que Rebel a manqué de renverser. Malgré la niche à bois sur le côté droit de la cheminée, copieusement fournie en bûches, les deux canapés, la table basse et cet ameublement minimaliste, le salon semble surchargé tant il est petit. Ambiance cocooning, mais totalement vieillotte, désassortie, ringarde… du vert, du rose, des motifs à fleurs, du bleu, bref un arc-en-ciel de brocanteur.

STOP, Leia ! Ça n'est pas le moment de penser déco !

Un, ça n'est pas chez moi, deux, c'est un logement provisoire, trois, ça serait totalement inapproprié. Pourquoi ? Les O'Kelly me logent gratuitement, je ne vais pas en plus me plaindre de leurs goûts en matière d'agencement.

Mon regard passe alternativement de l'un à l'autre. Charly caresse l'épaule de sa femme, tandis que cette dernière se blottit un peu plus contre lui. Ils transpirent d'amour, ils sont parfaits, je vais les rendre heureux. C'est la seule lumière que je vois depuis six mois.

1

Inconnu
Trois ans plus tard

1 568 kilomètres, deux jours, j'arrive enfin à Keystone. Voyage loin d'être désagréable dans ce pick-up. Pas le style de voiture vers lequel je me tourne habituellement, mais cette mission est différente de celles que je mène la plupart du temps.

Le colis à récupérer a décidé de trouver refuge dans un village des Grandes Rocheuses, ça change des métropoles aux milliers d'habitants.

Je ne sais pas tellement pourquoi les gens en fuite ont toujours tendance à s'installer dans une fourmilière. Sans doute pensent-ils pouvoir se fondre dans la masse ? Se faire plus petit ? Pensent-ils pouvoir se faire oublier ? Qu'importe. Je ne suis pas payé pour me poser ce genre de question et à vrai dire une fois le colis à l'arrière de la voiture, village ou ville, la finalité restera la même : j'encaisserai un chèque et je reprendrai la route pour un autre client.

Qui dit montagne à cette période de l'année dit neige. Par conséquent, investir temporairement dans un pick-up qui tiendrait la route a été ma première décision. Sièges chauffants, quatre roues motrices, pneus cloutés et une benne pouvant accueillir un faux-semblant d'accessoires de snow et des bagages.

Tout est paramétré, planifié, orchestré à la perfection. Et comme l'échec ne fait pas partie de mon vocabulaire, je dois tout d'abord faire un état des lieux.

Je récupère sur le siège passager le journal du jour de Denver, une brochure sur les pistes de ski des trois sommets montagneux, et sors de la voiture.

J'adopte la position du vrai vacancier parfaitement heureux dans ses bottes fourrées. Une horreur en réalité. J'ai la sensation que mes pieds sont enveloppés dans un coussin en ouate synthétique. J'enfonce un bonnet ridicule sur ma tête, d'où dégueulent des tentacules noirs et blancs, c'est la grande mode à ce qu'il paraît, et fais mine de m'extasier devant le paysage.

N'exagérons rien non plus, juste un sourire, pas de bruitages inutiles, je suis un touriste adepte des pistes de snow, pas un geek débile qui n'a jamais vu autre chose que son écran d'ordinateur.

Donc, je souris…

Des montagnes, tantôt piquées d'épaisses forêts de sapins saupoudrés de neige, tantôt tapies de larges pistes de ski, ou encore dévoilant une roche hostile aux ravins épiques dominent la ville. En contrebas, les bâtiments aux façades ocre, beiges et grises, et leurs toitures en bois de chêne se fondent dans le paysage et s'étendent le long de la grande avenue au bout de laquelle je discerne une patinoire.

Je fais mine d'être en émoi, mais il n'en est rien. L'empreinte de l'homme est partout. Même si c'est désolant, j'en n'ai rien à foutre. Je ne vis que pour moi-même. Il est bien plus raisonnable de savoir que dans chacun de nous se trouve un coin sombre que le contraire !

Je n'ai aucune empathie, je n'aime personne, je suis un loup solitaire, mais… fût un temps, j'avais des putains de sentiments. Ces trucs, futiles et dangereux, qui vous bouffent l'existence comme la gangrène vous emporte une jambe pour vous rendre impotent.

Ils ne servent à rien si ce n'est à vous rendre plus faible.

Oser dire merde aux autres, vivre uniquement pour soi, jouir de sa propre liberté sans se soucier de celle de son voisin nécessitent plus de cran que d'aimer ou de détester. Essayez. Vous ne le ferez jamais, bien trop peureux des conséquences de vos paroles ou de vos actes.

Et c'est en tout cela que réside ma capacité à me fondre partout. Je n'ai aucune difficulté à enfiler le masque de M. Tout-le-Monde, parce que je sais exactement quelle position, quels sentiments, quelles réactions, le commun des mortels espérerait me voir adopter.

Pathétique monde fait de faux-semblants et de noirceurs déguisées.

Je sors mon téléphone à la carte prépayée pour rendre compte de mon avancée. J'appelle le seul et unique numéro de mon répertoire. Mon employeur. Il décroche dès la première sonnerie.

– Je viens d'arriver, affirmé-je d'une voix monotone avant même qu'il n'ouvre la bouche.

J'entends un long soupir et je raccroche. Fin de l'entrevue. La communication a duré six secondes. L'employeur suit les règles de notre contrat à la lettre. Pas de questions, pas de directives. Son seul travail est de me donner un nom et de me payer. Pour le reste, c'est mon affaire.

Et mon affaire se trouve à quelques mètres de moi. Après vingt-deux jours d'enquête, je sais tout sur cette *Leia Taylor*, ou Lana Smith, de sa nouvelle identité. De ses arrière-grands-parents aux personnes qu'elle a soignées avant de quitter Los Angeles. Je me fous de savoir pourquoi elle a pris la fuite, ce qui m'intéresse, c'est sa façon d'agir. Car ce que nous faisons, nos réactions, détermine ce que nous sommes.

Je regarde une dernière fois sa photo dans ma galerie d'images, photo qui date d'il y a plus de trois ans ; malheureusement, je n'ai pu trouver mieux. Une chevelure rousse flamboyante aux boucles symétriquement étalées de part et d'autre de son visage cristallin. Un regard vert perçant figé sur une expression de satisfaction, de complaisance et de séduction. Des traits fins et une bouche aux lèvres pleines, étirées dans un sourire mesuré. Quant à son corps… Sa tenue ne dissimule aucun de ses attraits féminins. Sa robe de soirée en soie azur dévoile une poitrine généreuse, un ventre plat, des hanches fines et de longues jambes. Cette fille est l'archétype même de la beauté hollywoodienne. Sophistiquée, étudiée, débordante d'habileté. Reflétant en tout point le profil type que je m'étais fait d'elle.

Mais ce qui m'intéresse d'autant plus aujourd'hui n'est pas ce qu'elle a pu être, mais ce qu'elle est maintenant, d'apprécier si elle a pu changer en trois ans de cavale, car ce dernier point déterminera ma façon de l'approcher et de la capturer.

C'est un peu comme prendre un cliché parfait en photographie. Trois points sont essentiels et indissociables : l'instant T, les jeux de lumière et le sujet. Je ne dois pas seulement décider du moment de sa capture, je dois déterminer la meilleure occasion. En même temps, je ne suis pas intéressé par ce qui est mis en valeur par la lumière, mais par les coins d'ombre, ce qu'elle a à cacher. Et enfin, je veux provoquer l'émoi, la pousser dans ses retranchements. Ici, je me fous qu'elle soit un modèle de beauté, je veux sa peur et ses doutes.

Avant de rejoindre le snack-bar où elle travaille, j'éteins mon téléphone et le range dans ma poche. À partir de maintenant, toutes les informations dont j'ai besoin résident dans ma tête.

Premier constat que je m'étais fait pendant mes recherches, cette fille, au lieu de persévérer dans la voie qu'elle avait choisie, celle dans laquelle elle excellait avant sa fuite, la médecine, a préféré endosser le rôle d'une serveuse.

Reste à savoir si c'est par dépit ou par choix.

Je passe la porte du Stanley's d'un pas décidé. N'oublions pas que je suis un foutu touriste qui vient de se taper quelques heures de route et que, par conséquent, je crève la dalle.

J'épie le lieu comme si c'était la première fois que je le voyais. En réalité, les nombreuses photos sur le Net m'ont permis de le visiter sans me déplacer. Le snack-bar, ouvert dans les années 1930 par Stanley Cooper, est tenu aujourd'hui par son fils, Daryl, 59 ans, et son petit-fils, Jasper, 28 ans. Entièrement à l'image d'un chalet de montagne, les tables et les chaises sont en bois, la charpente à nu, le bar en pierres. Les murs sont surchargés de cadres photos, allant de simples portraits de famille aux paysages montagneux. De petites lampes aux lumières orangées éclairent la salle pour lui conférer, sans doute, une ambiance chaleureuse.

C'est mignon, constaterait le commun des mortels. Alors je fais mine de sourire légèrement lorsqu'une des serveuses du Stanley's s'approche.

– Bonjour ! C'est pour boire un verre ou pour déjeuner ? me demande-t-elle.

En voyant la jeune fille brune aux grands yeux noisette devant moi, je reconnais sans hésiter Marybeth, je n'ai pas besoin de lire son prénom sur la plaque en bois épinglée à sa chemise, son profil est ancré dans ma tête. Célibataire, 28 ans, fille d'un père menuisier, mère décédée il y a plus de quinze ans, elle a un frère aîné, Niels, qui travaille dans l'entreprise familiale.

– Déjeuner, réponds-je.

Elle m'indique une table en fond de salle, que je refuse poliment :

– Je préférerais celle-ci, si elle n'est pas réservée.

Je lui montre d'un coup de menton une table entre le bar et la verrière qui donne sur la rue.

Entre nous, je me fous des passants ou de la vue sur la montagne, cet emplacement est stratégique. Écouter les conversations du bar, c'est aussi instructif que lire la toile Facebook ou Twitter de n'importe quel accro aux réseaux sociaux.

– Comme vous voudrez, je vous apporte la carte.

Elle me laisse tandis que je rejoins ma table. Je prends le temps de m'installer, je dépose mon journal et ma brochure, retire ma doudoune et mon bonnet, et m'assieds tout en épiant la salle. Quelques clients accoudés au bar, tenu par Daryl Cooper, une dizaine attablés. Et…

Leia est là.

À quelques mètres de moi.

Si près que je n'ai aucune difficulté pour entendre sa conversation avec un client. Un habitué, ou une connaissance à en croire leur échange amical.

Même si elle porte des lunettes, même si elle s'est fait une frange et que ses cheveux sont plus courts, même si sa tenue est radicalement opposée à ce qu'elle pouvait porter à Los Angeles – des Caterpillar aux pieds, un jean et une chemise noire floquée au nom du bar dans le dos –, je reconnaîtrais parmi des milliers son visage angélique trop beau pour être vrai. Elle ne semble pas avoir pris un gramme et ne paraît pas plus musclée, si j'en crois l'épaisseur de ses biceps et la carrure frêle de ses épaules. Parfait.

Un bon point. Elle n'a jamais apprécié le sport outre mesure, et ne s'y est pas mise depuis. Je n'aurai aucun mal à la capturer, sa résistance sera vaine.

Marybeth vient dresser les couverts et me donne la carte des menus tout en me proposant le plat du jour : des travers de porc aux épices.

Ses yeux n'ont de cesse de m'observer sous toutes les coutures. Je pensais pourtant avoir choisi les dernières fringues à la mode. À moins que ce ne soient mes tatouages qui dépassent de mon col et de mes manches qui l'intriguent ? Ou ma barbe imposante ?

– Un plat du jour, réponds-je pour couper court à son inspection.

– Vous désirez boire quelque chose en attendant ?

Elle papillonne des yeux. Marybeth est donc le style de fille qui drague tout ce qui bouge.

– Une bière brune, n'importe quelle marque.

Mes réponses sont expéditives, je ne suis pas là pour passer un bon moment, mais seulement pour tâter le terrain. Et cette Marybeth, bien qu'elle soit charmante, en me parlant, m'empêche d'entendre et de voir Leia.

Au bar, des clients discutent des prochaines chutes de neige. Apparemment, la météo annonce une tempête pour vendredi. Soit après-demain. Daryl Cooper prévient ma rousse :

– Lana, tu as entendu ?

– Bien sûr que j'ai entendu.

– Je te ferai préparer une chambre chez Flo, décide Daryl.

J'ai le temps de la voir lever les yeux au ciel avant de fourrer ma tête dans la brochure des trois montagnes. J'entends un homme ajouter :

– Daryl a raison, Lana, ça ne serait pas raisonnable de rester là-haut toute seule.

– Je ne suis qu'à une demi-heure de marche du village, Daryl ! s'exaspère-t-elle. La seule chose que je puisse te promettre, c'est de ne rien tenter pour venir travailler si c'est trop dangereux.

Le patron rumine derrière son bar.

– Tu es plus têtue qu'une mule !

Tant mieux. Moi, je note un changement dans sa personnalité. Leia est devenue une solitaire, alors qu'à LA, elle passait son temps avec ses amis. Parfait, ça arrange tellement bien mes comptes que je ne m'y attarde pas.

Le téléphone du bar sonne. Une communication pour Marybeth. Daryl n'a pas l'air d'apprécier, il lui rappelle qu'elle travaille.

– C'est mon frère, je n'en ai pas pour longtemps. Lana, tu prends mon relais deux minutes ?

Lana acquiesce. Parfait. En réalité, c'est trop parfait, ça me gonfle.

Sans détourner les yeux de ma brochure, qui indique les horaires d'ouverture des pistes du domaine, le tarif des remontées, le degré de difficulté des pistes, et tout un tas de trucs dont je n'aurai pas l'utilité, je sens Lana, ou Leia, déposer mon verre de bière et un bol de cacahuètes.

– Vous pouvez reprendre les cacahuètes, objecté-je.

– Vous n'aimez pas ça ?

Avant de lui répondre, je prends le temps de replier la brochure et, chose faite, je daigne enfin la regarder dans les yeux.

Je me félicite intérieurement d'avoir passé des heures à observer des photos d'elle. Je me suis habitué à son regard cristallin, à ce visage angélique, à cette bouche pulpeuse qui ferait rêver des milliers d'hommes. Leia Taylor est une belle fille. Mais aucun frisson ne me saisit, je suis devenu hermétique à son charme.

– Je suis allergique, lâché-je enfin.

Rien ne sert de lui cacher la vérité, elle ne m'attaquera pas avec une cacahuète. Et quand bien même, ma seringue d'adrénaline ne me quitte jamais.

– Oh ! Je vais le notifier en cuisine, juste au cas où.

Je lui souris pour seule réponse et elle décampe.

Le repas se passe calmement. Je n'apprends rien de particulier si ce n'est que Leia a un meuble bancal chez elle que Niels, le frère de Marybeth, se propose de réparer contre un dîner aux chandelles. Elle refuse. Et d'après sa réponse, je comprends que ça n'est pas la première fois.

Leia semble être la traque d'un bon nombre de mâles. L'idée me fait gronder parce que ça signifierait que l'un d'eux pourrait débarquer à l'improviste un soir.

Ce qui ficherait mes plans à l'eau.

Alors que je me lève de mon siège, Leia me surprend.

– Vous devriez porter un bracelet.

Je cligne des yeux, complètement paumé, tandis qu'elle commence à remplir son plateau de mon assiette et de mes couverts. De quoi parle-t-elle ?

– Pour votre allergie, ajoute-t-elle. Si un jour il vous arrive quelque chose, que vous ne pouvez pas répondre, ça permettrait de prévenir les secours.

Quelle idée stupide. Un bracelet avec inscrit « allergie à la cacahuète ». Comme si j'étais un vulgaire gosse de 4 ans qui se rendait à un goûter d'anniversaire !

Mais je vois au-delà de ses mots. Cette fille ne laisse rien au hasard. Reste à savoir s'il s'agit juste d'un simple réflexe de médecin ou si elle est prévoyante dans la vie de tous les jours.

Il y a une chose que je n'ai pas testée. Une toute petite chose, qui pourrait définir mon approche. Sa fragilité. Alors j'articule sciemment :

– J'y penserai. Merci, *Leia*.

Je n'observe pas sa réaction directement pour ne pas griller ma couverture. J'enfile lentement ma doudoune, mine de rien. J'entends un tintement brutal de vaisselle et redresse la tête, faussement alerte. Je la découvre le visage blême, les lèvres tremblantes, une main en appui sur le dossier d'une chaise et son plateau à la vaisselle renversée sur la table. De derrière ses lunettes, elle me regarde sans me voir ; dans ses yeux, j'ai l'impression d'être un fantôme. Mais au lieu de prendre la fuite, elle a l'air tétanisée, incapable d'effectuer le moindre geste ou d'articuler le moindre son. Dans son cou, je vois la peur pulser dans ses veines et ses muscles se tendre. Elle respire à peine. À cet instant, je suis son passé, je suis ce qu'elle a tenté d'oublier et de fuir.

Et j'ai ma réponse. Elle a baissé sa garde depuis longtemps. Trop longtemps. Je n'aurai aucun mal à l'enlever.

C'est parfait.

– Vous ne vous sentez pas bien, Lana ?

J'insiste sur son prénom et me munis du regard le plus tendre que je puisse lui offrir.

Elle cligne des yeux, sûrement en proie au doute. J'imagine qu'elle se demande si elle a bien entendu son ancien prénom dans ma bouche ou si elle l'a seulement cauchemardé. Je réitère :

– Lana ? Vous m'entendez ? Vous devriez vous asseoir.

Mes paroles ne laissent plus de place aux soupçons. *Je ne l'ai jamais appelée Leia. Jamais.* C'est ce qu'elle doit penser.

Elle semble revenir lentement à elle et tente de reprendre ses activités. Ses mains s'agitent et replacent la vaisselle sale sur son plateau, elle essaie de me rassurer d'une voix joviale :

– Ne vous inquiétez pas, j'ai bientôt fini mon service, je vais manger un bout et ça devrait aller.

– Je l'espère. Tenez, pour Marybeth et pour vous.

Je dépose sur la table deux billets en guise de pourboire, lui souris et la quitte.

Je résume tout ce que j'ai pu apprendre en une heure : elle vit seule, dans un chalet isolé de tout, elle est fragile et loin d'être méfiante.

Cette mission est vraiment nullissime. La traque a été un jeu d'enfant, dresser un profil tout aussi simple, l'approcher, n'en parlons pas.

N'importe quel type aurait pu faire l'affaire.

Je ne ressens aucune pointe d'excitation, aucune décharge d'adrénaline ou de crainte.

Tout est trop simple et ennuyeux. Je soupire. Soit mon employeur me teste, soit il me sous-estime.

Qu'importe ! Ce soir, ça sera terminé.

***

J'ai laissé le pick-up dans la forêt, il est à peine visible de la route. Si mes comptes sont bons, je ne devrais pas tarder à apercevoir le chalet de Leia. Au bout de presque un kilomètre à pattes, mes yeux se sont habitués à l'obscurité, si bien que la lune, haute dans le ciel, ne m'est plus d'une grande utilité. La neige aux nuances de gris s'enfonce sous mes bottes, elle craque et rompt le silence religieux qui siège sous les arbres.

Il fait froid. Même si mon corps pourrait montrer des signes d'alerte, ma tête prend le dessus. Tout est une question de contrôle, d'entraînement, d'esprit.

Je progresse lentement, avec une maîtrise parfaite de ma respiration, j'effectue de petits pas afin de garder le plus possible l'air chaud qui s'est constitué entre ma peau et mon pantalon. C'est mon seul rempart contre l'hostilité de la forêt et la brise hivernale.

Mon périple se termine en moins d'un quart d'heure. Il est plus de minuit à ma montre, la demeure de Leia Taylor baigne dans le noir et le silence règne en maître. Elle dort, ne se doute de rien. Je monte les marches du perron, sors mon kit de crochetage et m'attelle à forcer la serrure de la porte d'entrée.

Même avec les doigts engourdis par le froid, c'est encore trop facile. Elle n'oppose aucune résistance. Je range mon matériel avec douceur puis abaisse la poignée calmement. Je pénètre dans le chalet d'un pas serein, referme derrière moi. La bûche flambante de la cheminée éclaire la petite pièce dans laquelle je progresse. Un salon. Le feu crépite, le tic-tac d'une horloge perce le silence.

Je récupère la fiole de chloroforme dans ma poche et en imbibe un mouchoir en tissu avec précaution. Ni trop ni pas assez, juste ce qu'il faut pour endormir une femme de moins de cinquante-cinq kilos. Bien que, en réalité, je pourrais en faire abstraction, puisque, à presque dix kilomètres de la première habitation, ses cris n'alarmeront personne. Mais je n'ai surtout aucune envie de me débattre, avec elle sur le dos jusqu'à la voiture, et encore moins de l'entendre me dire à quel point je fais erreur en la ramenant à LA.

2

Lana

J'ouvre les yeux au premier grognement de Rebel. À mes côtés, au pied du lit, il a adopté une position de combat : la tête rivée vers la porte de ma chambre, les pattes avant ancrées dans le parquet, l'arrière-train tendu et les oreilles basses.

Je réagis en une fraction de seconde. Il me semble que mon cœur a cessé de battre et que mon cerveau ne s'est jamais réveillé aussi vite. Tout paraît figé, hormis mes sens. Je me redresse et récupère mon Beretta sous mon oreiller du même coup. Je fais taire Rebel d'une caresse sur le museau et descends du lit pour rejoindre le couloir à pas de velours.

Je ne réfléchis à rien. Je ne pense à rien. Je ne me pose aucune question. Cette sensation de vide, de course contre l'inconnu ne saurait s'oublier. Une fois qu'on a vécu la peur, on se souvient avec exactitude de son amertume, de sa mélodie dans les oreilles, de son frisson saisissant la moindre parcelle de notre peau.

Elle devient une entité.

Et ce qui se trame derrière la porte du chalet n'est pas une illusion ni le fruit de mon imagination.

Je suis crispée de tout mon être. Je tends l'oreille au moindre bruit et entends, par-delà le crépitement de la bûche dans la cheminée, un cliquetis dans la serrure de la porte d'entrée. Rebel ne bouge pas, à mes pieds, il attend mon signal pour intervenir.

Ma respiration n'est qu'un mince filet d'air, mon cœur bat dans mes oreilles quand je comprends que quelqu'un tente d'entrer par effraction chez moi.

Je reste en arrière, blottie dans l'ombre du couloir et lève mon Beretta dans les airs en pointant d'un geste frêle la porte. Bras tendus devant moi, dos droit, les jambes légèrement écartées, les pieds ancrés dans le sol, comme me l'a appris Charly.

Tellement plus simple devant une cannette de coca posée sur un tronc d'arbre.

Tellement difficile de tenir la position quand la porte s'ouvre. *Enfin.*

Mon cœur se fige une seconde, pour reprendre la cadence péniblement. La réalité est néfaste pour ma santé mentale. Je sais ce que je dois penser, je sais ce qu'il se passe, mais je refuse de l'admettre. Pourtant, ça ne peut pas être une coïncidence. Entendre mon vrai prénom de la bouche d'un inconnu, et voir quelqu'un s'introduire en pleine nuit chez moi, le même jour, ne sont pas des coïncidences.

Non.

Il est déjà arrivé à des marcheurs de se perdre et de venir taper à ma porte, en trois ans, mais aucun d'eux n'a jamais eu le culot d'entrer chez moi.

J'ai un haut-le-cœur. Pourtant, ça n'est pas le moment de flancher. Je ne l'ai pas fait à une époque, je ne le ferai pas aujourd'hui. Je me concentre sur ce que je vois. Je distingue une silhouette imposante. Son ombre danse sur le parquet sous la lumière des flammes de la cheminée. L'inconnu progresse, lentement, prend le temps d'observer les alentours. Il n'a pas l'air inquiet, j'ai la sensation qu'il sait ce qu'il fait.

Et ça me fait frémir. Encore la réalité.

Alors qu'il passe devant le buffet, je reste tapie dans l'ombre du couloir et appuie sur le chien du Beretta pour le charger. Instantanément, l'inconnu se fige et regarde dans ma direction. Je frissonne, saisie par l'appréhension. Même s'il ne me voit pas, il sait maintenant où je suis.

– Une arme ? raille-t-il.

Son rire me fait froid dans le dos. Glacial, terrifiant… J'ai la sensation qu'il envahit le chalet et résonne à l'infini dans le bois. Mais je ne me laisse pas envahir par la peur. *Je* détiens l'arme.

– Que faites-vous chez moi ? demandé-je aussi fermement que possible.

Il rit encore. Décontracté comme si nous parlions météo. C'est aussi dérangeant qu'affolant, car ça signifie qu'il ne craint pas une seule seconde que je puisse tirer, comme il ne craint pas une seule seconde de mourir. Comment peut-il rire ? À sa place, je serais terrorisée. Comme maintenant, sauf que le 9 mm entre mes mains m'offre un faux-semblant de béquille.

– Je crois que vous le savez déjà, *Leia*.

Cette fois-ci, la réalité est brutale. Mon esprit ne me laisse aucune échappatoire, n'appelle aucun moyen de défense.

Leia.

La sonorité de mon prénom a quelque chose de malsain et de diabolique à la fois dans sa bouche. Je suis sa proie. Il n'y a aucun doute là-dessus.

Et je reconnais sans mal la voix du type de ce midi. Le snowboarder allergique à la cacahuète. Un sportif lambda à la recherche de sensations fortes qui ne m'aurait pas marquée plus que ça s'il n'avait pas semé le doute dans mon esprit avant de partir.

Là, maintenant, c'est différent.

Réalité oblige.

Et j'ai besoin d'entendre de sa bouche que l'existence que je m'étais recréée vient de s'effondrer. Que tous quelques amis que je m'étais refaits sont de nouveau perdus. Que je devrai faire une croix sur ma liberté. Que je ne pourrai plus revenir ici. Que je devrai encore laisser des êtres chers. Que le seul bonheur que je m'étais octroyé est terminé. Que mon seul bonheur s'achève maintenant.

– Qui êtes-vous ? lui demandé-je posément.

Pourtant, c'est la fanfare dans ma tête. Méninges, neurones et afflux sanguins se livrent bataille à celui qui fera le plus de bruit, ira le plus vite, alors que tout le reste est figé. Lui, devant moi, Rebel en posture d'attaque à mes pieds. Même le feu semble s'être arrêté de danser.

– Cela n'a pas d'importance, ironise-t-il. La seule question que vous devriez vous poser, c'est : comment allez-vous vous sortir de là ?

– Au cas où vous ne l'auriez pas remarqué, c'est moi qui détiens une arme.

Je tente le sarcasme, mais ma phrase transpire le désespoir.

– Peut-être. Mais avez-vous déjà tué ? En seriez-vous seulement capable ?

Je dois l'être. C'est une nécessité, il n'y a pas de choix à faire. Je ne dois pas penser en tant que médecin, qui a fait le serment de sauver des vies ; ce temps-là est révolu.

– Ah là là, Leia. Je vous ai sûrement sous-estimée, j'ai peut-être sous-évalué cette mission, minimisé la situation mais, même avec toute la volonté du monde, vous seriez incapable de me tirer dessus. C'est dans votre nature. Vous n'êtes pas une meurtrière, de la même façon que je ne suis pas un gentil.

Je tremble à l'idée de lui demander ce qu'il est parce que, inconsciemment, je le sais. *Lui*, sa famille, ou qui que ce soit d'autre ne prendrait pas le risque d'envoyer n'importe qui, qui pourrait les impliquer directement. C'est un tueur professionnel.

– Vous ne savez pas qui je suis, tenté-je, autant pour lui soutirer des informations que pour gagner du temps.

– Vous seriez surprise de savoir tout ce que je sais sur vous.

J'ai la sensation de recevoir un coup de poing en plein visage.

Parle-t-il de ma vie d'avant ou d'aujourd'hui ? Cette fois, je suis terrifiée et complètement désarmée. Je vacille un instant et Rebel émet un grognement à mes pieds. Un nouveau rire se fait entendre. Mon rythme cardiaque m'oppresse, j'ai la sensation d'étouffer. Je tremble et pourtant mes mains moites me rappellent que je transpire. J'ai de plus en plus de difficultés à tenir le Beretta. L'acier froid glisse dans ma paume ; garder les bras tendus tiraille mes biceps.

– Bon ! Bien que cette conversation mette un peu de piquant dans ma mission, le temps presse. On nous attend à Los Angeles. Je vais compter jusqu'à cinq, reprend-il. Si, à la fin du décompte, vous n'avez pas tiré, je vous désarme.

Il n'est pas là pour me tuer, c'est la seule chose que je retiens de sa tirade, et le savoir me pousse à chercher à gagner du temps. Je sors la première phrase qui me vient à l'esprit :

– Vous ne savez pas où je suis exactement.

– Je n'ai pas besoin de vous voir pour vous sentir. Vous transpirez la peur. UN.

Le malaise me saisit, je vais devoir agir vite. Sans réfléchir. Sans penser à la vie. Sans penser à ce que je suis. Je tente :

– C'est complètement stupide.

– Ce qui est stupide, c'est de poser des questions dans une telle situation. DEUX.

Rebel se remet à grogner. Le temps me presse, *nous* presse. La posture de l'inconnu change, plus en avant, il me semble. Je ne sais plus, ma vision se trouble à force de le fixer.

– Si vous me ramenez à Los Angeles, vous mettrez en danger des innocents.

Je suis désespérée. Ma voix vacille. Je tremble de tout mon être, regarde dans toutes les directions à la recherche d'une issue, mais il continue :

– Il n'y a que vous et moi, Leia, alors prenez votre décision. TROIS.

Que dit-il ? Il me pousse dans mes retranchements, je perds pied.

– Vous entendez ce que je vous dis ?

Mon corps me lâche, mes jambes aimeraient partir en courant. J'aimerais ne jamais avoir pris la décision d'être restée ici pour vivre. *Jamais*.

– QUATRE.

Il ne s'agit pas seulement de moi. Il ne s'agit pas seulement de moi.

C'est la seule chose que je dois voir. Pas uniquement ma vie.

– Vous n'avez donc aucune conscience… murmuré-je.

– CINQ.

Le chiffre fatidique a été prononcé. J'ai la sensation que la scène se déroule au ralenti. Sa jambe gauche se tend, la droite prend appui sur le parquet, le feu crépite, Rebel saute sur lui, je ferme les yeux, cesse de respirer et tire.

Pas d'autre choix.

Je suis tellement crispée que je sens à peine le recul. J'entends le coup de feu résonner dans ma tête à l'infini, comme si je tirais encore et encore alors qu'il n'en est rien.

Un énorme fracas.

Puis le silence.

Le calme plat. Si ce n'est mes oreilles qui bourdonnent, le soubresaut de mes respirations et les griffes de Rebel sur le parquet.

Je me force à ouvrir les yeux, l'appréhension toujours collée à la peau.

Qui sait ce qui va m'arriver maintenant ? L'ai-je seulement touché, au moins ? Dans la pénombre, je ne vois que le buffet renversé et Rebel qui s'agite tout autour.

Ce putain de buffet, au pied bancal, est enfin tombé.

Trois années que je dois le faire réparer.

Trois années qu'il manque de tomber dès que Rebel le frôle de trop près.

Et il est là, au sol. Sur mon agresseur.

Ma grand-mère avait pour habitude de dire qu'une coïncidence n'est qu'une explication qui attend son heure. Je ne pourrais pas la contredire. Je refusais de le faire réparer, parce que je le voyais à mon image : bancal. Quelque part, il me rappelait que tout pouvait basculer à un moment donné. Comme cette nuit.

La réalité me revient. Je reprends possession de mes sens. L'adrénaline écorche mes artères, pollue mes organes, redonne vie à mon esprit et je ne réfléchis pas.

Je garde l'arme pointée vers le sol et allume dans le salon pour découvrir les dégâts.

La scène est digne d'un polar. Mon agresseur gît à plat ventre sous le buffet, son bras est étalé par-delà le meuble, inerte, sans vie, sur une mare de sang qui ne cesse de grandir.

Et c'est l'électrochoc.

Mon Dieu, qu'est-ce que j'ai fait ?

Je lâche l'arme au sol et me précipite sur son poignet. L'inconnu ne cille pas à mon contact, ne gémit pas. *Qu'est-ce que j'ai fait ?* Mon cœur cavale si vite que je ne saurais dire si c'est mon propre pouls que je sens à la pulpe de mes doigts ou celui de l'homme devant moi.

Un homme.

J'ai peut-être tué un homme. Qu'importe ce qu'il est, ce qu'il a fait de sa vie, ce qu'il comptait faire de moi. Je ne suis pas une criminelle.

Je me redresse et rassemble mes dernières forces. Je relève le buffet dans un cri surhumain et n'attends pas de récupérer pour revenir aussitôt sur mon inconnu qui est à plat ventre, face contre terre.

Je constate les dégâts : une plaie à la tête, une épaule ensanglantée. Sa blessure crânienne à l'occiput a l'air superficielle, alors que sa doudoune, trouée au niveau de son omoplate gauche, se gorge de sang à vue d'œil.

Je me souviens de mes cours de médecine. C'est comme le vélo, ça ne s'oublie pas. Je priorise et ordonne.

Je suis peut-être en train de faire la plus grosse erreur de ma vie, je suis certainement en train de sauver un homme qui n'aurait jamais eu la moindre compassion pour moi, mais je ne suis pas une criminelle.

Cet homme avait raison, quelles que soient mes motivations, je suis incapable de tuer.

***

J'observe une dernière fois l'inconnu allongé dans mon lit. Des cheveux châtain foncé mi-longs sur le dessus, rasés sur les côtés ; une barbe architecturalement bien taillée recouvre la moitié de son visage, d'où apparaissent des lèvres pleines. Bien qu'il soit endormi, ses traits sont durs. Ou peut-être que l'image que j'ai de lui, malhonnête et abject, m'empêche de le voir serein et détendu. Je devine ses yeux bleus sous ses paupières. Je les ai tellement observés à la lampe torche – dilatation des pupilles, bonne réactivité à la lumière – que je les connais par cœur. Un bleu azur, limpide, parfait, se rapprochant de celui des yeux de Rebel. Un nez imposant en harmonie avec un visage carré et viril. Je ne saurais lui donner un âge, sûrement la trentaine.

Je continue mon inspection sur son torse nu. L'inconnu est tatoué du haut de son cou jusqu'aux cuisses. *Il a bien fallu le déshabiller...* Des symboles, des objets, des chiffres, il y a de tout. Ce mec est une œuvre d'art de Picasso, aucun tatouage ne ressemble à un autre, les dessins ne donnent pas l'impression d'avoir été réfléchis ou pensés pour s'accorder entre eux. Ma balle ayant traversé son épaule gauche de part en part, j'en ai abîmé deux : l'aile d'un phénix d'un côté, la carte d'une dame de pique de l'autre.

Son bandage ne saigne pas. Pas besoin de vérifier si les sutures n'ont pas lâché, mes points sont parfaits. Mes doigts s'agitent dans le vide, mon excitation est encore palpable. Pratiquer la médecine m'avait manqué. À Los Angeles, les plaies par balle ou par arme blanche étaient monnaie courante, il ne se passait pas un jour sans qu'un gars des gangs passe la porte des urgences. Et ce soir, je me suis rendu compte que ce simple geste chirurgical, banalisé là-bas, pouvait me rendre encore fébrile après tant d'années.

D'ailleurs, après avoir appelé Charly à la rescousse, les réflexes sont revenus. En attendant qu'il arrive, j'ai donné les premiers secours à cet inconnu. Puis Charly s'est trouvé fort utile pour m'aider à le transporter jusqu'à mon lit – bien cent kilos de muscles tatoués pour mes pauvres cinquante-cinq kilos, la question ne se posait pas. Mon ami a aussi pu me rapporter un kit de sutures du poste de police.

Le reste était facile. Pour moi, pas pour Charly qui a bien failli tourner de l'œil. Comprimer sa plaie à l'épaule jusqu'à arrêter les saignements, s'assurer qu'aucun gros vaisseau n'ait été touché puisque la balle l'a traversé de part en part et le suturer.

Enfoncer l'aiguille jusqu'au tissu adipeux, remonter, entourer la pince du fil restant, le couper et récupérer l'aiguille pour faire le nœud. Recommencer jusqu'à ce que les berges soient associées. Et faire la même chose dans son dos.

C'était excitant.

Non, c'est faux.

J'ai agi par automatisme, à l'instinct, je devais uniquement refermer cette plaie sans penser qu'il pouvait se réveiller d'un instant à l'autre et finir ce pour quoi il était venu. *Me ramener à Los Angeles.*

Ça n'avait rien d'excitant. J'ai seulement mis entre parenthèses mes craintes, mes doutes, le temps de le soigner. Puis, chose faite, rapidement, les interrogations ont fusé. Je ne suis pas policier, je ne suis pas Charly, mais six mois de cavale, et trois ans à hiberner, ça forge. Comment m'a-t-il trouvée ? Qui est-il ?

Est-il seul ? Cette question m'a glacée d'effroi parce que j'ai compris que le plus dur était à venir. Je ne pouvais plus rester ici. Je devais de nouveau partir. Et cette putain de réalité n'a jamais été aussi cruelle. Surtout ici, dans ce chalet reculé, dont le confort rudimentaire m'avait jusqu'à maintenant suffi, où les souvenirs pourtant terribles me sont précieux.

Comme plus tôt, je tente de dresser ma peur en me concentrant sur autre chose. *Sa tête.* Il reste endormi depuis qu'il a été assommé par le buffet, soit depuis presque trois heures.

Commotion cérébrale ?

Hémorragie cérébrale ?

Pire : mort cérébrale ?

Le seul moyen de le savoir serait une IRM, mais je me refuse à le faire transporter. Il sait qui je suis et je n'ai aucune idée de ce qu'il sait d'autre. Là, il n'y a qu'une seule vie à sauver et ça n'est pas la sienne. Charly l'a bien compris, ce soir, il n'a pas été l'homme de loi, il a agi à l'instinct.

De plus, la bonne réactivité de ses pupilles, ses réflexes primaires me réconfortent. Ce n'est qu'une question de temps avant qu'il ne se réveille.

Je teste une nouvelle fois la solidité de la fermeture des menottes de sa cheville et du barreau du lit, et tâte la poche arrière de mon jean pour m'assurer de la présence de la clé. J'ai paré son bras gauche d'une écharpe si serrée qu'il ne sera pas capable de s'en libérer sans faire sauter les points de sa plaie.

Même si je doute sincèrement que cela ne l'arrête !

Je frissonne malgré moi. À cause de la fatigue, de mon taux d'adrénaline toujours au plafond, de l'appréhension pour les heures à venir ? De savoir que c'est le début d'une nouvelle fuite ? Un peu de tout ça.

Je rejoins Charly d'un pas décidé. Maintenant, il va falloir penser à la suite.

Je le trouve en appui contre le mur du couloir, les mains dans les poches de son survêtement. J'ai tellement l'habitude de le voir habillé en officier de police que, ce soir, il donne l'impression d'avoir rajeuni de dix ans.

– Merci, Charly, et encore désolée pour le réveil.

– Arrête de t'excuser.

Je regarde la tache de sang séchée sur le parquet et serre les dents. Je m'empresse de réunir les draps salis au sol et rejoins la cuisine où je les fourre dans l'évier d'un geste brusque, amer. Je suis en colère contre moi-même.

– J'aurais dû partir comme je l'avais décidé il y a trois ans, grogné-je.

– Et manquer tous ces moments de bonheur. Ne dis pas de bêtises.

Je me retourne vers Charly, avec la nette envie de lui hurler dessus. Il me retient depuis près de trois ans avec ces mêmes foutus arguments à la con. Finalement, je préfère garder pour moi ma colère et m'explique :

– Quand il a pénétré chez moi, il a dit qu'il savait beaucoup de choses sur moi.

– Il t'a dit ce qu'il savait exactement ?

– Non.

C'est pour ça qu'on ne peut pas l'amener à l'hôpital : s'il a été capable de me retrouver, il sera capable de déjouer les forces de police pour prévenir celui qui l'a envoyé. Et surtout, j'aimerais comprendre comment il a réussi à me retrouver. Personne ne sait où je suis, je n'ai jamais laissé aucun indice, j'ai toujours veillé à ne figurer sur aucune photo de MB, de Neils ou de Jasper. Mais la question qui me taraude le plus est : pourquoi venir me retrouver après tant d'années ? Ça n'a pas de sens.

En réalité, me poser ce genre de question n'a pas d'intérêt. Je dois partir.

– Il faudra qu'un jour tu m'expliques les raisons de ta fuite et qui tu étais avant. Tu as réussi à recoudre ce type les doigts dans le nez ! Tu étais quoi ? Chirurgien ?

Même si je connais assez bien Charly maintenant pour savoir qu'il tente de faire de l'humour pour me détendre, je sais que sa question est fortement intéressée. Il *voudrait* savoir. Il n'aurait qu'à appeler Benson pour avoir tous les détails ; pourtant, il se montre patient, ou alors il comprend que moins il en sait mieux il se porte.

– Ce que j'étais n'a plus d'importance. Tout ce qui importe, c'est de savoir ce que ce type sait de moi. Tu as trouvé quelque chose dans ses poches ?

Charly récupère un portefeuille et l'ouvre avant de dire :

– Jack Anderson, d'après son permis de conduire, 35 ans, de Californie. Dans son portefeuille, il y a aussi six cent douze dollars et quelques cents, un préservatif, un ticket de loto et une carte de crédit au même nom. J'ai également trouvé une bouteille de chloroforme, un bout de tissu, un téléphone éteint, la carte de la station de ski, un kit de crochetage de serrure, un paquet de cigarettes, un briquet… des clés de voiture, je dirais, un couteau suisse et ça.

Je récupère la petite trousse en cuir qu'il me tend et l'ouvre. Je reconnais sans difficulté son contenu : un stylo d'auto-injection d'adrénaline, traitement d'urgence contre un choc anaphylactique induit par une allergie.

La sienne : la cacahuète.

Je repose la trousse sur la table.

– Je regarderai dans les fichiers de la police si je trouve quelque chose sur lui, annonce Charly en relâchant le portefeuille sur la table.

– OK, acquiescé-je pour donner une réponse.

– Quel est ton plan ?

La vérité, c'est que je n'ai aucun plan et, bien que la situation soit différente d'il y a trois ans, encore une fois, je ne dois rien laisser au hasard. Nous devons procéder dans l'ordre. Et savoir ce qu'il sait est primordial.

– Tu me laisses l'interroger ; s'il ne m'apprend rien, je te laisserai décider de son sort. Mais dans tous les cas, je partirai.

Jusqu'alors tapi devant la cheminée, Rebel émet un grognement en direction du couloir, qui nous fait nous redresser du même coup.

Jack Anderson est réveillé, ça ne fait aucun doute.

3

Jack

Où je suis ?

Mon sang écorche mes veines, ma respiration se fait courte, un long frisson me traverse, je ne sais pas qui je suis, où je suis, ce qui m'arrive.

Je suis statufié. Un bourdonnement lancinant et cuisant dans la tête me donne la gerbe ; une douleur poignante traverse mon épaule gauche et m'empêche de bouger.

Je me contente d'observer ce qui m'entoure, d'un coup d'œil lent et vacillant, la nuque raidie.

J'ai affreusement mal. Plus à la tête qu'à l'épaule ? Je ne saurais le dire. Une faible lumière éclaire l'endroit où je me trouve. Je vois tout d'abord un plafond en bois clair, des poutres à nu ; je devine une fenêtre sur ma gauche, derrière un voilage beige. Une couverture assortie me recouvre, une odeur de fleurs m'enveloppe et, même si je suis allongé sur un matelas douillet à souhait, mon inconfort grandit.

J'entends une voix que je ne reconnais pas, des murmures à peine audibles.

« … Je partirai… »

J'ai envie de me redresser, mais j'ai la sensation d'être entravé, que mon corps pèse une tonne.

Les bourdonnements augmentent quand je réussis enfin à soulever ma tête. Mon épaule me tiraille et mon ventre se noue. Je retiens un gémissement dans une grimace et comprends en me hissant sur le coude de mon bras valide que c'est un bandage qui m'oppresse. Trop serré. Trop contraignant. Il m'empêche de me mouvoir.

Au moment où je m'apprête à soulever la couverture pour mieux évaluer l'ampleur du bandage, je regarde mon corps.

Je fais bouger mes doigts devant mes yeux, déplie mon poignet, fais jouer mon articulation pour apprécier les dessins sur toute la longueur de mon bras. Des symboles, des chiffres romains, des dessins, des couleurs, de l'encre bleue, tout se mélange.

J'ai une putain de gerbe !

Je fais chauffer mes neurones, je tente de me souvenir, plisse les yeux et force ma tête à se rappeler.

Bordel, qui suis-je ?!

Je devrais avoir peur, être terrifié et pourtant je suis en colère, je suis fou de haine parce que je ne sais rien. Je ne sais pas ce que je fiche ici, pourquoi je suis allongé dans ce lit et surtout pourquoi je suis…

Menotté ?

Ouais, bon sang, je suis attaché au barreau du lit. J'ai beau tirer ma jambe en arrière, donner des coups de pied dans le vide, mis à part me faire lacérer la cheville gauche par le métal et exacerber la douleur de mon épaule, je ne bouge pas d'un centimètre.

– Cessez de vous agiter comme ça, vous allez faire sauter vos sutures !

Je me retourne brusquement vers ma visiteuse, non sans me prendre une saisissante décharge dans l'omoplate.

Je n'ai aucune idée de ce que se faire écraser par un troupeau d'éléphants signifie mais, à cet instant, je pense que c'est ce qui arrive à mon épaule gauche. Écrabouillée.

Et ma tête ? Elle est prise en otage par des centaines de serpents à sonnette. N'est-ce pas ceux-là qui agitent le bout de leur queue appelée cascabelle ?

Waouh, je suis peut-être un gars intelligent ?

Un gars intelligent qui a mal à en crever et pourtant qui sourit. Pourquoi ? Parce que la nana devant moi, bien qu'ayant des cernes de dix mètres de long, est une déesse. Des cheveux d'un roux éclatant, des yeux d'un vert émeraude, des lèvres pulpeuses et un corps que je devine parfait, même sous un pull et un jean trop grands pour elle.

Mon sourire n'a pas l'air de la ravir. De derrière ses lunettes, elle me jette un regard glacial, empli de haine. Je doute que la bouteille en plastique qu'elle détient dans sa paume ne survive à sa colère. Je déglutis et recouvre la raison en apercevant un énorme chien blanc à ses côtés. Il montre les dents.

Avant même que je n'ouvre la bouche, elle me devance :

– Avant que nous parlions de choses sérieuses, avez-vous mal ?

Bien entendu que j'ai mal. Mais j'ai l'impression que ma douleur physique est secondaire, que c'est quelque chose que je peux maîtriser, comme si, même si je ne me souviens pas de qui je suis, mon corps, lui, avait gardé en mémoire certaines capacités, celle d'assujettir la souffrance, par exemple.

– Gérable, réponds-je tout de même. Où suis-je ?

La rouquine fronce les sourcils et me dévisage longuement avant de demander :

– Comment ça : où vous êtes ?

– Oui, où nous sommes ? réitéré-je en me martelant le front, espérant que cela permette à ma tête de se souvenir.

Mauvaise idée, ma cervelle fait de la balançoire dans une cage à poules. Ça fait mal.

– Vous vous foutez de ma gueule ? dit-elle en croisant les bras sur sa poitrine avec exaspération.

– J'en ai l'air ? rétorqué-je sèchement.

J'ai du mal à comprendre sa colère. Son attitude est froide, elle reste distante, toujours plantée devant la porte à deux bons mètres de moi.

– Écoutez, reprends-je plus calmement en pensant soudainement qu'elle ne doit pas se douter que je puisse avoir perdu la mémoire. Je n'ai aucune idée de comment j'ai atterri ici. Honnêtement, même avec toute la volonté du monde, je suis incapable de vous raconter mon dernier souvenir. Il n'y a rien dans ma tête. C'est le vide.

À mesure de mon discours, son visage se décompose littéralement, puis ses yeux me fouillent avec méfiance.

– Vous ne vous souvenez pas d'être venu ici ?

– Pire ! Je ne sais même pas qui je suis !

Il semblerait que mon sarcasme joue le rôle d'un défibrillateur. Dans la seconde, elle est devant moi. Elle dépose la bouteille sur la table de chevet, et se met à tâtonner ma boîte crânienne. Je la laisse faire. Ses doigts passent et repassent au même endroit. L'endroit précis où ma peau est plus sensible et douloureuse. Je devine aisément une bosse, voire un hématome.

Enfin, je suppose puisque je n'ai aucun souvenir de m'être déjà cogné.

– Est-ce que vous avez des nausées ? m'interroge-t-elle.

– Que si je bouge la tête.

Ses mains quittent mon cuir chevelu pour s'en prendre à mes yeux. Là encore, je fais le pantin. Elle tire mes paupières et observe minutieusement mes pupilles alors que j'en profite pour étudier les siennes.

Finalement, ses yeux ne sont pas uniquement émeraude. De minuscules taches blanches se sont glissées dans le vert de ses iris, aux abords de ses pupilles. Je n'ai aucun souvenir, mais je décrète officiellement que ses yeux sont les plus beaux que j'aie jamais vus !

– Des troubles de la vision ? demande-t-elle, concentrée dans sa tâche.

– Pas que je sache, sauf si vous n'êtes pas réelle, raillé-je.

Elle cligne des yeux, presque décontenancée par mon humour, avant de mettre son index en l'air devant mon nez et de le faire voyager de gauche à droite.

– Suivez mon doigt.

Je m'exécute tout en demandant :

– Qu'est-ce qui m'est arrivé ?

– Vous avez reçu un coup à la tête. Vous souffrez sûrement d'une commotion cérébrale qui a altéré votre mémoire. Vous pouvez bouger tous vos membres ?

Je hoche la tête et demande :

– On se connaît ?

Cette fois-ci, je jurerais qu'elle a frémi.

– Non… Prenez ça.

Je récupère le comprimé qu'elle me tend et le gobe rapidement.

– Alors pourquoi suis-je ici et pas à l'hôpital ?

– Je… C'est compliqué.

– Je vous écoute.

Alors qu'elle tente de s'échapper, je la retiens par le poignet. Sa réaction à mon contact me pique. Ce que je lis dans ses yeux est bien de la révulsion. Elle observe, le front plissé et les lèvres pincées, ma main tenant son membre, comme si c'était la chose la plus horrible qu'il ait pu lui arriver.

– Lâchez-moi, ordonne-t-elle dans un murmure. Vous allez faire sauter vos sutures.

J'obéis, il faut dire que toutou grogne une nouvelle fois. *Gentil chien, je libère ta maîtresse et tu vas ranger tes canines sous tes babines.*

Je grimace un faux sourire et la rouquine se redresse fièrement. Toutou, lui, n'a pas changé de position.

– Des sutures ? demandé-je, pour le moins pas rassuré.

– Vous vous êtes pris une balle.

Là, je me fiche du chien, elle a toute mon attention.

– Par qui ?

– Je…

Je la vois déglutir et un malaise me saisit. Comme si ce qu'elle allait me dire allait déterminer ce que je suis.

– Je n'en sais rien, reprend-elle. Vous êtes venu taper à ma porte en pleine nuit. Vous avez seulement dit que vous deviez vous cacher, avant de vous évanouir.

Nous sommes donc chez elle.

Je ne peux m'empêcher de jeter un coup d'œil à mon pansement, recouvert de deux bandages noués minutieusement. Le premier est agencé en écharpe, contraignant mon bras à rester en position fléchie, alors que le second force mon membre à rester plaqué contre mon torse. Mes seuls mouvements possibles se résument à bouger mes doigts. Même tourner mon poignet nécessiterait de la force tant les bandes sont serrées.

Est-ce que je suis le style de type à traîner dans les emmerdes ? À se prendre une balle parce qu'il a fait une connerie ?

Foutue mémoire.

Je reviens à ma rouquine. Elle semble étudier ma réaction. *De plus en plus en colère*, c'est ce que je suis. Car ses paroles n'appellent aucun souvenir, ne provoquent aucun émoi, aucune crainte.

– Et la tête ?

– Vous avez percuté un meuble en tombant dans les pommes. Je n'ai pas pu vous retenir.

Elle me désigne ses bras en guise de preuve. Je ne me suis pas admiré debout devant un miroir, mais il suffit de me voir dans ce lit, presque trop petit pour ma taille, pour comprendre que je fais au moins deux fois son poids en muscles.

– C'est vous qui m'avez soigné ?

Elle hoche la tête, le regard fuyant. Est-ce de la modestie ? Si c'est le cas, elle ne devrait pas réagir ainsi, elle m'a sûrement sauvé la vie, et je lui en suis reconnaissant. Néanmoins, je me retiens de le lui avouer ; après tout, elle m'a aussi attaché.

– Et les menottes ? la questionné-je à la place.

Son regard revient sur moi, sévère.

– Vous feriez confiance à un parfait inconnu en pleine nuit, vous ? aboie-t-elle.

Un inconnu avec une balle dans l'épaule, qui plus est. Certainement que non. Mais son comportement est disproportionné. Elle devrait avoir peur que je puisse l'agresser et pourtant, ça n'est pas la crainte que je perçois, là encore, mais de la colère.

Qu'ai-je pu lui faire pour qu'elle réagisse avec une telle hargne ?

– Reposez-vous, reprend-elle. Il fait encore nuit. On en reparlera demain matin. Peut-être qu'alors vous aurez retrouvé la mémoire !

Je croise les doigts pour qu'elle ait raison !

– Vous pourriez m'enlever les menottes, vous savez.

– Demain matin. J'aimerais dormir sur mes deux oreilles pour ce qu'il reste de la nuit.

Elle n'aurait aucun souci à se faire, je suis si épuisé que je serais incapable de me lever sans tomber.

Et honnêtement, son molosse de chien est très dissuasif, je ne tenterais même pas d'aller aux toilettes pour vidanger une vessie pleine !

Sitôt passe-t-elle la porte que je renfonce ma tête dans l'oreiller. Je n'ai pas à forcer pour fermer les yeux. Pourtant je ne suis pas serein, j'ai la sensation de ne pas avoir vécu l'histoire de la rousse. Sans doute est-ce normal puisque je ne me souviens de rien. Je dois seulement croire aveuglément à tout ce qu'elle m'apprendra demain.

Le comble, c'est que je vais devoir lui faire confiance alors que je ne connais même pas son prénom.

Je ne connais pas non plus le mien.

Je ne sais pas quel jour nous sommes.

La seule chose que je sais, c'est qu'il fait nuit noire, comme dans ma tête.

4

Lana

Je ne m'attendais pas à ça. Je ne m'étais pas préparée à ce cas de figure. Je pensais trouver un homme enragé d'être attaché, haineux de se voir amoindri dans un lit, mais pas un type amnésique. Si tant est que ce soit la vérité, car il n'avait pas l'air paumé ou affolé, il était simplement curieux et légèrement agacé de ne pas comprendre. Et après tout, il serait bien capable de feindre un trouble de la mémoire pour m'appâter, pour que je lui fasse confiance, et finir sa mission au moment où je m'y attendrais le moins.

Du plus loin que je me souvienne, de tous les patients que j'ai pu soigner, jamais je n'ai fait face à quelqu'un qui avait perdu la mémoire totalement. Jamais. Je nage en terrain inconnu.

Mais le doute subsiste.

C'est peut-être le même homme dans le lit, la même voix brute et cassée mais sa manière de parler et son intonation ont quelque chose de différent. Je crois même qu'à un moment donné, il a tenté de faire de l'humour.

Lui faire confiance est complètement insensé ! Je ne peux pas, je ne dois pas.

Alors que je rejoins le salon, j'intime à Charly le silence en mettant mon index sur mes lèvres. Jack Anderson ne m'a posé aucune question sur la présence ou non d'un homme dans la maison, je préfère partir du principe qu'il n'a pas connaissance de celle de Charly.

Je lui montre du regard la porte d'entrée et, après avoir enfilé nos manteaux, nous sortons sur le perron.

Rebel part au galop sur le chemin et sa silhouette s'évanouit dans la forêt. J'enfourne mes mains dans mes poches, il fait un froid sec et saisissant.

– Alors ? demande Charly en brisant le silence.

– Il ne se rappelle rien. Il ne sait plus qui il est.

– J'ai entendu tout ça, je te rappelle que j'étais dans le couloir. Ce que je veux savoir, c'est ce que tu en penses.

Je n'en sais rien ! Les études divergent sur les amnésies post-traumatiques, elles sont tellement vagues que je me souviens à peine qu'on ait abordé le sujet en cours. Je sais seulement que la mémoire peut revenir au fil des heures, mais que ça peut prendre des jours voire des semaines, que ça peut être définitif et qu'il n'existe aucun traitement pour la faire revenir. Mais ça n'est pas le sens de sa question puisque Charly ne connaît pas ce côté-là de ma vie, celui où mon avenir était d'être médecin.

– Je ne sais pas si on doit le croire.

– Si ce type dit vrai et qu'il a tout oublié, alors nous n'avons rien à craindre, argumente-t-il. Nous devons te protéger de lui, et le conduire à l'hôpital.

– Non ! Il va chercher à savoir qui il est et il ne mettra pas longtemps à trouver des réponses. Alors que si je le garde ici, je pourrai contrôler les informations auxquelles il aura accès.

– L'idée ne me plaît pas du tout.

À moi non plus, mais je n'en dis rien.

– Charly, qu'elle te plaise ou non, tu sais très bien que c'est l'unique solution. Il n'a même pas conscience que tu existes !

– Fais chier !

Je le laisse digérer. Il sait que j'ai raison. Sinon, il aurait appelé une ambulance plus tôt dans la soirée au lieu de m'aider à le soigner. Sinon, ce Jack Anderson serait déjà sur un lit d'hôpital, gardé par deux policiers.

Il a déjà fait ce choix, qu'importent ses valeurs. Ici, Charly n'est pas le flic, il est le père de famille, le mari et mon ami. Et il sait que nous devrons prendre des risques, faire des choix inconsidérés, mais que nous n'aurons pas le droit à l'erreur.

– Nous ne devons rien laisser au hasard. Je vais faire surveiller toutes les entrées et sorties du village ; ainsi, nous aurons une longueur d'avance si quelqu'un d'autre débarque chez toi.

Je reste silencieuse. *Chez moi*... Non, ça ne l'est plus. Ça ne l'a jamais été, ce n'était qu'illusion.

– Il te faut aussi un nouveau téléphone, au cas où ta ligne serait sur écoute.

J'opine dans un frisson, j'ai l'impression de ne plus avoir de vie privée. Un goût bileux envahit mon arrière-gorge. Quelle importance de toute façon, puisque cette vie-là n'existe plus ?

***

Je n'ai pas quitté mon Beretta du reste de la nuit. Je n'ai pas non plus fermé l'œil ni même posé mes fesses sur le canapé. J'ai passé mon temps à faire des allers-retours entre ma chambre, où mon prisonnier dormait, et le salon – au bordel sans nom –, sous le regard de Rebel.

Dès le départ de Charly, plus pour couvrir mes arrières que par réelle conscience professionnelle, j'ai prévenu Daryl que je ne viendrais pas travailler les prochains jours. La grippe a été un bon prétexte, avec l'arrivée du froid, personne ne remettra en question mon faux alibi.

J'ai mis en route mon nouveau téléphone ; désormais, il sera mon seul et unique contact avec Charly.

J'ai tant astiqué le vieux parquet pour faire partir la tache de sang qu'il paraît plus clair par endroits.

Et un instant, j'ai eu la sensation de me revoir le jour où j'ai décidé de rester, le jour où j'ai décidé de dire oui à cette nouvelle vie. À ce moment-là, le grand ménage de printemps n'a jamais eu autant de sens. Poussière, placards, nouvelle déco, ça m'avait pris plus d'une semaine, mais le résultat était là, je m'étais reconstruit un *chez-moi*. Les seuls décombres de mon passé se trouvaient sous mon oreiller – Beretta, mon meilleur ami – et devant la maison – Vieux Tas-de-ferraille. Ils ne m'ont jamais quittée.

S'est rajoutée à mes dépens, Marybeth ou MB, la fille la plus à la mode, la plus au fait de Keystone et une merveilleuse prédatrice. Entendons par là qu'elle passe le plus clair de son temps avec des hommes, ce qui me laisse le champ libre pour ma *solitude forcée*. Je ne pouvais pas trouver mieux. Elle est aussi capable de citer le nom de tous les garçons de la ville, dans un périmètre de trente kilomètres, ayant un pénis de plus de seize centimètres. En dessous, ils ne ratent pas leur coup, mais ne sont pas un bon coup ! Ça n'est pas moi qui le dis…

Moi, je ne dis plus rien sur le sexe, et n'en vois plus la couleur depuis si longtemps que le jour où je rencontrerai de nouveau un pénis, je parlerai aussi de ménage de printemps pour mon vagin… Pourtant, ça n'est pas ce qui manque à Keystone, *des pénis*.

Entre autres, Niels et Jasper, qui tentent de me séduire dès qu'ils en ont l'occasion. Ils sont le contraire l'un de l'autre. Là où Jasper est un romantique invétéré, Niels est à l'image de sa sœur, un collectionneur. *Faut pas chercher, le sexe est un truc de famille chez eux.* Jasper est blond aux yeux bleus, Niels est brun aux yeux noirs. La seule chose qu'ils partagent est leur musculature. En clair, j'aurais l'embarras du choix si j'avais le désir d'un ramonage.

Mais franchement, je n'ai aucune envie de m'attacher plus que je ne le suis déjà à cette ville et à ses habitants. Et cette nuit n'a fait qu'entériner tous mes efforts à garder mes distances, à jouer le dragon de vertu.

Dragon de vertu qui sait garder les cuisses fermées, mais qui a manqué de tuer un homme qu'elle retient attaché dans son lit.

Christian Grey peut se rhabiller !

Mon téléphone sonne et me rappelle un peu plus que j'ai une vie sociale, qu'importe ce que j'ai voulu ou non.

MB.

Je décroche :

– Ne me dis pas que tu es en train de me rapporter une soupe de légumes, me moqué-je.

– Tu n'as pas l'air si mal en point…

Autant, je sais que Daryl ne prendra pas sa voiture pour vérifier ma température, autant MB est du style à venir veiller sur moi, donc il vaut mieux lui dire la vérité, ou tout au moins lui faire comprendre que, une nouvelle fois, j'ai besoin de prendre mes distances.

L'horloge du salon indique déjà presque dix heures du matin, je me fais couler un café tout en baragouinant :

– J'ai connu pire et aussi beaucoup mieux.

– Je suis certaine que tu n'es pas réellement malade.

– Je n'avais aucune envie de dormir chez Flo demain soir. Je me suis octroyé une *grippe* de quelques jours.

– Une grippe qui va me valoir des heures sup !

– MB, si je dois compter le nombre d'heures que j'ai fait à ta place, tu serais dans le rouge.

Je l'entends grogner au bout du fil.

– Touchée ! s'agace-t-elle. Bon ! Trêve de plaisanterie. Puisque tu vas très bien et que tu as encore trouvé une excuse pour ne pas descendre en ville, je passerai te voir après la tempête de neige.

Mon cœur loupe un battement, je m'accroche fermement au plan de travail en céramique de la cuisine. Nous sommes jeudi et j'avais oublié que, d'après la météo, les chutes de neige annoncées devraient immobiliser le village au moins deux jours, et le chalet davantage. Je ne suis pas près de prendre la fuite ! En attendant, personne ne doit voir Jack chez moi.

– Écoute, MB, je sais que ça part d'une bonne intention, mais j'ai vraiment besoin d'être seule. Promis, un soir, je te laisserai me mener où tu veux, mais s'il te plaît, ne monte pas.

Silence au bout du fil. Je sais qu'elle va accepter. Une soirée fille, et surtout quand la proposition vient de moi, elle ne refusera jamais. Elle finit par soupirer.

– Marché conclu ! s'exclame-t-elle.

J'aimerais sourire d'avoir gagné, mais je n'y arrive pas, d'autant plus quand je vois Rebel se dresser vivement sur ses pattes arrière et fixer le couloir. Jack Anderson doit être réveillé.

J'écourte ma conversation :

– Je te laisse, Rebel a fait une bêtise, on se rappelle.

Je n'attends pas sa réponse pour raccrocher. Je bois d'un trait mon mug de café – je vais avoir besoin de force – et rejoins la chambre, mon garde du corps sur les talons, une main dans mon dos, posée sur le Beretta coincé entre mon jean et ma culotte, à la Mia Wallace dans *Pulp Fiction*.

Je me munis de mon air le plus sévère, me remémore ma colère contre l'homme qui m'a mise dans cette situation, fais appel à la rage qui m'a animée quelques heures plus tôt quand j'ai compris que j'allais devoir fuir une nouvelle fois et… ma détermination prend un coup en découvrant l'homme allongé dans mon lit.

Jack fixe le plafond, les yeux dans le vague, le corps parfaitement immobile.

– Vous êtes réveillé ? demandé-je d'une voix frêle.

Il ne bouge pas d'un poil et me répond :

– Vous aviez tort. D'avoir dormi ne m'a pas aidé à retrouver la mémoire.

Il donne l'impression d'avoir rendu les armes après une longue bataille. Moi, je perds les miennes, je ne suis plus enragée, je suis touchée.

Devant mon silence, il tourne la tête dans ma direction et plante ses billes azur directement dans les miennes. Un long frisson me saisit car, comme à son premier réveil, je ne lis dans son regard aucune agressivité à mon encontre. C'est déstabilisant parce que ça corrobore la théorie de l'amnésie alors que, moi, je refuse d'y croire.

– Je suis réveillé, dit-il enfin.

Je l'observe sans bouger se redresser sur son coude libre. Il grimace – certainement de douleur – mais je m'en fiche, je n'ai d'yeux que pour la couverture beige qui glisse lentement de son torse pour finir sa course sur son abdomen. Là où ses tatouages suivent incontestablement bien les traits de ses muscles bandés.

Et merde.

Je m'active, cherche une occupation à mes yeux, feins de m'intéresser à la fenêtre. Je tire les rideaux, ouvre la vitre en grand. J'ai besoin de fraîcheur et ma chambre empeste l'homme. Je prends un bol d'air frais et demande :

– Comment vous sentez-vous ? Est-ce que vous avez mal ?

– Gérable. J'ai très faim.

Mes yeux reviennent à lui, il s'est recouvert. Génial, le coup des fenêtres, je pense même à éteindre la cheminée pour les jours à venir !

Néanmoins, soit il a compris mon malaise, soit j'ai un truc entre les dents, car il me dévisage comme si c'était la première fois qu'il me voyait.

Et ça m'agace ! Parce que là où mon cœur me force à croire en l'hypothèse de l'amnésie, ma conscience me rappelle que je ne devrais pas lui faire confiance. Tout était parfait dans sa manière de m'approcher, et tout laisse à penser qu'il m'avait étudiée pendant des jours avant de passer à l'action. *Le temps m'est compté.* Je me souviens encore de ses mots : « Vous n'êtes pas une meurtrière, de la même manière que je ne suis pas un gentil. »

Il avait raison. Je ne suis pas une meurtrière et il n'est pas un gentil.

Alors comment savoir s'il dit la vérité ? Je ne pourrai pas le garder menotté éternellement, et il ne cessera pas son jeu de sitôt, si c'en est un.

Je me ressaisis, ferme la fenêtre et lâche un :

– OK.

Je traverse la chambre et rejoins la cuisine rapidement. Je ne dois ni penser ni réfléchir à ce que je m'apprête à faire. Ça va à l'encontre de mes principes, du serment que j'ai prononcé il y a trop longtemps maintenant, mais c'est ma seule option.

Machinalement, je sors un plateau et y dresse : une tasse, que je remplis de café, une mandarine, une banane, des tranches de pain de mie complet, que je tartine de beurre de cacahuètes.

Ça n'est sûrement pas l'idée du siècle, mais elle m'aidera à déterminer ce que je dois croire et penser.

Je croise les doigts pour qu'il ne m'ait pas menti hier au restaurant. Je me refais la scène dans ma tête tout en observant la tranche de pain de mie. Son objection était spontanée, froide, entièrement lui, il est allergique à la cacahuète, sinon quelle serait l'utilité du stylo d'adrénaline ?

Beretta dans le dos, je passe la porte de ma chambre. J'ai l'air déterminée, pourtant je n'en mène pas large. Un bourdonnement assourdissant parasite mon audition, tous mes membres me démangent d'un pseudo-automatisme, et mes poumons ressemblent à ceux d'un fumeur chronique, l'air y est quasi inexistant. Je dépose le plateau directement sur ses jambes, je m'en suis limit débarrassée comme s'il me brûlait les doigts.

Bordel, qu'est-ce que je fous !

Il observe ce qui va lui servir de petit déjeuner d'un œil attentif, tandis que je prends place au pied du lit, du côté inoccupé et au plus loin de lui.

– Vous ne voulez pas m'ôter ces foutues menottes ?

– Vous n'avez pas besoin de votre jambe pour vous asseoir et manger, réponds-je instinctivement.

Il soupire légèrement et se redresse sans effort pour s'attaquer à la banane. Mon cœur bat la chamade, j'attends et redoute le moment où il va empoigner le sandwich. Ce sandwich qui dictera ma position à adopter par la suite.

– Vous êtes comme ça avec tous les hommes que vous croisez ?

Je cligne des yeux, incertaine du sens de sa question.

– Comme ça ?

– Ouais. Froide et autoritaire.

Pas vraiment, je suis même quelqu'un de jovial. Mais mon amertume envers lui ne vient pas de sa condition d'homme, mais de ce qu'il est.

Celui qui a tout détruit.

– Seulement avec les types qui me dérangent en plein sommeil !

– Parce qu'il y en a eu d'autres avant moi ?

Je lève les yeux au ciel pour seule réponse. *Encore de l'humour.* Je lui épluche la mandarine pour paraître moins « froide et autoritaire ». Il n'a qu'une main de libre et, bien qu'il ne soit pas désagréable à regarder, franchement rester au pied du lit sans rien foutre me donne des fourmis. Et je dois avouer que j'ai tellement peur de ce sandwich qu'il faut que je m'occupe l'esprit.

– Vous aimez ? demandé-je alors qu'il repose la tasse presque vide.

Je déglutis au moins trois fois en voyant sa main survoler le plateau à la recherche de son prochain encas.

– Le café est un peu fort. Enfin, je crois.

– La prochaine fois, on testera avec du sucre.

Il hoche la tête et récupère finalement la mandarine. Moi, je soupire. Bordel, c'est quoi, l'expression, déjà ? *Le meilleur pour la fin.*

Rebel émet un couinement de l'autre côté du lit. Droit comme un piquet sur son postérieur, les pattes dans le prolongement de sa gueule, cette enflure mendie à manger à l'ennemi.

– Qu'est-ce qu'il a ?

– Il veut ce que vous mangez. Ne lui donnez rien. Un, il n'a pas à manger dans ma chambre ; deux, il s'est déjà tapé une gamelle pleine de croquettes à la dinde ce matin ; et trois, rien n'est bon pour lui sur ce plateau.

– Vous êtes encore autoritaire.

Et je t'emmerde. En papillonnant des yeux et avec le sourire, bien entendu, je suis bien élevée.

– Qu'est-ce que c'est ?

Le moment fatidique est enfin arrivé ! Ma poitrine m'oppresse, tant l'excitation a atteint son paroxysme. Elle est identique à toutes ces premières fois dans la vie qui nous font autant peur que plaisir. Première heure de conduite, première réanimation, première utilisation des palettes d'un défibrillateur, première partie de jambes en l'air… Nous y sommes !

Enfin !

– Un sandwich au beurre de cacahuètes.

J'observe sa réaction. S'il me ment, il est très doué. Il le sent, sans appréhension mais avec curiosité, puis le repose pour avaler une nouvelle gorgée de café.

Je vais mourir d'incertitude s'il continue.

– Je peux au moins connaître votre prénom ? demande-t-il enfin.

– Vous ne vous souvenez vraiment de rien ?

– Non. Pourquoi ? On s'était déjà rencontrés ?

Je hoche la tête en priant pour que mon discours n'éveille aucun souvenir dans le cas où il aurait réellement perdu la mémoire.

– Vous êtes venu déjeuner dans le bar où je travaille, avant de débarquer au milieu de la nuit chez moi.

Sacrée coïncidence qu'il soit venu un jour où je travaillais, d'ailleurs. L'impression de ne pas avoir été retrouvée par hasard me laisse un goût étrange dans la bouche et surtout une possibilité que mon esprit refuse d'entrevoir : celle que quelqu'un ait pu me dénoncer.

– Je vous ai draguée ? plaisante-t-il.

– Non, pas du tout.

Je retiens un rire dans un pouffement.

Erreur. J'aurais dû penser très fort à la sensation de malaise qui m'avait envahie ce midi-là en entendant mon prénom après plus de trois ans de cavale, pour m'abstenir de pouffer. Car aussitôt ses yeux se fixent sur ma bouche. Je ne suis pas déstabilisée parce qu'il me regarde – je suis habituée à ce que les hommes m'observent avec envie –, je suis déstabilisée parce que ce regard, étincelant et rempli de convoitise, vient de lui.

Le mec qui voulait me ramener à Los Angeles, et qui m'avait à peine porté de l'intérêt chez Stanley's.

Leia. J'entends mon prénom résonner dans mes oreilles.

– Je m'appelle Lana, lâché-je, déboussolée.

Il ne semble pas remarquer l'état dans lequel je suis et se replonge dans son petit déjeuner. Il boit une nouvelle gorgée et reprend le sandwich dans ses mains. Je vis et je vois la scène au ralenti, sa bouche s'ouvrir en grand, sa main tenant le pain de mie s'en approcher, et simultanément je me répète les étapes qui mènent au choc anaphylactique. Les immunoglobulines de type E déclenchent la libération d'histamines qui entraînent : une dilatation généralisée des vaisseaux, une chute de la pression artérielle qui mène à la perte de connaissance du sujet, un œdème facial et de l'urticaire. Dans un même temps, les histamines provoquent une bronchoconstriction et, par la suite, des difficultés respiratoires. Si le phénomène n'est pas enrayé rapidement, le sujet peut décéder dans les deux minutes qui suivent l'ingestion.

Mon cœur s'affole, je m'écrie :

– STOP !

Trop tard. Je cesse de respirer, je pense même que mon cœur s'est arrêté de battre.

– Quoi ? s'étonne-t-il, la bouche pleine.

Je me lève. Rapidement ? Lentement ? Aucune idée. Je passe le couloir, récupère le stylo d'adrénaline, ma vue se brouille, mes oreilles bourdonnent. Lorsque je reviens dans la chambre, j'ignore le plateau qui vole sur le lit, je fais abstraction de l'homme qui se tient la gorge de sa main libre et qui s'agite sur les draps, et plante directement dans son bras l'aiguille de la seringue pour en injecter son contenu.

La totalité.

Chose faite, je recule d'un bon mètre et reprends ma respiration. J'ai l'estomac au bord des lèvres, je crois que je vais vomir mon café. Jack se calme rapidement, ne cherche plus son air ; ses muscles se relâchent, il a l'air épuisé.

– Vous êtes allergique à la cacahuète, expliqué-je dans un murmure à peine audible. Vous me l'avez dit au resto.

Les traits de son visage se durcissent instantanément, je comprends que je suis allée trop loin. J'ai attenté à sa vie et la lui ai rendue.

Par deux fois.

– C'était quoi, votre but ? aboie-t-il, essoufflé. Me tuer ?

Ses muscles sont si tendus que ses tatouages donnent l'impression de danser, ses yeux, d'habitude d'un azur presque translucide, deviennent si sombres qu'on pourrait en décliner des centaines de nuances, et cette posture, ses larges mains serrées en des poings colossaux et ses épaules imposantes déployées avec grandeur le rendent terrifiant.

Je frissonne de tout mon être dans un mouvement de recul. Impossible de ne pas se sentir en danger face à cet homme. Il transpire la cruauté et la malveillance. La seule chose qui sauve mes fesses à cet instant, c'est son amnésie, car je sais au fond de moi que le vrai Jack Anderson aurait déjà fait sauter ses menottes pour me faire payer ma ruse.

Et étrangement, c'est ce qui me permet de garder mon sang-froid.

Il ne se souvient de rien.

Il n'a plus la notion de ce qu'il est, de ce qu'il a été et de ce qu'il a vécu. Mais pour combien de temps ?

5

Jack

J'ouvre les yeux, sentant une douleur lancinante dans le bas-ventre. Je ne me suis pas vu m'endormir. La clarté dans la chambre semble différente. Il fait plus sombre, les ombres se font plus larges. J'en déduis que nous sommes en fin d'après-midi, voire plus tard. Mais bordel, quand vais-je cesser de dormir ! Comme à mes précédents réveils, ma mémoire me fait faux bond, je ne tente même plus de me souvenir, mes efforts seront vains.

Mais ça reviendra, je ne désespère pas. Pourquoi ? Parce que je le sens. Il n'y avait qu'à voir ma réaction ce matin pour cette histoire d'allergie à la cacahuète. J'étais hors de moi, dans une colère monstre, une fureur sans égale qui s'emparait petit à petit de chaque cellule qui me constitue. Cette fureur, je la connaissais. Ça n'était pas qu'une sensation, je suis persuadée qu'elle fait partie de moi. De ce que j'étais avant. De ce que je suis en réalité.

Lana, cette rousse aux idées aussi maléfiques que tordues, donnait l'impression d'être terrorisée. Je me suis vu dans ses yeux émeraude. J'ai aperçu le monstre que j'étais et j'ai détesté ça. Il m'a fallu faire appel à une force surhumaine pour accepter ma colère et ne pas m'emporter plus loin.

Jusqu'où serais-je capable d'aller ? Qui suis-je réellement pour qu'elle ait eu besoin de me tester ? Pour qu'elle ait eu besoin d'aller jusqu'à mettre ma vie en danger pour être certain que je ne lui racontais pas des bobards ?

Pour l'heure, je laisse de côté toutes ces questions, soudainement à l'écoute des signaux que me renvoie mon corps.

Je vais me pisser dessus. Ça n'est plus qu'une question de secondes. Je m'agite un peu trop brutalement, et joins ma main immédiatement à mon épaule tant la douleur me surprend.

Respire, mec…

Autant je n'ai plus aucun souvenir de qui je suis, autant je ne suis pas stupide. Je suis attaché à ce putain de lit. Je m'égosille :

– Lana !

Je l'appelle plusieurs fois. Si fort que mon mal de tête revient au galop.

Et ça n'est pas la rouquine qui débarque en premier mais son clebs. Ce satané chien me regarde, l'air amusé, me débattre avec les menottes au pied. Le barreau en bois du lit craque. Si seulement je n'avais pas cette putain d'écharpe, ce putain de bandage !

Je serre les fesses, la vessie au bord de l'implosion et presse mon membre avec ma main libre à travers mon caleçon.

Ne pas penser à la tuyauterie !

J'enrage et peste haut et fort :

– Bordel !

Quand soudain elle apparaît, les deux poings sur les hanches, la mine sévère.

– Je peux savoir ce qu'il vous arrive ?

Elle sort de la douche ? Elle a délaissé ses lunettes, une serviette sur la tête, un pull couleur pistache, bien plus attrayant que le précédent, et un legging noir. Là aussi, c'est bien plus *attrayant* que son jean. Même si le bon mot serait « bandant ». Néanmoins, je n'en oublie pas ma réelle motivation à la voir :

– J'ai très envie de pisser.

Et je vous jure qu'avoir la trique en ayant la vessie pleine, c'est un suicide calbutaire assuré.

Elle cligne des yeux, indisposée, puis balaie la pièce du regard avant de s'arrêter sur ma main encore sur mon tuyau.

– Je… euh… Je vais vous chercher une bassine.

J'ouvre la bouche si vite et si fort que ma mâchoire craque.

– Vous n'êtes pas sérieuse ?

Je l'entends rire. Rire sarcastique et enjôleur à la fois, cette fille est folle.

Je ferais mieux de trouver un moyen d'ôter ces menottes moi-même. Hors de question de pisser assis. Simple question d'ego ? Sans doute. Là encore, c'est une sensation qui m'enivre, je sais au fond de moi que je ne suis pas du genre à m'asseoir sur une cuvette, mais plutôt à m'amuser à viser le point d'eau tout au milieu.

Lana revient enfin. Les mains vides, mais un sourire espiègle sur les lèvres. Plus de serviette sur la tête, ses cheveux à peine essorés gouttent sur le parquet. J'essaie de ne pas y penser.

Même si elle affiche une mine sûre d'elle, les yeux plissés, le menton bien haut, je remarque à sa démarche faiblarde qu'il n'en est rien. Sitôt au pied du lit, elle récupère un objet dans son dos et tend son bras devant elle.

– Un flingue ? m'étonné-je.

Elle hoche la tête. Je ne bouge pas d'un poil. Je n'ai pas peur. Pourquoi, d'ailleurs ? Je me suis reçu une balle dans l'épaule, je devrais être terrifié que ça ne se reproduise. Mais c'est tout le contraire, je suis… *excité* ? C'est dément. Peut-être que le fou, entre nous deux, c'est moi, finalement. D'autant qu'elle a déjà attenté à ma vie avec son histoire de cacahuète. *Bordel, j'aurais pu crever !*

Je n'ai pas le temps de continuer mon introspection, puisque je me reçois une clé en plein visage.

– Détachez-vous, ordonne la diablesse.

Je ne me fais pas prier. Même si mon épaule ne m'aide pas, la serrure des menottes cède en quelques secondes. Sitôt ma cheville libérée, je précipite mes jambes hors du lit, et m'assieds du même coup.

Tâter le sol de mes pieds n'a jamais été aussi merveilleux… *Faux, ça le sera quand j'aurai vidé ma vessie.*

– Allez-y doucement en vous levant, m'avertit Lana. Ça va faire douze heures que vous êtes allongé dans ce lit, je n'ai aucune envie de me faire un lumbago en vous ramassant par terre.

J'écoute son conseil, la tête me tourne. Je l'observe en attendant que le malaise passe et c'est l'électrochoc. Tout se bouscule, et il ne s'agit pas de ma vision, ce ne sont pas des images, ça s'apparente à des idées, des réflexions. Intrusives, involontaires.

Son pouce droit est trop en arrière : si elle tire, elle risque de se blesser avec le recul de la glissière, ou au mieux d'enrayer l'arme. Ses épaules sont trop rentrées vers l'intérieur, ses jambes trop fléchies. Une phrase me vient en tête : « Tu dois être aussi naturel que si tu attendais le bus. » J'entends la voix de la personne qui me l'a dite, sans mettre de visage ou de nom dessus.

– Votre position n'est pas bonne, finis-je par annoncer.

Mon cœur palpite lorsque je comprends quelque chose d'important. J'ai déjà tenu une arme, j'ai déjà tiré, je connais l'odeur de la poudre et le bruit sourd d'une balle percutée par le marteau d'un pistolet.

Qui suis-je ?

Lana déglutit et resserre sa prise sur l'arme. Son affolement ne me touche même pas parce que je suis ailleurs. Je ne cherche pas à la rassurer ; bizarrement, je n'en ai aucune envie. J'aime voir son visage se décomposer. Je continue tout en me dressant sur mes jambes :

– Vos pieds sont trop éloignés, vos genoux bien trop fléchis.

Elle ne peut se retenir d'observer ses jambes une seconde et déglutit, encore, avant de me lancer un regard torve.

– J'aurais dû vous laisser crever avec ce sandwich au beurre de cacahuètes !

Lana la fauve est revenue. C'est fou ce que la peur peut faire ressortir de nous, ce qu'elle nous pousserait à faire, à devenir.

Moi, en revanche, je n'ai pas peur. Pourquoi suis-je si serein et si amusé à la fois, face à une situation qui pourrait me coûter la vie ?

Une vie que je ne connais pas.

Je tente un pas. Ses bras se tendent un peu plus en avant.

– Les toilettes sont par là, m'indique-t-elle d'un coup de tête vers la porte.

Je me tourne dans la direction opposée. Vers elle.

– Je sais ce que vous pensez et vous vous trompez. Je n'ai aucun souvenir. Je sais comment me servir d'une arme et pourtant ça ne me ramène à rien de ce que j'ai pu vivre.

Elle me dévisage, m'étudie, tout y passe. Mes pieds, mes jambes, mon boxer, mon buste, où le blanc de mes bandages tranche sur mes tatouages, pour finir dans mes yeux. Je ne cille pas, je n'essaie pas de jouer la comédie, d'avoir l'air accablé ou apeuré, je n'ai pas à me cacher.

– Je vous crois, finit-elle par dire dans un souffle.

– Et pourtant, vous me tenez en joue.

– Simple précaution.

Elle serre les dents, tentant sûrement de contrôler ses émotions. En vain. Une fois possédée par la crainte, il est difficile de s'en défaire, il ne lui reste plus que deux solutions : me fuir ou m'affronter.

– Je n'aurai aucune difficulté à vous désarmer.

J'avance sereinement, guidé par mon instinct. Mon sang bouillonne, je sens mon corps se remplir d'une chaleur jouissive. *L'adrénaline*.

J'aime ça.

Lana recule sensiblement, ses pupilles tremblent, vacillent entre la porte de sa chambre et moi. C'est le moment du choix dans sa tête.

Me fuir ou m'affronter.

– Si vous faites un pas de plus, je ti…

Je n'attends pas qu'elle finisse sa phrase. Je suis rapide. En une enjambée, je suis contre elle, j'attrape ses deux mains et les fixe en l'air, tout en appliquant fermement mon buste contre le sien, nous projetant violemment tous les deux contre le mur derrière elle.

J'oublie la douleur dans mon épaule et mon envie pressante de pisser, pour apprécier l'exploit que je viens d'accomplir.

Je sens chacun de mes muscles se déployer, grandir sous la pression de mes artères gorgées d'adrénaline, et j'aime ça.

Mais ce que j'apprécie par-dessus tout, c'est voir Lana, étourdie, transpirante de crainte, le visage déformé par l'appréhension, ses billes émeraude figées dans les miennes, et ses lèvres ouvertes sur un son terrorisé qui ne viendra jamais. Sentir son souffle saccadé et brûlant sur mon cou, sa poitrine peiner à se soulever sous mon torse et ses fines mains trembler dans la mienne, alors que son pouls bat contre mon pouce.

Une partie de moi aime savoir que je la terrorise.

À peine cette pensée me traverse-t-elle que je me ressaisis. Là, maintenant, j'ai peur de ce que j'étais. De ce que je suis. Son chien aussi doit sentir le danger, il se met à grogner.

– Dites-lui de ne pas bouger, murmuré-je.

Au son de ma voix, Lana retrouve instantanément des couleurs. Ses joues virent au rouge, un de ses sourcils se dresse et ses lèvres esquissent un sourire narquois.

– Rebel n'écoute personne.

Le clebs a donc un nom.

Tout en desserrant mes doigts sans pour autant la libérer, je la rassure :

– Je ne vous veux aucun mal.

Pourquoi prend-elle tant de précautions à mon encontre ? À croire que je n'occasionne chez elle que des sentiments négatifs, car elle ne cherche pas à m'aider, ne donne pas l'impression d'avoir de la compassion.

Il me manque un truc, une information.

Ce bout de femme emprisonnée entre un mur en lambris et ma cage thoracique me cache quelque chose.

– Pourquoi ai-je l'impression que vous ne m'avez pas tout dit ?

Ma question la fait frémir, j'ai touché un point sensible. Je jubile mais sa réponse calme mes ardeurs.

– Je ne vous fais pas confiance et je ne vous connais pas.

Je soupire, résigné. C'est l'histoire du serpent qui se mord la queue. Je rends les armes, au sens propre comme au figuré. Je libère ses poignets et recule d'un pas, de quoi lui laisser de l'espace.

– Pour le coup, annoncé-je, je suis dans le même camp que vous, je ne me connais pas non plus.

Elle replace d'une main tremblante le flingue derrière son dos, tout en me scrutant avec, pour la première fois, une lueur différente dans ses yeux. Là, à cet instant, je n'ai plus l'impression d'être la bête ou le monstre, mais un homme tout simplement.

Enfin, elle rompt le silence :

– D'après votre permis de conduire, vous vous appelez Jack Anderson, vous avez 35 ans, vous venez de Californie. De ce que j'ai pu comprendre au bar, vous étiez ici pour faire du snowboard.

Jack Anderson. 35 ans. Californie. Snow.

Je suis aussi chamboulé que si elle m'avait annoncé le dernier bulletin météo. En d'autres termes, toutes ces informations ne provoquent rien en moi. Rien, hormis un je-m'en-foutisme désespérant.

Et surtout rageant.

Je demande, les dents serrées :

– Avec qui ?

– Aucune idée, vous étiez seul.

Je m'enquiers :

– Comment suis-je arrivé jusque chez vous ?

– Je ne sais pas. Mais si vous êtes monté à pied de Keystone, vous avez dû mettre plusieurs heures.

Quel abruti venu faire du snow se perdrait en pleine nuit dans la forêt ?

Jack Anderson apparemment.

Quel con, celui-là ! À moins qu'on ne m'y ait poussé. Après tout, Lana m'a aussi dit, à mon premier réveil, que je cherchais à me cacher. Oui, mais de qui ? Et surtout, suis-je encore en danger ?

Cette histoire n'a pas de sens.

La colère gagne encore du terrain ; c'est la douleur foudroyante de mon épaule qui me fait mesurer à quel point je suis tendu. Tous mes muscles sont bandés, crispés, prêts à sauter sur la première personne qui ouvrira sa putain de bouche pour encore m'informer de choses que je ne me rappelle pas.

Il me faut de nouveau une force incommensurable pour gérer cette colère et tendre la main, le souffle coupé, le bras aussi dur qu'un bout de bois, vers Lana.

– Bonjour, je m'appelle Jack Anderson.

Elle me regarde, d'un air ébahi. Encore une histoire de confiance, sans doute. Je ne lui en veux pas, je ne suis pas certain de me faire confiance non plus.

D'un geste indécis, elle finit par serrer ma main dans la sienne.

Doigts fins, paume délicate, peau douce. Ne pas serrer comme un forcené, elle n'y survivrait pas. Et le plus étrange, c'est que je n'ai aucune envie de la briser. Mes muscles se détendent au passage d'un frisson à son contact, mon cœur se galvanise puis s'apaise.

Adieu, la colère. C'est étrange. Inconnue de mon système nerveux central, au même titre que mes souvenirs.

Comme si ce sentiment particulier était partagé, elle retire sa main prestement pour baragouiner :

– Lana Smith.

À la bonne heure ! Maintenant, je peux aller pisser, je ne tiens plus.

***

– Jack ! Ouvrez cette porte !

Voilà au moins dix fois que Lana me hurle dessus. Je ne réagis pas. Je laisse l'eau glacée couler sur ma tête, progresser sur mon corps et imbiber mon bandage. Elle s'infiltre dans mes oreilles et me rend sourd à tous les bruits inutiles qui m'entourent.

Je pensais qu'une douche glacée me remettrait les idées en place, mais je suis juste bon pour une pneumonie. Ah oui et, maintenant, je ne sens plus l'antiseptique, mais le gel douche bio à l'huile d'amande douce.

Mais tant que je peux pisser debout, qu'est-ce qu'on s'en fout que je sente la femme !

Je coupe l'eau, au nouveau hurlement de Lana.

– Jack ! Est-ce que ça va ?

Je sors de la douche, récupère une serviette et me débats avec pour tenter de l'enrouler autour de mon bassin.

– Deux minutes, marmonné-je.

Lorsqu'elle tombe à mes pieds pour la troisième fois, j'abandonne et peste contre moi-même. Je suis agile pour ce qui est de désarmer quelqu'un, mais je ne suis pas capable de me démerder pour me sécher !

Encore de la colère.

Cette fois-ci, je n'essaie pas de la gérer ; les yeux rivés sur mon propre reflet, j'attrape fermement le bandage trempé et le tire d'un coup sec et puissant. Mes paupières ont à peine cligné sous la douleur. Je retire les derniers lambeaux de bande et découvre un pansement rectangulaire, légèrement teinté de mon sang. Un deuxième derrière dans mon dos, je déplie mon coude, fait jouer l'articulation de mon bras, ça fait du bien. Enfin, je peux me sécher et me couvrir d'une serviette !

Chose faite, j'ouvre la porte et tombe directement sur Lana. La voyant un poing en l'air, je pense qu'elle s'apprêtait à tambouriner de nouveau sur la boiserie.

Je ne sais pas trop comment je dois interpréter son regard.

Ses yeux me détaillent, j'ai l'impression qu'ils me caressent presque, redessinent mes tatouages et leur donnent une vie, une signification que je ne leur connais pas ; ils gravissent lentement, mais avec agitation, sur mon torse.

Ma poitrine se gonfle imperceptiblement sur leur passage, et mon sang s'échauffe lorsque sa bouche s'entrouvre. C'est déstabilisant parce que mon corps se laisse amadouer alors que ma tête m'implore le rejet. Comme si le vrai Jack Anderson qui sommeille en moi éprouvait de la réticence. Je décide de l'ignorer. Qu'il aille au diable, c'est lui, qui nous a mis dans la merde !

Mais alors que je devrais me sentir flatté par son regard, je vois Lana blêmir. Peut-être ai-je mal interprété ? Peut-être se rend-elle compte à quel point je pourrais être dangereux ? Pas bien difficile, je fais deux têtes de plus qu'elle.

J'ai la sensation d'être repassé sous la douche froide.

– Je vous avais dit de vous rafraîchir, pas de prendre une douche.

Exact. Et comme précédemment lorsque je n'avais aucune envie de l'écouter, je ne m'excuse pas. Pourtant, c'est ce qu'elle attend. Mais si je dois gagner sa confiance alors autant jouer franc jeu et ne pas se cacher derrière de faux airs de bon garçon.

Quelque chose me dit que je suis loin de l'être.

– Je vais devoir refaire vos pansements, dit-elle sur le ton de la réprimande.

Elle se décale et m'indique le couloir du menton. Je m'exécute, mon hôtesse sur les talons, et rejoins rapidement ce que je pense être la pièce principale de l'habitation. Habitation qui s'apparente à un chalet, pas très grand, puisqu'il ne dispose que d'une seule chambre.

J'observe tout avec minutie. De la cuisine sur ma gauche au salon sur ma droite. Je ne me souviens de rien, ni d'avoir embrassé un meuble, ni d'avoir quémandé de l'aide à une poupée Barbie et encore moins de m'être pris une balle.

Je soupire et m'assieds sur la chaise que Lana me désigne dans la cuisine. Elle commence à défaire des paquets de compresses sur la table et en imbibe certaines d'antiseptique, tandis que Rebel, qui ne la quitte jamais, s'allonge à mes pieds.

– Ne bougez pas, m'ordonne-t-elle.

Posément, elle défait mes deux pansements. Je découvre les dégâts sur un tatouage, une dame de pique, compte quatre points de suture et sursaute à l'application de la première compresse.

– Je ne veux même pas savoir si vous avez mal. Vous l'avez bien cherché, se moque Lana.

Je me redresse et chasse toute notion de douleur de ma tête. Il ne reste plus que cette sensation désagréable du tissage des compresses qui s'accroche perversement avec les fils de mes sutures.

Les gestes de la rousse sont minutieux, appliqués, elle sait ce qu'elle fait, et ça n'a strictement rien à voir avec son boulot de serveuse.

– Où avez-vous appris à faire ça ? demandé-je instinctivement.

Alors que je tente de la regarder dans les yeux, elle m'intime d'un geste ferme sur la joue de détourner la tête. Je suis si surpris que je me laisse faire.

– Ne parlez pas au-dessus de votre plaie, notre bouche abrite des milliers de bactéries. Je n'ai aucune envie que ça s'infecte. Et pour répondre à votre question, mon grand-père était vétérinaire. Je l'ai vu faire pas mal de fois.

Vient le tour de la plaie dans mon dos.

– Vétérinaire… très rassurant, me moqué-je.

Elle étouffe un rire. Immédiatement je cligne des yeux, surpris qu'elle puisse avoir été autre chose qu'autoritaire. Rien à foutre de l'infection, je tourne la tête dans sa direction, je veux la voir sourire. J'ai à peine le temps d'apercevoir sa bouche s'animer que sa main vient une nouvelle fois se joindre à ma joue pour me forcer à « postillonner » dans l'autre direction. De la même manière que précédemment, je me laisse faire, un sentiment étrange naissant dans la poitrine. Il vient de se produire un truc entre nous, ça n'est pas de l'attirance, ni le début d'une complicité, ni celle d'une grande amitié, c'est autre chose.

Quelque chose d'indéfinissable, autant pour moi que pour Jack Anderson.

Et au silence qui s'ensuit, j'en conclus que je ne suis pas le seul à l'avoir ressenti.

Une fois les pansements collés, Lana tend sa main pour atteindre une bande. Je chope son poignet net à la volée.

– Vous comptez me remettre ce truc ultra-serré autour du bras ?

– C'est pour votre bien, pointe-t-elle avant de s'extirper de ma prise.

– Je ne sais peut-être pas qui je suis, mais je sais encore ce qui est bien ou non pour moi. Et ce truc m'empêchera de bouger.

M'habiller, m'essuyer, me gratter, enrouler une putain de serviette !

Rien ne sert de se mettre en colère ni de discuter, il est hors de question qu'elle me bande le bras en écharpe. Je reste d'un calme olympien, ce qui n'est pas le cas de mon apprentie vétérinaire. Ses joues prennent une couleur rouge vif et son menton se perce d'une fossette de mécontentement.

Lana la fauve est là.

– C'est justement le but, explique-t-elle. Si vous bougez votre bras, vous allez retarder la cicatrisation. Un hématome peut se former et, cette fois-ci, je ne pourrai pas vous aider, car rien ici ne me permettra de l'évacuer.

– Et moi, je suis certain que ma cicatrisation n'est pas votre seul objectif.

Je me lève de mon siège, autant pour mesurer l'impact de mes propos que pour la dominer. Rebel en fait de même et, à ses grognements, je pense qu'il sent aussi bien le danger que sa maîtresse. Je n'en tiens pas compte, obnubilé par Lana, par la cadence soutenue de ses jugulaires, par le dessin d'une déglutition dans son cou, et le frémissement de son regard à l'orée du mien.

Je m'arc-boute sur elle jusqu'à frôler son visage de mon souffle et demande dans un murmure :

– Je vous fais moins peur avec un bras en moins, n'est-ce pas ?

Sa réaction ne se fait pas attendre. J'ai l'impression d'avoir vu ça maintes fois. *Dilatation des pupilles, souffle coupé, traits figés.* Sauf qu'avec Lana ça ne s'arrête pas là et qu'elle a tout pour me surprendre. Ses mains se plaquent sur mon torse, bien à plat, posément, avec douceur mais fermeté et, alors qu'un long frisson me traverse, elle se hisse sur la pointe des pieds pour venir coller sa bouche au plus près de mon oreille.

L'amande douce n'a jamais senti aussi bon, et mon moi intérieur me maudit de le penser.

– Gardez vos distances avec moi ou je vous assure que Rebel se chargera de vos parties intimes.

J'ai un rictus, mais en réalité je n'en mène pas large. Je n'ai aucune envie de me faire bouffer la queue par un clebs.

Queue qu'il n'aurait aucun mal à choper puisqu'elle pendouille entre mes jambes derrière une serviette !

à ses grenouillères, je pense [illegible]
qu'à sa maîtresse. Il [illegible] pas
[illegible] par le dessin
d'une [illegible] tout, et le [illegible]
[illegible]

Je [illegible] jusqu'à trouver son visage de [illegible]
[illegible]

Jamais [illegible]

[illegible] Dictionnaire [illegible]
[illegible]

[illegible]
[illegible]

[illegible]

[illegible]

Quand il [illegible]
[illegible]

6

Lana

Je jure que s'il tente encore une fois de m'impressionner, je le rattache à mon lit ! Parce que Rebel est une très mauvaise arme. Il n'obéit à personne si ce n'est au tintement des croquettes dans sa gamelle en inox. Mais Jack ne l'a toujours pas compris.

Et moi, ce que je ne comprends pas, c'est ce qu'il fait naître en moi. Un mélange d'excitation liée à la crainte, une impression d'être en vie uniquement lorsqu'il m'approche. C'est insensé.

Je récupère les vieilles affaires de Charly, trouvées dans un carton au fond de la remise et retourne auprès de Jack, toujours dans ma cuisine, en admiration devant les tatouages de son bras gauche jusqu'alors cachés derrière le bandage. Je suppose qu'il se demande dans quel contexte il les a faits. Tout comme les autres. Mais là où, moi, j'en suis simplement curieuse, lui doit élaborer des tonnes de théories. Et ça doit être pire que de la frustration. Ça doit être une réelle torture morale, de quoi devenir fou à lier !

Je dépose ma cargaison sur la table de la cuisine.

– Tenez. Je vous ai trouvé des affaires. Elles sentent le renfermé, mais elles sont propres.

Il penche sa tête au-dessus du carton et se met à farfouiller immédiatement dedans.

Farfouille vite, habille-toi vite, et ainsi j'arrêterai de t'observer sous toutes les coutures ! Ce mec est un dieu grec, c'est *ma* torture morale ! Chacun la sienne.

– Où est-il ? demande-t-il en récupérant un pull blanc qui, je sais d'avance, sera très serré sur lui.

Rien pour alléger ma torture morale, donc…

Je cherche Rebel du regard, il a la gueule dans sa gamelle d'eau.

– Qui ça ? le questionné-je tout de même en le soupçonnant d'avoir des troubles de la vision.

Un jean sous le bras, sans même me regarder, il continue son investigation dans le carton. Un survêtement complet voit le jour.

– L'homme à qui appartiennent ces affaires.

La spontanéité de sa réponse me fait sourire. Je n'avais pas pensé à ce genre de question. J'ai anticipé beaucoup de ses interrogations, comme celle de ma faculté à connaître aussi bien la médecine. D'ailleurs, mon grand-père, paix à son âme, n'a jamais été vétérinaire, mais faisait partie des plus grands juges de Los Angeles. Néanmoins, qu'il s'interroge sur la présence d'un homme dans ma vie ne m'a jamais effleuré l'esprit.

Est-ce une erreur ? Aucune idée, mais je ne crois pas être son unique centre d'intérêt. Le seul ici est de retrouver sa mémoire. Alors je suppose que je n'ai rien à craindre. Sa question n'a aucun sens caché et, pour une fois, je ne lui dissimulerai pas la vérité.

Je m'aperçois que Jack me regarde comme si c'était la première fois qu'il me voyait. Ses yeux sont figés sur ma bouche. Je me ressaisis instantanément, je préfère largement qu'il voie en moi quelqu'un de froid et d'autoritaire. Ça impose des distances et ça m'évite d'éprouver des trucs bien trop immoraux.

Pour lui.

– C'était à mon proprio, expliqué-je, les joues néanmoins brûlantes.

Le carillon de l'horloge du salon sonne les vingt heures, c'est le moment de mon coup de fil « rendez-vous » avec

Charly. Passé cette heure, s'il n'a pas de mes nouvelles, c'est qu'il m'est arrivé quelque chose.

– Je sors prendre l'air, indiqué-je à Jack.

Je récupère mon manteau, et sors du chalet rapidement. De mon nouveau portable, je compose le numéro de Charly, il décroche dès la première sonnerie.

– Pile à l'heure ! fait-il remarquer.

J'ignore son ton répréhensif, reflet de son inquiétude à mon égard.

– Alors ? Qu'as-tu trouvé ?

Je l'entends soupirer dans le combiné. Aucune idée de ce qu'il va m'apprendre sur ce Jack, mais mon cœur bat à une allure folle.

– Jack Anderson est une fausse identité, et je n'ai aucune idée de qui est ce type. J'ai néanmoins trouvé une empreinte, j'ai lancé une recherche dans nos fichiers, j'attends les résultats.

– OK.

C'est tout ce que j'arrive à dire. Quelque part, au fond de moi, sans doute que je le savais. Qui risquerait de se faire prendre aussi facilement ?

– Ça n'est pas tout, reprend Charly. J'ai retrouvé sa voiture un peu plus haut dans les bois. Un pick-up Ford, flambant neuf, acheté toujours par ce même Jack Anderson, comptant.

Bien entendu, pourquoi laisser des traces, ça serait si simple.

– Mais ça n'est pas le plus inquiétant.

Mon cœur accélère sa cadence. Je ne peux me retenir de jeter un coup d'œil dans la maison à travers la fenêtre du salon. *Jack* n'y est plus, mais j'aperçois Rebel assis devant la porte de la chambre. Que fait-il ?

Charly continue :

– J'ai trouvé une arme dans sa boîte à gants, un pistolet. Je ne sais pas qui il est, mais ce gars est loin d'être un saint.

– Le port d'une arme n'est pas un crime dans notre pays.

– Non. Mais s'il vient effectivement de Californie, il lui faut une autorisation, et c'est loin d'être facile de s'en procurer une dans cet État.

Faux-Jack refait son apparition. Vêtu, il semble frais comme un gardon. Mais je n'en oublie pas tout ce que je sais, toutes mes questions, toute la peur qu'il m'inspire.

Même si j'avais imaginé que son passé n'était pas glorieux, l'entendre de vive voix m'affecte. Ça devient une réalité qu'il ne faut pas écarter. Il peut retrouver la mémoire d'un instant à l'autre et mener à bien la mission qui l'a conduit ici : me ramener à Los Angeles. Je n'ai plus le choix.

– Je dois quitter Keystone.

Le dire à voix haute me crève le cœur.

– Il y a sûrement une autre solution, tente Charly.

Justement, en cherchant une solution, nous perdons du temps alors que chaque jour est compté. *Qui d'autre sait où je suis ?*

– Non, il n'y en a aucune. Il faut que tu contactes Benson, j'ai besoin de nouveaux papiers d'identité.

À son soupir, je sais qu'il a compris.

– Je m'en occupe dès ce soir. Qu'allons-nous faire de ce Jack ?

– Aucune idée. D'autant que, pour l'heure, il ne se souvient de rien.

J'entends une voix de petite fille dans le combiné : « Mon histoire, Papa ! Ze veux mon histoire ! » J'ai la sensation de tomber dans un gouffre sans fin. L'image du visage de Mina, sa fille, s'impose dans ma tête. Je la vois dans les bras de ses parents. Je pense à son rire éclatant et à ses yeux pétillants. Et je perçois que Charly doit rester le plus éloigné possible de cette histoire. Si Jack retrouve la mémoire, je devrai être la seule à prendre une décision.

Toute seule.

Retour au point de départ, je ne dois compter que sur moi-même. Pour sa sécurité.

– La tempête risque de nous immobiliser là-haut. Ne te montre plus. Ne prends plus de risque.

– Lana… tente Charly.

– Non, arrête. Va coucher ta fille. Ta famille doit être ta seule préoccupation.

J'ai le temps de l'entendre soupirer une nouvelle fois avant de raccrocher. Je ne rentre pas pour autant.

Sans l'avoir sciemment décidé, je suis devant la fenêtre, à observer celui qui nous a plongés dans toute cette histoire. Les mains dans les poches de son jean, droit comme un piquet, les mâchoires tendues, il a les yeux figés sur la cheminée, et son regard est si glacial, si perçant qu'il serait capable d'en éteindre les flammes du foyer.

Qu'en sera-t-il de moi quand il aura retrouvé la mémoire ? Je ne donne pas cher de ma peau ni de tous ceux qui croiseront notre chemin. Et c'est pour cette raison que cette histoire doit être réglée au plus vite.

Une profonde mélancolie me saisit. *Tout est terminé.* Ma vie à Keystone est terminée. Je tente de respirer un bon coup pour le dire à voix haute, mais je peine à récupérer de l'air tant ma poitrine est prise dans un étau.

Je suis tétanisée par la peine, complètement découragée et abattue. Je n'étais pas prête. Personne ne le serait.

Les larmes menacent de couler et je vais avoir toutes les peines du monde à les contenir face à ce Jack, *ou quel que soit son nom.*

Je refuse de pleurer. Je ne l'ai pas fait en trois ans, je ne le ferai pas aujourd'hui. Je dois simplement me rappeler que j'ai eu de la chance d'avoir un semblant de vie normale.

Mais je suis lasse, si lasse que lorsque je passe la porte du chalet et découvre Dieu grec, les poings serrés face à Rebel, sa colère ne m'atteint pas.

– Je peux savoir ce que votre chien a contre moi ? grogne-t-il. Je ne peux même pas m'approcher de la porte !

Je suis fatiguée de mentir, je ne me cache pas, je le regarde à peine. Je rejoins la cuisine et débarrasse la table des compresses souillées tout en répondant :

– Il ne vous laissera pas passer sans mon autorisation.

– Qu'est-ce que je dois comprendre ?

Que mon chien est intelligent et qu'il a compris que vous étiez une énorme menace ! Pour nous, pour notre vie paisible, pour les O'Kelly et mes amis.

Tandis qu'il me dévisage d'un regard noir, le froid hostile de la mélancolie gagne du terrain. Ma gorge se noue une nouvelle fois, je vais craquer.

– Suis-je votre prisonnier ? demande-t-il avec révulsion.

Dans d'autres conditions, j'aurais ri. Il n'y a qu'à le voir pour comprendre que personne ne pourrait le retenir. Pas même un flingue ni même Rebel. Ce gars n'a peur de rien, et ça n'a rien à voir avec sa constitution physique. C'est bien au-delà, c'est ancré en lui. Et c'est ce qui me fait penser que son amnésie n'est que temporaire, il a gardé ses réflexes, ses réactions, l'attitude de mon agresseur.

Nous sommes toujours en danger. Mais en même temps, si j'ai choisi de le garder en vie, c'est aussi parce que j'ai besoin de savoir tout ce qu'il sait.

– Je suis épuisée, je vais me coucher, soufflé-je pour seule réponse.

Et dans mon lit.

Simple réflexe, je vérifie que mon arme est toujours dans mon dos et m'enferme à double tour dans ma chambre.

***

Il règne un silence absolu quand j'ouvre un œil. Un silence salvateur, bienfaisant, qui me donne l'impression de n'exister qu'à Keystone. Mais ce matin, ce silence est une drôle de désillusion. Il a un goût bileux. Celui de la réalité angoissante marquée d'appréhensions.

Bordel, j'ai laissé Jack sans surveillance ! La pensée n'a pas le temps de faire son chemin que je suis hissée sur mes deux jambes ; je modère ma frénésie en récupérant mon Beretta et le fixe dans mon dos.

J'ai une turbine à la place du cœur ; un afflux massif de salive dans la bouche m'empêche de respirer.

J'ouvre la porte sans brusquerie, entame la traversée du couloir d'un pas lent mais cadencé et me fige.

Il est là. Il est resté.

Je n'ai pas fait un pas dans la pièce qu'il rejette la couverture d'un mouvement brusque et se met instantanément debout devant le canapé. Même s'il vient de se réveiller, tous ses sens sont en alerte. Réflexe du vrai monstre qui sommeille en lui sans doute. Ses jambes sont ancrées dans le sol, ses muscles raides, ses épaules figées, ses bras en avant, ses poings serrés, et ses yeux me harponnent si violemment qu'ils m'incitent à reculer. Quand il me devine enfin, il semble se détendre imperceptiblement. Même s'il tente un sourire, et que ses bras retombent sur ses flancs, son corps reste tendu.

Rebel le suit de près. D'abord sonné, il tangue sur son tapis près de la cheminée, puis il s'étire sur toute sa longueur avant de me rejoindre dans un bruit de bâillement.

– Je vais prendre une douche, signifié-je à l'intention de Jack.

Rebel émet un aboiement foireux. Sa gamelle de croquettes attendra. Je me hâte dans la salle de bains et me lave rapidement. J'enfile le premier jean et le premier pull qui me tombent sous la main. Je suis tellement pressée de le rejoindre – afin de ne plus le laisser sans surveillance – que je délaisse le maquillage et en oublie de remettre mes lunettes. De toute façon, je n'en ai pas besoin, ni pour y voir, ni pour changer mon apparence puisqu'il ne se souvient pas de moi.

Fin prête, je rejoins John Doe, comme on appelle souvent ces hommes à l'identité perdue. Pour l'heure, je n'ai aucune idée de ce que je dois faire, de ce que je dois lui dire. La nuit ne m'a pas porté conseil, j'en suis au même point que la veille, si ce n'est pire.

Je me fige en le découvrant torse nu, un torchon sur l'épaule et une poêle à la main. Fichue conscience refait son apparition.

Un type est dans ma cuisine et il fait à manger.

Je salive inconsciemment plus pour ce que je vois que pour ce que je sens. Des tas de saveurs goût « muscles tatoués ». Les splénius de la nuque, les deltoïdes, les releveurs de la clavicule, les grands dorsaux, les petits obliques et… Oh mon Dieu, des crêtes iliaques au-dessus des fesses si prononcées que j'en oublie qui je suis. Son dos devrait être une référence dans tous les manuels de médecine, vous pouvez me croire !

– J'espère que tu as faim, annonce-t-il en se retournant.

Je hoche la tête et parcours des yeux sans vraiment les voir tous les mets étalés sur la table. Il me semble qu'il m'a tutoyée ! Il a dormi dans mon lit, sans moi, il a décidé de rester, nous allons manger ensemble. Est-ce que je dois le laisser me tutoyer ? Disons plutôt que je le lui dois bien, étant donné que je sais plus de choses sur lui que lui-même.

Jack reprend :

– Je ne sais pas comment j'ai réussi à faire tout ça ni où j'ai appris à cuisiner, mais il y a des pancakes, une omelette et du bacon grillé. Tu as le choix.

Nouveau hochement de tête, aucune innovation de ce côté-là. Rebel aboie un coup bref, il a la dalle. J'en profite pour réagir, je récupère sa gamelle, contourne la table et tente d'accéder au placard à croquettes. Celui-là même situé au niveau des fesses de…

– Il neige.

Je louche une dernière fois sur le cul devant mes yeux. J'ai les joues aussi rouges que du bacon.

J'ouvre donc le placard et retrouve enfin l'usage de la parole !

– Ça ne va pas s'arrêter de sitôt, ils annoncent plus de quarante centimètres et une tempête pour les jours à venir.

Je sors le paquet de croquettes. Rebel me rejoint au galop et saute sur le sac de vingt kilos fraîchement ouvert, qui m'emporte. Je tombe en arrière.

Mes fesses amortissent le choc et ma poitrine, les croquettes. Le visage cramoisi de honte telle une pin-up qui viendrait de casser son talon aiguille, je vais quérir le regard du seul mâle de l'assemblée, avant de me rendre compte qu'il n'en a rien à faire. Je me précipite alors pour ramasser les croquettes sur le sol en grondant Rebel.

– File au tapis !

Mon ton est sans appel, il rampe jusqu'à la cheminée la queue entre les jambes.

Je pue la dinde, mes doigts sont recouverts d'une fine couche de particules craquantes et collantes, et je peine à soulever le paquet encore branlant sur mes cuisses.

Alors que je peste contre le paquet de croquettes qui menace une nouvelle fois de renverser son contenu sur le parquet, l'énorme main de Jack s'interpose dans mon champ de vision. C'est l'électrochoc. Je rejoins en un rien de temps mon Beretta dans mon dos, la peur envahissant urgemment mon système nerveux. Mes doigts ont à peine le temps de frôler le métal glacé de l'arme que Jack empoigne sans effort le paquet de croquettes pour le redresser.

Fin de la scène la plus minable de ma vie, la pression retombe brutalement. *On peut la rejouer ?* Après tout, au pire, il m'aurait aidé à me relever. Pas de quoi sortir mon arme, non ?

L'air ahuri, je le regarde prendre place sur une chaise à table et finis par me rétablir en m'époussetant. Je souris minablement à son dos, ouvre et ferme la bouche jusqu'à être certaine du ton de ma voix :

– Merci…

– Pas la peine, me coupe-t-il nonchalamment.

Mon sourire retombe immédiatement. Il va vraiment falloir que je cesse de m'affoler à chaque fois qu'il m'approche. Je respire un grand coup puis passe à autre chose.

J'appelle Rebel d'un sifflement et remplis sa gamelle, puis je m'installe en face du rustre, qui dévore littéralement son assiette de pancakes.

– Je peux au moins te remercier pour le petit déjeuner ?

– Je voulais seulement voir ce que j'étais capable de faire. Donc la réponse est : non, je n'ai pas besoin d'être remercié.

Il ne l'a donc pas fait par amabilité ou pour moi. Intérieurement, j'encaisse sans ciller ; pourtant, je me sens blêmir sous sa franchise.

Jack fronce les sourcils.

– Désolé, se reprend-il.

Rien dans son attitude ne laisse transparaître ce qu'il affirme. Rien. Toujours ce regard vide, cette bouche sans vie, ce ton monotone. Je n'en crois pas un mot et lui fais savoir :

– Je pense que tu ne l'es pas réellement.

– Non. Tu as raison.

J'ignore pourquoi, mais savoir que j'ai pu le cerner le fait sourire. Et moi ? Moi, je réalise que l'homme qu'il a oublié – en dehors de ses talents culinaires – n'est pas un chevalier servant. Et pour aller plus loin, que l'homme devant moi, n'a pas cherché à être quelqu'un d'autre puisqu'il ne s'est pas précipité à mon secours, qu'il n'a pas cherché à savoir si je ne m'étais pas fait mal…

– Je préfère que tu me dises les choses franchement, dis-je en m'emparant d'un morceau d'omelette.

Ça me permettra de voir venir l'instant crucial où il aura retrouvé la mémoire.

Il m'étudie. Je ne me défais pas de mon air « je-vais-bien-tout-va-bien », et avale un bout d'omelette en le regardant droit dans les yeux. Ça, c'est mon rayon. Surpasser mes craintes, oublier qui je suis, jouer un autre rôle et aspirer à une vie meilleure, je sais faire. C'est ce que nous faisons tous à l'hôpital. C'est vital pour aller de l'avant.

– Même si ce que je dis doit te blesser ? demande-t-il finalement.

J'explose de rire.

– Rien de ce qui sortira de ta bouche ne pourra me blesser. La seule chose qui pourrait me faire du mal, c'est ce qu'il sait, sauf qu'il n'en a pas conscience. Je me lève et enfile ma vieille doudoune sous son regard de glace. Pourtant, même s'il ne laisse rien paraître, je suis certaine qu'il tente de donner un sens à mes paroles. La preuve en est : il ne me quitte pas des yeux, ne répond pas, et a même cessé de manger. Je viens d'éveiller sa curiosité et je ne sais pas si ça me plaît ou si ça m'horripile.

Avant de passer la porte, je siffle Rebel et ajoute :

– Je vais chercher du bois, la température va vite chuter dans le chalet. *Merci* pour l'omelette. Elle était délicieuse !

7

Jack

Je suis allé trop loin. J'aurais dû rebrousser chemin quand mon corps a montré des signes de faiblesse. Par chance, le clebs est là pour me guider jusque chez Lana. Plus tôt dans la journée, lorsqu'elle est revenue, une brouette chargée de bûches et de palette de bois, je suis parti au pas de course et Rebel m'a suivi. J'avais besoin de repousser mon esprit, à la recherche de « je ne sais quoi » qui pourrait m'aider à trouver ce que j'étais. Mais plus les heures passent et plus je doute de retrouver toute ma tête. Pourtant, certains automatismes, certains réflexes me surprennent, me poussent à agir sans réfléchir. Je suis aux aguets en permanence, je ne peux m'empêcher d'étudier tout ce qui se passe, et d'avantage le comportement de Lana.

Même si je dois dire que, parfois, elle agit à l'encontre de ce que j'attends. Je n'ai aucune difficulté pour la mettre en rogne, pas non plus pour la vexer, et encore moins pour lui faire peur. Mais sa dernière réplique et son rire spontané m'ont laissé un goût étrange dans l'arrière-gorge.

Défi, excitation, incompréhension ? Un peu tout ça.

Je ne l'explique pas, mais j'ai besoin qu'elle me remarque, de l'affronter, de lui faire peur.

Comme là. Ça fait des heures que je suis parti et je l'imagine se faire un sang d'encre, à moins que finalement mon départ l'arrange.

La neige tombe en continu, les bourrasques ne tarissent pas. Je dois faire face à une tempête, aux défaillances de mon corps et à la nuit qui inonde la forêt.

Me pousser à l'extrême n'a pas ravivé ma mémoire. Je finirais seulement avec des engelures et une grippe ; en gros, de quoi donner du travail à Miss Monde !

Mon col roulé en coton, seul rempart contre les flocons, est trempé, gelé, le tissu est figé comme un vulgaire chiffon oublié sur un étendoir après une nuit d'hiver. Je ne vois plus la fin de mon périple, j'ai marché toute la journée dans le froid sans trop savoir où aller, je me suis fixé un but déraisonnable, irrationnel, mais…

Je suis vivant.

Même si je ne connais pas l'homme qui me regarde dans un miroir, je sais que ce corps m'appartient. J'ai su, à la seconde près, à quel moment j'allais flancher, à quel moment j'approchais l'autodestruction, l'instant où j'allais vomir d'une douleur devenue ingérable. Et j'en ai apprécié chaque étape.

Mon moi profond, inconnu et oublié est dément.

Et surtout, je ne sais pas si je dois l'aimer ou le craindre, et si je dois me battre contre lui ou lui laisser la place.

J'ai à peine posé un pied sous le porche du chalet que la porte s'ouvre sur Lana. Tandis que Rebel se précipite à l'intérieur, moi, je marche d'un pas claudicant jusqu'à l'entrée, mais le buste droit et les yeux plantés dans les billes émeraude de Lana. Elle n'a pas besoin de parler, son regard en dit long : elle est en colère.

Et je préfère imaginer que c'est parce qu'elle s'inquiétait pour moi plutôt que pour son chien.

Ça m'amuse, ça me plaît, bref, c'est un réel plaisir de la voir en rogne. D'ailleurs je crois sourire. Je crois, car ma peau est si gelée que je ne saurais dire si mes joues s'animent réellement.

Lana lève les yeux au ciel avant de refermer la porte dans mon dos. Je rêverais d'une douche brûlante, d'un café bouillant et d'un lit chaud, mais je me statufie en sentant ses mains glisser sur mes flancs.

Plus de sourire.

Mon cœur s'arrête de battre.

Mes muscles se mettent à trembler.

Pour ses petits doigts qui, sans arrière-pensée, gravissent le long de mes côtes pour ôter mon pull. C'est insensé. C'est délicat, apaisant, ardent. Pourtant, c'est la bataille sous mon crâne. Pulsion, envie, rejet, raison, tout s'oppose et se marie à la fois.

Comme dans les bois, j'ai la sensation d'être… vivant.

Je ferme les yeux dans un grognement et serre les dents au passage du tissu sur ma tête. Mon corps me brûle intensément, soumis à la soudaine chaleur environnante, et les cristaux de glace sur ma barbe se mettent à craqueler, signe d'un dégel imminent.

C'est fini. Elle a rompu le contact. Je rouvre mes paupières et plonge mon regard directement dans ses prunelles. Plus une once de colère n'y subsiste, juste de l'incertitude, du questionnement. Elle tente sûrement de me percer à jour, mais elle n'y arrivera jamais.

– Il faut refaire tes pansements, dit-elle d'une voix laconique qui me fait encore penser qu'elle se fout complètement de ce que je veux, moi.

Elle rejoint le salon. Je l'observe sans rien dire. Une démarche gracieuse, un corps parfait, des habits propres et des cheveux peignés à la perfection… Que vient faire Miss Monde, seule, dans un trou perdu en pleine montagne ?

– Mais ça pourra attendre demain, ajoute-t-elle. La soupe est encore chaude si tu en veux. Tu devrais aussi enlever le reste de tes vêtements.

Elle disparaît derrière le canapé, mais j'ai le temps d'apercevoir ses yeux glisser fugacement sur mon pantalon. Je m'exécute, balance mes chaussures en arrière, retire mes chaussettes et mon pantalon. Même si j'ai froid, ôter mes fringues trempées est un soulagement. La peau de mes cuisses est anesthésiée, j'ai la sensation de toucher du carton.

Lana revient. Tout en évitant de me regarder, elle me tend une couverture. Celle-là même avec laquelle j'ai dormi cette nuit, beige, en polaire. Je la récupère et m'en recouvre. Pas d'ego, je me fous d'être ridicule, ma survie en dépend. Le tissu sent son parfum et me paraît brûlant, elle devait être blottie dedans avant que j'arrive. À cette idée, j'en frissonne. Mon moi *oublié* me déteste, je l'ignore. Je préfère tenter de comprendre le comportement étrange de mon hôtesse.

Elle, qui paraît d'habitude si froide, si détachée, me semble endosser le rôle de la parfaite infirmière, et certainement aussi celle de la potiche midinette amoureuse au premier regard.

Et là, je déteste ça. Parce que je sais que c'est de la comédie. Plus je passe du temps avec elle, plus je sens qu'elle éprouve de la répulsion à mon égard. Et ça n'est pas intrigant, c'est irritant, agaçant. J'aimerais lui plaire autant que j'aime lui faire peur.

– Alors ? Veux-tu un bol de soupe ? Elle est au potiron, ça te va ? Un grand ou un petit ?

J'écoute à peine ce qu'elle raconte, sa voix m'agace, son timbre mièvre m'horripile. Face à mon silence, elle se retourne en papillonnant des yeux. Le charme pourrait opérer sur n'importe quel homme, mais ça ne marche pas avec moi. Je veux la vraie Lana.

– Ne fais pas semblant, dis-je, la mâchoire soudée. Arrête ton numéro de charme.

Ses traits se durcissent instantanément.

– Que veux-tu que je te dise ? Je ne vais pas te gronder ni te faire la morale, je pense que tu as passé l'âge et je n'ai aucune envie de t'affronter ce soir. Tu as été inconscient. Tu t'es absenté presque dix heures alors qu'il y avait une tempête de neige dehors ! Je me suis mise en danger pour toi, je t'ai cherché pendant longtemps !

Là, il n'y a pas de jeu, son ton ne cache rien. Elle s'est réellement fait du souci pour moi. Moi, l'inconnu qui a chamboulé une de ses nuits et les quelques jours à venir. Moi, le type à qui elle ne voue aucun sentiment positif. C'est insensé.

– Et j'ai survécu, réponds-je sans me dérider.

Elle soupire dans un ballottement de tête.

– Effectivement. Donc je réitère ma question : petit ou grand bol ?

Peut-être est-ce une manière pour elle de passer à autre chose et d'oublier ? Soit. Tant qu'elle ne se cache pas derrière une fausse humeur joyeuse, ça me va.

– Commençons par petit. Je n'ai aucune idée du goût que ça a.

Je prends place sur une chaise. Elle me sert rapidement deux louches d'un liquide orangé avant de retourner s'asseoir sur son canapé. Et comme si je n'avais jamais bouleversé son train-train quotidien, elle allume la télé et enclenche un film.

Je me ressers deux bols. J'aime le potiron. C'est doux et sucré. Et à la fin de ma dernière gorgée, Lana dort à poings fermés sur le canapé. Le visage serein, une de ses joues rougies par le feu de la cheminée et la bouche à peine ouverte. Son rêve doit être doux, chaleureux, heureux. J'aimerais tellement pouvoir en dire autant des miens.

Les miens sont noirs, glacials et étouffants.

Je n'ai aucun souvenir de femme. Aucun. Mais je décrète que celle-ci restera la plus belle et la plus mystérieuse. J'espère juste ne pas décevoir quelqu'un en le pensant. Suis-je marié ? Divorcé ?

Encore un vide.

Au moment où je m'apprête à la couvrir, je vois ses doigts frémir sur son arme et ses mâchoires osciller.

– Si tu me fais encore un coup pareil, je te promets de te descendre moi-même, me menace-t-elle sans ouvrir un œil.

Et je la crois. Mais comme pour tout ce qui devrait me faire peur, je ne ressens aucune crainte. Cependant mon corps ne reste pas insensible, il est échauffé par ses paroles.

Elle m'a remarqué.

Peut-être pas de la meilleure des façons puisqu'elle n'a toujours pas confiance en moi, mais j'existe, je ne suis pas qu'une plante verte dans son chalet.

Je finis ce que j'avais commencé et la recouvre, j'éteins la télé et prends la direction de la salle de bains, je vais enfin pouvoir prendre une douche chaude et, surtout, je suis surtout épuisé !

8

Lana

Quelque part, s'il était mort dans cette tempête, ça aurait pu arranger mes comptes, car je n'ai pas été capable de le tuer la première fois. Mais je me suis rappelé qu'il serait mort avec tout ce qu'il sait de moi. Il était donc essentiel qu'il revienne.

Je l'ai cherché aux alentours du chalet la peur et l'appréhension collées à la peau. Puis j'ai retrouvé les idées claires. *Il a filé tout droit dans la montagne à travers la profondeur des bois.* Si je voulais quitter un endroit perché en pleine montagne pour retrouver la civilisation, je ne me dirigerais pas dans la forêt, je suivrais la route.

C'est ce qui m'a poussée à croire qu'il reviendrait.

Et je devais changer ma tactique d'approche. Me comporter avec froideur ne me mènerait à rien, je devais désormais lui inspirer la confiance. Hors de question de me séparer de mon Beretta pour autant, car j'ai tout autant à craindre de l'extérieur. Même si Charly surveille de près tous les touristes qui entrent et sortent de Keystone, et que la tempête sert mes intérêts en bloquant l'accès à la montagne, je ne suis pas à l'abri qu'un complice de Jack ne se cache dans les parages. Sa fuite, qui ressemblait plus à un exutoire, m'a servi à une chose : élaborer ma nouvelle technique d'approche.

La psychologie inversée.

Ou comment amener une personne à penser ou à faire quelque chose en lui inspirant l'inverse de ce qu'on veut obtenir. Je ne veux pas qu'il quitte le chalet ? Alors je dois lui faire croire qu'il est libre d'aller et venir. C'est un coup de poker, mais vu que je vais devoir encore passer au minimum deux jours avec lui à cause de cette foutue tempête de neige, autant tenter le tout pour le tout. Surtout qu'il ne sera pas en mesure de faire dix mètres dehors.

Première étape, faire semblant d'avoir craint pour sa vie, alors qu'en réalité je n'avais peur que d'une chose : qu'il crève avec tous ses secrets dans cette forêt.

Deuxième étape, prendre soin de lui, lui apporter du réconfort, lui faire avaler cette soupe de potiron faite pour moitié de comprimés pilés de codéine de Rebel, afin d'espérer dormir plus ou moins sur mes deux oreilles cette nuit.

Et enfin, troisième et dernière étape, lui faire croire que sa présence ne nuit pas à mon train-train quotidien et surtout que j'ai, un tant soit peu, baissé ma garde. Je ne me doutais pas que faire semblant de m'assoupir sur le canapé relèverait d'une corvée. Je ne pouvais compter que sur un seul de mes sens, mon ouïe, pour deviner où il était, ce qu'il faisait, ce qu'il pourrait faire de moi. Le cœur battant la chamade, je me suis cramponnée à mon Beretta et j'ai prié pour que les médocs fassent effet rapidement.

Ce fut le cas.

Il dort désormais à poings fermés, sa douche brûlante lui a donné le coup de grâce. Étendu dans le lit, les membres écartés, à plat ventre, la joue écrasée sur un oreiller, il ne frémit même pas à mon approche. Son pansement est trempé, je me retiens fermement de le lui ôter même si je pense que les plaies pourraient macérer. Je ne prendrai pas le risque de le réveiller et je dois contacter Charly. Mon simple message lui indiquant que nous devions différer notre appel pour un contretemps a dû lui donner de quoi se faire du mauvais sang.

J'enfile mon manteau et sors du chalet. Rebel me suit en traînant la patte, il est exténué. J'imagine qu'accompagner Jack dans la forêt n'a pas dû être une simple balade plaisir. Dehors, il fait nuit noire, les flammes de la cheminée éclairent à peine les premières lattes du porche, mais je n'ai pas besoin de voir pour comprendre que la neige tombe avec toujours autant de ferveur. Le vent fait claquer les flocons sur le bois, le froid est saisissant.

Tandis que Rebel se couche devant les escaliers, je m'empresse de composer le numéro de téléphone de Charly.

– Qu'est-ce qui s'est passé ? Tout va bien ?

Son ton affolé en dit long, j'ose à peine imaginer les heures qu'il vient de passer. Mais notre plan est clair. Il ne doit plus venir au chalet, au risque d'être découvert. Et il le sait.

– Tout va bien, Charly, je te le promets. C'est une longue histoire.

Et je n'ai aucune envie de la lui raconter, il ne serait certainement pas d'accord avec mes choix et tenterait certainement de me convaincre de le rattacher au barreau du lit.

– Il se souvient de quelque chose ?

Qu'il sait se servir d'une arme.

– À part qu'il sait faire la cuisine ? Non. Rien.

– Comment peux-tu en être certaine ?

– Parce que s'il se souvenait de moi, je doute que nous aurions cette conversation en ce moment même.

Je force un rire ; en réalité, je n'en mène pas large

– Du nouveau dans tes recherches ? demandé-je pour changer de sujet rapidement.

– Non. Ce mec n'existe nulle part. Les empreintes n'ont mené à rien et son compte en banque est un compte offshore, je n'ai aucun moyen de remonter jusqu'à sa vraie identité.

La personne que j'ai fuie il y a trois ans prend de sacrées précautions pour me retrouver, elle ne m'a pas envoyé n'importe qui. Je le savais déjà, mais maintenant, c'est confirmé. Cet homme n'est *personne* parce que c'est un tueur à gages. Il faut vraiment que je décampe, avec ou sans lui.

– De toute façon, ça ne nous servira à rien de savoir qui il est. La finalité sera la même, dès que j'aurai mes nouveaux papiers, je partirai. Tu as eu Benson ?

– J'allais y venir.

Je me statufie, son ton n'a rien de réconfortant.

– Son message disait que ça serait plus compliqué que la première fois.

Quelque chose doit se tramer à Los Angeles et si Benson prend des précautions, c'est qu'il est surveillé. *L'autre* me veut vivante pour récupérer ce que je lui ai volé et il doit savoir que Benson m'a aidée à prendre la fuite il y a trois ans. C'est évident.

– Fait chier !

Je n'ai pas fait que hurler, j'ai explosé. Rebel en relève la gueule d'entre ses pattes et Charly tente de me rassurer :

– Calme-toi, Lana.

Je n'ai aucune envie de l'écouter. Je divague encore, des scénarios plein la tête. Qui me dit que les papiers que Benson va me faire parvenir seront une valeur sûre ? Rien. Je dois *encore* m'en remettre à lui, lui faire confiance les yeux fermés.

– Il a dit qu'il serait en mesure de me les transmettre pour lundi au plus tard.

– Lundi, répété-je amèrement.

– Oui, et de toute façon, avec la tempête, tu n'aurais pas eu d'autre choix que d'attendre jusque-là, les routes sont fermées depuis la fin d'après-midi.

La réalité n'a jamais été aussi grotesque. Je suis coincée dans ce chalet avec un gars qui n'a pas la notion de qui il est, du danger qu'il représente et pourtant, ce n'est pas de lui que j'ai le plus à craindre dans l'immédiat.

Rien que de le penser me met en colère. Je n'ai presque *plus* peur de Jack ! Je serre les dents.

– On se rappelle demain.

9

Jack

Je suis trempé, j'ai soif, j'ai chaud. Très chaud. Mais ça n'est pas ce qui me pousse à me réveiller abruptement. C'est une présence, et bien plus que ça, quelqu'un qui me touche.

En une fraction de seconde, j'ouvre les paupières, saisis le poignet qui traverse mon champ de vision et me redresse.

Je respire vite, mon cœur martèle ma poitrine. C'est le brouillard. Le vide. Tout est embrouillé dans ma tête. Mon sang circule amèrement dans mes veines, une colère innommable s'empare de moi, j'ai une folle envie de tout briser. C'est mon autre moi perdu dans ma mémoire, il s'acharne à se libérer.

C'est une voix qui me ramène à la réalité.

– Tu me fais mal.

Lana. Tout me revient en plein visage. Mon premier réveil, les suivants, mon périple dans la montagne.

Elle.

Sans me détacher complètement de ma prise, je desserre mes doigts. Il fait nuit dehors, mais une lampe de chevet me permet de distinguer ses yeux émeraude qui me fouillent avec inquiétude. Son teint est blafard. Nous sommes dans sa chambre. Elle est assise à mes côtés sur le lit.

– Comment te sens-tu ? demande-t-elle.

Mis à part la tête qui tourne et qui pèse aussi lourd que la couille d'un mammouth, tout va bien. Pour seule réponse, je la relâche et sa bouche s'anime d'un fin sourire.

Un vrai.

– Tu dors depuis presque vingt-quatre heures.

Autant ? En sentant sa main s'affairer sur mon épaule, je comprends qu'elle s'apprêtait à refaire mon pansement. Je me laisse faire, sans cesser de la regarder. Comme la dernière fois, ses gestes sont calculés et précis. Elle récupère les compresses sur la table de chevet près du lit et les applique sur ma plaie.

– Tu as eu de la fièvre. Tu as dû chopper froid lors de ton périple dans la montagne.

Je me concentre sur les doigts de Lana sur ma peau. Ils m'apaisent. Qu'importe ce que veut me faire penser l'autre qui m'habite : ce que je ressens quand elle me touche, c'est inconnu pour moi comme pour lui, et c'est bien plus que reposant. J'apprécie le contact de Lana, j'aime l'idée qu'elle se soit souciée de moi.

Quand elle en a fini avec le deuxième pansement, je demande :

– Tout va bien ?

Elle regroupe les compresses souillées en un tas et se lève, les mains chargées.

– Tes plaies sont propres, les berges sont saines, non inflammatoires ni œdématiées.

Je suis soulagé, mais je n'en laisse rien paraître. Je fais tournoyer mon bras pour détendre mes muscles, que le sparadrap fige.

– J'ai lavé ton manteau et je l'ai reprisé, annonce-t-elle d'un ton monotone. Il est pendu dans l'entrée. Je serai dans le salon si tu as besoin de moi.

– Tu veux que je m'en aille ?

– C'est toi qui décides.

Aucun moyen d'interpréter sa réponse. Sa voix était laconique, sans sentiment, et son visage tourné vers le couloir.

Je m'extirpe des draps rapidement. Mon corps, malgré la forte température auquel il a dû faire face ces dernières heures, n'en est pas affecté pour un sou. À croire que je n'ai jamais eu de fièvre. Je me rafraîchis prestement, me lave les dents avec la brosse que Lana m'a donnée le premier jour, m'habille et la rejoins.

Elle m'attend, les fesses appuyées contre le bord de la table, le visage aussi fermé qu'à mon premier réveil.

– Voilà tout ce que tu possédais sur toi quand tu es arrivé chez moi, annonce-t-elle en me désignant du regard la table.

Malgré mon calme olympien, je ne me fais pas prier pour y jeter un œil. Une capote, un téléphone portable, un briquet, un paquet de clopes – je fume ? –, un portefeuille avec un permis de conduire, une carte de crédit et des billets, et la pochette avec ma seringue d'adrénaline usagée. Je ferme les yeux pour appréhender un flash, un début d'histoire, mais rien ne vient. C'est désolant. Je laisse glisser mes doigts sur le cuir marron du portefeuille. Pas mieux. Je ne ressens rien.

Putain !

Quand j'ouvre les paupières, Lana m'observe attentivement, les couverts à la main, une lueur d'appréhension dans les yeux. À croire que tout ce que j'ai devant moi pourrait me révéler qui je suis et lui serait fatidique.

Je tente d'allumer le téléphone. Et me heurte à un nouveau problème. Je n'ai aucune idée du code de déverrouillage.

– C'est quoi, ton code, à toi ? demandé-je à Lana.

– Mon année de naissance.

Je regarde ma date de naissance sur mon permis et essaie. Code erroné. Reste deux essais. J'abandonne et espère qu'un jour je retrouverai cette putain de mémoire. J'éteins mon téléphone et le repose si brutalement sur la table que Lana sursaute. Quand je croise son regard, je comprends que je ne contrôle plus rien. Elle a adopté une position défensive, ses mains dans son dos, je devine ses doigts sur son arme, elle se tient prête à dégainer. Et ça confirme un peu plus ma thèse que je ne suis pas qui elle prétend que je suis.

Le temps de prendre place sur une chaise, je refoule toute ma colère, ma frustration, mon amertume. C'est notre deuxième repas en tête à tête. Elle reste silencieuse, mais sur ses gardes, à bonne distance à l'autre bout de la table. Sans doute faudrait-il que j'entame la conversation, sauf que je n'ai rien à raconter, je suis une page vierge.

À la fin du dîner, à croire que c'est son rituel, après avoir fait la vaisselle, elle rejoint son canapé et, comme la veille, elle enclenche un film.

Je la rejoins et m'installe à ses côtés. Bras contre bras, cuisse contre cuisse. Elle se tend, mais ne se dérobe pas. Je suis certain qu'elle tente de se contrôler, de ne pas me fuir, il n'y a qu'à voir ses doigts se crisper sur la télécommande, et son sang animer sa jugulaire. J'aurais pu prendre un autre canapé, une autre place, mais j'ai choisi instinctivement celle où nous serions en contact. Parce que je cherche à la provoquer davantage ? Parce que, plus tordu, j'aime la voir me craindre ? Aucune idée, mais c'est délicieux.

Je fais mine de m'intéresser au film. Un truc de nana à l'eau de rose, où deux femmes échangent leurs maisons le temps des vacances de Noël. Les répliques pourraient presque me faire rire, mais je suis obnubilé par la chaleur de Lana, par ses tressaillements, ses mouvements, les plus infimes soient-ils, comme le déploiement de sa poitrine à chacune de ses respirations.

Merveilleux décolleté, au passage.

Au bout d'une demi-heure de film, elle ne tient plus. Elle met sur « pause » avec lascivité et me fait face.

– Que comptes-tu faire ?

– Faire ?

– Oui. Tu ne vas pas pouvoir rester ici éternellement, alors que comptes-tu faire ?

– Je ne sais même pas qui je suis, où voudrais-tu que j'aille ?

Un soupir lui échappe, ses épaules se détendent. Inexorablement, elle est soulagée. Parce que j'ai dit à voix haute que je ne me souvenais de rien ? Ou parce que je compte rester ? Ouvertement, je la dévisage en me caressant la barbe.

Son comportement est contradictoire avec tout le reste. D'un côté, elle est terrifiée que je puisse être dans ce chalet avec elle, d'un autre elle paraît apaisée que j'y reste. Je n'ai pas le temps d'en faire la remarque, elle reprend :

– Tu sais… Je ne te pose aucune question sur ton amnésie parce que j'ai peur de te brusquer.

J'explose littéralement de rire. Sa prestation était parfaite : lèvres tremblantes, regard fuyant, *blablabla*… mais :

– Je ne te crois pas. Et tu sais pourquoi ? Parce que tu ne fais preuve d'aucune empathie. En revanche, je me demande pour quelle raison.

Tressaillement ! Là, je l'ai déstabilisée ! Mais rapidement, elle se ressaisit et me surprend. Elle plante ses billes émeraude directement dans mes prunelles et explique, d'un ton mesuré :

– Le propre de l'empathie est de se mettre à la place de l'autre. Sauf que je ne *peux* pas. Il ne te manque pas une main, tu n'es pas grippé, tu n'as pas une peine de cœur, tu n'as plus rien. Et je n'arrive même pas à le concevoir. Je n'ai aucune idée de ce que tu sais, de ce que tu sens, de ce que tu penses, alors comment voudrais-tu que je te comprenne ?

– Il y a un moi, avoué-je. Je le sens. Ses pensées, ses humeurs, tout est là.

Elle ne peut se retenir de frémir. Ma voix ? La solennité de la conversation ? Elle a même pris de la distance sur le canapé.

– Tu parles de lui comme s'il était quelqu'un d'autre, mais c'est toi.

Elle se lève précipitamment et rejoint la cuisine. Je la suis. Uniquement pour mesurer l'impact de mes paroles sur elle. Je veux tout voir. Nos réactions, notre comportement en disent plus long que nos paroles.

Alors qu'elle a la tête penchée dans le frigo, j'explique :

– Il y a Jack et il y a moi. Si je le laissais s'épancher, s'emparer de ma tête, il n'y aurait que de la colère et des idées noires. J'arrive à discerner ce que je déteste, mais pas ce que j'aime.

Elle se fige, une bouteille de Baileys dans la main. Je suis si près d'elle que je pourrais voir mon reflet dans ses yeux. Ces derniers chancellent, de ma taille à mon torse, gravissent mon cou et viennent s'échouer un instant sur ma bouche. Envie ? Peur ? Mélange des deux peut-être ?

À l'instant où je souris, elle cligne des paupières et se retourne abruptement pour récupérer deux verres dans le placard au-dessus de sa tête.

– Tu aimes les tatouages, assure-t-elle.

En tendant son bras, son top remonte sur ses flancs. J'aperçois son arme, coincée entre son pantalon et son dos. Je l'occulte, je suis obnubilé par son grain de peau, sans imperfection, laiteux et soyeux. Mes doigts me picotent. Ma conscience me joue des tours.

Quand elle se retourne, je n'ai pas bougé d'un centimètre et je parais toujours aussi imperturbable alors qu'en réalité mon sang s'échauffe.

– Facile à déduire que je puisse aimer les tatouages, il ne me reste plus beaucoup de parties de corps à recouvrir, réponds-je enfin. Mais malheureusement pour moi, ils n'appellent aucun souvenir, ne racontent aucune histoire.

J'ai l'impression de lire de la peine sur son visage, juste avant qu'elle ne se mette à remplir les deux verres d'un liquide crémeux. J'en récupère un tandis qu'elle avale le sien cul sec. Elle grimace et ça m'agace. Je suis peut-être amnésique, mais pas stupide, c'est de l'alcool. Mais pourquoi la rouquine a-t-elle besoin de boire de l'alcool ? Pour m'affronter ? Pour se détendre ?

– Tu parles allemand, ou du moins quelque chose qui s'en approche.

Cette fois-ci, je me fous de ses états d'âme et de son corps bandant, elle a toute mon attention. Je m'assieds sur la chaise juste à côté de moi pour appréhender le malaise qui me saisit.

Respirer.

Ne rien laisser paraître.

Parler.

– Comment le sais-tu ?

Elle prend place à l'extrémité de la table, juste sur ma gauche ; tout en me jaugeant, elle s'enfile un deuxième verre.

Je récupère la bouteille. *Stop, poupée.*

– Tu as parlé pendant ton sommeil la nuit dernière, explique-t-elle enfin. Essaie de dire quelque chose.

Je bois mon verre et articule :

– *Etwas*.

Sa bouche se tord, traduisant son incompréhension.

– Qu'est-ce tu as dit ?

Pas mauvais, son Baileys. Doux, onctueux.

– Quelque chose.

– Oui, mais quoi ?

Je soupire :

– Lana, tu m'as dit de dire « quelque chose », c'est ce que j'ai fait !

Elle se met à rire. Librement, sans retenue – les effets de l'alcool certainement –, et je ne pourrais pas définir avec certitude si ça provoque en moi de l'euphorie ou de l'agacement, mais c'est :

– *Ausgezeichnet*[1].

– Qui veut dire ?

– Que tu m'emmerdes.

Je suppose à son rire qu'elle a compris que je lui mentais. Je crois que c'est notre premier vrai moment de complicité.

– En attendant, maintenant, tu sais que tu parles allemand, soulève-t-elle judicieusement.

Ses joues ont pris une légère teinte rosée, ses yeux brillent. Ça aussi, c'est magnifique.

– Je crois que je parle aussi le russe et l'espagnol.

J'ai envie de sourire quand elle ouvre la bouche d'étonnement, mais je me retiens. Je suis certain que c'est ce qu'elle aimerait : que je me comporte comme un gars normal qui s'est juste égaré dans la forêt en pleine tempête. Or je ne suis personne.

1. « Magnifique », en allemand.

– Parle-moi de toi.

Ma demande la fait immédiatement blêmir. Miss Monde ne doit pas se livrer facilement.

– Pourquoi voudrais-tu que je te parle de moi ?

Elle chasse sa gêne en récupérant la bouteille d'alcool et se ressert.

– Peut-être qu'en t'entendant raconter quelque chose, ça appellera un de mes souvenirs.

Elle boit cul sec son verre et se précipite :

– Un peu comme ce jeu stupide où je te donne un mot et tu dois m'en donner un autre en retour qui a un rapport avec le mien, et ainsi de suite ?

À mon tour de la regarder, transi. Un jeu ?

– OK, reprend-elle. Tu ne connais pas… Laisse tomber.

Lana perçoit de moi de l'étonnement, mais il n'en est rien. Je suis désorienté car je sais faire beaucoup de choses : me servir d'une arme, cuisiner, courir, me surpasser, survivre, analyser, parler de nombreuses langues étrangères… mais rien qui pourrait concerner le loisir, le plaisir, l'amusement. Du moins, pas dans le sens qu'elle lui donne…

Pas le temps d'y réfléchir, Lana amorce son discours. Je l'écoute avec attention, observe chacun de ses gestes, intègre toutes ses paroles comme si c'était essentiel. Parents décédés, élevée par ses grands-parents, eux aussi décédés dernièrement, elle avait entamé des études de vétérinaire avant d'avoir envie de grand air et de s'échouer ici. Quelquefois, elle me donne l'impression de jouer un jeu, de mentir, de réciter une histoire qui n'est pas la sienne et d'autres, elle me fait douter. Comme lorsqu'elle me parle de ses voyages avec détails et passion, ou qu'elle évoque avec mélancolie les derniers moments passés avec sa grand-mère avant que la maladie d'Alzheimer la touche. Peut-être est-ce cette dernière qui a motivé son désir de liberté ? Mais alors pourquoi ne pas retourner finir ses études afin de reprendre la clinique de son grand-père ? Son discours n'a pas de sens. Soit il me manque des informations, soit mon esprit m'impose la logique de mon autre moi et sa méfiance.

Pour l'heure, je le laisse croupir au milieu des ténèbres ; de toute façon, tout ce qui le concerne est négatif, et je préfère de loin apprécier la femme qui me fait face.

Elle est réelle.

Même avec trois verres de Baileys, sa grâce, sa finesse, sa délicatesse sont épargnées, seul son tempérament semble avoir changé. Elle me paraît plus ouverte, moins stricte et moins froide.

– Tu sais ce que j'aime par-dessus tout ? me demande-t-elle comme pour clore son récit. La crème glacée ! Qu'importent le lieu, la saison, l'heure, il me faut de la crème glacée !

Aussi stoïque que je sais l'être, je l'observe rejoindre le réfrigérateur. Elle en sort quatre pots et récupère deux cuillères.

– Tout à l'heure, tu disais que tu ne savais pas ce que tu aimais. Tiens.

J'attrape la cuillère tandis qu'elle ouvre les pots devant moi. Pas d'étiquette, de quatre couleurs différentes : marron, jaune, rose, crème. Au froid qui s'en dégage, je devine les fameuses glaces. Lana s'assied sur la table à mes côtés et récupère le pot marron.

– Pas de cacahuètes ? questionné-je.

Elle plonge sa cuillère dedans et l'enfourne aussi vite dans sa bouche. Les yeux fermés, elle sourit et me répond :

– Non. C'est fait maison et je n'en mets pas.

Je récupère le jaune et en fais de même. Sans fermer les yeux ni sourire, je ne vais pas atteindre l'orgasme avec de la crème glacée. *Banane*. C'est bon, onctueux, mais un peu trop sucré.

Je réitère l'opération avec le rose, sous l'œil attentif de Lana, qui n'en finit pas avec sa glace couleur marron. *Fraise*. Un peu mieux, mais il reste quelques akènes qui craquent sous mes dents.

Pour le coup, je ne sais pas si c'est de la voir déguster sa glace langoureusement qui me donne des idées, ou l'alcool que j'ai ingéré plus tôt, mais j'ai terriblement envie de sa glace ou… d'autre chose. Des idées s'interposent dans ma tête. Sa bouche sur la mienne, ses râles, ma langue sur sa peau, ses jambes encerclant mes hanches. Je me tends. C'est grisant parce que je sais que ce genre d'idée ne la traverse pas. Néanmoins, mes pulsions m'emportent et, au moment où sa cuillère, garnie de glace, s'approche de sa bouche, je la stoppe en empoignant fermement son avant-bras.

Lorsque je me redresse, elle se fige instantanément, la bouche ouverte, mais les lèvres tremblantes. Je la terrifie. Je sais ce qu'elle pense et la bataille intérieure qu'elle mène au moment où son autre main se met à bouger : tout abandonner pour son arme dans son dos, partir en courant ou me laisser une chance. Je ne lâche pas celle qui tient la cuillère, je cherche son contact, mais lui laisse faire tous les choix qu'elle veut de l'autre. Fuir, me braquer, m'affronter ou rester.

– Qu'est-ce que tu fais ? s'affole-t-elle lorsque je m'immisce entre ses cuisses.

Je me penche au-dessus d'elle. Son souffle frêle quasi inexistant caresse ma joue et je reconnais l'odeur du chocolat sans pour autant me souvenir de sa saveur.

– Je veux goûter *ta* glace.

Ses muscles se tendent un peu plus et sa poitrine se gonfle. Mais elle a choisi de rester, c'est Lana. Je commence à me demander si je la comprends réellement ou si mon esprit me joue des tours. Surtout lorsqu'elle tourne la cuillère dans ma direction avec un regard indéchiffrable. Excitation ? Défi ? Bravoure ? Quoi qu'il en soit, elle n'est plus terrifiée.

Je plisse les yeux intensément sur les siens et avance la bouche dans une lenteur contrôlée. Faire durer le moment me procure une sensation étrange, qui me rend plus fort, plus moi et moins l'autre. Je m'empare finalement du morceau de glace sur la cuillère. Onctueux, ni trop amer, ni trop sucré, juste parfait. Comme cette scène, bien trop romantique et charnelle pour moi. Paradoxalement, je veux sentir l'air crépiter entre nous, sa peau frémir sur la mienne. Et le chocolat ne calme pas mes ardeurs pour un sou.

– J'en veux plus.

La sonorité de ma voix, plus grave, et le sourire en coin qui berce mes lèvres laissent entendre ce que je tais. Même si, entre nous, ça n'est qu'une question de temps avant que je ne lui dise que j'ai envie d'elle.

Je relâche son bras et fixe mes mains de part et d'autre de ses fesses sur la table.

– OK, souffle-t-elle avant de reprendre un morceau de glace dans le pot.

Mais au moment où je m'en approche, elle gobe malicieusement la cuillère à ma place.

– C'était la dernière bouchée, explique-t-elle, la bouche pleine, tandis que je cligne des yeux, légèrement stupide devant sa fourberie. Et c'est ma glace préférée.

Elle me montre le pot pour preuve. Vide, il n'y a même pas de quoi lécher le fond. Et j'ai surtout très envie de lécher autre chose. Comme la trace de chocolat au bord de ses lèvres, qui peinent à retenir un fou rire. D'ailleurs, même si je devrais me sentir frustré, comme le voudrait *l'autre*, j'ai très envie de sourire face à la mine joueuse de Lana. Mais où est donc passée la nana froide et directive de mon premier réveil ?

Quelque chose me dit que cette dernière n'existe pas vraiment et c'est tant mieux. Ou alors je me fais pigeonner et, étrangement, j'adorerais ça.

Notre position est plus que suggestive ; pourtant, Lana ne m'a toujours pas demandé de prendre mes distances. Certainement parce que nous sommes sur la même longueur d'onde et qu'elle est tout aussi excitée que moi.

– Est-ce que tu as un petit ami ? demandé-je.

Non pas que j'aie du respect pour un quelconque type, je m'en contrefous, je veux seulement comprendre où je dois me situer. Sa réaction est immédiate. Ses traits se figent et elle blêmit. Je chasse une mèche de cheveux de sa joue pour y déposer ma main. Sa peau est douce, brûlante, comme je l'imaginais. Elle cesse de respirer. Je continue :

– Pourquoi as-tu peur de moi, Lana Smith ?

Je lui pose la question autant que je me la pose à moi-même. Qu'importe que je sois arrivé inopinément chez elle en pleine nuit, je suis amnésique et je ne lui ai jamais fait de mal, alors qu'elle sait pourtant que j'aurais pu depuis la première fois où j'ai réussi à la désarmer. Alors quel est son problème ?

Sa main se fixe à mon poignet. Je ne sais trop pour quelle raison puisqu'elle ne tente pas vraiment de me dissuader de caresser sa joue. Elle est simplement là, posée, sans retenue, sans force.

– Il n'y a qu'à te voir, tu ne crois pas ? souffle-t-elle.

Je lui intime d'un geste de basculer la tête en arrière pour la sonder et plonger dans son regard sans barrière. Et ce que je lis sur son visage m'incendie instantanément. Du désir, j'en suis certain. Ses yeux brillants, ses joues rougies, et ses lèvres sèches et entrouvertes ne tromperaient personne. Ou en tout cas, si elle se joue de moi, je suis conquis.

– J'ai envie de t'embrasser, annoncé-je d'une voix blanche.

Ses pupilles dérivent une seconde sur ma bouche et elle répète :

– Tu as… envie de m'embrasser ?

– Moi, je voudrais t'embrasser alors que l'autre voudrait uniquement te baiser sur cette table.

Elle explose littéralement de rire en chassant du même coup ma main de sa joue. Je reste aussi interdit qu'en admiration devant son visage angélique, où sa bouche s'étend dans un sourire à perte de vue.

Encore magnifique. Le feu se propage un peu plus en moi.

– Tu m'expliques ce qu'il y a de drôle ? demandé-je tout de même.

– C’est impossible.

Sa réponse n’a pas de sens et me fait plus sourire que rager, car elle ne me repousse pas, ne s’enfuit pas. Elle est toujours sur cette table devant moi, avec mes cuisses entre ses jambes. Son *impossible* n’existe pas. Je lui retire la cuillère et le pot et les dépose sur la table, puis je glisse ma main sur sa nuque.

Elle s’immobilise à mon contact, comme précédemment, mais je continue et rejoins son oreille pour murmurer :

– Qu’est-ce qui est impossible, Lana ?

Elle sent terriblement bon. Un parfum frais et excitant, c’est comme percevoir mon cœur s’imposer dans ma poitrine : je sais que je suis en vie. Mes muscles se bandent, ma queue s’allonge. Je fais glisser mes lèvres près de son lobe dans une grande inspiration et demande encore :

– Qu’est-ce qui est impossible, que je veuille t’embrasser ? Que je puisse avoir envie de toi ?

Je dérive sur sa joue, elle frissonne. Je sens ses doigts cheminer sur mon torse, mais comme pour sa main sur mon bras précédemment, ils sont simplement là, sans intention réelle, sans force. Et c’est si bon… parce que je sais qu’elle est en train de lâcher prise. Je continue :

– Ou c’est impossible pour nous deux parce qu’il y a des choses que tu ne me dis pas ?

Ses paupières sont closes, sa bouche à peine ouverte, sèche, emplie de la même avidité que moi. Il n’y a pas *d’impossible*, il n’y a que sa conscience et la mienne, et j’emmerde cette dernière. J’en ai envie, c’est tout ce que je vois.

– Ne fais pas ça… murmure-t-elle.

Trop tard. Je dépose un baiser sur ses lèvres glacées, doucement, sans brusquerie. Je savoure chaque instant avec elle, la laisse devenir un souvenir et prends le dessus sur l’autre au fond de moi. Son souffle frôle ma barbe, ses doigts se crispent sur mon tee-shirt.

– On ne doit pas faire ça…

Elle ne met aucune conviction dans sa revendication. Je recommence avec plus de fermeté. Elle soupire légèrement, c'est extatique.

– Pourquoi, Lana ?

J'embrasse sa mâchoire sans la quitter des yeux. Je voudrais découvrir chaque parcelle de sa peau et apprécier l'effet que je lui fais.

– On ne se connaît pas…

Je pouffe à l'orée de sa tempe.

– Je te trouve très obtuse pour quelqu'un qui dit chérir la liberté. Tu n'es pas celle qui a tout quitté pour vivre au grand air ?

Elle frissonne et j'ai la sensation de bouillonner. Tout est trop lent, trop délicat, trop doux, mais ça n'est pas dérangeant, c'est puissant.

– Rien à voir… avec la liberté, peine-t-elle à dire.

Je me détache d'elle pour plonger dans son regard, un sourire ravageur sur les lèvres.

– Bien au contraire, Lana. La liberté, c'est accepter de se confronter à l'inconnu.

10

Lana

Pourquoi, là, maintenant, devant cet inconnu, je suis incapable de faire le moindre geste et de crier haut et fort qu'il aille se faire voir ?

Parce que je suis une pauvre nana qui a joué le dragon de vertu trop longtemps et certainement aussi une folle à lier.

Parce que Jack est un apollon qui manie l'art du toucher ou du comment-rendre-une-femme-dingue à la perfection ! Je frémis à chaque octave de sa voix, je m'oblige à fermer les yeux pour ne pas le voir et je me retiens de serrer les cuisses tant la pression monte entre mes jambes.

Je n'arrive pas à comprendre le concept de son moi et de l'autre moi. J'imagine qu'il interprète ses propres réactions comme s'il ne s'agissait pas des siennes. C'est irrationnel, mais ça colle tellement à son comportement. Et surtout, ça me permet d'oublier que je joue avec le feu.

Je m'entends à peine parler de liberté, mes doigts fourmillent sur son tee-shirt, je suis déconnectée de la réalité. J'aimerais être dans un monde où il ne serait pas qui il est, où il serait simplement l'inconnu égaré de la forêt. Et il m'offre l'occasion d'y croire avec son plaidoyer à la con sur la liberté.

– Bien au contraire, Lana. La liberté, c'est accepter de se confronter à l'inconnu.

Et je ne peux que lui donner raison. Sauf que je n'ai jamais eu autant envie de liberté que ce soir. *Ce qu'il ne sait pas puisqu'il ne se souvient pas que ça fait plus de trois ans que je vis tapie dans un chalet.* Lorsque sa bouche caresse une nouvelle fois ma joue, ma conscience succombe un peu plus. Pourtant c'est impossible. Pas ce « nous », comme il l'a interprété précédemment, mais que l'autre, lui, puisse vouloir ce genre de chose alors que j'étais uniquement l'objet de sa mission.

– De quoi as-tu peur, Lana ?

De ce que tu sais et pas de ce que tu es. Donc j'ai peur de suppositions, d'idées noires qui n'existent peut-être pas réellement, et de moi… parce que, mon Dieu, que je suis faible… surtout quand il passe sa langue glacée le long de ma mâchoire.

Cette fois-ci, je n'ai pas le choix, ça me dépasse, je frissonne tant c'est exquis et amarre mes mains à sa nuque. Comme si ce type était mon pilier alors qu'en réalité il pourrait être ma perte.

– Je te parle ouvertement au risque que tu me prennes pour un fou, reprend-il, alors dis-moi ce qui te tiraille.

C'est immoral, inconcevable. C'est ce que je devrais lui dire.

Ses lèvres sont douces, mais si agiles, il ne m'embrasse pas vraiment, il me déguste avec une lenteur démesurée. C'est frustrant et exquis à la fois. J'ai la sensation que mes années d'abstinence n'ont existé que pour ce moment.

– Ça fait si longtemps… soupiré-je au passage de sa langue sur ma jugulaire.

– Je ne te crois pas, je suis certain qu'il y a une autre raison.

Ses paroles, en plus de me défier, me font prendre conscience, une fois de plus, que ce soir je suis transparente et démunie. Ça ne vient pas de l'alcool ni de notre soudaine proximité, c'est uniquement ma tête. Tout me lâche. J'ai tellement besoin de croire que je suis quelqu'un d'autre au même titre que lui. Je suis fatiguée de cette vie, je suis lasse de ces trois années. Je tente une dernière fois :

– Pourtant, c'est la stricte vérité.

Et ça l'est. Il éclate de rire brièvement.

– Pense à moi, je ne me rappelle même pas la dernière fille que j'ai baisée.

Alors que je m'apprête à pouffer, je me fige à la sensation de ses doigts sous mon top, possessifs, ardents. Ma peau se pare de frissons et ma bouche relâche un soupir qui ne devrait pas exister. Il s'en délecte. Je ne lui survivrai pas. Il le sait.

– Et si c'était avec un homme, ta dernière fois ? ironisé-je en tentant de reprendre le dessus.

Ses doigts grimpent la cambrure de mes reins, toujours avec autant de tendresse, et me pressent contre lui sans difficulté. Je suis un pantin bourré d'hormones. *Je ne reprendrai jamais le dessus...*

– Sérieusement ? questionne-t-il.

Oh bordel, non ! Je le fais se radoucir en pressant mes talons contre ses fesses pour le rapprocher. Mauvaise idée. Un, il n'a pas bougé d'un centimètre, deux, mon geste lui crie tout ce que je tais. *J'ai envie de lui.* Et il me sourit.

– Tu es une fille étrange, Lana. Tu es pleine de contradictions.

Mon cœur pulse dans ma poitrine. J'aimerais qu'il cesse de se poser des questions, qu'il continue ce qu'il a entrepris pour faire taire ma conscience. Je rejoins sa bouche à mon tour, lentement. Je tremble de tout mon être. Ses yeux rivés aux miens, il me laisse faire, aussi stoïque qu'il sait l'être quand il est perdu dans ses pensées. Et je dépose mes lèvres sur les siennes, inertes. Elles ne sont plus gelées, elles n'ont plus le goût de la glace, elles sentent un mélange de mon parfum et de son odeur à lui.

Celle qui me saisssait chaque fois que je m'approchais de lui alors qu'il était est profondément endormi. C'est déroutant.

Je réitère l'opération avec plus de vigueur, les doigts emmêlés dans ses cheveux. Il râle et c'est à mon tour de sourire, parce que je le déstabilise. Je recommence, jusqu'à sentir ses lèvres frémir sur les miennes et sa barbe meurtrir mon menton et mes joues.

Ses baisers sont plus pressants, plus rustres ; ses mains, dans mon dos, sur ma nuque, plus possessives. Je trouve une activité aux miennes et entreprends de remonter son tee-shirt sur ses flancs quand il agrippe fermement mes poignets. Mon cœur loupe un battement et reprend sa course folle en découvrant un sourire sur son visage.

– Jack n'aime pas ça, explique-t-il.

Tant mieux, j'en profiterai doublement, par sadisme.

– Pourquoi ? demandé-je.

Il regarde mes mains et les libère lentement. Est-ce une façon de me donner l'autorisation de continuer ?

– Aucune idée, répond-il. Je crois qu'il n'aime pas perdre le contrôle.

Pourquoi ça ne m'étonne pas ? Et comme je déteste ce Jack, son autre lui, qui n'existe plus pour l'heure, je fais glisser la pulpe de mes doigts sur ses obliques. Son torse se gonfle, sa mâchoire se crispe, ses yeux se chargent d'électricité. Je continue sur ses pectoraux, ses tatouages se profilent, leurs couleurs s'emmêlent dans mon champ de vision. Pour une bonne partie, je les connais par cœur. Les ailes d'un aigle, des flèches, un diamant, une chouette, un dé de jeu… il y en a tellement. Trop !

– Et toi, tu perds le contrôle ? l'interrogé-je sciemment.

Un rire hautain lui échappe et il s'éloigne pour me dévisager.

– Jamais. Je te laisse me toucher uniquement parce que j'en ai envie, pour *mon* plaisir, Lana.

Est-ce que j'ai le droit de détester mon corps d'apprécier à ce point ses paroles ? Ce mec me terrifie autant qu'il me fait envie, et c'est flippant. J'ai l'impression que c'est ce qu'il me plaît chez lui parce que c'est une manière pour moi de me sentir vivante. Vivre autre chose autrement.

Je continue mon ascension, galvanisée par ses profondes inspirations et par son regard éloquent, et finis par lui ôter son tee-shirt. Il me paraît plus impressionnant, plus irréel, plus parfait que d'habitude. Et je suis aussi bien terrifiée qu'excitée. D'ailleurs, je n'ose plus rien faire. Je suis comme une adolescente qui voit un homme nu pour la première fois. Sa bouche me revient, tendrement ; il m'embrasse par petites touches jusqu'à mon oreille.

– Est-ce que tu crois que je suis le style de gars qui prend son temps avec une femme ?

Ses mains remontent mon top, passent sur ma cage thoracique en emprisonnant mes côtes. J'ai du mal à respirer tant c'est intense.

– Je ne crois pas, soufflé-je.

– Je ne pense pas non plus. Alors pourquoi je le prends avec toi ?

Je me laisse guider, me laisse déshabiller. Tout est caresse et volupté ; pourtant, ses yeux sont d'un bleu glacial, impénétrable et authentique. Je frissonne au passage de ses doigts le long de la corbeille de mon soutien-gorge. Ça fait si longtemps qu'un homme ne m'a pas touchée que j'avais oublié à quel point c'était bon.

Du regard, il suit ses doigts remonter la couture, atteindre une bretelle et la baisser. Ma tête tambourine sous la cadence de mon cœur, ma peau ondule sous sa délicatesse, et mon entrejambe est en ébullition.

– Parce que tu ne veux pas me brusquer ? réponds-je en gonflant la poitrine.

– Non, Lana. Je te l'ai déjà dit, c'est uniquement pour mon plaisir.

La deuxième bretelle de mon soutien-gorge tombe.

– Pourtant, que tu le veuilles ou non, là, maintenant, il ne s'agit que du mien, réussis-je à dire dans une déglutition.

Ses mains s'immiscent dans mon dos, il m'embrasse plusieurs fois, mords tendrement ma lèvre inférieure, mon sexe pulse. Son corps se presse contre le mien, il me semble aussi brûlant, si ce n'est plus.

– Parce que tu ne prends pas en compte mon amnésie.

Je sursaute lorsque les agrafes de mon soutien-gorge cèdent.

Nous y sommes. Pas le temps de penser, ou d'avoir peur, sa bouche m'arrache déjà des soupirs, sa langue chemine sur ma peau, dans mon cou, je vois à peine que ma lingerie a rejoint son tee-shirt sur le parquet.

– Dans ma tête, tu es la première femme que je vois, que je touche, que je désire, susurre-t-il sur mon épaule.

Je respire faiblement et ne pense plus à rien. C'est le vide sidéral et c'est si délicieux. Je baisse la garde, je m'évade, je me perds assurément, mais rien d'autre n'a d'importance hormis ce que nous faisons et ce qu'il me fait vivre.

J'oublie que la langue qui descend sur mon buste et rejoint ma poitrine est celle d'un homme que je devrais détester. Parce que ça n'est pas *lui*. Je suis uniquement obnubilée par le brasier qui m'inonde et par ses mains qui me pressent contre sa bouche comme si j'étais la meilleure chose à déguster.

C'est ce qu'il me fait penser. C'est ce qu'il dit. C'est sa nouvelle vérité. Je suis son souvenir.

– Tes seins sont les premiers que je caresse, murmure-t-il sur eux, que je lèche.

Ses lèvres s'emparent de mes tétons, les pincent, les titillent. Sa langue s'en amuse, j'ai le tournis et m'accroche désespérément à sa nuque.

– Qu'en penses-tu ? demande-t-il.

J'ai la bouche sèche et c'est si fort que j'arrive difficilement à répondre :

– Tu… tu veux apprécier le moment et non le rendre parfait.

Comme si ça lui était vital. Parce que je suis une sorte de première.

– Tu comprends vite.

Sauf que je ne lui rends aucune caresse. Donc ça n'a pas de sens pour moi puisque je ne lui fais pas *plaisir*.

– Mais il ne s'agit pas que de ça. Sinon tu m'aurais déjà demandé de participer ou de te toucher. Ce qu'aurait fait n'importe quel homme.

Il se redresse dans un rire. *Le* rire qui me ramène brutalement à la réalité, qui me replonge quelques jours en arrière dans le face-à-face qui m'a poussée à tirer. Je frissonne de tout mon être en chassant vainement ce souvenir. Je suis pétrifiée. Comment peut-on passer du plaisir à la peur aussi vite ? Réponse : en rencontrant cet inconnu aussi beau que dangereux. Il se penche sur moi, et demande :

– C'est ce que tu veux, Lana ? Que je sois l'amant aimant et affectueux ? Que je fasse semblant d'être quelqu'un alors que je ne suis personne ?

Je m'entends à peine murmurer :

– Non.

– Et pourtant, j'ai l'impression que tu me trouves des excuses.

Il a raison. Parce que je cherche à alléger ma conscience, pour me donner l'illusion que moi aussi je peux être quelqu'un d'autre, parce que je me refuse à croire – encore une fois – qu'un être humain puisse être aussi cruel. Que le Jack devant moi ait pu être cet homme cruel.

Je suis si naïve.

Et l'accepter devient ma force. Je récupère tous mes moyens et tente de le repousser d'un geste brusque. L'amas de muscles devant moi ne bouge pas d'un centimètre. Bien au contraire, il se penche davantage sur moi jusqu'à faire plier mes poignets sur son torse. Mon cœur accroît sa cadence sous sa proximité, ma peau frétille au contact de la sienne, et respirer devient difficile sous son souffle.

Je suis si naïve et si sensible. Je me déteste. Et je me déteste d'autant plus parce que je suis incapable de me servir de mon arme, toujours dans mon dos. Pas parce que je suis terrifiée, mais parce que je lui laisse encore le bénéfice du doute.

– Que tu le veuilles ou non, reprend-il d'une voix calme, aux allures d'excuses. *Je suis tordu.* Jack est tordu et c'est moi. Tu ne le feras pas changer.

Plus aucune trace de colère ne subsiste sur son visage, et c'est désarmant. Même son regard a changé, ses yeux ne sont plus faits de glace, ils sont marbrés. Comme si, là, dans un court laps de temps, il m'autorisait à distinguer des blessures que l'autre ne m'aurait jamais laissé deviner.

Mais je ne dois pas céder. Je me le répète autant de fois qu'il le faut jusqu'à réussir à parler :

– Laisse-moi passer.

Jack recule sans se faire prier et je saute de la table pour m'éloigner.

Vite.

Les seins couverts de mes bras tremblants, les jambes flageolantes et le souffle court, je prends mes distances.

– Tu vois mon honnêteté et ma franchise comme de la cruauté alors qu'en réalité c'est la meilleure chose que je puisse t'offrir. Je ne ferai jamais semblant avec toi. Je te dirai toujours ce qui me passe par la tête, mes intentions et mes sentiments.

Je reste interdite face à son aveu. Il ne se rend même pas compte à quel point il ne devrait pas ! Je suis dangereuse pour lui, autant qu'il l'est pour moi. Je suis la seule en qui il ne doit pas avoir confiance, parce que je suis la seule à savoir qui il est vraiment.

– Pourquoi ?

– Parce que tu m'as sauvé la vie.

***

Lorsque je me lève ce dimanche matin, après une nuit plus que chaotique à tenter désespérément de trouver le sommeil, je décide de faire table rase avec Jack. Et donc de lui offrir une partie de la vérité. Même si je ne suis pas certaine du résultat.

Après tout demain, au plus tard, je ne ferai plus partie des habitants de Keystone. Je ne serai qu'un souvenir, je n'aurai que des souvenirs. Il y a bien longtemps que j'aurais dû partir. Je serais de mauvaise foi en rejetant la faute sur Charly, qui me suppliait sans cesse de rester, je suis restée parce que je le voulais, parce que je me sentais à l'abri, parce que j'aspirais à une nouvelle vie.

Je pénètre dans la cuisine, aussi fraîche que quelqu'un peut l'être lorsqu'il a passé la nuit à se battre avec une couverture, un oreiller et un « j'ai-presque-failli-perdre-ma-pseudo-vertu », Jack est déjà devant les fourneaux.

Plus de pots de glace, plus de verres, plus de Baileys, pas plus de linge sur le parquet. Si mon soutien-gorge n'était pas parfaitement plié sur un coin de la table, je pourrais presque croire que la scène d'hier soir n'a jamais existé.

Torse nu, ou plutôt dans la même tenue que celle dans laquelle je l'ai laissé la veille, il m'indique d'un coup de tête de m'asseoir.

Je n'en fais rien. Quelque chose me dit que la discussion que je m'apprête à avoir avec lui aura quelque chose de dramatique et que, au cas où, je vais devoir dégainer mon arme et tirer.

Je n'en ai aucune envie.

Aussi muette qu'une carpe, je rase les murs et rejoins la gamelle de Rebel. Ce dernier a déjà la tête dedans et s'empiffre généreusement de ses croquettes à la dinde. Lorsqu'Apollon se retourne pour me dévisager, je fais mine de récupérer mes affaires.

– Tu veux qu'on en parle ? demande-t-il.

Je ne mentirais pas qu'à lui si je lui répondais que j'avais trop bu et que mes idées étaient maquillées par l'alcool. *Sornettes.* J'ai eu envie de lui. J'ai aimé la folie qui m'a prise, comme un enfant est excité de jouer avec le feu alors qu'il en connaît les dangers. J'ai aimé *ça*.

Sauf que je dois tout lui dire pour qu'il continue à me faire confiance. Je m'éclaircis la voix et commence à parler, d'une voix tremblante, incertaine :

– Cette nuit-là, Rebel a senti que quelqu'un rôdait près de la maison. Une minute plus tard, tu rentrais chez moi par effraction.

Je suis incapable de le regarder dans les yeux tant je redoute sa réaction après la suite. Pas besoin de jouer la comédie, cette scène me hantera toute ma vie. Celle où j'ai abattu un homme parce que je n'avais pas le choix.

– Sitôt un pas fait dans ma maison, tu t'es rué sur moi et j'ai tiré.

J'ose enfin le regarder. Son visage est impassible, dénué d'émotions. Du Jack tout craché. Je déglutis parce que je redoute le moment où il va exploser.

– Pour le reste, je ne t'ai pas menti. Tu t'es cogné la tête et tu t'es écroulé. La suite, tu la connais. Je t'ai soigné et tu t'es réveillé amnésique.

Mon cœur bat à tout rompre dans ma poitrine. Voilà, c'est fait.

Si je veux partir l'esprit tranquille, je dois m'assurer que ce *Jack* ne sera jamais une menace pour les personnes qui m'ont connue ici, à Keystone. Plus les jours passent et plus je doute que sa mémoire ne revienne. En lui avouant que je lui ai tiré dessus, je l'appelle une dernière fois à se souvenir réellement de qui il est.

Seulement, j'avais tout anticipé, qu'il retrouve la mémoire, qu'il puisse être en colère ou avoir peur de qui il est, mais pas l'indifférence. Pour moi, l'indifférence, c'est l'autre Jack qui vit en lui, celui qui n'est pas dans un coma profond, mais seulement réduit au silence.

Enfin une réaction – si on peut appeler ça comme ça –, il dépose le contenu de la poêle dans nos deux assiettes, puis, calmement, rejoint sa chaise. Du bacon. Il se met à manger son putain de bacon alors que je lui ai tiré dessus.

– Dis quelque chose.

– Bon app'.

Énième bouchée. Une angoisse indéfinissable me saisit. Il est trop calme, trop serein, trop *l'autre*. Mes doigts frémissent, j'hésite à m'emparer de mon arme, dont la crosse meurtrit mes reins.

– Je t'ai menti.

Il daigne enfin me regarder en s'enfilant un morceau d'omelette. J'ai la sensation d'être Miss Météo. *Soleil ou pluie, rien à foutre, penserait-il.*

– Tu m'as menti, je t'ai répondu « bon app' ». Tu veux peut-être que je te le dise en chinois ?

– Non. Je voudrais juste que tu réagisses ! Est-ce que tu es en colère ? Déçu ? Peiné ? Vexé ?

Je m'égosille sur le dernier mot.

– Je suis bien pire que tout ça, Lana.

Mon cœur se glace sur son sourire méprisant.

– Tu ne m'as pas laissé le choix, tenté-je.

Je jurerais avoir vu sa mâchoire se crisper avant qu'il ne pose calmement ses couverts et ne se lève. Mon cœur cogne, vainement, brutalement, dans ma poitrine. Mes pensées s'entrechoquent, ma vue se brouille sur Jack qui enfile sa doudoune fraîchement réparée et lavée. Au moment où il attrape la poignée de la porte d'entrée, je trouve enfin la force de réagir, je récupère mon Beretta et le braque dans sa direction :

– Qu'est-ce que tu fais ?

– Je sors prendre l'air.

11

Jack

Je descends rapidement les marches du porche, m'enfonce dans une poudreuse jusqu'à mi-mollet et rejoins la lisière de la forêt en quelques enjambées. Sitôt dans l'ombre de la cabane qui abrite le bois pour l'hiver, je me force à m'adosser aux rondins d'une des façades et enfourne mes mains dans les poches.

Je suis sur les nerfs ? Non. Pire que ça. Mon état dépasse l'entendement. J'ai besoin de prendre du recul un instant pour ne pas saccager le chalet, ou la blesser.

Parce que, honnêtement, même si je suis terriblement en colère contre elle de m'avoir caché ce genre d'information, de m'avoir menti, je n'ai aucune envie de lui faire du mal.

Mes doigts se crispent un peu plus dans mes poches, j'inspire à fond l'air glacial, tente de me laisser submerger par le silence qui émane des bois. Je force mes doigts à se détendre et frôle le paquet de clopes et le Zippo que j'avais rangés machinalement ce matin.

J'agis sans me poser de questions. À l'instinct. J'en sors une, tire dessus pour l'allumer, et l'enfonce côté filtre dans la neige devant moi. Une chose est sûre, je ne fume pas. Le goût me répugne. L'autre me répugne.

Je ferme les yeux.

Me savoir l'agresseur, voire pire, me donne la gerbe. Ma mâchoire se crispe, les veines dans mon cou enflent de rage et mon bide se contracte de trop de retenue.

Ordonner les idées. Y voir plus clair.

J'ai *voulu* agresser Lana. Pourquoi ? Et surtout pourquoi m'a-t-elle soigné, gardé… sans appeler les secours et me dénoncer ?

Son comportement méfiant, sa répulsion à mon égard, son arme toujours à proximité, tout justifie et corrobore la thèse de l'agression. Hormis la décision de me garder auprès d'elle, et surtout… son attitude hier soir. À quel moment dans sa tête suis-je passé du type qui voulait la violer au mec qui pouvait lui donner du plaisir ?

C'est complètement illogique.

Soit elle ment carrément, soit elle gagne du temps, soit sa logique dépasse la mienne.

Étrangement, chercher à comprendre son fonctionnement calme mes pulsions. J'ai envie de découvrir tout ce qu'elle me cache au lieu de m'enfuir. L'idée ne m'effleure même pas, je dois rester ici, avec elle, pour une raison que j'ignore.

Un bruit de moteur requiert mon attention. Je passe la tête derrière la cabane et aperçois une voiture se garer. La déneigeuse est passée tôt ce matin et la tempête n'est plus qu'un souvenir, le ciel est d'un bleu limpide.

Je ne bouge pas de ma planque, les sens aux aguets. Lana a de la visite. *Nous* avons de la visite.

Une jeune femme en sort, emmitouflée dans une doudoune aussi blanche que la neige et des cache-oreilles en fourrure rose bonbon assortis à ses bottes. Les mains chargées d'un cabas, elle remonte l'allée en se débattant dans la poudreuse avec ses pieds. Sitôt en haut des marches, j'entends d'ici un soupir de soulagement et la vois même épousseter les froufrous de ses chaussures avant de rentrer dans le chalet. *Vive la superficialité et le créateur du monde des Barbie…*

Un coup d'œil à la clope. Filtre entamé, elle s'est éteinte et je m'aperçois que je me sens soulagé, presque excité à l'idée de vivre une nouvelle aventure. Une nouvelle ère commence. Pas de victime, pas de convalescence, juste *moi*. Retrouver, appréhender, dompter ce moi.

Je récupère trois bûches dans la cabane et rejoins le chalet. Un masque joyeux apposé sur le visage – bordel, c'est tellement facile de jouer la comédie –, je pousse la porte d'entrée et annonce, jovial :

– Va falloir penser à te faire livrer du bois, je doute qu'il y en ait assez pour…

Je feins la surprise en découvrant l'inconnue près de Lana. Une brune avec de grands yeux noisette me dévisage hostilement, avant de se retourner vers sa copine, qui semble au bord de l'évanouissement de me voir de retour.

– Non ! Ne me dis pas que… s'exaspère-t-elle dans de grands gestes. Alors ça, c'est la meilleure ! Je n'arrive pas à y croire ! C'est la raison de ton hibernation ? Tu n'es pas venue bosser pour t'envoyer en l'air avec…

Elle me montre vaguement de la main.

– Jack Anderson, précisé-je.

Je m'abstiens de la reprendre pour ce qui est de nous « envoyer en l'air ». De toute façon, la brune continue son monologue comme si je n'étais jamais intervenu :

– Et dire que j'ai cru à ton baratin sur ton besoin de solitude ! J'ai fait des heures sup, je me suis fait du souci, je t'ai préparé un repas et j'ai même apporté de la crème glacée au chocolat ! Alors qu'en fait, tu t'envoyais en l'air !

Techniquement, non. Petit coup d'œil à Lana, elle a repris des couleurs. Pense-t-elle à hier soir autant que j'y pense, moi ? Sa peau douce, son goût, la sensation de ses doigts sur ma nuque et son souffle. Pour un peu, je foutrais Miss Pipelette dehors pour reprendre là où nous en étions. Si tant est que Lana soit consentante.

– MB… tente cette dernière sur un ton d'excuse.

La copine a donc un nom. Je rejoins l'âtre et y enfourne une bûche, tandis que la brune continue à déblatérer et à se lamenter. Comment fait-elle pour aligner autant de mots sans se soûler ?

– C'est pour ça que tu ne tenais pas à ce que je monte. Pour ne pas que je tombe sur le spécimen qui niche chez toi ! Tu sais, tu n'avais qu'à dire « accompagnée », j'aurais compris.

Mais c'est que la brune sait faire plusieurs choses en même temps : parler et réfléchir ! Même si sa conclusion est un peu hâtive, je le conçois. Après tout, j'aurais pu être un cousin éloigné. J'observe Lana qui lui sert un sourire de connivence. OK, elle ne dément pas. Laisser croire à sa copine que nous nous sommes envoyés en l'air pendant plusieurs jours ne la contrarie pas, au contraire. MB vient apparemment de lui servir le mensonge parfait sur un plateau d'argent. Ça renforce un peu plus ma théorie, que Lana me garde ici pour une utilité qui m'est encore inconnue.

Mais pas pour longtemps...

Je me débarrasse de ma doudoune et la rejoins dans la cuisine, je me place derrière elle et l'attire à moi. Elle veut mentir ? Paraître crédible ? Autant le faire correctement car, pour l'instant, elle ressemble à une poule coincée dans une cage à hamster. Elle frissonne, ses mains se crispent sur mes bras sur son ventre, mais elle ne se dérobe pas. Je feins d'embrasser sa joue et murmure « détends-toi » sur sa peau, tandis que MB réfléchit à voix haute :

– Où l'as-tu trouvé ? Oh ! Mais je le reconnais ! Tu n'es pas le type qui est venu déjeuner chez Stanley's la semaine dernière ?

Elle plisse ses yeux en tapotant ses lèvres d'un doigt admirablement bien manucuré. Giflez-moi la prochaine fois que je traiterai Lana de Barbie ; la Barbie, c'est elle : MB.

Lana se redresse imperceptiblement dans mes bras, mal à l'aise. *Et oui, poupée, jouer la comédie face à quelqu'un qui nous connaît, c'est beaucoup plus difficile que de le faire avec un inconnu.* Je vais me marrer.

– Oui, c'est moi. Jack Anderson.

Je le répète car je doute qu'elle m'ait entendu la première fois.

Lana simule la gêne d'une adolescente prise en flagrant délit de galipettes par ses parents. Elle récupère petit à petit ses capacités.

– Comment as-tu fini chez elle ? me questionne MB. Lana est un rebut du sexe.

Je souris exagérément, je doute que nous parlions de la même personne. Parce que si Lana est ce que Marybeth affirme, je suis puceau ! *Je vous vois déjà venir... je n'en sais rien !*

Il n'y avait qu'à la voir à l'œuvre sur ma bouche. Sa langue, ses dents, ses lèvres. Mieux que l'onde de choc d'un détonateur.

– Merci, MB, grogne l'intéressée.

– C'est une vieille connaissance, réponds-je finalement.

– Vous n'aviez pas l'air de vous connaître au bar.

Forcément, sans aucun souvenir de ce fameux déjeuner, je nage en plein brouillard. Mais je ne me laisse pas abattre, un coin de ma bouche se relève et j'annonce, avec assurance :

– Parce que je n'étais pas barbu à l'époque.

MB me dévisage. Dans ce genre de situation, il faut maîtriser deux choses : son corps et sa voix. En gros, ne pas s'agiter et garder un ton linéaire et inaltérable. Et dans ce domaine, l'autre est plutôt bon, il me guide.

– Et pas tatoué, ajoute Lana. Je ne l'avais pas reconnu.

Je dois dire que ma pseudo-compagne n'est pas mal non plus. Rien n'est exagéré, elle ne force même pas un rire. Elle a récupéré tous ses talents de comédienne. Et je ne peux m'empêcher de me demander à quel point elle m'a berné, *moi*.

– Il a attendu la fin de mon service pour m'aborder, explique-t-elle.

– Je ne pouvais pas partir sans la revoir, avoué-je en regardant Lana avec envie.

Imiter l'homme fou amoureux n'est pas difficile, mais c'est une torture. Je n'y trouve pas vraiment de satisfaction morale sauf le rapprochement physique avec Lana. Elle se perd dans l'azur de mes yeux, ses joues rougissent et elle se mord la lèvre inférieure délicatement, feignant une gêne. Elle est douée. Mais ça n'est que temporaire et je ne dois pas perdre de vue que c'est de la comédie. C'est ce qui me fait détester tout ça. Nous savons tous les deux que, sitôt sa copine aura regagné sa voiture, nous redeviendrons des inconnus, voire pire.

– Parce que bien entendu, moi, je l'avais tout de suite reconnue. Elle n'a pas changé !

– Oh ! Mais je vais peut-être en apprendre davantage sur le passé de ma copine ! s'exclame MB presque euphorique.

Et moi, je sens que je vais m'amuser. Finalement, l'amoureux transi, ça me va. C'est le moment où Lana va être déstabilisée. Alors j'attends. Un sourire malicieux sur les lèvres. Mais force est de constater que ma rousse a plus d'une corde à son arc, elle se redresse et se dégage posément de mon étreinte pour ouvrir le sac de sa copine sur la table. Son attitude légère et calculée est parfaite, je n'aurais pas mieux fait.

– Jack et moi, nous nous sommes rencontrés lors d'un de mes voyages, raconte-t-elle en vidant le contenu du sac sur la table. Donc, MB, autant dire que tu en sais plus sur ma vie que lui !

La brune me jette un coup d'œil, je confirme les propos de Lana d'un hochement de tête. Rien ne sert de se foutre dans la merde.

– Dommage. Tu comptes rester longtemps à Keystone ?

Un violent frisson me fait me redresser. Mon cerveau résonne si fort que j'en ai le souffle coupé. Keystone, dans le Colorado. À environ cent vingt kilomètres de Denver. Dans sa plus forte saison, 1 288 habitants. Des pistes de ski sur trois montagnes : Dercum, North Peak et Outbach. *Bordel, c'est quoi, ça ?* Mon cœur s'active dans ma poitrine. Dans ma tête, je visualise toutes les routes existantes pour y entrer et en sortir, les U.S. Highways, les States Highways, les Interstates et même le plus petit chemin de terre. Et il ne s'agit pas de tourisme, mais d'issues et de solutions envisagées pour partir.

Je n'étais clairement pas ici pour faire du snowboard.

Voir Lana m'étudier avec inquiétude me galvanise. Elle a compris que quelque chose s'était produit dans ma cervelle. Je ne la lâche pas des yeux. Un sourire carnassier s'impose naturellement à ma montée d'adrénaline. Je réponds d'un ton assuré :

– Combien de temps je compte rester ? Aussi longtemps que Lana voudra de moi. Ou plutôt… tant qu'elle n'en aura pas fini avec moi.

Lana tressaille. Pensait-elle que j'allais partir et la laisser à sa vie paisible et tranquille dans ce village de montagne ? En tout cas, maintenant, plus aucun doute pour elle : en une phrase, je viens de lui signifier que je ne la lâcherai pas.

Pour lui faire avouer ce qu'elle sait, ce qu'elle me cache. Parce que, au plus profond de moi, je sens que je dois rester avec elle pour une raison qui me dépasse. Surtout pour cette dernière.

12

Lana

Ma grand-mère disait souvent que, pour vivre, il fallait être acteur et non spectateur, qu'il fallait agir pour accomplir et s'accomplir, qu'il ne fallait pas se contenter de contempler. Or, c'est uniquement ce que je suis en train de faire avec MB et Jack. Je les observe parler et dîner, avec un sourire de façade sur les lèvres, sans intervenir.

Il mène la danse et je me laisse porter par ses fourbes attentions d'homme adulateur, je suis spectatrice d'un énorme mensonge. Mensonge que j'ai laissé s'installer. J'ai été prise de court par MB. Qu'est-ce que j'aurais pu lui dire ? Que j'avais trouvé Jack lors d'une balade avec Rebel dans les bois ? Quand bien même, aucune nonne n'aurait gardé les cuisses serrées aussi longtemps face à l'homme qu'il laisse entrevoir ce soir.

Même si techniquement je ne les ai pas réellement desserrées.

MB est sous son charme. Qui ne le serait pas ? Je pourrais presque tomber dans le panneau. Souriant, respectueux, blagueur, le tout rehaussé par son allure de guerrier. Il est celui qui fait vibrer sans nous toucher, celui qui incendie en un regard et qui fait fondre en un sourire. Mais ça n'est qu'artifice et stratégie. Et je ne sais pas ce que je déteste le plus : en avoir conscience ou regretter l'homme brut et authentique que je côtoie d'habitude.

Je préfère le grand frisson dans son regard de marbre. C'est du n'importe quoi, je deviens folle !

– Mon frère, Stan, préfère les pistes de North Peak, explique MB. Il y a plus de poudreuse sur ce versant de la montagne. Peut-être que Lana pourrait t'y mener après son service ?

– Après mon service ? répété-je, prise de court.

– Ben oui. Tu ne comptes pas rester ici une semaine de plus ? À moins qu'une gastro ne te touche, ta prétendue grippe ne peut pas durer aussi longtemps. Si tu ne veux pas que Daryl t'envoie Dr Drow, il va falloir que tu reprennes le travail.

Je n'avais pas envisagé une seule seconde cette possibilité parce que je n'ai jamais pensé à demain. Je me suis contentée de survivre jusqu'au jour où je récupérerais mes nouveaux papiers d'identité. Je cligne des yeux, le regard perdu sur Jack.

– Je ne peux tout de même pas laisser Jack tout seul, minaudé-je.

Ce dernier me sourit tendrement.

– Ne t'inquiète pas pour moi, je saurai m'occuper. Retourne travailler et à ta vie d'avant sans te soucier de moi.

À son regard, je comprends sa phrase et j'en frissonne. Elle fait écho à ce qu'il a dit à MB tout à l'heure : « Je compte rester tant que Lana n'en aura pas fini avec moi. » J'y trouve encore un autre sens. Il sait que je ne lui ai pas tout révélé, qu'il reste encore des zones d'ombre, et il ne partira pas tant qu'il n'y verra pas plus clair. *Tant que lui n'en aura pas fini avec moi.*

Mon malaise doit se peindre sur mon visage car, comme chaque fois que je faiblis, Jack me ramène à la réalité en me rappelant notre mensonge. Mais là, il ne s'agit pas d'attentions, de regards mielleux ou de caresses, son geste est plus intime. Il saisit ma main avec douceur et la porte à ses lèvres pour y déposer un baiser. Je ne peux m'empêcher de retenir ma respiration jusqu'à ce qu'il s'en défasse. Frissons, chaleur, cœur qui bat vite. Mon corps me trahit.

Je souris à MB, qui pense que Jack se voulait seulement rassurant ; d'ailleurs, elle reprend sa discussion sur les pistes de ski. En revanche, moi, je sais que pour lui c'est bien plus que de la comédie. Il prend un malin plaisir à me torturer, il *sait* qu'il ne me laisse pas indifférente.

Sauf que je n'ai jamais été très expressive en matière de couple ou en tout cas pas en public. Heureusement que ma cervelle regorge d'idées issues de comédies romantiques !

– Cesse de lui parler de North Peak, MB, tu sais très bien que je n'y mettrai plus jamais les pieds, interviens-je en me levant de table.

Je rassemble nos assiettes et nos couverts, et me penche avec perfidie au-dessus de Jack pour atteindre ceux de MB à notre opposé. Mon sein frôle sa nuque, je pose délicatement ma main sur son épaule pour y prendre appui. Sa réaction ne se fait pas attendre. Il me jette un regard interrogatif, que j'ignore.

– Tout ça parce qu'elle est restée coincée deux heures sur le télésiège, lui explique-t-elle.

Tout en me débarrassant de la vaisselle dans la pile, je complète :

– Quatre heures, en pleine tempête de neige, et avec ton frère comme compagnon de périple !

Mon jeu est parfait. Il s'agit uniquement d'une discussion avec mon amie et mon *petit ami*. Même si en réalité Jack n'est pas dupe. D'ailleurs, sitôt que je le vois se lever de son siège, j'ouvre le robinet et m'attelle à faire la vaisselle.

– Oh arrête, mon frère est plutôt beau gosse ! Tu es la seule fille qui lui résiste !

– Et c'est justement parce que je suis la seule fille qui lui résiste qu'il insiste !

Jack apparaît dans mon champ de vision. C'est bien plus que mon champ de vision, il est quasi collé à moi. Mon cœur accélère sa cadence dans ma poitrine, je déglutis sous son regard de marbre. Je commence à le connaître. Il tente de donner un sens à ma provocation soudaine. J'ai piqué sa curiosité.

Il récupère un torchon et se met à essuyer la vaisselle propre.

– Un rebut du sexe, je te l'ai dit… lui murmure MB comme si je n'étais pas là.

Il pouffe brièvement, moi je rougis. Là, je n'ai pas besoin de donner un sens à son regard, je sais d'emblée à quoi il pense. Et le voir passer sa langue sur ses lèvres n'arrange pas les choses. Ma température corporelle grimpe en flèche, je réplique :

– Oh ! Tu arrêtes avec ça !

– J'exagère, c'est vrai, elle ne bécote que toi ou des inconnus !

La tête de Jack tourne abruptement vers ma copine ; là, c'est elle qui a piqué sa curiosité. Il répète :

– Des inconnus…

Je m'empresse d'expliquer en coupant l'eau, vaisselle finie :

– C'était un pari. MB pensait que j'étais lesbienne et, pour lui prouver que non, j'ai embrassé un parfait inconnu.

Pari à la con. Je me suis laissé draguer pendant une heure dans un bar de Georgetown. Sur le moment, ça m'avait fait du bien, l'insouciance, le jeu de séduction, la complaisance de se savoir désirée, jusqu'à me souvenir que je ne pouvais pas faire entrer un homme dans ma vie.

– Elle ne l'est pas, ironise MB.

Jack se joint à son rire et rajoute :

– Ça non, je te le certifie.

Son murmure est si grave qu'il pénètre chaque cellule de mon corps pour se perdre entre mes jambes. Je frissonne et prie pour qu'il n'ait pas remarqué mon malaise en lui arrachant le torchon pour m'y essuyer les mains.

– Bon ! Et si on mangeait cette crème glacée ? m'exclamé-je pour clore le sujet.

Je sors la glace au chocolat et les coupelles. Cette fois-ci, pas de jeux de cuillère, chacun mangera sa part de son côté. Mais je vais jusqu'au bout du rôle de la petite amie et laisse glisser mes doigts sur le flanc de Jack pour l'inciter à se rasseoir. Je sens ses muscles se tendre à mon contact.

– Tu viens d'où, déjà ? demande soudain MB à Jack.

Ma cuillère ripe dans ma coupelle.

– Je suis de Los Angeles.

– Et tu as fait tout ce chemin pour faire du snow ? Il doit bien y avoir une station plus près que Keystone, non ?

Oh merde, nous sommes foutus. Comment va-t-il expliquer sa présence ici ?

– En fait… essayé-je avant qu'il ne me coupe.

– J'avais de la famille à visiter à Denver. Une vieille tante et un vieil oncle.

Je serais tentée de reprendre une respiration normale, mais ma copine a décidé de rebondir sur son mensonge. Forcément puisque pour MB, parler, c'est comme respirer.

– Tu vas pouvoir revenir régulièrement alors ?

– MB… dis-je sur le ton de la réprimande.

Elle lève les yeux au ciel. Message reçu, je suis sauvée.

– Je ne crois pas, ma tante est décédée, annonce Jack à mes côtés.

Son ton si détaché me pousse à le regarder, déconcertée. Même MB en reste bouche bée. Nous l'observons toutes les deux se délecter lentement d'une cuillerée de glace au chocolat, avant qu'il n'explique :

– Je ne la connaissais pas. Elle a eu un cancer de la langue. Affreux. Les docs ont dû lui enlever.

Son jeu est si parfait que, pour un peu, je pourrais presque y croire. Et c'est ce qui est terrifiant. Parce que je sais dès lors que je ne serai plus capable de discerner le vrai du faux lorsque nous serons seuls.

– Mais elle ne pouvait plus parler, alors ? s'écœure MB.

– Son mari ne s'en est pas plaint. Au contraire, il disait qu'il n'avait jamais été aussi bien que depuis qu'elle était muette.

– Quel connard !

Jack sourit. Pourquoi ai-je la sensation qu'il souhaiterait que ma copine subisse le même sort pour avoir la paix ? Le connard, c'est lui !

Putain d'esprit tordu !

– Sans doute, finit-il par répondre.

***

Je raccompagne MB, seule, jusqu'à sa voiture. La journée touche à sa fin, les bois sont déjà plongés dans l'obscurité et le ciel offre ses dernières nuances de bleu et d'orangé. Mon amie est une pipelette, mais elle respecte un minimum mon intimité, elle ne s'est pas imposée pour le repas du soir en présumant qu'elle nous dérangerait.

Quelque part, elle n'a pas tort, une conversation avec Jack m'attend.

Je préférerais une pendaison ! Je sais de quoi il est capable, je connais ses capacités à ressembler à n'importe qui qui n'est pas son vrai lui. L'autre m'en avait déjà fait la démonstration la première fois où je l'ai vu chez Stanley's.

– Demain, 11 heures ? demande MB en prenant place derrière le volant.

– Je serai là, mens-je.

Elle jette un regard vers le chalet, où mon bourreau, les coudes appuyés sur la rambarde du porche, nous observe. Elle chuchote, en revenant à moi :

– Quoique… si tu n'es pas là, je saurai au moins pourquoi. Et franchement, entre nous, à ta place, je ne sais pas si je me pointerais au boulot…

Je soupire exagérément pour paraître excédée.

– Je serai là !

– Mon Dieu, quand je vais dire à mon frère qu'il a laissé filer sa chance avec toi !

Je tressaille. Moins il y aura de personnes au courant de l'existence de Jack, moins il y aura de questions et surtout moins il y aura de dommages collatéraux.

– Tu ne diras rien du tout. Je ne rigole pas, MB. Jack est de passage et je préfère que les gens pensent encore que je suis lesbienne ou frigide.

– Je n'ai toujours pas compris ton concept. Tu n'es ni l'un ni l'autre. Je ne sais pas ce que tu as vécu avant de débarquer dans notre village, mais si c'est un homme qui t'a blessée, ils ne sont pas tous pareils !

Je sais. Mais c'est plus compliqué que ça.

Et je saisis que je vis peut-être mon dernier face-à-face avec mon amie. À Los Angeles, je n'ai rien anticipé ; en une nuit, j'étais partie, à peine si j'ai pu récupérer une culotte propre dans ma commode ! Je n'ai dit au revoir à personne, j'en ai souffert et c'est toujours le cas quand je pense à tous ceux que j'ai laissés. Finalement, qu'importe de le savoir, de le prévoir, une fuite reste une fuite, la douleur est aussi poignante.

– À demain ! annoncé-je en claquant sa portière pour me redonner une contenance autant que pour clore la discussion. Fais attention sur la route.

Elle lève les yeux au ciel, mais ne rétorque pas.

Je reste sur la chaussée jusqu'à voir sa voiture s'évanouir dans le premier virage. Lorsque je me retourne, Jack n'est plus sous le porche. Quelque chose me dit que ce sera ma seule fenêtre de tir pour téléphoner à Charly. Je siffle Rebel, qui me suit jusqu'à la cabane. À l'abri des regards, je compose le numéro de Charly ; sitôt a-t-il décroché, je l'avertis :

– Je ne peux pas rester longtemps.

– Toujours rien ?

Dois-je lui avouer que j'ai raconté une partie de la vérité à notre homme et que ça n'a pas ravivé sa mémoire ? Je déglutis en repensant à sa fuite de ce matin. J'ai la sensation que notre comédie de cet après-midi a effacé cet instant. Tout s'est déroulé trop vite.

– Non.

– Désolé pour Marybeth.

– Je croyais que tu surveillais toutes les routes ? lui reproché-je en faisant le constat qu'il n'a même pas tenté de me prévenir de son arrivée.

Je ne sais pas si l'afflux sanguin qui envahit mon visage et qui dévaste mes veines est synonyme de colère ou de déception.

– C'est le cas. J'aurais pu l'arrêter, j'en avais le temps. Mais de un, je n'avais aucune excuse pour l'empêcher de monter te voir, de deux, ça aurait foutu en l'air ma couverture, et… de trois, j'avoue surtout que je ne t'ai pas prévenu car ça a servi mes intérêts.

– Tes intérêts ? répété-je, hébétée.

Je m'assieds sur la bûche la plus proche, j'ai le tournis. Quels intérêts valent le coup de mettre en danger mon amie ?

– Je ne peux pas t'approcher, m'explique-t-il, je ne peux me fier qu'à ce que tu me racontes sans savoir si c'est la vérité. Qu'est-ce qui m'assure que ce n'est pas lui qui te force à me rassurer ?

Je serre les dents. Il a raison. Tellement raison.

– Je te raconte l'essentiel, je ne vais pas non plus te faire un roman sur ce qui se passe ici.

Je l'entends soupirer.

– Maintenant que Marybeth est revenue saine et sauve, je serai un peu plus tranquille. Tu ne peux pas me reprocher de me faire du souci pour toi.

Je n'ai ni le temps ni le courage de lui expliquer ce que je ressens. Parce que j'ai du mal à discerner ce que je pense de Jack ? Parce que le coup de la psychologie inversée s'est retourné contre moi ? Parce que je perds le contrôle et que j'aurais honte de le dire ? Sans doute un peu tout ça…

– Toujours OK pour demain ? demandé-je.

– J'aurai ce dont tu as besoin en milieu de matinée. Je t'envoie un message pour te transmettre le lieu et l'heure de notre rendez-vous. D'ici là, débrouille-toi pour que notre homme soit de nouveau ligoté à ton lit !

– À demain, annoncé-je d'une voix blanche pour seule réponse à sa remarque.

Je raccroche, un peu déboussolée. Est-ce que faire confiance à Jack serait une faiblesse ?

Non. Ma seule faiblesse, c'est son amnésie. Parce que pour l'heure c'est la seule raison qui me pousse à l'apprécier plus qu'à le détester. Et c'est aussi la seule raison qui m'empêchera de le ligoter de nouveau à mon lit, parce qu'il pourrait se révéler dangereux s'il se sent pris au piège.

Sentir Rebel se frotter à ma main pour gratter une cajolerie me fait revenir à la réalité. *La réalité, c'est que ma vie s'est mise en stand-by ce matin quand mon inconnu a claqué la porte*. Je caresse d'une main tremblante Rebel puis me lève. *Nous allons finir notre conversation.* Je dois savoir où nous nous situons. Enfin stable sur mes deux jambes, je frôle du bout des doigts mon arme dans mon dos comme pour me rassurer qu'elle soit toujours là. C'est complètement stupide, elle m'a lacéré les reins toute la journée : je sais qu'elle y est, et je sais que je n'en aurai pas besoin. S'il avait voulu entreprendre quelque chose, ça n'est pas MB qui l'aurait freiné. Je remonte l'allée jusqu'au chalet. Mon cœur augmente sa cadence, ma trachée se resserre. Je compte mes pas pour m'empêcher de cogiter, mais mon sang écorche si fort mes veines que je m'entends à peine penser. Je pousse la porte d'une main tremblante, et j'ai à peine le temps de m'en apercevoir que je suis déjà à l'intérieur.

Foutue réalité.

Malgré la chaleur du chalet, je frissonne en découvrant Jack appuyé contre la table. Il me fait face.

– Quelle journée fantastique ! s'exclame-t-il, faussement enjoué.

– Tu n'es plus obligé de jouer la comédie, MB est partie.

– Quoi ? Tu n'aimes pas lorsque je me comporte comme un mec normal ?

Je ne réponds pas à son sarcasme et me retourne volontairement pour me défaire de mon manteau et dissimuler ma colère.

C'est tout le contraire. J'ai détesté cette journée parce que, au-delà de ses attentions, je préfère le type que je côtoie depuis quelques jours. Le gars froid, mystérieux, authentique, pas celui que tout le monde voudrait.

Pourquoi ai-je cette fâcheuse tendance à être attirée par les chiens errants ?

– Tu es pleine de contradictions, Lana, reprend-il. D'un côté, tu détestes le rôle que j'ai joué, et d'un autre, tu as profité de mes caresses.

Je lui jette un regard noir.

– Je ne te jugerai pas, reprend-il. Je cherche seulement à te comprendre.

Ses doigts traînent sur sa barbe, ses yeux se plissent, il m'étudie. Je retiens mon souffle.

– Comment se fait-il que tu aies réussi à rester aussi sage depuis ton arrivée à Keystone alors qu'hier tu étais à deux doigts de te donner à moi ?

Il se redresse pour me rejoindre dans l'entrée. Je déglutis devant la masse qui s'approche et je me force à répliquer :

– Quel plaisir ça t'a apporté de me torturer toute la journée ?

Il explose de rire.

– Te torturer ? Non, Lana. La torture, c'est moi qui l'ai endurée. J'ai dû écouter ta copine parler pendant des heures, lui faire croire que je m'intéressais à elle et lui rendre ses répliques avec tellement de mièvrerie que j'ai parfois eu envie de vomir.

– Tu es abject.

Ses muscles se bandent instantanément, il me jette un regard glacial avant de se coller à moi.

– Non. L'autre est abject.

Je ne bouge pas et le défie en relevant le menton. Je n'ai pas peur car, là, il ne me cache rien, il ne cherche pas à être quelqu'un d'autre.

– Arrête avec ça. Toi et lui, vous ne faites qu'un. Tu n'as pas plusieurs personnalités, tu n'en as qu'une seule.

Je me rends compte, à l'instant où les mots m'échappent, à quel point mes paroles sont incisives, parce que je comprends l'importance qu'il accorde inconsciemment à ne pas être l'autre. L'autre, c'est celui qui a commis des erreurs et, de ce qu'il en sait maintenant, celui qui m'a agressée. Il doit cohabiter avec.

Et je sais que ma phrase l'a touché de plein fouet quand d'une voix quasi inaudible il m'avoue :

– Je n'ai pas de passé, je n'ai pas de mémoire, je n'ai pas d'identité. Même lorsque tu m'appelles Jack, ça n'a pas de sens. Les seules choses qui me permettent d'exister sont mes sentiments et il n'y a rien d'ordonné.

Et c'est la même chose dans ma propre tête. Comment vais-je pouvoir me débarrasser d'un type qui m'émeut autant qu'il est dangereux Il se redresse et s'éloigne tout en annonçant, joueur :

– Enfin, bref ! Au moins maintenant je sais que tu peux être une très bonne comédienne.

Il tire une chaise et s'assied à califourchon dessus. Les bras en appui sur le dossier, il me jauge sur toute ma hauteur. Il sait que je lui cache des tas de choses, Jack est loin d'être stupide.

– Je pourrais en dire tout autant de toi, finis-je par rétorquer sur le même ton amusé.

Je m'anime enfin, et prends appui contre le dossier du canapé. À deux bons mètres l'un de l'autre, nous nous toisons.

– Sauf que moi je ne te dissimulerai jamais mes pensées, je te l'ai dit.

– Pourquoi ?

– Parce que je préfère ta confiance à ta méfiance, parce que jouer le bon samaritain ne m'apportera aucune satisfaction personnelle, et parce que je n'ai pas eu besoin de jouer à un jeu pour t'embrasser hier soir.

Si son but était de me déstabiliser, il a réussi ; je sens mes joues s'empourprer. Il en sourit. Je m'éclaircis la voix et demande :

– Pourquoi je te croirais ?

– T'ai-je caché une seule fois mes sentiments ? Mes réactions ?

– Ce matin, déclaré-je, sûre de moi. Tu as réagi parce que je t'ai poussé à réagir. Sur l'instant, tu m'as fait croire que ça ne te dérangeait pas d'être venu ici pour m'agresser.

– Ça n'était pas mon intention. Je tentais de me contrôler pour ne pas te blesser. Je suis parti uniquement pour te protéger.

Mon cœur loupe un battement sur son dernier mot. Il n'a pu prononcer cette phrase… son autre ne l'aurait jamais fait.

– Tu ne me crois pas ?

– Non, car tu ne fais jamais preuve d'empathie, tu agis la plupart du temps dans ton seul intérêt, alors pourquoi te soucierais-tu de ma sécurité ?

– Peut-être pour la même raison que toi tu te soucies de la mienne : nous avons tous les deux besoin l'un de l'autre. Tu m'es nécessaire pour retrouver la mémoire, reste à savoir ce que, *toi*, tu me veux.

J'aimerais pouvoir lui crier que je n'espère rien de lui, mais ça lui donnerait raison.

En plus de mon silence, je lui offre mon sourire. Jack aime les défis, Jack adore accorder de l'importance à mes réactions. Je le sais. Je le sens. Je le vois à ses pupilles qui traquent constamment avec minutie le moindre frémissement de ma peau, qui tentent d'anticiper mon comportement, mes attitudes.

Et je préfère qu'il s'obstine à me cerner afin qu'il me connaisse pour ce que je suis et non parce que j'ai été le terme d'un putain de marché avec le diable. Ça n'est pas de l'insouciance ni être déraisonnable que de penser qu'il puisse m'apprécier lorsqu'il aura retrouvé sa mémoire, c'est ce qu'il *doit* se passer. C'est une nécessité.

Je le veux parce que je n'ai aucune envie de le tuer.

13

Jack

« Non ! »

J'ouvre les yeux instantanément. Tous mes sens en alerte, les muscles tendus, un tambourinement dans la poitrine, mon inconscient est passé à l'action. Je suis entièrement et totalement réveillé.

Néanmoins, il règne le même silence que toutes ces dernières nuits dans le chalet : le bruit feutré de la braise dans la cheminée, le balancement des aiguilles de l'horloge et le vide. Certainement un rêve.

Je me frotte le visage avec abattement. Je me remémore la phrase de Lana. *Toi et lui, vous ne faites qu'un.* Ses paroles ne m'ont pas seulement blessé, elles m'ont déçu. Elle ne me comprend pas.

– Nooooon !

Lana.

Cette fois-ci, je n'ai pas rêvé puisque je ne dors pas. Mon sang ne fait qu'un tour. Je me lève précipitamment, traverse le salon en une enjambée, pénètre dans le couloir et me retrouve en moins de deux secondes devant la porte de sa chambre. Un nouveau hurlement me vrille les tympans. Et pas que… J'ai la sensation que ma poitrine explose. C'est si puissant que j'en ai le souffle coupé. Mais je ne me laisse pas déconcerter, ne tente pas de comprendre ce qui m'arrive, il y a plus urgent.

Plus important.

Lana a besoin d'aide.

J'attrape la poignée de la porte et, d'un même coup, la tourne et m'élance en avant. Je m'écrase lamentablement contre la boiserie fermée à clé. C'est la détonation dans ma tête, je grogne un « Lana », puissant mais mesuré, et tente de tourner encore et encore la poignée. J'imagine le pire, mon sang bat dans mes oreilles, mes muscles se bandent et ma vision se brouille, je vais mettre cette porte en miettes et la personne qui lui fait du mal subira le même sort. Par-delà la serrure qui grince et le bois qui craque sous mon poids, j'entends Lana :

– Je vais bien.

Je me fige sur sa voix.

Éraillée, à peine audible. Je n'ai aucune idée de ce qui se passe, mais elle est tout le contraire de ce qu'elle avance. Elle a l'air affolée.

– Qu'est-ce qui se passe ?

– Rien. Retourne te coucher, me prie-t-elle.

– Ouvre cette porte, ordonné-je en tournant une nouvelle fois la poignée. Ouvre cette porte ou je la défonce.

– Arrête, Jack.

Elle est juste derrière. Elle a toute mon attention. Pourtant, la porte reste close, et elle ajoute :

– C'était juste un mauvais rêve et j'ai tout sauf envie de te voir.

Ses paroles, le ton acerbe qu'elle a employé, comme si c'était une évidence, me font grincer des dents.

– Pourquoi ? demandé-je. Qui suis-je pour toi pour que tu fasses preuve d'autant de méfiance à mon encontre ?

Elle soupire.

– Jack, je n'ai pas rêvé de toi, tu peux aller te recoucher. Et bon sang, ça n'est pas de la méfiance.

J'aurais pu être soulagé – comme si ça avait de l'importance – que je ne sois pas l'objet de son cauchemar, mais je suis obnubilé par sa deuxième affirmation. Elle n'a jamais aussi mal menti. J'énonce :

– Tu ne te sépares jamais de ton arme, tu ne m'as pas dénoncé à la police, tu épies et anticipes chacune de mes réactions comme si ça devait déterminer ce que tu devais faire, de quoi as-tu peur ?

Encore et toujours ce silence. Pour me narguer ? Parce qu'elle n'a rien à répondre ? Parce qu'elle aurait trop à perdre ? Non. Uniquement parce qu'elle pense, comme moi… que *je* suis dangereux.

« Toi et lui, vous ne faites qu'un. »

Essaie-t-elle de s'en persuader, ou le pense-t-elle réellement ? Et même si elle avait raison, ce que j'étais, ce que j'ai fait, détermine-t-il ce que je veux être aujourd'hui ? Entre mes dents, je grogne :

– Je te promets de ne jamais te faire de mal, Lana.

– Ne fais pas de promesse que tu ne pourras pas tenir.

Son objection confirme ce dont je me doutais déjà. Elle n'a pas peur de celui qui se tient derrière cette porte, mais de celui qui a fait intrusion chez elle il y a quatre jours. Elle n'a pas peur de moi, elle a peur de *lui*.

– Pourquoi ? Parce que tu penses que je changerai d'avis lorsque j'aurai retrouvé la mémoire ?

– Oui.

Je n'ai aucun mal à me mettre à sa place, nous avons tous les deux le même regard sur *ce* Jack. Or, elle n'est pas dans ma tête, mais lui, oui. Et il ne doit absolument pas disparaître, je dois cohabiter avec lui.

– Ma mémoire ne me servira qu'à me souvenir de mon passé afin de ne pas reproduire les mêmes erreurs.

– Pour être meilleur ?

– Non. Pour être différent. Je veux être moi, tout simplement, et surtout, je veux faire mes propres choix.

Pour seule réponse, la porte s'ouvre sur Lana. Il ne m'en faut pas plus pour sourire, car je sais à son regard scrutateur que mes paroles ont pris tout leur sens dans sa tête. Une douce chaleur s'empare de moi ; finalement, j'admets que le plus important n'est pas qu'elle me dissèque, qu'elle puisse me sonder et accéder à mon côté le plus sombre, mais qu'elle accepte le moi que je veux devenir. Et qu'elle le veuille ou non, elle a déjà commencé à l'accepter.

Je souris d'autant plus et me redresse ; au-delà de ça, je peux enfin constater qu'elle va bien. Les joues rouges, les yeux brillants, elle est seule – si on oublie Rebel, qui dort paisiblement au pied de son lit –, la fenêtre est fermée, son tee-shirt et son legging intègres, je suis… *rassuré*.

La bombe que j'avais sciemment ignorée quelques minutes plus tôt m'explose en plein visage et mon cœur s'emballe. J'ai la sensation de tomber d'un gratte-ciel, mon taux d'adrénaline grimpe si vite que je défaille. Une seconde, rien qu'une seule, mais ça suffit à Lana pour comprendre que quelque chose s'est produit. Je ne lui laisse pas le temps de rebondir ou de s'insinuer dans la brèche. Je réagis vite. J'attrape la poignée et l'arrache d'un coup sec dans un mouvement de bascule jusqu'à faire céder la serrure. La boiserie explose littéralement.

Ça fait un bien fou !

Sous le regard hébété de Lana, je rejoins le salon en lui offrant un « bonne nuit » laconique. J'ai le temps de m'asseoir sur le canapé avant qu'elle ne réagisse enfin :

– Non, mais ça ne va pas ?

Si on ignore le fait que je suis entièrement réveillé, que mon épaule, en y pensant, me tiraille légèrement, et que je vais pieuter sur un canapé inconfortable, tout va bien. Je m'allonge. Lana apparaît dans mon champ de vision.

– C'est quoi, ton problème avec ma porte ? renchérit-elle.

Face aux flammes de la cheminée qui dansent sur son visage, je devine son regard noir et je dois dire qu'elle est diablement sexy. Son tee-shirt, trop grand pour elle, flotte sur sa poitrine et me rappelle la rondeur parfaite de ses seins, mais je suis assez fort pour me défaire de cette image et adopter une position décontractée : un bras sous ma tête et l'autre sur mon ventre, j'articule :

– Il n'y en a plus. Mais tu veux peut-être parler de tes cauchemars ?

Elle réagit comme je m'y attendais. Je commence à la connaître et ça n'a rien de lassant, bien au contraire, car sa façon d'agir va à l'encontre de ce que ferait n'importe qui. Elle arque un sourcil, croise les bras sur sa poitrine et soulève judicieusement :

– Tu n'en as rien à faire.

– Exact.

Ça serait sûrement barbant à en mourir et surtout ça ne servirait à rien de remuer le couteau dans la plaie. Mais je lui renvoie sa réplique :

– Et toi, tu n'as aucune envie d'en parler.

– Exact, répond-elle avant de tourner les talons et de s'évanouir dans la pénombre.

Je vais pouvoir dormir. Je ferme les yeux et m'efforce de trouver une position plus confortable en creusant les coussins du vieux canapé dans un mouvement de bassin. J'ai à peine le temps de trouver une position convenable que la lumière de la cuisine s'allume.

Je ne bouge pas, mais souris intérieurement : je n'avais pas sommeil, et je dois dire que discuter avec elle n'a rien d'emmerdant. Même l'autre n'émet aucune objection, sauf peut-être celle de reprendre où nous en étions hier soir. *Sur la table.*

J'entends le claquement d'un placard, le robinet d'eau, et enfin elle réapparaît dans mon champ de vision, deux verres remplis dans les mains. Elle en pose un sur la table basse et s'assied juste à côté.

Je bascule la tête vers elle. Elle s'est assise sur la table, dans une position affriolante : jambes croisées, en appui sur une main et me regarde avec un air intrigué et fichtrement attirant de derrière sa frange.

Je me redresse et chope le deuxième verre d'eau. Je prends mon temps pour le boire, le regard perdu dans ses billes émeraude qui m'étudient. Ça n'a rien de déstabilisant, c'est galvanisant. Car même si je ne l'ai jamais vue interagir avec d'autres personnes, je sais qu'elle ne fait ça qu'avec moi. Parce qu'elle attend le moment crucial où je retrouverai la mémoire, parce que je ne suis pas un cas d'école.

Soudain, un léger bruit provenant de sa chambre la fait sursauter. Un instant, la fille hardie, gaillarde et audacieuse que je crois connaître me semble perdue et esseulée. Ce fut fugace, le temps qu'elle se rende compte, comme moi, qu'il s'agissait uniquement de Rebel. Je n'aurais sans doute pas prêté attention à sa crainte s'il n'y avait pas eu : son cauchemar, cette situation. Là, elle vient de piquer un peu plus que ma curiosité.

– Tu as peur de ton clebs, maintenant ? fais-je remarquer.

Elle cligne des yeux et me sert un sourire de connivence avant d'assurer en se levant :

– Sans doute la fatigue. Bonne nuit.

Je la stoppe instantanément en attrapant son poignet. Ma prise n'a rien de menaçant, mes doigts l'enserrent à peine, ils ne sont pas là pour l'asservir, d'ailleurs elle ne tente même pas de s'en défaire.

– Tu n'as pas peur *que* de moi. Il y a autre chose, je me trompe ?

J'ignore la chaleur qui me gagne en sentant sa peau frémir à mon contact et me restreins aux pulsations cadencées de son cœur sous la pulpe de mes doigts. D'un même coup, j'aperçois l'ombre d'une déglutition avant qu'elle ne rompe le contact et que son visage se peigne de cet air impétueux et pétillant à la fois qui arrive toujours à me surprendre.

Une des choses qui m'attirent chez elle, moi comme l'autre, en réalité.

Elle place ses deux mains sur ses hanches et demande, espiègle :

– Et toi, pourquoi as-tu saccagé ma porte ?

Bien joué, Lana.

– J'étais en colère contre moi et l'autre contre toi.

– Contre moi ?

– Oui. Parce que, ce soir, il a compris que tu étais sa faille.

– Sa faille ? répète-t-elle dans un murmure.

Je ne sais pas tellement pourquoi, mais j'adore la répercussion qu'ont mes mots sur elle, quand je la laisse entrevoir les sentiments de l'autre. Comme hier lorsque je lui avouais qu'il avait envie d'elle, elle semble aussi déboussolée qu'incrédule. C'est exactement ce que je ressens. C'est ce que l'autre me renvoie. Peut-être commence-t-il à avoir peur d'elle à son tour.

– Je n'ai jamais peur, expliqué-je. *Jamais.* Jusqu'à maintenant, je pensais que c'était parce que l'autre maîtrisait à la perfection ses réactions.

Je la laisse digérer mes paroles, le temps qu'elle se rasseye sur la table basse.

– Je me suis trompé, reprends-je. En fait, c'est uniquement parce qu'il est détaché qu'il n'a pas peur. Je n'ai pas craint de me réveiller amnésique, ni d'avoir eu une arme braquée sur la tête, ni de me perdre dans une forêt en pleine tempête, parce que je n'ai pas vu ça comme une fatalité. Je ne pense pas à ce qui pourrait m'arriver, non pas parce que ça m'est égal, mais seulement parce que, pour *lui* comme pour *moi*, ça n'est pas une priorité et que ça ne serait que spéculation et interprétation de la réalité.

– Je ne vois pas quel est le rapport avec le fait de défoncer ma porte ? s'interroge-t-elle.

Elle est le seul rapport. À cause d'elle, *nous* avons eu peur.

– J'ai eu peur pour toi parce que je n'avais aucune idée de ce qu'il t'arrivait.

– La peur est un sentiment qui ne te rendra que plus humain, il n'y a pas de quoi être en colère parce qu'elle t'a envahi.

J'étouffe un rire, elle a encore du chemin à faire pour me cerner, je n'ai pas honte de mes faiblesses.

– Je n'étais pas en colère parce que j'ai eu peur. Je l'étais parce que j'ai saisi après coup que j'avais réagi sans réfléchir, je ne voyais que cette porte.

Et elle derrière.

– Je suis en rogne contre moi pour avoir agi sans réfléchir, et lui est en colère *contre* toi, parce que je me suis mis en danger *pour* toi.

Lana cligne des paupières à mes paroles, et se met à rougir. Je me suis fait du souci pour elle et elle sait que c'est un sentiment qui ne peut pas venir de lui, de qui j'étais avant, puisqu'il l'a agressée.

Lorsque ses prunelles rencontrent les miennes, elle sort enfin de sa léthargie :

– Mais l'histoire est réglée parce que maintenant je ne peux plus la fermer !

Elle se lève précipitamment, j'en fais de même. De presque deux têtes de plus qu'elle, je la domine et l'examine avec luxure. Une cuisante chaleur distend mes veines et bande mes muscles. Ses pupilles tremblent et, dans une lenteur démesurée, gravissent mon buste nu jusqu'à mon visage. J'apprécie quand elle me regarde comme ça, avec les yeux brillants remplis d'envie.

La donne a changé. En revanche, je suis incapable de dire si c'est mieux ainsi. C'est étranger à mon système nerveux. Mais ce que je sais, c'est que cette porte était un symbole de barrière, au même titre que son arme, et qu'elle n'existe plus. Ne devrait-elle pas s'en inquiéter ? Apparemment, non.

– Pourquoi souris-tu ? demande-t-elle enfin.

Parce que tu viens une nouvelle fois de m'intriguer. Et certainement aussi de me faire ressentir des choses. C'est toujours le cas. Même si nous ne nous touchons pas, ma peau crépite avec envie. Elle est *mon* souvenir, *mon* unique. Son goût, son odeur, sa douceur, tout est ancré dans ma tête. Et je sais à la façon dont ses yeux dérivent sur mes lèvres que je ne suis pas le seul à me rappeler tout ça. Elle me désire autant que je la désire.

– Langage corporel, réponds-je. Inconsciemment, que je puisse accéder à ta chambre te rassure. Ce qui corrobore ma suggestion précédente : tu crains autre chose que moi.

Je sais à l'instant où je la vois arquer un sourcil que j'aurais dû, pour une fois, lui mentir et fermer ma gueule.

– Ou tout simplement, ça n'a plus d'importance parce que je commence à te faire confiance, me contre-t-elle avant de me planter devant le canapé.

Je la regarde prendre la direction du couloir, un demi-sourire sur les lèvres. Finalement, je ne sais pas ce qui est le plus difficile : savoir que j'ai envie d'elle et qu'elle puisse me résister, ou être incapable de définir si elle joue encore la comédie.

Si c'est le cas, elle était parfaite. J'en viendrais presque à douter de cette autre menace que je crois deviner s'il n'y avait pas *encore* ce Beretta coincé entre son legging et la merveilleuse cambrure de ses reins !

14

Lana

On ne peut pas dire que la nuit fut reposante. J'ai vu toutes les heures défiler les unes après les autres, alternant demi-sommeil et réveils sans vraiment m'endormir réellement. Et pour une fois, mes cauchemars n'en étaient pas la cause. Pourtant le dernier aurait dû me hanter assez pour que je ne m'en défasse pas de toute la nuit.

Il était là. Avec elle. Il me regardait avec dédain, me montrait à quel point j'avais eu tort de fuir il y a trois ans, il me faisait comprendre qu'il me le ferait payer. Et je ne pouvais plus rien faire. Là, il était trop tard.

Mais étrangement, même si ce cauchemar est ancré dans ma tête, ça n'était pas lui que je voyais, mais Jack. Cette nuit, il m'a permis de mettre de côté certaines de mes craintes.

Je pourrais passer pour une inconsciente, pour une imprudente, voire pire, une manipulée, mais je suis aussi persuadée que lui qu'il ne sera plus le même qu'avant, même lorsqu'il aura retrouvé sa mémoire. Est-ce qu'il sera différent au point d'en être meilleur ? Je ne pense pas et je ne l'espère pas. Je n'attends pas de lui qu'il devienne un bon samaritain, je désire seulement qu'il me voie telle que je suis. Pas comme une mission à je ne sais combien de milliers de dollars, mais comme Lana.

Pour lui, je ne suis plus une inconnue. Je ne suis pas non plus celle qui lui a tiré dessus et qui l'a soigné, je suis celle qui lui fait ressentir des choses.

Je le sais. Je le sens. C'est viscéral. Comme cette attirance complètement déraisonnée.

Et partagée.

Entièrement partagée. Si j'ai bien compris, même l'autre ne peut plus s'en défaire : il n'objecte plus, ne se rebelle plus. Nous avons ce point commun : nous le détestons autant que nous en avons besoin.

Pour ce qu'il sait. Pour ce qu'il était.

Après une douche rapide, je suis prête pour retrouver Charly. C'est fou, mais certains réflexes ne s'oublient pas. Ne pas mettre de parfum, ne pas abuser de maquillage, porter des vêtements amples, rien d'affriolant. Bref ! Éviter tout ce qui pourrait attirer l'attention. En revanche, ça n'aide pas ma tête à penser à autre chose. J'ai confiance en Jack, je le crois quand il m'assure qu'il ne me fera aucun mal, mais je ne peux m'empêcher de quitter le chalet avec la crainte de le laisser ici, seul, sans surveillance, même s'il pense que je ne pars bosser que pour quelques heures. De toute façon, sans moyen de transport, il aura à peine le temps de rejoindre une habitation que je serai déjà rentrée.

Je n'ai peur de rien.

Alors pourquoi suis-je tendue ? Parce qu'il se passe trop de trucs dans ma tête et dans mon cœur, certainement.

La tête plongée sur une feuille, un crayon à la main, Jack griffonne. Aucune idée de ce qu'il fait mais il a l'air concentré sur sa tâche. Je récupère les clés de ma voiture, caresse rapidement la gueule de Rebel, en le suppliant intérieurement de bien surveiller notre *invité*.

– Tu as attaché tes cheveux pour travailler, fait remarquer Jack alors que j'enfile ma doudoune sur le pas de la porte. Une question d'hygiène, sans doute ?

Pas vraiment, aujourd'hui, mais pour pouvoir enfiler une capuche, un chignon, c'est beaucoup plus simple.

Sa remarque me tire un sourire et me fait prendre conscience que c'est peut-être ça, mon problème : je me suis habituée à vivre chaque étape de ce départ avec lui, et là, je vais être seule. Mon souci n'est pas de le laisser ici, mais de ne pas être avec lui. Et j'ose à peine penser à mes arguments pour l'obliger à me suivre… Pour l'heure, je n'en ai aucun.

– Ça ne te plaît pas que je puisse avoir les cheveux attachés, n'est-ce pas ? le taquiné-je au lieu de répondre.

Il relève sa tête instantanément pour éclater de rire. Le style de rire que tout le monde qualifierait de froid et dédaigneux, mais derrière lequel je devine autre chose. *Il y a l'autre et son passé, et il y a lui et son avenir.* C'est ce que je vois et ce qui m'attire pour je ne sais quelle fichue raison.

– C'était un simple constat, et tu le sais très bien, se défend-il en croisant les bras sur son torse comme pour appuyer sa position.

Sauf que je suis certaine qu'il n'est pas encore assez réceptif à ses propres sentiments. Il faut simplement que l'idée germe dans sa tête et surtout… lui implanter. Je lui offre le même sourire et insiste :

– Et moi je suis certaine que tu préfères lorsqu'ils sont détachés. Parce que si c'était un *simple constat*, tu n'aurais pas eu besoin d'en parler.

Son sourire s'agrandit, un de ses sourcils se relève. Je sais que l'idée est implantée, je lui ai donné de quoi méditer. *Parfait.*

Enfin presque. Je ne me sens pas plus légère pour la suite mais je quitte le chalet.

Sur le chemin de Georgetown, dans un premier temps, je préviens Daryl que je m'octroie des vacances, puis MB que je lui fais faux bond.

– Tu avais raison ! Pourquoi bosser alors qu'un spécimen pareil niche chez moi pour quelques jours ?

Mon ton est jovial, ma comédie parfaite, ma ruse implacable, alors qu'en réalité, la vision floutée de larmes, j'ai dû m'arrêter en bordure de route pour ne pas me planter dans la barrière de sécurité !

Pourquoi est-ce plus facile de s'attacher aux personnes que de les quitter ? Aucune idée. Mais au-delà de toute la difficulté de l'affaire, c'est surtout tout ce que ça implique après. D'autant que je l'ai déjà fait. Je sais ce à quoi je vais devoir faire face. Se forcer à les oublier, ne pas penser à ce qu'ils font, ne pas se demander s'ils pensent à moi, s'ils sont aussi tristes que je le suis, et le pire… ne pas flancher et ne pas avoir le cœur un peu plus en miettes lorsque les souvenirs s'immisceront sans crier gare.

Mais je n'ai pas le choix. Je l'ai encore moins qu'il y a trois ans, et surtout, je prends la fuite pour la même raison.

Sa sécurité. C'est mon seul objectif. C'est ma béquille. C'est ma force. C'est la raison qui m'empêche de fléchir.

D'un pas déterminé, je rejoins le cybercafé dans lequel Charly m'a donné rendez-vous. Il a bien choisi notre lieu d'échange. Pas besoin de capuche ou de lunettes de soleil, ici, personne ne fait attention à qui entre, tout le monde a le regard rivé sur son écran d'ordinateur et les oreilles couvertes d'un casque audio.

Par simple précaution, avant de m'enfoncer dans la salle, je jette un coup d'œil aux alentours. À ma droite, un quinquagénaire bedonnant tient le bar, alors qu'à ma gauche la quasi-totalité des PC est occupée. Je repère Charly dans le fond de la salle ; il a délaissé son uniforme pour un jean brut et un pull-over. Il m'adresse un léger hochement de tête. Après avoir réglé une heure de connexion pour un ordi, je le rejoins.

Je prends place à ses côtés sur une chaise usée par le temps, tout comme ce qui trône autour de moi. Les tables sont jaunies, les claviers, les souris et les joysticks noircis, et les murs recouverts de tonnes de posters, d'affiches de jeux vidéo et de personnages de manga. C'est surchargé, sale, bruyant, mais tout le monde s'en fout, même Charly, qui fait semblant d'être concentré sur son jeu de belote en ligne. D'ailleurs, il perd.

Pas d'embrassade, pas d'accolade, nous sommes uniquement voisins de table. Et ça me tue. Parce que si c'est notre dernière entrevue, notre dernier échange, le ton sera peut-être impersonnel, mais les sentiments seront là.

Je n'ai même pas le droit de dire adieu comme il se doit à celui qui aura joué le rôle le plus important dans ma vie. Il n'est pas uniquement mon ami, il n'est pas seulement le flic. En l'entendant se racler la gorge, je me rappelle pourquoi je suis ici.

Mes papiers.

Je défais la fermeture Éclair de ma veste pour me mettre à l'aise et entre les codes d'accès sur le PC en face de moi. Charly demande sans détacher ses yeux de son écran :

– Comment ça va ?

Son intonation est impersonnelle, quasi froide ; pourtant, je sais que dans une autre situation, il aurait déjà posé des tonnes de questions tant il se fait du souci pour moi. J'occupe mes mains avec la roulette de la souris, et mens :

– J'ai connu pire !

C'est faux. Là, c'est l'indécis, l'irréel, l'angoisse permanente de demain alors que la situation m'échappe et qu'elle ne dépend pas uniquement de moi.

– Et lui ? demande-t-il.

– Quand je l'ai laissé, il dessinait.

Son biceps se contracte, son doigt appuie plus fermement sur le bouton de la souris ; néanmoins, Charly relève avec toujours autant de neutralité :

– Tu n'as pas suivi mon conseil ?

J'inspire un grand coup, j'assume mes choix. Jack ne m'est pas dangereux ; en plus de sa promesse de ne pas me faire de mal, c'est une question d'alchimie.

J'annonce, d'une voix claire :

– Non.

La réaction de Charly est prévisible. Sa tête virevolte dans ma direction.

– Tu es inconsciente !

J'ai le regard fixé sur la barre de recherche de Google. On pourrait croire que je l'ignore, il n'en est rien, j'appuie mes positions, lui montre mon assurance, et hésite à faire une regrettable erreur devant Google.

Ne pas faire de recherche.

– Non. Réaliste.

Je l'entends soupirer et l'aperçois regagner sa position initiale. Mes doigts frétillent sur le clavier, j'aimerais savoir. *Que se passe-t-il à Los Angeles ? Pourquoi Benson rencontre-t-il des difficultés ? Que devient-il ?*

J'explique à Charly :

– Je viens de passer plus de quatre jours avec lui.

– Et au bout de combien de temps tu lui as accordé ta confiance ?

Piquée par le peu de crédibilité qu'il m'accorde, je sens mes épaules s'affaisser et ma mâchoire tomber. Je n'arrive même pas à répliquer tant son attaque était incisive. Face à ma réaction, il se reprend, doucereux :

– Il ne se rappelle peut-être plus qui il est, mais qu'en sera-t-il lorsqu'il aura recouvré sa mémoire ?

J'inspire et retrouve mes esprits. Est-ce que je peux en vouloir à Charly de ne se fixer que sur le danger ? Néanmoins, il en oublie le principal :

– Même si j'aimerais qu'il retrouve la mémoire, notamment pour savoir ce qu'il sait de Keystone, malheureusement ça ne dépend pas que de moi. Et finalement, ma sécurité n'a pas d'importance, la seule chose qui compte, c'est que Jack soit loin d'ici et de vous dans les jours qui viennent.

Il acquiesce dans un soupir mais ne peut s'empêcher de constater :

– Tu lui fais confiance.

– Oui. Je ne te demande pas de comprendre, mais juste d'écouter. Tu vois ce type comme un danger parce que tu ne le côtoies pas. Il est dangereux ; il l'est et le restera. Avec ou sans sa mémoire. Tu crois que ce qu'il a été ne compte pas à mes yeux ? C'est faux. J'y pense, mais le plus important pour moi, ça n'est pas son passé, mais son avenir. Qui il décidera d'être plus tard.

Les paroles de Jack n'ont jamais eu autant de sens que maintenant. Et je raconte à Charly tout ce que j'ai vécu pendant ces quatre jours à ses côtés. Je fais volontairement l'impasse sur notre rapprochement. Cet épisode ne servira ni mes intérêts ni ce que je veux lui faire comprendre : que s'il ne peut pas faire confiance à notre inconnu, il ne doit pas oublier qu'il a toujours eu confiance en moi.

Tout le long de mon discours, alors que Charly continue à tapoter sur sa souris sans pour autant réellement jouer, je lance ma première recherche. Le cœur au bord des lèvres, l'estomac ulcéré et la poitrine oppressée, après avoir tapé « Michael Tomesi Mayor », je clique sur « Recherche Google ». Mon cœur bat à tout rompre en voyant la jauge bleue avancer lentement jusqu'à ce que la page s'affiche. Et là, j'ai la sensation d'être achevée, transpercée de mille parts par un bistouri. J'en perds l'usage de la parole et en oublie tout.

Cela fait si longtemps que je n'avais pas vu son visage, *tout ce qui fait de lui ce qu'il est, et qui me hante depuis plusieurs années*. Michael n'a pas changé. Pas une ride, pas un cheveu blanc alors qu'il approche de la quarantaine. Toujours cette même prestance qui lui est propre, cette beauté évidente, et… des doigts pressent mon biceps. Je sors de ma transe et découvre Charly, le regard grave.

Je cligne des yeux et me lèche les lèvres. J'ai la bouche sèche, je tremble, j'ai du mal à respirer.

Ça n'est qu'une photo, bon sang !

Je tapote mes joues pour refouler l'envie de pleurer et, dans une grande inspiration, je recommence à parler. Je crois me répéter. De toute façon, Charly se fout de ce que je raconte maintenant, il a les yeux rivés sur mon écran. Mais parler de Jack me permet de ne pas perdre pied. Je dois penser à lui, à ses paroles qui sonnent maintenant comme une doctrine : « Se souvenir de son passé pour ne pas commettre les mêmes erreurs. » Courageusement, je clique sur le premier lien de la recherche. Un article de presse.

J'y lis :

« À l'heure où Antony Doyle vit son dernier mandat, républicains et démocrates préparent leur campagne. Alors que chez les républicains, on discute et se dispute pour savoir qui les représentera, chez les démocrates, le choix se précise.

Thomas Perez, président du plus grand parti américain, s'est dernièrement affiché avec un certain Michael Tomesi Mayor.

Mais qui est-il ?

Fils de l'ancien chef de la police de Los Angeles, Davis Tomesi, diplômé d'un master en relations internationales, Michael a passé la première partie de sa carrière dans le commerce et plus particulièrement dans l'immobilier. Los Angeles doit à cet homme d'affaires, réputé pour ses actions sociales, la construction de logements accessibles aux minorités les plus démunies, d'écoles publiques et même d'une bibliothèque dans les quartiers pauvres, mais pas uniquement. En effet, sa réputation d'homme engagé n'est plus à faire. Il a fait de la sécurité de la ville et de ses habitants sa priorité, avec la construction d'un nouveau centre pénitentiaire et son projet de réhabilitation de la plus vieille prison du comté en 2014.

Cette même année, il a été élu représentant du 13e district au conseil municipal, qu'il préside depuis.

Petit-fils d'immigrés mexicains, ses origines maternelles lui confèrent l'appui certain de la population mexicaine.

Sourire vissé aux lèvres, le regard aussi attirant qu'intimidant, Michael Tomesi Mayor ne laisse personne indifférent. Certains seront charmés par sa prestance et son physique irréprochables, d'autres par son énergie, sa rigueur et ses manières impeccables.

Malgré son jeune âge, 37 ans, il a toutes ses chances pour remporter les municipales, d'autant qu'il est aussi le futur gendre du sénateur Clark.

En clair, vous l'aurez compris, Michael Tomesi Mayor est un homme à suivre ! »

Je stoppe ma lecture, je n'ai plus la force d'en lire davantage. Je suis un peu plus morte que précédemment, pourtant je frissonne. Je sens chaque organe vital me lâcher. Mon cœur, mon estomac, mes tripes, mes poumons et même ma tête. Tout me fait affreusement souffrir. *Je souffre de ce que je viens de lire.*

Pas de le savoir avec la fille du sénateur.

Pas de sa course aux municipales.

Mais de comment le monde le perçoit.

Comme je l'ai vu, apprécié, côtoyé jusqu'à l'aimer. L'image qu'il renvoie est la seule raison qui me retient de me châtier. Michael est l'homme de toutes les situations, Michael est exactement ce que les médias en disent, Michael est parfait en apparence, et je refuse de me culpabiliser car il ne pouvait pas en être autrement. Je ne pouvais être qu'attirée dès sa première attention, je ne pouvais que me perdre dans son regard chocolat au lait, je ne pouvais qu'aimer être dans ses bras et je défie n'importe quelle fille au cœur à prendre de tenter d'y résister.

Pourtant il y a un « mais ». Comme 99 % de la population, les médias ne connaissent pas l'envers du décor : celui qui m'a fait prendre la fuite, celui qui m'a fait revoir mes positions, celui qui m'a poussée à oublier que je l'avais aimé. Le pourcent de personnes qui restent sont soit mortes et enterrées, soit en fuite comme moi, soit à sa solde. Donc autant dire que les chances pour quiconque de réussir à l'affronter, le traduire en justice ou le dévoiler tel qu'il est au grand jour sont minces.

J'aurais pu y parvenir. J'aurais pu le mener à sa perte.

J'en ai encore le pouvoir.

Mes neurones reprennent du service à une allure fulgurante. J'ai la sensation de m'être pris une gifle tant la puissance avec laquelle mes idées s'ordonnent est violente.

Il sait que je lui ai volé des documents qui peuvent mettre en péril son ascension politique ! *Je* suis la clé de sa tranquillité d'esprit ! Il me cherche, moi et seulement moi. Pas ce qui se trouve à Keystone. Jack l'avait dit : « On nous attend à Los Angeles. »

Le cœur au bord de l'implosion, je me retourne abruptement vers Charly. J'aimerais pouvoir profiter de cette seconde de soulagement mais je n'oublie pas tout le reste.

– Tu as mes papiers ?

Il sort une enveloppe en papier kraft de sa veste et me la remet. Le temps de constater sa lourdeur, je la range immédiatement dans mon manteau.

– C'est lui ? questionne Charly en me montrant l'écran.

Je hoche la tête, les lèvres pincées. Je récupère la souris et fais défiler la page. Des photos de Michael apparaissent. Pour la plupart, je ne les ai jamais vues. Des clichés pour les magazines, d'autres avec des personnalités ou encore avec son père, et même en vacances. Elles défilent sous mes yeux de la même manière que ma bile remonte dans ma gorge. Je ne peux que supposer ce à quoi pense Charly en le voyant pour la première fois, et les questions qui le tourmentent.

Je me fige quand apparaît une photo où l'on me voit dans les bras de Michael. Un long frisson me saisit. Cette soirée à ce gala de charité aurait pu être parfaite… J'étais si naïve à l'époque. J'ouvre le lien associé. C'est un article de journal que j'ai déjà pu lire quelques jours après mon départ. Il parle de la disparition de la petite amie de Michael Tomesi Mayor. En d'autres termes, de *moi*, de ma prétendue dépression due à la maladie de ma grand-mère. Il entache aussi la réputation de mon défunt grand-père, qui m'aurait battue pendant toute mon enfance. Et ça n'est pas le pire. Le pire, c'est de lire que ma disparition a plongé Michael dans une profonde mélancolie, qu'il ne s'en remettra jamais, que nous devions nous marier, que nous avions dans l'idée d'avoir des enfants. Tissu de mensonges. Mais la presse y a cru, après tout ; son père, le chef de la police de LA, leur avait même offert une interview, dont les maîtres mots furent : « Au vu des antécédents et de l'état psychologique de Leia Taylor, nous ne pouvons écarter la thèse du suicide. » Ma mâchoire se contracte si fort que je redoute une tendinite des zygomatiques. Les Tomesi ont des yeux, des oreilles, des hommes de main partout. De la plus petite épicerie au grand tribunal.

À la moue écœurée de Charly, j'explique :

– C'est ce qu'ils ont conclu. Benson y a veillé afin que personne ne se pose de questions sur Michael.

Il cligne des yeux, déboussolé. Je devine déjà ses interrogations et argumente :

– Parce que ça aurait mis inutilement mes proches en danger et aussi, certainement, parce que ça mettait en péril tout son travail d'infiltration.

Il secoue la tête et les yeux ; de nouveau hypnotisé par l'écran d'ordinateur, il demande :

– Qui est vraiment ce type ?

Je ne peux retenir un sourire affectueux. Je suis certaine qu'intérieurement il a déjà une partie de la réponse et, d'un autre côté, je crois que c'est au-delà de ce qu'il peut s'imaginer. Michael, c'est le diable déguisé en justicier de Marvel. Tout le monde l'aime pour ce qu'il fait, ce qu'il entreprend, mais personne ne sait par quel moyen il y arrive.

Moi, je le sais. L'unique pourcent le sait aussi.

Et désormais, il est prêt à tout pour récupérer ces documents compromettants. Sauf qu'il ne sait pas que je ne les ai pas en ma possession.

Je dois quitter Keystone dans un premier temps, et tenter de les récupérer dans un second temps. Honnêtement, je ne sais pas ce qui sera le plus difficile.

– Nous serons partis demain matin, annoncé-je.

Je ne reconnais pas ma propre voix tant elle est chargée d'émotions. Charly saisit ma main dans la foulée, il presse mes doigts avec ferveur, tentant certainement de m'apporter du réconfort, de me montrer qu'il ne m'oubliera jamais. Cet instant est digne du meilleur film dramatique hollywoodien. *L'Adieu*. Inoubliable, sans aucun retour en arrière possible.

– Je suis désolé, murmure Charly.

Les larmes menacent de couler sur ses mots. J'ai la gorge nouée, la bouche sèche et une envie impérieuse de vomir. Tout est fini. Cette vie, même si je ne l'ai pas vécue comme on croque dans une pomme à pleines dents, je l'ai aimée, j'ai su l'apprécier à sa juste valeur, parce que justement elle en avait plus que les apparences.

Les lèvres scellées, je puise dans le peu de force qu'il me reste pour lâcher sa main. Il m'en faut deux fois plus pour me lever et prendre la direction de la sortie sous son regard éploré.

Sitôt dans l'avenue, je ne m'attarde pas sur l'air glacial, ne fais pas attention aux passants, je me précipite entre deux voitures et vomis mes tripes sur le bitume.

Demain nous serons partis et c'est une *bonne* chose.

Charly retournera à sa vie d'avant.

Sa femme, Elizabeth, ne se fera plus de soucis.

La petite Mina pourra souffler sa troisième bougie dans deux jours.

Et moi, je n'aurai plus que mes souvenirs pour pleurer.

Je relève avec peine la tête d'entre mes jambes et découvre Charly planté devant moi. Je hoquette un pleur. Il n'a pas le temps d'ouvrir ses bras que je l'étreins déjà.

Il ne pouvait pas en être autrement. Juste quelques secondes. Quelques secondes pour se dire silencieusement que nous avons de l'importance l'un pour l'autre, quelques secondes pour un vrai adieu. Un de ceux qu'on n'oublie pas, mais qui ne doit pas avoir le goût de l'inachevé.

15

Jack

Je sais dessiner.

Et je ne parle pas d'un simple dessin d'enfant, ou d'une esquisse quelconque. Non. Je sais reproduire à l'identique ce à quoi je pense, avec détails et précision. Je ne suis pas seulement bon, je frôle l'excellence. Mes coups de crayon sont appliqués, ma main n'hésite pas un seul instant, les directions à prendre sont évidentes.

Je n'ai aucune idée du temps que je passe assis à cette table mais, à la fin de mon exercice, sur l'unique feuille utilisée trône un énorme phénix sur un flocon de neige. Je pose mon crayon. C'est *presque* parfait. Je regarde autour de moi. Rebel est couché devant la porte d'entrée, il ne dort que d'un œil. La sève du bois dans la cheminée claque sous la chaleur de l'âtre, les aiguilles de l'horloge donnent un tempo qui habituellement a le don de m'agacer. Suis-je serein ? *Presque*. Quelque chose me gêne. Ça ne vient pas du fait que mon dessin est inachevé, j'y mettrai de la couleur, une seule en réalité, le phénix devrait avoir la couleur du feu, la même teinte que les cheveux de Lana. Ce qui me dérange n'est pas non plus sa signification première : *ma* renaissance grâce à *elle*, mais ce que ça a fait résonner en moi. C'est déstabilisant.

Mes yeux se posent sur les tatouages de mes avant-bras mis à nu. Aucun ne ressemble à un autre et je sais maintenant pourquoi.

Chacun des motifs encrés dans ma peau résulte d'une rencontre.

Ce flash, qui se transforme vite en conviction, est si violent que j'en frémis. Ces tatouages sont le symbole de rencontres, ni délicieuses, ni positives, qui s'apparentent d'ailleurs plus au passage de personnes anodines dans la vie de l'autre. *Dans ma vie.* C'est son tableau de chasse. Pas pour se punir ou se rappeler qu'il est mauvais, mais pour se souvenir que lui est en vie. Mes mâchoires s'entrechoquent sous l'effet de la colère.

Qui suis-je, bordel ?

Cette fois-ci, la rage qui tente de s'emparer de moi ne vient pas de l'autre. Elle vient de moi. Ce qui me met en rogne, c'est de n'éprouver aucun remords, de n'avoir aucun sentiment face à ces gens épinglés sur ma peau, mais aussi de comprendre avec netteté ce que j'étais.

Dans un coin de ma tête, l'autre n'en mène pas large. L'idée que ce dessin puisse être le tatouage qui représente Lana l'emmerde profondément. Là, elle ne ferait pas partie de ce tableau, elle serait autre chose. Elle est sa faille. Il l'apprécie autant que moi. Pourtant, il ne tente même plus de la repousser. Et je n'ai pas eu à gagner cette bataille sur lui, c'est elle seule qui l'a gagnée. Avec sa grâce, sa beauté naturelle, son esprit, son acharnement à donner du sens à mes paroles, et parce qu'elle ne tente pas de *nous* corriger.

Je ferai ce tatouage.

Penser à elle m'apaise. Je me lève de mon siège et me dirige d'un pas décidé mais serein vers le buffet imposant qui a bouffé mon cuir chevelu la semaine dernière. Je fouille minutieusement chaque placard et chaque tiroir. Je ne sais pas ce que je cherche, mais mon intuition me pousse à éplucher tous les recoins de ce chalet. Ce vieux meuble bancal est aussi vide que ma tête. Rien. Chaque porte, chaque tiroir fermé résonne d'un bruit sourd à travers le bois. Je ne comprends même pas son utilité dans la pièce.

Je continue mon inspection dans la cuisine. Vaisselle, couverts, robots et accessoires de cuisine, conserves… bref, rien d'anormal. Si ce n'est qu'ici, tout l'électroménager semble neuf ou tout au moins récent. Je passe mon chemin.

Dans le salon, devant la bibliothèque, j'ouvre tous les livres, un à un, tourne les pages, une à une. J'ai l'impression d'avoir fait ça des milliers de fois. Ma pression sanguine augmente avec aplomb et un long frisson me saisit à l'instant où des images surgissent dans ma tête.

Il faisait nuit. Devant un bureau de style napoléonien, je me tenais debout, en train d'éplucher des documents à la lumière d'une lampe de chevet.

Je sens mon cœur se gonfler d'adrénaline, comme si j'y étais encore.

Je n'avais pourtant pas peur, je ne craignais rien ni personne. La preuve, je n'avais même pas sursauté lorsque Belinda avait pénétré dans la pièce.

J'ai la bouche sèche, la tête qui tourne ; ces souvenirs sont violents. Les images continuent à défiler sans que je puisse les retenir.

– Tu as trouvé ce que tu cherchais ? m'avait demandé Belinda.

– Pas encore.

Elle m'avait rejoint d'un pas feutré, avec assurance, pourtant elle savait aussi bien que moi que nous ne devions pas être ici.

Mon regard était figé sur une photo. Le cliché d'une femme enserrant dans ses bras un petit garçon d'à peine trois ans, au regard bleu glacé, vêtu d'une chemise et d'un short, aux genoux couverts de pansements et tenant un doudou lapin dans ses mains.

Cet enfant, c'est lui, c'est moi, c'est nous.

Et cette femme souriante, pleine de vie, c'était…

Mon cœur se brise comme il y a six ans.

J'avais entendu Belinda me dire de me presser sans l'entendre réellement. Je l'avais ignorée et avais fait défiler les pages du dossier entre mes mains, je ne devais plus la regarder, je devais rester concentré. La tâche était rude, c'était extrêmement difficile, tout ce que je lisais, ce que je voyais me heurtait et confirmait mes doutes. Des sentiments anarchiques me submergeaient. Il m'avait menti. Je n'étais pas comme eux. Comme Belinda et Samy. Il s'était servi de nous mais bien plus de mes propres sentiments. Un âpre mélange de déception et de colère m'avait envahi avec véhémence. À cet instant, j'étais un volcan en éruption que rien n'aurait pu calmer. Rien. Sauf une explosion.

Plus rien ne serait comme avant.

Plus rien ne l'avait été.

Le souffle coupé, les mains tremblantes, je repose maladroitement le livre à sa place dans la bibliothèque de Lana. Ce souvenir et tout ce qui en a découlé ont ébranlé ma carapace, je sens encore cette colère, *sa* colère, circuler en moi, et surtout, la déception incisive qui le rongeait. Je me souviens de plus en plus de qui il était, de tout ce qu'il a fait. Pourtant c'est terminé. C'est *son* passé.

Je fonce droit dans la salle de bains pour m'inonder le visage d'eau froide. Je ne veux plus y penser. Je m'observe une seconde dans le miroir, essuie rapidement les gouttelettes qui perlent sur ma barbe brune et continue ma mission. Je ne me laisse aucun répit.

Je dois m'occuper et ne penser qu'à elle. Elle est mon seul et unique point de mire, elle est le couteau central d'une balance à plateaux, elle me permet de ne pas basculer.

Je pénètre dans sa chambre, fouille tiroir après tiroir, placard après placard. Plus les minutes passent et plus je m'enhardis, pourtant je ressors de la pièce une nouvelle fois bredouille. Tout me paraît normal. Il ne reste plus que la dernière porte du couloir : la remise attenante au chalet.

Des cartons s'y amoncellent. Je les ouvre et les inspecte tous un à un. J'entends le bruit d'un moteur. Je dois faire vite. Des vêtements d'homme, de la vaisselle vieillotte, des objets de décoration d'un autre âge. La porte d'entrée claque, je perçois l'excitation de Rebel devant sa maîtresse au bruit de ses griffes sur le parquet. Je n'en tiens pas compte et progresse dans la remise : des outils de jardinage d'un côté, un groupe électrogène à l'abandon de l'autre et sur l'établi en face, sous des linges tachés de graisses et d'huile de moteur…

– Jack ?

… Une boîte en acier. Je l'ouvre, elle est remplie de billets. Plus de dix mille dollars à vue d'œil.

Je relève enfin la tête vers Lana. Son teint est grisé, sa mine blafarde. Le regard vide, elle fixe un instant la boîte en acier dans mes mains et, comme si ce que je détenais n'avait pas la moindre importance à ses yeux, elle quitte la pièce en demandant d'une voix blanche :

– Tu as faim ?

Je tique légèrement. Qui se moquerait qu'un inconnu puisse s'emparer de ses économies ?

Je referme son « coffre-fort » et le remets à sa place avant de la rejoindre. La vraie question n'est pas de savoir pourquoi elle ne réagit pas, mais pourquoi planquer une aussi grosse somme, ici, au lieu de la placer sur un compte en banque.

Non pas que je puisse me foutre de ses états d'âme… En réalité, oui. Rien ne sert de mentir, dans l'immédiat, ça m'est égal. Si elle n'était pas rentrée, j'aurais continué mon inspection.

Et je n'aurais sans doute rien trouvé. Parce que même si la salle de bains, les draps, et les oreillers sentent son délicat parfum sucré, même si son frigo et ses placards de cuisine regorgent de provisions, même si sa penderie contient ses habits de toutes saisons… je pourrais continuer dans les exemples, la liste est longue, aucune pièce n'est réellement marquée par Lana. Documents, papiers, factures, photos, objet le plus banal ? Il n'y a rien.

Je n'ai rien trouvé. Pas même un foutu ticket de carte de crédit !

Ce chalet est uniquement… *habitable*.

Hormis avec un test génétique sur l'un de ses cheveux, ou un relevé de ses empreintes, personne ne pourrait relier Lana à ce chalet.

Je prends appui contre le plan de travail où elle s'affaire à préparer des sandwichs. Elle beurre d'une main tremblante une tranche de pain de mie. Ses yeux s'attardent un instant sur mon bras à proximité du sien, mais elle ne s'en dégage pas. Tant mieux, j'avoue qu'elle m'avait manqué et que son contact me fait du bien.

– Jambon-beurre, j'espère que ça te convient ?

Tant qu'il ne s'agit pas de cacahuète.

Silencieux, je la dévisage. Je fais volontairement l'impasse sur ses yeux rougis, je commence à la connaître assez pour savoir qu'elle ne me dira rien. Je préfère la provocation, et ne pas m'éloigner de mes objectifs : comprendre qui elle est.

– J'ai fouillé le chalet.

J'observe sa réaction face à ma révélation. Même si elle me paraît plus frêle que dans ses habitudes, ses gestes restent appliqués. Elle tranche le jambon nettement, et avec précision. En clair, elle s'en contrefout.

Je précise :

– *Tout* le chalet.

Toujours aussi désinvolte, elle relève les épaules. J'insiste :

– J'ai même ouvert ton tiroir de lingerie.

Elle me fait face. Moi qui pensais la mettre dans une colère monstre d'avoir violé son intimité… Elle se met à pouffer.

– Je ne vois pas ce qu'il y a de drôle.

Elle secoue la tête, tente de reprendre sa respiration. Ses joues ont retrouvé une couleur rosée, elle est bien mieux comme ça.

– Je ne t'imagine pas dans mon tiroir à lingerie, répond-elle finalement.

– C'est pourtant ce que j'ai fait : j'ai fouillé ce tiroir et tous les autres, et même chaque placard et chaque recoin de cette habitation.

Elle soupire.

– J'avais compris. Mais pourquoi insister avec la lingerie ? Tu as trouvé un de mes strings à ta taille ?

Elle pouffe encore. Interdit, je l'observe rejoindre la table de la salle à manger et y installer nos deux assiettes, avec la nette impression qu'elle se paie ma tronche. Et ça n'est pas pour me déplaire parce que j'ai la sensation de retrouver la Lana désinhibée de l'autre soir, celle qui fait décupler mes sensations, celle qui me rend moins dépendant vis-à-vis de l'autre.

– Alors, reprend-elle moqueuse, c'était quoi, ton but ? Me faire réagir afin d'étudier le langage de mon corps ?

Je reste silencieux et prends place à table à ses côtés. Je croise les bras sur mon torse et lui intime d'un coup de menton de continuer.

– J'aurais pu être écœurée de t'imaginer le nez dans ma lingerie, sauf que tu n'as pas le profil du mec qui sniffe des petites culottes. Clairement, ça n'était pas ton but lorsque tu as ouvert ce tiroir. J'ai tort ?

Non. L'idée ne m'a même pas effleuré. Si je dois fourrer mon nez quelque part autant que l'objet de mes désirs soit réel. *Et la fille devant moi l'est.* Je hoche la tête, elle continue :

– J'aurais pu être en colère que tu aies retourné toute ma maison, ou scandalisée que tu aies fouillé dans ma vie, sauf qu'en réalité, ça m'est égal. Sais-tu pourquoi ?

– Parce que tu te doutais que je ne trouverais rien.

– Exact ! ponctue-t-elle. Il n'y a rien à trouver, ici, Jack.

– Merci !

Pour clore cette conversation, je chope le sandwich dans mon assiette et y plante un croc dans la foulée. Je jubile intérieurement. D'ailleurs mon excitation est palpable et Lana en reste coite. Dans l'incompréhension la plus totale, elle m'étudie et, bordel, qu'est-ce que j'aime quand elle me regarde avec ces yeux-là.

– C'est tout ? demande-t-elle.

– Tu viens de m'avouer que tu ne possédais rien d'important ici. Donc j'arrive à la conclusion que tu n'es personne dans cette ville. Et c'est volontaire : il n'y a rien parce que tu veux qu'il n'y ait rien. La question est : pourquoi vouloir être personne ? Mais ça ne sert à rien de te le demander car tu ne répondras pas.

Elle ne peut retenir un frisson. Je ne pouvais pas trouver meilleure réponse à ce que j'avance. Ce frisson-là venait de loin. Elle en perd même les couleurs qu'elle avait récupérées au détour de notre conversation.

Dans une grande inspiration, elle se redresse et lâche :

– Merci.

À mon tour de ne pas comprendre, je délaisse mon sandwich et la dévisage. Son ton était sec, amer, très loin de réels remerciements et plutôt à la limite du sarcasme. Je déteste ça.

– Tu viens de me rappeler la réalité, complète-t-elle.

Même intonation. J'ai la sensation de me retrouver comme au premier jour, attaché au pied de son lit, alors qu'elle me détestait. Qu'elle *le* détestait.

– Te rappeler qu'il vit en moi ? dis-je sur le ton du reproche.

Elle n'a toujours pas compris et intégré ma promesse. *Je ne lui ferai jamais de mal.*

– Tu te méprends, précise-t-elle précipitamment. J'ai passé une matinée…

Elle déglutit, ferme les yeux une seconde. Recherche-t-elle ses mots pour m'en dire le moins possible ou pour se donner du courage ? Je bouillonne.

– … J'ai passé une matinée terriblement difficile, finit-elle par dire. Et parler avec toi, chercher à comprendre à quoi tu penses, rire tout simplement m'a permis de m'éloigner un instant de la réalité. Je me suis sentie… soulagée. Et même si ça m'a fait du bien, ça n'était pas une solution.

J'ai du mal à ne pas répondre à son sourire affectueux. Quelque part, nous ne sommes pas très différents. Ses reproches ne m'étaient pas destinés, ils étaient pour elle, car elle culpabilise d'avoir baissé sa garde, comme je repousse mes sensations, mes émotions lorsque je dois réfléchir ou atteindre un but.

– Je te sens soulagé, fait-elle remarquer.

J'étouffe un rire. Soulagé de quoi ? Soudain ses yeux parcourent mon corps, naviguent sur mes bras. *Croisés*. Que je viens de croiser. En gros, je parais sur la défensive et lui donne raison. Et ça me ferait bien chier parce que ça voudrait dire que mon inconscient prend parfois certaines libertés.

Je soupire et reprends notre conversation précédente. Je ne veux en aucun cas perdre des yeux mon objectif :

– Qui es-tu, Lana ?

Ai-je usé de sa technique d'éviction ? Oui, et j'assume totalement. Un coin de sa bouche se relève dans un sourire machiavélique.

– Je pourrais te retourner la question.

Je me retiens de lui dire ce que je sais depuis quelques heures, ou plutôt ce qui m'est revenu. Une partie de ma mémoire que j'aurais préféré ne jamais avoir récupérée. Pas parce qu'elle est douloureuse ou inhumaine, mais parce qu'elle est violente et venimeuse.

Je suis une bombe humaine. J'ai été élevé, éduqué et formaté pour détruire, comme Belinda, comme Samy. À l'origine, nous étions trois et, lorsque j'ai mis fin à cette institution, nous avons tous pris des directions différentes.

Mon autre a pris la pire qui soit.

– Pour ce que nous en savons tous les deux, je suis Jack Anderson, réponds-je finalement.

– Tu ne l'es pas. Jack Anderson est une fausse identité.

Est-ce que je me retiens d'inspirer, de me lever pour faire les cent pas, de froncer les sourcils ou même de tomber de ma chaise ? Non, rien de tout ça. Dans ma tête, dans ma poitrine, dans mes membres, il ne se passe rien. J'ai beau attendre, chercher, rien ne vient. De la même manière qu'elle vient de le dire, de façon impersonnelle, comme s'il s'agissait d'une bagatelle, je reste imperturbable.

– Ça n'a pas l'air de t'affecter.

– Comment l'as-tu appris ? demandé-je au tac au tac.

– J'ai fait faire des recherches sur toi.

Impossible de retenir le frisson qui m'étreint. Là, je réagis. *Ça vient de l'autre.* Je ne suis pas seulement intrigué, je suis… inquiet ? C'est bien cela. Tous mes sens sont soudainement aux aguets. *Quelles recherches ?* Sous le regard inquisiteur de Lana, je me ressaisis et mets en pratique mes règles de survie, mon mantra : ne pas se laisser affecter, ne pas envisager de possibilités, ne pas imaginer, juste comprendre et agir.

J'ai beaucoup de mal.

– Quand as-tu lancé ces recherches ?

– Il y a quatre jours, au plus. Pourquoi ?

Pour la première fois, je n'ai aucune envie de lui dire la vérité. Parce que je ne veux pas l'inquiéter et que je détesterais avoir à la rassurer. Si ses recherches n'ont rien donné, j'espère qu'elles n'auront pas déclenché une réaction en chaîne. Sinon nos jours ici nous sont comptés. *Nous allons devoir partir.* Est-ce mon inquiétude ? Non. Je découvre que je ne m'inquiète pas pour moi, mais pour elle.

– Je ne m'appelle donc pas Jack Anderson…

– Dans ma tête, tu seras toujours Jack.

Je tique sur sa phrase. J'y cherche une signification alors que je devrais rester détaché. Si je suis Jack pour elle, alors qu'elle a toujours su que ça n'était pas ma vraie identité, c'est qu'elle a aspiré à ce que je reste Jack.

Je ne sais pas pourquoi, mais l'idée fait naître en moi des sentiments contradictoires. La déception qu'elle puisse être attirée par une pseudo-lumière qui n'existe pas vraiment, et l'engouement à l'idée qu'elle puisse être, justement, attirée.

– Et l'autre ? Comment l'appelles-tu ? demandé-je.

– Aucune idée. Au risque de te vexer et de me répéter, pour moi, vous ne faites qu'un. Mais on peut toujours s'amuser à lui trouver un prénom.

Alors qu'elle attrape son sandwich et commence à le manger, je reste interdit. *S'amuser.* Mes quelques souvenirs ressuscités, ne laissent plus de place au doute. S'amuser, jouer et se divertir sont des verbes qui ne font pas partie de mon vocabulaire. Plus radicalement : je n'ai aucune notion des sentiments qu'ils feraient naître.

– Noah, lance-t-elle la bouche pleine avant de secouer la tête. Non, trop religieux. Benny ? Non plus, tu n'as rien de drôle. J'élimine par principe tous les prénoms de célébrités qui ont eu des rôles de « gentils » au cinéma, comme Russell, Brad, Samuel, Denzel, Mick…

Je la coupe :

– Tu comptes me dresser la liste de tous les acteurs d'allure sympathique ?

Son jeu me gonfle.

– Logan ! s'exclame-t-elle sans prendre en compte mon intervention.

Logan ?

Respire, Jaaaack. Tout en me détaillant, elle tord sa bouche, plisse les yeux. Même si je perds patience, je suis sous le charme de cette Lana. Plus ouverte, moins rigide, presque décomplexée.

– Oui. Logan, c'est parfait. Et tu sais pourquoi ?

J'attrape mon sandwich sans lui répondre. De toute façon, quoi que je dise, elle va parler.

– Parce que tu as beaucoup de points communs avec Wolverine.

Je relève la tête de mon assiette et bats des paupières dans l'incompréhension la plus totale.

– Quoi ? Tu ne connais pas Wolverine ?

– Je sais juste l'essentiel : que c'est un personnage de Marvel. Pour son histoire, aucune idée.

Sitôt ma réponse donnée, j'anticipe le moment où elle va exploser de rire face à mon ignorance. Rien ne vient. Elle se contente de me fixer d'un regard grave. Pense-t-elle que ma mémoire me fait défaut ? Il ne s'agit pas de ça et je me sens obligé de le préciser parce que je n'ai nul besoin de sa compassion dans cette situation.

Surtout pas de *la sienne*.

– Lana, je pourrais te citer la règle des trois [2], je pourrais te donner les caractéristiques et les différences de toutes les armes à feu existantes sur cette planète, je pourrais t'enseigner des techniques de défense, d'attaque, et des postures de combat, mais je serais incapable de te faire le résumé d'un film, d'un dessin animé ou d'un livre. Celui qui m'a élevé ne l'a pas fait dans la normalité.

– Celui qui t'a élevé, répète-t-elle dans une déglutition. Tu veux dire, ton père ? Tu t'en souviens ?

J'ai du mal à comprendre son anxiété. Est-ce la crainte que je puisse me souvenir d'autre chose ?

– Il n'était pas mon père dans le sens que tu lui donnes, ni même quelqu'un de ma famille ; mais, c'est un des rôles qu'il a joués.

– Un des rôles ?

Elle se lève un peu trop rapidement. Elle dépose dans mon assiette son sandwich à peine entamé et rejoint l'évier pour y déposer sa vaisselle.

– Il était à la fois mon professeur, mon maître, mon médecin et mon confident.

– Mon grand-père a tenu ces rôles à la place de mon père, en quoi est-ce différent pour toi ?

Je prends le temps de peser mes mots tout en mangeant. Je sais à son ton frivole qu'elle a compris le statut qu'avait *ce père* dans ma vie. Dernière bouchée de mon sandwich, je pivote vers elle pour expliquer :

– Quand ton grand-père t'apprenait à faire du vélo dans un jardin d'enfants, moi il m'apprenait à en faire au bord

2. Règle des « trois », énoncée par Ron Hood : un humain risque sa vie à partir de : 3 secondes d'inattention, 3 minutes sans oxygène, 3 heures sans protection dans un environnement hostile, 3 jours sans eau, 3 semaines sans nourriture, 3 mois sans contact humain.

d'une falaise. Il n'y avait aucune notion d'amusement ou de plaisir. Tout ce que je sais faire, je l'ai appris dans un but précis : devenir inébranlable autant du point de vue physique que psychologique.

– C'est pour ça que tu es constamment en colère ?

Quoi ? Déconcerté, je fronce les sourcils et suis son regard sur mes mains. Mes poings sont fermés. Un sur le dossier de la chaise, l'autre sur la table. Ça me fait chier de le dire, mais tout dans ma position lui donne raison. Lentement, je déplie mes doigts et soupire.

– Non. Je ne regrette pas ce qu'il a fait de moi. Il m'a élevé avec hédonisme.

– L'hédonisme, c'est la recherche constante du plaisir, contre-t-elle dans un rire insolent qui m'arrache un sourire.

Je me lève et explique, tout en la rejoignant :

– Faux. La recherche constante du plaisir n'est qu'une partie de la doctrine. L'autre partie vise à l'évitement du déplaisir. En gros, si je n'éprouve aucun plaisir à gagner à un jeu, je n'aurai jamais de frustration à y perdre. Pour aller plus loin, si je n'ai aucun besoin fondamental, je n'ai nulle nécessité de faire des choix et je ne connaîtrai pas le déplaisir de l'échec.

Quand j'arrive à proximité d'elle, elle s'empourpre. Ses yeux s'agitent, ses paupières battent à vive allure. Je fixe mes mains de part et d'autre du plan de travail et l'emprisonne. Je ne lui laisse aucune chance de m'échapper.

L'effet est immédiat. Son regard se fixe au mien. Il est torride, si détonnant que je dois faire appel à toutes mes forces pour ne pas la soulever et la prendre sur ce plan de travail. J'en ai tellement envie.

– Mais ça n'explique pas pourquoi tu es en colère, insiste-t-elle d'une voix claire.

Comment parvient-elle à garder son sang-froid ? À moins que son envie de me connaître ne dépasse largement le désir de la chair ? Ou alors, je suis si parasité par ma propre vanité que je ne vois que ce que je veux voir. Ça serait le comble.

– Je suis en colère parce que ce père a voué toute sa vie à m'enseigner comment éviter le déplaisir, alors que finalement il a été ma seule déception.

Je peine à respirer. Cette déception sera toujours égale et insurmontable.

La réaction de Lana à mes paroles est, quant à elle, complètement inattendue. Ses lèvres roses s'étirent sans qu'elle tente de s'en empêcher.

– Pourquoi souris-tu ?

– Parce que même si tu n'en as pas conscience, cette déception te rend humain. Tu n'es pas *bon*, ni toi, ni Jack, ni Logan. Vous êtes gris, sombres et noirs à la fois. Et c'est toujours mieux que le vide.

– Non, Lana, tu tentes de décrypter mes actions, mes mots, mon comportement, alors qu'il n'y a rien à y voir. Continue, si ça te chante, j'en n'ai rien à foutre, mais ne te leurre pas, je ne serai jamais différent.

Sa réaction ne se fait pas attendre. Ses mains se plaquent abruptement sur mon torse et elle tente de me repousser. Je ne bouge pas, trop occupé à appréhender le frisson qui me saisit en comprenant que je l'ai blessée.

– C'est toi qui te leurres. Tu penses accorder de l'importance à certaines choses dans ton seul intérêt, alors qu'il ne s'agit pas que de toi et tu n'en as même pas conscience ! La preuve, tu redoutes tellement que je puisse avoir raison que tu es à deux doigts de péter les plombs.

Je ne sais pas depuis quand j'ai adopté cette position, mais je tiens ses poignets avec fermeté. Je prends mes distances instantanément. Je heurte la table derrière moi. L'autre en moi s'impose aussi vite pour ne pas nous laisser défaillir et nous oblige à faire le vide. Je n'ai pas à choisir entre : être en colère ou éviter de l'être. Je dois seulement l'accepter, prendre du recul pour retrouver une paix mentale et ma sérénité psychique. Sauf que je n'ai aucune envie de prendre mes distances avec Lana. Parce que paradoxalement, elle est autant ma stabilité que ma déchéance.

Ma respiration se tarit, j'ouvre les yeux sur elle. Elle n'est pas partie. Ses émeraudes me fouillent, me passent au crible. Sans doute me cherche-t-elle encore des excuses.

Au moment où je me redresse, elle tressaille. Ses phalanges blanchissent, son corps se presse en arrière contre le plan de travail, ses jugulaires se gorgent de sang et sa respiration se fait plus ample. Elle a peur de moi.

Et moi, je ne culpabilise pas pour un sou. J'aimerais être un gars normal, capable de lui dire que je suis désolé, sauf que cette situation n'existe que parce qu'*elle* l'a provoquée. À la place, je lui exprime mon désaccord :

– Je ne serai jamais un gars normal.

Je suis étonné du ton de ma voix. Éraillée, faible, comme si le dire constituait une déception alors qu'il s'agit uniquement d'une vérité. Quoi qu'il en soit, ça a son effet sur Lana : ses épaules s'affaissent légèrement, elle se détend.

– Si j'avais été quelqu'un de bon, continué-je, je t'aurais demandé ce qui te chagrinait.

– Je sais. Mais tu as fait bien mieux, tu as réussi à me faire rire, à me faire oublier ce pour quoi j'avais mal.

J'ai le souffle court. Parce que cette conversation me dérange ? En tout état de cause, elle a raison. J'ai apprécié de la voir regagner des couleurs, comme maintenant. Sa peau a repris une teinte laiteuse, ses yeux cette clarté qui me fait dresser les poils de l'échine. Mais l'ai-je interrogée dans le simple but de la taquiner ? Non. Je voulais qu'elle réagisse, qu'elle parle, qu'elle soit… avec moi. *Et merde !*

Je me défausse :

– Si j'avais été quelqu'un de bon, je t'aurais dit qu'en lançant des recherches sur moi, tu nous avais mis en danger.

– Je sais. Tu redoutais que je puisse avoir peur.

– Oui et je n'avais pas envie de te rassurer !

Elle hausse les épaules avec dédain.

– Si ça te plaît de le voir sous cet angle. Mais que ce soit bien clair entre nous : je n'attends pas de toi que tu me rassures.

Je ne peux m'empêcher d'avoir un rictus. Si elle continue dans la provocation, je vais réellement la prendre sur ce plan de travail. D'ailleurs, je l'y rejoins d'un pas lent.

– Qu'attends-tu de moi, alors ?

– Que tu me dises toujours la vérité.

Je stoppe mon avancée pour lâcher un rire hautain.

– Être franc et honnête comme tu l'es toi ? Parce que tu ne me fais clairement pas confiance.

Mon ton est imperceptiblement acrimonieux. Je perds le contrôle, et le savoir me fait grincer des dents. Mais elle semble trop perturbée pour s'en préoccuper.

– Disons que… Imagine que, comme pour toi il y a un Jack et un Logan, pour moi il y a une Lana et… une autre Lana. La seule différence entre les deux, c'est que l'une voit Logan comme une menace et l'autre lui accorde le bénéfice du doute.

– Je ne te ferai jamais de mal.

C'est ma seule et unique promesse. J'ai presque envie de rajouter qu'elle se réjouisse, car ce que je lui offre, je ne le ferais pour personne d'autre.

– Bon sang ! Pourquoi les choses les plus évidentes sont-elles aussi difficiles à expliquer ? dit-elle avant de m'écarter et de se diriger vers la chambre.

C'est l'électrochoc.

Cette phrase… Je me la répète en boucle dans ma tête. Quelque chose me gêne, je crois qu'il en manque un morceau. Mon cœur bat dans ma poitrine, un frisson me saisit, mes oreilles bourdonnent. Je suis tout près. L'adrénaline donne une impulsion électrique à mes neurones et le voile se lève abruptement.

De la même manière que les choses les plus évidentes sont difficiles à expliquer, les choses les plus simples sont les plus compliquées à trouver.

Cette phrase est la clé. C'est un de mes préceptes. Je sais ce que je suis, je sais ce que je vaux.

Nouvel électrochoc.

J'avance d'un pas décisif vers l'entrée et plonge la main dans la poche de mon manteau. Je sais ce que je veux, je sais ce que j'ai à faire. J'en sors le téléphone portable et marque une pause pour me caresser la barbe.

Ça ne pourrait être aussi simple et pourtant ça collerait tellement à ce dont je suis capable. Je fais tourner le téléphone dans mes mains. Neuf. L'écran possède même encore son film de protection. J'en sors la puce. C'est une carte prépayée. Neuve également. Je la repositionne et allume le téléphone. Mes doigts fourmillent d'excitation, ma vue se verrouille à l'écran le temps que ce dernier me demande le code PIN.

Les choses les plus simples sont les plus compliquées à trouver. Je tape sans tergiverser, sans réfléchir… :

« 0000 »

Code initial et commun de toutes les puces sorties de chez leur constructeur et… ça fonctionne. L'écran s'allume de toutes les couleurs pour me dire bonjour. Je ne suis même pas étonné du résultat. Ça n'est pas non plus une réussite car je sais au fond de moi que ce téléphone ne renferme aucun secret important. C'est un peu comme pour Lana et ce chalet. L'essentiel doit être dans ma tête.

Au bout de quelques secondes, une trentaine de messages m'avertissent qu'un numéro inconnu a tenté de me joindre. Pas d'autres messages. Dans le répertoire, un seul et unique contact enregistré au nom de Klalt. Aucune boîte mail référencée. Pas d'application autre que celles préinstallées à la sortie d'usine. Je continue mon inspection dans les fichiers téléchargés. J'y trouve des images et un document. Instinctivement, c'est ce dernier que j'ouvre. Ça s'apparente à des notes. Il y a des noms, des adresses, des chiffres et des mots qui semblent n'avoir aucun lien entre eux. Mon cerveau me renvoie des images qui n'ont aucun sens, qui ne m'émeuvent pas. Je me vois déambuler dans les couloirs d'un hôpital, épier une vieille dame dans le jardin d'une maison de retraite, lire le journal local de Los Angeles sur le banc d'un parc d'un quartier résidentiel… C'est comme si j'avais assisté à des scènes sans avoir pris part à l'action. En simple observateur.

Je ferme le document et passe aux photos.

Encore un électrochoc.

Ce que j'y trouve me glace le sang. Toutes *la* concernent. Il n'y a qu'elle. Une coupe de cheveux différente, pas de lunettes de vue, un style vestimentaire radicalement opposé, sa peau est plus nacrée, son sourire inaltérable, son allure parfaite, c'est *elle*.

Une Lana différente, une Lana qui devrait faire partie de mes souvenirs, la seule Lana que je devrais me rappeler.

– Est-ce que tu peux venir ? J'ai besoin de toi, crie-t-elle depuis la chambre.

Je glisse le téléphone dans ma poche avant même qu'elle soit visible dans le couloir et l'accueille d'un sourire innocent. Un instant, ses yeux passent de la porte à moi. Je ne tente pas de lui mentir ou de sortir un prétexte qui expliquerait ma présence dans l'entrée, je me contente de la fixer.

Une seconde.

Une ridicule seconde.

Les différences avec les photos ne sont pas uniquement physiques, il y a autre chose. Quelque chose d'indéfinissable qui m'attire, qui fait battre ce foutu organe vital dans ma poitrine. Même si elle est moins parfaite, c'est cette Lana-là que je préfère.

Et pourtant c'est celle-là même qui m'a dupé. Encore.

Dès l'instant où ces flashs ont fait leur apparition, j'aurais dû me douter qu'elle n'était pas une malencontreuse rencontre.

Je l'ai pistée.

Pour dissimuler mon irascibilité, je la rejoins sans me défaire de ce fameux sourire du gars qui pourrait être orgueilleux qu'une fille l'appelle à l'aide. Je me fous d'en faire trop ; à cet instant, je suis à deux doigts d'exploser pour lui demander des comptes.

Sauf qu'il faut d'abord que je me détache pour ne pas agir à l'impulsion.

– En quoi puis-je t'aider ? demandé-je, une fois à sa hauteur.

Elle rentre dans sa chambre, je la suis. Du linge est étalé sur la commode, dont les tiroirs sont grands ouverts. *Mais que fait-elle ?* Devant l'armoire, elle se hisse sur la pointe des pieds, et se met à tirer sur une anse qui dépasse de la dernière étagère.

– Je n'ai pas assez de force, je pense que le sac est coincé, explique-t-elle.

Je comprends dans l'immédiat ses projets. *Nous quittons ce chalet.* C'est exactement ce que je comptais faire, elle m'a devancé.

Je me résigne à l'aider. À mon approche, elle me fait de la place, et je hais chaque cellule possédée de mon corps qui frémit à sa proximité. Se détacher inclut ne pas avoir de désir pour *elle*. J'attrape l'anse à mon tour, la tire d'un coup sec de mon bras valide ; mis à part le craquement des coutures, rien ne se passe. J'essaie de comprendre au lieu de m'acharner. J'écarte les habits sur les cintres pour y voir plus clair, observe la planche au-dessus de ma tête et découvre sans grand étonnement qu'un morceau du sac est coincé dans l'armature de l'armoire, tout au fond. C'est le poids des vêtements sur la tringle de portage qui ont fait faire le ventre à la planche et qui ont entraîné ce désagrément.

Rien de plus simple.

– Prépare-toi à tirer sur le sac, lui ordonné-je.

Je n'ai pas le temps de lever les bras vers la planche pour la soulever qu'une sonnerie se fait entendre. Ça ressemble plus à un bip strident qu'à une sonnerie, en fait. Lentement, sans affolement, je tourne la tête vers Lana. Elle est aussi blanche qu'un linge. Je crois d'ailleurs pouvoir certifier que je ne l'ai jamais vue aussi mal en point.

Pas besoin d'attendre de voir son regard affolé en direction de ma poche pour comprendre que c'est *mon* téléphone qui sonne et pas le sien. Pas non plus besoin de me regarder dans un miroir pour savoir que je souris ; ma barbe me titille et je suis si excité de la conversation qui nous attend que je serais prêt à me faire tatouer un téléphone portable sur la fesse gauche en l'honneur de cette sonnerie !

16

Lana

Le temps se fige. C'est à la deuxième sonnerie que je sursaute. J'ai la sensation que ce son se répercute infiniment dans ma chambre. C'est si irréel que j'en ai la nausée. Mes yeux trouvent d'instinct son origine, ma tête refuse d'y croire.

À la troisième sonnerie, tout mon être reprend du service. Ma température corporelle chute dangereusement, mon sang quitte mon cœur.

Je comprends.

J'admets.

Je suffoque.

Lui, sourit.

Pendant d'interminables secondes, le silence ne m'a jamais semblé aussi béni. Plus de sonneries. Et pourtant…

La loi de l'emmerdement maximal.

Généralement, il suffit de pas grand-chose pour que tout bascule. Pour moi, c'est cette sonnerie. Je n'étais déjà pas bien stable, à la limite de l'aliénation, mais ce son… a raison de moi. Comment quelque chose d'aussi insignifiant peut-il être aussi destructeur ?

Parce qu'il est le symbole de ma déception.

J'ai idéalisé Jack, j'ai cru qu'il n'aurait aucun secret. J'ai eu tort, il avait raison, il ne se confie pas, il n'avoue rien, il parle seulement quand c'est dans son propre intérêt.

Mais à quel point avait-il raison ? À quel point se souvient-il ? Je ne suis pas stupide. S'il a été capable de rallumer son téléphone, c'est que sa mémoire est *là*.

Je devrais parler, m'agiter, réagir, pourtant je suis statufiée, tétanisée devant ces billes bleues au mélange d'amusement et de reproches.

Qu'est-ce qu'il y a d'excitant à me voir dépérir, profondément blessée ?

Depuis quand se souvient-il de tout ?

Sereinement, sans détourner le regard, il plonge la main dans sa poche, à la pêche au téléphone. Un coup d'œil rapide à l'écran et il sourit davantage.

– Numéro masqué. Crois-tu que mon interlocuteur nous laisse le temps de discuter avant de rappeler ?

Discuter ? Je déglutis. Puis j'ai à peine le temps d'ouvrir la bouche pour… *discuter*, qu'il intervient :

– Ne te laisse pas envahir par des conclusions hâtives.

Il n'a pas parlé, il m'a grondée. J'en frissonne. Est-ce une leçon ? un conseil ?

Il reprend plus calmement :

– Notre discussion ne concernera que toi. Alors priorise et organise tes idées. Sois détachée comme je le suis.

Détaché ? Comment peut-il se flatter d'être détaché alors qu'il transpire de colère ?

Il s'active sur son téléphone. Après quelques secondes interminables à l'observer pianoter sur l'écran, il me le tend et demande d'une voix faussement doucereuse :

– Sais-tu quelle a été la première question qui m'est venue quand j'ai découvert *ça* ?

Une photo de moi. Je déglutis.

Une vieille photo de moi. Si vieille, d'une époque si révolue, d'une vie si différente d'aujourd'hui que j'aurais pu sans doute l'oublier. J'aurais pu si elle n'avait pas représenté ce que je ne serai jamais. Un médecin. Avec Lizzie devant l'hôpital privé Cedars-Sinai, nous posons l'une dans les bras de l'autre pour notre premier jour d'internat. C'était une journée ensoleillée et chaude comme il peut en faire à la fin de l'été à Los Angeles ; nous avions monopolisé un passant pendant presque dix minutes pour qu'il prenne cette photo avec la bonne exposition.

Ce souvenir n'a pas le temps de m'envahir d'une tonne de sentiments contradictoires, puisque Jack en fait apparaître un nouveau à l'écran. J'ai l'impression que c'était il y a une éternité. Avec ma grand-mère, au lycée, en vacances… Les photos défilent de plus en plus rapidement, le doigt de Jack percute l'écran, je ne peux pas m'empêcher de reculer d'un pas.

– Alors ? ponctue-t-il en rangeant son téléphone. Qu'est-ce que je me suis demandé ?

Je me fous de savoir comment il s'est procuré ces photos parce que je sais qui il était. *Un tueur à gages*. Reste à savoir ce qu'il est aujourd'hui. Je déglutis et finis par suggérer d'une voix frêle :

– Qu'est-ce que je fais dans ton téléphone ?

– Exact ! Mais finalement, ça n'est qu'une question rhétorique.

Mon cœur loupe un battement, mes oreilles bourdonnent, je m'entends à peine demander :

– Alors tu sais pourquoi tu es ici ?

– C'est ce qui t'inquiète ? Rassure-toi, Lana, même si mes souvenirs reviennent petit à petit, il semblerait que ce soient les plus anciens qui refont surface en premier. Donc, même si je ne peux que supposer que tu étais ma cible, je n'ai aucune idée de qui tu es réellement.

Est-ce que je suis soulagée pour autant de le savoir ? Non. Car finalement ce qui m'importe le plus, c'est de savoir ce qu'il compte faire de moi.

– Est-ce que ta promesse tient toujours ? demandé-je, fébrile.

À ses sourcils qui frémissent, je suppose qu'il ne s'attendait pas à cette question.

– Est-ce que tu comptes enfin me dire la vérité ?

– C'est du chantage ? contre-attaqué-je dans un élan de lucidité.

Je n'ai jamais eu tort. Il y a une part de lui qui a des sentiments, de l'empathie ; sinon, il ne réagirait pas comme ça. Il est blessé que j'aie pu tant lui mentir, que j'aie pu être méfiante, et son seul moyen de défense est la colère.

Et il se sent détaché parce qu'il l'ignore volontairement.

– Non. Je ne négocie jamais. Et je ne répondrai pas à ta question puisque j'ai déjà été suffisamment clair à ce sujet hier soir.

Je prends une grande inspiration pour me donner du courage et entonne :

– Tu as été envoyé pour me ramener à Los Angeles.

– Par qui ?

Je déglutis et resserre l'étreinte de mes bras contre ma poitrine pour mieux appréhender un frisson lorsque le visage de Michael s'impose dans ma tête. Je murmure :

– Je n'en suis pas certaine, je ne peux que supposer.

– Mais à quel point t'es-tu joué de moi, Lana ?

Sous son regard scrutateur, j'ai la sensation d'être une criminelle. Et ça me tue. Je ne sais pas à quel moment ça s'est produit ni comment mais, face à lui, je n'ai plus envie de me cacher. Je ne rends pas les armes, je ne renonce pas, je ne désespère pas, j'ai confiance en lui, en moi.

– Mon vrai nom est Leia Taylor. Ça ne te rappelle rien ?

Il secoue la tête.

– Continue.

– Pendant ma dernière année de médecine, j'ai fait la rencontre d'un homme, Michael Tomesi Mayor. Je ne le connaissais que de réputation, c'était et c'est toujours un des hommes les plus influents de Los Angeles, et bien au-delà de ça, c'était le parti dont rêvaient toutes les femmes. Charmeur, attentionné, du charisme, protecteur…

Je stoppe mon discours pour reprendre mon souffle. Non. Rien ne sert de me mentir, je déteste penser que j'ai pu aimer Michael, mais c'est le cas. Je suis tombée amoureuse du Michael que je décris et j'ai continué à l'aimer même lorsque j'ai su qu'il était profondément mauvais.

– Son père consultait pour des brûlures d'estomac aux urgences de l'hôpital où je travaillais ; le senior chargé de son dossier voulait le faire rentrer chez lui avec une simple ordonnance pour des protecteurs gastriques. J'ai outrepassé mes droits et je lui ai fait passer un bilan cardiaque. Mon audace a payé, M. Tomesi faisait un infarctus. J'ai sauvé la vie du père de Michael et ce dernier a dû se sentir redevable ou alors ça lui a permis de me remarquer. Quoi qu'il en soit, deux rendez-vous plus tard, nous étions ensemble, et trois mois après, il annonçait à la presse nos fiançailles.

J'avais des étoiles plein les yeux, Michael aussi, je ne douterai jamais qu'il m'ait un jour aimée, je le sais. À l'époque, c'était la seule raison qui me faisait penser qu'il aurait pu changer. Mais les hommes comme lui ne s'encombrent pas de femmes, qu'importe l'affection qu'ils puissent éprouver. Ils n'ont qu'une ambition : le pouvoir.

Jack ne bouge pas, ne frémit pas, à peine si ses paupières se ferment. Je le connais assez maintenant pour comprendre ce qu'il fait. Il analyse tout ce que je lui dis comme s'il s'agissait de données. Il décortique mon histoire, y soustrait mes émotions pour ne garder que l'essentiel.

Et ça aussi, ça me tue parce qu'il a raison sur un point : il ne sera jamais bon car il est incapable d'avoir de l'empathie.

Même pour moi.

Je retiens mon souffle avant de raconter la suite de l'histoire parce que c'est la partie qui me fait le plus mal.

– Un ami de ma famille, Benson, un procureur véreux qui tâchait sans doute de se racheter une conduite, ou qui avait trop peur pour sa tête, est venu me trouver dès mes premiers mois aux côtés de Michael. Il m'a raconté des histoires macabres le concernant, je ne voulais pas y croire, je l'ai repoussé et j'ai tenté d'ignorer. Mais il avait semé le doute dans ma tête. Alors je me suis mise à faire plus attention aux faits et gestes de Michael, à ses activités, aux personnes qu'il recevait, comme celles qui l'entouraient en permanence.

Et ce que j'ai trouvé était bien pire que ce qu'on m'avait rapporté. À ce moment-là, il était déjà trop tard pour faire marche arrière, Michael ne m'aurait jamais laissée partir, il ne me restait que deux choix : le dénoncer ou prendre la fuite. Ça fait plus de trois ans que j'ai fui. Tu dois penser que je suis lâche, non ?

– Tu devais avoir tes raisons.

Je tressaille malgré moi.

– Oui. Ma grand-mère, mes amis. Mais je ne suis pas partie les mains vides. Je lui ai subtilisé des carnets de comptes et des dossiers l'incriminant directement dans des affaires d'assassinat et de trafics de drogue. C'était une sorte d'échange de bons procédés : il ne touchait pas à un seul de leurs cheveux et je m'engageais à ne rien divulguer. Ça impliquait aussi de ne pas me poursuivre.

– Sauf qu'il n'a pas tenu ses engagements puisqu'il m'a envoyé, relève-t-il immédiatement.

Et c'est la raison pour laquelle je suis restée prudente malgré sa promesse : je savais, au fond de moi, que je ne pouvais pas lui faire confiance.

– Je savais au fond de moi, que je ne pouvais pas lui faire confiance, c'est la raison pour laquelle je suis restée prudente. Et sa campagne pour les municipales l'a sans doute obligé à reconsidérer les enjeux liés à tout ce que je détiens sur lui. Michael est un maniaque du contrôle, il ne dormira pas tranquille tant qu'il ne se sentira pas à l'abri.

Je suis son pire cauchemar presque autant qu'il est le mien.

– As-tu tenu parole ? As-tu divulgué ces informations ? Après tout, j'ai échoué et tu as eu tout le temps de préparer ta riposte !

S'il y a une chose que je ne dois pas faire avec Michael tant que je ne serai pas certaine de ce qu'il sait sur Keystone et ce que je cache réellement ici, c'est répliquer. Je déforme volontairement la vérité :

– Je n'ai pas les dossiers, ils sont en lieu sûr et loin d'ici.

Tout en se caressant la barbe, il me dévisage longuement. Ai-je bien fait de faire ces aveux à Jack ? Était-ce le bon choix ? Seul l'avenir me le dira.

Aussi impassible qu'il sait l'être, il prend la direction de la fenêtre et, avec un regard méfiant vers la forêt, il dit :

– J'ai du mal à comprendre comment j'ai pu échouer. Même s'il me manque une bonne partie de ma mémoire, j'ai des certitudes sur mon mode de fonctionnement. Et je n'aurais jamais rien laissé au hasard. Qu'est-ce que j'ai bien pu omettre qui m'a valu cette défaite ?

Face à sa réflexion abrupte, incisive, glaciale, tellement… *l'autre*, j'ai l'impression d'encaisser un coup. Là où hier il me laissait entendre que j'étais son nouveau départ, maintenant je suis sa défaite. Je ne suis pas naïve, je savais qu'il ne me réconforterait pas face à mon passé, mais j'attendais un minimum de considération.

Mais… c'est Jack, c'est lui, c'est l'autre, c'est Logan. Pourquoi penser qu'il pourrait être quelqu'un d'autre ?

– J'ai dû t'étudier pendant des semaines, côtoyer tes proches, reprend-il.

Il se retourne, la mine grave, ses pupilles me sondent. Je me secoue, me force à reprendre le fil de la conversation.

– Sans doute à Los Angeles, l'aidé-je d'une voix d'abord frêle. Mais jamais à Keystone. C'est un village, tout le monde se connaît, tout se sait et je peux te certifier que tu es arrivé le jour même où tu m'as… agressée.

Je crois que nous comprenons tous les deux la même chose. Il a étudié avec précision Leia sans se dire qu'il y avait désormais une Lana. Ce que j'étais, ce que j'ai vécu m'a conditionnée. Son erreur, sa défaite a été d'avoir pu penser que j'avais baissé ma garde et surtout que j'étais restée la même qu'avant. Je gonfle la poitrine, me redresse, quelque peu fière de ce que je suis devenue. C'est ce qui m'a sauvée.

En revanche, je ne suis équipée d'aucun parachute quand son téléphone se remet à sonner. Je me sens faillir, tomber dans une chute sans fin.

Jack jette un regard à l'écran et décroche sans l'ombre d'une hésitation.

– Oui, dit-il.

Mécaniquement, je ferme les yeux pour appréhender la voix qui lui répond un « Enfin » empli d'une arrogance démesurée.

C'est lui. Je suis statufiée. *Michael*. Plus aucun doute ne subsiste. Mon cœur s'arrête de battre, mes jambes me supportent à peine, la tête me tourne et je me sens… partir. Plus de trois ans… Je titube, tentant de rejoindre le lit, mais le corps de Jack s'interpose dans mon champ de vision et, presque immédiatement, je me retrouve dans ses bras. L'instant suivant, je suis sur la commode devant lui. Mes oreilles bourdonnent, ma vue se trouble davantage quand j'entends de nouveau Michael parler :

– Vous êtes là ?

Jack m'incite à relever la tête d'une main sur ma joue. Ses yeux jouent le rôle d'un grappin d'escalade même s'ils sont glacials et insondables, et sa main celui d'un palier en titane alors qu'elle n'a rien d'affectueux. Je m'accroche à son bras, refusant qu'il s'en aille ou qu'il s'éloigne.

Là, maintenant, qu'importe ce que j'ai pu dire plus tôt, j'ai besoin de lui.

– Je suis là, répond Jack en me donnant l'impression de s'adresser à moi. Quel est l'objet de votre appel ? Ou devrais-je dire de *vos* appels ?

Il retire le téléphone de son oreille, et le pose sur la commode à mes côtés. Il déclenche le haut-parleur, et la voix de Michael arrive plus forte et plus nette. Mes doigts se crispent sur le poignet de Jack. Je déglutis en fixant l'écran.

– Ça va faire une semaine que vous êtes là-bas. Presque un mois que vous êtes sur cette affaire…

– Et je ne crois pas vous avoir donné de date butoir à mon contrat, le coupe-t-il.

Je retiens un peu plus mon souffle. D'un, parce que Jack lui fait un affront, de deux, parce qu'il entame cette conversation à l'aveugle, sans la totalité de sa mémoire, avec ses seules présomptions, et de trois, parce qu'il s'est rapproché de moi. Ses jambes robustes entre mes cuisses, son avant-bras contre ma poitrine, nous sommes imbriqués, il fait rempart entre cette conversation et moi.

– Le temps nous presse, ponctue péniblement Michael en dévoilant son humeur.

– Entendons-nous bien, votre job à vous s'arrête à me payer, pour le reste, ce sont mes affaires.

– Vous ne manquez pas de culot !

Je ne peux m'empêcher de frémir et, directement, les doigts de Jack émettent une pression sur ma joue. Comme une décharge, telle une piqûre de rappel. *Je suis avec lui, dans ma chambre, loin de LA.*

Son souffle, son odeur, la chaleur de sa peau… et nos pupilles aimantées ne se lâchent plus. Je suis incapable de me détacher du bleu glacial qui me fait face.

– Vous connaissiez mes conditions lorsque vous avez fait appel à mes services, lui rappelle-t-il.

– Et je pensais ne pas me tromper en acceptant.

Les lèvres de Jack se relèvent dans un sourire. Il mène la danse. Il a fait tendre la conversation dans la direction qu'il voulait. En perdant patience, en montrant son agacement, Michael devient plus vulnérable.

– Douteriez-vous de mes capacités ? demande-t-il malicieusement.

– Vous avez dit que vous seriez à même de me livrer Mlle Taylor avant la fin de la semaine. Depuis, je n'ai plus aucune nouvelle de vous. La mission s'avère-t-elle plus difficile que vous ne le pensiez ?

Nouveau sourire, mais à la saveur différente car il m'est destiné. Je le sais à la façon dont ses yeux arpentent mon visage, lentement, éclairés d'une légère étincelle. Mon cœur cogne dans ma poitrine, mon ventre se tend sous une chaleur inattendue. J'ai du mal à comprendre comment, de sa seule présence, Jack m'apaise autant qu'il m'incendie, que je puisse me sentir aussi vulnérable et si forte à la fois.

– Bien au contraire, certifie-t-il. Je ne prends pas mon temps, je le mets à profit.

– Faites attention, je *sais* qui vous êtes, menace Michael.

Jack ne cille pas.

– Vous devez donc savoir que je ne suis pas un de vos hommes de main, M. Tomesi Mayor.

Le silence au bout du fil en dit long sur l'état de Michael. Je l'imagine devenir rouge de colère parce qu'il n'a aucun contrôle sur Jack, ça aurait presque pu être jouissif si…

– Vous savez donc qui je suis ! peste-t-il.

Je reste transie. Les sourcils de Jack se froncent légèrement. Son employeur était anonyme et il le comprend, l'apprend, comme moi, maintenant.

– J'aurais dû m'en douter, il n'était pas très compliqué de remonter jusqu'à moi.

– C'est exact. Et en réalité, je me fous de qui vous êtes. J'étudie seulement mes ennemis et, arrêtez-moi si je me trompe, mais je n'ai nul besoin de vous caser dans cette catégorie, n'est-ce pas ?

Au silence qui s'ensuit, je sais que Michael comprend le sens de cette question. C'est un avertissement. Jack n'est pas un pantin, il n'est pas faible, il connaît ses armes et il lui fait savoir.

– J'attends de vos nouvelles, grogne Michael finalement.

Jack relève le menton fièrement, un léger sourire sur les lèvres. Il a sans doute réussi à clouer le bec de Michael mais il vient d'un même coup d'en réveiller l'animosité, et je ne sais pas s'il en a conscience.

– Tu peux parler, il a raccroché, m'explique-t-il en décollant sa main de ma joue.

Un regard vers l'écran du téléphone m'indique qu'il dit vrai, mais je suis tellement crispée, saisie par la crainte, que je mets un temps à ouvrir mes doigts pour en libérer son poignet. Je tremblote, ma respiration est saccadée, mes oreilles bourdonnent encore légèrement, et soudain je perçois l'importance de cette discussion.

À aucun moment Jack n'a dit à Michael qu'il n'irait pas au bout de sa mission.

Ma gorge se noue, je sens mon sang quitter mon visage abruptement et ma poitrine se dissoudre.

Dominant entre mes jambes, il me toise avec ce sourire malfaisant. J'ai l'impression qu'il se nourrit presque de ma détresse, qu'il en apprécie les conséquences sur mon corps.

– Nous partirons à l'aube, conclut-il.

Je déglutis. C'est tout ce qu'il trouve à me dire ?

– Pourquoi réagis-tu aussi froidement ? lui demandé-je, rassérénée.

– Aussi… *froidement* ?

– Tu ne peux pas être totalement dans le contrôle, je n'y crois pas.

Je retiens ma respiration lorsqu'il se penche sur moi et m'empourpre.

– Tu as raison. Je tente une nouvelle façon de détourner ma colère sur toi.

Je frémis de désir au son de sa voix, une octave plus grave que d'habitude, et ne pense qu'à son souffle qui balaie ma frange et à la façon dont le bout de mes seins pourrait toucher son torse s'il se penchait davantage.

– Désolée de t'avoir caché tant de choses même après… ta promesse.

Il se redresse dans un rire sarcastique et s'éloigne, me laissant pantoise et jambes écartées sur la commode. Je n'ai jamais autant regretté de m'excuser. Je saute énergiquement sur mes deux pieds et demande à sa poursuite :

– Quel est le problème, alors ?

Il pivote.

– Tu as bien plus peur de lui que tu as eu peur de moi alors qu'il n'est même pas ici !

Ses mâchoires s'entrechoquent et ses yeux me lancent des éclairs. J'ai peur de Michael parce qu'il aurait cent fois plus de matière pour me détruire.

– Tu es jaloux ?

Il lève les yeux au ciel et ignore ma question puisqu'il trouve cette histoire de jalousie déraisonnable. L'instant suivant, il déloge mon sac de sport de son trou et le pose sur mon lit sans brusquerie. Le maître du contrôle est revenu.

– Nous partirons à l'aube, ne t'encombre pas de choses inutiles, explique-t-il juste avant de tourner les talons pour la sortie.

– Pourquoi apprécies-tu à ce point lorsque j'ai peur de toi ?

Il stoppe net ses pas, mais ne se retourne pas. Tous les muscles de son dos se tendent, ses épaules se redressent vivement, l'ai-je mis une fois de plus en colère ? Qu'importe. J'aime apprendre à le connaître autant que j'apprécie de le provoquer. Quelque part, c'est ce que je cherche : à avoir peur, pour ne pas dire : qu'il *me* fasse peur. Pour des raisons que j'ignore ou bien que je me force à ignorer.

Quoi qu'il en soit, là, tout de suite, mon corps répond favorablement à la tension qui émane du sien. Il monte en température aussi vite qu'au point de concentration de la lumière rouge d'un bistouri à laser. *Combustion de petite culotte garantie…*

Je retiens mon souffle lorsqu'il se retourne dans un rire narquois.

– Qu'est-ce qui te fait penser que je puisse aimer te faire peur ?

– Nierais-tu le contraire ?

Il sourit.

– Non, c'est vrai.

Lentement, mais d'une démarche assurée, il me rejoint. Je vois chaque seconde s'écouler au ralenti tant la pression grimpe. Le déroulé de ses jambes, *oh merde*, les contractions de ses cuisses dans son jean, *je fonds*, le froissement de son tee-shirt sur ses obliques, *si énormes*, ses bras qui balancent et… il est devant moi.

Respire, Lana. Impossible.

Il est trop près. Si près que mes yeux doivent escalader l'équivalent de l'Everest pour rejoindre les siens. Notez que le voyage est tout sauf déplaisant. En revanche, même si j'ai chaud, la température est glaciale dans ses pupilles. Pourtant, je refuse de croire qu'il n'est pas capable de ressentir autre chose que de la colère.

– Arrête d'essayer de me comprendre, tu n'y arriveras pas.

– Je suis certaine que tu apprécies que je puisse t'observer et t'analyser.

Ses yeux se plissent sur les miens, ses tempes oscillent sous la pression de sa mâchoire, je n'en tiens pas compte. J'ai toute son attention et je prends le risque de le mettre en colère. Je continue, le cœur se préparant pour le marathon :

– Juste pour le plaisir ? Je doute, tu l'as dit toi-même, tu ne connais pas la volupté. Ou alors c'est parce que tu comptes sur moi pour y voir plus clair dans ta tête.

Tout va si vite, que j'ai à peine le temps de voir sa main se fixer à ma nuque.

Je ne respire presque plus. Pas parce qu'il m'étrangle, bien au contraire, sa poigne est tout sauf agressive, elle est possessive, mais parce que mon corps et ma tête sont désaccordés, parce que je mets du temps à prendre conscience de notre proximité.

Sa barbe émoustille mon menton, et ma poitrine est collée contre son torse. Chaque inspiration, même minimaliste, est une torture : mes tétons le caressent, des décharges électriques se propagent dans mon ventre. *Oh merde, comment peut-on être aussi excitée après une journée pareille ?*

– Même si j'aime savoir que tu me regardes, tu es loin de la vérité.

Ses yeux glissent sur ma bouche, je l'imite. J'apprécie d'y découvrir un sourire autant que ses mots. *Il aime.* Mon cœur s'emballe. Je sens mes jugulaires vibrer dans sa paume.

– Et l'autre ? Est-ce qu'il aime que je le regarde ? demandé-je dans une déglutition.

– Pour l'instant, je ne tente pas de le sonder.

– Pourquoi ?

Ma question a des airs de reproche. Comme si je pouvais être contrariée que l'autre puisse détester ma façon de l'étudier. Ce serait insensé. Et je rejette d'emblée cette hypothèse. Elle signifierait que j'accorde autant d'importance à celui qu'il était qu'à celui qui me fait face aujourd'hui. Je déteste l'autre et j'apprécie Jack.

Merde.

J'apprécie Jack…

Cette prise de conscience me fait reculer d'un pas.

Néanmoins, il me suit en raffermissant sa prise sur ma nuque. Ses doigts me collent des frissons.

– Je ne cherche pas à savoir ce que *l'autre* pense car j'ai déjà eu assez de mal à gérer mes propres sentiments.

Comme j'ai du mal à gérer ce que je pense de lui. Je recule encore, il marche dans mes pas.

– Comment as-tu fait pour te contrôler ?

– Tu y as contribué.

Je ne comprends plus rien.

– Pourtant, je t'ai mis en colère.

– Seulement ?

Je déglutis.

– C'est la seule chose que tu me laisses entrevoir de toi, réponds-je finalement.

Son sourire s'efface instantanément pour cette froideur qui le dévore au fil des jours. La vérité est saisissante. L'homme à la page blanche n'existe plus. Je me demande s'il en a conscience.

Pourtant il y a quelque chose dans son regard. J'y lis de la déception. *Qu'attends-tu de moi ?*

– Tu es plein de contradictions, Jack. Tu apprécies que je puisse reconnaître tes sentiments ; pourtant, tu ne supportes pas quand j'interprète tes intentions.

Sa réaction ne se fait pas attendre, il prend ma tête entre ses deux mains. C'est déroutant. Je devrais avoir peur, il a empli mon champ de vision, je ne vois, je ne respire, je ne sens que lui et surtout je ne recule plus, je suis à lui.

– C'est à peu près ça, me confirme-t-il. Sauf que je ne jouerai jamais la comédie avec toi et que je me retiens de te faire tant de choses.

Mon cœur loupe un battement, une onde électrique se propage entre mes cuisses. *Qu'est-ce qu'il a dit ? Tant de choses ?*

– Pourquoi te retiens-tu ?

Je m'entends à peine parler tant mon sang bat fort dans mes oreilles. La bouche sèche, le souffle court, telle une junkie, je me perds dans la contemplation de ses lèvres, dans l'attente d'une réponse qui ne viendra jamais. Néanmoins, elles s'étirent dans un sourire.

Inconsciemment, mes mains se posent sur ses abdominaux. Ses muscles se durcissent. La pulpe de mes doigts frétille, s'impatiente sur le tissu qui s'interpose entre nos peaux.

Le sourire de Jack s'agrandit, ses yeux dévient un instant sur mes mains. Comprend-il à quel point je ne veux plus qu'il se retienne ? Je lui fais savoir :

– Te faut-il un accord écrit pour me… faire tant de choses ?

Je ne peux pas être plus explicite. J'ai envie de *les* découvrir. Et mon cœur n'a jamais atteint ce rythme effréné, j'ai la sensation qu'il va sortir de ma poitrine. Si tant est qu'il se trouve à cet endroit-là.

– Non, répond-il dans un rire.

J'en frémis. Mais je suis incapable de dire si c'est à cause de son ton narquois ou de la sensation de ses doigts qui bougent enfin. Son pouce dessine la ligne saillante de ma pommette, son autre main tire mes cheveux délicatement pour m'obliger à basculer la tête en arrière pour lui être plus accessible.

Ses pupilles dans les miennes, il continue :
– Mais il n'y aura aucun retour en arrière.
Je déglutis à sa bouche qui se rapproche, je retiens ma respiration à son souffle qui caresse mon cou.
– Je ne pourrai plus m'arrêter, insiste-t-il.
Je n'ai jamais trouvé le temps aussi long, je n'ai jamais autant désiré quelque chose d'aussi simple. Qu'attend-il pour me toucher de sa bouche ? Il me semble déglutir un millier de fois en la sentant me survoler.
– Cette fois-ci, je ne te laisserai pas m'arrêter.
Mon sang bouillonne, mon ventre se tord de frustration, mes lèvres n'ont jamais été aussi sèches. Et sentir son autre main quitter mon cou pour dévaler lentement ma colonne vertébrale n'aide pas. Ma respiration devient sommaire.
– Et surtout… je me foutrai de tes remords quand ce sera fini.
Je ne peux me retenir de sourire à mon tour. Je ne suis pas dans le même état que l'autre soir. J'ai pleine capacité de ma tête et je sais qui il est. *Vraiment*. Qu'importe qu'il soit Jack, l'autre, Logan, ou tous à la fois, aucun d'eux ne brisera sa promesse.
– Tant mieux, réponds-je, parce que je ne t'ai jamais demandé d'avoir de la compassion.
Au contraire. Son détachement, sa froideur, me permet, non pas de relativiser, mais de ne plus avoir peur.
Jack m'apprend à devenir comme lui.
Et comme il le dit si bien… Aucun retour en arrière ne sera possible.

17

Jack

J'ai retrouvé la quasi-totalité de ma mémoire en une petite journée, des sensations, des flashs, *le savoir*… mon vécu, même mon identité qui me rebute tant. Ma plus grosse zone d'ombre concerne ces derniers mois. Mon plus lointain souvenir remonte à Florence, en Italie, sous le soleil terrassant de l'été ; ma cible était un comptable, l'affaire délicate. Certains détails devraient me faire dresser le poil, il n'en est rien. Pourtant, je ne me sens pas concerné par les choses abjectes qu'il a pu faire, que *j'ai* pu faire. C'est comme si j'avais été spectateur de toute une vie alors que j'en ai été l'acteur principal.

La seule raison, sans doute, qui me rend plus réactif à la proximité de Lana. *Je la veux parce que mes souvenirs avec d'autres femmes ne sont pas les miens.* Je me construis ma propre existence.

Je me demande ce qui peut la faire sourire à mes avertissements. Je suis plus que sérieux, si elle cède à mes avances, il n'y aura aucune échappatoire. C'est mon exutoire dans tout ce merdier, l'unique moyen que j'entrevois pour faire le vide.

– Tant mieux, répond-elle, parce que je ne t'ai jamais demandé d'avoir de la compassion.

Mon cœur loupe un battement, autant pour sa déclaration que pour la détermination que je lis dans ses yeux. C'est aussi galvanisant que frustrant. Immédiatement, mon corps réagit. Mon flux sanguin gagne encore en volume, mes lèvres picotent de la proximité de sa peau, ma queue se tend.

J'ai tellement envie d'elle que je serais prêt à la prendre debout au milieu de sa chambre pour calmer mon appétence. Mais… je dois prendre mon temps.

Pour construire mon existence avec minutie.

Ce qui ne signifie pas sans brusquerie. Je plaque son bassin au mien si fort que sa respiration faillit. Elle hoquette et son sourire s'efface, le mien croît. Tout comme ma queue dans ce pantalon déjà trop petit pour moi. *Plus jamais ma queue ne fera le yoyo comme la dernière fois.* D'une main, je continue à descendre dans son dos, ignore son arme et passe le galbe d'une de ses fesses, sans jamais la lâcher des yeux. Son souffle se tarit presque autant que le mien, sa bouche s'ouvre, la mienne souffre d'avidité.

Je n'en peux plus. Elle non plus. Je fais naviguer l'arête de mon nez sur sa jugulaire, hume son odeur à m'en faire tourner la tête. Elle sent si bon, son cœur bat si vite.

Autant que le mien.

Je la soulève d'un seul bras. Ses jambes s'entrelacent à mon bassin et ses mains à mon cou. Son souffle étreint ma joue avec tant de vigueur qu'il me semble qu'elle me supplie de passer à l'étape suivante : de l'embrasser.

Je le veux autant qu'elle, il n'y a qu'à voir mes doigts crispés dans ses cheveux, maintenant son visage à proximité du mien.

– Quel est ton problème, Jack ? Maintenant que tu as retrouvé ta mémoire, je ne suis plus la seule, tu ne devrais pas prendre ton temps.

Elle a affreusement raison sur ce point. Alors qu'est-ce qui cloche ? C'est comme si je craignais quelque chose… Et s'il y a bien une chose que je refuse, c'est la peur déraisonnée. Je ne laisse pas l'idée s'installer dans ma tête et écrase ma bouche sur la sienne. Mon baiser est bestial et rageur, dénué d'affection ; c'est autant une réponse impulsive à sa remarque qu'une explosion passionnée. Rien à voir avec le premier que nous avions échangé l'autre soir, mais tout aussi ardent, puissant… *dérangeant*.

Je décolle de ses lèvres lorsque je sens sa main serrer mon poignet avec véhémence. Essoufflés, nous nous toisons. Ça n'est certainement pas à quoi elle s'attendait. Moi non plus, d'ailleurs, ça n'a pas étanché ma soif.

– Encore, réclame-t-elle à mon plus grand étonnement.

Je ne me fais pas prier. J'écrase de nouveau ma bouche sur la sienne. Encore et encore, jusqu'à sentir nos lèvres gonfler, jusqu'à manquer d'air, à n'en plus pouvoir. *Mon envie ne se tarit pas.* Ses mains pressent ma nuque, l'étau de ses jambes se resserre sur mes hanches, son besoin égale le mien. Putain, j'en frissonne. Mais où est donc passée la fille esseulée qui avait peur d'un téléphone ?

– Qui es-tu, *Leia* ? demandé-je en embrassant sa mâchoire.

Elle frémit au passage de ma langue, qui dévale son cou. Je rejoins la commode pour l'y asseoir, j'ai besoin de la toucher, de me l'approprier, de la connaître.

– Leia n'existe plus, répond-elle finalement, haletante.

Un instant, je l'observe. Ses yeux d'habitude d'un vert semblable aux eaux calmes des tropiques sont mouchetés de sable brun comme si elle y essuyait une tempête. Loin d'être néfaste, proche d'un embrasement, j'y lis ma propre excitation. Ma propre renaissance.

– Comme l'autre n'est plus, ajoute-t-elle, faisant écho à mes pensées.

Je ne suis même plus surpris qu'elle puisse me comprendre aussi bien. En tout cas sur certains points. Alors que je laisse percer un sourire, elle se mord la lèvre inférieure. Mon cœur pulse dans mon gland. Il ne m'en faut pas plus pour reprendre où j'en étais. Je me détache d'elle juste assez pour observer ses réactions. J'ôte posément le Beretta coincé dans son dos et le pose à côté d'elle sans qu'elle bouge. Ses yeux me transpercent. Entrouvertes, ses lèvres m'appellent. Tout chez cette fille est une damnation.

Tout aussi calmement, mes doigts crochètent son haut, le relèvent, lentement.

– Pas de retour en arrière, Lana, l'avertis-je une dernière fois.

Elle bombe la poitrine, hoche le menton. Aucune faille. Tout aussi déterminée que moi. Je ne m'arrêterai plus et elle non plus, je voulais en être certain. Son vêtement glisse sur ses côtes, passe ses seins enfermés dans son balconnet noir, puis ses bras. La pression monte si vite dans mon pantalon que, sitôt son haut ôté, je m'empresse de m'extirper du mien et de l'envoyer valser sur le sol.

Un de ses doigts sur mes pectoraux m'électrifie dans la seconde.

Le souffle court, je l'observe retracer avec application du bout de l'ongle les traits de mes tatouages : Big Ben, un renard, une croix celtique. Mon cœur chaloupe. J'attrape son poignet dans la volée, c'est trop – ces tatouages, c'est *l'autre* –, et recentre notre sujet d'attention en me penchant sur elle. *J'ai envie d'elle*. Je lui fais savoir en rapprochant mon bassin du sien.

Mauvaise idée. J'imagine sa moiteur, des images intrusives naissent dans ma tête. Le temps me presse finalement. Je l'oblige à m'offrir son cou, l'embrasse, la mordille et descends avec empressement sur son buste tout en saisissant son soutien-gorge pour lui enlever. Chose faite, je ne me laisse pas déstabiliser par la beauté de sa poitrine, je veux plus : la goûter. Sa peau est aussi douce, sent aussi bon que ce que je connais déjà, mais en mieux, parce que ses seins me rappellent à quel point elle a envie de moi. Et ses tétons… Elle râle en exerçant une pression dans mes cheveux. J'en apprécie le son, joue de ma langue, les suce pour l'entendre encore.

Une nouvelle fois, mon cœur chaloupe, c'est trop.

Rapidement, je me redresse et, avec délicatesse, je rejoins sa bouche, la mordille, l'embrasse. Ça n'est pas pour reprendre mon souffle ou remettre mes idées à leur place, je ne l'explique pas. J'ai besoin d'apprécier sa chaleur, de m'en imprégner, de la laisser me gagner progressivement. *Afin de me délecter de chaque battement de mon cœur comme si elle était une source d'adrénaline*. Je caresse sa peau laiteuse, son ventre se creuse au passage de mes mains, son souffle se tarit contre ma bouche, mais elle me laisse continuer. Lorsque je fais sauter le bouton de son jean, je prends le temps de l'observer. Elle déglutit, des flammes dans les yeux, les joues rougies.

– Alors ? demande-t-elle d'une voix éraillée. Est-ce que tu fais les choses différemment ?

Je ne peux réprimer un sourire.

– Tu ne peux pas savoir à quel point.

Je fais descendre la fermeture Éclair, sa poitrine se gonfle. Je l'aide à s'extirper de son jean, ça ne dure que deux secondes et c'est trop. Pourquoi ? Parce que le froid est saisissant loin d'elle. Putain, cette fille est dangereuse. Je lui reviens aussi rapidement que je peux.

– C'est différent parce que tu n'es pas lui ? cherche-t-elle à savoir.

– Non. Parce que c'est toi.

Mon cœur chaloupe une autre fois sous mon constat, mais aucun moyen de me dérober. Lana cligne des yeux, aussi désorientée que moi. C'est différent parce qu'elle nourrit mes affects.

Un doigt dans le passant de ceinture de mon pantalon, elle me rapproche d'elle et se redresse. D'un air sévère, elle objecte :

– Je ne suis pas faible.

Je glisse mes deux mains dans ses cheveux, attire son visage au niveau du mien. Elle fait fausse route, il ne s'agit pas de ça. Je ne prends pas mon temps pour la protéger mais parce que, moi, je le veux.

– Tu n'es pas faible. Ne cherche pas à donner un sens à mes intentions, contente-toi de savoir ce que je ressens.

Je l'embrasse, elle semble se détendre. C'est ce que je pense en sentant ses mains s'atteler à mon pantalon. Elles tremblent un peu, mais je suis tellement excité que ça m'est égal. Je me délecte de ses lèvres, m'amuse de sa langue, aspire ses soupirs, caresse ses cuisses brûlantes qu'une chair de poule recouvre.

Donne-moi tout, Lana.

Avant que mon pantalon ne tombe, je récupère mon portefeuille dans la poche, garant du seul et unique préservatif de tout le chalet – merci, *l'autre*, Logan… bref, prévoyant comme gars – et le pose près du Beretta. Pantalon aux pieds, caleçon tendu par ma queue, je respirerais presque normalement !

– Alors, Lana ? Qu'est-ce que je ressens ?

Tout en rejoignant la couture de sa lingerie, je fixe ses yeux ; la tempête a gagné en énergie, ils grossissent au passage de mes doigts sur son pubis. Son cou se creuse dans une longue inspiration, ses lèvres s'entrouvrent et s'assèchent, je descends plus bas, encore plus bas, et devine la tonte parfaite de ses poils pubiens. Elle gémit lorsque je pénètre sa fente. Humide, ardente, elle n'attend que moi. J'en grogne. Ma queue tressaute d'impatience, et m'envoie un signal de détresse brûlant droit dans la tête.

Lana est dangereuse…

Lana est belle. Même l'autre n'en mène pas large, il me rejoint sur l'idée qu'elle surpasse de loin tout ce qu'il a pu voir… *sentir*. Car il ne s'agit pas seulement de beauté physique, c'est bien plus que ça, c'est l'énergie qu'elle dégage. Comme maintenant quand elle bat des paupières, les dents plantées durement dans sa lèvre quand je glisse sur son clitoris. Mon sang bouillonne, mes cellules s'échauffent et je la force à libérer sa bouche en l'embrassant.

– Tu n'as toujours pas répondu, fais-je remarquer. Qu'est-ce que je ressens ?

Je ne cesse de la caresser, enregistre tout ce que je vois, sens, entends. C'est puissant.

Lana est puissante…

– Excité, peine-t-elle à répondre dans un râle qui me fait bouillir.

Je rejoins sa poitrine, lèche ses tétons l'un après l'autre, sans jamais arrêter de glisser mon doigt entre ses lèvres, en contournant l'entrée de son vagin chaque fois, conscient de la frustration que j'y fais naître.

Je tente d'ignorer la mienne.

– Mais encore ? insisté-je.

À son regard foudroyant, je sais qu'elle désirerait que je me taise et certainement que j'aille plus loin. Lana la tigresse est là.

Une tigresse haletante, dépendante de mon doigt, de ma bouche et fermement accrochée à mes cheveux sur ma nuque et surtout très sexy.

À l'instant où je vois sa bouche s'agrandir, ses yeux scintiller, son buste se gonfler, je sais qu'elle atteint un point de non-retour. Ce que je ne comprends pas immédiatement, c'est que, psychologiquement, j'atteins le mien aussi.

Cœur qui chaloupe.

Je cesse de respirer. Elle rejette sa tête en arrière en m'arrachant le crâne au passage, et jouit. Fort, loin de mes oreilles et de ma bouche, mais puissamment près de mes doigts.

Cœur qui chaloupe encore plus. Je grogne, agacé par cette putain de sensation réprouvée :

– Impatient, Lana, je suis impatient.

Et il n'y a rien pour m'apaiser. Le feu qui circule en moi ne se modérera que lorsque je serai en elle. Ainsi, je n'attends pas la dernière contraction de son sexe ni qu'elle retrouve ses esprits, pour enlever mes doigts. D'un même geste, je déchire sa lingerie, puis chope la capote dans mon portefeuille.

Chaque cellule de mon corps gronde à l'unisson. *L'impatience, tu me tiens…* J'en tremblerais si je ne me contrôlais pas un minimum.

J'ignore le regard affolé de Lana et sa déglutition. Pas de retour en arrière. Elle était prévenue, elle a accepté les termes de mon contrat.

Je baisse mon caleçon, empoigne ma queue et serre les dents. Ces gestes-là sont mécaniques. *C'est l'autre et j'en ai besoin, je lui laisse une fenêtre pour s'affirmer.* Je déchire l'emballage argenté.

– Pourquoi as-tu peur ? demandé-je en déroulant le préservatif.

Elle jette un coup d'œil réflexe à mon sexe, puis se redresse. Rapidement, ses bras retrouvent de leur vigueur, ses joues de leur couleur.

– Qu'est-ce qui te fait croire que j'ai peur ?

Je souris pour sa réplique autant que pour sa force mentale. Elle ne ment pas. Si crainte il y a eu, elle l'a dépassée.

J'arrime mes mains à ses hanches et rapproche ses fesses du bord de la commode si prestement que ma queue percute son intimité. À sa chaleur saisissante, je ne peux m'empêcher de grogner. Je gonfle encore. *Puuuuuutain* !

Je maugrée entre mes dents :

– Accroche-toi… *Leia.*

À son vrai prénom, son visage perd instantanément ses couleurs : plus de joues rouges ni de tempête de sable dans ses yeux. Je suis conscient de la torpeur dans laquelle je l'ai plongée. Suis-je un enfoiré ? Non. Au contraire. Je lui rappelle que jamais je ne ferai preuve de compassion pour *cette* nana-là. Je guide mon pénis dur comme le diamant devant son antre et y pénètre sans ménagement.

Ses jambes se replient, elle étouffe un cri. Moi aussi. Mais pas pour les mêmes raisons. Là où elle souffre, moi je jubile. Elle est si serrée, si brûlante qu'elle me fait douter d'avoir une capote et, bordel, c'est plus que bon, c'est délicieux.

Je me retire avec lenteur, appréhendant la frustration de ne plus être en elle. Elle grimace.

– La douleur est subjective, *Leia*.

Cette fois-ci, même si elle subit ce nouveau va-et-vient, elle ne se laisse pas atteindre par l'énonciation de ce prénom.

– Ne m'appelle plus comme ça, ahane-t-elle, le visage crispé.

Elle se redresse et fixe ses mains sur mes épaules. Je souris et recommence mon va-et-vient. Des sensations s'impriment dans ma peau, Lana se greffe dans ma tête. J'ai l'impression que c'est différent, plus intense à chaque pénétration. Sans doute parce que je vois mon propre plaisir grossir dans ses yeux, ou encore, tout simplement parce que c'est elle. *Lana.*

– Tu es excité et en colère, susurre-t-elle contre ma bouche.

Elle a raison. Un rire hautain soulève ma poitrine, et je la pénètre plus fort, plus loin. La commode claque contre le mur, ses seins ballottent, elle est forcée de changer de position, de trouver soutien de ses mains au bord du meuble pour résister à mes assauts. J'apprécie lorsqu'elle voit juste, ça me galvanise, ne fait qu'augmenter mon appétence.

– Voudrais-tu que je sois tendre ?

Ça n'est pas une vraie question, c'est une mise à l'épreuve.

Elle secoue la tête.

– Jamais, souffle-t-elle.

Je resserre l'étau de mes mains sur ses fesses pour immobiliser son bassin, soutiens la cadence tout en me penchant sur elle avec une nette envie de l'embrasser. Sans doute parce que je suis content qu'elle ne cherche pas à me voir différent. Je trouve sa bouche, m'en repais. Ses gémissements appellent les miens. Ses frissons nourrissent les miens. Son plaisir égale le mien. Je dévale son cou, rejoins ses seins, mordille, suce, lèche ses tétons, mais…

Nouveau cœur qui chaloupe.

Si puissamment que j'en perds le rythme. Pour ces petites mains qui caressent tendrement ma nuque, mes épaules, le haut de mon dos. Elle est la douceur, là où je suis la violence. Elle est le calme, là où je suis le cataclysme. Je suis le yin, où elle est le yang. Et je suis incapable de dire si… *j'aime* ça.

Pas la peine d'interroger l'autre enfoiré, le verbe « aimer » ne fait pas partie de son vocabulaire.

– Ça ne va pas ? fait-elle judicieusement remarquer.

Je me redresse pour me dégager de son étreinte et lui sers un sourire. Mon bassin retrouve sa ferveur, je crois même avoir atteint une vitesse déraisonnée. Sitôt, elle s'arc-boute.

Yeux dans les yeux, notre alchimie est puissante, j'en suis conscient et je le sens, *elle me remarque, je suis son seul point de mire*. Son humidité ne faiblit pas, sa chaleur est irradiante, pourtant je ne crois pas lui laisser le temps d'en apprécier le moment.

Et bordel, qu'est-ce qu'elle est belle ! Un regard enflammé, des joues et une bouche écarlates, des gouttes de sueur dévalent sa peau laiteuse le long de son buste. J'ai encore envie de la goûter, de la marquer.

De me l'approprier comme si ça me donnait le droit de la contrôler.

Le temps me presse. Mon corps est tendu à l'extrême et ma queue si gonflée que la collerette de la capote fait garrot sur sa base. Je n'en ai plus pour longtemps.

Elle non plus d'ailleurs. Je remonte ses jambes sur mes bras, la fais adopter une posture certainement plus qu'inconfortable, mais délicieuse. Elle cherche une prise sur le mur derrière elle de ses mains, moi, j'ai le champ libre, elle ne me touchera pas, ne détournera pas mon attention. Mon sexe est entièrement avalé par son vagin, je ne peux pas être plus en elle, je ne peux pas plus la marquer, *la posséder*.

Pour l'avoir vue, entendue, sentie plus tôt, je sais exactement à quel moment elle bascule. Dans ma tête, alors que je mordille l'un de ses seins, j'imagine sa bouche grande ouverte, son regard voilé, et je ne me trompe pas. La pression indocile de son vagin et son gémissement interminable me le confirment. Elle jouit et m'entraîne avec elle dans la foulée.

Même si je sais à quoi m'attendre, puisque l'autre n'était pas puceau, je modère mes va-et-vient pour apprécier chaque remous, chaque décharge électrique qui me saisit. Mes cuisses faiblissent d'un trop-plein de pression. C'est puissant, ça m'engloutit ; à cet instant, je ne suis qu'un pénis aux sens décuplés.

Et mon cœur chaloupe à l'infini.

Je me trompais. Rien ne me sert de tenter de contrôler ce

qu'elle provoque en moi, ce qu'elle me fait vivre, c'est une bataille perdue depuis longtemps.

Je doute même de l'avoir menée à un moment donné. Même l'autre. Sinon, il ne se serait jamais laissé tirer dessus. Parce que je le sais au fond de moi : c'est ce qu'il s'est passé. *Il l'a laissée tirer*.

Cet orgasme, aussi ravageur que vénérable, vient de lever le voile sur une vérité : elle n'est pas seulement le moteur de mes émotions, elle en est son carburant. *Colère, crainte, mépris, assurance, dégoût, admiration, extase...* Des émotions que j'avais appris à abolir avec les années, ou que je n'ai jamais connues. Sans elle, il n'y aurait que l'indifférence.

Dans une dernière poussée, je hume son odeur et frôle la peau fine de son buste de mes lèvres. L'intermède est terminé. Je n'attends pas de reprendre mon souffle pour me redresser ni même que mes jambes retrouvent leur vigueur pour me retirer. Un coup d'œil à Lana : alors que je m'attends à la voir accablée, elle agit avec détachement. Elle se redresse sur la commode, rejoint la terre ferme dans une grimace, récupère son arme puis ses fringues au sol, et regagne la sortie en balançant :

– Je prends le premier tour de douche.

Je hausse les épaules, *si ça lui chante*. La porte de la salle de bains claque ; l'instant suivant, j'entends l'eau couler. Je retire la capote pleine et gagne la cuisine pour la jeter. Rebel, allongé devant la porte d'entrée, ne bronche pas à mon approche. Ce clebs ne sert à rien.

D'ailleurs, il va falloir faire entendre à sa maîtresse qu'il ne peut pas nous accompagner. Qu'en faire ? J'ai bien des idées, mais aucune ne lui conviendra, c'est certain. Rebel n'entre pas dans mes plans. Mentalement, je dresse la liste des choses à faire et à emporter. Un coup d'œil à l'horloge du salon. À peine quatorze heures. Je prends appui sur la table de la cuisine, mains de part et d'autre de mon bassin, face à la porte d'entrée, soucieux d'une probable intrusion. Je la fixe, mes doigts pianotent sur le bois.

Nous devons bouger pour deux raisons : pour qui je suis, et pour ce qu'elle détient. Même si, entre nous, la première reste la plus… inquiétante. Si j'avais été seul, la situation aurait été différente : sans préavis, j'aurais quitté cette maison sans me retourner, mais pour Lana…

Je tique.

Putain, est-ce de la compassion ? Il manquerait plus que ça !

L'autre se marre dans ma tête. Je balaie la compassion et fais taire l'autre du même coup.

Je m'empresse de rejoindre la salle de bains. Aucune raison ne m'obligerait à ne partir que demain matin. *Nous n'avons plus rien à faire ici.* La tête entièrement plongée sous le jet d'eau, elle ne m'entend pas arriver. Ses cheveux tombent en cascade sur la cambrure de ses fesses, ses doigts s'y glissent et les démêlent. Qu'importe ce qu'elle a voulu me faire croire en quittant la chambre, maintenant elle est tout sauf sereine. Les yeux fermés, le visage crispé, elle donne l'impression de vouloir effacer notre partie de baise. J'évacue d'instinct le sentiment de colère qui m'envahit. Elle hoquette de stupeur quand je pousse la vitre de la cabine de douche.

– Mais…

– On part dans une demi-heure.

J'ignore son regard affolé et lui pique sans effort le pommeau de douche. L'eau est presque glaciale, de quoi choper une pneumonie. Et ce n'est franchement pas d'actualité. Je grogne et dévie le mitigeur pour avoir de l'eau tiède.

– Tu entends quoi par : on part ?

Je pousse un soupir de soulagement quand la température devient élevée à souhait. Lana se couvre les seins, serre les cuisses. Pudeur ? Réalité ? Regrets ? Je ne cherche pas à comprendre.

– Ça signifie que nous quittons cet endroit dans une demi-heure.

Nouvel air ahuri. Ça ne dure pas longtemps, elle se renfrogne.

– Où comptes-tu m'emmener ?

– Loin d'ici. Très loin d'ici et de Los Angeles.

Je vois qu'elle peine à retenir un sourire. Elle est soulagée. Forcément, puisque je viens clairement de dire que je l'éloignais de Tomesi Mayor.

– Sauf que je suis fatiguée, j'ai besoin de me reposer quelques heures, nous partirons à l'aube, objecte-t-elle en récupérant la douchette.

Instantanément, elle grimace au passage de l'eau sur sa peau.

– Tu auras tout le temps de dormir dans la voiture.

J'attrape le gel douche – le fameux à l'huile d'amande douce qui va continuer à me rappeler que Lana est dangereuse – et en déverse dans ma main avant de me savonner.

– Hors de question que tu conduises ma vieille voiture !

– Ça n'est pas un souhait, Lana.

– Elle est… particulière, tu ne la connais pas.

Je secoue la tête. Son argument est ridicule. Le pire, c'est qu'elle a l'air de croire dur comme fer que cette caisse a une âme. Je me vois obligé de lui rappeler :

– C'est une voiture.

Cette conversation est surréaliste. Je n'imagine même pas le sujet du clebs.

– *Ma* voiture, ponctue-t-elle avant d'ôter abruptement le pansement sur mon torse.

Elle observe ma cicatrice, en tâte délicatement les berges avec attention. Une chose est certaine : elle est bien meilleure doc qu'avocate. Il n'y avait qu'à entendre sa plaidoirie pour sa voiture, elle est à chier ! Chacun son job, chacun sa place. Elle est *presque* médecin, je suis *presque* tueur à gages. Elle passe dans mon dos, le deuxième pansement saute à son tour, et je frissonne sous le doigté de Lana sur mon omoplate.

Je la contre, inflexible :

– Très bien ! Dans ce cas, nous partons en expédition pour retrouver ma voiture. Tas-de-ferraille prend sa retraite !

– OK, dit-elle en étouffant un rire me faisant remarquer par là même que je viens de faire inconsciemment de l'humour.

Un courant d'air frais dans mon dos m'informe qu'elle s'apprête à quitter la cabine de douche. Je me retourne instantanément et la retiens pour la ramener contre moi. Quand mes cuisses s'imbriquent dans les siennes, elle tressaute. Je suppose que notre partie de baise sur la commode n'a pas laissé sa peau et ses muscles indemnes. J'ignore sa douleur, Lana serait capable de dire que je fais preuve d'empathie alors que je me contente de relever les faits.

– Tu cèdes aussi facilement ? demandé-je.

Elle relève le menton et me défie :

– Pourquoi tiens-tu absolument à ce que nous partions aussi rapidement ?

– Nous ne sommes pas en sécurité ici.

Et elle le sait. Il n'y a qu'à voir l'effet qu'ont mes mots sur son visage, elle se défait et déglutit. Quant à son pouls sous mes doigts, il devient plus frappé, plus rapide.

– Quand tu dis « nous », tu penses à moi puisque ta vie ne compte pas, n'est-ce pas ?

Je la lâche et déclare d'une voix laconique :

– Si tu veux. Après tout, je t'ai fait la promesse de ne jamais te faire de mal, mais n'y vois pas là de la protection.

– Ça a pourtant tout l'air d'y ressembler.

Rincé, je coupe l'eau et prends une grande inspiration. Qu'est-ce que ça peut lui foutre ? *Ah oui, je sais !*

– Tu me cherches encore des excuses et à donner un sens positif à mes agissements, Lana.

– Alors explique-moi ce que « me mettre à l'abri » signifie pour toi ? argue-t-elle en croisant les bras sur sa poitrine.

Ses seins remontent fermement et me narguent carrément !

– Je n'ai aucune explication à te donner, sache juste que ce que tu appellerais « prendre soin de quelqu'un » n'a aucun sens pour moi !

J'ai à peine le temps de voir sa bouche s'ouvrir en grand. Je sors de la cabine de douche, m'enroule dans une serviette, dégage la buée du miroir, m'observe, peigne mes cheveux trempés en arrière, évalue la longueur de ma barbe – il me faut une putain de tondeuse, il devient urgent qu'on aille faire des courses –, sors des compresses et du sparadrap de l'armoire à pharmacie et… le silence de Lana me pousse à pivoter vers elle. Elle n'a pas bougé d'un iota. Je soupire, forcé d'expliquer :

– Tu sais trop de choses sur moi, tu m'as vu, côtoyé pendant trop de temps. Des personnes me cherchent et s'ils viennent à mettre la main sur moi, nous sommes finis. C'est la seule raison qui me pousse à te mettre à l'abri, parce que je n'ai aucune idée de ce que je vais faire de toi, et que je t'ai fait une putain de promesse qui ne me permet même pas d'envisager de me débarrasser de toi !

Sitôt ma phrase terminée, elle me jette un regard assassin. Ça n'est pas tellement l'effet que j'attendais. Un « Oh mon Dieu, Jack, tu as raison nous devons partir » avec une voix 100 % *girly* aurait plus été de rigueur. Mais là, pas une once de peur, elle est pure colère et dangereusement sexy… Je lui tends une serviette – pas de tondeuse, pas plus que de préservatif. Qu'elle se couvre, bordel !

– Donc, en gros, tu es en train de me dire que tu regrettes de m'avoir fait cette promesse ?

Elle m'arrache la serviette des mains, s'enroule dedans et sort de la cabine. *La colère vient donc de là...*

– Non. De toute façon, je serais incapable de me débarrasser de toi.

Le frisson qui la saisit est si violent qu'elle manque de glisser sur le carrelage. Je la rattrape in extremis et la ramène contre moi. Ses yeux faillissent dans les miens, ses jugulaires pulsent et… rapidement, elle se dégage de mes bras.

– Quoi, encore ?

Elle me sert un sourire de connivence avant de s'emparer d'une brosse pour démêler sa tignasse rousse. Que je lui dise que je dois la mettre à l'abri pour sauver mes fesses ou parce que je suis attaché à elle, rien ne lui convient.

Tandis que j'étudie son faux air détaché, elle annonce :

– Je sais où est ta voiture, nous n'avons pas besoin de partir en expédition. Mais… avec ou sans toi, je ne peux pas partir avant demain matin. Et ça n'est pas un souhait.

Elle me jette un regard à la dérobée dans le miroir avant de quitter la salle de bains en claudiquant. Je refais rapidement mes pansements et l'entends de la chambre :

– Tu ne réponds pas ?

À quoi ça servirait, ma décision est prise. Je gagne le salon et trouve de quoi m'habiller dans le fameux carton qu'elle n'a jamais pris la peine de ranger. Preuve qu'elle avait déjà préparé notre départ depuis le début. Je ne comprends toujours pas pourquoi elle m'a gardé en vie. Sûrement par pitié puisque l'autre con n'était plus là. Sauf que la pitié est tout sauf une force et c'est bien là une des plus grosses faiblesses de Lana.

Cette dernière apparaît alors que j'enfile mes chaussures. Elle est vêtue d'une polaire zippée jusqu'au cou et d'un pantalon de ski ; ses cheveux sont enroulés dans une serviette. Ses pupilles flanchent dans les miennes.

– À Los Angeles, j'ai pris la fuite ; ici, je veux avoir l'impression de partir sans précipitation. S'il te plaît, Jack. Demain.

Elle pourrait faire plier n'importe quel homme. Pas moi. Je ne me pose pas de questions, je ne ressens rien. On ne peut même pas dire que je l'ignore, je la regarde simplement et attends patiemment qu'elle entende raison. Ça n'est pourtant pas compliqué : chalet = danger.

– Ça ne sert à rien de te supplier, n'est-ce pas ? finit-elle par déduire.

Elle se renfrogne. Je sais d'avance à quoi elle pense lorsqu'elle fronce les sourcils et se redresse. Je la devance :

– Ne te fatigue pas avec le chantage non plus.

Autant clarifier au mieux la situation. Non pas qu'elle commence à me taper sur le système, mais parce qu'elle perd son temps. Avec ou sans son aide, je trouverai cette voiture.

– Je me sèche la tête et nous pourrons y aller, grogne-t-elle avant de s’évanouir dans la salle de bains.

Génial, elle a compris ! L’autre tape des mains. Pas pour féliciter Lana, mais pour moi. Il jubile devant mon absence de compassion. *Je lui ressemble trop. Connard.*

18

Jack

Pelle à la main, ça doit faire un peu plus de cinq minutes que nous grimpons dans la forêt. Volontairement, après explications de Lana, j'ai préféré éviter la route pour l'épaisseur et l'ombre des bois. Le moins que l'on puisse dire, c'est que Lana est résistante. De la neige jusqu'à mi-mollet rend sa progression difficile. Elle peine à fournir une enjambée suffisante pour avancer rapidement, elle manque d'équilibre et d'endurance. Malgré toutes ses difficultés, ses lèvres restent closes. Elle ne se plaint pas, garde le rythme, continue d'avancer. Elle n'a même pas tenté de rejoindre la route partiellement déneigée.

C'est cette nana-là qui me déstabilise et, disons-le clairement, qui m'attire. Parce qu'elle possède une force mentale hors norme.

– Comment comptes-tu t'y prendre pour faire démarrer ton pick-up ? demande-t-elle en brisant le silence morne de la forêt.

Un pick-up… tiens donc. Ça paraîtrait logique : montagne, bagages sans doute encombrants pour un snowboarder. Encore une fois, je n'avais rien laissé au hasard.

– Mon pick-up ?

– Oui… je… tu n'as pas les clés…

Et évidemment, elle non plus. C'est sans doute la personne qui a tenté de trouver des informations sur moi qui les a. Cette même personne qui a dû aussi lui dire où était ma voiture puisque Lana ne m'a jamais quitté, hormis ce matin. Qui est cette personne ?

Je marque le pas et lui sers un sourire carnassier :

– Ne t'inquiète pas pour ça.

Les sens aux aguets, je checke dans ma tête ce que je vois, ce que j'entends, ce que je sens. Le froid, le parfum sucré de Lana que me renvoie la brise. La neige craque sous nos pas, je reconnais la démarche de Lana, les feulements de Rebel, rien d'autre à signaler. Un coup d'œil attentif aux alentours : la route sur ma gauche est toujours aussi déserte, sur ma droite, les arbres s'épaississent et devant moi… l'objet de cette balade.

Mon pick-up. Un Ford, blanc de ce que je peux en voir. En effet, il est recouvert d'une épaisse couche de neige, durcie par les températures négatives des jours précédents. Je plante ma pelle d'un coup sec dans la poudreuse. Puis, je dégage à mains nues le couvre-benne et grimpe dessus pour rejoindre la vitre arrière. Elle cède au premier coup de pied, et des morceaux de verre se répandent sur la banquette arrière. Je me faufile dans l'habitacle, prends garde à ne pas me couper et gagne le fauteuil conducteur. Sous l'œil attentif de Lana, qui m'observe de l'extérieur, je glisse sous le volant, m'occupe du coupe-circuit, et crochète des fils entre eux.

J'agis avec minutie et automatisme. Je sais faire.

En moins de deux minutes, l'affaire est réglée. Il n'y a plus qu'à appuyer sur le bouton du *start and stop*. Le moteur du Ford vrombit dans la seconde sans le moindre effort. Je déverrouille les portières et enclenche le chauffage avant de ressortir par le même chemin. Forcément, tout ne peut pas être aussi simple, il va falloir en faire un peu plus puisque le véhicule est scellé jusqu'aux pare-chocs dans la neige. J'évalue rapidement la situation, puis m'attelle à dégager le devant du véhicule avec la pelle. Mon épaule gauche émet des réticences, les sutures me tiraillent, je change d'appui. Lana reste en retrait. Je mets moins de temps pour désencombrer les roues avant de mon véhicule qu'elle n'en a mis ce matin pour le sien. Capacités physiques…

– Tu as peur.

Plus surpris par le ton de sa voix que par sa remarque, je marque une pause avant de reprendre ma tâche.

– Tu t'enfuis tête baissée sans te poser de questions, sans prendre en compte tous les éléments, parce que… *tu as peur*, répète-t-elle.

Cette fois-ci, je ne réagis pas mais, face à mon mutisme, elle vient se poster devant moi. Sa silhouette entre dans mon champ de vision, mes yeux remontent sur ses jambes, accrochent ses poings plantés dans ses hanches. Je soupire, me redresse et je prends appui sur la pelle avec désinvolture.

– Et le pire, c'est que tu es trop prétentieux pour l'admettre.

– De quoi essaies-tu de me persuader ?

– De rien. Je veux seulement que tu avoues prendre la fuite de manière irréfléchie. Personne n'est venu, n'a essayé de s'en prendre à nous en quatre jours ! s'exaspère-t-elle. C'était quoi déjà, ta réflexion sur les spéculations et l'interprétation de la réalité ?

Je serre les dents face à sa remarque. Elle reprend mes propres théories. Et elle a raison, j'agis par impulsion parce que je veux la mettre à l'abri de quelque chose qui n'arrivera *probablement* jamais. Je fuis l'inconnu, je crains pour elle. Et rien ne me prouve que je puisse avoir raison de le faire, hormis cette petite voix au fond de moi prénommée subconscient. Nous devons partir.

– Je connais toutes les routes de Keystone et toi aussi, reprend-elle d'une voix étonnamment lasse. Il n'y en a qu'une seule qui mène à ce chalet, elle part du village pour finir dans une ancienne mine plus haut dans le col. Si quelqu'un l'emprunte, je serai avertie.

– Tu seras avertie ?

– La même personne qui a lancé des recherches sur ton identité surveille aussi les routes.

Donc elle a misé sa survie sur un seul homme ? C'est du n'importe quoi.

– Je ne fais confiance à personne, raillé-je.

Ses lèvres esquissent un semblant de sourire. Je récupère ma pelle et reprends ma tâche.

– Il m'a aussi permis d'avoir de nouveaux papiers, reprend-elle.

Et alors ? Pense-t-elle pouvoir me faire changer d'avis sur l'homme ?

– On ne se procure pas une nouvelle identité aussi facilement, qui est ce type ?

Je dégage les portières passager d'un énorme tas de poudreuse. C'est plus facile, le Ford, chauffage à fond dans l'habitacle, agit tel un diffuseur de chaleur. Je jette un regard appuyé à Lana étrangement silencieuse, indisposée. Elle se ressaisit rapidement.

– Il a repris contact avec Benson, le procureur de Los Angeles dont je t'ai parlé, c'est lui qui les lui a fournis.

Mais je ne sais toujours pas qui est cet ami. Pourquoi j'ai ce profond sentiment qu'elle me cache encore des choses ?

– Je fais encore moins confiance à ce… Benson.

Je passe du côté gauche de la voiture et m'attaque à un nouveau talus. Elle me suit et s'agace :

– C'est lui qui a organisé ma fuite il y a trois ans, c'est lui qui m'a fourni les papiers de la Lana Smith que je suis aujourd'hui, je…

– Lana ! la coupé-je. Est-ce que tu sais comment je t'ai retrouvée ? Non. Et moi non plus. Donc, ma mémoire ne me permettant pas d'écarter certaines hypothèses, tant que je n'en saurai pas plus, la seule personne en qui j'aurai confiance te concernant, ça sera moi.

Ses yeux tremblent dans les miens. Elle a compris où je voulais en venir. Son proc véreux peut se foutre ses papiers où je pense, nous n'avons aucune idée de ce qui a pu se passer en trois ans à Los Angeles. Il a pu retourner sa veste.

– OK pour Benson, admet-elle. Mais je te promets que mon ami ne nous trahira pas. Il ne peut pas.

Mais qui est ce type, cet *ami* à qui elle voue une confiance absolue ? Mes poings se serrent sur le manche de la pelle, ma mâchoire se contracte. Je pourrais croire à de la jalousie alors qu'en réalité ce qui m'agace, c'est qu'elle puisse se sentir en sécurité avec lui alors qu'il n'est même pas avec elle.

– Départ demain matin. Pour la suite des choses, tu me laisses gérer, nous devons disparaître !

Mon ton est froid comme toute la glace et la neige que je remue depuis un quart d'heure. Néanmoins, son visage s'illumine instantanément.

– Merci.

Je ne cille pas, je reste aussi impassible que je sais l'être. Je n'ai pas à forcer, je me fous royalement qu'elle puisse être heureuse ou reconnaissante parce que je décale notre départ. Il ne s'agit pas de compassion mais de raison. Je ne dois pas agir impulsivement ou à l'aveugle. Et ça me permettra aussi d'échafauder un plan précis.

– N'y vois pas de bon sentiment ou d'espèce de gratitude.

J'ouvre la porte, les dernières couches de glace sur les vitres se détachent et s'échouent sur le sol. Je monte côté conducteur, me débarrasse de la pelle sur la banquette arrière et lui intime :

– Monte.

Je baisse le chauffage, l'air est étouffant, empli d'une odeur de neuf écœurante. Lana ouvre la portière à l'arrière. Dans le rétroviseur, je la vois dégager de son avant-bras les morceaux de verre Securit de la vitre brisée, puis elle se met à crier après son chien. Foutu clebs, ça va sentir la croquette mouillée maintenant. Sitôt ce dernier installé, Lana me rejoint du côté passager. J'enclenche la première.

Grâce à ses quatre roues motrices, le Ford grimpe sans difficulté les monticules de neige et regagne rapidement la route. Lana observe d'un regard affolé chaque recoin du pick-up, s'agite sur son siège, resserre ses bras sur sa poitrine ; elle semble perdue, dans une autre dimension. Pas besoin d'être intelligent pour comprendre à quoi elle pense, elle transpire la crainte, je sais qu'elle imagine ce qu'elle aurait vécu si ma mission n'avait pas échoué.

– Tu aurais été à la place de ton chien sur la banquette arrière. J'ai trouvé une bouteille de chloroforme dans ta cuisine. C'était à moi, n'est-ce pas ?

Elle hoche la tête, les yeux figés sur la route devant elle, n'osant même pas me regarder.

– Le problème avec le chloroforme, c'est son dosage. Mais je ne t'apprends rien. (Nouveau hochement de tête.) Si ça peut te rassurer, je peux dire avec certitude que tu fais entre cinquante et cinquante-trois kilos, je n'aurais pas commis d'erreur.

– Tais-toi, Jack.

Son injonction est accompagnée d'un regard noir. Je souris de toutes mes dents, je déteste la version édulcorée de Lana, la tigresse est de retour, c'est beaucoup mieux. Elle lève les yeux au ciel.

– Merci de te soucier de ma santé mentale en me faisant penser à autre chose, annonce-t-elle avec mépris.

Elle s'égare.

– Je me fous de ta santé mentale, mais pas de la mienne, je n'avais aucune envie que tu deviennes chiante.

Je rajoute un sourire à ma pique.

– Chiante ? Je ne t'ai pas demandé de me réconforter ! Je n'ai même pas ouvert la bouche !

La mienne s'ouvre en grand. Je la referme aussi sec. Elle n'a pas tort.

– Tu vas devoir changer de couleur de cheveux, contre-attaqué-je pour orienter le sujet dans un autre sens.

C'est immédiat, elle s'offusque :

– Noooon !

– Si ça peut te faire plaisir, tu pourras toujours choisir la couleur que tu veux. Je suis certain que le brun t'irait bien, mais qu'importe, tu resteras magnifique.

– Hors de question ! C'est no…

Ses paroles se perdent dans sa gorge lorsqu'elle comprend enfin ce que je viens de lui dire. Ses yeux sont exorbités et ses joues rougissent rapidement. Là encore, même si elle grimace, elle reste magnifique.

– Qu'est-ce que tu as dit ? murmure-t-elle.

Silencieux, je tire le frein à main, nous sommes arrivés. Je coupe le moteur et descends. Je ne me répéterai pas, elle a très bien entendu. Il ne s'agit pas de gêne, mais qu'elle puisse penser que je le sois sert mes intérêts. Ainsi, grâce à l'empathie qu'elle a nourrie pour moi et à son besoin de me trouver du bon, je viens de gagner une bataille sans tergiverser et je n'ai aucune honte à l'avoir fait.

L'autre applaudit encore. *Je l'emmerde.*

***

Si Lana a dormi à poings fermés cette nuit, ça n'a pas été mon cas. En réalité, je n'ai aucune idée de si elle dormait vraiment, je sais seulement que lorsque je passais la tête dans l'embrasure de la porte, elle restait immobile dans son lit.

J'ai passé une partie de la soirée à préparer le Ford. Sa benne avait été fouillée – sans doute par *l'ami* de Lana –, j'en ai trié son contenu pour ne garder que le nécessaire, entre autres, du cordage et mes habits, même si pour le moment ils ne me sont d'aucune utilité puisque imprégnés de l'humidité des jours passés dehors. J'ai laissé mon pseudo-matériel de snow dans la remise, et reconstitué une caisse à outils digne de ce nom avec ceux de Lana. Puis, la touche finale, j'ai dissimulé deux couteaux dans l'habitacle : un petit scotché sous le tableau de bord et un plus long sous le siège de Lana.

Rebel ne m'a pas lâché d'une semelle. À chaque tour de ronde, chaque inspection des alentours du chalet, il m'a accompagné. Pour me surveiller ? J'en doute, c'était plutôt une question de survie, comme s'il sentait que sa maîtresse était en danger. J'abdique temporairement sur son sort. Il nous accompagnera jusqu'à la prochaine escale. C'est tout.

J'ai monté la garde jusqu'à ce que, au matin, dans un silence morne et avec une mine à faire jalouser un mort-vivant, Lana se lève et se prépare.

Elle a à peine bu deux gorgées de son café et est partie rejoindre la voiture, son sac de sport et le paquet de croquettes de Rebel dans les bras.

Un dernier passage dans le chalet pour être certain que nous n'avons rien oublié et le tour est joué. Le lit a été fait au carré, la vaisselle nettoyée et rangée, la salle de bains est en ordre, la couverture rose pliée et ordonnée sur le canapé, la cheminée éteinte. Rien ne donne l'image d'une fuite, c'est un départ comme elle le souhaitait. Quelque chose qui n'a pas de sens pour moi, puisque mon seul et unique foyer a fini en cendres.

Je referme la porte et gagne le Ford. Lana fixe un point vague devant elle, Rebel pionce déjà sur la banquette arrière. J'allume le chauffage – la bâche qui a remplacé la vitre ne nous protégera guère du froid – et enfin nous quittons cet endroit coupé du monde à qui je dois sans doute ma renaissance.

Je laisse les bruits de la route faire la conversation et Lana face à ses démons. Elle doit trouver toute seule la force de les vaincre. Son unique pensée, son seul objectif, doit être sa survie et son avenir. Rien d'autre.

Mais plus les minutes passent et les kilomètres défilent, et plus je doute qu'elle y arrive. Un profond sentiment de déception m'envahit. Sa réaction est complètement disproportionnée, elle reste prostrée, emmurée dans le silence, les yeux larmoyants et les lèvres tremblantes. J'en attendais mieux d'elle alors que je ne devrais justement rien attendre.

Je fige mon attention sur la route car la circulation à la périphérie de Denver se fait plus dense, le calme des villages montagneux est loin derrière nous.

– Tu ne me demandes pas où nous allons ?

– Tant que nous sommes loin d'ici, ça n'a pas d'importance.

Je tique. Son ton détaché, comme sa réponse, est complètement inapproprié. C'est illogique. Je n'ai néanmoins pas la possibilité de l'observer pour tenter de la percer à jour, quelque chose monopolise mon attention. Un véhicule. Noir, une Chrysler. Trois voitures derrière nous, elle tient la distance, mais prend les mêmes routes que nous depuis Keystone. Je décide de bifurquer sur la gauche et de traverser Denver, quitte à prendre du retard.

La Chrysler continue sa route, ça n'était qu'une coïncidence. Alors pourquoi j'ai cette mauvaise impression que le danger n'est pas loin ? Je sens l'adrénaline monter lentement, mon rythme cardiaque augmente légèrement en conséquence.

Que c'est bon…

– Alors ? Où va-t-on ?

J'épie chaque véhicule dans un sens comme dans l'autre, taxis et ambulances compris, analyse chaque plaque d'immatriculation. Soudain, je l'aperçois. La Chrysler est de nouveau dans mon champ de vision.

– Au supermarché.

– Au supermarché ? Ici ? À Denver ? s'affole-t-elle.

– Nous avons besoin de deux ou trois trucs.

Je ralentis à l'approche d'un feu rouge, observe plus attentivement la voiture noire qui nous piste. Sa plaque d'immatriculation me renseigne sur sa provenance : Los Angeles.

– Deux ou trois trucs, répète-t-elle dans une bruyante déglutition.

Sans doute craint-elle de tomber sur quelqu'un qu'elle connaît. Après tout, nous ne sommes qu'à une vingtaine de minutes de Keystone. Je tourne à droite, et m'insère sur l'avenue qui mène à un grand centre commercial. Ça sera l'endroit idéal.

– Qu'est-ce qu'il te faut ?

Je m'engage sur le parking, trouve une place sans trop d'efforts, il est à peine neuf heures, l'effervescence n'est pas encore atteinte. Du coin de l'œil, je repère la Chrysler. Le contre-jour sur le pare-brise ne me permet pas de distinguer l'intérieur. Je pivote vers Lana pour articuler :

– Ta teinture, une tondeuse à cheveux et une boîte de préservatifs.

C'est instantané, elle cligne des yeux, rougit et se détourne de mon regard, indisposée. J'en profite pour récupérer le couteau et le glisser dans ma manche. Pensait-elle comme moi par le passé, que nous nous arrêterions à une seule fois ?

– C'est un passage éclair. On ne s'attardera pas dans les autres rayons. Il y a de quoi boire et grignoter à l'arrière. Et surtout, n'oublie pas : toujours payer en liquide, plus de cartes de crédit, la préviens-je.

Elle hoche la tête, je sors du véhicule. Je l'entends demander à Rebel de se tenir tranquille. Finalement, ce chien a une utilité puisque, en notre absence, je suis certain que personne n'osera s'approcher du Ford.

Lana me rejoint, mais reste à bonne distance. C'est hors de question. Je la ramène à moi et lui souris, puis glisse ma main sous ses cheveux sur sa nuque et atteins son oreille. J'ignore son frisson, la teinte que prennent ses joues à ma proximité et certainement aussi son odeur. Je dois rester concentré.

– Nous venons de sortir de la même voiture, Lana. Jusqu'à nouvel ordre, à l'extérieur, nous sommes tout sauf des étrangers.

Un instant, en voyant sa lèvre inférieure trembler, je pense qu'elle va se défiler, mais finalement, un léger rire sort de sa gorge.

– Tu as raison Jack, ton *amitié* m'est précieuse.

Je fais semblant d'être touché par sa réplique, comme si j'avais préféré qu'elle me choisisse en amant plutôt qu'en ami. En vrai, j'en profite alors qu'elle commence à avancer pour regarder la Chrysler. Un type, la peau hâlée par le soleil, brun, une trentaine d'années, fume une clope, appuyé contre le montant de la portière. OK. Je rejoins Lana, mains dans les poches, plissant les yeux vers le soleil montant. Alors que nous remontons le parking jusqu'au centre commercial, je compte et imagine clairement les réactions du type. Un, il se redresse. Deux, il écrase son mégot pour venir dans notre direction. Trois, nous venons de passer les portes vitrées coulissantes, nous ne sommes plus dans son champ de vision, il accélère la cadence.

J'agis à l'instinct.

Je grogne et claudique, feignant une gêne dans la chaussure.

– Commence à avancer sans moi, je te retrouverai dans les rayons, dis-je à Lana.

Elle hoche la tête et me quitte. Je me baisse, refais mon lacet pour le principe et jette un œil derrière moi. Le type est là. Dans la foule, il tend le cou. Au sourire qui naît sur ses lèvres, je sais qu'il a repéré Lana mais, comme tous les débutants inexpérimentés, il a oublié le principal : ne pas se précipiter et prendre en compte toutes les données. *Je suis la donnée manquante.*

Il passe devant moi, sans me voir. Je me lève, le suis, analyse les lieux. Le supermarché est au bout de la galerie marchande, à tout au plus cinquante mètres. Je marche dans ses pas, repère l'entrée des toilettes publiques et passe à l'action.

Je crochète son bras gauche du mien, fixe la pointe de mon couteau entre sa cinquième et sa sixième côte et le force à me suivre. Effet de surprise garanti. Son grognement fait tourner des têtes. Je souris et ris comme si je vivais des retrouvailles avec un ami. Je nous guide jusqu'aux toilettes pour handicapés et, sitôt dedans, porte fermée à double tour, je le relâche. Je ne suis pas stupide, je ne peux pas me débarrasser de lui aussi facilement. Des caméras de sécurité nous ont filmés ensemble, mon visage était à découvert.

Il me sert un regard noir en reprenant son souffle, dans une posture d'attaque. Je dis dans une fausse exaspération :

– Ton patron n'a pas perdu son temps pour m'envoyer du renfort.

Je range le couteau. Il ne m'est d'aucune utilité, parce que, un, ce type – qui ne l'a pas regardé une seule fois – ne craint pas pour sa vie, deux, il me place dans une position offensive alors que je suis censé être dans le même camp que lui.

– Il a surtout eu le flair de se dire que tu l'avais doublé.

Je mime la surprise :

– Doublé ?

– Je vous ai vus, tu te l'es faite, n'est-ce pas ?

La commissure de mes lèvres se relève à ce seul souvenir. *J'espère qu'elle n'oubliera pas les préservatifs.* J'analyse rapidement l'homme devant moi. D'origine mexicaine, ongles soignés, pas de tatouages, tenue propre. Tomesi ne m'a pas envoyé le premier gars trouvé dans un gang de quartiers. Et ne serait-ce que pour sa remarque sur ce que pense son boss, je le place dans la catégorie de ses hommes de main très proches.

– Ça fait partie de la manœuvre, assuré-je. Bien qu'en réalité je ne cherchais pas tellement à me la faire. Un simple rapprochement aurait pu suffire, seulement Leia est plutôt tenace. Mais maintenant que le renfort est là, nous allons passer à la vitesse supérieure.

Un rire dédaigneux lui échappe, c'est qu'en plus il n'est pas stupide. Je vais devoir agir comme avec Tomesi : à l'instinct.

– Je ne te crois pas. Vu ton gabarit, tu n'aurais aucun mal à la neutraliser et à la ramener à Los Angeles.

S'il savait ! Néanmoins, je ne le contredis pas ; avec ce genre de mec, il faut toujours se mettre à leur niveau, si ce n'est plus bas et leur laisser penser qu'ils ont le pouvoir :

– Tu as raison. Mais mon objectif a changé. Je ne vais pas faire que la ramener à ton patron. Je vais aussi lui apporter les fameux documents qu'elle lui a subtilisés avant de partir.

Lorsque ses yeux s'arrondissent de stupeur, je sais que je viens de créer une faille dans sa tête. Et sa précipitation à répondre me conforte un peu plus dans l'idée :

– Elle les a avec elle ?

Ne pas sourire, avoir l'air désespéré.

– Malheureusement non.

Il accuse le coup dans un soupir, je ne l'imite pas, je rebondis, je suis près de mon but :

– Mais… figure-toi que Leia s'est entichée de moi. Putains de bonnes femmes, des muscles, une carrure, des tatouages et elles sont toutes dingues de toi ! (Il rit franchement, quel con.) Enfin bref ! Elle ne parlera que sous la menace. Et c'est là que tu entres en action. Elle ne se doute pas une seule seconde de qui je suis. Il suffirait que tu t'introduises par surprise chez elle et que tu négocies ma vie contre nos informations tant désirées. Leia n'acceptera jamais que je me fasse tuer pour ça, elle fera tout pour sauver mes fesses.

Sa mâchoire se contracte, ses yeux se plissent, il réfléchit. Je ne dois pas le laisser faire. S'il a connu Lana avant son départ, il a une longueur d'avance sur moi. Il ne doit donc pas fixer son attention sur mon plan, mais sur ce qu'il a à gagner. C'est la seule et unique chose qu'il doit voir.

– La reconnaissance de ton patron ne t'intéresse pas ? continué-je. Tu sais, moi, il ne me versera pas un centime de plus, il me paie déjà bien assez !

Mon ton est amical, je l'invite à devenir le héros. Je ne suis pas loin de la victoire, le doute se peint sur son visage. *Maintenant, j'abats ma dernière carte.* Je soupire et secoue la tête comme si je ne comprenais pas qu'il puisse hésiter une seule seconde à ma proposition, pour finalement me faire menaçant. Je pointe mon doigt dans sa direction en gonflant le torse :

– Tu n'en es pas ? OK. Mais que les choses soient bien claires : je ne veux pas te voir traîner dans les parages, il est hors de question que tu sabotes des semaines de filature.

Sinon, tu peux me croire, je ne cacherai pas à ton patron que ton incompétence a de nouveau mené Leia à prendre la fuite et surtout qu'à cause de toi sa carrière et son image médiatique sont en danger.

Il devient blême, à la limite de la transparence. Tomesi ne doit pas être un tendre. Et à l'instant où sa bouche s'ouvre, je sais que mon plan a fonctionné.

– Je t'écoute.

Je ne cache pas mon sourire et lui explique tout ce qu'il a à savoir, ou plutôt ce qu'il a le droit de savoir. Je sais qu'il se tiendra à mon plan ; dans sa tête, je suis passé du suspect à son billet pour la gloire. Quand tout est au point, nous sortons des toilettes avec autant de distance entre nous qu'il y aurait entre deux inconnus. Puis après m'être assuré qu'il a quitté le centre commercial, je pars à la recherche de Lana.

Je la trouve à la sortie des caisses, en pleine discussion avec une brune. Je suis tenté d'attendre dans mon coin qu'elles se quittent, mais un détail m'interpelle. Une petite fille. Je m'approche lentement. Je suis incapable de me défaire de ce visage. Il a quelque chose qui ne m'est pas inconnu. Le regard de la fillette accroche le mien innocemment. Je la détaille. Une peau hâlée, de grands yeux verts, un nez boudiné et des lèvres fines, elle a les cheveux aussi flamboyants que… Lana.

– Désolé, m'excusé-je sitôt à leur proximité. J'ai dû faire face à une envie pressante.

Lana se retourne si vite vers moi que je peux presque entendre sa nuque céder. Son visage devient rapidement aussi blanc qu'un linge, ses iris s'affolent et j'ai à peine le temps de rattraper le sac de courses qui quitte ses bras et de la retenir.

Décidément, cette journée n'a pas fini de me surprendre…

19

Lana

Un passage éclair. Un passage éclair. Un passage éclair.

Mais bon Dieu ! Pourquoi ai-je envie d'insulter Jack de plein de vilains mots ? Parce que je suis devant la seule partie du rayon parapharmacie du supermarché que je n'ai jamais encore visitée. Les préservatifs. Et je ne parle pas de la partie de cette grande surface là, je parle de toutes les grandes surfaces dans lesquelles je suis rentrée depuis que je suis en âge de faire des courses. Cette excursion a au moins le bénéfice de me faire oublier provisoirement mon chagrin…

– Pardon, s'excuse un homme.

Je le gêne. Et je me dis que je dois ressembler à une gamine en admiration devant un étalage de jouets. Sauf qu'il s'agit de capotes. Je me décale d'un pas, le visage cramoisi. Lui, n'a pas l'air d'hésiter sur le modèle… XXL. Je pense même qu'il n'en est pas peu fier. J'attends qu'il s'éloigne, et opte pour le même choix. Après tout, ces préservatifs ne sont pas pour moi, je dois simplement les voir comme une taille de pied. Et Jack chausse au moins du 49 !

Vous ne me croyez pas ? Demandez à mon vagin, qui, depuis, pense se situer au niveau de mon nombril.

Passons à la couleur. *Passage éclair. Passage éclair. Passage éclair.* Je ferme les yeux et chope la première teinte qui me tombe sous la main. Noir corbeau. J'essaie de ne pas penser à quoi je vais ressembler.

En fait, si, à Sadako dans *The Ring*.

Direction la caisse. Jack ne m'a toujours pas rejointe. Avec le recul, je pense à son comportement suspect. Pour quelqu'un qui ne m'a pas lâchée d'une semelle lorsque nous étions au chalet, seuls, je trouve qu'il fait preuve de laxisme dans ce centre commercial, bondé d'inconnus.

Je paie en liquide, comme il me l'a *ordonné* et glisse mes achats dans un sac en papier. Je me dirige vers la sortie quand…

L'expression « nez à nez » n'a jamais eu autant de sens que maintenant. Elizabeth et…

Mina.

Merveilleuse petite fille pleine de vie, aux joues rougies par le bonheur, au regard rempli de tendresse, et aux lèvres étirées dans un sourire enchanteur.

Mon cœur oublie de travailler, mes poumons se figent et mon cerveau exerce son droit de retrait.

Je savais que nous n'aurions pas dû venir dans ce centre commercial. Je le savais et pourtant, je n'ai même pas tenté de négocier avec Jack. Sans aucun doute parce que, au fond de moi, égoïstement, je priais pour que ce moment existe. *Et il existe*.

Croiser Elizabeth et Mina, une dernière fois, était inespéré. Je ne crois pas aux coïncidences, mais je dois me rendre à l'évidence, quelles étaient les probabilités pour que Jack choisisse le supermarché où elles font leurs courses ? Pour qu'elles s'y rendent justement aujourd'hui ? Et pour que je tombe sur elles avant de partir ?

Quasi nulles.

La bouche ouverte, Elizabeth m'observe avec de grands yeux ronds, elle a l'air aussi désappointée que moi. Par réflexe, je me racle la gorge et, dans une culpabilité incohérente, je tente de justifier ma présence :

– J'avais deux courses à faire… je suis désolée… je ne savais pas que vous…

– Charly m'a dit que tu étais partie avant la tempête, me coupe-t-elle dans un souffle.

– Je… quoi ? Non… c'est compliqué.

Pourquoi diable Charly aurait-il menti à sa femme ? Les mains de cette dernière s'arriment aux épaules de Mina avec une possessivité que je ne comprends pas. C'est même plus que ça, j'ai l'impression qu'elle tente de la protéger de moi.

J'ai la tête qui tourne.

– Je pars aujourd'hui.

J'ai du mal à ne pas regarder Mina. Elle a encore changé et ressemble de plus en plus à son père. Cette petite fille est magnifique, elle incarne la perfection à mes yeux. Les bras d'Elizabeth se resserrent sur elle, Mina crochète ses minuscules doigts sur les poignets de sa mère. Simple réponse à la pression exercée sur ses épaules car je suis certaine d'une chose, elle n'a pas peur de moi. C'est même sûrement tout le contraire, la preuve : elle me sourit. Je ne peux que l'imiter. Elle ne doit même pas me reconnaître, nous n'avons pas eu souvent l'occasion de nous rencontrer.

Il n'y en aura plus. Mon cœur loupe un battement.

– Demain, c'est mon anniversaire ! s'extasie-t-elle en brisant le silence.

Ma poitrine m'oppresse, mes yeux retrouvent les iris noirs d'Elizabeth, chargés de reproches. C'est déstabilisant car tellement aberrant. Elle qui d'habitude fait preuve d'un calme olympien paraît au bord de la crise de nerfs.

– Je sais, Mina, réponds-je, la gorge serrée. Tu vas avoir 3 ans, comment pourrais-je l'oublier ?

– Il va bien falloir.

Je vacille sous les propos d'Elizabeth. Une phrase murmurée si bas que je doute même qu'elle l'ait prononcé. Pourtant tout ce que je vois me conforte dans mon malaise : sa mâchoire crispée, son regard noir, sa façon de maintenir Mina près d'elle.

– Pour toi, pour nous, reprend-elle. Il va bien falloir que tu passes à autre chose.

– Mais je ne pourrai jamais oublier.

Mes paroles ? Ma détresse ? J'ai la sensation de l'avoir touchée une seconde, son visage se pare de mélancolie. Elle sait que ça m'est impossible. Personne n'oublie ce genre de chose. Personne. Pourtant, en la voyant lever le menton, mon cerveau se prépare à une nouvelle attaque. Comment peut-elle être aussi froide ?

– Nous n'en serions pas là si tu étais par…

– Désolé. J'ai dû faire face à une envie pressante.

Je me retourne instantanément vers Jack.

Mon corps me lâche.

Tout le brouhaha du centre commercial se met en sourdine, ma vision se trouble, mes membres s'engourdissent. Je lâche le sac en papier, Jack le rattrape et me ramène à lui d'un geste ferme.

– Je t'avais dit de déjeuner ce matin ! me sermonne-t-il avec humour.

– Tu as… Mon Dieu… Lana, c'est lui ?

L'affolement d'Elizabeth me ramène rapidement à la réalité.

Jack. Ce qu'il représente et ce qu'il voit là maintenant.

Elizabeth soulève Mina, la prend dans ses bras et précipite son visage au creux de son cou.

Je sens Jack se tendre à mes côtés.

– Vous savez donc qui je suis.

Intéressant.

Des tonnes d'alarmes se mettent à sonner dans ma tête. C'est si strident, elles sont si nombreuses que je suis incapable de réfléchir et pourtant la situation presse. Jack est perspicace, il ne tardera pas à comprendre, à assembler toutes les pièces du puzzle. D'ailleurs, la machine de guerre dans sa tête est déjà en plein travail. Les doigts dans sa barbe, il dévisage Elizabeth, que je n'ai jamais vue aussi pâle.

– Marybeth lui a parlé de l'homme qui se terrait chez moi ! expliqué-je faussement badine.

– Bien entendu, répond Jack.

Au ton qu'il emploie, c'est sûr qu'il n'en croit pas un mot, mais n'en laisse rien voir à Elizabeth. Je le sais parce qu'il joue le jeu de M. Tout-le-Monde. Rien dans sa posture, même si elle est parfaite, n'a quoi que ce soit de ce qu'il est habituellement.

Néanmoins, même si Elizabeth pourrait le croire, elle est bien trop traumatisée par ce qu'est Jack pour se laisser prendre à son jeu. C'est l'intrus, celui qui était là pour moi, peut-être pour *nous* nuire. Elizabeth presse plus fort Mina contre elle, cette dernière se plaint :

– Maman, tu me fais mal.

Elle l'ignore, ne l'écoute pas. Mina se débat, Elizabeth ne lui laisse pas de répit, elle maintient sa tête contre elle, à la limite de l'étouffer tant elle est obnubilée par Jack. Je ne dois pas craquer. Pourtant j'ai envie de hurler qu'il ne nous fera jamais de mal.

Elizabeth recule. Lentement. Mais assez pour me faire souffrir.

Est-ce la dernière vision que j'aurai d'elle ?

– Non… murmuré-je en tendant une main dans sa direction.

Les yeux d'Elizabeth s'arriment aux miens. Ses pupilles tremblent. Elle recule encore. Encore un pas. Mon sang bat dans mes oreilles, je me raccroche à Jack ; qu'importe ce qu'il représente, j'ai besoin de lui, pour ne pas la rejoindre plus que pour ne pas tomber.

Elle s'éloigne. Toujours à reculons.

Nous n'aurions jamais dû nous rencontrer. Je n'aurais jamais dû la revoir. J'aurais tant voulu garder le souvenir dérobé d'une petite fille jouant dans un jardin d'enfants en plein été.

Je n'aurais pas eu cette impression de rupture déchirante. Je n'aurais pas eu la vision de cette fillette en robe rose de dos.

De dos.

Seulement de dos.

Affolée, perdue, d'une situation qui la dépasse.

Pour laquelle je serais un danger.

C'est fini. Il m'est déjà bien difficile de savoir que je ne verrai pas grandir ma fille ; en plus, je dois survivre avec cette dernière vision d'elle. Je n'arrive même pas à en vouloir à Elizabeth, qui a agi par instinct maternel.

C'est ça, la réalité.

Je recule à mon tour.

Je me redresse et lâche le bras de Jack. Je ne les rattraperai pas.

Elizabeth est la mère que je ne serai jamais pour Mina.

Je me retourne et chasse mes larmes.

Je n'ai été qu'un passage éclair dans la vie de mon enfant.

***

Trois ans plus tôt

Je ne crierai pas, de la même façon que je ne pleurerai pas.

La fin est proche, je le sais. Je le sens au poids immense, grandissant, envahissant mon vagin, à la douleur insoutenable dans mon ventre, qui se tend toutes les deux minutes.

Les bras appuyés contre le dossier du canapé, jambes écartées, je fixe cette putain d'horloge au-dessus de la cheminée. C'est elle qui rythme ma vie depuis presque six heures. C'est elle aussi qui donnera le départ d'une nouvelle vie.

Pas de clinique, pas d'hôpital, pas de sage-femme. Uniquement Elizabeth et moi dans ce chalet, et Charly sur le pas de la porte.

Elle a délaissé son ventre artificiel de grossesse sur une chaise dans la cuisine. Bientôt, cette poche en silicone rejoindra les ordures ménagères et elle présentera son bébé fièrement sans que personne sache ce que nous avons fait.

Contraction.

Je n'oublie pas de respirer. Elizabeth masse mes reins, me murmure des paroles réconfortantes, me sourit avec bienveillance.

J'ai fait le bon choix.

Charly et elle seront parfaits. Ils le sont déjà. Le don de mon enfant, parce qu'il ne s'agit pas d'abandon, est une évidence. Non pas que je ne sois pas prête à vivre une maternité, mais parce que je suis raisonnable. C'est la chose la plus raisonnable que je n'aie jamais faite. Ce bébé n'a pas à subir les malheurs, les peines, les fautes de ses parents biologiques. Il doit grandir et s'épanouir avec des parents stables et aimants.

L'impression de poids s'intensifie, l'envie de pousser me prend aux tripes. Je bloque ma respiration et pousse. Fort, longtemps. Je suis gauche, je m'y prends mal. Mais je sais que je peux le faire.

Une autre contraction. Je réitère. C'est mieux. La robe en coton large qu'Elizabeth m'a dégotée est trempée de sueur, elle me colle à la peau. Je réajuste mes jambes, tente de trouver une position antalgique à mon dos.

Je pousse encore.

Encore.

Sans crier.

Sans pleurer.

Juste les yeux rivés sur l'horloge.

C'est le moment.

J'alerte Elizabeth, elle comprend immédiatement et me soutient alors que je glisse mes mains entre mes jambes. Je devine une tête.

Des cheveux !

Mes doigts parcourent le bord de mon vagin déformé. Je reprends mon souffle, puise au fond de moi assez de courage pour dépasser ma peur de me déchirer.

Elizabeth sait comment me recoudre en cas de besoin, je lui ai appris sur la peau d'un porc.

Je pousse sans gémir, sans grogner. Je tiens la promesse que je me suis faite à moi-même. Pas de bruits.

Une partie de la tête passe, j'accompagne le bébé dans sa rotation. Je connais ces étapes par cœur. Je m'empêche de pousser, bon sang, c'est difficile. Je tâte son cou à la recherche d'un cordon et souris quand je m'aperçois qu'il n'y est pas. La peau du bébé glisse sous mes doigts, je me retiens de fermer les yeux pour en mémoriser chaque sensation. Puis je pousse, c'est l'ultime poussée.

Celle qui marquera le départ d'une vie.

Celle qui donnera un tournant à la mienne.

Celle qui me séparera à jamais de ce bébé que j'ai eu le droit d'aimer pendant moins de neuf mois.

C'est fini. 1 h 47.

J'attrape l'enfant, le hisse dans mes bras, je ne me vois pas m'asseoir sur les draps au sol, je ne me vois pas l'enrouler contre ma poitrine et pourtant c'est ce que je fais.

Ça et le regarder émettre ce fameux cri que seul lui avait le droit de pousser, ça et l'observer comme si c'était la dernière chose que je voyais avant de mourir. C'est un peu ce qui se passe. Ses yeux dans les miens, je lui concède l'âme de Leia.

Mes doigts caressent sa peau fine et soyeuse, ma tête s'imprègne de son image, de son odeur, de sa chaleur à jamais.

C'est mon bébé, rien qu'un instant.

– C'est une fille ! s'extasie Elizabeth.

Je sens la fraîcheur d'une larme qui dévale ma joue. Je ne pleure pas de tristesse, je pleure parce que je viens d'offrir la vie. Je n'ai pas tenu ma promesse, c'est si difficile. Elle est parfaite.

Et maintenant, il est temps de m'en séparer. Sans mélancolie, sans appréhension, je tends le petit être à Elizabeth. Ses mains tremblent, ses yeux s'embuent de larmes : elle est aussi émue que moi. Charly est là lui aussi, je couvre mes jambes, même si à cet instant il se fout de ma nudité.

– Elle est rousse, dit-il dans un sourire en caressant sa tête de sa grande main. Comme toi, Lana.

Elizabeth me sourit à son tour. Oui, comme moi…

***

Retour au présent

Je grimpe dans la voiture en mode pilote automatique. Jack ne tarde pas à me rejoindre, et en moins de deux minutes nous sommes de nouveau sur la route. Je ferme les yeux, le crâne contre l'appui-tête. Je tente de me raccrocher au souvenir apaisant de la naissance de Mina. Je voudrais tant être envahie de la même sérénité que ce jour-là. Mais le comportement d'Elizabeth me trouble. Pourquoi ? Pourquoi cette réaction avant même que Jack ne soit là ? Pourquoi avoir eu peur de moi ?

En trois ans, je n'ai jamais pris de leurs nouvelles, je n'ai pas cherché à les voir, je n'ai assisté à aucune fête familiale, je me suis contentée de leurs appels, des clichés sur le téléphone de Charly quand il passait me voir, j'ai été une inconnue pour Mina, une connaissance pour Elizabeth, une amie en pointillé pour Charly. C'est tout.

Nous n'avons jamais eu besoin de conclure un marché, c'était ce qui nous semblait le mieux à faire pour la protéger, et aujourd'hui… sa réaction… était insensée.

À cet instant, je n'ai jamais autant souhaité être comme Jack : détaché, aseptisé, aréactif.

J'ouvre les yeux et me tourne dans sa direction. Il n'y a qu'à le regarder pour constater à quel point…

Oh merde !

Mon sang ne fait qu'un tour, je saute littéralement sur mon siège quand je perçois le paysage.

– Qu'est-ce que tu fais ? m'égosillé-je. Pourquoi reprends-tu la route qui mène à Keystone ?

Son silence et son impassibilité me rendent d'autant plus nerveuse. Dans ma tête, tout se précipite. Est-ce lié à Mina ?

– Jack !

Ses doigts se serrent sur le volant, ses lèvres restent closes. Mon cœur s'affole.

– Explique-moi !

Toujours rien, je m'agite, je n'ai aucune envie de revenir en arrière, je veux partir, m'éloigner d'ici, je ne veux pas avoir à subir un autre départ…

– Si c'est à cause de ce que tu as vu, je…

Ma phrase se perd dans ma bouche. Je suis incapable de lui dire que je suis désolée parce que je ne le serai jamais. Je ne peux pas éprouver de culpabilité pour quelque chose qui me semblait essentiel.

Je laisse choir ma tête contre la vitre.

– Tu as deviné qui elle était, n'est-ce pas ?

Aucune réponse ne me parvient. Je sais ce qu'il fait. Il se maîtrise, cherche le détachement. Je continue :

– Bien sûr que tu sais. C'est tellement évident.

Je secoue la tête, les yeux clos, pour ne pas voir ce paysage qui défile, ce retour en arrière qui m'inflige plus de mal que tout ce que je vais révéler à Jack. Pourquoi revient-on sur nos pas ?

– Elizabeth est stérile, commencé-je. Elle et son mari, Charly, avaient entamé des démarches pour adopter un enfant. Je les ai repérés par le biais d'une association que Benson m'avait conseillée. Bien entendu, nous ne sommes pas passés par cet organisme pour formaliser ce… cette adoption. Mes conditions étaient claires : aucun papier ne devait m'identifier, Benson devait penser que j'avais finalement filé à l'anglaise avec mon bébé et surtout que personne ne me reverrait. Ce plan a fonctionné. Elizabeth a porté des faux ventres pendant des mois, invoquant un miracle de Dieu devant ses amis et sa famille. Je les ai rejoints quand ma grossesse ne me permettait plus de me déplacer, et Charly a fait croire à Benson que je leur avais fait faux bond. Et nous avons… fait ce qu'il y avait à faire.

Je suis loin d'être calme, mes mains tremblent, je les coince entre mes jambes. Je ne regarde pas Jack, toujours aussi silencieux, et je suis incapable de garder les yeux fermés plus longtemps sous peine de voir jaillir des souvenirs douloureux. Je me contente de fixer mes genoux pour reprendre :

– Mina a mes yeux, mes cheveux, la forme de ma bouche. Mais personne n'a jamais fait le rapprochement entre nous puisque, en trois ans, les fois où nous nous sommes retrouvées à proximité l'une de l'autre peuvent se compter sur les doigts d'une main ! La première année, ma psychose de tomber sur Mina était si importante que j'envoyais systématiquement un message à Elizabeth pour m'assurer qu'elle ne serait pas là où j'allais.

Je souris malgré moi, j'ai vécu en ermite presque toute cette année-là.

– Mais un soir, avec MB, nous nous sommes fait arrêter sur l'Interstate 70. C'était Charly, de service.

Je jette un coup d'œil à Jack pour mesurer l'impact de mes paroles. Je sais qu'il se fout de Mina ; en revanche, je suis à peu près certaine qu'il ne se fout pas de savoir que son *père* est flic. Ses yeux se plissent une seconde. A-t-il compris que Charly est cet ami qui m'a aidée ? Je reporte mon regard sur mes genoux et continue :

– MB tremblait comme une feuille morte devant lui alors qu'elle n'avait pas consommé une seule goutte d'alcool : elle ne le connaissait pas. Bien sûr ! Puisqu'ils vivent à Denver, nous à Keystone. Ils ont presque dix ans de plus que moi, et ne fréquentent pas mon cercle d'amis. Je pouvais respirer. Charly a continué à venir me voir certains soirs, Elizabeth me téléphonait une fois par mois, notre routine était bien rodée, notre plan infaillible. Personne, jamais personne, ne nous avait vus ensemble. Jusqu'à…

– Moi.

Je hoche la tête.

Je n'arrive toujours pas à comprendre comment Elizabeth a-t-elle pu faire preuve d'autant d'animosité envers moi ? Et pourquoi Charly lui a-t-il menti ? La seule réponse qui me vient, c'est : pour la rassurer, lui donner l'illusion que Jack était parti. Et moi aussi.

– Tu es toujours en colère, constaté-je.

– Parce que tu penses que connaître tous les détails de vos histoires va m'apaiser ?

Pourquoi ai-je l'impression que c'est même pire maintenant ? Parce qu'il n'a pas parlé, il a rugi ! Néanmoins, je n'ai pas peur, je fais ce qu'il apprécie que je fasse, je l'observe et j'attends patiemment la faille. Elle ne tarde pas à venir : il passe lascivement une main sur son visage.

– Tu n'es pas en colère contre moi.

Un rire hautain agite sa poitrine, c'est sa seule réponse. Je me retourne vers la fenêtre, nous entamons le col. La vitre teintée donne l'illusion d'un monde gris à mille nuances, où le soleil tente des percées à travers les arbres.

– Tu ne cherches pas à en savoir plus ?

Je me retourne vers lui.

– Je deviens sans doute aussi douée que toi au jeu du comportementaliste, je ne suis pas pour autant Mme Irma !

Il fronce les sourcils. OK, il ne connaît pas Mme Irma.

– Je n'ai pas la prétention de pouvoir lire dans ta tête, je sais que tu es en colère, et qu'il y a autre chose. Un truc, un je-ne-sais-quoi de diff…

– Je suis attaché à toi, me coupe-t-il. Et à cause de ça, je ne peux pas faire comme si cette gamine n'existait pas.

Il est attaché à moi. Je ne suis pas certaine de saisir le sens exact de cet aveu – qui ne doit pas en être un puisque c'est lui. D'ailleurs, je suis heureuse d'être assise, car tout se met à tourner dans ma tête. Alors que je le fixe, un air stupide collé au visage, le paysage se floute derrière lui, mes oreilles se mettent à siffler et un frisson glacial me saisit. Je réprouve totalement l'idée qu'il puisse être attaché à moi, non pas parce que c'est lui ou pour ce qu'il était, mais parce que moi, je me refuse à *m'attacher à lui*.

– J'avais un plan, bordel ! s'agace-t-il. Il consistait à nous faire disparaître, c'était la seule chose que nous devions faire. Disparaître. Aux yeux de Tomesi, aux yeux du gouvernement, aux yeux de… de tout le monde. Et au lieu de ça, je vais devoir…

Il finit sa phrase dans une autre langue. Je n'ai pas bougé, j'ai toujours cet air stupide, j'ai toujours aussi froid et ma tête a cessé de réfléchir à : « Je suis attaché à toi. »

Lorsque je le vois sortir de la voiture, je prends conscience que nous sommes arrivés.

Retour à la case départ. Je descends du véhicule. Légèrement vaseuse, je vacille sur mes quilles. Cette journée est juste… insensée. Alors que je cherche à retrouver mon équilibre contre le montant de la voiture, Jack se pointe devant moi. Il est si grand, si imposant, que je ne vois que lui. Pas de chalet, pas de forêt, même pas un fond d'air gelé, il n'y a que lui.

Lui, les poings fermés au bout de ses bras ; lui, la mâchoire serrée sous son épaisse barbe ; lui, les yeux d'un bleu qui ne m'a jamais paru aussi obscur.

Lui, incroyablement beau, même quand il est terrorisant.

Je tente de ne faire qu'un avec la carrosserie lorsqu'il avance sur moi.

– Est-ce que tu me détestes, Lana ?

Je secoue la tête. Bien sûr que non. Pour quelle raison le détesterais-je ? Parce qu'il a déboulé dans cette vie et qu'il a fait voler mon univers en éclats ? Au contraire. Je crois qu'il m'a rappelée à l'ordre, qu'il m'a rappelé que je pouvais être nocive pour Mina, il m'a rappelé que ma place n'était pas ici. Définitivement :

– Non. Je ne te déteste pas.

Il soupire. Espérait-il le contraire ?

– Je vais devoir le tuer, Lana.

Un violent frisson me prend par surprise. Je balbutie :

– Le… Le… Tuer ?

Il se penche sur moi.

– Tomesi et d'autres aussi.

J'ai le souffle coupé, autant pour la signification de ses paroles que pour sa bouche à quelques millimètres de la mienne. Je louche dessus et déglutis dans la foulée. Je n'ai aucune idée de ce que je ressens précisément. Je crois que tout se mélange : l'appréhension, l'excitation, la crainte, la révulsion. Mais j'arrive à la même conclusion que Jack : Mina ne sera hors de danger que lorsque Michael sera mort.

C'est horrible de le penser.

– Sais-tu ce que ça signifie ? demande-t-il en se redressant. Ça signifie qu'à chaque vie que je prendrai, je sais que *l'autre* gagnera du terrain dans ma tête. À la fin, Lana, il n'y aura plus de Jack et tu me détesteras.

Il se trompe. Ce jour-là, c'est moi que je détesterai plus que tout parce que je lui aurai fait approcher la rédemption sans qu'il ait eu la chance de la toucher du doigt.

20

Lana

Le cerveau humain est aussi extraordinaire qu'étrange. Face à une situation difficile, il va « s'adapter », soit passivement par évitement, soit activement par confrontation. Dans un cas comme dans l'autre, il n'y a pas de bonne ou de mauvaise adaptation, ce qui est bénéfique pour les uns ne l'est pas forcément pour les autres. Lorsque Jack m'a annoncé que Michael avait envoyé quelqu'un pour finir son travail, j'aurais dû fuir vite, très vite.

Au lieu de ça, j'ai écouté attentivement toutes les explications de Jack. Il n'a pas eu besoin d'argumenter longtemps, ses raisons étaient évidentes : l'homme de main de Michael ne nous laisserait aucun répit, il fallait… régler le problème. Je crois que c'est à ce moment-là que mon cerveau a fait l'autruche. Technique d'évitement. J'ai banni de ma tête tout le vocabulaire se référant à la violence. Je ne voulais pas y penser, je ne voulais pas m'avouer que j'allais participer à ce… plan.

Toujours aussi passivement, la nuit tombée, j'ai laissé Jack droguer Rebel avec les mêmes comprimés que j'avais utilisés sur lui le premier soir de tempête. J'ai l'impression que c'était il y a une éternité alors que seulement trois jours se sont écoulés. Maintenant, Rebel dort paisiblement sur le siège arrière du Ford, nous ne pouvions pas prendre le risque qu'il aboie, et fasse capoter le… plan.

Dans le même état d'esprit, j'ai laissé mon Beretta à Jack. Symboliquement, cette passation de pouvoir est la preuve de la confiance que je lui porte, mais aussi du tournant de notre relation. J'admets enfin avoir besoin de son aide comme j'ai besoin qu'il soit franc et véritable.

Et là, dans mon lit, alors que la nuit a déjà grignoté le ciel depuis une bonne heure, j'avoue jouer la pauvre midinette et me repaître de ses bras, même s'ils n'ont rien de chaleureux et même si c'est de la comédie – puisque nous devons passer pour un couple lambda au cas où notre traqueur venait à nous surprendre. Mais pour la première fois depuis que nous sommes rentrés, l'appréhension me saisit, et savoir Jack fort et puissant contre moi me réconforte, qu'importe l'intention première.

D'ailleurs, je suis prise d'un besoin viscéral de me blottir un peu plus contre lui et c'est ce que je fais. Je ne supporte plus de fixer cette fenêtre et d'attendre que quelque chose apparaisse dans l'obscurité des bois. Je me tourne vers lui et, sans lui demander la permission, je niche ma tête dans son cou et recroqueville jambes et bras contre lui. Son bras au-dessus de mes épaules m'enserre davantage. J'ai la sensation qu'il est d'autant plus imposant, c'est parfait. Pourtant je suis prise d'un léger tremblement, cette foutue crainte collée à la peau. J'essaie de me concentrer sur mes sensations. Son torse nu est brûlant, sa peau qui sent un mélange de gel douche à la coco et le produit antiseptique de son pansement, ses muscles tendus. Une de ses jambes pèse une tonne sur la mienne et son souffle caresse délicatement ma frange sur mon front.

– Tu devrais dormir, me conseille-t-il.

– Est-ce une façon pour toi de me dire que la nuit va être éprouvante et que je devrais prendre de l'avance sur mes heures de sommeil ?

Comme dans ses habitudes, le silence me répond à sa place. Je positionne ma main à plat sur son torse, pile à l'endroit où son cœur s'anime. Rien d'agité, juste le battement standard vital. Je ne suis même plus déçue par son apathie, il est lui. Je ne tente pas de le dérider pour autant, je suis moi. Je n'arrêterai pas d'être ce que je suis, comme je ne veux pas qu'il devienne quelqu'un d'autre. C'est d'ailleurs ce qui m'a permis de tenir aujourd'hui. Il a vaqué à ses occupations, il n'a pas cherché à savoir comment je me sentais, il ne m'a pas pistée, il n'a pas insisté pour que je connaisse son plan par cœur alors qu'il est l'instigateur de cette intrusion. Je me tends contre lui. Il sait tout, je ne sais rien alors que je suis la principale concernée.

– Rappelle-moi pourquoi tu as préféré qu'il attaque en pleine nuit ? lui demandé-je.

– Parce que c'est ce que j'aurais fait. J'aurais attendu que tu t'endormes, que ta garde soit baissée.

– C'est effectivement ce que tu as fait. Mais tu n'avais pas pris en compte la présence de Rebel et que je puisse dormir avec une arme.

Je tente l'humour, mais sa réponse me fait froid dans le dos :

– Cette nuit, tu n'auras ni l'un ni l'autre.

Je me crispe davantage, j'ai une furieuse envie de tout laisser tomber, là ; la seule adaptation que trouve mon cerveau serait la fuite. Dans quoi m'embarque-t-il ? Un doigt sous mon menton, d'une pression, il m'incite à relever la tête. Nos yeux s'alignent dans la pénombre.

– Je ne te laisserai pas tomber.

Sans doute une autre manière de me dire qu'il m'a fait une promesse. Mon cœur s'affole dans ma poitrine, le sien n'a même pas hésité, il est la sérénité incarnée. Dois-je comprendre qu'il me dit la vérité ou qu'il est insensible à ma détresse ? Ou alors c'est le moyen parfait de détourner la conversation…

– Tu ne me diras rien, n'est-ce pas ?

– Moins tu en sais, mieux ce sera.

– Je peux tout entendre. Je ne suis pas une petite chose fragile.

Il rit instantanément.

– Je ne te cache pas les choses pour te protéger, mais pour que, au contraire, tu sois surprise et vulnérable. J'ai même hésité à t'endormir au chloroforme.

Je réagis au quart de tour :

– Tu as peur de mes réactions ? Que je puisse tout faire capoter ?

– Non. J'ai peur des miennes.

Instinctivement, ma main retrouve la chaleur de son torse et son principal organe vital. *Qui est égal à lui-même, pourquoi changer… ?*

Il secoue la tête dans un soupir :

– Cette nuit, je ne veux pas d'une partenaire, je ne veux pas de Lana, je ne veux pas de celle qui me connaît, je veux et j'ai besoin d'une nana quelconque qui sera terrifiée, je veux Leia pour occulter l'attachement que je te porte, tu comprends ?

Cette fois-ci, dans sa poitrine, je n'ai pas le droit à un soliste qui joue du tambourin, mais à un gars qui commence à s'énerver sur une batterie. Et je ne suis pas certaine que ce soit une bonne chose…

– Deux fois, fait-il remarquer amèrement. Ça fait deux fois que tu grimaces en m'entendant parler d'attachement. Ce matin dans la voiture et maintenant.

À mon tour de soupirer. Je sais exactement ce qui me dérange. Il ne s'agit pas que ça puisse venir de lui ni de l'autre – pour ce qu'il en croit –, il s'agit de moi parce que justement je déteste l'idée qu'il fasse germer ce genre de pensée dans ma tête. S'il se permet de le ressentir, je me permettrai de le ressentir aussi, et je le refuse.

– Même si tu penses éprouver ce type de sentiments pour moi, j'aimerais que tu cesses de m'en parler.

Voilà, c'est dit ! Au même titre que sa manière de me *baiser* : sans délicatesse, sans douceur, sans gestes tendres, il ne doit pas y avoir *d'attachement*.

Son rire sardonique fait vite décamper le soulagement de mon aveu. Dans un même temps, il me fait basculer sur le dos et me surplombe de tout son poids, bassin pressé contre le mien, mains en appui de part et d'autre de ma tête. Je sens son désir pour moi enfler entre ses jambes.

– Il ne s'agit pas de sentiments, mais de considération, tu devrais t'estimer heureuse que je t'accorde de l'importance !

Sa réplique fait mouche : je cligne des yeux sur sa bouche pour bien intégrer ce qui vient d'en sortir. Je devrais le repousser en le traitant d'être ignoble mais, premièrement je suis clouée dans le lit, et deuxièmement ses lèvres se rapprochent à grands pas des miennes.

– Je vais prendre une douche, dit-il avec tant de calme qu'il laisse penser qu'il n'y a jamais eu de discussion électrique. Tu peux dormir tranquille, je ne risquerais pas de te laisser seule dans ta chambre si je ne savais pas ce qui allait se passer.

Je hoche la tête silencieusement, repoussant très loin mes craintes. *Pour Mina, pour notre départ, ça aurait pu être pire.* Foutu besoin de relativiser. Et foutue bouche de Jack, qui n'est pas encore parti sous la douche. D'ailleurs, j'ai à peine le temps de le concevoir qu'elle est posée sur la mienne. Oui, oui, posée, *délicatement*, comme tout ce que je ne veux pas et qui pourtant à cet instant me réconforte. Ses lèvres se mettent à caresser les miennes, à les embrasser par petites touches, calmement avec douceur. Je ne sens rien d'autre que ce qui se passe sur ma bouche, sa saveur, son odeur. Pourtant, il y a aussi sa bosse sur mon pubis, mon cœur qui tambourine dans ma poitrine et ma gorge asséchée d'avidité. Au moment où je pose mes mains sur ses reins, ses lèvres me quittent et il se dégage de ma prise en se levant.

– Je n'en ai pas pour longtemps.

Il quitte la chambre et me laisse pantelante dans le lit. Mais à la rigueur, ça n'est pas le plus dérangeant. Ce qui me chagrine, c'est la façon dont il m'a embrassée, comme s'il était question de notre dernier échange, de la dernière fois où il le ferait.

Et ça me fait mal de l'imaginer aussi. Son attachement, qu'importe le sens qu'il lui donne, va me détruire.

J'entends l'eau clapoter sur le carrelage de la cabine de douche. Je me réinstalle dans le lit, remonte la couette jusqu'au menton, la porte dans ma ligne de mire dans un premier temps. Mais rapidement, l'angoisse me saisit en pensant à la fenêtre dans mon dos. Je me retourne vers elle, épiant la noirceur du monde extérieur, me concentrant sur tous les bruits qui pourraient sortir de l'ordinaire. Je suis épuisée et pourtant l'appréhension me garde éveillée.

C'est un bruit sourd qui me fait me redresser. Tel un poids mort qui s'écraserait au sol. Puis des pas.

Mais l'eau coule toujours.

Mon cœur bat si vite et si fort qu'il me donne le tournis. Je rejette la couette, me hisse sur mes jambes et rejoins l'entrée de ma chambre. Je me fais fine contre le mur, la porte sur ma droite, les yeux rivés dessus. Les pas se rapprochent. Bon sang, Jack, qu'est-ce que tu fous ?

Mon sang pulse dans ma tête, la nausée me prend. Si quelqu'un franchit cette porte, je n'ai aucune arme pour me défendre. Ç'en est fini de moi.

La porte s'ouvre lentement, je cesse de respirer. Un bras se dessine dans la clarté projetée par la lumière du salon. Je tourne presque de l'œil tant le sentiment qui m'envahit est puissant.

Des tatouages.

Jack.

Je lui saute au cou et l'étreins si fort que j'en grimace. Purée, c'est lui. Seulement lui. Lui, qui ne bouge pas d'un centimètre face à mon assaut, il reste droit comme un piquet, les muscles bandés, les bras le long du corps.

– Appelle ton ami. Je vais avoir besoin de lui, qu'il vienne au plus vite.

Je me détache de ses épaules. Son ton froid et impersonnel me fait penser qu'il est absent, si loin de moi qu'il me faudrait un mégaphone pour qu'il m'entende. Je sais que je ne devrais pas, mais là, j'ai mal pour lui, j'ai de l'empathie pour ce qu'il était avant. *Pour son autre.*

Il tourne la tête vers le salon. Je l'imite et sursaute en découvrant avec effroi un corps inanimé sur le sol. De là où je me trouve, je ne vois que ses jambes, dans un jean foncé et des chaussures de marche, mais je ne me fais pas d'illusion : cet homme est mort. La nausée me reprend. Tout ce que j'avais refoulé, renié, m'explose en pleine face. J'ai précipité la mort de quelqu'un. Je suis complice au même titre que Jack – que *l'autre* – d'un meurtre.

– Il devait attendre devant la façade ouest du chalet jusqu'à entendre l'eau de la douche couler, explique Jack d'une voix monotone. C'était mon signal pour l'avertir que tu dormais, que la voie était libre. Alors qu'il s'attendait à ce que je sois dans la salle de bains, je l'ai cueilli dans le salon et je lui ai brisé la nuque.

La scène se dessine dans ma tête. J'associe rapidement le bruit que j'ai entendu et frissonne à n'en plus finir. Suis-je sous le choc ? C'est un peu ça, les nerfs lâchent, je recule d'un pas.

– Appelle Charly, réitère Jack.

Je vais le faire, mais je me donne une minute pour me souvenir que je suis humaine, que je ne me perdrai pas. Et surtout, je dois cesser de me trouver des excuses : que je le veuille ou non, des personnes vont mourir à cause de moi. J'inspire avec difficulté.

– Lana, insiste Jack.

Je jurerais avoir vu ses sourcils se froncer. Est-il inquiet ? Il n'a plus lieu de l'être, la minute est passée. *Mon cerveau s'est adapté.*

Je hoche la tête et il rejoint la salle de bains, l'eau cesse rapidement de couler. Je récupère mon portable sur la table de chevet, la chambre tangue. D'une main tremblante, je compose le numéro de Charly. Ça sonne.

Répondeur.

Je raccroche et rappelle.

Encore répondeur.

Cette fois-ci, j'y laisse un message. Ma voix est enrouée, quasi méconnaissable. Elle traduit l'état dans lequel je suis. Néanmoins, je ne bégaie pas, je vais à l'essentiel.

– Il s'est passé quelque chose, il faut que tu viennes au chalet.

Je suis incapable d'en dire plus ni de lui expliquer pourquoi je suis toujours à Keystone alors que j'aurais dû partir ce matin.

Je suis loin… je suis…

Épuisée, j'ai besoin d'une nouvelle minute. J'accuse le coup en m'asseyant au bord du lit. Suis-je un monstre de ne pas avoir de compassion pour l'homme étendu dans le salon ? Parce que c'est *ça*, ma vérité. Celle qui me dérange, celle qui me fait me sentir honteuse, celle qui me donne la gerbe à en crever. Je voudrais éprouver de la culpabilité et je n'en ai aucune. J'ai basculé de *l'autre* côté et je me déteste pour ça.

– Tu l'as eu ?

Je secoue la tête et finis par le regarder. Il a enfilé un pull, mis ses chaussures. Je suis intriguée, mais je réponds tout de même :

– J'ai laissé un message sur le répondeur.

Il soupire.

– Continue d'appeler. Je vais chercher la voiture du type. Je… je ne devrais pas en avoir pour longtemps. S'il s'en est tenu au plan, il est stationné quelques mètres plus bas.

Je hoche encore la tête et m'exécute, lui s'efface de la pièce et bientôt j'entends la porte d'entrée claquer.

Je suis seule… avec un corps dans le salon.

Répondeur.

Je me hisse sur mes jambes tout en rappelant. Mon sang écorche mes tempes si fort que j'entends à peine la voix de la messagerie vocale.

J'avance difficilement, le souffle coupé. J'ai la sensation de voir au travers des lumières d'un stroboscope, ma vision est hachée.

Répondeur.

J'arrive au bout du couloir, je tremble, j'ai froid. Je déglutis, mes yeux remontent les jambes de l'homme. Il est à plat ventre, la tête tournée dans la direction opposée. Je m'apprête à le contourner, lentement. Je dépose inconsciemment mon téléphone sur la table, pour resserrer mes bras sur ma poitrine, j'avance, pas après pas.

Et…

Oh non !

Nooon !

Je tressaille de tout mon être en découvrant qui est au sol. C'est impossible. Impossible.

Je n'ai pas le temps de réfléchir, tout se précipite. La porte d'entrée claque, je me retourne. Instinctivement, j'ouvre la bouche pour crier, mais une main s'abat dessus. Le son n'en sortira jamais.

Imprimer le visage déformé par la colère dans sa tête. Et fuir… C'est ma seule logique, il faut courir, partir, lui échapper.

Dans un ultime élan, je pousse mon assaillant de toutes mes forces et me dégage de sa prise. Mais sitôt ai-je fait un pas qu'il me rattrape par les cheveux pour me ramener contre lui. La sensation de mon cuir chevelu qui se décolle de ma boîte crânienne est si violente, si douloureuse, qu'elle me fait voir trente-six chandelles. Instinctivement, dans un cri déchirant, mes mains rejoignent ma tête pour en déloger les siennes. Elles n'y sont déjà plus. L'un de ses bras s'est enroulé autour de mon cou, l'autre maintient mon corps contre le sien. Je n'arrive pas à respirer.

– Où comptais-tu aller, Leia ?

Je me débats, me crispe sur son avant-bras, tente de m'en dégager juste assez pour me laisser de l'air. Juste un peu. Ce qu'il faut pour survivre. Est-ce ainsi que tout doit se terminer ?

Il faut que je me batte, dans un dernier effort. Malheureusement, ma vue se trouble, mes yeux se remplissent de larmes, mon visage se gorge de sang, mon cœur s'acharne lui aussi, vainement.

Rien n'y fait. Mes membres se font de plus en plus lourds, je tourne de l'œil.

Au moment où je me sens partir, l'air me revient.

Une seule inspiration, bruyante, salvatrice et je revis. Pourtant, ma gorge et mes poumons me brûlent. Je suis essoufflée. Je reprends mes esprits lentement. La cuisine se dessine devant mes yeux, ses bras sont toujours là, ils ne m'ont pas quittée, son souffle me donne la gerbe, il pue un mélange de café et de tabac froid. Mais c'est dérisoire.

– Non, Leia, l'entends-je murmurer dans mon oreille. Malheureusement, même si j'en ai très envie, je ne vais pas te tuer. Pas pour l'instant en tout cas.

Sa dernière phrase me fait frissonner. Non pas qu'il puisse me tuer, mais à cause de ce qu'il sous-entend : il va me ramener à Los Angeles.

– J'ai bien fait de me méfier de ce tueur à gages, continue-t-il. Quand Sandro m'a confié son plan, je n'ai pas marché une seule seconde, et comme ton ami ne lui a pas parlé de moi, nous avons rapidement conclu qu'il ne savait même pas que j'existais !

Il rit franchement en traitant Jack de con. Sauf que Jack ne pouvait pas prévoir qu'en rencontrant Sandro dans les toilettes, un Pedro attendrait dans la voiture sur le parking du supermarché. Sandro et Pedro, les inséparables hommes de main de Michael.

Je le sens se tendre contre moi.

– Je vais lui régler son compte, éructe-t-il en resserrant sa prise sur mon cou.

L'air me manque rapidement de nouveau. Des étoiles parsèment mon champ de vision, je m'agite. Autant pour tenter encore de prendre de l'air que pour lui faire comprendre qu'il va finir par me tuer. Sa poigne se relâche, je respire grandement, bruyamment. Je dois trouver une solution. Rapidement. Je dois réussir à me dégager et à fuir. Tout aussi rapidement. J'analyse la situation. Ses parties intimes sont juste au-dessus de mes fesses. Il suffirait que je le fasse faiblir une seconde pour les atteindre et…

Le cliquetis dans mon oreille anéantit tout espoir de lui échapper.

J'ai envie de crier, mais je ne lui ferai pas ce plaisir. Le froid d'un canon s'applique une seconde après contre ma tempe. Je n'aurai pas bougé d'un millimètre qu'il aura déjà appuyé sur la détente.

C'est fini.

– Nous allons attendre bien sagement ton ami, persifle Pedro.

Jack…

Je ferme les yeux et déglutis bruyamment. Son avant-bras rend l'exercice difficile, il appuie sur ma gorge.

Jack…

– Où est-il parti ? demande Pedro avec agacement.

Nous bougeons. Nous nous retrouvons rapidement devant la porte d'entrée à deux bons mètres. Mon cœur s'affole. Mes méninges tournent à plein régime. Pedro n'a aucune idée d'où est parti Jack et, surtout, il pense le prendre par surprise, alors que ce dernier aura vite fait de comprendre qu'ils étaient deux lorsqu'il aura gagné leur véhicule.

C'est mon seul espoir. Que Jack comprenne en rentrant dans leur voiture qu'il y a… deux sacs, deux paires de lunettes de soleil, deux… n'importe quoi.

Il n'y a que Jack. Même Rebel est hors course sur ce coup-là. Ni arme ni chien.

J'ai encore envie de hurler, mais le pistolet sur ma tempe m'en dissuade rapidement ; à la place, je grogne :

– Il est parti creuser un trou dans la forêt.

Mauvaise réponse, je viens de lui rappeler à quel point son coéquipier et ami est mort ; il m'écorche en appuyant fermement le trou du canon. Incapable de contenir la douleur, je gémis et grimace.

Jack…

– Je vais lui loger une balle entre les deux yeux, se vante-t-il. Non, remarque, j'ai bien envie de le faire souffrir. D'ailleurs, je serais curieux de savoir comment tu t'y es prise pour le faire changer de plan. Qu'est-ce que tu lui as offert ?

– Rien. Je… Il a…

Je referme la bouche. Je ne sais pas ce que je dois lui dire ou non. Je ne sais pas ce qui pourrait me faire du tort ou non. Je dois réfléchir.

– Qu'importe. Après tout, le résultat restera le même ! Finalement, ce tueur à gages n'a pas servi à grand-chose… et il a…

À la pression de son bras, je devine la suite : il a tué Sandro. Je murmure :

– Il m'a retrouvée.

– Hein ? s'étonne Pedro. Non ! Bien sûr que non. (Il rit franchement.) J'y crois pas ! Ce con s'est attribué le mérite de t'avoir retrouvée alors que c'est un simple coup de fil anonyme qui nous a permis de savoir où tu étais.

Je cesse de respirer, je cesse de voir, je cesse d'entendre, je cesse d'être pour cette phrase. *Un coup de fil ? Quelqu'un leur a dit où je me trouvais ? Qui ? Pourquoi ?*

Je ne tiens plus sur mes jambes, je me sens de plus en plus molle. Je suis anéantie. *Qui ? Pourquoi ?*

Soudain tout se précipite. L'électricité est coupée et la lumière s'éteint. Mon assaillant sursaute et nous bougeons ; il nous dégage du couloir et nous dirige vers la cuisine. Au même instant, un bruit de vitre brisée se fait entendre. De la chambre, si je ne me trompe pas. Je suis la scène sans la vivre.

La peur ? La souffrance d'avoir appris que quelqu'un m'a trahie ? La lassitude ?

Pedro nous retourne vers le couloir. Sa tête s'agite contre la mienne. Il est aux aguets, tenu par la peur. Il bouge tellement que je n'ai plus aucune notion d'espace. Pourtant, les secondes s'égrènent, sa respiration dans mes oreilles donnant le tempo.

– Montre-toi ! s'impatiente-t-il.

Le silence accueille son ordre. La pièce, dans la lueur de la cheminée, reste inchangée : les mêmes ombres, les mêmes bruits, la même odeur de tabac caféiné. Une autre vitre est cassée, de l'eau se met à couler. La salle de bains.

Pedro resserre sa prise, de plus en plus agacé.

– Je vais compter jusqu'à cinq ! hurle-t-il. Si tu n'es pas devant moi à la fin du compte à rebours, je la descends ! Un !

La vitre de la cuisine au-dessus de l'évier explose à son tour, Pedro change encore de direction.

– Deux !

Le canon s'enfonce si profondément dans ma tête que je peux presque donner le filetage exact de l'acier.

– Trois !

Je me rends compte que finalement je n'ai pas peur de mourir. Ma vie n'a plus de valeur à mes yeux puisque la seule chose qui me faisait tenir lors de ma première fuite, enceinte, c'était de protéger l'existence de Mina. Or, aujourd'hui, elle est hors de danger avec Elizabeth et Charly. Et je sais que Jack ne laisserait personne lui faire du mal.

– Quatre !

Je ferme les yeux et cesse de respirer. Mais au moment où Pedro s'apprête à dire le chiffre fatidique, la porte d'entrée s'ouvre et Jack apparaît dans l'embrasure, Beretta droit devant lui. Je souris en récupérant mon souffle.

Il est là.

– Je savais que tu viendrais, persifle Pedro.

Sa phrase fait écho à mes pensées.

Jack rit.

– Bien entendu.

– Baisse ton arme, ordonne Pedro.

– Là, vois-tu, nous sommes dans une impasse, je ne le ferai pas.

– Tu n'oseras jamais tirer sur elle.

Nouveau rire de Jack.

– Tu me connais si mal… dit-il d'un ton si fourbe que j'en ai la chair de poule. Dommage que ton pote soit mort, je l'aurais presque félicité. Votre plan aurait pu être parfait si vous n'aviez pas fait une erreur : vos mégots de cigarette. Vous avez dû fumer chacun de chaque côté de la voiture au moins une cigarette toutes les dix minutes, c'est ce qui vous a trahis.

– Je ne vois pas en quoi ça résout ton problème, se crispe Pedro.

– Disons que j'aime les défis. Leia en était un, tu viens de devenir le nouveau.

Je n'en crois pas un mot. La lumière se fait dans ma tête : le doute doit s'installer dans celle de Pedro. C'est le but de Jack. J'étouffe un sanglot et me fais plus lourde dans ses bras. Il doit me croire désespérée, blessée d'entendre ce genre de chose.

– Un défi ? répète Pedro en pressant mon cou comme s'il me rappelait à l'ordre.

– Oui. Un défi. Tu étais à deux doigts de me doubler, je te dois donc un minimum de respect.

Jack ment à la perfection. Je le sais car il n'a de considération pour personne. Pedro réajuste l'arme sur ma tempe, sans doute un peu déstabilisé, lui ne le sait pas.

– C'est d'ailleurs grâce à ça que tu es encore en vie, reprend Jack avec mépris. J'aurais pu te loger une balle dans la tête avant même que tu t'en aperçoives.

– C'est ce que tu aurais dû faire, le provoque Pedro.

Contre toute attente, Jack ne réagit pas dans le sens où je m'y attendais. Il émet un rire franc. Pourtant, je donnerais tout pour voir son visage à cet instant, voir à quel point il est *l'autre*, hermétique et détaché.

– Tu crois ? Et comment crois-tu que cette histoire va se terminer ?

Il me paraît détendu. Non. Plutôt, dans son élément. C'est un tueur à gages, un chasseur. Là, maintenant, je comprends le sens de ses mots quand il parlait de *l'autre*. Traquer, étudier le comportement de son ennemi, faire naître la peur, ne pas craindre de mourir, c'est son jeu favori. C'est ce qu'on lui a appris.

– Nous le savons tous les deux.

Et j'ai beau avoir confiance en lui, là, avec deux armes braquées dans ma direction, je n'ai pas l'esprit tranquille.

– Je doute que nous pensions à la même chose. Toi, tu en es encore à te demander qui de nous trois va mourir, je me trompe ? Non, bien sûr que non.

Le ton de Jack se fait de plus en plus cinglant. Je doute qu'il perde patience, je pense qu'il s'agit plus d'une ruse pour faire monter la pression dans la tête de Pedro. Sauf que jusqu'à preuve du contraire c'est sur la mienne que tout se joue.

– Je vais t'aider, reprend-il. Dans tous les cas, tu vas crever.

– Tu n'oseras pas tirer sur elle, répète Pedro.

– Tu serais prêt à jouer ta vie sur ce genre de supposition ? Non, tu n'es pas stupide. Donc je vais te dessiner le tableau. Si tu tires sur elle, je te descends. Si tu tentes de t'échapper, je te descends. Si tu bouges d'un millimètre ton arme dans ma direction, je te descends.

Dans mon dos, la respiration de Pedro se fait sommaire. Non, il n'est pas stupide. Je le sens se tendre un peu plus, resserrer son bras sur mon cou, je suffoque.

– Alors ? le presse Jack. Quelle option vas-tu choisir ? Je te laisse cinq secondes. Un

– Tu ne tireras pas sur elle.

– Deux.

C'est l'affolement dans ma tête, des tonnes d'alarmes se mettent en route.

– Trois.

Le souffle saccadé de Pedro fait écho au compte à rebours de Jack, c'est un supplice. La pression monte.

– Quatre.

– Tu ne me fais pas peur.

Je ne sais pas si c'est vrai, mais moi non plus je n'ai pas peur de Jack. C'est Pedro que je crains. L'arme tremble sur ma tempe, si son doigt ripe, je n'ai plus de cervelle.

Je ne serai plus.

– Cinq.

Tout se passe si vite que je suis incapable de dire dans quel ordre se déroulent les choses. Une lumière éblouissante balaie la pièce, un coup de feu, puis le silence, ou le contraire, je ne sais pas.

Transie de peur, je cesse de respirer, de bouger, de cligner des yeux. Suis-je morte ? Impossible de le dire. Je ne ressens rien. Rien, hormis ce froid qui n'est pas hostile, s'emparant lentement de ma colonne vertébrale, de mes reins, de mes omoplates, remontant mes épaules, ma nuque, mon cou, mes joues, faisant se dresser la racine de mes cheveux.

Je me sens bien. Irréellement bien. Délestée d'un énorme poids.

C'est un bruit sourd dans mon dos qui me réveille de ma transe.

Dans une inspiration douloureuse, je revis la scène. La balle qui siffle dans le noir et qui passe si près de ma joue que j'en ai ressenti les mouvements de l'air sur ma tempe, la dépression du poids exercé sur ma poitrine et… Je me retourne vainement dans un cri. Pedro gît sur le sol, la joue collée au parquet. À la faible lueur de la cheminée, je devine un rond parfait sur son front. L'orifice de la balle, net et précis. En moins d'une seconde, je traverse le chalet en courant et me jette contre le torse de Jack. Visage enfoui dans son blouson, je l'étreins de toutes mes forces et ne peux retenir un sanglot.

C'est fini.

Les bras le long de son corps toujours tendu par l'adrénaline, Jack ne bouge pas, il donne l'impression de m'autoriser provisoirement à être où je suis, rien de plus. Je relève la tête juste assez pour l'observer. Ses yeux épousent immédiatement les miens. Il fait si noir que je devrais être incapable de dire ce qu'ils expriment, ils semblent froids, hostiles, vides, alors que je sais, je sens, qu'il y a tellement plus.

– J'aurais pu le laisser faire.

Bien plus qu'un constat, j'ai l'impression qu'il se reproche sa passivité, comme s'il avait eu des tonnes d'occasions de le tuer avant. Et surtout comme s'il pouvait se reprocher la situation.

– Tu ne l'as pas fait.

C'est tout ce que je suis capable de lui dire pour le moment. Mes idées ne sont pas claires, mes sentiments contradictoires.

– *L'autre* n'a aucune limite. Je n'ai aucune limite.

– Faux. Sans doute que…

… *tu n'as pas voulu prendre de risque.* Je me tais et soupire, il va encore me dire que je lui cherche des excuses. Il a compris et ne relève pas.

– Je n'éprouve aucun remords pour eux, de les avoir tués, dit-il en désignant les deux hommes étendus du menton.

Je repose ma tête contre son torse. Le tissu synthétique de son manteau est glacial, mais j'arrive à percevoir les battements acharnés de son cœur sous le duvet.

– Alors moi non plus.

En tout cas, provisoirement. Car là, à cet instant, qu'importe que deux hommes soient morts près de moi, à cause de moi, chez moi, je veux profiter du soulagement furtif d'être en vie, de ne plus avoir peur.

De me dire que Jack m'a sauvé la vie.

Je ne sais pas si ce sont mes paroles, mais il se détend instantanément.

Je ferme les yeux et sa main se pose sur ma tête. Je serais tentée d'en profiter, mais j'ai bien trop peur de mal interpréter son geste, je suppose qu'elle est là parce que nous avons de la visite…

Pourtant je sais un peu plus tous les jours qu'il y a quelque chose de bien, de bon, de… nuancé en lui. La preuve en est : il m'a sauvée.

– Ton ami est là.

Je sais.

La lumière avant le coup de feu, c'étaient les phares de sa voiture.

J'ouvre les yeux immédiatement. La scène m'explose en pleine face : il a tiré au moment où les phares ont brisé l'obscurité. Mais là où Pedro a été ébloui, Jack, lui, a eu la meilleure vision qui soit du salon. De nous.

Je souris contre lui, et l'étreins avec vigueur. Mon cœur se met à gonfler, débordant de reconnaissance, d'affection, de tout un tas de trucs rassurants.

Il a attendu le meilleur moment pour tirer : celui où il aurait le plus de chance de ne pas risquer *ma* vie. J'ai raison de croire en lui.

21

Jack

Le nettoyage est aussi important que le reste et a toujours fait partie intégrante de mes missions. Maquiller un meurtre en simple accident ou l'orienter vers quelqu'un d'autre que celui qui m'a employé est d'une facilité déconcertante. Néanmoins, je dois avouer que la tâche, cette nuit, s'annonce corsée. Deux cadavres de mafieux dans le chalet d'une fille aux allures sympathiques, ça sonne déjà faux. Je ne pourrais pas entacher aussi facilement la réputation de Lana, la fameuse fille frigide aux dires de Marybeth. Et quoi que j'en dise ou que j'en pense, une partie de ma tête n'est pas obsédée par la bonne chose.

D'un côté, il y a le nettoyage, et de l'autre, il y a l'attitude détachée de Lana, sa capacité à surpasser tout ce qui l'entoure. Même si elle a pu paniquer ou si elle a pu sembler perdue, ses nerfs ont l'air de tenir. Je ne saurais dire si elle m'impressionne, si je la vénère ou si je déteste ça. Dans tous les cas, c'est dérangeant, sans doute parce que j'anticipe le moment où elle va exploser ou s'effondrer.

– Ne bouge pas ! m'assène son ami, sitôt un pied posé dans le chalet, en me visant de son calibre.

Lana s'interpose tout en le rassurant, j'écoute à peine et gagne la remise pour remettre l'électricité. *Toujours avoir une solution de repli et ne jamais s'en tenir à un seul plan*, c'est ce qui nous a sauvés ce soir. Ce qui impliquait d'avoir une sortie de secours, au sens propre comme au sens figuré. J'avais laissé déverrouillée la porte de la remise donnant sur l'extérieur, elle m'a permis de m'introduire dans le chalet et de couper le jus rapidement. Pour le reste, briser les vitres avait pour unique but de déterminer la position quasi exacte de notre homme et non de l'apeurer comme il a pu le penser.

Je n'ai pas menti à Lana. À ce moment-là, j'ai eu maintes occasions pour le descendre et je ne l'ai pas fait. Je cherchais l'adrénaline, je cherchais à savoir jusqu'où j'étais capable d'aller, je voulais frôler le point de non-retour, l'instant fatidique où tout aurait pu basculer.

Je m'active sur le compteur. Le temps nous presse, nous devons lever le camp et, vu tout ce qu'il reste à organiser, je n'ai franchement pas la patience d'expliquer à ce type qu'il a foiré. Si j'ai tout bien saisi à l'affaire, il était responsable d'elle pendant ces trois ans et, par deux fois, il a failli à sa mission. La première avec moi, et la deuxième lorsque les deux bras droits de Tomesi ont débarqué. Pour ces derniers, c'est comme s'il avait considéré que Lana l'avait affranchi de ses obligations dès l'instant où elle lui avait donné le jour et l'heure de son départ. Je rejoins le salon et éclaire ; immédiatement, Charly est écœuré en découvrant les deux hommes au sol :

– Oh, putain ! Mais c'est un bain de sang !

Ma mâchoire se contracte quand je vois sa main étreindre l'épaule de Lana, comme s'il voulait la protéger de la situation. Je ne suis pas jaloux, c'est autre chose, bien plus que ça. Lana gonfle sa poitrine dans une grande inspiration, ne le repousse pas. Ses yeux, figés sur les cadavres encore chauds, sont un âpre mélange de colère et de dégoût. Son regard me rappelle celui qu'elle m'avait offert à mon premier réveil dans ce chalet.

– Tu es flic, interviens-je, tu as dû voir bien pire, ne fais pas semblant d'être choqué. À moins que l'idée de te salir les mains ne te dérange ?

Charly se tourne vers moi dans un sourire provocant.

– Je l'ai déjà fait avec toi.

– Dans ce cas, ça ne te posera aucun problème d'éthique de recommencer.

Ses muscles se tendent instantanément. Je l'ai touché dans son amour-propre. Ça n'était pas mon intention, je voulais réellement clarifier les choses pour ne pas perdre de temps.

Je m'accroupis près du premier cadavre et le retourne. Son corps a déjà commencé à se rigidifier. Je reprends :

– Je ne me perdrai pas dans des explications inutiles, j'irai droit au but. Je vais maquiller cette scène en accident.

– Ça risque d'être compliqué, commente-t-il en jetant un regard circulaire à la pièce comme pour me rappeler l'état de celle-ci.

– Ça dépendra uniquement de toi et de ce que tu feras quand nous serons partis.

J'attrape les bras du mort et le tire pour le faire glisser jusqu'à la chambre. Il n'est pas très lourd ; néanmoins, mon épaule me tiraille. Je me ménage, la tâche est loin d'être terminée. Il reste le deuxième à transporter.

– Une seule personne m'a vu ici, continué-je. Marybeth. Et Lana lui a laissé entendre que nous allions nous envoyer en l'air toute la semaine.

Je hisse le cadavre sur le lit et repars dans le salon. Charly et Lana n'ont pas bougé, elle est toujours lovée contre lui. Je contrôle mes pulsions en me concentrant sur l'autre corps. *Ça n'est pas de la jalousie mais, bordel, qu'est-ce que c'est ?*

– Nous sommes donc censés être deux dans ce chalet et nous avons deux corps à disposition, expliqué-je.

– Tu oublies que je suis une femme et que ce sont deux hommes.

Ravi d'entendre parler Lana, je lui offre un sourire. Pour un peu, je m'imaginais la réveiller à coups de gifles ! Elle se dégage de l'emprise de Charly pour se poster près de moi. La relation, le lien que nous avons tissé est évident, l'air crépite autour de nous. Je ne vois qu'elle.

– Un corps calciné ne parle que si on l'interroge. Et si ça arrive, nous serons déjà loin et introuvables.

Alors que je me baisse pour crocheter les deux bras de l'Hispanique, Charly s'offusque :

– Tu n'envisages quand même pas de mettre le feu à mon chalet ?

Je relâche les poignets encore chauds du macchabée et me hisse rageusement sur mes jambes pour lui faire face. Je sens mes veines gonfler sur mon front, mes sourcils se froncer, mes muscles se tendre à l'extrême et mes poings se fermer.

– Le simple fait d'être le propriétaire de ce chalet met en danger ta famille.

– La seule chose qui a mis en danger ma famille, c'est que Lana n'ait pas mieux visé, et que tu sois toujours en vie.

Il croise les bras sur sa poitrine, fièrement, pensant sans doute avoir gagné une putain de bataille. Sauf qu'il l'a perdue dès lors qu'il a encouragé Lana à rester ici il y a trois ans.

– Quelqu'un d'autre serait venu à sa place car on m'a dénoncée, intervient Lana.

Charly se tourne immédiatement vers elle, dont les yeux vacillent jusqu'au parquet. J'analyse rapidement ce qu'elle vient de nous apprendre. Personne, pas même Charly ne doit savoir où nous allons ; quelqu'un, ici, est un traître.

– C'est impossible, murmure-t-il, sonné.

Je surprends Lana en train de le dévisager. Tout comme moi, elle étudie son comportement pour évaluer sa crédibilité. À première vue, il a l'air réellement surpris.

– C'est pourtant ce que Pedro a dit. Une personne a joint Michael pour lui signaler ma présence. Et avec toutes les précautions que nous avons prises, je ne suis pas si surprise que ça, car c'était impossible autrement. C'est juste que… je… c'est difficile de l'entendre.

Parce que ça signifie que quelqu'un l'a trahie et surtout ça rend d'autant plus réelle sa situation : elle ne peut compter que sur elle-même et n'aurait jamais dû impliquer qui que ce soit dans sa vie.

Elle aurait dû demeurer seule.

Du moins, c'était sa réalité avant que je m'immisce à nos dépens dans son existence. Ça ne signifie pas pour autant que nous serons toujours ensemble mais…

Nos yeux s'arriment et tout mon corps palpite. Je sais que cette connexion est réciproque, à son frisson qui la pousse à replier ses bras contre sa poitrine. En revanche, je ne sais pas si elle peut lire dans mes pensées, mais je me languis de l'instant où nous serons seuls pour lui répéter que je lui ai fait une promesse et que je m'y tiendrai.

Et finalement, je comprends aussi mon problème depuis tout à l'heure.

***

Déshabiller les corps, les placer dans la position que deux amants prendraient dans leur sommeil et les couvrir, puis, garer leur voiture devant le chalet, la fouiller, l'inspecter minutieusement pour n'y laisser que des choses anodines, et y ajouter mes affaires de snow. Et enfin, suralimenter l'âtre de bois gorgé de sève qui risquerait de mettre le feu et… patienter. Nous n'avons pas eu longtemps à attendre. Le tapis placé par mes soins trop près de la cheminée a accueilli une malencontreuse braise, l'encombrement de la pièce de meubles et d'objets à haut risque inflammable a fait le reste. En moins de cinq minutes, le chalet s'est transformé en brasier.

C'est un beau spectacle de sons et de lumières, il y en a pratiquement pour tous nos sens, mais nous ne devons pas nous éterniser, même à des kilomètres et en pleine nuit, quelqu'un, au village, pourrait remarquer l'incendie qui sévit dans la forêt.

Lana est assise sur la banquette arrière de mon pick-up, elle tente de dompter Rebel complètement affolé par le chalet en flammes, à moins qu'il n'essuie un *bad trip* aux comprimés que je lui ai fait gober plus tôt ? Finalement, en considérant la situation de près, je ne suis pas sûr que Lana gère le clebs : ce dernier couine à n'en plus finir et sa maîtresse caresse sa tête sans le regarder, loupant une fois sur deux sa cible. Elle est obnubilée par le spectacle qui se joue à l'extérieur.

Visage pâle, tremblements involontaires, probablement surdité et vision trouble, elle me sort la totale ! Fais chier…

– La plaque d'immatriculation de la voiture de Sandro et Pedro ne correspondra pas à ton identité, fait judicieusement remarquer Charly en me tendant une arme.

Je la récupère et la reconnais immédiatement, c'est mon pistolet, un P14-45, qui témoigne bien de l'attention ridicule que j'apportais à cette mission, tant il est petit et s'avérerait inefficace en cas d'affrontement.

– Je sais. Et en réalité, ça n'a pas tellement d'importance. Car lorsque Tomesi apprendra que le véhicule de ses hommes de main a été retrouvé calciné à Keystone, il n'aura d'autre choix que d'ignorer ou de dire que la voiture m'avait été prêtée.

J'ôte le chargeur, vérifie la présence des quatorze balles et le replace, sous le regard incertain de Charly. Je précise :

– Si près de remporter sa campagne électorale, il ne se mouillera pas dans une histoire de double meurtre. Dans le cas où, bien sûr, une enquête verrait le jour.

Je lui sers un sourire contrefait pour appuyer mon message et rejoins ma voiture pour y ranger l'arme, le laissant comme un con la bouche ouverte.

– C'est là que j'interviens.

– En effet, et je suis sûr que ta fille sera une merveilleuse motivation pour que tout ce qui s'est joué ce soir reste un « malencontreux accident de feu de… »

Je n'ai pas le temps de finir ma phrase que son doigt percute ma poitrine en guise d'avertissement :

– Ne mêle pas ma fille à ces histoires !

Je regarde l'index incrusté profondément dans mon blouson et l'attrape sans brusquerie et délicatement par sa dernière phalange. Mon calme démontre clairement que je n'ai que faire de son avertissement. Sans hausser le ton, le regard vide et inexpressif, je réponds :

– Parce que tu crois que tu auras le choix si Tomesi envoie ses hommes pour faire le ménage ? *Tu* es le propriétaire du chalet que Leia a occupé pendant trois ans, c'est vers toi que tous les regards vont se tourner.

Pas besoin de lui faire un dessin. Je sais en voyant l'expression sans vie de son visage qu'il a compris qu'il avait commis des erreurs. Néanmoins, je l'ai très mal joué ; au lieu de le calmer, ma remarque décuple sa colère l'instant suivant. Bien entendu… foutu type dont il faut nourrir l'ego. J'avais presque oublié la règle numéro un en matière de testostérone : flatter plutôt que de pointer les erreurs. Sans doute dois-je le remercier de m'avoir attaché à un lit plutôt que de m'avoir décoché une balle dans la tête ?

Il est vraiment temps qu'on s'en aille… Je soupire et me dégage de son semblant de prise pour rejoindre le côté conducteur. Je l'entends me traiter de connard et expliquer à quel point il regrette certaines de ses actions, mais pas d'avoir gardé Lana près de lui.

Très intéressant tout ça, mais il faut partir… En vrai, j'en ai rien à foutre. Et encore plus si c'est seulement pour qu'il se donne bonne conscience !

Lana en revanche m'épate. Elle a encore la force de parler et de tenir sur ses jambes alors que je la croyais perdue il y a deux minutes.

– C'était de ma responsabilité, j'aurais dû partir il y a longtemps, nous en avons déjà discuté.

– Ce mec me pousse à bout ! C'est quoi, son problème ?

Lana tourne un instant la tête dans ma direction et je manque de m'étouffer en entendant sa réponse :

– Il se rend compte que tout repose sur toi et il n'ose pas te dire qu'il sait que tu feras tout ce qu'il faut pour ta famille et pour nous.

Lana ne lui laisse pas le temps de réfléchir et l'étreint. Je détourne la tête, les mâchoires serrées. Le moment que je redoute approche, mon cœur tambourine lentement mais avec véhémence.

Leurs murmures me parviennent par bribes. C'est mielleux, à gerber, tout ce que je déteste.

La pression gagne du terrain.

Je réajuste ma position dans le fauteuil, règle les rétroviseurs, la ventilation… Je fais *tout* pour être calme et serein pendant que Lana s'installe sur le siège passager.

Finalement, sans brusquerie, je mets les voiles. Ça n'est qu'apparence ; à l'intérieur, je trépigne d'impatience.

Lana se retourne, s'agite dans tous les sens pour dire encore et encore adieu à son ami. Ça m'irrite mais j'ai au moins la décence d'attendre qu'il ne soit plus visible pour demander :

– Tu pensais réellement ce que tu disais à propos de la confiance que je lui porte ?

Du coin de l'œil, je l'aperçois s'adosser avec apathie et laisser son front glisser contre la vitre.

– Bien sûr que non, murmure-t-elle si bas que je suis obligé de tendre l'oreille. Mais il n'a pas besoin de le savoir. L'essentiel, c'est qu'il le pense assez pour croire en lui, non ? Du moins je l'espère…

Je ne peux me retenir de rire sur son coup de maître. Elle l'a manipulé avec brio.

Rire, largement déplacé vu la situation. Même si Lana a l'air de s'en contrefoutre – ou alors, c'est qu'elle ne s'attendait pas à mieux de ma part – puisqu'elle ne bouge pas d'un iota.

Je soupire tout en marmonnant :

– Dès que nous serons arrivés, je ferai faire le ménage à Keystone. Tu n'as aucun souci à te faire. D'ici là, ton flic doit se contenter de tenir les emmerdes à l'écart.

– *Mon* flic… répète-t-elle sans réel entrain et sans décoller le front de la vitre maintenant embuée. Si je n'étais pas aussi terrassée, je pourrais disserter sur ta probable jalousie.

Elle aurait pas mal d'arguments : mon asociabilité, mon humeur glaciale, mon comportement par moments provocateur, bref aucun sentiment positif envers son ami.

– Je ne suis pas jaloux, ne puis-je m'empêcher de répondre.

En tout cas, pas dans le sens qu'elle l'entend.

– Je sais. Comme tu n'es pas capable de faire preuve d'empathie.

Ma mâchoire se contracte sur son constat. Elle met le doigt sur mon problème sans même le vouloir.

– Je te préfère énervée contre moi.

– Pourquoi ? Parce que ça t'agacerait de m'entendre pleurer, puisque tu serais incapable de me consoler ? Je croyais pourtant que tu excellais dans l'art de la dissimulation ?

Son sarcasme me fait grincer des dents. Je n'en montre rien lorsqu'elle tourne la tête pour m'observer.

Autant ne pas la décevoir… puisque je suis censé être antipathique.

– Essayons, tiens ! me défie-t-elle amèrement. Je t'en supplie *Logan*, qu'importe ce que je t'ai demandé jusqu'à maintenant, dis et fais-moi tout ce dont j'ai besoin pour ne plus avoir mal. Console-moi.

Mes doigts resserrent leur prise sur le cuir du volant ; elle m'a appelé Logan, et je sens que cette conversation ne va pas se limiter à une simple prise de bec. Dans une autre situation, je pourrais l'ignorer, cesser de répliquer jusqu'à ce qu'elle se taise, mais je sais ce qui me fait défaut cette nuit. Et le pire est à venir…

Par anticipation, puisque nous venons de dépasser le village, je me range sur le bas-côté de la route. Lana le remarque à peine. Je sais qu'elle va craquer. Je devine à ses yeux qu'elle est loin de tout. Ses pupilles tremblent dans les miennes, les larmes coulent à flots sur ses joues.

– J'ai la sensation qu'on m'a arraché le cœur, qu'une partie de moi brûle et part en fumée avec ce chalet, je… je suis… je suis anéantie.

Je le sais, je le sens, je le vois, je peux même le comprendre. Une nouvelle vie, sa fille, le coup de fil anonyme, le traître, des morts… D'ailleurs je ne peux m'empêcher d'étreindre sa joue de ma main. J'aimerais pouvoir faire plus, l'attirer à moi, lui dire des choses mièvres et pas forcément sensées mais je suis tétanisé. Pourtant ma peau se hérisse, mon souffle se tarit, mon estomac se tord en la voyant si… anéantie. J'ai mal pour elle.

Et tout m'échappe.

D'un geste vif, elle se débarrasse de ma main et se redresse sur son siège, tout en essuyant l'humidité de ses joues.

– Finalement, je n'ai aucune envie de ta fausse pitié. Je préfère souffrir seule.

Je reste interdit, ma paume garde la forme de son visage dans le vide. Elle m'a de nouveau repoussé.

Encore.

La colère gronde en moi. J'appuie sur le bouton d'ouverture de la benne. Je dois régler mon problème avant de perdre pied. Et mon problème est justement qu'elle puisse espérer que je sois quelqu'un d'autre. Je suis si près de mes limites.

Je sors de la voiture, elle me demande ce que je fais. Je la rassure aussitôt :

– Je reviens.

C'est ce que je fais. Trouver ce dont j'avais besoin ne m'a pas pris plus d'une minute, c'est moi qui ai trié et organisé la benne.

Mes muscles se tendent, mon cœur marque la cadence dans ma poitrine, un frisson me saisit. *Adrénaline, tu es là.* Je mime la gueule d'un type qui viendrait de vider sa vessie dans un froid polaire. En gros : frotter vite fait ses mains l'une contre l'autre en soufflant dessus tout en marmonnant : « je ne pouvais plus me retenir », et prendre Lana au dépourvu.

Mon action dure moins d'une seconde.

Ma paume gauche, qui dissimulait un mouchoir imbibé de chloroforme, s'applique sur sa bouche tandis que mes doigts pincent son nez. Au même moment, de ma main droite, je neutralise ses bras qui, par réflexe, tentent de me repousser.

Je la presse si fort contre l'appui-tête qu'aucun son ne percera le tissu. D'ailleurs elle rend rapidement les armes, cesse presque immédiatement de se débattre en figeant ses prunelles dans les miennes. Je ne saurais dire ce qu'elles me crient car je suis trop préoccupé à dompter mes propres émotions. Sans doute se rend-elle compte à quel point une certaine partie de ma personnalité est détestable, à quel point elle ne pourra jamais être attachée à moi comme je le suis à elle.

Quoi qu'il en soit, je suis tellement navré qu'elle ne veuille pas de mon affection. Même si elle serait différente de celle de Charly, je suis capable d'être présent, d'être là, qu'importe ce que je suis.

C'est ce que je devrais lui dire. C'est ce que je me refuse à lui avouer.

[illegible]

[illegible]

[illegible]

[illegible]

22

Lana

Il existe des jours où j'aimerais ne m'être jamais réveillée. Ils sont si nombreux ces derniers temps que je n'ai plus assez de doigts pour les compter. Bien qu'en fait, avec le rythme effréné de ma vie depuis l'intrusion de Jack, il faille déjà dormir pour se targuer d'avoir rêvé !

Mais, cette nuit, ce matin, ce midi, bref… je n'ai aucune idée de l'heure qu'il est, je peux l'affirmer : j'ai dormi. Assez longtemps pour avoir la bouche pâteuse et sans doute des traces sur la joue, et assez profondément pour n'avoir aucune notion spatio-temporelle au réveil.

Réveil que je repousse à mesure que tous mes sens reprennent du service. Un arrière-goût de brûlé dans la gorge, l'odeur caractéristique de plastique neuf, un vrombissement dans les oreilles, la réalité me claque en pleine face.

Cette foutue réalité me fait aussi mal que lorsque Jack m'a mise hors d'état. Si ce n'est plus. L'adrénaline n'est plus là pour anesthésier ma conscience. Deux hommes ont été abattus près de moi, le chalet qui a été mon refuge pendant trois ans est parti en fumée, j'ai quitté Keystone et sa région et surtout tous ceux qui m'y étaient chers. C'est une nouvelle fuite, un nouveau combat pour survivre. Tout aussi douloureux.

Je n'en veux pas à Jack de m'avoir plongée dans le coma, même si je sais que c'était seulement pour ne pas m'entendre pleurer, paniquer, devenir folle.

Je voudrais même qu'il recommence. Je voudrais me rendormir, retourner loin dans les limbes de l'inconscience, ne plus avoir à affronter quoi que ce soit, me laisser porter par l'insouciance.

Je force mes paupières à rester closes et débite des prières insensées. Comme si Dieu pouvait m'aider à oublier toute cette nuit. Toute cette vie.

Je revois le visage figé de Sandro, sa bouche tordue sur le parquet, ses membres enchevêtrés. Et non loin de lui, son ami, Pedro. Un trou parfait d'une balle du Beretta dans le front. Net. Précis. Un fin filet de sang s'en échappant et abreuvant une flaque sous sa tête. Je vois aussi leurs yeux ouverts qui, peu à peu, ont perdu de leur éclat et se sont couverts d'un voile opaque. J'entends le craquement de leurs os quand Jack les a dévêtus. Je connaissais ces deux hommes. J'ai vécu à leur côté pendant plus d'une année, ils faisaient partie de mon quotidien auprès de Michael. Maintenant, ils sont morts.

J'ouvre les paupières précipitamment, haletante, en sueur et pourtant glacée.

Je suis toujours dans la voiture de Jack, dont le moteur tourne ; pourtant, nous sommes à l'arrêt. Garés sans doute, mais le soleil au zénith m'aveugle. Je suis saisie, paralysée par ces dernières heures qui me pètent sauvagement à la gueule, tel un mortier mal chargé.

C'est si douloureux.

Une sensation de trou béant au fond de la poitrine constamment rongé, exposé, creusé, qui, qu'importe ce que l'avenir me réserve, restera à vif. Il ne s'agit pas d'une simple déprime, il s'agit de la perte de soi. Cette nuit, j'ai passé un cap, j'ai atteint un point de non-retour, ça dépassait tout ce que j'ai pu faire jusqu'à maintenant, j'y ai laissé ma conscience et mon sens moral. Même si je n'ai pas appuyé sur cette détente. Même si je ne connaissais pas les plans de Jack. Même si quelque part, c'était de la légitime défense. Même… je pourrais me donner toutes les excuses imaginables, j'en serais toujours et tout aussi fautive.

Et s'il n'y avait que ça. Ma culpabilité égale mon sentiment d'impuissance. Quelqu'un d'assez proche m'a trahie et je ne saurai peut-être jamais qui c'est, depuis quand se jouait-il de moi, depuis quand savait-il, et surtout… est-ce que Mina court un quelconque danger ?

Charly m'a promis de faire son possible pour tout découvrir avant que je monte dans ce Ford. Je ne peux que m'en remettre à lui, comme je l'ai toujours fait. Et comme je l'ai toujours fait, je ne chercherai pas à savoir s'ils vont bien, *si Mina va bien*. Ça, c'est ma punition pour leur avoir offert ma fille. Sauf que dorénavant je ne suis plus dans l'ombre, je ne suis même pas une entité ou un souvenir passé, je ne suis plus rien.

Ma poitrine m'oppresse un peu plus à chaque battement cardiaque, j'ai la sensation de suffoquer. Je me redresse sur mon fauteuil, constate que Jack n'est pas sur son siège, tout en tâtonnant avec empressement la portière à la recherche du bouton d'ouverture des fenêtres. Je tremble. J'ai mal partout. J'entends Rebel derrière moi émettre un aboiement étouffé. Il perçoit mon trouble. Vitres enfin baissées, je tente de remplir mes poumons. L'exercice est difficile.

Je dégage mon front de mes cheveux, écarte la couverture qui me semble peser une tonne sur mes jambes et défais ma ceinture de sécurité.

Légèrement mieux ? Non. Ça ne va pas. Quelque chose ne va pas.

Tout mon corps tremble, c'est insensé. Je me sens impuissante, spectatrice, tel un parasite dans une enveloppe qui ne lui appartiendrait plus. Se pourrait-il que j'aie mal réagi au chloroforme ? Que Jack se soit trompé dans le dosage ? Mes tremblements s'intensifient. Ça dépasse la simple crise de panique ou ça en est une, je ne sais pas, je ne sais plus rien. Cependant, je me force à penser à autre chose, je tente la méditation.

Inspirer, expirer.

Nous sommes garés sur un parking. Celui d'un motel, d'après le panneau. Trois véhicules avec le nôtre, tous aux plaques d'immatriculation différentes, rien pour m'avancer. Sur ma droite et derrière moi, le motel aux murs jaunes défraîchis s'étend sur deux étages. Je devine l'accueil à un écriteau annonçant les tarifs des chambres et des nuitées près d'une porte agrémentée de barreaux. Un peu plus loin, une feuille indiquant « en panne », mal scotchée sur un distributeur de boissons volette sous la brise et une benne à ordures dégueule de poubelles. C'est pas le grand luxe.

Inspirer, expirer.

L'air qui provient de dehors est glacial et contraste largement avec l'air ventilé de la voiture qui me caresse le visage. À ma gauche, le parking se jette sur une avenue aussi large que longue, je distingue à peine le prochain bâtiment tant il est loin. Le paysage semble désertique, rocheux, aride. Il n'y a rien.

Inspirer, expirer.

Ça ne fonctionne pas. Je déglutis mille fois pour tenter de repousser la boule qui obstrue mon œsophage et j'ai beau penser à autre chose, je suis toujours aussi mal.

En revanche, je fais un bond d'un mètre quand ma portière s'ouvre. En un instant, je m'engouffre le plus loin possible, au milieu de l'habitacle, avant de constater qu'il s'agit de Jack. Je ne bouge plus, pourtant je suis *légèrement* soulagée. Il me détaille, mais ne s'insurge pas de ma réaction.

– Tu es réveillée, constate-t-il.

Je ne réponds pas plus que je ne hoche la tête. De toute façon, à sa manière de passer à autre chose, je comprends qu'il n'attendait pas de réponse. Il récupère une arme dans la boîte à gants supérieure du tableau de bord, puis la glisse dans la poche interne de son manteau. Avec le même air désinvolte, il ouvre la portière arrière et ordonne à Rebel de descendre.

J'observe mon chien lui obéir. Il apparaît rapidement devant moi puis s'échappe devant le véhicule. Je n'ai toujours pas déplacé le petit doigt, à peine les mouvements de ma cage thoracique sont perceptibles.

Ça ne peut être qu'un effet secondaire du chloroforme, rien d'autre.

J'entends des bruits dans la benne, puis Jack me revient. Un sac sur les épaules, il m'étudie, les sourcils légèrement froncés – sans doute le soleil. Je repousse la salive qui fait intrusion dans ma bouche.

– Ce motel accepte les animaux, je nous ai pris une chambre, explique-t-il en se penchant au-dessus de moi pour couper le moteur.

Je ne peux réprimer un long frisson. Tout mon corps se tend au contact du sien. Chaud, vibrant, *vivant*. C'est l'apocalypse dans ma tête et je frôle l'arrêt cardio-respiratoire. Ça ne dure qu'une seule seconde, mais c'est assez long pour que je comprenne enfin ce qui m'arrive.

Ça n'a rien à voir avec le chloroforme. Je suis en pleine crise de panique.

Et Jack se méprend sur ma réaction. Je ferais de même à sa place : je suis prostrée dans un coin, les doigts tétanisés sur une couverture, à lutter contre des spasmes pour respirer. J'ai tout de la nana qui transpire la peur. Sauf que je ne crains pas Jack, c'est tout le contraire. Et n'importe quelle excuse il se donnerait, je sais que penser que je puisse le repousser le blesse profondément. Il n'y a qu'à voir la manière avec laquelle ses joues et sa barbe dansent sous la pression de ses mâchoires.

– Je… Je ne sais pas… je… marcher… chambre.

Ce sont les seuls mots que j'arrive à articuler. Mes tremblements reprennent, mes dents s'entrechoquent et jouent de la musique. Je suis frigorifiée ; pourtant, je sens une goutte dévaler mon front. Nouveau froncement de sourcils pour Jack avant qu'il se redresse et me tende la main.

– Je vais t'aider.

J'applique mes doigts frêles dans sa paume et… tout va si vite que j'en perds le fil. Il m'attire à lui et me prend dans ses bras pour me porter. Instinctivement, j'agrippe son cou.

La portière claque et nous nous mouvons. Il siffle Rebel, je reste muette et spectatrice, je ne veux surtout pas fermer les yeux. *J'ai trop peur de voir mes monstres.* Après un étage et trois portes, nous sommes devant la nôtre. La 21, dont le chiffre 1 est un peu bancal. Un tour de clé et elle s'ouvre sur notre chambre. Identique à celles où j'ai pu déjà dormir pendant ma cavale : une pièce assez grande pour contenir un lit, quelques meubles d'appoint, une télévision dont la télécommande doit regorger d'autant de microbes que la cuvette des chiottes et une salle de bains. L'air empeste le tabac froid et, à voir la poussière que soulève Rebel avec sa queue, je sais d'avance que le ménage fut sommaire. Bref, le genre de chambre de motel où on suspecte toujours une caméra cachée dans le faux plafond pour observer les clients s'envoyer en l'air. Alors que le sac est relégué sur le bureau près de la télévision, je suis déposée sur le lit. Jack fait le tour du propriétaire, inspecte la salle de bains, les placards, ferme les rideaux de l'unique fenêtre après en avoir vérifié le verrou. Puis il se débarrasse de son manteau sur une chaise, y récupère son arme et me rejoint.

Sur la partie gauche du lit, le côté le plus proche de la porte d'entrée devant laquelle Rebel s'est posté, il s'étend de tout son long, le pistolet en évidence et à portée de main sur son ventre. Je dois mettre au moins une minute à faire de même. Allongée sur mon flanc, je ne le lâche pas des yeux. Je ne veux plus fermer les paupières… ma poitrine m'oppresse, je replie mes jambes dans mes bras pour m'éviter de frissonner. Lui, observe le plafond, silencieusement.

– Où sommes-nous ? réussis-je à demander.

– Quelque part dans l'Idaho. Nous reprendrons la route à la nuit tombée, ainsi, avec un peu de chance nous serons à Seattle demain en fin d'après-midi.

– Mais Seattle est à l'exact opposé de Los Angeles ! Qu'allons-nous faire là-bas ?

Il ferme les yeux, je n'aurai aucune autre précision, ça ne sert à rien d'insister, il ne me dévoilera pas son plan. Néanmoins, je me promets de noter chaque indice qui pourrait m'aider à en savoir plus. Je lui porte certainement une confiance aveugle, je ne suis pourtant pas un paquet qu'on trimbale. Je *veux* pouvoir marcher à ses côtés.

– Quelle heure est-il ? demandé-je tout de même.

– Bientôt 14 heures. Si tu as faim, je te rappelle qu'il y a des barres de céréales dans le sac, il va falloir t'en contenter. Tu ne sors de cette chambre sous aucun prétexte.

Je l'écoute à peine, perdue dans mes pensées. Si mes calculs sont bons, il a conduit toute la nuit, pourtant il a l'air frais comme un gardon, et ce malgré son manque de sommeil. Bien entendu, à quoi pensais-je ? Jack est un titan, il tiendrait encore debout même après une semaine sans dormir !

Sa tête bascule dans ma direction.

– Tu as compris, Lana ?

Son ton autant que son regard sont sans appel. Je hoche la tête et précise :

– Je n'ai pas faim.

Je n'envisage pas de manger, l'idée me donne la gerbe et, au stade où j'en suis, boire de l'eau relèverait du défi. Jack replace la tête dans son axe, face au plafond, et referme les yeux. Là où moi je n'ai pas faim, lui n'a aucune envie de causer, j'ai bien compris. Néanmoins, je ne tiens pas une minute dans ce silence morne. Les battements de mon cœur ravivent mon angoisse, font flamber ma raison.

– J'étais si mal à mon réveil qu'un instant j'ai douté de tes capacités à doser le chloroforme. Est-ce que ça va passer ? Cette sensation de mal-être qui me bouffe tellement que je suis à deux doigts d'en perdre la raison ? Est-ce que je vais arrêter de voir… de voir…

Ma rétine me brûle, mes lèvres frémissent, me voilà maintenant incapable de prononcer leurs prénoms. *Je les connaissais, ils avaient une vie, une famille, des amis, je me souviens du premier jour où je les ai rencontrés et...* Au regard de Jack, je me rappelle où je suis : dans un motel, avec *lui*. Je repousse ma salive dans mon arrière-gorge et reprends :

– Est-ce que je vais cesser de voir ces hommes chaque fois que je ferme les yeux ? Est-ce que… je veux juste pouvoir respirer normalement, marcher sans avoir peur de tomber et…

– Tu attends réellement de moi que je t'apporte des réponses et des solutions à ces problèmes-là ? me coupe-t-il amèrement.

Oui, je veux qu'il m'apporte ces réponses ! Oui, je veux qu'il me donne toutes les solutions pour aller mieux ! Une vague de colère me submerge si rapidement que je ne la vois pas venir. Je m'assieds et lui tourne le dos, incapable de soutenir le regard aiguisé qu'il m'offre sans craquer un peu plus. Je ne comprends pas sa rage et j'ai bien assez de ma détresse pour m'étendre sur ses états d'âme.

Je crois que rien ne me sert de lutter, d'essayer de dicter une conduite à mon corps ou d'ignorer Jack. J'ai un besoin irrépressible de le comprendre.

– Pourquoi m'as-tu mise hors service ? demandé-je, mordante. Est-ce parce que ça t'emmerdait de m'entendre pleurnicher ? C'était si horrible que ça pour toi ?

J'entends son soupir. Je me mords l'intérieur de la joue pour me retenir de me retourner pour l'affronter et de lui hurler qu'il suffisait qu'il me demande de pleurer en silence, ou que nous aurions pu mettre la musique, mais que… Bon sang, mes sentiments sont si ambigus. Je remonte mes genoux contre ma poitrine et plonge mon visage entre mes mains. Je ne sais même pas si je dois lui en vouloir de m'avoir anesthésiée ou le remercier. J'ai dormi. Profondément. D'un sommeil réparateur. Mais… j'ai l'impression que c'était reculer pour mieux sauter. *Maintenant je dois assumer et affronter mes démons.*

– Tu es si loin de la vérité, Lana.

Je l'entends bouger. Le matelas s'affaisse, les draps se froissent. Il va fuir la conversation. Jack incarnait pourtant à mes yeux la franchise même. Mais contre toute attente, il est là. Je sens son torse se coller lentement à mon dos et ses jambes s'étendre autour de moi. Je suis avec lui, contre lui. Je déloge ma tête de mes mains pour observer ses bras s'enclaver dans les miens. Membres, cœur, poumons, cerveau et cervelle, tout se met à l'arrêt. La bouche grande ouverte, les yeux inertes et braqués sur ses tatouages, je me souviens de respirer.

– J'ai besoin de toi, Jack.

C'est un cri du cœur. Je ne sais pas s'il mesure ce qu'il m'en coûte de lui avouer. Je continue :

– Peu importe ce que j'ai pu te dire par le passé, je me suis trompée. J'ai besoin de toi pour avancer, pour y voir clair, pour…

– Je ne serai jamais ce que tu veux que je sois.

Son murmure au creux de mon oreille est saisissant. Il ne s'agit pas d'une information lambda, son ton sonne les excuses. Mais comment peut-il savoir ce que je veux réellement ? Je n'ai pas le temps de répliquer qu'il s'explique :

– Tu ne pourras pas me changer. Maintenant que je sais qui j'étais, je ne veux pas le redevenir, mais pour autant ça ne signifie pas que je serai dégoulinant d'affection ou capable de te raconter n'importe quoi pour te faire sourire.

Je m'agite dans ses bras et me tourne pour lui faire face et l'affronter. Pas une seule fois mon comportement n'a laissé entendre que je veuille qu'il soit quelqu'un d'autre.

– Ça n'est pas ce que je veux !

– Tu m'as demandé de te consoler ! grogne-t-il entre ses dents.

C'était donc ça. Toute cette colère, uniquement parce que je l'ai prié de jouer un rôle. Mais, comment l'analyste a-t-il pu être à ce point berné ? Je secoue la tête pour appuyer mes propos :

– Et je suis revenue sur ma décision parce que j'avais besoin de l'autre, de toi, de Logan, peu importe, mais du seul que je connaisse qui puisse voir la vérité et me la dire sans craindre de me blesser !

C'est une des choses que j'aime chez lui. Sa manière de retranscrire la réalité, sans correctif, sans interprétation, sans diplomatie ; même si certains y voient de l'indifférence ou de la cruauté, moi, *j'aime ça*...

Je serre mes lèvres bien fort pour éviter que les mots ne m'échappent. Je ne suis pas amoureuse de Jack, j'y suis juste... attachée. Bon Dieu, je savais que sa putain d'idée sur l'attachement serait aussi contagieuse que dangereuse ! À sa façon de m'observer, de me détailler, je prends conscience que je dois être aussi transparente qu'un verre de vodka : j'empeste les émotions. Je loge ma tête contre son épaule. Sa chaleur, son odeur, le chant des battements de son cœur semblent participer à tenir éloignés mes démons. S'il me laisse au moins ça, je m'en contenterai.

– Tu n'oublieras jamais ce qu'il s'est passé cette nuit, annonce-t-il d'un ton aussi solennel que profond.

Mon visage se déforme sous la crainte de ce qui m'attend. Je sens déjà les prémices d'une nouvelle crise de panique, j'hyperventile. Jack continue :

– Tu culpabiliseras toujours d'avoir laissé deux hommes se faire tuer devant toi.

J'agrippe de toutes mes forces son tee-shirt pour empêcher mes membres de trembler. Mon estomac me brûle, mes intestins se tordent, je sens les larmes dévaler une joue. Je me recroqueville contre lui.

– Tu te demanderas encore et encore s'il n'existait pas une autre solution qui aurait pu changer les choses.

Il soupire fortement, j'aimerais pouvoir en faire de même, ma poitrine me paraît aussi rigide qu'un bloc de ciment.

– Tu vivras toujours avec des regrets parce que c'est dans ta nature, parce qu'on t'a appris à aimer, parce que tu sais faire la distinction entre le bien et le mal. C'est ça, la vérité. Rien d'autre.

J'avais besoin de l'entendre de sa bouche à lui, car personne d'autre n'aurait été capable de dire ce genre de vérité dans ces conditions.

– Tu as fait tes choix, comme j'ai fait les miens. Je ne vais pas te dire que c'étaient les seuls qui s'offraient à nous. Ni te donner ceux que nous avions. Ça alimenterait tes regrets.

Et surtout je suis certaine que d'autres auraient été moins « radicaux ». Il a raison, penser que nous aurions pu agir autrement me rend plus mal que ce que je le suis déjà. Mes pleurs s'intensifient.

– Pour finir, ne te demande pas si tu iras mieux demain, si un jour tu n'auras plus mal, si un jour tu pourras aller de l'avant, ces questions sont complètement contre-productives, personne n'en connaît les réponses, et surtout… elles ne te permettront pas de revenir en arrière. Le passé est au passé, le reste n'est que spéculation.

Je ne me sens pas mieux de le savoir, mais je me sens plus encline à accepter ce que j'ai fait. Et comme dans la voiture, précédemment, je me laisse surprendre par l'effet de Jack sur mon corps. À l'instant où sa main se pose sur ma joue, j'ouvre les paupières et cesse de respirer. Tout semble s'être mis en arrêt sur image pour cette main, hormis son cœur qui joue une mélodie si unique et rare dans mon oreille que son enregistrement vaudrait tout l'or du monde. Il bat vite. Et fort. Sans retenue.

Lentement, avec une appréhension démesurée, je relève la tête pour tâcher de comprendre ce qui le perturbe. Les yeux de Jack ont quelque chose de différent, ils brillent d'un éclat inhabituel qui me brûle de l'intérieur. Je rentre en incandescence. Je rejoins sa main de la mienne et la presse plus intensément sur mon visage. Pour ne pas rompre ce lien. Pour lui dire merci. Pour imprimer ce que je vois. Et pour d'autres raisons qui dépassent l'entendement. Il ne se dégage pas, je crois même percevoir un sourire derrière sa barbe.

– Je suis complètement barré, Lana. J'apprécie presque plus de te voir torturée et blessée, que souriante.

– Parce que tu *apprécies* que je puisse te demander de l'aide.

Il secoue la tête, faussement exaspéré.

– Si tu le dis.

Il relâche ma joue et retrouve sa façade « Jackessance », « l'autreïsme », bref, un visage si impassible et si sublimissime qu'il en est surréaliste et d'autant plus attirant.

Avec agilité, il remonte jusqu'à la tête du lit, récupère son arme, se rallonge et ferme les yeux comme s'il en avait terminé avec la mission « consoler Lana ». Il n'a pas tort : je ne pleure plus, mon corps n'est plus agité de trémulations et a regagné un minimum de force, et mes organes vitaux ne sont plus en grève. La crise de panique est passée.

Sommairement, j'essuie les larmes qui se sont perdues sur mes joues.

J'ôte mon pull-over pour rejoindre Jack et m'allonge à ses côtés. C'est plus que ça. Je suis à cheval sur son bras, la tête sur son épaule, et mes jambes sont accolées aux siennes. Sa respiration reste identique, ses mains restent en alerte sur son pistolet, il ne me repousse pas, mais me fait savoir ce qu'il en pense :

– Et après tu me soutiendras que tu n'attends pas de moi de devenir un gars normal.

– Si tu le dis, rétorqué-je sans hésiter.

En attendant, il n'a pas exprimé son désaccord à ce que je sois contre lui et c'est la seule chose que je vois. Mais au moment où je m'apprête à fermer les yeux, Jack bascule sur moi. Un cri de surprise m'échappe.

– Dans ce cas, ça ne te dérangera pas que je puisse profiter de ton état ? demande-t-il, provocant.

En sentant son désir gonfler contre mon bassin, mon sang s'échauffe aussitôt, mon cœur pulse jusqu'à mon entrejambe. J'ai la tête qui tourne, tant passer de l'hystérie, des larmes et de la détresse à l'envie obsédante de m'offrir à lui est brutal.

– Quel état ? demandé-je. Me crois-tu faible et incapable de faire mes propres…

Ma voix se meurt dans ma gorge quand je sens ses mains se glisser entre mes cuisses pour les écarter. Je le laisse se placer entre elles, la bouche ouverte sur un souffle, et les yeux ronds. Son regard perçant, son sourire, tout son corps me provoque, me cherche, me titille, même sa queue tendue, dure et puissante, en appui sur mon pubis. C'est instinctif, je me cambre dans une respiration bruyante et arrime mes jambes à son bassin, j'en réclame davantage. Qu'importe ce que je viens de vivre, je m'interdis de m'interroger sur ce qui est moral ou non.

Et si, pour une fois, je m'autorisais à faire ce que je veux ?

J'ai à peine formulé l'idée que je l'embrasse. Les mains dans ses cheveux, sur sa nuque, mon baiser est possessif, explosif, puissant. Il lui hurle que j'ai besoin de lui, qu'à présent je le veux à mes côtés. C'est si intense, si brutal, que j'en oublie de respirer, surtout quand il y répond avec autant de ferveur. Sa langue rejoint la mienne. Elles s'enlacent et se malmènent comme si elles se hurlaient à quel point nous sommes « attachés » l'un à l'autre. Il n'y a plus nos passés ni cet avenir à affronter ; pour les minutes qui arrivent, il y a seulement ce *nous* que nous désirons.

Quand nos bouches se quittent, nous sommes à bout de souffle. Mon esprit est embrumé, ma vue brouillée mais je jurerais avoir décelé de la stupeur sur son visage avant qu'il ne se lève du lit précipitamment. Dans un même temps, il me tourne le dos et rejoint la commode. Mais je suis tellement déconcertée qu'il puisse me laisser pantoise, les jambes écartées, un désir aliénant au creux du ventre, que je préfère me concentrer sur mes propres sentiments. Au froid qui me gagne, je suis certaine d'avoir perdu toutes mes couleurs. Il ne va pas me laisser comme ça ?

Sitôt assise, je comprends ses intentions en le voyant fouiller dans son sac. D'ailleurs ses paroles me confortent :

– Capote.

Mon cœur reprend du service. Ma tête chasse tous mes doutes.

Jack se retourne, un préservatif à la main, puis ôte son tee-shirt. Mon regard se porte alors sur ses pectoraux puis sur ses abdominaux parfaitement dessinés. Il s'avance lentement. Je cesse de respirer et m'agrippe aux draps pour m'empêcher de trembler. Ça n'est pas de la peur ni de l'appréhension, c'est l'excitation qui remonte en flèche. Beaucoup trop vite. Et j'ai toutes les peines du monde à soutenir son regard quand il baisse son pantalon, qu'il laisse derrière lui.

Merde. Ça cogne dans ma tête, dans ma poitrine, entre mes jambes. Je serre mes cuisses entre elles tant la pression devient surréaliste. Le caleçon quitte aussi ses hanches et son pénis se dresse, haut et fier. Je me sens étourdie. Pourtant, ça n'est pas le moment de tourner de l'œil pour son sexe. Il est si gros. Après un coup de dent dans l'enveloppe argentée, Jack empoigne sa queue. Bon sang, c'est si érotique. Je ne sais plus quoi regarder : ses doigts agiles dérouler le préservatif ou ses yeux qui me fouillent et étudient mes réactions ? Je manque d'air, j'ai chaud, j'ai la bouche sèche, et le voir enfin devant moi, à genoux sur le lit, met mes neurones dans un état d'hyperexcitabilité irréversible. Il se penche sur moi, m'incite à me rallonger et demande d'une voix plus rauque que d'ordinaire :

– Tu as perdu ta langue, Lana ?

J'ai surtout perdu la notion de la réalité. Alors que je voudrais lui répondre, un son incohérent franchit ma bouche lorsque sa queue, qui percute mon entrejambe, me prend par surprise. Il sourit avant de m'embrasser rapidement.

– Les événements récents t'ont-ils rendue muette ?

C'est instantané, je réplique :

– Tais-toi !

– Pourquoi ? Parce que tu veux oublier ?

Je frissonne, autant pour sa question que pour ses lèvres qui dévalent mon cou. Je m'agrippe à ses cheveux et le presse contre moi. Je ne voudrais plus qu'il me quitte. Je voudrais qu'il n'y ait que ça. Que nous. Je gémis :

– Je ne veux que toi.

Il se redresse et me sourit, satisfait. S'il n'y a que ça pour lui faire plaisir, je pourrais lui dire un milliard de fois que j'ai envie de lui. Il ne me laisse pas le temps de le répéter. Il ôte prestement mon haut et mon soutien-gorge et, sans s'arrêter à la contemplation de ma poitrine dénudée, il fonce droit sur l'un de mes seins pour le sucer. Je me cambre dans un soupir. Je sens ses lèvres s'emparer de mon téton, ses dents le mordiller. Je gémis longuement, encore et encore, le cœur pulsant et écorchant toutes les cellules de mon corps. Il recommence de l'autre côté. C'est aussi bon que frustrant, je rêverais qu'il ait deux bouches et deux mâchoires ! Il griffe mes hanches et mes reins comme pour me posséder davantage. Je le lui rappelle :

– Je suis à toi.

Ses lèvres remontent jusqu'à mon visage, il m'embrasse sur la bouche, sur la joue, jusqu'à mon oreille. Je frémis sous la chaleur de son torse sur ma poitrine. Je sens son cœur battre aussi vite que le mien, jouer la même chanson. Je le presse, ondule mon bassin contre son sexe. Il grogne. Je recommence avec plus de ferveur. Si fort que je pourrais le faire jouir de cette manière si je continuais mes mouvements.

– J'ai envie de toi, avoué-je en allant quérir son regard.

Ses yeux flamboient. Ses lèvres gonflées me servent un sourire malicieux. Je sens ses doigts se frayer un passage jusqu'à ma fermeture Éclair. Puis, il accroche mon pantalon et mon string et les baisse. Je me tortille pour l'aider et surtout parce que la place vide qu'a laissée son buste en quittant ma poitrine est insupportable. Je me languis déjà qu'il me revienne. Mais Jack fait durer le moment.

Sitôt m'a-t-il débarrassée du reste de mes habits, à genoux entre mes jambes, il m'observe de sa hauteur. Les sourcils froncés, la bouche ouverte, haletant, il me paraît troublé. Comme si la réalité que je lui renvoyais ne lui convenait pas.

– Qu'est-ce que tu attends ? demandé-je dans un murmure avec la crainte que tout s'arrête.

Immédiatement, il se redresse et retrouve son visage de façade, impénétrable et distant.

– Je réfléchis à la meilleure façon de baiser.

Je n'en crois pas un mot. Je me redresse, d'abord sur les fesses, puis à genoux devant lui.

– Je ne savais pas que tu avais besoin de réfléchir pour ces choses-là. Que se passe-t-il, Jack ? Qu'est-ce que j'ai fait qui t'a déplu ?

J'entends mon cœur battre dans mes oreilles tant je redoute sa réponse. Néanmoins je ne rempile pas, je m'agrippe à sa nuque puis me rapproche de lui jusqu'à sentir son pénis buter contre mon pubis, et son torse caresser mes seins. Il ne bouge pas, se laisse aborder. Alors je l'embrasse. Délicatement pour le ramener doucement à moi. Il se laisse faire, m'observe recommencer. Je lui répète :

– J'ai envie de toi, Jack. Vas-tu m'abandonner ?

Ma question agit sur lui comme un électrochoc. Précipitamment, il nous fait basculer, puis rouler sur le côté. Je me retrouve assise à califourchon sur ses cuisses. J'ai à peine le temps de l'accepter qu'il m'attrape par les poignets et m'incite à me pencher en avant. Je tombe à la renverse sur lui. Nos visages à quelques centimètres l'un de l'autre, nos souffles se mélangent et mes cheveux forment un rempart contre le monde entier. Il me sourit.

– Je ne t'abandonnerai jamais.

Comment peut-il dire qu'il ne sera jamais cet homme rassurant et me sortir ça ?

Ces quelques mots ont plus de pouvoir dans sa bouche que dix mille caresses d'un petit ami. Je suis tellement perdue dans leur signification qui, je suis sûre, dépasse le moment présent, que je perçois à peine ses mains remonter mes cuisses jusqu'à mes fesses. Je sors de ma transe quand ses dents se plantent dans ma lèvre inférieure et, simultanément, je sens l'une de ses mains guider sa queue entre mes jambes. Elle glisse durement sur mon clitoris trempé. Une décharge me saisit. Je voudrais gémir, me cambrer, retourner à la rencontre de son sexe, mais ses dents me tiennent près de lui, immobile, assujettie. Puis d'un geste sec, il m'empale sur son pénis. Cette fois-ci, il relâche ma bouche et je gémis.

Je crois que lui aussi.

Le savoir, le sentir en moi est tellement bon. C'est comme espérer quelque chose qu'on pense ne jamais obtenir. Et avec Jack, dont les yeux n'ont de cesse de m'étudier, tout est disproportionné et décuplé. Il me relève et me fait le rejoindre tout aussi vite. Je gémis encore, de nouveau surprise par le plaisir qu'il me procure. De son côté, ses doigts se crispent dans ma chair comme s'ils s'y cramponnaient.

Ou plutôt… *comme s'il se refusait à lâcher prise*.

La vérité me saute au visage : lorsqu'il paraissait troublé, c'était parce qu'il n'arrivait pas à gérer ses sentiments. Il n'avait rien contre moi. Mon cœur galope.

Galvanisée, je me redresse et prends appui sur son torse pour prendre les choses en main. Naturellement, je me retire et reviens aussi vite jusqu'à ce que son pénis bute au fond de mon vagin. Le plaisir est indéfinissable, si saisissant que j'en ai le souffle coupé. C'est furtif, puissant, j'ai l'impression d'atteindre des sommets avant que tout m'échappe aussi vite. Je recommence. C'est encore mieux. Mon ventre se creuse, mes tétons se dressent. J'en veux encore, toujours plus, je cherche ce moment particulier où tout va basculer. Pour Jack autant que pour moi. D'ailleurs, je devine à sa bouche qui frémit, à ses doigts qui me marquent, que le Jack qui se voudrait infaillible s'apprête à déposer les armes pour un court instant. Je modifie l'amplitude de mes mouvements, cherchant par tous les moyens à chaque va-et-vient à aller toujours plus loin. Les os de ses hanches blessent l'intérieur de mes cuisses, ça m'est égal, je descends encore plus bas sur son membre, m'imprègne de sa taille, de sa grosseur.

Jack se redresse pour m'embrasser, me faisant réajuster ma position. Je glisse sur ses cuisses, encercle son bassin des miennes, entoure sa nuque de mes bras. Nos corps s'imbriquent, mes seins épousent son torse, nos pubis se percutent. C'est encore mieux parce qu'il est plus profondément en moi. Je le gémis :

– Oh ouiiii.

Les talons plantés dans le matelas, accrochée à ses épaules, je monte et descends sur son membre. L'exercice est plus difficile mais le résultat plus intense : dans cette position, à chaque aller-retour, sa queue caresse mon clitoris. Je le sens gonfler davantage, pulser à l'unisson de mon cœur dans ma poitrine.

Jack m'embrasse d'un baiser bestial, passionné, me léchant, me mordant, c'est doux et rude à la fois. C'est ce qu'il est, ce que je suis et ce que nous sommes. Je rejette la tête en arrière pour chercher l'air, je suis à bout de souffle et, pourtant, dans ses bras, je pourrais tenir une éternité.

– J'ai failli te perdre, grogne-t-il dans le creux de mon cou.

Je frissonne autant pour ses paroles que pour ses doigts qui serrent mes hanches et mes fesses. Je ne réponds pas ; de toute façon, il ne supporterait pas que je le réconforte. Il n'a pas besoin de mots, pour l'heure. Comme moi je me sers de lui pour aller mieux, il se sert de moi pour se rappeler que je suis en vie. Nous sommes l'exutoire de chacun.

Mes mouvements sont moins calculés, mes jambes faiblissent et mon esprit s'embrume. L'instant tant désiré arrive. Je sens le plaisir monter de cette profondeur inconnue, il croît en moi, s'intensifie, j'ai la tête qui tourne. Je m'agrippe plus fort aux cheveux de Jack, à sa nuque, je vais quérir son regard. Il m'observe avec une lueur indéfinissable, comme si mon simple plaisir suffisait au sien. Je me sentirais presque unique si je ne savais pas qu'il y avait un autre lui.

Mais finalement, quelle importance ? Ne suis-je pas aussi quelqu'un d'essentiel pour cet autre ?

L'idée me fait basculer.

L'orgasme arrive si violemment que je ne sais plus où situer un seul de mes organes vitaux. Je flotte autant que je me sens lourde. Alors que mon vagin se contracte autour de la queue de Jack, je m'empale plus profondément dessus comme si ça pouvait faire perdurer le moment.

Ma vue se trouble un peu plus et mes forces me quittent sous la déflagration, Jack prend le relais. Il m'aide à glisser sur lui, autour de lui, toujours plus vite, encore plus loin, faisant persister mes spasmes jusqu'à obtenir sa propre libération.

Il jouit dans un grognement assourdissant, une expression quasi angélique sur le visage. Je mémorise tout. La flamme dans ses iris, la couleur de ses lèvres, la chaleur de sa peau sur la mienne, la rudesse de ses paumes sous mes fesses et les remous de son sexe dans mon vagin.

Il pose finalement son front contre le mien. Nous sommes trempés, à bout de souffle et ses membres tremblent presque autant que les miens, il murmure sur ma bouche :

– Désormais, tu pourras pleurer tant que tu veux, Lana, je serai là.

23

Jack

En temps normal, il nous resterait un peu moins de dix heures de route pour rallier cette petite ville de l'Idaho à Seattle. Il nous suffirait d'emprunter les Interstates 80 et 84. Sans doute, aurions-nous pu nous arrêter dans un motel plus convenable pour nous y reposer, et pourquoi pas nous payer le luxe d'un vrai repas dans la soirée.

Or, paradoxalement, alors que nous n'avons pas une minute à perdre, je dois emprunter un trajet deux fois plus long parce qu'il y a de fortes probabilités pour que nous soyons recherchés. C'est une règle en matière de fuite : ne jamais emprunter les grands axes. Ces derniers sont truffés de caméras de surveillance et pour beaucoup engorgés aux abords des métropoles, ce qui limiterait mon champ d'action si nous devions être évacués rapidement.

Je ne suis pas rentré dans les détails avec Lana. Elle sait seulement le minimum : qu'avant de rejoindre Los Angeles, nous devons nous rendre à Seattle pour récupérer de nouveaux papiers d'identité et des armes. Sans doute y voit-elle une sorte de planque alors que c'est tellement plus.

Nous avons dû nous débarrasser de tout ce qui pourrait nous trahir. Nos portables, cartes de crédit, permis de conduire… ont fini dans le feu de cheminée du chalet. Il ne nous reste plus que le pick-up.

Je laisse le mécano de la concession que j'ai trouvée en chemin faire le tour du Ford, pendant que son patron, à mes côtés, note minutieusement toutes les informations qui lui sont données. Mis à part la vitre arrière, les pneus et un bon nettoyage intérieur, le plus gros point noir de cette caisse, ce sont les fils coupés sous le tableau de bord, qui font office de clé !

– Je suis embêté, grimace le patron, Garry, un quinquagénaire maigrelet à l'hygiène aussi douteuse que celle de sa concession.

Rien d'étonnant en soi. Mon besoin de me débarrasser d'une caisse quasi flambant neuve est déjà suspect, alors la façon avec laquelle je fais démarrer ma voiture tous les matins, n'en parlons pas. Cependant, Garry est aussi bon acteur que vendeur. En effet, il n'est pas plus embêté qu'il n'a touché de commission sur une voiture depuis des lustres. Son parc auto est à l'abandon : des voitures de toutes sortes, de toutes marques, allant du parfait état à la poubelle, s'y entassent et elles sont tellement poussiéreuses qu'on distingue à peine le prix inscrit sur les pancartes à travers leur pare-brise.

Je jette un coup d'œil rapide à Lana, non loin de nous, qui s'enfonce à travers les allées de ferraille. OK, action.

Je plaque une main ferme sur l'épaule de Garry en guise d'avertissement et lui explique :

– Je ne vais pas t'apprendre à faire ton travail, mais si tu n'arrives pas à remettre en état ce qui « t'embête », tu pourras toujours dépecer ce Ford pour le vendre en pièces détachées. Dans tous les cas, tu ne seras pas perdant, puisque mon pick-up va te rapporter beaucoup de pognon alors que moi, la seule chose que je te demande en échange, c'est une voiture qui puisse traverser les États-Unis et un plein d'essence.

Simultanément, Garry sourit et ses yeux se mettent à briller. Mauvais vendeur, piètre comédien, il ne peut pas être également stupide. Il saisit rapidement que je lui cède un véhicule à plus de cinquante mille dollars pour un qui en vaudra certainement moins de dix mille.

Un quart d'heure plus tard, l'affaire est entendue pour une Chevrolet Cruze de 2015, une berline sans option mais assez spacieuse pour y accueillir un chien ainsi que nos maigres bagages. Le véhicule possède un autoradio pour couvrir le bruit monotone et soporifique du moteur. Pas de climatisation, sièges en tissu non chauffants, pas de kit Bluetooth, pas d'accoudoir central… et surtout pas de GPS.

Rebel passe cinq minutes à renifler la banquette arrière avant de s'y coucher, Lana tout autant de temps à régler son fauteuil. Le monde à l'envers ! Il me semble pourtant être le seul à avoir besoin d'un minimum de confort puisque je m'apprête à conduire pendant plus de seize heures. OK, je le concède, les fauteuils du Ford étaient le nec plus ultra, ceux-là sont faits d'une fine couche de mousse et de barres de fer, mais tout de même !

Après avoir testé tous les boutons à sa portée – aération, dégivrage, vitres, rétroviseurs et même ceux du poste, *bordel, seize petites heures* –, Lana s'enfonce dans son fauteuil, bras croisés.

– Tu peux me dire pourquoi tu as choisi cette voiture ? râle-t-elle.

Je tilte une seconde sur son comportement.

– C'est une façon pour toi de faire la discussion ou tu fais dans la superficialité maintenant ? rétorqué-je.

Elle pouffe.

– En vrai, je m'ennuie et je cherche à te contrarier. Quant à la superficialité, tu connais déjà la réponse puisque tu m'as étudiée pendant deeeeeees semaines.

– Cette période-là est encore floue. Tout ce dont je me souviens de ces derniers mois ne te concerne pas. Donc techniquement, je ne connais pas Leia.

Elle baisse le dossier de son fauteuil et étend ses pieds sur le tableau de bord devant elle. Ses jambes se profilent, s'étirent dans mon champ de vision. Mon regard est irrémédiablement attiré vers la naissance de ses fesses parfaitement dessinées dans son jean, et sur la peau cristalline de ses hanches que sa chemise a délaissées. *Seize heures…* Je prends une grande inspiration et attrape ses mollets pour la forcer à se réinstaller normalement.

Sa tête réapparaît, son dossier a repris sa position initiale. Elle se tourne vers moi, jambes légèrement repliées, mains jointes entre ses genoux. Cette fois-ci, c'est sa poitrine qui « remplit » mon champ de vision autant qu'elle remplit le décolleté de sa chemise. Je serre les dents et la gronde :

– Assieds-toi correctement, Lana.

Elle cligne des yeux mais obéit, non sans s'exaspérer :

– Tu es toujours aussi… *dur* dans tes missions ?

Elle ne se rend pas compte à quel point être dur pourrait justement être notre problème ! À partir de maintenant et jusqu'à Seattle, je m'interdis de céder à la tentation. Je dois rester aux aguets et je n'ai plus aucun péché à expier dans ses bras. Je demande :

– Qui était Leia ?

– Une nana trop polie, trop gentille, trop Bisounours.

– Bisounours ?

– Oui. C'est un dessin animé sur de gros nounours qui aiment la vie, qui font des câlins, qui font des bisous, qui rassurent, qui…

– Encore un putain de pédophile qui a réussi à calmer ses pulsions en s'imaginant avoir la confiance de tous les gosses du pays !

Au silence qui s'ensuit, je comprends que ma réponse n'a pas eu l'effet escompté. Coup d'œil vers la droite, elle me regarde avec effarement. Bonté divine, elle a la bouche ultra, ultra, ultra-grande ouverte.

– Il existe des gens bienveillants, Jack, se défend-elle.

Comme il existe une part monstrueuse dans chacun de nous. Néanmoins, je ne relève pas.

– Nous en étions à Leia, relancé-je. Continue. Trop de Bisounours, blablabla…

Je l'entends soupirer mais elle reprend :

– J'ai été élevée sans jamais manquer de rien, le confort, c'était mon quotidien. Je ne me sentais pas prétentieuse ou superficielle parce que j'avais les moyens de me payer tout et n'importe quoi, je trouvais ça logique. Je vivais là-dedans. C'était naturel d'avoir une cuisine équipée, un lit king size, un concierge qui faisait aussi office de portier dans mon immeuble, comme il était normal que je conduise une voiture full option, que je possède deux ordinateurs, qu'on me fasse…

– La chute a dû être brutale, vociféré-je pour couper court.

J'observe sa réaction à ma remarque. Elle tripote un coin de sa chemise avec mélancolie. La température dans l'habitacle vient de chuter d'une bonne vingtaine de degrés. Je ne vais pas me plaindre, c'était un peu le but. J'enfonce mes épaules dans le siège, réajuste mes mains sur le volant et remonte ma jambe gauche pour plus de confort. Avalons autant de kilomètres dans le silence et sans la trique tant que nous le pouvons !

– Je suis partie si vite de Los Angeles que je n'ai pas eu le temps de m'en rendre compte, reprend à mon grand dam Lana. Ma seule obsession, c'était ma sécurité et celle de mon enfant, où je pouvais manger, où je m'autorisais à dormir. Et franchement, tant que je pouvais le faire, je me foutais des conditions. Un soir, je me suis même assoupie au milieu des poubelles.

– Au milieu des poubelles ?

– Je pensais que personne ne serait venu me trouver dans une benne à ordures. Sauf peut-être les éboueurs… J'étais tombée sur une des seules villes du comté qui faisait ramasser ses déchets le soir. Quoi qu'il en soit, quand l'employé a éclaté malencontreusement une poubelle sur ma tête, je suis sortie de ma cachette pour l'arroser d'insultes jusqu'à comprendre que j'étais plus ridicule que terrifiante. J'étais couverte de spaghettis à la bolognaise. Adieu, Dignité !

Je ris franchement. Lana me rejoint.

– C'était très stupide.

– Très. Mais j'étais aussi très perdue. J'ai dû apprendre les techniques de camouflage en quelques jours. Et je ne parle pas de spaghettis.

Je n'ai aucun mal à imaginer ce qu'elle a vécu, ce qu'elle a pu faire pendant sa fuite puisqu'elle a réussi à rester invisible plus de trois ans et demi.

– Et je dirais que tu t'en es plutôt bien sortie.

Elle se penche dans ma direction, l'air exagérément soucieux puis pose le revers de sa main sur mon front comme si elle tentait de prendre ma température. Je fronce les sourcils et me saisis de son poignet pour la repousser.

– Tu viens de me faire un compliment, pouffe-t-elle, je me préoccupe seulement de ton état mental.

C'était donc du sarcasme…

– Dommage que tu sois restée près de ta fille, commenté-je, ton plan aurait pu être parfait.

Sa réaction est instantanée, elle me retire sa main avec véhémence. Mais alors que je pensais l'avoir blessée, je la découvre droite comme un piquet, la poitrine bombée et un air suffisant collé au visage. En vrai, c'est plus que ça : ses yeux ont cet éclat qui signe sa force mentale et que j'apprécie chez elle.

– Tu n'aimes pas que je te fasse remarquer à quel point tu peux te montrer différent de l'autre.

Un point partout. De nouveau, elle m'a cerné mais c'est le jeu. Je lui souris, elle se réinstalle dans son siège…

… Pieds sur le tableau de bord. *Puuuutain !*

Bien entendu, l'endormir une nouvelle fois au chloroforme n'est pas envisageable. Gérer son sommeil, sa sécurité, sa bonne santé, tout en gérant le reste : planifier notre itinéraire, passer des coups de fil de cabines téléphoniques, faire le plein d'essence, acheter le nécessaire pour se rassasier et boire tout en l'ayant à l'œil se révèle être plus complexe qu'il n'y paraît.

Et bien entendu, ne comptez pas sur Rebel. Quand il ne dort pas, il part à la découverte du monde des poteaux ou comment marquer son territoire à chaque arrêt en pissant dessus. D'aucune façon, il ne veillerait sur sa maîtresse, ça demande beaucoup trop d'efforts et ça suggérerait qu'il comprenne ce que je lui demande.

J'ouvre ma vitre en grand pour me passer l'envie de baiser Lana sur le bas-côté de la route. L'air est glacial et la nuit a envahi le ciel. Je détends ma nuque en balançant ma tête de droite à gauche.

– J'ai eu le temps de réfléchir à ton arrivée à Keystone, lance Lana en récupérant la couverture sur la banquette arrière pour s'en recouvrir. Si… Pedro disait vrai et que j'ai été dénoncée, ça ne peut être qu'une seule personne.

Laissez-moi deviner ? Elizabeth ?

– Benson, affirme-t-elle.

Perdu. Je suis tout ouïe, en avant pour les théories. Je penche mon oreille de son côté pour l'inciter à développer.

– C'était le seul à savoir que j'étais enceinte et que je cherchais une famille pour Mina.

– Ne lui as-tu pas dit être revenue sur ta décision de faire adopter ton enfant ?

– C'est ça, mon erreur. J'ai coupé les ponts avec lui à ce moment-là. J'aurais dû garder le contact, j'aurais dû continuer à lui mentir. Quelles sont les dernières informations qu'il avait sur moi ?

– Que tu allais faire adopter Mina par les O'Kelly.

Elle hoche la tête.

– Et ça n'a pas dû être très compliqué pour Benson de me retrouver à Keystone après avoir découvert que Charly et Elizabeth avaient eu un enfant.

– Ça se tient mais j'aurais plus penché sur la nana.

– Elizabeth ? s'étonne-t-elle.

– Bien entendu. Il faut être aveugle pour ne pas remarquer à quel point Mina te ressemble et surtout à quel point elle ne ressemble pas du tout à ses parents adoptifs. N'importe qui pourrait faire la relation. Même Mina dans quelques années !

– Elizabeth ne prendrait jamais le risque de la mettre en danger.

Sa voix est éraillée, je sens bien que le sujet est sensible.

– Sauf qu'il n'a jamais été question de Mina. Ma mission consistait à te ramener vivante à Tomesi. Je pense que personne à Los Angeles n'a connaissance de cet enfant.

– Qu'est-ce que tu en sais puisque tu ne te souviens plus de ce qui s'est tramé ces dernières semaines ?

Je souffle face à sa colère. Elle ne sait toujours pas ce qu'elle veut : la vérité abrupte et sans filtre ou l'explication qui l'arrangerait le mieux. J'allume le poste pour clore cette conversation.

Elle l'éteint aussi sec.

– Elizabeth ne m'aurait pas trahie.

Je sens poindre les larmes dans sa voix. Je soupire un « si tu le dis ».

– Tu n'es qu'un con. Il ne s'agit pas de savoir qui a raison !

Je bute sur son insulte. Dois-je lui rafraîchir la mémoire sur ce qu'il lui arrive lorsqu'elle me met en rogne ? Entre autres : mon envie viscérale de la posséder. Et je reste poli… J'inspire. D'autant que la couverture a volé avec sa colère et un bouton de son chemisier avec ! *Zen, zen, zen.*

Nous dépassons un *diner*. L'horloge centrale de la voiture indique presque 21 heures, et je suis en avance sur mon timing. Je crois qu'une pause s'impose. Je freine abruptement et fais demi-tour. Entorse à la règle. Nous en avons tous les deux besoin.

– Nous saurons bien assez tôt qui a raison, réponds-je tout de même. J'ai mis quelqu'un sur le coup.

– Que… Quoi ?!

– J'ai pris contact avec une connaissance quand tu dormais, il va fouiller du côté de tes amis et faire le « ménage ».

Je me gare sur le parking du *diner*. Entorse à la règle ne signifie pas pour autant ne pas prendre de précautions : j'ai placé stratégiquement la voiture devant la vitrine du restaurant. Je me retourne vers Lana tout en fermant ma fenêtre, elle m'observe, la bouche entrouverte, l'air abattu. J'aimerais pouvoir lui dire que je m'occupe de tout et qu'elle ne doit pas se faire de soucis mais tout est loin d'être terminé. Cependant, je lui concède le fond de ma pensée :

– C'est important pour savoir sur qui nous pourrons compter à Los Angeles. Et aussi pour savoir si Mina est encore en danger. S'il s'agit de Benson, je suis désolé de te l'apprendre mais les O'Kelly devront se trouver une nouvelle vie. S'il s'agit d'Elizabeth…

Je soupire et laisse ma phrase en suspens. Je n'excelle pas dans ce genre de conseil. Ma réaction à moi serait plus qu'évidente et surtout nettement plus radicale. Sans aller plus dans les détails : en restant encore poli, je récupérerais l'enfant.

Mais bordel, heureusement pour moi, ça n'est pas ma fille !

À l'instant où je sens mes lèvres se retrousser dans un sourire de soulagement, je me précipite en dehors de la voiture. Je m'accorde beaucoup de libertés avec Lana mais pas au prix qu'elle me coupe les couilles pour mon manque de délicatesse.

Elle met moins de temps que je ne le pensais à me rejoindre. Ses joues ont repris une teinte naturellement rosée et son visage sa fraîcheur habituelle. Hormis la lueur au fond de ses prunelles, rien ne laisse entendre qu'elle était à deux doigts de pleurer. Force, courage, raison, je ne sais pas trop par quel moyen elle surmonte ces épreuves, mais je dois bien avouer que Lana est une sacrée femme.

Reste à savoir si elle est prête à affronter la suite.

Je réajuste mon arme dans mon dos et ferme la voiture. Rebel, toujours sur la banquette arrière, relève à peine les paupières. Je lui promets par la pensée un ou deux poteaux à mon retour s'il se tient tranquille.

J'avoue que s'arrêter dans ce restaurant était une mauvaise idée quand : un, je lis les affichettes scotchées à la porte d'entrée, deux, nous passons cette dernière et trois, quand Lana et moi buggons littéralement sur les tenues des serveuses.

Pas sûr que nous les regardions avec le même œil, mais nos têtes suivent synchroniquement la demoiselle qui passe devant nous, tenant un plateau débordant de verres, vêtue d'une chemise à carreaux attachée par un nœud sous sa poitrine, et un short en jean tellement court que je n'ai aucun mal à discerner la couleur et la matière de sa culotte.

Soirée country… et coton rouge.

Je ne me donne pas une minute de répit pour m'approprier la facette de *l'autre*. J'analyse le lieu avec minutie : toilettes, bar, sortie de service, salle privée, mais aussi toutes les personnes dans le restaurant : musiciens, serveuses, cuisiniers, barmen et clients, pour la plupart des routiers. Je passe tout au crible. La salle s'étend devant nous en forme de L, tables avec banquettes le long de la vitrine à gauche, d'autres avec chaises au milieu, bar-cuisine sur la droite. Il ne s'agit pas d'un *diner* où les spots, les néons et les ampoules arrosent l'ambiance de couleurs flashy, et les pin-up des années 1960-1970 agrémentent les murs ; il ressemble plus à un bar lambda qui propose un service continu. Boiseries, cuirs, sols, tout est sombre, jusqu'aux tableaux représentant des paysages en noir et blanc. Bref un restaurant routier non loin d'un Interstate, sauf qu'à mon grand désespoir, un groupe de musique joue de la country le seul soir où nous sommes de passage. Par chance, une table est disponible près de la vitrine avec une vue imprenable sur la Chevrolet et, même si nous sommes juste à côté de l'orchestre, le volume *permettrait* largement de tenir une conversation.

Notez que j'ai parlé au conditionnel, parce que la seule chose qui m'importe, c'est de manger vite pour repartir vite sans que la musique me mette les nerfs en pelote. Ça inclut donc que Lana mange également puisque, avec la bouche pleine, elle est presque aussi sage que sous chloroforme.

Elle commande un hamburger végétarien, auquel elle touche à peine, alors que je dévore sans ménagement une pièce de steak de trois cents grammes. En revanche, au dessert, elle ne résiste pas au milkshake au chocolat que lui propose Miss Fesses à l'air. Suspicieux de la présence éventuelle de cacahuètes, je préfère me tenir à un *bottomless coffee*, ça contribuera à ma digestion et à me tenir éveillé pour les heures de route qui nous restent à faire.

Finalement, ne plus entendre sa voix me perturbe davantage que ça ne m'apporte de quiétude, et d'autant plus quand elle prend cet air insolent pour m'observer. Je ne vais pas me mentir à moi-même, elle est diablement sexy. Elle a cette façon de lécher la cuillère comme ce fameux soir où j'ai goûté sa bouche – lèvres et bout de langue glacés sous un souffle brûlant –, cette manière de plisser les yeux, cette étincelle qui n'a rien à voir avec l'éclairage, et ce genou qui s'insinue entre les miens avec une fausse innocence. C'est très tentant. Je ne sais pas à quoi elle joue, mais elle réussit à faire baisser ma garde. Je le sais à mon cœur qui s'est mis à taper légèrement plus fort dans ma poitrine avant même que ma queue ne se redresse. Traître.

– Tu étais si coincé et si concentré que j'osais à peine toucher mon plat, craignant que tu t'étouffes avec ton steak en louchant sur les fesses des serveuses, se moque-t-elle.

– Uniquement mon côté observateur, répliqué-je.

Elle lève les yeux au ciel, peu convaincue.

– Tu vois, tu n'es pas bien différent des autres hommes.

– Un autre sujet à controverse ? Dis-moi, Lana, existe-t-il une seule conversation sur laquelle nous pouvons nous entendre ?

Elle hoche la tête, amusée.

– Le chocolat.

Je ris. Elle sourit puis repousse son dessert sur le côté.

– On va danser, lance-t-elle en me tendant une main.

Je ne ris plus.

– Non.

– Ça n'était pas une question, Jack Anderson. Une danse et nous partons.

– J'ai déjà pris le risque de m'arrêter dans ce restaurant, c'est non négociable.

Elle s'enfonce dans la banquette, bras croisés sous la poitrine. Négociation ? Je suis sûr de gagner, Lana est nulle à chier en avocate. D'ailleurs leur robe est la seule qui n'a rien de bandant…

– Pour quelle raison as-tu pris ce risque ? demande-t-elle. Pour un steak, des frites et du café ? Je te connais maintenant assez pour savoir que, jamais, tu ne laisseras ton corps te dicter ta conduite.

Elle relève le menton et arque un sourcil avec arrogance.

Je serre les dents instantanément, *l'autre* se fend la poire dans un coin de ma tête. Elle a raison. Sur l'instant, je pensais que ça nous ferait du bien. Mon cœur me rappelle à l'ordre immédiatement. Je n'ai pensé qu'à elle, puisque je savais d'avance que ce genre d'endroit me demanderait d'être deux fois plus vigilant et me ferait extrêmement chier.

– Je ne sais pas danser, expliqué-je naturellement, ou du moins pas ce… style de danse.

Lana me dévisage. Même si ça n'est pas la réponse à sa question, c'est la stricte vérité. Je devance la suivante :

– Ça faisait partie de mon éducation. Je devais pouvoir me fondre dans les milieux les plus sélects. Et en général, les riches ne dansent pas la country.

L'étonnement se peint sur son visage, elle cligne des yeux sur mes avant-bras, marqués des trophées de mes missions. Si elle savait à quoi ils correspondent… je ne doute pas qu'elle me regarderait différemment. Sans le voir venir, sans ménagement, ma respiration se coupe, ma trachée se resserre. C'est pire qu'un uppercut bien placé, c'est un seau d'eau en plein visage alors qu'on a le doigt dans une prise électrique. J'ai un mal fou à survivre aux trois cent vingt volts mais pas à comprendre ce que je vis. Je crains que Lana n'éprouve un jour le seul sentiment que j'exècre : la déception. Et ça rend la situation d'autant plus singulière car, habituellement, je me fiche du regard des autres.

Mais pas du sien.

Ça fait longtemps que je l'ai compris…

– J'ai du mal à te voir en riche aristocrate, se moque-t-elle en me ramenant à la réalité.

Mécaniquement, je balaie de nouveau des yeux la salle. Je l'avoue, ça me permet aussi de chasser ces idées noires. Je réponds rapidement :

– Et pourtant, j'étais le meilleur dans ce rôle.

– Le… meilleur ? répète-t-elle.

Il n'y a rien à signaler de particulier dans le *diner*, hormis sans doute la bouche grande ouverte et la mine cireuse de l'instigatrice de chaos assise devant moi…

Il me faut une seconde pour comprendre la réaction de Lana – elle doit se demander combien nous étions, si nous avons tous reçu la même éducation, comment nous avons tous fini… Je soupire et me décide à changer de sujet. Autant qu'elle reste dans l'ignorance quelques heures supplémentaires. Tant qu'elle n'est pas à l'abri, moins elle en sait, mieux elle se porte. Je lui tends la main à mon tour :

– Une danse et on se casse.

– Tu évites le sujet, relève-t-elle judicieusement en louchant sur mes doigts, qui attendent fermement les siens.

– Décide-toi vite, Lana. Un.

Ses yeux s'agitent, elle hésite, d'autant que je ne ferai pas l'effort deux fois, elle doit s'en douter.

– Pourquoi ne veux-tu pas m'en parler ?

– Deux.

– Est-ce si difficile pour que tu reviennes sur ta décision de danser avec moi ? raille-t-elle.

– Trois.

Je jette un regard désinvolte au parking pour appuyer ma détermination à ignorer ses questions.

– J'ai qu'une envie, c'est de te faire bouffer de la cacahuète pour que tu cesses de compter ! peste-t-elle.

– Quatre.

Rebel attire mon attention. Il trépigne dans le véhicule, passant du siège de Lana au mien avec véhémence, montrant les crocs, ouvrant et fermant la gueule. Je comprends rapidement qu'il aboie. Et pas seulement.

Mes yeux s'agitent. Mon sang se met à bouillir. Mes muscles se bandent. Et toutes les choses anodines se mettent en stand-by. Plus de musique, plus de discussions, plus de petits culs qui se trémoussent, plus de *diner*. Je suis aux aguets.

Instantanément, mon attention se porte sur un type qui pénètre dans le restaurant. La trentaine, jean, sweat, tout ce qu'il y a de plus quelconque et pourtant, au moment où nos regards s'accrochent, je comprends qu'il est là pour nous. J'ai à peine le temps de voir ses lèvres esquisser un sourire que je suis déjà debout.

Tout se passe très vite. J'accroche la main de Lana et la force à me rejoindre.

– Mais qu'est-ce que tu fais ?

– Ne discute pas, fais tout ce que je t'ordonne.

Si elle me répond, je ne l'entends pas. Je suis sur pilote automatique avec comme seule et unique alimentation l'adrénaline.

Je nous fais traverser la foule devant l'orchestre, nous fais longer le bar dans l'arrière-salle et rejoindre les cuisines sans nous retourner.

Durant le repas, j'ai compris qu'il y avait une sortie derrière le bâtiment quand des « culs à l'air » se sont passé à tour de rôle des clopes et un briquet. L'enseigne lumineuse « Exit » au-dessus de la boiserie corrobore ma théorie. La porte se referme derrière nous, assourdissant la musique. La sortie de secours est bien là, à moins de dix mètres devant nous, je ne m'arrête pas. Même quand un serveur se met en travers de notre chemin, je n'hésite pas à le repousser violemment ;

chaque seconde compte et sa vie n'a pas la moindre importance à mes yeux. Il s'éclate contre les fourneaux dans un grognement, un de ses collègues vole à son secours et s'offusque. *Un mètre.* Au moment où nous mettons un pied sur le parking, j'entends le brouhaha de l'orchestre reprendre dans un courant d'air : quelqu'un vient de passer la porte des cuisines. C'est lui. Je le sais aux hurlements de terreur qui se font entendre. *Il a une arme.* J'accélère le pas, garde Lana près de moi et nous précipite jusqu'à la voiture. Je l'oblige à courir.

– Derrière ! Tu montes derrière et tu restes baissée quoi qu'il arrive ! lui ordonné-je lorsque je déverrouille les portières.

Elle s'exécute, aussi muette que si on lui avait coupé la langue. Je prends place, démarre, recule sans me soucier de la présence d'un piéton derrière moi et regagne la route en moins d'une seconde.

Dans mon rétroviseur, j'aperçois l'homme nous tenir en joue pour finalement se raviser, nous sommes hors de sa portée.

Mais pour combien de temps ? Qu'est-ce que j'ai loupé ? À quel moment ai-je foiré pour qu'on ait été retrouvés aussi vite ? C'est insensé.

Je frappe violemment le volant en poussant un juron. Mon insouciance a failli nous coûter la vie ! Et mon agacement atteint son paroxysme quand je comprends que tant que je ne saurai pas comment ils nous ont retrouvés, je ne pourrai pas rejoindre immédiatement Seattle. Je vais devoir tourner en rond…

Les petites heures de conduite que j'avais prévues viennent de prendre le goût amer de l'éternité. Je baisse le rétro vers le bas pour jauger la température sur la banquette arrière, et croise le regard terrifié de Lana. Pourtant, tout aurait pu être bien pire si ce satané chien ne nous avait pas alertés. Je me reconcentre sur la route, les molaires à deux doigts d'exploser tant la pression dans mes mâchoires est importante. L'autre pète le champagne dans ma tête, il a raison : se laisser attendrir par Lana est une faiblesse qui ne nous apportera rien de bon.

24

Lana

Alors que ma crise de panique au motel avait annihilé la fonction de mes organes vitaux, ici, sur cette banquette arrière, je ne me suis jamais sentie aussi vivante.

Nous sommes vivants.

Mon cœur bat vite et fort, ses battements me donnent l'impression de s'éclater dans tout mon corps avec vacarme. Je respire rapidement, la trachée brûlante, l'arrière-gorge asséchée. Mes réactions tout comme mes sens n'ont jamais été aussi vifs : à l'affût du moindre bruit, les yeux braqués sur Jack au volant, j'anticipe toutes les embardées de la voiture en me retenant au fauteuil devant moi.

Je ne sais si nous sommes encore poursuivis, si je peux m'asseoir, j'en suis encore au stade de chercher à comprendre ce qui s'est passé. Tout est allé si vite que je pense avoir laissé mon cerveau près du milkshake au chocolat dans le *diner*. Dans notre course, je n'ai rien vu, rien entendu, j'étais préoccupée par ce que je devais faire : courir, et par l'unique raison de ce départ en trombe, rester en vie.

Et nous sommes vivants.

C'est seulement quand ma respiration s'apaise que je perçois le bruit du moteur : constant, linéaire, nous avons retrouvé la même vitesse de croisière qu'avant notre arrêt. J'en déduis que nous ne sommes pas poursuivis.

C'est plus fort que moi, je me redresse et me retourne pour observer la route à travers la lunette arrière. Dans la nuit noire, je distingue les feux d'un camion au loin, mais rien d'autre.

– Je ne t'ai pas encore donné le feu vert pour te relever, peste Jack. Attache-toi !

Je me remets dans le sens de la route et croise son regard. Face à ses pupilles aussi tranchantes que des lames de bistouri, je m'enfonce dans mon siège et m'exécute non sans demander :

– Qui était-ce ?

Silence…

Je me retourne encore. Toujours le camion. Je reviens à Jack.

– Pourquoi ne nous poursuit-il pas ?

Léger froncement de sourcils mais je vous le donne en mille…

Silence !

– Tu peux me dire pourquoi tu ne réponds pas à mes questions ?

– Parce que je me pose les mêmes !

Je m'enfouis davantage dans le rembourrage de la banquette face à sa rage. À mon tour de me marier avec le silence, je n'ose plus bouger, plus parler, à peine respirer ou penser à le faire. Pourtant, malgré une barre en fer sous les omoplates et un ressort menaçant l'intégrité de mon jean, pour ne pas être vulgaire, ça n'est pas l'envie qui me manque.

Je contracte tout de même les fesses.

Je ne crois pas l'avoir vu une seule fois dans un état pareil, aussi enragé. Et je me rapproche maintenant de la crise de panique.

Pourquoi ? Pas parce qu'il pourrait me faire peur, mais parce que Jack vient de me faire savoir que la situation lui échappait.

Jack mitraille les rétros, la route et le tableau de bord du regard. Je médite, inspire et expire, tricote de mes doigts un fil invisible, gonfle et dégonfle mon ventre, fais rouler mes yeux, bref, je tente n'importe quoi qui pourrait me faire oublier que tout peut basculer. Mes muscles se détendent lentement – sauf mes fessiers : je n'oublie pas la menace du ressort. Cette voiture est un désastre, je suis certaine que le concessionnaire n'a même pas pris le temps de nettoyer l'habitacle pour la mettre en vente. Déjà, à l'avant, j'y avais trouvé : des mouchoirs usagés, un CD tout rayé de Justin Bieber (et ça, c'est pas rien), des chewing-gums collés dans les lames de l'aération et une collection de crottes de nez sous le pare-soleil. L'arrière est encore plus crade et suspect : la banquette est tachée et trouée à de multiples endroits, l'accoudoir de la porte est recouvert d'une substance poisseuse qui a dû offrir une nouvelle coupe à la personne qui y a laissé ses cheveux, et je sens trop de choses craquer sous les semelles de mes bottines. En clair, soit cette voiture a servi de logement provisoire, soit elle faisait office de baisodrome de fortune.

Oh merde, j'ai envie de vomir...

Jack me tend la carte routière :

– Aide-moi.

Je la récupère d'une main tremblante, allume le plafonnier avec autant de grâce et l'ouvre sur mes genoux.

– Nous sommes sur cette route, reprend Jack en désignant un point sur le papier. Trouve-nous une station-service.

Je m'applique à la tâche, suis du doigt les routes qui rallient les villes entre elles.

– Loin des Interstates ? demandé-je.

Coup d'œil dans le rétro, hochement de tête. Toujours mieux que de se faire hurler dessus. Je continue mon étude pour finalement lui indiquer la direction de la plus proche station et lui rends sa carte. Il la jette dans le vide-poche et éteint le plafonnier. Long silence. Cinq minutes ? Dix minutes ? Peut-être plus. Mais c'est dérangeant, oppressant et, face à mon reflet dans la vitre, je ne tiens plus :

– Je n'ai jamais baissé ma garde en trois ans et demi. Jamais. Qu'importe où j'allais, j'avais mon arme, qu'importe où je dormais, j'avais mon arme, qu'importe ce que je faisais, j'avais mon arme. Je me suis toujours rattachée à elle comme si ma vie en dépendait, alors que c'était ce que je faisais qui déterminait ma survie. Et finalement, le plus difficile, ça n'était pas d'imaginer ce que j'aurais pu être ou rêver de ce que j'aurais pu faire si je n'étais pas recherchée, mais justement de s'interdire de le faire pour ne pas s'égarer et redevenir une proie facile pour… rester en vie.

Je marque une pause pour le regarder. Nos yeux se croisent dans le rétroviseur. Je ne sais pas trop s'il se rend compte de l'importance de mes paroles ou de leur signification, mais déjà, il m'écoute. Je continue :

– Tu sais ce qui est différent aujourd'hui ? Mis à part que je ne converse plus avec une voiture et que j'ai cessé les soins capillaires à la bolognaise… ? C'est que je ne suis pas seule. Pour la première fois depuis toutes ces années, j'ai la sensation de pouvoir m'autoriser un break, qu'avec toi je peux souffler. Tu comprends ?

– Tu ne devrais pas.

Je ne peux me retenir de rire.

– Pourquoi j'étais certaine que tu me répondrais ça ?

Aucun regard, aucun haussement d'épaule ou de sourcil, du Jack tout craché, fin de la conversation. Et je comprends pourquoi, quand des rais de lumière balaient l'habitacle. Nous sommes arrivés à la station : il doit garder ses distances pour mieux appréhender le danger, se rapprocher un peu plus de *l'autre*.

Il dépasse les pompes à essence et préfère une place près de la boutique. Il coupe le moteur et sort calmement. Je prends mon temps avant de l'imiter, je ne peux m'empêcher de regarder autour de nous, de douter de chaque personne ou de chaque véhicule présent. Une voiture est garée à deux places de la nôtre, un type fait le plein d'essence de sa camionnette et le pompiste regarde un match de football américain derrière son comptoir. Finalement, c'est quand je vois Jack libérer Rebel, puis fouiller dans la boîte à gants que je m'extrais difficilement de la Chevrolet.

J'ai les jambes en coton, et un air suffocant d'essence me fait toussoter, je plaque ma main sur mon nez. Rebel court rejoindre le premier lopin de terre, pas bien compliqué, nous sommes au milieu de nulle part, dans le nord de l'Idaho.

– Attends-moi ici, je reviens, m'avertit Jack en me plaquant avec force un objet sur le ventre.

Je le récupère, et comprends immédiatement à sa forme, à sa froideur et à sa texture de quoi il s'agit. Pourtant j'y jette un œil comme si j'espérais que… *mon Beretta* n'ait pas retrouvé sa place entre mes mains. Et comme pendant toutes ces années, je le fixe entre mon pantalon et la cambrure de mes reins. Je regarde avec appréhension le visage de Jack. Impassible, avec tout le flegme dont il sait faire preuve, il n'en reste pas là :

– Le break est terminé, je ne serai peut-être pas toujours là.

Et il me laisse pantoise alors que je faillis davantage à ses paroles. C'est quoi, l'expression, déjà ? Se faire couper la chique ! Sauf que je ne chique pas du tabac, je viens de m'étouffer avec… J'ai bien du mal à penser qu'un jour nos chemins se sépareront. Dans ma réalité, c'est impossible. Nos destins sont liés, non pas comme un homme et une femme le sont par amour, mais parce que j'ai besoin de lui.

Je ne sais pas à quel moment je l'ai compris : lorsqu'il m'a sauvée au chalet ou quand il a su me ranimer au motel, mais c'est une évidence, et je suis certaine qu'il en est de même pour lui. La seule chose qui pourrait nous séparer serait la mort. Un violent frisson me ceinture quand je saisis le vrai sens de ses paroles. Il envisage que… c'est impossible. Jack, l'autre, qu'importe celui qui mène dans sa tête, aucun d'eux ne se laissera tuer.

Dans *ma* réalité, ça aussi, c'est impossible.

Interdite, je regarde Jack s'éloigner et pénétrer dans la boutique.

La route est à peine fréquentée et surtout très peu éclairée, et la faible musique déversée par des haut-parleurs au-dessus de ma tête me colle des frissons. J'ai la sensation de me retrouver en plein polar. Après un rapide tour d'horizon, j'observe Jack, il échange quelques mots avec le pompiste, rit, laisse des billets sur le comptoir et revient avec un téléphone.

– Rentre dans la voiture, m'ordonne-t-il tout en composant un numéro.

J'obéis, délaissant l'air pesant de la station et retrouve mon siège à l'avant. Pour ce qui est de chercher un soupçon de confort, je n'essaie même pas, je suis tendue comme la corde d'un arc, avec la mauvaise impression que quelque chose va mal tourner. Les vitres remontées, je tends l'oreille pour tenter d'écouter la conversation de Jack. Je n'entends rien et ça ne dure pas longtemps, nous reprenons immédiatement la route après que Rebel a regagné la banquette à l'arrière.

L'atmosphère me semble plus pesante et Jack est plus tendu, en colère, le cerveau autant en pression qu'une cocotte-minute. Avec dextérité, il conduit d'une main la voiture et démantèle son nouveau téléphone de l'autre. La batterie fait le grand plongeon en premier, le reste du téléphone suit, quelques mètres après. À la vitesse à laquelle nous roulons, rien n'a dû survivre. La puce, elle, subit un sort légèrement différent : avant de la jeter, il la broie entre ses molaires.

Je déglutis.

– Heureusement que je ne t'ai pas proposé mon téléphone, annoncé-je, faussement hilare.

C'est immédiat. Il freine si brutalement que j'ai à peine le temps de protéger mon visage du tableau de bord. En revanche, la ceinture de sécurité joue son rôle à merveille : elle me retient plaquée contre le fauteuil mais me comprime le sein gauche au passage, pour ne pas dire « arrache ».

Je me le masse dans un gémissement.

– Mais ça ne va pas !

Rebel aboie.

– Qu'est-ce. Que. Tu. As. Dit ?

Je lui lance un regard noir.

– Où est ton sac à main ? reprend-il en tentant de l'atteindre entre mes jambes. Quand t'es-tu servi de ton téléphone pour la dernière fois ?

– Chez le conscession…

Je ne finis pas ma phrase, je comprends immédiatement quelle a été mon erreur. C'est mon coup de téléphone qui nous a trahis : nous avons été géolocalisés. Je n'ai pas envisagé un seul instant que le deuxième mobile que m'avait donné Charly pouvait être tracé. Je n'ai pensé qu'à tout ce qui pouvait concerner ma vie à Keystone.

Je récupère mon portable dans mon sac et le lui tends.

Et… je le regarde voler par la fenêtre.

Je dois gober au moins dix mouches et voir défiler quelques bornes sans cligner des yeux avant de réagir :

– Je voulais juste que Charly me confirme que tout allait bien…

Il allume la radio. Je l'éteins pour reprendre, plus aguerrie :

– Je sais que je suis responsable de la situation. Mais quand tu m'as dit que je devais laisser mon téléphone dans le chalet, je pensais qu'il s'agissait de fabriquer des preuves de notre présence, pas d'une façon détournée de te débarrasser de tout ce qui pourrait nuire à notre fuite. Sois plus explicite la prochaine fois.

J'allume la radio pour clore notre conversation. Et bien entendu, parce que c'est lui et qu'il ne supporte pas que je puisse avoir le dernier mot : il éteint la radio.

Silence, notre meilleur ami commun…

***

C'est le calme qui me réveille. Nous sommes à l'arrêt. Jack a déserté la voiture, Rebel n'est pas non plus sur la banquette arrière. L'horloge numérique du tableau de bord m'indique qu'il est à peine plus de quatre heures du matin. Machinalement, je vais toucher l'arme dans mon dos avant d'accrocher la poignée pour sortir. Dehors, la nuit règne toujours en maître mais mes yeux très peu sollicités par la lumière ne mettent pas longtemps à s'accommoder. La voiture est en bordure d'un chemin de terre, à moitié cachée par de grands sapins dont les branches ont abrité les premières neiges. Je frissonne sous la fraîcheur de l'air et récupère la couverture pour m'en draper. Je rejoins Jack, appuyé contre le capot de la voiture.

À mon approche, pas des plus discrètes – la poudreuse craque sous mes pieds, la portière m'a glissé des mains et a claqué, et j'ai crié « crotte » –, il bascule légèrement la tête dans ma direction et se décale pour me faire de la place. Une forte odeur de tabac me saisit au moment où je m'assieds à ses côtés. À la fraise incandescente à un mètre devant nous sur le sol, je devine la cigarette. Elle se consume seule ? J'hésite à lui demander s'il est sevré ou s'il s'est tout simplement rappelé qu'il fumait. Finalement, je croise les pans de la couverture sur ma poitrine et me tais.

Fameux silence, notre meilleur ami. C'est lui qui le brise.

– C'est la troisième.

Je resserre mes lèvres et me répète de me taire. Peut-être que mes paroles ont un sens dans sa tête ? Sans doute a-t-il compris qu'il est important qu'il me parle. Il a les yeux fixés sur la cigarette, un air indéchiffrable sur le visage.

– Celui qui nous a… « formés » avait pour habitude de fumer une cigarette avant le départ pour nos missions. C'était le seul moment où nous le voyions faire, c'était une sorte de minuteur. Elle annonçait, encadrait l'unique instant où il nous autorisait à douter, à émettre des hypothèses, à planifier. Une fois éteinte, plus personne ne devait parler et surtout, tout le monde devait avoir fait un choix.

Mon cœur bat à cent à l'heure, il est en train de me parler de son ancienne vie et je saisis l'importance de tous ses mots. Cette fois-ci, je n'ai pas besoin de me forcer pour m'empêcher de parler, il n'y a rien à dire, aucune question à poser, juste à écouter. Il reprend, en brandissant son Zippo devant nous et en allumant sa flamme :

– C'était le sien. J'ai détesté l'homme pendant longtemps, mais pas ce qu'il m'a appris et encore moins son éducation. Et même maintenant, après avoir perdu la mémoire et l'avoir retrouvée, je ne voudrais pas avoir été élevé différemment. Ce qu'il nous a fait, ce qu'il nous a fait faire, c'était horrible et inconcevable, mais ça nous a permis d'être ce que nous sommes aujourd'hui.

Le clapet du Zippo claque, la flamme s'éteint. Il tourne la tête dans ma direction et nos regards s'accrochent.

– Et je ne regrette pas de l'avoir tué.

Ces paroles violentes m'arrachent un frisson. Il l'a dit avec tant de détachement que je ne remets pas une seule seconde en question ses aveux, et je vais plus loin : *il ne regrettera jamais*. Même s'il me manque neuf cent quatre-vingt-dix-neuf pièces d'un puzzle de mille pièces, le peu qu'il m'a déjà dit l'autre jour et ses nouvelles confidences m'offrent une vague image de ce qu'a pu être cet homme. *Moi non plus, je ne regrette pas qu'il l'ait fait.*

Il rompt notre contact, allume une nouvelle cigarette, la pose près de la précédente et revient s'asseoir à mes côtés. Immédiatement, je pose ma tête sur son épaule. Je veux qu'il sache que je suis là. Qu'importe ce qu'il a fait, qu'il n'ait aucun regret, même si je dois me perdre pour lui.

– En l'éliminant, j'ai mis en péril tout un système, et les personnes que j'ai mises en danger au sein de ce Groupe veulent ma peau. Juste au cas où il me prendrait de nouveau l'envie de foutre le bordel. Hier soir, ils n'ont jamais été aussi près du but.

J'ai la sensation de recevoir une bombe en plein visage. Autant pour ce qu'il m'apprend que parce qu'il vient de se confier. Une nouvelle peur se glisse en moi, il n'y a pas que Michael qui veut notre peau. Les questions s'entrechoquent dans ma tête. J'ai la sensation de devenir folle. Allons-nous sortir de cet engrenage un jour ? Mais… comment peut-il être certain qu'il s'agisse de ce Groupe ? Après tout, lorsque nous étions au chalet, personne n'est intervenu, non ?

– Ils auraient pu te tuer, je suis désolée, si j'avais su pour le téléphone, je…

– Tu crois que je pense à ma vie ? me coupe-t-il, tranchant. Il s'agit de la tienne, Lana, aucune autre. *Tu* dois vivre. Je refuse qu'il t'arrive quelque chose.

Il lâche un long soupir, me repousse délicatement et se lève. Émue, je le regarde écraser le mégot sans rien répondre.

– Allez ! Nous reprenons la route.

Je l'entends siffler Rebel, j'entends aussi mon chien obéir en revenant en courant, j'entends encore les portes s'ouvrir, puis une claquer, et je suis toujours sur ce capot. Quand on fait ce genre de déclaration à une fille, on n'est pas censé l'embrasser après ? Je *l'entends* approcher, et je le vois apparaître dans mon champ de vision. Je me hisse sur mes jambes, gravis du regard sa montagne musculeuse et plante mes yeux dans les siens.

– Si tu veux que je reste en vie alors il va falloir que tu m'apprennes à penser comme toi.

J'agrippe son pull fermement et m'élève sur la pointe des pieds pour aligner nos visages. Je ne sais pas comment j'ai pu penser avoir la force de le regarder dans les yeux, je suis obsédée par sa bouche. Elle m'appelle, c'est une damnation. Ça fait trop longtemps qu'il ne m'a pas embrassée. J'en oublierais presque mon but. Je murmure :

– Apprends-moi à me poser les bonnes questions.

Ma gorge est sèche, mes lèvres restent entrouvertes, mes yeux me brûlent de fixer les siennes.

– Tu ne seras jamais comme moi.

S'il m'offre la possibilité de me former, alors j'augmente mes chances d'avoir des réponses à mes questions sans qu'il ait l'impression que je veuille le faire parler. Dans un même temps, je sais qu'à partir d'aujourd'hui, je ne me sentirai plus comme un poids ou un colis à protéger. Je veux participer à ses plans. Je réponds enfin :

– Je ne serai jamais comme toi, mais est-ce vraiment l'essentiel ?

Il me sourit, j'en fais de même.

– Rappelle-toi ce qu'il s'est passé lors de notre fuite au *diner*.

Il me semble que sa bouche se rapproche, je louche dessus.

– Je n'ai rien vu, tu faisais rempart. Je me suis contentée de courir.

Ça n'est pas une illusion, ses lèvres nagent sur ma joue sans la toucher jusqu'à atteindre mon oreille. Je ferme les yeux.

– La seule chose que tu as à savoir, c'est qu'il était armé et…

– Et qu'il n'a pas tiré, finis-je à sa place.

Il hoche la tête. Les pièces s'assemblent dans la mienne.

– Un homme de main de Michael n'aurait pas hésité, en déduis-je.

Il pose son front contre ma tempe en soupirant, comme s'il lui coûtait d'être aussi proche de moi. Je déglutis bruyamment, resserre mes doigts sur son pull en priant qu'il ne m'échappe pas. Après tout, mis à part de sa tête, il ne me touche pas : ses bras sont raidis le long de son corps et ses jambes ancrées dans le sol.

Son souffle brûlant et sa respiration bruyante m'arrachent un frisson. Je me colle contre son torse, pleinement consciente de ressembler à une junkie qui prierait son dealer de la laisser payer en nature. Tant qu'il accepte, ça m'est égal. Il se laisse faire, je devine même son cœur qui bat fort et vite contre mon poing. *Rarissime*…

– Tu as tout compris, acquiesce-t-il.

Ses lèvres caressent maintenant ma pommette, ses mains se glissent dans mes cheveux. Bon sang, j'ai chaud. J'humecte ma bouche, la laisse entrouverte, incapable de respirer autrement. Il nous force à reculer, mes genoux plient sur le capot et nous nous allongeons dessus. Je suis tellement affamée que je me fous d'être en pleine forêt, en bordure de route et surtout sur une voiture qui a servi de baisodrome de fortune…

– C'est une des règles du… Groupe : pas de balles perdues, pas de dommages collatéraux, précise-t-il en survolant mes lèvres, me poussant à ouvrir les yeux tant l'attente est insoutenable.

– Donc… c'est sûr que c'était l'un d'eux, murmuré-je difficilement lorsqu'il appuie son bassin entre mes jambes.

J'y sens un renflement, fruit de son excitation et rien pour calmer la mienne. Une décharge électrique m'arrache un léger gémissement.

– N'aie pas peur de le dire, Lana. C'était quelqu'un comme… *moi*.

Je n'en peux plus. La tension dans mon ventre, le crépitement de ma peau si proche de la sienne, ma respiration sommaire, ma gorge asséchée alors que ma culotte est trempée, je deviens folle. Je ferme les yeux, redresse la tête pour quérir ses lèvres, et… en une seconde, il prend ses distances, se relève et me laisse les membres écartés sur le capot, l'entrejambe aussi humide que la forêt amazonienne et la bouche ouverte aussi sèche que le Sahara.

– Leçon numéro un, annonce-t-il. Plus de distraction. En route, nous ne sommes pas encore hors de danger.

Je le vois contourner la voiture, je le vois rentrer dans la voiture et je le vois sourire derrière le volant.

Je n'attends pas que mon cœur retrouve un rythme normal, je doute d'y parvenir avec le mélange de colère et de frustration qui me submerge. Je me lève sans réajuster ma chemise. Rien ne sert de vouloir ressembler à une dame, quand on tombe de dix étages dans une mare de crotte, on ne peut ressembler qu'à une crotte. Au mieux, si je souris, je ressemblerai à l'émoji caca de votre téléphone…

Sitôt installée sur mon fauteuil, je me tourne vers la vitre pour contempler mon reflet, remonte la couverture jusqu'au menton, toujours plus honteuse, et nous reprenons la route.

– Si ça peut te consoler, je ressens la même chose que toi, admet-il d'une voix si rauque qu'elle fait frémir toutes mes terminaisons nerveuses.

Je ne lui réponds pas. *Mais je souris.*

25

Jack

Les bornes s'accumulent et des paysages s'enchaînent tout au long de la journée. Nous nous dirigeons tantôt vers l'est, tantôt vers l'ouest, tantôt au sud, tantôt au nord, je brouille les pistes. Le Groupe ne pourra pas nous suivre dans l'immédiat. Je connais leur fonctionnement. En rentrant mes empreintes dans la base de données de la police, Charly a déclenché un signalement informatique dans le Groupe. Immédiatement, ils l'ont mis sur écoute, et ses multiples échanges téléphoniques avec Lana leur ont donné des indications très précises sur nos intentions et nos positions, jusqu'à notre fuite. Le téléphone de Lana leur a permis de nous géolocaliser. Ce dernier paramètre éliminé, maintenant, je peux affirmer que je gère notre exfiltration avec précision, j'évite les grandes villes, et nos seuls instants « civilisation » se cantonneront aux passages express dans des stations essence plus ou moins isolées. À chacune le même rituel : vider la vessie du clebs et celle de sa maîtresse, faire le plein de la Chevrolet, observer et planifier une nouvelle route.

Nous n'avons pas reparlé de notre insatisfaction commune, Lana n'a pas essayé de me la faire payer. À vrai dire, elle suit son *entraînement* avec assiduité, se contente de répondre à mes questions, d'émettre des suppositions quand je le lui demande. Je n'ai aucun mal à admettre qu'elle s'en sort plutôt bien, mais il est toujours plus facile de dire quoi faire que de prendre de vraies décisions. Elle ne sera jamais comme moi.

Ce nouvel arrêt en début d'après-midi est légèrement différent des autres : j'autorise Lana à faire deux courses dans la boutique parce que son ventre crie famine, et j'en profite pour passer un coup de fil d'une borne téléphonique. *Le dernier, cette cavale touche à sa fin, et je ne suis pas convaincu d'en apprécier la saveur.*

Je compose l'un des seuls numéros que je connaisse par cœur et m'adosse contre le mur en briques, face à la route. Rebel se couche à mes pieds.

– Je suis à deux heures de chez vous, annoncé-je dès que Samy décroche.

– Toujours aussi ponctuel !

– Tu as fait ce que je t'ai demandé ?

– Et toujours aussi directif, s'exaspère-t-il. Belinda est en train de s'en charger. Elle se languit de te revoir. Par contre, elle n'a pas apprécié que tu m'appelles en premier. Tu sais qu'elle te le fera payer d'une manière ou d'une autre ?

– Tant qu'elle fait ce qu'on lui demande.

Je l'entends soupirer dans le téléphone. À quoi s'attendait-il ? À ce que je le remercie ? À ce que je fasse preuve d'un peu plus de bienséance ?

– Tu auras beau prendre toutes les précautions du monde, le Groupe ne mettra pas longtemps à venir jusqu'à nous, fait-il remarquer. Tu vas mettre en danger tout ce que nous avons construit.

– Une chance pour vous d'habiter dans un pays d'une superficie de plus de neuf millions de kilomètres carrés, ça vous laisse un large choix de climats et de paysages différents pour vous installer !

Lana aurait ri à mon sarcasme alors que Samy laisse un silence dérangeant dans le combiné. Justement parce que j'ai fait du sarcasme… *L'autre* lui aurait rappelé à quel point ils se sont voilé la face pendant toutes ces années, et surtout que le Groupe ne les laissera jamais en paix. Leur retraite paisible et factice à Seattle n'aurait jamais duré, comme elle n'a pas duré à Las Vegas ou à Miami. Ça n'est plus qu'une question de temps maintenant.

J'attends patiemment qu'il se fasse entendre. Je me doute que me faire la remarque de mon changement d'humeur doit être tentant. Très tentant. S'il n'y avait que ça à relever… à mon tour de soupirer.

– Il y a une ferraillerie à l'entrée est de la ville, tu y trouveras ta nouvelle voiture, déclare-t-il finalement.

À la bonne heure ! Il me donne les coordonnées géographiques exactes du lieu-dit, d'autres recommandations, et nous raccrochons sans phrase de politesse. Ça, ça ne changera jamais.

C'est à ce moment-là que Lana décide d'apparaître. Elle me scrute rapidement avant de caresser la gueule de son chien, qui vient renifler le sac en papier qu'elle détient contre sa poitrine.

– C'était qui ? demande-t-elle.

– Samy.

Réaction immédiate : elle reste la bouche ouverte une bonne minute avant de me rejoindre dans la voiture. Je souris, elle en est presque sexy.

***

Ça n'est pas parce que nous sommes hors de danger que je me détends. Au contraire, aux abords de Seattle, je deviens de plus en plus nerveux. Je ne m'en cache même pas auprès de Lana, ça me demanderait beaucoup trop d'efforts et ça n'aurait aucune utilité.

Elle m'examine silencieusement depuis que j'ai lâché la bombe « Samy ». Beaucoup de gens font ça : regarder, épier l'objet ou la personne qui donne matière à réflexion, comme s'ils allaient trouver la réponse écrite quelque part ! Sur mon front, sans doute ? Je déplie mes doigts du cuir du volant dans une grande inspiration et les repositionne correctement.

Zen.

Pourquoi habituellement j'aime quand elle fait ça, alors que là, c'est dérangeant et limite agaçant ? Je sais ! Parce que la Lana, la vraie, celle qui m'intrigue autant qu'elle me fait chier, aurait déjà posé un millier de questions sur ce « Samy », alors que, là, en partie tournée vers moi, elle dévore un paquet de cacahuètes, en me scrutant.

Au moment où je jette un œil à l'intérieur de son paquet, elle le secoue devant moi.

– Je ne t'en propose pas, n'est-ce pas ? demande-t-elle avec une naïveté exagérée.

– Tu aimes réellement la cacahuète ou ton but était justement d'en manger devant moi ?

Elle claque sa langue.

– Mauvaise question, Jack. Tu devrais plutôt te demander si en m'embrassant maintenant, tu encourrais le même risque que si tu mangeais toi-même ces cacahuètes.

Je ne suis pas dupe, elle tente une manœuvre pour se venger de ce matin. Ça m'exaspère :

– Va au bout de ta pensée, Lana.

– Eh bien, tu vois, au départ c'était juste pour te faire chier et pour m'empêcher d'être obsédée par ta bouche, comme une sorte de fruit défendu, tu vois le truc ?

Pas vraiment. Avec ou sans cacahuète, elle ne doit pas penser ou me faire penser à ce genre de chose. J'ai une terrible envie de faire craquer les os de ma nuque, d'élargir le col de mon pull et d'ouvrir en grand la fenêtre tant j'ai chaud au souvenir de ses mains fines agrippées à moi et de sa peau parfumée, douce et brûlante sous mes lèvres.

– Et finalement, j'ai pensé à autre chose, reprend-elle. Ça a à voir avec ton histoire d'attachement. Quel que soit le sens que, toi, tu lui donnes, de mon côté, je suis attachée à toi et je suis consciente que je n'accepterai pas de te perdre.

– Quel est le rapport avec la cacahuète ?

– Tu connais l'histoire de Roméo et Juliette ?

Le double suicide de deux amants maudits. Je hoche la tête.

– Alors tâche de ne jamais mourir, *Jack Anderson*.

J'ai beaucoup de mal à ne pas tressaillir, ses mots me coupent la respiration et le sifflet. Pas sûr, de toute manière, qu'elle attendait une réponse, la preuve en est : elle jette le paquet de cacahuètes à ses pieds, se remet dans le sens de la route et ferme les yeux en croisant les bras sur sa poitrine. Fin de la discussion et je manque de nous projeter dans le ravin. *Putain, c'était quoi, ça ? Une intimidation ? Des paroles en l'air ? Une vraie menace ?*

Je suis sûr qu'elle a conscience de l'état dans lequel elle m'a plongé. Mon cœur me fait mal à en crever, *l'autre* hurle au fond de sa cage, il se débat pour en sortir. Non pas qu'il veuille reprendre le dessus sur la situation, pour le coup, il est comme moi : sous la coupe de cette putain de menace. Et surtout complètement attaché à elle.

Je déteste ça ? Non. Je n'ai jamais regretté de tenir à Lana. *Lui non plus.* Par contre, qu'elle puisse me menacer d'attenter à sa vie s'il m'arrivait quelque chose, c'est comme si elle m'amputait d'une jambe. Maintenant je crains de mourir alors qu'avant je ne voyais pas ça comme une fatalité, je m'en foutais.

Et j'ai un besoin fou de faire pencher la balance dans ma direction, de reprendre le dessus alors qu'avec n'importe qui d'autre j'aurais laissé pisser dans un « je-m'en-foutisme » royal. Sans doute parce que tout ce qui la concerne me rend plus humain.

– À Seattle, nous allons loger chez Samy et Belinda, mes anciens coéquipiers, ceux avec qui j'ai été éduqué.

Je veux provoquer une autre guerre dans sa tête pour ne plus penser qu'elle vient d'en créer une dans la mienne. *En attendant, pour un peu, je la remercierais de m'avoir fait oublier que je pouvais être nerveux à l'idée de les revoir.*

Je la vois lutter pour ne pas ouvrir les paupières et se mordre la lèvre pour ne pas parler. Bordel, elle est sexy, il fait 200 °F, ses joues sont rouges, et sa putain de bouche ne m'a jamais semblé aussi appétissante.

Je me concentre sur la route : j'entrevois la pancarte de la ferraillerie, je continue mes explications :

– Nous avons tous les trois été formés à tuer. L'organisation pour laquelle nous travaillions a des disciples dans les quatre coins du pays, et se fait appeler le Groupe. Elle est missionnée par le gouvernement pour exécuter tout ce qui ne peut être rendu public, qui pourrait lui nuire ou entacher sa réputation. Pour la plupart, les ambassadeurs de cette organisation sont d'anciens militaires extrémistes qui n'ont jamais eu à craindre quoi ou qui que ce soit, des gars bien trop dangereux pour être réduits au silence ou bien trop entraînés pour être éliminés. Le gouvernement ne savait pas trop quoi en faire ; il leur a été demandé de monter des équipes de tueurs, ces mêmes tueurs qui, pour certains, sont devenus à leur tour ambassadeurs, etc.

Un coup d'œil à ma droite pour voir si je n'ai pas perdu Lana : elle a les yeux bien ouverts, je crois même que sa lèvre inférieure a tremblé. Fait chier, ça n'était pas mon but… D'autant qu'il y a bien pire à révéler. Ça devra attendre, nous sommes arrivés. Je tire le frein à main en m'arrêtant devant le portail de la ferraillerie.

– Pourquoi me dis-tu tout ça maintenant ? demande-t-elle d'une voix frêle.

Je me tourne dans sa direction.

– Parce que dans moins d'une heure, auprès de mes anciens coéquipiers, de ma famille, je risque de ne plus être celui que tu as l'habitude de côtoyer et de te faire souffrir.

Je vais devoir lutter contre certaines de mes pulsions, je vais devoir faire preuve d'un self-control hors du commun, et oublier à quel point elle peut m'être dangereuse. Car je sais maintenant que Jack, l'autre ou Logan sont une seule et même personne, Jack est uniquement la partie de l'autre qui s'illustre avec elle.

J'ajoute :

– Tu ne dois pas te laisser berner par Belinda et Samy. Tu dois toujours garder en tête ce qu'ils sont, qu'importe ce qu'ils vont afficher ou t'offrir. Ne leur fais pas confiance.

Instantanément, elle retrouve des couleurs, s'efforce de cacher un sourire, sans grand succès, et se racle la gorge. Séquence émotion terminée, bon sang, Lana, quelle excuse m'as-tu trouvée cette fois-ci ? Certainement de lui dire la vérité pour prendre soin d'elle…

Et pourquoi souris-tu, Ducon ?

Je peste intérieurement et sors de la voiture. Comme Samy me l'avait indiqué, le portail n'est pas verrouillé, et la ferraillerie est déserte. Pas l'ombre d'un gardien ou d'un employé, pas de caméras, son plan tient la route, il n'a pas perdu la main. Je nous conduis rapidement à l'intérieur. Au milieu des tas de ferraille, des broyeuses, des carcasses de voitures et des camions à pince, je trouve notre nouveau carrosse : une Dodge Charger, noir, aux vitres teintées, flambant neuf. De quoi ravir Princesse Leia.

Nous laissons la Chevrolet, qui finira en bloc compacté, je demande à Lana de transférer ses affaires pendant que je m'occupe des miennes, et deux minutes plus tard nous sommes de nouveau sur les routes. Mon cul n'a jamais été aussi libre et à l'aise dans un fauteuil. *Il chante un gospel sur le cuir. Alléluia !*

Les coordonnées de notre destination finale sont déjà préenregistrées dans le GPS, je n'ai qu'à me laisser guider par l'ordinateur de bord. Malheureusement, à presque 17 heures, les embouteillages mettent à rude épreuve ma patience. Ça, et le clebs, à l'arrière, qui change toutes les trente secondes de couchette dans un grognement, comme si trop de choix s'offraient à lui dorénavant. Je ne suis pas le seul dont l'humeur s'obscurcit : Lana mâchouille disgracieusement ses ongles, agite ses pieds dans tous les sens. Là où elle pense à une rencontre, moi, je médite sur des retrouvailles. En réalité, je sais d'avance comment ça va se passer, et je me fous de les revoir, mais pas de ce que Lana va devoir endurer.

– Ils ne savent pas que je viens accompagné. Samy va te passer rapidement en revue pour finalement te trouver à son goût et te regarder avec concupiscence, alors que Belinda te dévisagera avec tant d'aigreur qu'elle te fera regretter de te trouver devant elle.

Ses pieds cessent de bouger, elle coince ses mains entre ses cuisses.

– Waouh ! Je ne sais pas ce que je préfère, mais j'ai l'impression que, qu'importe mon choix, je serai dévorée, ironise-t-elle.

Je ris brièvement.

– C'est tout à fait ça, Lana. Tu dois te méfier autant de l'un que de l'autre. Samy est mon égal, sauf que là où moi je suis vrai avec toi, lui jouera à un jeu. Belinda, en revanche, ne manquera pas de te rappeler à quel point elle te déteste. Avec l'un comme avec l'autre, tu n'as pas de bonne ou de mauvaise attitude à adopter, tu vas devoir jongler, t'imposer sans les surpasser. Pas pour te faire apprécier mais pour gagner leur respect, une sorte de place à leurs côtés. Dans tous les cas, tu vas souffrir et je ne pourrai pas te venir en aide.

Je la vois frissonner puis ouvrir la bouche sans qu'un son sorte. L'instant suivant, elle me tourne le dos. Je me retiens de lui rappeler ce qu'elle m'a demandé la veille au motel. *De lui dire la vérité crue et nue.*

Au même moment, nous remontons l'allée d'un quartier résidentiel chic, huppé, au calme apparent. De grandes maisons, toutes identiques, aux murs beiges et à la toiture en ardoises grises, se font face de chaque côté. Je devine la fin de notre périple sur l'écran du GPS, qui m'indique l'une d'entre elles. Je suis les directives de Samy à la lettre, je m'insère dans l'allée qui remonte vers le garage, sa porte s'ouvre, je m'y gare, et l'obscurité nous engouffre quand elle se referme.

Je coupe le moteur et attends patiemment que mon cœur se mette à galoper franchement.

Rien. Pas l'ombre d'une inquiétude ou d'une excitation. Uniquement la respiration de Lana : forte, rapide. Je refuse de la laisser dans cet état sans lui dire autre chose de tout aussi important. Je vais quérir sa main et l'approche de mes lèvres pour avoir son attention. Elle est glacée et douce, et l'odeur de la cacahuète me tire un sourire. Ses doigts me rappellent de ne pas flancher, et finalement je comprends sa métaphore sur le fruit défendu : même si j'en ai très envie, je ne peux pas me risquer à l'embrasser maintenant. Et c'est mieux ainsi.

– Tu vas y arriver, Lana, déclaré-je contre sa peau.

Elle n'a le temps ni de me répondre ni de réagir. Une lumière en provenance d'une porte qui s'ouvre devant la voiture nous force à nous détourner l'un de l'autre et nous aveugle temporairement. Je repose sa main sur sa cuisse. Samy apparaît, Belinda aussi. Et tout se déroule comme je l'avais prédit. Je sens Lana se contracter sous les deux paires d'yeux qui la fixent. Les deux têtes convergent dans ma direction. Belinda n'a pas quitté pour autant son masque marmoréen, Samy, lui, me sourit.

– Tu ne voudrais pas avoir tort de temps en temps ? murmure Lana.

Je me retiens de rire et presse rapidement ses doigts avant de les lâcher, puis je sors.

Lana sort à son tour.

– Tiens donc ! entonne Samy. Qui aurait cru qu'un jour Rhys ramènerait une fille de ses expéditions…

26

Lana

Rhys…

Je suis tellement secouée en entendant pour la première fois son prénom – le vrai – que je suis obligée de me retenir au montant de la portière.

Il résonne si fort dans ma tête que j'ai une folle envie de le dire à voix haute pour connaître la sonorité qu'il aurait dans ma bouche. Je détourne les yeux du grand blond, qui a autant de charisme que Chris Hemsworth dans *Thor*, pour aller quérir ceux de l'intéressé. Je me heurte à un visage insipide, distant, pas le moins du monde troublé par *son* prénom.

Bien entendu, suis-je bête, il s'en est souvenu avant de l'entendre. Sinon, comment pourrait-il rester imperturbable ?

Je reviens à mes hôtes. Belinda, qui jouerait parfaitement le rôle de Médusa – ça tombe bien, c'est dans le thème –, ne m'a toujours pas quittée des yeux. Elle est aussi sublime que pétrifiante. Je me souviens du conseil de… *Jack :* de m'imposer, sans les surpasser. Pour le coup, ce n'est pas bien compliqué, elle est si impressionnante que je n'ai aucun mal à déglutir et à afficher mes craintes. En revanche, je crois mourir dix fois pour réussir à soutenir son regard.

– J'ai aussi ramené un chien, annonce Jack.

J'entends la portière s'ouvrir, et Rebel en sortir. L'instant suivant, comme le merveilleux chien de garde qu'il n'est pas, il s'en va renifler les pieds de Samy. Ce dernier n'y prête aucune attention, il se tourne vers moi.

– Je suppose que c'est… Lana Smith ? Celle dont nous devions effacer toute trace de vie ?

Je tente un coup d'œil vers Jack. Il hoche la tête avant d'ouvrir le coffre. Samy me sourit, Belinda… – je frissonne –, c'est Belinda. Je ne tente même pas une phrase de politesse et préfère retrousser mes lèvres naïvement.

Je ne sais pas combien de temps ça prendra de faire des papiers et récupérer des armes, mais je ne suis pas sûre de supporter *l'attention* de ces deux-là longtemps.

Mais que sommes-nous venus faire ici ? Plus précisément : qu'est-ce que je *fous là ?*

Jack me tend mon maigre bagage, que je récupère d'une main tremblotante.

– Vu la taille de cette maison, vous devez avoir un endroit où installer Lana, non ?

Instantanément, Belinda tourne les talons et s'évanouit dans la maison. *Je peux aussi dormir dans la Dodge, après tout, c'est pas la Chevrolet…*

– Elle attend quoi pour me suivre ? peste-t-elle.

Finalement, j'hérite d'une vraie chambre à l'étage, qui possède également sa propre salle de bains – ce que m'indique sèchement la maîtresse de maison. J'attends bien sagement qu'elle quitte le couloir, et qu'elle ait fini de descendre toutes les marches du long escalier pour baisser ma garde.

Dit comme ça, c'est très romancé… En réalité, ça avait plutôt l'air d'un truc du genre : visage constipé dans une grimace sourire-peur, juste assez d'air dans les poumons pour survivre, doigts crispés sur le sac, cœur qui joue du Marylin Manson, puis disparition de Belinda de mon champ de vision. Cesser de respirer pour écouter ses talons qui frappent le sol, et… avoir l'impression d'être sortie du pire entretien d'embauche de sa vie.

Raté, bien entendu…

Je lâche mon bagage et constate de mes propres yeux ce qui m'entoure. Une chambre luxueuse, spacieuse, dans des tons allant du taupe au marron, un grand lit comme il m'a été donné de posséder autrefois, un dressing s'étalant sur tout un pan de mur, un coin bureau et la porte de ladite salle de bains.

Seule dans le silence morne de la pièce, je ferme les yeux. Je suis en plein délire, je suis dans un rêve, je… Bienvenue chez les *autres*. J'ouvre précipitamment les paupières, le cerveau réveillé par du deux cent vingt volts. Malgré tout ce que je savais sur ce qu'ils faisaient et ce qu'ils sont, j'ai tout de même laissé Jack me mener tout droit vers un nouveau danger. Après Michael, après ce Groupe, il y a eux. Je suis soit folle, soit stupide.

Instinctivement, je m'agite, j'ai besoin d'air, j'ai besoin de courir, de me sentir libre. Je rejoins la fenêtre et l'ouvre pour prendre une grande inspiration. Une brise tiède balaie mon visage ; ici, à Seattle, les températures sont plus élevées, les pelouses sont verdoyantes et les arbres ont encore leurs feuilles orangées et rouges. Je me laisse trois secondes pour reprendre le dessus. Jack me l'a dit : je vais y arriver. Chose faite, je ferme les fenêtres et laisse dehors tous mes doutes et toutes mes questions sans intérêt. Comme il me l'a appris.

Je ris jaune… c'est sacrément difficile. Je ne sais pas depuis combien de temps ils ne s'étaient pas vus mais, bon sang, leurs retrouvailles n'ont rien de normal. Comme tout ce qu'ils sont… Quant à l'attitude de Jack à mon égard, elle est pire que ce que je m'étais imaginé quand il disait qu'il ne pourrait pas m'aider. Je m'en rends compte maintenant : il ne m'a pas une seule fois regardée. Jamais. Comme s'il se refusait à me considérer devant les autres.

Quoi qu'il arrive, je ne le laisserai pas oublier qu'il est attaché à moi, qu'importent ses raisons de le faire.

***

Après presque une heure dans la salle de bains, je suis prête. Alors pourquoi j'hésite à descendre ces escaliers ?

Pourquoi je flippe autant à l'idée de retourner dans la gueule du loup ? Parce que je ne suis pas certaine que d'avoir changé de couleur de cheveux maintenant était une bonne idée. Trop tard. Aucun retour en arrière n'est possible.

Je remplis mes poumons d'air, balaie grossièrement ma frange pour me donner un style décontracté et prends mon courage à deux mains. En bas des marches, je suis les voix, je me fais discrète, même si la tâche s'annonce compliquée puisque les talons de mes bottines claquent sur le carrelage blanc. Je passe un salon, entre dans la cuisine et m'arrête aux abords d'une véranda. Je recule de quelques pas et reste à l'ombre d'un mur, ni vue ni connue pour écouter ce qu'il se dit.

Je reconnais la voix de Samy :

– Vos nouveaux papiers devraient être dispo demain matin, trois identités différentes, pour elle aussi, et je viens de faire transférer tout ton argent sur les six comptes correspondants. Si tu m'avais prévenu avant, j'aurais pu anticiper.

– Sauf qu'il ne voulait pas qu'on sache qu'il venait accompagné, cingle Belinda.

Un long silence s'ensuit. J'imagine Jack évacuer une poussière sur sa manche, tant il se fout de sa remarque.

– Recentrons-nous, exige Samy. Que comptez-vous faire en partant d'ici ?

Même silence.

– Il n'a jamais voulu nous mettre dans la confidence, s'exaspère Belinda. Pourquoi voudrais-tu que…

– Tu as fait ce que je t'ai demandé ? coupe Jack d'une voix claire, sans faille.

Je tente une autre fois de chasser la question qui s'impose dans ma tête sans y parvenir : s'ils ont été élevés ensemble, comment peut-il les repousser autant ? Comment peut-il se montrer aussi antipathique ? Soudainement, ses mots n'ont jamais eu autant de sens. Quand il me soufflait que j'avais de la chance parce qu'il ne jouerait jamais la comédie avec moi, je comprends à quel point c'est vrai. À moi, il me laisse entrevoir sa colère, approcher ce qui lui ferait mal, il sourit, il écoute, il avoue, *il me parle*.

– Alors, Belinda ? réitère-t-il, tu as fait le nécessaire à Keystone ?

Cette fois-ci, je me tends. Je cesse de respirer, de battre des paupières, de penser à Jack. Même si j'ai pleinement confiance en lui, même si je suis persuadée qu'il ne ferait rien qui pourrait mettre en danger Mina, Charly et Elizabeth, je ne peux m'empêcher de frissonner en comprenant que c'est entre les mains de Belinda, qui me déteste, que leur sort a été scellé.

– Bien entendu, peste-t-elle. Votre enterrement a lieu demain matin, le rapport des pompiers va dans le sens que nous voulons et la compagnie d'assurances ne devrait pas tarder à dédommager les propriétaires du chalet. Fin de l'histoire. Il n'y aura aucune enquête de police et la Chrysler retrouvée sur les lieux a été *malencontreusement* volée à la fourrière. Tu veux peut-être que je te fasse un rapport ?

Je me détends un minimum en constatant qu'à aucun moment il n'a été question de ma fille.

– Il me restera un dernier truc à régler ici avant de partir, répond Jack en ignorant son sarcasme. Il faut que je trouve un endroit pour le clebs. Il doit bien y avoir des chenils à Seattle.

Samy éclate littéralement de rire, moi je me statufie.

– Bordel ! ponctue-t-il. Tu ne connais pas d'autres moyens plus radicaux pour te débarrasser d'un chien ?

Des images de Rebel, le pelage blanc rougi de son sang dans un fossé, me tirent un violent frisson. C'est même pire que ça, la nausée me prend.

– Lana ne me laissera jamais faire.

Je sais, à l'instant où il prononce ces mots, que ça va lui

porter préjudice. D'ailleurs, il n'en faut pas plus pour que Belinda rebondisse :

– Parce que tu te préoccupes de ce que les autres ressentent, maintenant ?

Le silence envahit la véranda. Malheureusement, je suis incapable de dire s'il est sciemment instauré par Jack ou s'il s'est imposé à lui. Dans un cas comme dans l'autre, je sais ce qu'il me répondrait si je lui en avais fait la remarque. *Que je cherche encore à trouver du bon en lui.* C'est ce qui me pousse à sortir de l'ombre.

Je gonfle la poitrine et me dévoile en quelques enjambées. Je m'arrête dans l'arcade en haut des marches qui permettent d'accéder à la véranda et devance Jack :

– Bien sûr que non. Comment peut-il comprendre que je puisse pleurer un chien alors qu'il ne connaît même pas le sens de ce verbe ? Il agit toujours dans son propre intérêt. S'il tue Rebel, il sait que je deviendrai ingérable et que je pourrai vous mettre tous en danger.

Je crois avoir fait mouche en intervenant aussi vaillamment, mais les expressions des trois visages tournés dans ma direction me rappellent la nouvelle couleur de mes cheveux. Noir corbeau… Ou comment paraître plus pâlotte qu'un mort. Je décide d'ignorer le regard sombre de Belinda et le regard belliqueux de Samy pour les prunelles de Jack. Je sens ses iris grimper lentement le long de mes jambes, glisser sur mon legging, gravir mon buste jusqu'à ma poitrine qui se gonfle, puis rouler sur mon épaule nue, que mon top a délaissée. Je serre les cuisses à la décharge qui me saisit. Et ça n'est pas le pire – ou le mieux, quand ses yeux s'accordent aux miens, mon corps gagne cent degrés d'un seul coup tellement je me sens vivre à travers lui.

Je souhaiterais que ce moment dure plus longtemps mais je n'oublie pas : un, la distance qu'il a volontairement instaurée en arrivant, et deux, mes arguments précédents. À contrecœur, je quitte ses yeux – les joues certainement rougies et un flux humide entre les jambes – pour appuyer ma position auprès de ses anciens coéquipiers.

Samy n'a pas quitté son sourire carnassier et Belinda risque de vieillir avant l'heure si elle continue à froncer autant les sourcils. Je descends les marches de la véranda. Elle a été aménagée en salon d'été, avec des meubles en rotin gris, un parquet beige et quelques plantes vertes. À l'extérieur, j'aperçois Rebel, couché devant la porte vitrée, et j'évite de penser qu'il pourrait finir comme engrais dans une des énormes jarres du jardin. J'avance encore, Samy et Jack dans un fauteuil, je n'ai guère le choix, il me reste la place dans le canapé qu'occupe Belinda.

J'opte pour profiter des derniers rayons de soleil près de la baie. J'ai passé plus de vingt-quatre heures assise dans une voiture, personne ne remettra en question le fait que je veuille me dégourdir les jambes… mais ça, c'était avant que Samy ne se lève de son fauteuil pour m'accueillir :

– Finalement, nous n'avons pas été présentés. Samy, et voici Belinda.

Il me tend sa main. Je la regarde avec de grands yeux. C'est une blague ? Il doit se douter que… leur Rhys m'a déjà dit qui ils étaient. J'hésite entre partir en fou rire et partir tout court. Finalement, je ne fais ni l'un ni l'autre, je rejoins sa main. Et je suis surprise de la douceur avec laquelle il m'accueille. Tout aussi posément, il m'enjoint à m'asseoir près de Jack, puis il va se placer aux côtés de Belinda.

Eux contre nous.

J'aurais dû partir en courant.

Jack n'a pas changé de position : assis, son tibia droit sur sa cuisse gauche, il se caresse la barbe, comme il en avait l'habitude devant la cheminée au chalet. J'ai l'impression que c'était il y a des lustres alors que nous sommes partis il y a seulement deux jours.

Je ne sais pas si c'est mon arrivée ou si tout simplement

ils avaient terminé ce qu'ils étaient en train de faire, mais Belinda range minutieusement tous les documents étalés sur la table basse, ferme l'écran d'ordinateur tandis que Samy s'occupe de *mon cas*.

« Je te sers quelque chose à boire ? »

« Cette couleur te va à ravir. »

« La route n'a pas été trop longue ? »

« J'imagine que Rhys n'a pas dû te ménager. »

« Es-tu déjà venue à Seattle ? »

C'est insupportable. Parce que même si ça n'est pas surfait ou surjoué, je pense que, sans les avertissements de Jack, j'aurais pu être sensible au charme de Samy. Après tout, il est un grand blond avec les mêmes pectoraux que Jack, au regard d'un bleu aussi pur que les eaux du Pacifique et au sourire si naturel qu'il en est déconcertant. Et c'est sans parler de l'aura qu'il dégage, avec sa chemise blanche éclatante et son pantalon chino marron, de la façon élégante qu'il a de me servir un verre de limonade et de sa tenue dans le canapé : style décontracté et aristo à la fois. Il est à tomber, dans tous les sens du terme… même à tomber dans son piège ! Si bien que, lorsqu'il m'explique qu'il est banquier et sa femme, Belinda, informaticienne, je ne peux m'empêcher d'objecter :

– On pourrait se passer de toutes ces politesses, non ?

Là, cette fois-ci, je fais mouche et il ne s'agit pas d'entretien capillaire. Alors que Belinda avait cessé de m'observer, ses mitraillettes reviennent à la charge. Quant à Samy, son front se plisse légèrement avant qu'il ne joue l'étonnement.

– Des politesses ?

Jack étouffe un rire. Je lui jette un œil. Il n'a plus l'air indifférent mais il paraît confiant, presque fier. Les yeux braqués sur son ancien coéquipier, il hoche la tête, comme s'il pouvait répondre à ma question interne : « Ai-je le droit de dire ce que je pense ? » Je prends une grande inspiration en revenant aux maîtres de maison.

– Je sais qui vous êtes. Vous n'avez pas besoin de me mentir.

– Nous ne te mentons pas, assure Samy.

Et il en serait presque crédible si je ne savais pas à quel point il ressemble à Jack. À Rhys. Mais je ne me laisse pas déconsidérer ; je sais, pour avoir eu recours à ce genre de technique, ce que j'ai vu et ce que cette maison raconte. J'argumente :

– Pas d'enfants, des photos de fêtes de famille où vous ne figurez pas, un frigo d'un blanc éclatant sans numéro de personne à prévenir ou de dessins d'un neveu ou d'une nièce, des clichés d'un mariage où aucun point de vue ne permet de voir clairement les visages des mariés, et une maison tellement parfaite qu'elle en deviendrait presque impersonnelle.

– Qu'est-ce que tu veux, ma femme est tellement maniaque qu'elle a banni les bibelots de cette maison ! se moque Samy.

Je l'ignore :

– Vous portez sans doute des alliances, des papiers attestent sûrement aussi que vous êtes mariés mais vous n'êtes pas un couple. Avant de descendre, j'ai pu constater que vous faisiez chambre à part.

Accessoirement, j'étais à la recherche d'un sèche-cheveux… Néanmoins je me tais, le regard rouge de colère de Belinda est assez convaincant. Samy, lui, va quérir le regard de Jack avant de m'offrir un sourire Ultra-Bright.

– L'essentiel, c'est que le reste du monde y croit, se moque-t-il. Et comme « le monde » ne monte pas à l'étage, notre couverture ne risque pas d'être dévoilée, n'est-ce pas ?

Je hoche la tête, faute de pouvoir sauter dans tous les sens, ayant l'impression d'avoir réussi à un test… Mais ma bonne humeur s'envole quand Belinda se lève subitement du canapé. Je n'ai d'autre choix que de la regarder, elle est impressionnante. Elle gonfle la poitrine, me toise amèrement et crache avant de quitter la véranda :

– Moi aussi, je sais qui tu es, *Leia Taylor*, alors cesse de dire des bêtises que tu pourrais regretter.

Un violent frisson me secoue. Je suis si paralysée que je

suis incapable de donner un sens à ses paroles. C'est une menace ? Un simple avertissement ?

Instinctivement, je cherche réconfort auprès de Jack et me heurte à son indifférence, il n'a d'yeux que pour le vide devant lui. Mon cœur se pétrifie un peu plus. Je n'ai aucune idée de ce qu'il pense. Et pire que tout : je ne sais pas si sa promesse tiendrait face aux personnes avec lesquelles il a grandi. Il me faut puiser dans toutes mes ressources pour ne pas flancher. Lentement, je reviens à Samy et lui souris.

Sauf que je ne serai jamais aussi bonne comédienne qu'eux. Quelque chose se brise en moi, et il le sait.

***

J'avais espéré que la distance imposée par Jack s'étiole au fil des heures. Je m'étais trompée. J'ai même l'impression que c'est pire, ou alors mon esprit me joue des tours. Il faut dire que nous avons vécu en quasi-autarcie pendant une semaine, que nous avons été les électrons de nos noyaux respectifs, et que nous avons appris à nous apprivoiser.

Rectification pour cette dernière : *il m'a apprivoisée*. Merci, conscience, de me le rappeler.

Quoi qu'il en soit, il ne me porte pas une seule attention au cours du repas. C'est comme s'il me reniait ouvertement devant ses anciens coéquipiers, comme s'il avait quelque chose à leur prouver ou quelque chose à leur cacher. Il m'avait prévenue, il serait différent, et j'allais souffrir. J'étais loin de m'imaginer que le plus gros de cette souffrance viendrait de lui.

Néanmoins, même si je cherche constamment son regard, j'essaie de faire bonne figure face au bon, à la brute et au truand. *Pas besoin d'épiloguer, vous savez déjà quel est le rôle gagné par Belinda ?* Samy, sans se départir de son affabilité, contribue largement à ce que je ne m'enfonce pas dans les méandres de la folie.

– Donc, si j'ai bien compris, tu étais au départ l'objet de la mission de Rhys ? demande-t-il.

Je hoche la tête. J'ai résumé notre rencontre par un simple : « Il devait me ramener à Los Angeles mais ça ne s'est pas passé comme prévu. » Je cherche encore l'approbation de Jack du regard. Assis à ma droite, il sauce son assiette de risotto d'un morceau de pain. Est-ce que ça veut pour autant dire que je peux tout expliquer ?

– J'aimerais plus de précision, commande-t-il. Sans vouloir t'offenser, j'ai du mal à croire que tu aies pu détourner Rhys de sa mission. Il est incorruptible, il a toujours été le plus assidu de nous trois.

– Je n'ai pas honte de dire que j'ai foiré, répond l'intéressé. J'ai appliqué à la lettre tout ce qu'on nous a enseigné, et pourtant, elle m'a pris par surprise, et par trois fois. Plus de trois ans de cavale, elle n'aimait pas les animaux, elle devait être médecin, donc elle n'aurait jamais dû être armée, pas plus qu'elle n'aurait dû avoir de chien ou qu'elle n'aurait pu tirer.

Instinctivement, je m'en vais toucher la gueule de Rebel à ma gauche. *Tout ou en partie grâce à lui*... Il ne finira ni dans un chenil ni dans une jarre, je lui en fais la promesse.

– Tu ne t'es pas dit une seule seconde qu'elle avait pu changer, fait remarquer Samy.

Jack secoue la tête.

– Cette mission était ennuyeuse. Heureusement qu'il y a eu plus d'actions dans les heures et les jours qui ont suivi !

Ravie d'avoir finalement contribué à sa bonne santé mentale.

– Ça n'explique pas pourquoi tu as ramené cette fille ici, vocifère Belinda.

J'ai une folle envie de lui demander si elle est jalouse et sans doute aussi de la traiter de tout un tas d'autres mots mais je me retiens. Samy dépose une main sur son avant-bras et je comprends à sa façon de serrer un peu plus les dents que ce geste n'est pas fait pour la détendre mais pour lui imposer de garder le contrôle.

– Tu n'as toujours pas compris, lui fait-il remarquer sans jamais me lâcher des yeux. Rhys n'est pas ici pour une visite de courtoisie, il est seulement venu parce qu'il n'avait pas d'autre choix. Comme il n'a sans doute pas le choix de se… *trimbaler* Lana.

Le mot est dur, il me fait tressaillir et je ne l'approuve pas. Ça n'a rien à voir avec ce que je refuse de croire, c'est plus fort que ça. C'est la confiance que j'ai en lui, l'attachement réciproque que nous avons l'un pour l'autre, la bienveillance qu'il me porte, malgré ce qu'il en dit, malgré mes doutes.

Et pourtant, tout, depuis que nous avons débarqué chez ses anciens compagnons, me pousse à croire que Samy a raison. D'ailleurs, Jack ne dément pas et me porte le coup de grâce. Il se lève calmement, s'étire en bâillant :

– Bordel, j'ai besoin d'une bonne douche et de dormir !

Et il quitte le salon.

J'ai la respiration coupée, mes yeux me piquent et la nausée monte. J'ai besoin d'air, j'ai besoin de prendre du recul, j'ai besoin de croire le plus longtemps possible que tout ça ne s'est jamais produit.

– Je… Je vais sortir mon chien, balbutié-je en évitant soigneusement le regard de nos hôtes.

D'une démarche mal assurée, je quitte la table. Je suis si affectée par son comportement ou plutôt son absence de réaction que j'ai à peine le temps de le penser que je suis assise sur un rocking-chair sur la terrasse de derrière. Avec l'arrivée de la nuit, l'air s'est chargé d'humidité et la fraîcheur me glace jusqu'aux os. Je remonte mes jambes contre ma poitrine, me recroqueville et commence à me balancer machinalement pour me calmer. Rebel s'enfonce dans le jardin, dans l'obscurité, je ne le vois presque plus. Je ne crains pas qu'il s'enfuie, Samy m'a assuré dans la soirée qu'il ne manquait aucun panneau en bois à la clôture qui entoure leur terrain.

Ce dernier débarque d'ailleurs sur la terrasse et me tend

une couverture. Je suis tellement frigorifiée que je ne me fais pas prier. Je m'en saisis et m'en couvre les épaules. Samy, lui, prend place sur le fauteuil à bascule vacant à mes côtés.

Je soupire grandement, je ne cherche même pas à lui cacher mon agacement. J'aimerais pouvoir réfléchir, crier, respirer, *avoir mal*, en paix ! Mes yeux me picotent davantage, je sens les larmes poindre.

– Tu es stupide.

Je ravale instantanément ma tristesse et le défie en un regard.

– Je te demande pardon ?

– Tu penses réellement que Rhys se fout de toi ?

Je me retiens de lui hurler à quel point c'est pourtant évident et préfère l'ignorer en détournant la tête.

– Si Belinda est aveuglée par sa colère, moi, je n'ai aucune raison de l'être, avoue-t-il. Je vous ai observés, tous les deux. Tu cherches constamment son consentement pour parler, tu t'attends à ce qu'il ait certains gestes envers toi, certaines attentions, certaines réactions. Il n'est pas aussi froid et distant quand vous êtes tous les deux, n'est-ce pas ?

Je ne réponds pas. Je ne respire plus. Il a toute mon attention. J'ai la sensation de toucher du doigt une vérité. Il reprend déjà :

– Il veut que nous croyions qu'il se fout de toi. Sans doute pour nous faire oublier que tu es avec lui, sauf qu'il est difficile de ne pas te remarquer !

Il rit.

J'arrête la bascule de mon rocking-chair, descends mes jambes, j'ai le cerveau en ébullition, des tonnes de questions pullulent dans ma tête mais je n'en retiens qu'une seule : quel intérêt aurait-il à se comporter comme ça avec moi ? C'est Samy qui m'en souffle la réponse :

– Belinda commence sans doute à croire que tu es futile, ne baisse jamais ta garde avec elle.

Je ne peux me retenir de sourire. Il me protège. Il joue un jeu. Il fait semblant d'être *l'autre*, celui qui n'aurait jamais porté d'intérêt à une fille quelconque. Une autre question me brûle les lèvres :

– Est-ce que Belinda et… lui… ont…

Je suis incapable de finir ma phrase mais il a compris, il étouffe un rire.

– Tu le lui demanderas. Et ça n'a franchement pas d'importance. L'essentiel, c'est que tu partes saine et sauve demain.

Je ne savais pas que ma sécurité était devenue sa priorité à lui aussi.

– Comment pouvez-vous être tous les trois aussi différents alors que vous avez reçu la même éducation ? dis-je précipitamment, à l'instant où il s'apprête à se lever.

Il se réinstalle, et bascule la tête sur le côté pour me jauger. Sans doute se demande-t-il ce qu'il doit me dire ou non. Quoique… s'il est l'égal de Jack, il me parlera seulement parce que ça a quelque chose à lui apporter.

– Belinda et moi n'avons pas intégré le Groupe au même âge que lui. Nous approchions les dix ans quand nous avons été sortis de l'orphelinat, alors que Rhys était si petit qu'il ne pourrait même pas te décrire le jour où il est arrivé. C'est sans doute ce qui peut expliquer qu'il soit meilleur, qu'il soit plus indifférent aux choses qui devraient avoir de l'importance, mais ça n'explique pas pourquoi il est devenu bien pire après avoir quitté le Groupe.

Je me retiens de le contredire ou de lui donner des contre-exemples ; aujourd'hui, il n'est pas « le pire » qu'il me décrit.

– Bien pire ? demandé-je tout de même.

– Il y a deux ans, Belinda a failli y passer. Une méningite, presque trois semaines de coma et pas une seule fois il n'a pris le temps de venir la voir. Je crois que c'est à ce moment-là que j'ai compris qu'il fallait arrêter de croire qu'il pourrait changer. J'ai aussi arrêté de croire qu'il tenait à nous. Il est comme il est.

Il remonte les épaules avec désinvolture mais je ne crois pas une seule seconde qu'il se soit fait une raison. Il n'y a qu'à voir cette veine pulser sur sa tempe, contredisant son sourire.

– Alors qu'est-ce qui l'a poussé à être comme ça ?

Il relève un sourcil.

– Sais-tu ce qui nous a détournés du Groupe ?

Détournés. Drôle de façon pour décrire ce qui les a libérés de cette organisation, comme s'il regrettait de ne plus être sous leur emprise. Comme Jack, quelque part.

– Il a… tué l'ambassadeur qui vous a formés, réponds-je, mal à l'aise.

Samy bascule en arrière dans son fauteuil en riant. Je me pétrifie. Ce rire-là, je le reconnais. Il est identique à celui de Jack et il est rarement de bon augure.

Je sais que j'ai vu juste quand il immobilise son regard dans le mien, une expression arrogante et intimidante collée au visage. Ça marche. Mon cœur bat vite, je n'ose plus bouger.

– Il a tué son vrai père, Lana.

Je m'étouffe tant les mots sont violents.

Je ne sais pas si Jack me fait peur.

Je ne sais pas si je peux continuer à lui faire confiance.

Je ne sais pas s'il existe des nuances en lui.

Mais je sais que je l'aime. Est-ce que ça compte ?

27

Jack

Du plus loin que je me souvienne, j'ai toujours été un solitaire et encore davantage ces cinq dernières années. Même lorsque nous vivions sous le même toit, j'avais tendance à m'isoler.

Je me souviens de tous ces matins où je faisais sonner le réveil plus tôt pour pouvoir courir, m'entraîner, déjeuner, tout simplement respirer seul, sans Belinda, sans Samy. Je me souviens aussi du soulagement que j'éprouvais lorsque nous travaillions sur des missions différentes, que nos chemins se séparaient l'espace de quelques semaines.

Belinda ne l'a jamais compris, elle n'a jamais saisi l'importance que ça avait pour moi. On m'a tellement appris à être tout le monde, à tenir plusieurs rôles, que les seules fois où j'arrivais à me retrouver, à être ce moi qui devait se taire, existaient dans ces moments de retraite solitaire.

Je souris. Belinda a de quoi détester Lana parce que cette dernière a réussi là où elle a échoué. Toutes ces années, elle s'est efforcée de trouver des solutions à ma morosité : raconter des blagues, prétexter avoir besoin de mes services, chercher à me satisfaire, aller jusqu'à se glisser dans mon lit pour devenir mon amante, alors qu'il aura fallu à Lana une seule petite semaine.

Voire une seule seconde : faire battre mon cœur en me faisant oublier tout le reste.

Je souris encore. Mes deux mondes se rencontrent, s'entrechoquent et se combattent. Seul avec Lana, j'ai besoin de retrouver *l'autre*, seul avec mon passé, je suis pressé de retrouver Jack. Mais dans un cas comme dans l'autre, je n'envisage pas celui qui restera sans Lana.

Je ne serai plus seul.

J'imprime dans ma tête son image. Elle dort paisiblement, le visage tourné vers la lampe de chevet. Ses cheveux noirs la rendent plus pâle sans lui ôter sa beauté naturelle, je savais que ça lui irait à merveille. Ça fait ressortir la texture laiteuse, pure, de sa peau. Sous le drap, je devine la position de ses membres, m'attarde sur ses fesses, dont le galbe est accentué par la cambrure de ses reins.

Je suis conscient que la journée a dû être éprouvante pour elle : affronter Belinda et me voir aussi froid et aussi détaché. Mais c'était temporairement nécessaire. La colère de Belinda aurait été bien plus désastreuse si elle avait su l'attachement que je portais à Lana. Sans craindre mes représailles, elle aurait attendu le moment opportun pour la blesser. Voire pire, je le sais.

Est-ce que le danger est définitivement écarté pour que je prenne le risque de la rejoindre en pleine nuit dans son lit ?

Non.

Mais après avoir dormi presque cinq heures dans l'autre chambre d'amis, je suis dorénavant en mesure de la protéger puisque je suis au meilleur de ma forme.

Mon pénis aussi.

Je n'ai pas mis un genou sur le matelas que Lana se retourne vivement, son arme à la main, pointée dans ma direction. J'étouffe un rire. La respiration rapide, les pupilles dilatées, les doigts crispés sur le fer, elle met quelques secondes à comprendre que c'est moi. Finalement, elle relâche ses bras, replace son arme sous l'oreiller et se recouche.

En me tournant le dos.

J'ignore son agacement, sa contrariété. Je me glisse sous les draps et vais me lover contre elle. Elle se tend instantanément, comme si ma seule présence pouvait la révulser. Égoïstement, je ne pense qu'à mon propre plaisir. Pas celui de la posséder mais celui que me provoque son odeur sucrée, sa chaleur, la douceur de sa peau. Moi aussi, je me tends contre ses fesses à peine couvertes d'un shorty. Légèrement penché au-dessus de son visage, j'observe sa réaction au passage de mes doigts sur son bras. Je remonte de son poignet à son épaule, sa respiration s'agite à peine mais, derrière la traînée de frissons que j'y laisse, elle plisse les yeux avec frénésie.

– Pourquoi tentes-tu de résister ?

Je fais glisser la bretelle de son débardeur sur son biceps, dépose un baiser sur son épaule. Elle frémit dans un râle et moi je souris, comme si je pouvais être rassuré de lui faire de l'effet.

L'autre se fend la poire mais s'étouffe aussitôt avec un pépin quand elle répond :

– Pour sauver le peu de conscience morale qu'il me reste.

Je ne me laisse pas déstabiliser par ses mots. En réalité, si. J'ai la sensation que mon cœur loupe le battement qui m'est le plus vital. Un mélange de colère et de déception m'envahit, je ne me mens pas, j'ai mal. *Elle vient de me blesser.* Je plonge ma main sous sa nuque et la force à me faire face. J'ignore, lorsque ses paupières s'ouvrent, la rivière d'eau qui menace d'entrer en crue au bord de ses yeux. Si sa douleur égale la mienne, c'est tant mieux. Ma mâchoire se crispe, je me contrôle pour ne pas hurler, pour ne pas exploser ; ici, je n'ai pas de marges de manœuvre.

Il y a Belinda et Samy.

– Pourquoi, Lana ? Parce que tu te rends enfin compte à quel point je suis mauvais ? Tu ne crois pas que c'est un peu tard pour faire machine arrière ?

Elle secoue la tête.

– Tu n'y es pas du tout. Il ne s'agit pas de toi ou de désillusions mais de ce que je deviens.

Elle attrape ma joue, plonge ses pupilles dans les miennes, assurant cette connexion que je ne ressens qu'avec elle. J'accepte que mon cœur palpite, j'accepte que ma peau puisse murmurer, j'accepte que mes organes puissent chahuter et que ma raison se perde. Je n'ai pas peur de la nouveauté mais je redoute qu'elle me rejette, je l'avoue.

– Je crains de ne plus avoir de libre arbitre, reprend-elle, je crains de ne plus avoir d'empathie, je crains de…

– De devenir comme moi, finis-je à sa place, les dents serrées.

Ses doigts font pression sur ma tempe, son pouce caresse l'arête de ma joue.

– Tu n'y es encore pas, Jack. C'est justement parce que je n'arrive pas à juger tes actes que je me déteste. Je te trouve constamment des excuses, non pas parce que je te voudrais différent, mais parce que mon point de vue est occulté par mes… sentiments pour toi.

Elle tourne la tête, prise de timidité. C'est ce que je pense de prime abord, mais lorsque je ramène son visage face au mien, j'y lis une colère qui pourrait égaler la mienne. Sans doute à son encontre parce qu'elle vient d'avouer à voix haute des choses qu'elle pourrait regretter.

Je lui offre un sourire. Oui, c'est un cadeau parce que je sais que, dans ce genre de circonstance, soit je souris pour attendrir, soit je ris et me fais rembarrer. Or, je n'ai aucune envie de perdre Lana. Parce qu'elle est la seule à me faire ressentir des choses et parce que j'ai toujours la trique, qu'importe la tournure guimauve et macaron de cette conversation.

Oui. C'est ça.

Je prends les devants et l'embrasse. J'en ai réellement envie mais il n'y a rien de doux dans ce baiser, j'appuie mes lèvres sur les siennes, la pique à plusieurs reprises. Bordel, ça faisait si longtemps ! Pour un peu, je compterais les heures. Elle gémit, se détend et se tend à la fois, tout comme moi. Sa respiration devient saccadée, sa poitrine ploie vers moi et son corps ondule. Elle n'aura pas résisté longtemps et c'est tant mieux pour moi. Je bouillonne.

– Je te promets que je ne te laisserai pas devenir comme moi, dis-je en descendant dans son cou.

Elle me tire vivement en arrière par les cheveux pour me tenir à l'écart.

– Au risque de me répéter, ne me fais pas de promesse que tu ne pourrais pas tenir.

Je ris face à son regard bestial. Pas pour me foutre de sa pseudo-irritabilité mais parce qu'elle en est d'autant plus sexy et qu'elle n'en a pas conscience. Ne sent-elle pas contre sa cuisse la majeure partie de mon flux sanguin agglutiné dans ma queue ? D'une main, je dévale sans ménagement son ventre et plonge dans son shorty. Elle hoquette de stupeur mais, innocemment, raffermit sa poigne dans ma crinière. J'explique :

– Cette promesse est aussi vitale pour toi que pour moi.

Ma voix est rauque car ma bouche est sèche. En revanche, ses lèvres sont trempées, je n'ai aucun mal à m'y glisser, à rallier son vagin… et *oh, bon sang, Lana, tu es spectaculaire.* Ses yeux dans les miens, sans aucune appréhension, elle m'admire pendant que je la pénètre de deux doigts. Ce que nous sommes n'a jamais eu autant de sens que maintenant. Elle, le visage rempli d'émotions, la bouche ouverte sur une respiration qui tarde à venir et les yeux d'un vert émeraude captivant, alors que je donne une image impassible. Pourtant, elle sait à quel point c'est désordonné dans ma tête. Elle sent sous sa main l'agitation dans ma poitrine. Il y a autant de frénésie que dans mes doigts entre ses cuisses. Finalement, entre deux va-et-vient, elle demande, haletante :

– Pourquoi ?

Je me baisse jusqu'à sa bouche et susurre au-dessus de ses lèvres :

– Si nous devons être ensemble, je serai ta part obscure et tu continueras à être la part de lumière que je n'aurai jamais.

Au lieu de m'embrasser, comme je l'aurais parié, elle penche sa tête sur le côté pour me jauger. *Bien entendu, c'était guimauve et macaron, pourquoi me croirait-elle ?* Je soupire et fonce sur sa bouche. C'est pourtant exactement ce que je pense. Je me repais de son souffle, mordille ses lèvres, tout en me glissant entre ses jambes. Et encore une fois, elle me surprend. Elle me force à quitter son humidité pour ôter son shorty.

– Tu es trop pressée, me moqué-je.

– Jack Anderson, si tu me fais faux bond comme sur le capot de la voiture, je te promets de te tirer une balle dans les fesses avant que tu n'aies passé le pas de la porte.

Pas le temps de réagir, elle a levé son débardeur et je me retrouve nez à nez avec sa merveilleuse poitrine. Avec un sourire carnassier, je l'observe se rallonger devant moi, écarter ses jambes et m'offrir son intimité. Ma queue tressaute dans mon pantalon, Lana se mord la lèvre et m'attire à elle. Je la laisse faire. *Pour l'instant.*

Elle tire sur mon tee-shirt et me l'enlève. Ses doigts tremblent, ses yeux pétillent. L'empressement ? La folie ? L'excitation ou bien la timidité ? Aucune idée mais j'adore ça et mon cœur bat. Je veux passer à la vitesse supérieure. *Comme d'habitude.* Je me précipite sur sa poitrine, m'attaque à l'un de ses seins de mes lèvres, caresse l'autre et le fais rouler sous mes doigts. Elle gémit, se cambre contre moi en un délicieux mouvement de bassin qui me rappelle son entrejambe humide et chaleureux.

Et aussi pourquoi je suis dans son lit : *pour la posséder.*

– Montre-moi à quel point tu es pressée, Lana, ordonné-je sur son téton.

Je le lèche, le malmène de ma langue. La tête basculée en arrière, elle peine à demander :

– Comment ?

Je quitte ses seins, l'embrasse jusqu'à son ventre, sur ses hanches, puis remonte sans délicatesse, aspirant sa peau jusqu'à son cou pour échouer sur sa bouche et la défier :

– Dans ma poche de gauche.

À genoux, je me dresse bien droit devant elle. Je vois ses yeux hésiter une seconde sur mon pantalon avant que sa main ne se décide à y plonger. Elle en ressort un préservatif. C'est instantané, elle s'affole sur le papier argenté. Elle déglutit, n'ose plus me regarder, se met à trembler… blablabla. Je me penche sur elle :

– Si je te laissais maintenant, est-ce que tu serais capable de me tirer dessus ?

Et je ressemble à l'imbécile de l'année. Yeux exorbités, pupilles figées, bouche ouverte… blablabla, il y a en a pour moi aussi. *Vous savez celui qui ne change pas d'avis ?* Parce qu'il y a une notion que je ne parviens toujours pas à intégrer avec elle : c'est qu'elle puisse être surprenante, car elle vient de fourrer sa main dans mon pantalon de pyjama.

Oui.

Et plus précisément, son pouce sur mon gland et le reste de ses doigts entourant mon pénis. C'est… ahaaaaah, je gémis en chassant l'imbécile. Ça a le don de la faire sourire. Si elle y trouve son compte, tant mieux. Sa main monte et descend lentement, je l'aide en faisant pression contre sa paume, embrasse son cou, mordille sa peau. C'est une délicieuse torture : sentir son plaisir monter, se laisser faire, approcher dangereusement le point de non-retour sans jamais le toucher. Mais aussi appréhender chaque mouvement et voir son excitation atteindre son paroxysme. Je pourrais la laisser continuer ainsi et la couvrir de sperme, je pourrais lui dire que c'est si bon que je ne voudrais pas qu'elle cesse, mais je n'oublie pas la capote dans son autre main :

– Tu attends quoi, Lana ? murmuré-je contre son oreille.

– Que tu me le demandes, rétorque-t-elle.

Pour la peine, je m'arrache de son emprise, récupère l'emballage argenté et descends du lit. Je me débarrasse de mon pantalon sous son regard affolé. Sans doute s'attendait-elle à ce que je décampe.

Plus maintenant, j'en serais incapable. À croire que ma tête, mon corps, ma raison ont attendu toute leur vie pour ce moment-là et qu'ils seraient désormais incapables de faire marche arrière.

J'enfile le préservatif et retourne entre ses jambes. Je retrouve sa chaleur, ne me retiens pas d'embrasser sa bouche, son menton, de descendre de son buste jusqu'à ses seins. Je guide ma queue jusqu'à son antre. Elle entoure mes hanches de ses jambes, se prépare et s'accroche à mes cheveux. Je m'apprête à la pénétrer quand elle me défie :

– Tu vois, finalement, c'est toi qui m'as montré ton empressement.

Je viens de me faire pigeonner mais ne cesse pas pour autant *mon entrée en matière*. Je me redresse au-dessus d'elle et lui sers un sourire narquois.

– Accroche-toi, Lana.

Je n'attends pas qu'elle comprenne pour enfoncer mes doigts dans ses hanches et mon pénis dans son vagin. Elle gémit longuement, moi aussi. Comment ai-je pu croire une seule seconde que ça aurait pu être moins bien que les autres fois ? Et surtout comment ai-je pu penser que je pourrais passer au-delà de ce qu'elle provoque en moi ?

Bien plus que de simples émotions. *Je le sais.*

Mon cœur n'a jamais battu aussi vite, même à pleine dose d'adrénaline, et pourtant je n'ai pas encore bougé. Je colle mon front contre le sien, partagé entre rendre les armes ou lutter contre ce qui me dévore un peu plus chaque fois qu'elle me transporte.

– Ne sois pas tendre, ordonne-t-elle.

– Là n'est pas la question, grogné-je, frustré face à son incompréhension.

– Je sais. Mais toi et moi n'avons pas le droit de nous égarer. Pas tant que tout ne sera pas terminé, n'est-ce pas ?

Je peine à retenir un rire avant de l'embrasser. Elle n'a jamais eu autant raison que cette nuit. Elle me demande de lutter, comme elle s'oblige à nier ce qu'elle éprouve pour moi. Et pour cela, elle fait appel à *l'autre*, elle me demande d'être indifférent, détaché. Mais elle ne se rend pas compte à quel point ça va m'être difficile. Je ferme les paupières une seconde. Le temps de prendre une grande inspiration, de faire taire le rythme chaotique de ma pompe cardiaque et les murmures désordonnés de ma tête.

Lorsque j'ouvre mes yeux dans les siens, je suis tout sauf détaché, j'ai soif, j'ai faim, j'ai… d'autant plus envie d'elle. Je lui dis d'une manière différente :

– Ne cesse jamais de me surprendre, Lana.

J'ai la sensation que mon sexe s'allonge encore, que, même capote interposée, sa moiteur me gagne. Je l'embrasse avec fougue tout en me retirant, mordille sa lèvre et l'observe gémir quand je reviens. J'ai un mal fou à ne pas grogner. Elle est si belle, la tête basculée en arrière, ses tétons pointant vers le ciel, cambrée dans mes mains. Je m'enfonce profondément, jusqu'à sentir une butée et ses ongles traverser mes omoplates.

– Suis-je assez détaché pour toi ?

Je m'accroche fermement à ses reins, à ses hanches, où je peux. Elle hoche la tête maladroitement. Chaque va-et-vient est aussi puissant que le précédent. Comme elle le souhaite, je ne suis pas tendre, mais rien ne sert de se voiler la face, il ne s'agit pas de violence mais de passion. Je le sais, elle le sait. La seule chose qui nous garde éloignés de la frontière que nous nous sommes imposée est de ne pas l'avouer à voix haute.

– Ne t'arrête pas, Jack, s'il te plaît, ne t'arrête pas.

Je m'embrase sur sa prière, remonte ses cuisses plus haut sur mes hanches, soulève ses fesses et la pilonne encore plus fort. Moi non plus, je ne voudrais pas que ça s'arrête. Parce qu'être avec quelqu'un n'a jamais été aussi salvateur, parce que finalement j'existe et je vis de la meilleure des façons qui soit dans ses bras.

J'ai trouvé une manière différente d'être moi. Sans doute le vrai.

Ce constat me fait trembler. Je ne dois surtout pas perdre le contrôle. Je n'en ai pas le droit. Pour le Groupe, pour Tomesi. C'est l'électrochoc qu'il me fallait.

Je me redresse et me défais de ses bras en grognant :

– Je ne suis pas assez *détaché*, Lana.

J'accélère la cadence. Elle précipite ses mains au-dessus d'elle, cherchant soutien sur un coussin, sur la tête de lit, n'importe où. Là, il ne s'agit pas seulement de passion, il s'agit de finir vite ce que nous faisons, même si ça n'est pas ce que nous souhaitons réellement.

Je sens ses cuisses se resserrer autour de mes hanches alors que les miennes commencent à trembler d'un trop-plein… d'efforts. C'est ce que je préfère me dire. Nos regards ne se lâchent pas. Toujours cet antipode fascinant qui nous caractérise : elle, aussi proche de perdre connaissance que du sanglot, et qui gémit à n'en plus finir, et moi, solidement cramponné à ses hanches, l'allure inaltérable et silencieuse.

Apparences.

À l'intérieur, je bouillonne. J'ai tout autant envie d'embrasser ses seins qui ballottent dans tous les sens, que de la retourner pour ne plus les voir, j'ai tout autant envie d'exploser que de prier pour que ce moment dure une éternité. J'ai atteint ce point de non-retour où je ne suis plus capable d'être détaché avec elle.

Parce qu'il n'y a plus d'« autre », de Logan ou de Jack : nous ne formons plus qu'une seule et même personne.

Et je me souviens un peu plus à quel point Lana est dangereuse, quand son vagin se contracte autour de ma queue. *Elle y est.* J'aurais pu l'anticiper en voyant ses paupières lutter pour rester ouvertes et à sa respiration saccadée, mais j'étais bien trop occupé à gérer mon propre corps. *C'est puissant.* Je lutte pour ne pas rejoindre la courbure excessive de ses reins et la ramener à moi, et également pour ne pas remplacer par ma bouche sa main qui s'efforce d'étouffer son cri.

Son antre étreint si fort mon pénis qu'il me pousse à la

suivre dans la seconde et je ne me fais pas prier. Comme une détonation qui viendrait de loin, d'un endroit oublié, enfoui, connu uniquement à ce moment précis, des irradiations se propagent dans mon ventre et me font exploser. Je ne crie pas, je ne m'effondre pas, je garde le même rythme alors que ma pompe à emmerdement participe à un spectacle pyrotechnique.

Mon cœur a raison. S'il existait un mot plus fort que l'orgasme, il caractériserait parfaitement ce que je viens de vivre. Ce *qu'elle* m'a fait vivre encore une fois.

J'effectue un dernier mouvement, appuyé et fort pour la trémulation finale de ma verge et me retire immédiatement. Je descends du lit sans empressement et ôte la capote de mon membre engourdi par tant de jouissance. Plus je m'éloigne d'elle et plus je retrouve mon self-control.

Et ça me fait littéralement rager. C'était si simple.

Devant moi, Lana semble être sortie violemment des limbes. Elle bat des paupières, cherche ses vêtements dans les draps ; c'est de cette façon que je m'apprête à la quitter. J'enfile prestement mon pyjama et j'ai à peine atteint la sortie que je me reçois un coussin sur la tête.

– C'est comme ça que tu me quittes ?

Je ne me retourne pas. Je n'ai pas besoin de la voir pour comprendre l'état dans lequel elle se trouve, sa voix me l'a appris : elle pleure.

Je lâche un soupir :

– Je t'ai toujours dit que tu finirais par me détester.

J'ouvre la porte, nouveau coussin. Je m'arrête encore. Elle renifle.

– Tu te trompes, *Rhys*, je suis tombée amoureuse de chacune de tes personnalités, et cela même en sachant qui tu étais et ce que tu faisais.

Mes mâchoires s'entrechoquent sur ce prénom, me faisant occulter le sens de ses paroles. L'a-t-elle utilisé sciemment ? Aucune idée. Je n'ai pas le temps d'y réfléchir. Ma colère est vite remplacée par autre chose quand je découvre Samy appuyé contre le montant de sa porte, juste en face de moi. Mon cœur fait des saltos et ma tête me félicite d'avoir été si détaché. Je me promets même de complimenter Lana pour la scène qu'elle vient de lui offrir à ses dépens. Il me toise.

Je souris suffisamment pour qu'il comprenne que je viens de prendre mon pied, et me vante :

– Belinda en fin de soirée, Lana maintenant… tu vois, Samy, en cinq ans, tu peux constater que je n'ai pas perdu mon endurance !

Et je referme la porte de la chambre, conscient de ce que Lana vient d'entendre.

Là, elle pourra me trouver toutes les excuses du monde, elle va me détester, c'est certain.

28

Lana

Je ne sais pas s'il existe une garce chez toutes les filles, mais celle qui sommeillait en moi va me permettre de survivre au moins jusqu'à notre départ. Sans doute parce qu'elle est plus consciente que moi que nous sommes entourées de trois monstres. Oui, trois. Samy est un fin manipulateur, Belinda une charogne et je déclare que Rhys est la plus grosse ordure qu'il m'ait été donné de connaître.

Est-ce qu'il a réellement couché avec Belinda ? Ou est-ce qu'il l'a seulement dit parce que Samy traînait dans les parages lorsqu'il a quitté ma chambre ? Aucune idée. Et même là encore, alors que je rejoins les monstres dans la salle à manger au petit matin, je ne sais toujours pas s'il disait vrai. Je ne sais pas s'il s'agissait encore de sa stratégie, à faire croire que je suis un simple paquet, ou s'il a trouvé là l'excuse de me faire comprendre à quel point il ne m'appartiendrait jamais. Dans un cas comme dans l'autre, il m'a donné matière à le détester.

Et c'est la garce qui me fait entendre raison provisoirement : je ne dois pas le laisser me blesser avec Belinda. Il y a tellement pire, n'est-ce pas ? *Ma vie*, depuis presque trois ans, est tellement pire que mes états d'âme face à ses histoires de cul avec une autre…

Finalement, le noir corbeau n'a pas que des désavantages ; en ajoutant du fard à joues, de l'eyeliner et de l'ombre à paupières rouge profond, je m'assure une allure affirmée. *Je ne tremblerai plus devant eux.* Ça n'est pas une promesse que je me suis faite, c'est mon état d'esprit.

Je ne suis pas faible, sinon je ne serais pas là où je me trouve.

Une fois n'est pas coutume, à mon entrée dans la pièce, tout le monde se tait. J'ignore Jack, même si je remarque qu'il a taillé sa barbe, et que ça le rend d'autant plus sexy, et m'assieds calmement à ma place. Trop près de lui, mais ça aussi, je l'ignore.

Je m'apprête à lancer une banalité sur le goût corsé du café, quand Samy s'exaspère :

– Tu n'y arriveras jamais seul…

En réalité, je n'ai pas interrompu une conversation, nous sommes en plein dedans et tout le monde se fout de mon arrivée. Jack enfourne un pancake dans sa bouche, l'air de rien, alors que Samy ne m'a jamais paru aussi à nu. Il semble inquiet, tendu, perturbé. Je n'ai aucune idée de ce dont ils parlent, mais ça doit être assez important pour qu'il en oublie son self-control.

– Tu as besoin de nous, insiste-t-il sans desserrer les mâchoires.

Je ne peux m'empêcher de lever les yeux au ciel. Chose qui ne passe pas inaperçue devant Belinda. Elle m'interpelle :

– Tu ne te sens pas concernée ?

Il semblerait que la garce me donne des ailes, puisque je réplique immédiatement :

– Parce que maintenant, je le devrais ? Je pensais être le truc qu'on trimbale, pas celui qu'on consulte.

Je suis certaine de la voir ciller avant que Samy intervienne pour m'expliquer :

– Rhys veut démanteler le Groupe.

– Je ne vois pas tellement en quoi ça me concerne, réponds-je de derrière ma tasse en haussant les épaules.

– Non, sans doute pas maintenant. Mais tu ne te demandes pas pourquoi il compte le faire ?

– Pour être enfin tranquille ? suggéré-je avec désinvolture.

À cet instant, je sais que je *lui* ressemble – il faut dire qu'il a été un bon professeur – puisque je suis complètement détachée. Cette conversation n'a ni queue ni tête. Un, je ne sais pas si Rhys joue encore un rôle auprès d'eux, deux, je suis bien trop garce pour m'inquiéter de son sort, de son avenir, de ce qu'il compte faire pour le moment.

Je le déteste.

– Parce que tu penses qu'il va aspirer à une vie différente maintenant qu'il t'a, toi ? Qu'il va cesser de vivre en autarcie ? D'être ce qu'il est ? De vouloir…

– Bien sûr que non, le coupé-je en secouant la tête.

– Il le fait pour toi, s'interpose Belinda.

Sa voix n'est pas teintée d'amertume, bien au contraire.

Je la dévisage. J'ai l'impression qu'elle me voit pour la première fois. Pas une once de colère ou d'agressivité. Tout mon contraire. Je m'imagine déjà ramper sur la table pour lui enfourner la tête dans l'assiette remplie de cupcakes à la fraise devant elle. Ça serait un combat perdu d'avance. Belinda est musclée, grande, et certainement meilleure que moi au corps à corps. Je l'ignore, pour sourire à Samy.

– Jack, ou Rhys si vous préférez, m'a fait une promesse : qu'il ne me ferait jamais de mal. Je me suis faite à l'idée que ça signifiait aussi me protéger ; en revanche, je ne vois pas tellement en quoi vos histoires de… *Groupe* me concernent.

– Elles te concernent plus que jamais puisqu'ils savent que tu es ma faiblesse, intervient Jack. D'une manière ou d'une autre, ils tenteront de m'atteindre à travers toi.

Je ne laisse pas ses paroles me déstabiliser, et ce, quoi qu'elles signifient. *Je le déteste.* Pas de palpitations, pas de grandes inspirations, je n'ai aucun courage à prendre pour l'affronter. Ça fait longtemps que je n'ai plus peur de lui. Mes lèvres se retroussent dans un sourire insolent, je pivote vers lui, et j'articule, sans faillir :

– Jack, Logan, l'autre, Rhys, je vous libère de votre promesse !

Je vois aisément sa mâchoire osciller sous la pression de ses dents. Je l'ai vexé ? Je l'ai touché ? Aucune idée. Je le déteste et pas l'inverse. Et étonnamment, il ne tente même pas d'en découdre ou de me contredire. Il ne s'agit pas non plus d'une forme de soulagement ou de libération pour lui. Au contraire, il laisse tomber son cupcake dans son assiette, se lève et siffle Rebel. S'il y a une chose que j'ai apprise de lui en une semaine, c'est bien qu'il finit toujours ses repas ; mes paroles l'ont atteint, c'est une certitude. Le regard fuyant, le pas déjà entamé vers le jardin, il grogne :

– Nous décollons dans cinq minutes.

***

J'ouvre et ferme mes paupières sur cette grande enveloppe depuis notre départ, posée sur mes genoux, coincée entre mes doigts. Je n'ose pas l'ouvrir. J'ai les mains moites ; d'ailleurs, ma transpiration a marqué le papier kraft sur toutes ses longueurs. Je flippe, je n'ai aucune difficulté à l'avouer. Belinda me l'a remise juste avant que je prenne place dans la Dodge :

« Tu trouveras dedans la personne qui t'a balancée et les preuves qui m'ont conduite jusqu'à elle. »

Je ne m'attendais pas à ce qu'elle me donne le nom de la personne qui avait mené ma seconde vie à ce qu'elle est aujourd'hui.

À lui.

Je me tourne vers Jack. Nonchalamment appuyé d'un bras contre le montant de sa portière, une casquette vissée sur la tête, il se caresse le peu de barbe qui lui reste en matraquant la route du regard. Je ne sais pas si je suis heureuse, si j'ai peur, si je regrette tout ce qu'il s'est passé. Je ne saurais dire si c'est une bonne ou une mauvaise chose qu'il soit entré dans ma vie, mais je sais indéniablement *que je l'aime*.

Je reviens à la route. La pluie murmure sur le pare-brise.

– Tu attends quoi ? demande Jack.

Je pourrais presque croire qu'il est impatient que je

l'ouvre. Je m'en étonne :

– Tu ne sais pas de qui il s'agit ?

– Je n'ai pas parlé de ce genre de chose avec Belinda.

Un haut-le-cœur me prend, je serre les dents.

– Bien sûr que non, pesté-je.

Il rit.

– Pose *la* question, Lana, je suis sûr que ça te brûle les lèvres.

Je ne lui demanderai jamais. Parce que sa réponse pourrait me faire plus de mal que de rester dans le flou ? Oui.

Ma seule réaction est d'ouvrir férocement l'enveloppe. Je comprends immédiatement ce que je lis. Un relevé téléphonique. Les chiffres défilent sous mes yeux, les dates et les heures aussi. Plusieurs pages, qui remontent à des semaines avant l'arrivée de Jack. Enfin, un numéro de téléphone est surligné en jaune. L'indicatif me renseigne sur la localité : Los Angeles. Mon cœur bat la chamade, mes oreilles bourdonnent et ça n'est pas à cause de la pluie. Mes yeux continuent à s'agiter dans tous les sens, ma tête analyse rapidement les informations qui lui arrivent. Dans les numéros appelés, je reconnais aussi le mien, et celui de… Charly.

La vérité est percutante.

Je vais quérir l'accoudoir de ma portière pour m'y accrocher. C'était elle. C'était Elizabeth.

– Arrête la voiture, soufflé-je difficilement, la gorge prise dans un étau.

Les palpitations me prennent, une sueur glaciale me saisit, je me cramponne plus fort sur le cuir, les yeux figés devant moi. Je n'attends pas que Jack soit garé correctement sur le bas-côté, j'ouvre la porte, et j'ai à peine le temps de me pencher dans le vide que je vomis mon contenu gastrique sur la terre mouillée. Deux cafés, un cupcake à la fraise et toute l'estime que j'avais pour Elizabeth.

Avec qui ai-je laissé Mina ? Comment a-t-elle pu me trahir ? Pourquoi ?

Pourquoi avoir risqué la vie des êtres qui lui sont chers ?

Le corps agité de spasmes, je tente de reprendre une respiration. Je déglutis, me redresse difficilement et referme la porte.

– J'avais raison, se vante Jack en me tendant un mouchoir.

Je lui offre un regard noir et récupère d'un geste brusque le mouchoir pour m'essuyer la bouche. Se rend-il compte à quel point cette révélation est difficile à avaler ? C'est même pire que ça. Je n'arrive pas à l'entendre, à le croire, à l'admettre, qu'importent les preuves devant mes yeux. Je relis les documents, les passe encore en revue alors que Jack reprend la route. C'est irréfutable. Sur la dernière page, quelque chose attire mon regard. Il a été griffonné un numéro de téléphone ainsi qu'une note :

« Toujours assurer ses arrières. Belinda. »

– Il y a autre chose ? s'intéresse Jack.

Instinctivement, je replace les feuilles dans l'enveloppe, que je range dans mon sac à mes pieds. Je comprends que ce numéro ne doit pas être connu de Jack, sinon Belinda n'aurait pas pris la peine de me le donner à moi. Mais pourquoi ?

– Savoir que c'est elle, c'est déjà bien assez, tu ne crois pas ? réponds-je finalement en fixant mon regard loin devant moi.

Mon cœur bat encore trop vite, mon estomac et ma trachée me brûlent.

– Je dois appeler Charly.

– Non.

Pourquoi ça ne m'étonne pas qu'il s'y oppose ?

– D'une manière ou d'une autre, avec ou sans ton accord, je lui téléphonerai.

– Pourquoi ? Parce que tu penses que ta fille est en danger ? Belinda a veillé à ce que personne ne puisse remonter jusqu'à eux.

Mon cœur se retourne. Ma fille. Est-ce que je suis en

droit de le penser simplement parce que je l'ai enfantée ? Non. De loin ou de près, je ne suis pas sa mère.

– Charly doit savoir que c'est sa femme qui m'a trahie.

– Il le sait déjà. Il n'a pas eu besoin de ces relevés téléphoniques pour le comprendre. La colère, l'amertume que nourrissait Elizabeth à ton égard tombaient sous le sens. Je n'ai mis qu'une seconde pour faire la relation entre Mina et toi, et je n'ai aucun mal à imaginer pourquoi elle voulait que tu ne fasses plus partie de leur vie.

– Je n'ai jamais fait partie de leur vie.

– Si t'en persuader te permet de ne pas culpabiliser et d'être en paix avec toi-même, alors la conversation est close.

Est-ce que je suis capable de le détester davantage ? Oui. Je serre les dents, ferme les poings sur mes cuisses en pressant fortement mes paupières. J'ai envie de hurler, de pleurer, de l'insulter, de… je me fige en sentant sa main sur la mienne.

Brûlante, douce.

Mon cœur loupe un battement sous sa délicatesse. Il déplie mes doigts, les mélange aux siens et recouvre ma paume de la sienne. Ça fait autant de bien que ç'en est douloureux. J'ouvre les yeux au moment où il porte ma main à sa bouche. J'ai à peine le temps de la lui arracher que ses lèvres m'effleurent.

Et je remarque que je respire à peine.

Que mon cœur bat vite.

Que j'ai terriblement chaud.

Que c'est un martyre de jouer l'indifférente.

Et que je viens de le blesser.

Sa main retrouve sa position initiale sur le volant, il prend une grande inspiration, les mâchoires serrées. Moi, je me presse contre ma portière, les pupilles tremblantes et la main brûlée.

– Elizabeth a eu peur que tu veuilles un jour récupérer

Mina. Elle a eu peur que Mina te croise et se rende compte à quel point tu lui ressembles. Elle a eu peur que tu lui voles son mari…

– Arrête, le coupé-je sèchement. Depuis quand tu cherches des excuses aux agissements des autres ?

– Depuis que tu t'es mis en tête d'appeler Charly. Le sort de Mina n'a plus été de ta responsabilité dès lors que tu as décidé de la faire adopter. Par contre, si tu contactes Charly, tu seras responsable de ce qui leur arrivera. C'est ce que tu souhaites ?

Je me renfrogne. Il m'en coûte de l'avouer mais il a raison. Encore une fois…

– Je ne savais pas que tu t'intéressais autant à ma santé mentale.

Il me foudroie du regard.

– Ne sois pas stupide, Lana. N'oublie pas que je tiens à toi et je n'ai aucune envie que tu saches ce que signifie se détester.

C'est trop tard pour ça…

– Parce que tu sais ce que c'est peut-être ?

Il hoche la tête, je rebondis :

– Tiens-tu à moi comme tu tiens à Belinda et à Samy ?

– D'une certaine manière, oui.

Il a aboyé sa réponse, et je ne comprends pas sa signification. Est-ce que je suis stupide d'espérer qu'il puisse tenir davantage à moi ? Alors pourquoi ne peut-il pas s'empêcher de me faire du mal ? *Il a couché avec elle.* Je repousse mes idées noires au fond de ma tête.

– Tu n'as pourtant pas pris la peine de rendre visite à Belinda quand elle était entre la vie et la mort il y a quelques années.

Son éclat de rire me fait sursauter.

– Je parie que c'est Samy qui t'a raconté ça !

Il rit de plus belle. Moi, je frissonne, une douce chaleur au creux du ventre. Même si je le déteste, j'aime le voir et l'entendre rire. Il transpire l'insouciance qu'il n'a certainement jamais eue.

– Je ne l'ai pas veillée au sens que tu l'entends mais j'étais là. Je suis resté dans l'ombre, posté près de la clinique. Comme elle l'aurait fait. Dans nos missions, Belinda a toujours assuré mes arrières.

Je cligne des yeux, comprenant soudainement la note de Belinda. Elle veut que je l'appelle, que je la tienne informée de nos actions. Pour assurer les arrières de Jack au cas où ça tournerait mal. Je vais devoir trouver un moyen de la joindre.

– L'amour que porte Samy à Belinda l'empêchait de la protéger, continue-t-il sans se douter du dilemme qui naît en moi. Il était tellement accaparé par sa douleur, sa peine, qu'il était incapable d'assurer leur sécurité. Ils n'ont jamais été aussi vulnérables que ces jours-là.

– Pourquoi tu ne t'es pas montré ?

Il secoue la tête.

– Pour quoi faire ? Je n'ai jamais couru après la gloire et j'ai certainement permis à Samy de nourrir son ego puisqu'il a un sempiternel besoin d'être en compétition avec moi.

Je me souviens des paroles de Samy sur la terrasse, quand il disait que Jack a toujours été meilleur que lui, et je ne peux pas m'empêcher de m'interroger sur le but de toutes ses confidences. Voulait-il me détourner de Jack pour mieux l'atteindre ?

Le souffle coupé, appréhendant certainement la réponse, je demande :

– Et pour ton père ?

L'atmosphère change du tout au tout. Ça devient électrique, lourd et oppressant.

– Il fallait que tu me poses la question, alors que ça n'a aucun intérêt, rugit-il.

– Si ça n'avait aucun intérêt, tu ne verrais pas d'objection à me raconter ce qu'il s'est passé.

Je parais sûre de moi ; en vrai, je suis pétrifiée de peur, parce que je sais à quel point cette conversation peut être…

explosive. Il n'y a qu'à le voir, il transpire la colère. Ses doigts lacèrent le cuir, son regard s'obscurcit sur la route.

– Je crois que je serai toute ma vie en colère contre cet homme.

– Tu l'as… (je déglutis, les mots sont rudes) tué pour te venger ?

– Oui, admet-il.

– Mais tu disais ne pas regretter l'éducation qu'il t'avait donnée.

Il enfonce sa casquette plus profondément sur sa tête et rumine :

– Je ne l'ai pas éliminé pour ce que j'ai vécu.

Parce qu'il pense que je vais me contenter de cette réponse ? Je prends le risque de lui retirer sa casquette. Il me fusille du regard sans pour autant chercher à la récupérer.

– Et ?

Il soupire.

– L'arrivée de Samy et Belinda m'a poussé à m'intéresser à mes origines. Du plus loin que je me souvienne, j'avais toujours vécu au manoir, notre… *ambassadeur* m'a alors expliqué que j'étais comme eux, que j'avais été recueilli très jeune. J'y ai cru. Une histoire de mère droguée qui m'avait maltraité puis abandonné pour une dose d'héroïne.

Je serre la casquette contre moi dans un frisson incontrôlable. J'appréhende la suite, le point de rupture, le moment fatidique où je vais percevoir ce qui l'a rendu assez haineux pour qu'il en tue son propre… père.

Il renverse la tête en arrière contre l'appui-tête et explique :

– Une nuit, alors que je venais de me disputer avec Belinda parce que je refusais de coucher avec elle, elle a fait la remarque que je ressemblais beaucoup à notre père adoptif quand je me mettais en colère.

Un sourire démoniaque sur les lèvres, il tourne la tête dans ma direction. Certainement pour appréhender ma réaction face à sa relation avec Belinda. Je suis imperméable, la garce dans ma tête aide beaucoup. *Il y a pire*. Et surtout, je suis à peu près certaine qu'il tente de me faire souffrir pour m'éloigner plus facilement de notre conversation.

– Continue, soupiré-je.

Il secoue la tête et s'exécute :

– C'est à ce moment-là que je me suis posé des questions. Force était de constater qu'elle avait raison, et ça ne se limitait pas à quand j'étais en colère. Je savais qu'il existait une base de données regroupant les fiches d'identité complètes de chaque personne faisant partie du Groupe. Je n'ai eu qu'à rendre quelques *services* à Belinda pour qu'elle pirate leur système.

Nouveau sourire, accompagné d'un haussement de sourcil. À l'intérieur, je bouillonne mais je ne laisse rien paraître. Je relève les épaules avec désinvolture et lui rends son sourire pour affirmer :

– Tu peux dire que tu as *couché* avec elle. Alors ? As-tu eu ta réponse ?

Il soupire, déçu que je ne me laisse pas démonter.

– Oui et… non.

– Alors, quel était le problème ?

Je comprends à l'instant où il prend une grande inspiration et ses doigts se crispent sur le volant, que ce qu'il va annoncer lui en coûte.

– J'ai découvert que ma mère était toujours en vie, et surtout… qu'elle ne s'était jamais droguée. Je l'ai retrouvée, je l'ai contactée. Je me suis fait passer pour un agent travaillant au service des fraudes fiscales et je lui ai demandé ce qu'était devenu son premier enfant. Sa réaction a été immédiate, après avoir bafouillé que personne ne pouvait avoir connaissance de cet enfant, que c'était impossible, elle a raccroché. Bien entendu, vu que le Groupe avait pris soin d'effacer mon existence. C'est Samy qui m'a suggéré de chercher dans le passé du Général. Elle et lui étaient amants. Je suis né pendant qu'il était en mission secrète en

Afghanistan ; je suppose d'ailleurs que c'est là-bas qu'il a été recruté par le Groupe, puisque, à son retour, il a quitté l'armée puis a disparu un temps.

J'absorbe toutes ses paroles sans bruit. J'entends à peine la pluie qui s'abat avec rage sur le pare-brise. Il n'y a que Jack, ce qu'il dit, son vécu et ses émotions.

– Il est réapparu uniquement pour me récupérer. J'avais à peine 3 ans. Que je puisse être son vrai fils ne me dérangeait pas plus que ça. Le Général était notre père adoptif à tous les trois.

Il se tourne vers moi, son regard me transperce de part en part et je constate que nous sommes arrêtés sur le bas-côté de la route. Je m'aperçois aussi que je tremble autant qu'une feuille morte, que je suis glacée et que mes doigts me brûlent à trop serrer la casquette contre moi.

– Il était à la fois la figure paternelle, le maître et celui qui détenait la connaissance. Il m'a répété toute ma vie qu'il était ma seule famille, que je ne pouvais croire qu'en lui puisque ma mère m'avait abandonné. Je le voyais comme mon sauveur, je l'idolâtrais, je lui faisais confiance, je l'aimais, et il est devenu le symbole de ma première déception. La machine de guerre qu'*il* avait créée s'est retournée contre lui.

Il n'a pas besoin de m'expliquer davantage ce qu'il a ressenti, je le comprends sans mal : il a forgé toute son existence sur des mensonges, toute sa vie, son père lui a inculqué des valeurs, une doctrine, une ligne de conduite, qu'il n'a jamais respectées lui-même.

Et à mes yeux, cet homme n'était pas un père, c'était un monstre.

Je suis incapable de détester l'homme devant moi. Je l'aime, ça me suffit.

Comme s'il pouvait lire dans mes pensées, il relève mon menton d'un geste tendre et me sourit.

Un vrai sourire.

Un qu'il est rare de voir exister chez lui.

Un de ceux qui font sourire en retour et qui réchauffent instantanément.

Son pouce parcourt mes lèvres avec tendresse, ses yeux les dessinent avec mélancolie. Je me détends. Du moins jusqu'à ce qu'il rajoute dans un murmure :

– Belinda et moi, c'était la dernière fois. Je n'ai pas besoin de te faire de promesse ; bientôt, dans quelques jours, tu comprendras ce que j'ai fait.

29

Lana

Ce nouveau trajet est radicalement différent du premier. Alors que nous avions privilégié les petites routes de montagne, que nous avions évité la civilisation et qu'il m'avait paru tendu ; à la limite de la paranoïa, les yeux braqués sur ses rétroviseurs, nous empruntons dorénavant l'Interstate 5 dans une atmosphère… décontractée.

Oui, dé-con-tra-ctée. L'antithèse de Jack, mais c'est bien ça. Genou gauche plié, bras posé dessus, il observe la route qui s'étend devant nous, et même les paysages quand la circulation le permet. Et ça ne s'arrête pas là ! Il a réussi à écouter presque deux heures de radio sans se lasser. Quelquefois, je l'ai surpris à tapoter du doigt sur le volant pour battre le rythme. Pas de fredonnements, n'exagérons rien tout de même.

Mais les différences ne se résument pas qu'au confort de notre trajet. Il y a moi. Moi, silencieuse et remplie de sentiments contradictoires. Pour Jack ? Non. Pour cette route. C'est lorsque nous passons le panneau vert indiquant *Welcome to California*, en blanc, que la réalité me frappe. La technique de l'autruche, comme faire appel à la garce, ça ne fonctionne qu'un temps. Nous retournons à Los Angeles et je mentirais si je disais que ça m'était égal. Plus de trois ans que j'y ai laissé tous ceux que j'aime, ma grand-mère, mes amies, mes collègues de boulot, … en clair, la plus grosse partie de ma vie. Étrangement, je ne saurais même pas dire s'il s'agit de celle qui me rend le plus nostalgique et qui me serait la plus précieuse. Mes amies m'ont certainement oubliée et remplacée, ma grand-mère ne me reconnaîtrait pas – Alzheimer avait déjà fait des dégâts avant ma fuite –, et Michael ? Il faudrait être stupide pour vouloir retourner dans ses bras. Définitivement, j'ai tourné la page. Remettre les pieds à Los Angeles me terrifie, je redoute tout ce qui s'y trouve, je tremble à l'idée d'affronter mon passé et j'appréhende mon avenir, qui dépendra de ce qui s'y passera. D'ailleurs, la première étape consiste à récupérer les documents que j'ai subtilisés à Michael. Elle paraît peut-être simple mais elle va m'en coûter tout autant que d'affronter mon ancien fiancé. J'ai même eu du mal à dire d'une voix claire et audible où ils se trouvaient à Jack. Incapable de faire une phrase, j'ai juste soufflé rapidement le lieu et je l'ai béni de ne pas avoir relevé.

Quelques minutes plus tard, alors que le malaise me quitte, j'observe Jack : ses cheveux mi-longs en bataille, que le soleil couchant teinte de rouge, ses lèvres au milieu de sa barbe fine, ses grands yeux bleu lagon d'une clarté exceptionnelle ; il est là, mon avenir, elle est là, ma vie. Qu'importe de quoi sera faite notre route, je sais que mon cœur bat d'une frénésie sans égale pour cet homme. Même au repos, il y a ce boum singulier et puissant qui murmure, qui respire, qui m'habite.

Si j'étais illuminée ou aveuglée par la passion, je tenterais tout pour nous empêcher d'aller à LA. Sauf que je suis raisonnée et intelligente, je sais que Michael doit être neutralisé. Pas seulement pour moi, mais surtout pour Mina.

– Nous sommes arrivés, m'indique Jack, soudain sur le qui-vive.

Il m'observe d'un regard hésitant, presque inquiet. Ça pue le chien mouillé sur la banquette arrière, puisque Rebel a dû faire ses besoins sous la flotte à notre dernier arrêt.

Avec une folle appréhension, je découvre où nous sommes : garés en bordure de route, à la lisière d'un bois. J'aperçois une demeure de style géorgien, à la façade ocre et aux toits gris, nichée sous les arbres. Grâce aux derniers rayons de soleil, je lis l'écriteau planté dans une pelouse verte impeccablement bien entretenue.

« Luxury Dog, canine hotel. »

Mes yeux ont à peine le temps d'atteindre le dernier mot que je suis en dehors de la voiture. C'est machinal, instinctif, c'est une question de survie, je me précipite sur la portière arrière pour faire sortir Rebel du véhicule. Aucune idée de ce que je ferai après, d'où nous irons, et comment, mais mon seul choix, ma seule obsession, c'est la fuite.

Partir, vite, avec Rebel. Fuir Jack…

Sauf qu'un poids immense m'astreint contre la tôle, que la portière n'a jamais eu le temps de s'ouvrir, et que je n'ai jamais eu une seule chance de m'enfuir. Jack me retourne en me tenant fermement les bras.

– Lana ! gronde-t-il, comme si mon seul prénom pourrait suffire à me sortir de ma transe.

– Non ! Tu n'as pas le droit ! Tu ne peux pas m'obliger à faire ça ! hurlé-je en pointant du menton le chenil. C'est non !

Je suis à bout de souffle mais certainement pas au bout de mes forces. Je crois pouvoir dire que je n'ai jamais été autant hors de moi qu'à cet instant, c'est irrationnel. Il n'y a plus de Lana. Il n'y a plus de Jack. Et la rage qui m'habite me donne assez d'énergie pour me dégager de son emprise. Les poings fermés, je martèle violemment sa poitrine, une fois, deux fois, trois fois, de nombreuses fois. Et même si mes poignets deviennent douloureux, j'ai l'impression que je ne pourrai jamais m'arrêter. C'est comme si ces coups me permettaient de le raisonner.

– Pas Rebel ! sangloté-je.

– Nous n'avons pas d'autre solution.

Je secoue la tête. Il argumente :

– J'aurais pu le laisser à Charly et je ne l'ai pas fait. J'aurais pu le donner à Belinda et à Samy et je ne l'ai pas fait non plus. J'aurais pu l'abandonner sur le bord d'une route et…

– Et alors quoi ? Je devrais t'être reconnaissante ?

– Non. Tu devrais comprendre qu'il deviendra une source d'emmerdement à Los Angeles. Et bordel, tu devrais aussi te rendre compte à quel point j'ai été humain sur ce coup-là ! rugit-il.

Alors qu'il avait été d'un calme olympien jusqu'à présent, sa colère annihile la mienne en un instant. Ses mots prennent toute leur signification dans ma tête. Il s'est soucié du sort de Rebel parce qu'il savait que ça aurait de l'importance pour moi.

Il a agi pour moi. Lui qui est d'habitude tellement égoïste.

Et le savoir me tord les boyaux, quand on sait ce qu'il a fait avec Belinda. Ça n'a pas de sens. Comment peut-il se targuer d'avoir été humain, comme s'il avait fait preuve de bienveillance alors qu'il n'a eu aucun scrupule à être avec… elle ?

La poitrine agitée par d'affreux tremblements, je mesure à quel point je peine à respirer normalement. Je resserre mes bras contre ma poitrine pour tenter de contrôler mes trémulations.

Jack reprend une posture assurée et son air impénétrable.

– J'ai payé une fortune pour une semaine de formule royale. Une. Petite. Semaine, insiste-t-il. Le temps de régler cette histoire avec Tomesi et nous serons de retour pour le récupérer.

Je déglutis difficilement. Mes pupilles vacillent dans les siennes puis je m'autorise à regarder au-delà de ce panneau, derrière ses épaules, pour surmonter mes appréhensions. « Luxury Dog. »

J'essaie de me faire une raison, il ne s'agit pas d'un chenil quelconque, c'est un chenil de luxe. Je n'ai aucune idée de ce que ça signifie mais je suppose que c'est une sorte de thalasso pour chien, le genre d'endroit que n'importe quel animal refuserait de quitter. Il sentira bon la rose, aura le poil doux, brillant et soyeux, les dents polies et éclatantes, et sera plus obéissant. Observez à quel point je suis bonne dans l'art de trouver des arguments positifs à cet abandon temporaire.

Mon regard revient sur Jack.

– Une semaine, répété-je.

Il confirme d'un hochement de tête. Je l'imite pour lui donner mon accord, même s'il en a que faire.

Et je dois encaisser une nouvelle épreuve dans cette chienne de vie… C'est l'étape de trop, comme la goutte qui fait déborder le vase. J'ai la sensation de laisser des morceaux de moi sur cette route et j'ai bien peur qu'il ne me reste plus rien dans peu de temps.

Mes oreilles bourdonnent quand je fais descendre Rebel de la voiture.

Elles bourdonnent encore quand Susan, la directrice de l'établissement, nous accueille, et si fort que je ne comprends pas un traître mot de ses explications.

Je me contente de hocher la tête à ses sourires, de suivre Jack dans la demeure, et, comme d'habitude, il mène la danse, il se montre aimant et rassurant envers moi.

Nous sommes un couple qui souhaite se payer du bon temps sans son animal de compagnie…

Susan a l'air d'y croire. En tout cas, moi, je n'ai pas à forcer pour paraître affectée. Je me sens livide, à la limite du malaise émotionnel. La gorge sèche, les yeux en feu, les membres flageolants, je m'applique à rester debout.

Ça bourdonne de plus en plus.

Je ne craque pas.

Je tiens bon.

Même lorsque j'enserre fort le garrot de Rebel dans un câlin sans fin, même lorsqu'il m'offre une léchouille hydromassante sur le visage et qu'il me gratifie d'un aboiement, même lorsqu'il me regarde avec cette étincelle dans les yeux, ce truc qui fait presque penser qu'il est aussi humain que nous et qu'il a tout compris, *je ne craque pas*.

Ça n'est que lorsque nous sommes de retour dans la voiture que je comprends que je viens de laisser mon meilleur ami, mon sauveur, mon fidèle compagnon.

– Et si ça se passe mal ? Et si nous ne revenons pas ? demandé-je, la gorge serrée par l'émotion.

Je ne le reverrai plus jamais.

Mes interrogations prennent Jack au dépourvu, je le vois se tendre dans son fauteuil avant d'enfoncer plus profondément sa casquette sur son crâne.

Sans décoller son regard de la route, il répond finalement :

– Si à l'issue de cette semaine, nous ne sommes pas venus le récupérer, une somme d'argent sera débloquée automatiquement pour que le chenil renvoie Rebel auprès des O'Kelly. Ne t'inquiète pas, Lana. Je n'ai pas pour habitude de laisser les choses au hasard.

Je frémis intensément. Au contraire, je m'inquiète. Pourquoi ? Je ne sais pas. C'est viscéral, je le sens, quelque chose n'est pas normal dans sa réponse, parce que justement elle est trop… *normale*. Jack, Rhys, l'autre, Logan, les quatre auraient répondu que nous serons là dans une semaine parce qu'ils ne connaissent pas l'échec et d'autre part… *aucun d'eux n'aurait cherché à me rassurer*.

Je ne sais pas s'il l'a fait sciemment ou si, au contraire, c'est une façon pour lui d'avouer que, pour une fois, il n'est pas certain de ce qu'il compte faire, mais quelque chose cloche.

Je n'ai aucune envie de creuser, ou de le questionner. Je me tourne vers la vitre et regarde mon reflet se superposer à la forêt qui défile.

***

C'est une douce chaleur sur ma joue qui me réveille. *La main de Jack*. Je reconnais son odeur, la rugosité de ses doigts, la grandeur de sa paume, et j'ouvre les paupières sur mon prénom.

« Lana. »

Complètement déboussolée, et aveuglée par une forte lumière, je cligne des yeux. Je mets quelques secondes à comprendre que je suis sur le siège passager de la Dodge et que la source lumineuse provient de lampadaires. Des projecteurs, plus exactement. Certains éclairent une fontaine, d'autres des palmiers ou encore un panneau indiquant : « Holiday Inn & Suites. » Nous sommes garés sur le parking de cet hôtel, et lorsque j'entends la portière de Jack s'ouvrir, je n'ai plus aucun doute, nous allons passer la nuit ici.

Je sors à sa suite. Il a déjà nos sacs de sport à bout de bras, et me sert un sourire avant de balancer sa tête pour que je le rejoigne. J'enfile prestement ma veste et mets mon sac à main à l'épaule. Puis j'imite Jack. Dos droit et démarche assurée.

Je lève la tête pour apprécier la hauteur de l'établissement. Le bâtiment, à la façade ocre et aux multiples moulures dorées, s'étale sur une dizaine d'étages et se fait pour ainsi dire engloutir par d'autres bâtiments beaucoup plus hauts. Nous sommes en plein centre d'une grande ville. C'est certain.

– Où sommes-nous ? demandé-je discrètement en passant devant le portier sous le porche.

– Sacramento.

Je me tends. Nous ne sommes plus qu'à quelques heures de Los Angeles. Jack enroule un bras autour de mes épaules et m'embrasse longuement le haut du crâne.

L'emballement dans ma poitrine est semblable à la combustion de kérosène dans une lampe à pétrole. Je flambe de l'intérieur. Les joues rouges, le palpitant dans les jugulaires, je prends une grande inspiration. Ce qui a pour effet de faire rire Jack. Bien entendu, il doit me trouver trop prévisible. Je l'ignore, rien ne sert de le provoquer ou de le repousser. J'assume ce que je ressens.

Du sol au plafond, ce hall est prestigieux. Nous sommes loin du piteux motel de l'Idaho. Ici, je sais que je vais dormir dans des draps propres et que je ne risquerai pas de trouver des taches de sperme à la lampe UV. Du marbre, des lustres en cristal, une lumière chaleureuse, des meubles en bois sombre… tout est soigné, luxueux, même les vases des fleurs sur les tables basses du salon d'attente.

Quand nous arrivons devant le comptoir d'accueil, l'hôtesse au tailleur cobalt se met instantanément au garde-à-vous.

– Madame, monsieur, que puis-je pour vous ?

– J'ai réservé une chambre au nom de Harrington, répond Jack en me relâchant.

La jeune femme, après un sourire travaillé, pianote sur son ordinateur.

– Jack et Lana Harrington, finit-elle par annoncer en décollant ses yeux de son écran. Bienvenue au Holiday Inn & Suites, la 804 au huitième étage. Avez-vous des bagages à récupérer ? Désirez-vous qu'un bagagiste vous accompagne ?

Alors qu'elle dépose la carte de notre chambre sur le comptoir, je cligne des yeux sur… *mon mari !* À mon tour de rire, c'est plus fort que moi. Sans doute la pression qui retombe.

– Y a-t-il un problème ? interroge l'hôtesse déstabilisée qui nous regarde à tour de rôle.

Je me gratte la gorge et reprends contenance.

– Je suis désolée, mademoiselle… (je plisse les yeux sur son badge doré) mademoiselle Preston. Je suis étonnée que mon futur ex-mari n'ait pas mis la chambre à nos deux noms.

– Futur ex-mari ? répète le concerné pour signifier son intérêt.

Je ne vais pas le décevoir. Je me penche sur le comptoir pour chuchoter à l'hôtesse :

– Il a couché avec sa demi-sœur par alliance. Vous lui pardonneriez, vous ? Donc nous rejoignons San Diego pour vendre notre maison de vacances et je serai enfin débarrassée de lui !

L'hôtesse sourit difficilement face à mon histoire, elle me paraît même un peu pâle. Jack, lui, est aussi rouge qu'une pivoine, il récupère la carte devant lui et tourne les talons. La garce au fond de moi saute sur ses deux jambes en tapant des mains.

– Ne vous inquiétez pas, signifié-je à l'hôtesse. Il n'est pas en mesure de négocier quoi que ce soit, et dormir par terre au pied du lit lui remettra les idées en place.

Je lui offre un clin d'œil alors qu'elle s'étouffe avec sa salive, et rejoins mon futur ex-mari devant les ascenseurs.

Le regard figé droit sur les portes coulissantes dorées, il a retrouvé sa quiétude habituelle. Je me place à ses côtés.

– Quel est le programme de ce soir ? demandé-je.

Les portes s'ouvrent sur la cabine ; synchroniquement, nous y pénétrons en deux enjambées puis nous nous retournons. J'appuie sur le bouton de notre étage, et me réinstalle à ses côtés. Alors que les portes se referment, il répond :

– Manger et nous reposer.

– Et bien entendu, tu comptes profiter du service d'étage, parce que dîner au restaurant de l'hôtel est rédhibitoire ?

Il rit brièvement.

– Comme tu l'as dit, nous sommes en instance de divorce. Donc, je vais t'épargner un repas en tête à tête.

Je crois que Jack est le seul homme sexy de la planète à détruire le mythe de l'ascenseur… En gros, à cet instant, j'aurais plus de chance d'être amenée au restaurant par un inconnu.

Soit. Je hausse les épaules mais ne rends pas les armes. Si c'est notre dernière nuit avant Los Angeles, j'espérais profiter d'autre chose que du *room service*. Les portes s'ouvrent à notre étage, et nous sortons de la cabine pour rejoindre notre chambre.

Ça n'est pas une chambre, c'est une suite. Je pénètre, la bouche grande ouverte, dans un salon de la taille de mon précédent logement. De la moquette au sol, de la tapisserie aux murs, des sculptures, des œuvres d'art… il est clair que nous sommes bien loin du motel. Sur ma gauche, une double porte révèle une chambre tout aussi grande et, devant moi, derrière la baie vitrée, la lueur d'une lanterne dévoile une terrasse.

– Tu devrais fermer la bouche, susurre Jack au creux de mon oreille.

Instinctivement, je m'exécute, et plus encore je rougis. Il est toujours là, contre moi. Mes fesses moulées à son bassin, son torse appliqué sur mes omoplates et sa bouche soufflant ardemment près de ma joue. J'entends la porte claquer, les sacs tomber à nos pieds, puis je sens ses mains se saisir de mes hanches. Je ferme les yeux. Plus qu'un début d'incendie dans la poitrine, ma peau se met à crépiter. Je frissonne tant c'est puissant. Puis, d'un mouvement irréel, je me retrouve renversée dans ses bras : ses mains au creux de mes reins me gardent de manière possessive contre lui. J'ouvre les paupières sur sa bouche en lévitation sur la mienne. Si près que je dois loucher. Si proche que je peux sentir la douceur de sa barbe sur mon menton. Je déglutis brièvement avant de me souvenir de mes mains. Des miennes. Trop passives et trop cramponnées à la sangle de mon sac à main. Je lâche tout pour m'agripper à son pull sur son torse. Jack sourit puis m'oblige à reculer. Je me retrouve rapidement contre un mur. L'instant d'après, il m'embrasse, et bon Dieu ! Un ascenseur ou le hall d'une suite, ça m'est égal tant que ce sont ses lèvres sur mes lèvres et sa langue dans ma bouche ! Ce baiser est notre plus belle entrée en matière, j'arrive à peine à respirer et à me souvenir de ce que je suis. Ses mains se faufilent partout, sous mon top, dans la couture de mon pantalon, sur ma nuque… Quant aux miennes, elles ont pour mission essentielle de nous garder au plus près l'un de l'autre, j'en aurai sûrement des crampes aux phalanges.

– Lana…

Je ne réponds pas, je n'en suis pas capable. Je suis essoufflée, trop étourdie par le feu qui fait rage en moi et bien trop avide de retrouver sa bouche. Je tente de l'atteindre mais il s'éloigne aussitôt, le sourire insolent. Dans un premier temps, je crois à un jeu, mais sitôt a-t-il prononcé les premiers mots que je comprends qu'il me rejoue le coup du capot, qu'il va de nouveau me laisser pantoise, seule avec mes envies :

– Dommage que nous soyons en instance de divorce, madame Harrington, ou alors tu m'as pardonné mon infidélité ?

Le rouge me monte aux joues devant sa fourberie. Avant qu'il ne s'éloigne de moi, je lui balance un uppercut dans le ventre. Il rit franchement. Et elle est où, ma garce, maintenant ? Tentant de maîtriser mes pulsions, collée contre le mur, je le regarde ramasser nos sacs et se diriger dans la chambre. Il hurle, toujours hilare :

– Commande-nous à manger et je te laisserai te venger. En attendant, je vais prendre une douche.

Me laisser me venger ? Comme si j'allais le croire ! Jack ne fait jamais rien sans recevoir en retour. Et bien plus que ça, il ne sait pas jouer puisqu'on ne lui a jamais appris à le faire. Au moment où j'entends les premiers clapotis de l'eau, je pousse un grognement et rejoins la chambre, prête à en découdre avec lui dans la salle de bains attenante.

Sauf que dès l'instant où je pose les yeux sur le lit, je ne vois plus que cette enveloppe en papier kraft, qui dépasse de mon sac à main posé sans ménagement sur le couvre-lit. Je fronce les sourcils, cesse de respirer et jette un coup d'œil rapide à la salle de bains. La porte est grande ouverte et donne directement sur la cabine de douche, dont les parois vitrées accueillent déjà une épaisse buée. Mon cœur fait une embardée avant que son martèlement cogne dans mes oreilles.

Je n'ai pas beaucoup de temps pour assurer nos arrières.

Je rejoins le lit, sors les documents de l'enveloppe, répète le numéro qui m'intéresse pour le retenir aussi vite que possible, replace le tout et cours rejoindre le salon. En un coup d'œil, je repère le téléphone de la chambre sur un bureau et compose le numéro que j'ai appris. Je respire à peine. Je suis aux aguets, le cerveau coupé en deux, d'un côté dans l'attente de mon interlocuteur, de l'autre suspendue aux gouttes qui s'écrasent sur le carrelage. À la troisième sonnerie, une femme me répond ; au même moment, l'eau cesse de couler.

– Oui, allô.

C'est elle. Je chasse toute amertume, il y a plus important. Sauf qu'au moment où je m'apprête à lui dire où nous sommes, Jack est devant moi, une serviette autour de la taille. J'ouvre la bouche sans qu'un son sorte. En revanche, Belinda s'impatiente au bout du fil, elle répète « allô » au moins trois fois. Lorsque Jack me découvre, déstabilisée, il bombe le torse et me sert un regard condescendant.

C'est ma porte de sortie. Il croit qu'il me met mal à l'aise parce qu'il est diablement sexy. Dans d'autres conditions, ça serait certainement vrai. Imaginez-le quasi nu, les tatouages luisant d'humidité, accentuant chaque parcelle de peau tendue de muscles. C'est magnétique, automatique, systématique ; je salive et j'ai vraiment envie de rattraper de ma langue la gouttelette qui se fait la malle sous le coton blanc.

– Oui, désolée, madame. Je… euh… mon futur ex-mari vient de sortir de la douche et il pensait pouvoir me déstabiliser.

Jack ravale son sourire et lève les yeux au ciel avant de retourner dans la chambre. Je respire un peu mieux.

– Tu n'aurais pas pu trouver un autre moment pour m'appeler ! me gronde Belinda en comprenant que Jack est tout proche.

Non, mais la prochaine fois, je tenterai de faire mieux… à moins que son agacement ne soit le reflet de sa jalousie ? Dans ce cas, je me promets de faire une meilleure description au prochain appel.

– Où est-ce que je peux trouver la carte du restaurant du Holiday Inn & Suites, s'il vous plaît ? demandé-je tout en me débattant avec les brochures sur le bureau.

– Tu n'as pas plus précis ? se plaint la peste.

Je soupire, autant pour son amertume que parce que mes recherches sont caduques. En effet, au milieu des dépliants pour la visite du Capitole, sur les expositions en cours, sur le Musée de la locomotive, et j'en passe, je ne trouve pas le moindre prospectus qui pourrait aller dans mon sens. Je suis dans la merde.

Lorsque je me redresse, je me retrouve nez à nez avec Jack. Le regard grave, il me dévisage. Plus besoin de chercher la gouttelette, il a enfilé un tee-shirt et un jogging, *toujours sexy mais le malaise qu'il induit est nettement moins affriolant.*

Je souris naïvement. Pour ne pas dire stupidement. Et grimace tout en raccrochant précipitamment :

– Je crois qu'on va devoir descendre manger au restaurant…

Il récupère le téléphone – je déglutis, je me liquéfie, je suis à deux doigts de me pendre à son bras – puis il appuie sur le bouton étiqueté « standard » et énonce, clairement, sans politesse et sans ménagement :

– Monsieur Harrington, suite numéro 804. Deux sandwichs sans cacahuète, deux coupelles de fruits et une bouteille de vin.

Et il raccroche. Pauvre Mlle Preston…

Mais je peux respirer. Après tout, nous n'irons pas manger au restaurant mais je ne suis pas grillée et j'aurai fait tout ce que j'ai pu pour le protéger. Et ça, c'est l'essentiel.

30

Lana

– Réfléchis bien à ta vengeance.

Je ne compte plus le nombre de fois où il me l'a dit tout au long du repas. Je n'en comprends même plus le sens. Est-ce que ça veut dire qu'il se laissera faire si je me mets à lui lancer ces morceaux d'ananas dans la tête ? Ou est-ce que ça signifie que je peux disposer de lui comme je l'entends ? Ou alors dois-je me montrer inventive et le piéger à l'en faire rager ?

Le voir sourire à l'autre bout de la table me fait littéralement pester, j'abandonne.

Avant même d'avoir commencé ? Oui. Mais je ne le laisse rien déceler. Je joue la carte de l'indifférence, comme il sait faire. En fait, je me demande si ce n'est pas la meilleure solution. Après tout, avec Jack, on n'a rien sans rien. S'il me laisse entreprendre quelque chose, c'est qu'il attend sûrement quelque chose en retour. Tout a un sens.

Donc je m'en fous…

Je hausse les épaules puis me lève de ma chaise le plus naturellement possible. Rien ne me trahit, ni mon allure, ni ma démarche lorsque je contourne la table pour le rejoindre, mon sourire répond parfaitement au sien, je me fais insolente. Arrivée à sa hauteur, je me penche jusqu'à son oreille pour chuchoter :

– Je ne me souviens même pas pour quelle raison je devrais me venger.

Puis, sans attendre sa réaction, je me retourne et rejoins calmement la salle de bains.

Fin de l'histoire ? Bien entendu, vous vous attendiez à quoi ! À ce qu'il me coure après pour me le rappeler ? À ce qu'il entre dans un jeu ? N'oubliez pas qu'il s'agit de Jack, et Jack est tout ce qu'une personne sensée détesterait. D'ailleurs, je ne pense pas une seule seconde qu'il me rejoigne sous la douche. Et j'ai affreusement raison. Lorsque je sors de la salle de bains emmitouflée dans un peignoir, je le trouve toujours attablé. Nos assiettes ont disparu, des documents les ont remplacées. De l'entrée de la chambre, je devine déjà des plans, des coupures de presse et d'autres papiers indéchiffrables, de là où je me trouve. Je m'approche délicatement. Il ne s'agit pas de me faire discrète, mon corps ne me laisse pas tellement le choix, j'appréhende ce que je m'apprête à découvrir. Il revoit notre arrivée à Los Angeles.

Un violent frisson me saisit ; instinctivement, je croise les bras sur ma poitrine et resserre les pans de mon peignoir. Je n'ai aucune envie de vivre ce qu'il est en train de planifier. Même si j'ai une entière confiance en lui, même si je le sais plus redoutable que Michael, même si je suis persuadée qu'il n'échouera pas. Et ce sont justement ces mêmes raisons qui me font trembler parce qu'elles viennent uniquement de mon propre jugement. Il n'y a rien de concret. Il n'y a rien de fiable.

Je ne peux pas le perdre.

La gorge prise dans un étau, je m'en vais quérir le regard de Jack. Et pour la première fois je crois y voir autre chose qu'un mur de glace. Il ne s'agit pas de compassion, n'allons pas pousser trop loin, mais il est maintenant capable d'apaiser mon angoisse. J'y crois, je crois en lui. Sa franchise et sa clairvoyance seront encore salvatrices. Il le sait. D'ailleurs, son problème jusqu'à maintenant n'était pas de comprendre ce qui pouvait me faire du mal, mais d'accepter de pouvoir m'aider.

Il n'est pas aussi sombre qu'il le pense.

Lorsqu'il me tend la main, je réduis à néant la distance qui nous sépare pour le retrouver. Je m'assieds sur ses genoux. Je cherche son contact bien plus que ses cajoleries.

Je déplace les documents devant moi pour être certaine de tous les voir, de tout savoir.

De tout comprendre.

Sur une feuille d'une taille astronomique, comme je l'avais deviné, je découvre le plan de la demeure de Michael. En suivant les traits couchés sur le papier, je me remémore les pièces de cette maison, cent fois trop grande pour un homme, mais qui un jour m'a fait espérer qu'une famille pourrait y vivre.

Je tente de refouler l'image de Mina courant dans un couloir, de ses cheveux roux disparaissant derrière un arbre dans le jardin, de son sourire au réveil dans sa chambre… de moments qu'il est malsain d'implanter dans ma tête.

Pourtant tout aurait été plus simple. Mais pas moins pénible… J'aurais craint pour nos vies chaque jour, chaque heure, chaque minute, qu'un gang se rebelle, que le cartel vienne récupérer ce qui lui revient de droit, qu'un politicien veuille se venger… et que nous devenions des cibles faciles. Mais pas uniquement. Je sais que lorsque l'on vit avec un homme comme Michael, le danger ne vient pas uniquement de l'extérieur. Le danger, ça aurait été lui. Et pour la protéger, j'aurais été obligée de mentir à Mina, j'aurais été comme tous ces journalistes, je lui aurais appris que son père était un homme généreux, engagé et bienveillant. Pourquoi ? Pour rester dans sa vie, pour ne pas devenir une menace pour Michael. À l'époque, j'étais si faible et si naïve que je ne sais même pas combien de temps j'aurais pu tenir à faire semblant.

C'est la main de Jack qui m'éjecte de ce monde cauchemardesque. Elle écarte les pans du peignoir pour atteindre l'une de mes cuisses. À son contact, je soupire dans un tremblement involontaire.

– Pose tes questions, Lana, murmure-t-il.

Mes yeux parcourent les photos éparpillées sur la table. Ce sont uniquement des portraits, et le document sur lequel chacun est épinglé est un descriptif minutieux de la personne concernée. J'y retrouve en majeure partie des gens que j'ai connus autrefois. Du simple cuisinier à l'associé. Du portier de son hôtel particulier à sa secrétaire. Tout y est noté. De la chose la plus anodine à leurs habitudes de vie.

– Comment as-tu fait pour réunir autant d'informations ?

– Une partie provient du dossier que je m'étais constitué pour te filer, Belinda n'a eu qu'à les récupérer sur mon cloud. Pour le reste, il semblerait que Tomesi ait des démêlés avec le Groupe, et comme ces derniers assurent, encore et toujours, leurs arrières, Belinda n'a eu qu'à se faufiler dans leur base de données.

– Avec le Groupe ? m'étonné-je.

– Sûrement parce qu'il m'a employé.

Jack vient balayer les documents devant moi et faire place nette. Il ne reste plus que cet immense plan devant moi.

– Pose-toi les bonnes questions, réitère-t-il.

Dans ma tête, il n'y a pas de questions, il n'y a que des doutes et des faiblesses. Je vois des portes, je vois des caméras, je vois des hommes de main, des employés de maison mais aucune issue.

Aucune.

– C'est de la folie…

J'ai à peine le temps d'esquisser une grimace que sa main sur ma cuisse migre jusqu'à mon entrejambe. Je me redresse, prise de court par la brûlure ardente de ses doigts posés sur mes lèvres.

– Lana, me gronde-t-il.

– Je… Je ne sais pas, soupiré-je.

Oh bon sang… ses doigts me frôlent délicatement, lentement, de haut en bas, ils caressent ma fente. C'est une torture. J'ai envie de glisser sur ses jambes pour les rencontrer de plus près. Comme s'il avait pu prévoir mes intentions, Jack vient de son bras libre enrouler mon bassin et m'astreindre contre lui. Je n'irai nulle part, j'ai à peine la liberté de contracter mes fesses.

– Une question… susurre-t-il.

Je m'accroche fermement à la table et ferme les yeux. Ses doigts sont trop loin et si près à la fois. Dans ma tête, je visualise leurs va-et-vient, la traînée ardente qu'ils laissent derrière eux et le raz de marée qui se prépare dans mon antre.

– Tu ne pourras jamais nous faire rentrer… soufflé-je.

Je pense aussi à l'immense portail de la propriété, aux grands murs de pierres surmontés de pics en fer forgé, et aux gardes et… je gémis quand ses doigts glissent sans difficulté entre mes lèvres pour appuyer fermement sur mon clitoris.

– Comment comptes-tu… t'y prendre ? me précipité-je.

Je le sens sourire contre ma joue.

– Par la grande porte. Je vais me livrer.

Pas le temps d'être terrifiée à cette idée, qu'il me pénètre. Mes mains se crispent sur le bois, je me contracte dans un soupir sans fin.

– Comment… comment ça ? balbutié-je.

Alors qu'il y a un instant, ses doigts me paraissaient trop loin, à présent, j'ai la sensation que mon vagin est entré en symbiose avec eux, qu'ils ne font qu'un. Quand je les sais entre mes lèvres, la seconde suivante, ils sont en moi. C'est étourdissant et tellement exquis que j'aimerais que ça ne s'arrête jamais.

– Il s'attend à nous voir venir. Et surtout, il s'attend à ce que je veuille négocier ta sûreté. Avec les documents que tu auras récupérés, je vais donc nourrir davantage son ego, je vais lui faire miroiter un peu plus de puissance.

– Parce que ça le rendra vulnérable.

Il hoche la tête. Moi, je me tortille sur ses jambes, la pression entre mes cuisses n'a jamais été aussi importante. Et il n'y a pas que là. Je sens un feu ardent saisir mes joues, et la contrainte mordante de mes abdos sur mes viscères me donne envie d'imploser. Pourtant, là encore, je voudrais que ça dure une éternité.

Je repousse mon orgasme autant que possible et tente d'aller au bout de l'exercice qu'il m'impose.

– Que ferons-nous une fois dedans ? demandé-je à bout de souffle.

– Des choses que tu refuses d'entendre, Lana…

Ses doigts m'échappent et mon cœur cesse de battre. Pas pour ce qu'il dit mais pour ce qu'il ne fait plus. Le temps d'un instant, je m'affole. Mes yeux courent dans tous les sens à la recherche de ses mains, ma bouche cherche son oxygène et mon sang quitte ma tête. Tout est en branle, jusqu'à ce qu'il défasse la lanière autour de ma taille, puis, d'un geste tout aussi lent, qu'il écarte mon peignoir et qu'il le fasse tomber sur mes avant-bras. Je peux respirer. D'ailleurs, ma poitrine ploie sous son regard, mon cou grandit et ma gorge se creuse.

Il est toujours là.

– Dis-moi tout, réussis-je à articuler.

Il embrasse mon épaule droite, mes omoplates, rallie l'épaule gauche. Je suis aussi brûlante que ses lèvres sur ma peau.

– Dès mon arrivée, on va me confisquer toutes mes armes : des revolvers dans mes holsters d'épaule à mes couteaux à ma ceinture et à ma cheville gauche.

J'ôte mes bras du peignoir, j'ai chaud et pourtant je frissonne. Ses mains caressent ma poitrine, sa voix rauque m'ensorcelle. J'ondule sur ses genoux, je vais à la rencontre de son pénis avec mes fesses. Mon vagin se contracte en le sentant dur. À son tour de gémir.

– Ils ne trouveront rien d'autre, continue-t-il. Ça n'est qu'une fois neutralisé qu'on me conduira à Tomesi.

– Comment peux-tu être certain qu'il sera là ?

Sa langue dessine le trajet de ma colonne vertébrale. J'étouffe un gémissement en me mordant la lèvre inférieure et presse mon bassin sur le sien. Sa douceur, son calme est si déconcertant.

– Où passe-t-il ses week-ends quand il n'est pas en déplacement ?

Dans cette demeure. En banlieue de Los Angeles, elle offre un semblant de calme mais se trouve assez près des axes principaux pour pouvoir regagner la ville en cas d'urgence. Cette fois-ci, malgré toutes ses attentions, je ne peux réprimer un frisson d'appréhension. Nous sommes vendredi soir.

– Tu comptes donc agir avant lundi, conclus-je en allant quérir son regard.

Ce que j'y vois me coupe le souffle. Ses yeux brillent d'une lueur inhabituelle. J'en viendrais presque à douter qu'il s'agisse de ceux de Jack. Pour une fois, je ne me heurte à aucun miroir, je ne vois pas que mon propre reflet ; pour une fois, il s'agit de lui. De ce qu'il tait, de l'espoir qu'il refuse, mais de la confiance qu'il m'offre. Je résonne pour lui et je vis pour lui, à travers lui.

– Je te l'ai déjà expliqué, il ne s'agit plus seulement de toi. Je dois protéger Mina.

Alors que ses mots jouent le même rôle que des mains qui m'étrangleraient, son sourire finit de m'achever. Je suis terrifiée. Je suis perdue. J'ai du mal à comprendre ce que tout cela signifie. Pourtant, rien n'est compliqué : Mina ne sera libre et en paix que le jour où son père ne sera plus de ce monde. Alors qu'est-ce qui me dérange ? Je ne nourris pas la vengeance ; pourtant, savoir que Michael pourrait mourir ne me bouleverse plus.

Alors qu'est-ce qui me dérange, bon Dieu !

– Ensuite, Lana ? demande Jack en m'obligeant à me lever et à me retourner.

Le peignoir tombe à nos pieds. Je frémis au contact du bois glacial de la table sur mes reins. Jack se redresse sur ses jambes, s'insinue entre les miennes, attrape ma nuque pour quérir ma tête. Il me domine de sa hauteur et de sa stature. Je me cambre, cherche appui sur la table de mes mains et murmure la bouche sèche :

– Nous traverserons un long corridor, passerons devant plusieurs pièces, devant la collection de maquettes d'édifices en allumettes, devant l'entrée du salon d'été, puis il nous recevra dans son bureau.

Il hoche la tête avant de mordre ma lèvre inférieure. Je ferme les yeux, tentant férocement de repousser les images de ce couloir, de ne pas penser à…

– Et une fois dans ce bureau, Jack, que feras-tu ? Comment…

Je n'ai pas le temps de poser ma question que sa bouche s'empare de la mienne. Son baiser est passionné, sa langue a la saveur de l'ananas, elle est douce et courroucée à la fois. J'abdique dans un soupir.

– C'est comme pour le chalet, explique-t-il. J'ai besoin que tes réactions soient spontanées, je ne peux pas tout te dire.

Je hoche la tête pour lui signifier que je comprends.

Je n'ai d'yeux que pour cet homme devant moi. Il se dresse entre mes jambes et retire son tee-shirt avant de lui faire traverser la pièce. Son torse ploie sous d'amples respirations, ses tatouages luisent sous les spots du plafonnier, je suis la cause de toute cette agitation.

Oui, Jack ne m'a jamais autant montré à quel point il pouvait être réceptif que ce soir. Et je suis incapable de dire si c'est une bonne chose. Encore une fois, c'est désarmant.

Tout aussi essoufflée, je viens caresser la cicatrice de sa plaie par balle d'une main tremblante.

– Si nous sommes désarmés, comment veux-tu que nous nous défendions ? m'alarmé-je soudainement.

Mon rythme cardiaque augmente dangereusement, ma bouche s'assèche, et je ne suis pas certaine qu'il s'agisse uniquement de mes craintes pour ce plan : Jack est de nouveau contre moi. Son torse contre ma poitrine, ses mains au creux de mes reins, ses lèvres qui me caressent. Je me cramponne à ses épaules, je sais que je vais en avoir besoin.

– Nous n'aurons à nous défendre que si nous sommes attaqués. Et je compte sur tes fameux documents pour appuyer nos positions. S'il les veut, il faudra bien qu'il nous garde en vie.

Il suggère donc que je tienne au secret une partie des carnets. Je ne suis pas rassurée pour autant :

– Tu ne te rends pas compte de ce que cette maison me rappelle, tu ne peux même pas imaginer les souvenirs auxquels je vais devoir faire face. Je ne pourrai jamais traverser ce couloir sans faiblir, je ne pourrai jamais affronter Michael sans mon Beretta, je… je…

J'arrête ma tirade, complètement déboussolée par ce que je vois. Jack a pris légèrement ses distances, il me regarde avec insolence tout en ôtant son pantalon.

Soit mes états d'âme sont le cadet de ses soucis, soit il pense que voir son sexe va me faire réexaminer mes priorités immédiates…

Au risque de devoir passer pour une fille facile, ou la dernière des cruches, ça fonctionne… Son pénis a toute mon attention, j'en viens même à déglutir. Mais qu'est-ce qui n'est pas imposant chez cet homme ? Il me revient, m'embrasse par petites touches : mon cou, descend entre mes deux seins, rejoint mon nombril, puis, après un regard condescendant, demande trop près de mon pubis :

– Est-ce que tu attends de moi que je te rassure ?

Là, à l'instant T, pour être franche : non. J'ouvre et ferme la bouche en cherchant mon air. Bon sang, qu'il fait chaud ! Je secoue la tête, lui, hoche la sienne de satisfaction. *Moi, je ne vais certainement pas tarder à l'être.*

Il empoigne mes fesses, me hisse sur la table, et reprend cette délicieuse caresse de ses lèvres. Je le regarde déposer des baisers sur mon ventre, lécher ma peau jusqu'à mon pubis et me laisse aller en arrière sur la table. J'écarte les jambes, la suite est inéluctable et, même si je m'y attends, la sensation que me procure sa langue est transcendante.

Je gémis dans un souffle et me cambre. Elle glisse entre mes lèvres, ouvertes, trempées de la précédente expertise de ses doigts. D'ailleurs, le ballet que m'offre sa bouche sur mon clitoris jusqu'à l'antre de mon vagin finit de rallumer l'incendie qui faisait rage. Je sens, je vois, je devine tout ce qu'il fait. Sa langue fouille et pénètre, ses lèvres aspirent et pressent, et son regard m'ensorcelle, décuplant par là même mon plaisir.

Comme pour tout ce que me fait vivre Jack, je pense instantanément que je ne survivrai jamais. La tête me tourne, mon cœur bat trop vite, ma respiration est limitée et, lorsque je sens tous mes muscles se tendre, mon besoin de m'accrocher à quelque chose grandit. Sur cette table, aucun coussin ne me viendra en aide : je glisse mes doigts dans ses cheveux et gémis haut et fort :

– Ne t'arrête pas.

Mauvaise idée.

Comme chaque fois que tout devient trop intense entre nous, Jack se dérobe. Là, il a cessé toute activité linguale pour fermer les yeux. S'il n'était pas en lévitation au-dessus de mon pubis, s'il ne respirait pas aussi fort, s'il n'avait pas ce front marqué par la contrariété, on pourrait presque penser qu'il réfléchit tout simplement. Sauf qu'il ne peut plus rien me cacher, je le mets face à des émotions qu'il tente de contenir ou de repousser alors qu'il lui serait si simple de les accepter. Je ne tente même pas de lui faire entendre raison. Je délaisse sa tête et rejoins à tâtons le bord de la table. Mon cœur bat toujours la chamade ; ce moment d'égarement n'a même pas ébranlé mon avidité. Sitôt libre, Jack ouvre les paupières et fige ses pupilles directement dans les miennes. Son regard me traverse, il est en colère.

– Remets. Tes mains. Où elles étaient, ordonne-t-il avec difficulté comme s'il se forçait à jouer le rôle de l'amant parfait.

Je me redresse sur mes coudes et lui fais front :

– Non.

Lentement, à son tour, il se hisse et quitte mon entrejambe. Fatalement, mes yeux grimpent l'amas de muscles qui leur fait face et ma bouche devient sèche. Il est impressionnant.

– Tu en es certaine ?

Je hoche la tête. Vite, très vite pour être persuasive et sans équivoque. Il fronce plus les sourcils et croise les bras sur son torse.

– Tu joues à quoi là, Lana ? C'est ta vengeance ?

Est-ce que j'ai le droit de rire ? Parce que, franchement, sa question est complètement hors de propos. Lui pense que je veux me venger alors qu'il ne s'agit pas de ça. Et… et… il est là, devant moi, dans une colère monstre et la queue dressée dans le ciel. Oui, dressée dans le ciel, elle est imperturbable. Que j'en aie le droit ou non, j'explose de rire. Ce qui est loin de plaire à Jack, c'est instantané, son visage vire au cramoisi. Je ferme les yeux pour me passer l'envie de regarder si son sexe a perdu en énergie et plaque ma main sur ma bouche.

Respire, Lana, ça n'est pas le moment. Pense à ce que tu viens de louper… un putain d'orgasme !

C'est Jack qui me ramène à la réalité : il m'a saisie par la taille et m'a redescendue sur la terre ferme. Je hoquette une dernière fois et ouvre les yeux. Pas le temps d'examiner son expression, il tourne déjà les talons vers la chambre. C'est fini.

Capot, mur du couloir et maintenant la table, je ne réfléchis pas deux fois, je me précipite derrière lui :

– Ça n'était pas une vengeance ! Je te le promets !

Il se retourne, je me fige à une bonne dizaine de pas de lui.

– Alors pourquoi as-tu refusé de remettre tes mains là où elles étaient ?

Je murmure :

– Parce que je savais que tu faisais ça pour me faire plaisir.

– Bordel, Lana, dans ma tête, il ne s'agit pas de te faire plaisir, ou de ce que je pourrais être, il s'agit uniquement de ce dont j'ai envie. J'ai *envie* d'être avec toi, j'ai *envie* que tu me touches, j'ai *envie* d'être Jack.

Je tremble à ses paroles.

– Tu as hésité, tu… tu… tu as tout arrêté, tu as fermé les yeux…

– Parce que j'avais besoin d'une minute pour m'y habituer.

Il ne m'en faut pas plus pour le rejoindre, je cours et saute littéralement dans ses bras. Tant pis pour son ego, pour Rhys, pour l'autre, si ça fait vieux téléfilm à l'eau de rose. La suite risque d'être interdite aux moins de 18 ans, ça devrait tous les satisfaire.

Il me réceptionne et nos bouches s'entrechoquent. Je l'embrasse, il m'embrasse, nos langues se lient, nos souffles se mélangent, et nous finissons rapidement sur le lit. Il n'a jamais pesé aussi lourd sur moi. C'est comme s'il refusait de prendre des distances, il est tout ce qu'il n'est pas d'habitude.

– Tes mains, Lana, me rappelle-t-il à l'ordre.

Je m'exécute. Je ne suis pas gauche, je suis désorientée. La tendresse de ses gestes, la fureur de ses baisers, son membre pressé contre mon pubis m'étourdissent, c'est si bon. Je m'accroche à ses cheveux d'une main, caresse son dos de l'autre. Je sens la langue experte de Jack cheminer entre mes deux seins. Elle s'amuse de mes tétons, alors que j'entends ses doigts fouiller dans le sac à côté de moi. Un préservatif voit bientôt le jour, puis un coup de dent et un déhanché plus tard, Jack est paré.

Dans son regard enflammé, la pression monte en flèche. La délivrance est proche, pourtant j'aimerais que cet instant dure une éternité. Pas pour le plaisir qu'il me procure mais parce que je sais au fond de moi que le Jack dans mes bras ce soir est éphémère.

C'est une de ses facettes et je n'ai pas la moindre idée de quand je la retrouverai.

Avec une douceur déconcertante, il me pénètre lentement. Je suis incapable de retenir un gémissement. Mon sexe pulse, mes tétons se dressent dans un frisson. Jack sourit et rejoint mon cou. Il m'embrasse et se retire. À son tour de gémir quand il revient. Cette fois-ci, je me cambre, viens à sa rencontre, il me semble même que mon vagin se modèle autour de son pénis.

Ses va-et-vient se font de plus en plus rapides mais pas moins intenses. Il s'enfonce jusqu'à la garde et pourrait me faire voir trente-six chandelles si je n'étais pas aussi trempée. Nous sommes imbriqués, accolés, inséparables. Mes jambes autour de ses hanches, une de ses mains sous ma nuque, l'autre sur mes reins, il ne me lâche pas.

Ce soir, il ne me baise pas, il me fait l'amour.

Je suis une bombe à retardement sur le point d'exploser. Tous les fils sont raccordés, j'ai atteint un point de non-retour, et c'est la langue de Jack dévalant mon buste qui joue le rôle du détonateur. J'explose autour de son sexe. Je crie si fort que c'est bon, que Mlle Preston à l'accueil ne pourra plus croire en ma version du divorce.

À partir de là, je suis incapable de dire avec certitude si ce que je vis est réel. Tout est douceur, volupté, caresse, l'antithèse de Jack. Pourtant même dans les limbes de ma jouissance, je sens les mains de Jack me parcourir, ses lèvres s'approprier chaque parcelle de ma peau, son souffle me murmurer que je suis sa renaissance.

Il ne tarde pas à me rejoindre. Dans des allers-retours puissants, sa queue tressaute et pulse dans mon antre, et – une fois n'est pas coutume, cette soirée est détonante – il gémit sans retenue, son front contre mon front.

Qu'est-il arrivé à Jack ? Comment peut-il être aussi différent ?

Honnêtement, j'ai tellement peur de la réponse que, lorsqu'il se retire, je préfère grimper jusqu'à un oreiller et fermer les yeux pour ne garder que le meilleur.

Et pourtant…

31

Lana

C'est la lumière vive du soleil qui me réveille et sans doute aussi l'impression de n'avoir jamais aussi bien dormi que cette nuit. Je me sens reposée ! Alors que je m'étire dans un bâillement sans fin, je découvre Jack contre la baie vitrée. Déjà habillé, coiffé, bref, ultra-prêt et tout mon contraire, il m'observe sans expression particulière.

Adieu, le Jack de la veille.

D'ailleurs, il n'a pas besoin d'ouvrir la bouche pour que je comprenne ses intentions ; son bagage à ses pieds parle pour lui. Nous reprenons la route.

– Il est presque midi. Tu vas devoir choisir entre te préparer et prendre le petit déjeuner qui t'attend dans le salon. Je te laisse cinq minutes pour me rejoindre à la voiture et pas une de plus.

Et comme s'il pensait que je pourrais ne pas le prendre au sérieux, il récupère son sac et tourne les talons. Quelques secondes plus tard, la porte claque et je me rue dans la salle de bains.

J'arrive à la voiture au moment où il démarre.

Cinq minutes pour : uriner, me brosser les dents, discipliner ma tignasse, m'habiller et… dévaler les huit étages, ça relevait du défi, mais je l'ai fait.

Ou plus ou moins…

Essoufflée comme jamais, je balance mon bagage à l'arrière, et je prends place dans mon fauteuil.

Jack me jette un regard en coin, les lèvres retroussées insolemment.

– Je ne serais pas parti sans toi.

– Je peux savoir à quoi rimait ce départ précipité ?

– Un simple exercice.

Il m'offre un clin d'œil, joueur. Je lève les yeux au ciel avant d'ouvrir mon sac à main et d'en sortir une serviette de l'hôtel. Je la déroule sur mes genoux et un *donut* voit le jour.

Parfaitement rond, au glaçage rose, son parfum à la fraise envahit immédiatement l'habitacle et finit de me mettre l'eau à la bouche. Alors que je me lèche les lèvres, la main de Jack fait intrusion dans mon champ de vision et vient s'en emparer. Je réagis au quart de tour quand je le vois le porter à la bouche :

– Tu n'as pas eu le temps de déjeuner ? m'agacé-je.

– Si, si, affirme-t-il.

Je cligne des yeux en le voyant croquer un autre bout. Bon sang, j'ai autant envie de lui sauter dessus que de sortir de la voiture pour récupérer une autre sucrerie à l'hôtel. Mais comme d'habitude, le sort n'est pas en ma faveur – sans doute un mauvais karma –, nous sommes déjà sur la grande avenue.

– Tu sais ce qu'on dit, Jack ? Tomber amoureux, ça donne faim… c'est sans doute pour ça que tu dévores ces derniers temps…

Bien entendu, il ne réagit pas à mon attaque et finit le *donut*. Je croise les bras sur ma poitrine et me renfrogne contre mon siège.

– La prochaine fois, je préférerais les cookies à la cacahuète, pesté-je.

Ou plutôt je préférerais manger au lieu de le rejoindre. Après tout, il a bien dit qu'il ne comptait pas partir sans moi.

– Qu'est-ce que tu comptes faire quand tout sera fini ? demandé-je, soudainement presque nostalgique.

– Comment ça ?

À la façon qu'il a de réajuster ses mains sur le volant, je pense l'avoir déstabilisé. Ma question est pourtant simple ;

pour ma part, je serais incapable de reprendre mes études de médecine. Je me contenterai de vivre au jour le jour, au feeling, avec pour seul but de profiter du moment présent. *J'ai perdu assez de temps.* Je l'étudie plus attentivement lorsque je précise :

– Je veux juste savoir ce que tu feras de ta vie. Tu disais ne plus vouloir de ce que faisait Rhys, donc je me demande ce que tu comptes faire à la place.

Nouveau déplacement de doigts sur le cuir. Une respiration légèrement plus ample, comme s'il était soulagé.

– Aucune idée. De toute façon, j'ai assez d'argent pour que nous n'ayons pas à nous inquiéter pendant plusieurs années.

Je tilte immédiatement et peine à retenir un sourire.

– Nous ? Est-ce une façon non officielle de m'annoncer que tu ne comptes pas m'abandonner ?

Il secoue la tête et s'exaspère :

– Il n'y a aucune annonce à faire, c'était évident, tu ne crois pas ?

J'aimerais me réjouir de sa réponse mais son attitude, sa sensibilité soudaine me rend mal à l'aise.

– Je peux savoir ce qui te dérange ?

– Rien. Cesse de m'étudier !

Je ferme et ouvre la bouche au moins dix fois comme si ça pouvait me permettre de réfléchir plus vite.

– Est-ce que nous sommes en couple ?

C'est immédiat, il rit.

– Si tu entends par « couple » que je te promette fidélité, alors je dirais *oui* jusqu'à ce que je me lasse de toi. Mais honnêtement, ce mot n'a aucune signification à mes yeux.

À son regard appuyé dans ma direction, je me redresse dans le fauteuil et tente de masquer mon trouble en marmonnant rapidement une réponse :

– Bien entendu, puisque tu serais incapable de te projeter dans l'avenir.

Il m'offre un sourire.

– Tu as raison. Mais d'un autre côté, je ne me vois pas sans toi.

Oh, bordel de merde – et c'est peu de le dire –, c'est presque une déclaration !

Gober des mouches ou attendre la bouche ouverte que quelque chose se passe. C'est à peu près ce à quoi je ressemble. Après plusieurs coups d'œil appuyés dans ma direction, il secoue la tête dans un soupir.

Quelquefois, je me dis que je devrais tenir un carnet de comptes : Lana *vs* Jack. Ma colonne serait certainement beaucoup moins remplie que la sienne, mais chaque victoire sonne comme une preuve de son « humanitude ».

Je rejoins sa joue et dépose un baiser en soufflant « merci » contre sa peau. C'est instantané, il se déride et un léger sourire voit le jour. Pour la peine, j'en laisse un autre avant de me réinstaller confortablement.

– Quand tout sera fini, nous irons à New York, chez Jimmy, pour mon nouveau tatouage, finit-il par dire.

– Oh ! Un nouveau tatouage ? Que comptes-tu faire ?

– Ce qui représente mon passage à Keystone.

C'est plus fort que moi, je ne peux pas m'empêcher de pouffer :

– Un buffet ?

Je ris à ma blague. Mais rapidement, je fais les liens dans ma tête. Est-il possible que…

– Qu'est-ce que signifient tes autres tatouages ?

Au regard provocant qu'il me lance, je frissonne, comprenant d'emblée qu'il y a des vérités dans son passé qui ne sont pas bonnes à entendre. *Ou que j'ai du mal à entendre, voyez ça comme vous voulez.*

– Chacun représente une personne qui a traversé ma vie.

– C'est trop poétique pour que ce soit la vraie version de l'histoire, n'est-ce pas ?

Nouveau regard provocant. Sauf que cette fois-ci, je crois blêmir quand j'entends sa réponse :

– C'est une sorte de tableau de chasse, Lana.

– Un… tableau… de chasse, balbutié-je, terrifiée par ce que ça signifie.

Machinalement, mes yeux se figent sur l'un de ses avant-bras et plus précisément sur l'énorme cerf aux traits grossiers et sur la montre à gousset, de ce que je peux en voir.

– Tu veux dire que chaque dessin est la représentation d'une… d'une… de tes missions ?

– D'une personne que j'ai tuée. Oui.

Adieu, les regards provocateurs. Maintenant, je suis certaine qu'il cherche à appréhender ce que je ressens. Malheureusement pour moi, la partie dominante chez lui est aussi la plus tordue. Il voudrait que je sois horrifiée parce qu'il a constamment besoin de me tester, de me faire mal, de me donner prétexte à le détester.

L'espace d'une seconde, je mentirais si je disais le contraire, il y parvient. Je suis ce que Rhys n'a jamais voulu être : humaine, consciente et pourvue d'une morale.

Mais je refuse de plier. Qu'importe ce que ces tatouages signifient, même s'ils me font souffrir, ils ne sont pas notre nouvelle réalité. *Sa* nouvelle réalité. J'aimerais tellement qu'il s'accorde la même rédemption que celle que je lui offre.

– Qu'as-tu choisi pour Keystone, Jack ?

– Toi.

C'est plus fort que moi, la colère m'envahit.

– Noooon ! m'égosillé-je. Je n'ai aucune envie d'être une étiquette de plus sur ta peau, et je n'ai surtout pas besoin que tu me rappelles ce qu'il aurait pu m'arriver.

C'est bien plus que ça. Ça signifie qu'il me voit comme toutes ces personnes. Qu'il m'accorde la même attention ou la même insignifiance, au choix. Je suis si agacée, si vexée que je ne me vois pas foutre un coup de poing de rage dans le tableau de bord.

En revanche, la douleur cuisante qui naît dans mon poignet me fait voir trente-six chandelles. Je peste haut et fort contre moi-même en me tenant le bras. Jack paraît préoccupé, happé d'une colère quasi égale à la mienne. J'ai beau me dire que je m'en fous, pour autant, je ne le quitte pas du regard. J'ai beau me fustiger de tous les noms pour ne pas pleurer, sans grand étonnement, les larmes crèvent mes conduits lacrymaux.

– Je n'avais pas vu les choses sous cet angle-là, lâche-t-il finalement.

Je suis si surprise par sa remarque qu'il me semble que le temps s'est arrêté. Je ne pleurniche plus, je n'ai plus mal, je ne suis plus en colère, je le regarde simplement, complètement interdite. *De la culpabilité ? Mon Dieu, Seigneur, mais que lui arrive-t-il ?*

***

Los Angeles

Je suis à Los Angeles. Je suis de retour à Los Angeles. J'ai une foutue gerbe, une foutue douleur à l'estomac et ça n'a rien à voir avec mon jeûne. L'acidité qui demande à remonter ma trachée pour exploser sur le pare-brise provient uniquement de mes émotions. Je suis bouleversée et le mot est faible.

C'est comme sentir l'odeur d'une lessive sur un oreiller. Elle nous renvoie des années en arrière dans les bras de quelqu'un qui nous est cher. On sourit. On s'extasie. Une douce chaleur nous transporte. Jusqu'à ce que nous nous souvenions que cette personne n'existe plus. Que nous l'avons perdue.

En une fraction de seconde, toute la peine que nous avons pu ressentir à une époque nous explose violemment en pleine face.

Je respire avec difficulté.

Je tremble.

J'ai profondément mal.

Je me sens déchirée.

Cramponnée à la portière, le visage si près de la vitre qu'à chaque respiration une fine buée en obstrue ma vue, je fais face à Los Angeles.

Certaines rues ont beaucoup changé, d'autres sont telles que je les ai laissées. C'est horrible.

C'est horrible de se dire que la vie que nous avons quittée a continué sans nous, que je suis là à observer ce que je m'étais refusé à imaginer. Je crains de reconnaître un visage à chaque quartier fréquenté, et que ce dernier ne ravive un nouveau souvenir douloureux. J'ai déjà bien assez avec tous ces lieux. Un café, un restaurant, la sirène des pompiers qui annonçait l'urgence à la clinique, ou même le simple feu rouge d'un croisement qui pouvait me faire perdre patience tous les matins.

Comment des choses aussi anodines peuvent-elles devenir aussi angoissantes ?

Quant à ma grand-mère, je ne sais même pas si elle est encore en vie. Si c'est le cas, où est-elle ? Que lui reste-t-il de son passé ? Toutes ces questions que je m'étais évertuée à refouler pendant trois ans m'explosent en plein visage.

Je sais à l'instant où notre voiture s'engage dans l'avenue principale où Jack nous mène. Ma réaction est immédiate. Je me colle au fond du siège, la tête rentrée dans les épaules, et balaie frénétiquement la devanture de l'édifice des yeux, en imitant la respiration du petit chien. *L'hôtel particulier de Michael.* Les oreilles assourdies par les palpitations de mon cœur, j'épie chaque visage, observe scrupuleusement le comportement de tous les passants. Qu'importe que nous soyons un samedi, je sais, à la berline noire garée sur l'emplacement privé, que Michael est là. *Il travaille.*

Je m'étouffe en tentant de déglutir. Il est là. Je me ratatine un peu plus dans le siège et, même si la vitre teintée diminue considérablement les risques que quelqu'un me reconnaisse, je ne peux m'empêcher de frémir quand le portier, à l'entrée de l'établissement, passe en revue l'avenue et survole notre véhicule. C'est plus qu'un simple frisson. Je suis terrorisée à l'idée de *le* revoir.

Je ne suis pas prête.

Je suis loin d'être prête.

Et j'ai le temps de me demander une centaine de fois si je le serai un jour tant nous mettons du temps à traverser l'avenue, en raison de la circulation dense de LA.

Ça n'est que lorsque le QG de Michael n'est plus qu'un point noir dans le rétroviseur que je m'autorise à bouger. D'une main tremblante, je dégage mon front de ma frange, il est en sueur. Je ferme les yeux. Une seconde, une petite seconde ou peut-être plus. C'est un cauchemar. Un foutu cauchemar. Je ne suis pas à Los Angeles, Jack n'est jamais entré dans ma vie et c'est ma tête qui a percuté le buffet, pas la sienne. Je vais me réveiller dans le chalet, Elizabeth ne m'aura jamais trahie, et…

– Il n'a pas renforcé sa sécurité.

… Et j'ouvre les yeux pour aller quérir l'expression de Jack. Il est soucieux, mais pas de mon état, c'est certain. Dans une déglutition bruyante d'un œsophage toujours autant opprimé par la peur, je me redresse et balbutie :

– Et… et alors ? J'ai… j'ai l'impression que ça te dérange alors que… c'est plutôt une bonne chose pour nous, non ?

– Non. J'aurais préféré l'inverse. Au moins, j'aurais été certain qu'il s'attendait à ma visite. Là, je ne sais pas s'il se sent seulement infaillible ou si effectivement je le prendrais par surprise. Et la surprise, ça ne jouera pas en ma faveur. En situation de stress, les gens deviennent facilement ingérables.

C'est la deuxième fois qu'il me paraît fébrile face à Michael. Je sais qu'il ne le craint pas directement, mais son attitude me force à croire qu'il appréhende cette… mission. Et si en une semaine j'ai pu retenir quelque chose de lui, c'est bien qu'il n'a à craindre rien ni personne. Je ne me souviens que trop nettement de sa réaction face à mon arme. Alors quel est son problème aujourd'hui ?

– Ça n'a pas eu l'air de te déranger quand tu es venu pour moi, constaté-je.

– Tu étais seule. Là, je vais devoir appréhender les réactions d'une dizaine de personnes.

J'ai presque envie de lui dire que j'en ferai partie mais je n'en fais rien. Au lieu de ça, je retourne à la contemplation de la ville par la vitre passager et murmure :

– Alors, nous n'avons qu'à prier pour que Michael ait un ego aussi démesuré que le tien.

***

Je n'ai pas besoin de miroir pour savoir que j'ai une mine affreuse. Je n'ai pas mangé depuis presque vingt-quatre heures, j'ai terminé notre unique bouteille d'eau à mi-parcours entre Sacramento et Los Angeles – et franchement, vu la taille non négligeable de ma vessie remplie d'urine, ça n'était pas plus mal – et notre visite à travers la ville a fini de m'achever. Aussi, lorsque nous nous garons sur le parking d'un nouvel hôtel, Jack n'a pas à me demander deux fois de sortir de la voiture. Honnêtement, je ne sais pas ce qui presse le plus : me remplir la panse – même si je doute que je puisse garder le contenu très longtemps – ou uriner.

Un comprimé de paracétamol serait aussi le bienvenu…

Cette fois-ci, je ne tente pas l'humour ; d'ailleurs, je calcule à peine l'hôtesse d'accueil derrière son comptoir. Je me concentre sur les mêmes choses : les visages, les attitudes des clients et ma vessie. Alors que nous sommes seuls dans l'ascenseur, je m'autorise la danse ultime du contrôle d'urine. Je passe d'un pied à l'autre, les poings, les yeux, les fesses et le périnée serrés – n'importe quelle sage-femme serait fière de moi – en récitant comme une litanie :

– Allez, allez, allez !

J'entends Jack rire franchement puis l'avertisseur de la cabine sonner notre étage. J'ouvre les yeux, lui arrache notre clé des mains et, après une rapide vérification des panneaux sur les murs, je cours aussi vite qu'une vessie pleine le permet jusqu'à notre chambre.

Et je remercie le seigneur d'avoir fait en sorte que tous les architectes d'hôtel aient suivi la même formation. Ou alors, dans ce genre de conditions, nous sommes dotés d'un seizième sens : le GPS à water-closet. J'avais tant à faire que je suis à peu près certaine que même ma cornée devait être jaune.

Lorsque je sors des toilettes, je trouve Jack en pleine communication téléphonique.

– Une table pour deux personnes, oui.

J'ôte ma veste, mes chaussures et le rejoins, plus étourdie par ce que je viens d'entendre que par une crise d'hypoglycémie. Est-il réellement en train de réserver un restaurant pour notre dîner ?

– Dans une demi-heure, c'est parfait. Ça devrait laisser le temps à ma compagne de se préparer.

Deux politesses plus tard, il raccroche et se retourne vers moi.

– Tu attends quoi, Lana, pour filer à la douche ?

– L'instant où tu vas me dire que c'était une blague.

Il fait mine d'être agacé :

– Depuis quand je fais dans l'humour ? Par contre, il est toujours temps d'annuler…

– Non, non, non ! me précipité-je en reculant jusqu'à la salle de bains. Une demi-heure. OK. Je serai prête.

La commissure de ses lèvres se retrousse dans un sourire authentique, flamboyant, j'ai presque l'impression que ses yeux sourient aussi. Instantanément, je l'imite, touchée par ce petit truc qui pourrait être complètement insignifiant chez n'importe qui, et totalement inédit chez lui.

Je me déshabille en quatrième vitesse.

Amabilité, douceur, galanterie… je dois rêver. Si c'est le cas, Seigneur, j'espère ne pas me réveiller chez Belinda. Habituellement, je ne serais pas du style à courir après un dîner en tête à tête avec lui, mais il y a cette voix aliénante qui me murmure continuellement de profiter de lui au maximum.

C'est complètement stupide.

Jack n'échouera pas, c'est impossible. Sous le jet d'eau brûlant de la douche, un violent frisson me saisit. C'est tellement brutal que ma poitrine se serre et toute la bonne humeur, la joie, que j'éprouvais à la perspective d'un restaurant avec lui, s'envole. Il ne reste que l'appréhension et ma tête qui mouline, qui pense, qui se refait les scènes, qui réécoute ses paroles.

Je suis ce qu'il a fait de moi. Je le connais tout aussi bien que Belinda et Samy, si ce n'est plus.

Et ces dernières vingt-quatre heures n'ont ni queue ni tête parce que, à aucun moment, il n'a été lui-même.

Je cesse de fixer la crédence dans un sursaut : il n'a jamais employé le pronom « nous », il a toujours parlé à la première personne. Il compte intervenir seul, je n'ai pas une seule fois fait partie de son plan, hormis pour récupérer les carnets de documents de Michael.

Je sors expressément de la douche, attrape une serviette sur le portant et m'enroule dedans, le cœur battant si fort dans les oreilles qu'il m'en donne la gerbe. Que compte-t-il faire de moi ? Me soûler à n'en plus pouvoir et me laisser dans le lit de cet hôtel ?

C'est hors de question ! Le doigt pointé en l'air, je sors de la salle de bains et… trouve la chambre aussi vide que mon estomac. Aussi dépitée que pourrait être quelqu'un qui se fait larguer la veille de son mariage, je baisse ma garde et ne le vois pas arriver. Je comprends trop tard qu'il était dissimulé dans l'ombre de la porte de la salle de bains derrière moi. Et malheureusement pour moi, je n'ai même pas le temps de me débattre qu'il m'a déjà neutralisée. Mes bras sont repliés et liés à ma poitrine par la seule force de son avant-bras, tandis que son autre main fait pression sur mon visage.

Par deux fois il m'aura eue.

Je reconnais l'odeur mordante et caractéristique du chloroforme sur le chiffon sur mon nez et ma bouche, et ne tente même pas de résister, c'est impossible. À la place, je lui offre mon regard le plus noir. Ses yeux à lui, en revanche, sont aussi clairs, aussi purs, aussi harmonieux qu'un océan en plein été. C'est lui. C'est l'homme que j'aime.

– Je suis navré, Lana. N'oublie jamais que tu as été ma deuxième vie.

32

Lana

J'ai mal au crâne. J'ai soif. J'ai faim. J'ai…

Jack.

J'ouvre les yeux instantanément. Je n'ai qu'une chose en tête, c'est lui. Lui… Je fronce les sourcils et cligne des yeux du même coup, complètement désorientée. La migraine m'élance et s'insinue sous mon cuir chevelu, j'ai la sensation de m'être pris un poids lourd en pleine face. Tout en massant mon front, je m'assieds et reconnais l'endroit où je me trouve : dans une petite chambre d'hôtel.

Tout me revient violemment.

Notre arrivée, ma douche, sa ruse. Essentiellement sa ruse. Et sa dernière phrase, au goût étrange d'adieux.

Le cœur battant la chamade, une respiration complètement anarchique, je tente de ne pas sombrer dans la folie. Je porte un tee-shirt, une culotte, il m'a habillée avant de partir. Mais bon Dieu, quelle heure est-il ?

Je chasse le drap du lit, et me hisse sur mes deux jambes en cherchant une putain de pendule. Rien. Je sais seulement qu'il fait nuit.

Je dois le retrouver. Il est hors de question que je le laisse seul.

Machinalement, je récupère pantalon, pull et chaussettes dans ma valise et, tout en m'habillant, je compose le numéro de Belinda sur le téléphone de l'hôtel.

J'ai beau être pleine de bonne volonté, je ne suis pas stupide ; sans eux, je n'arriverai jamais à sortir Jack de là.

– Oui, décroche-t-elle.

– C'est moi… Je…

Je me racle la gorge, me secoue. Bordel, j'ai la tête qui tourne, mais je dois ordonner mes idées, je ne dois pas paniquer.

– Il est parti, finis-je par dire. Il m'a piégée. Il est allé rejoindre Michael tout seul.

– Il y a combien de temps ? se précipite-t-elle.

– Je n'en sais rien ! Je ne sais même pas quelle heure il est et je ne me souviens pas de l'heure à laquelle nous sommes arrivés à l'hôtel !

Le long silence qui suit ma tirade ne m'annonce rien de bon. J'ai été nulle à chier sur ce coup-là. J'aurais pu le prévoir, j'aurais dû le voir venir, j'aurais dû comprendre.

– Belinda ? la pressé-je.

– Oui. Je suis toujours là. Je réfléchis.

– Il n'y a pas à réfléchir. Il s'est jeté dans la gueule du loup. Il faut… Il faut que je le retrouve.

Au moment où je m'apprête à raccrocher, Belinda m'interpelle :

– Lana ! Nous sommes à tout au plus une heure de route de LA. Ne bouge pas d'où tu es, Rhys me tuerait s'il t'arrivait quelque chose. Je te le ramènerai, je te le…

Je ne la laisse pas finir et raccroche. Il est hors de question que je reste ici les bras croisés alors que Jack est allé retrouver Michael. D'autant que je possède la seule chose qui intéresse ce dernier et qui me servira de monnaie d'échange. *Ses précieux carnets.* La seule partie où j'intégrais les plans de Jack. J'ai la sensation qu'un gouffre sans fin vient de trouver refuge au creux de mon ventre en pensant à là où je vais devoir remettre les pieds, mais rapidement je me ressaisis, je n'ai même pas besoin de peser le pour ou le contre pour agir, c'est essentiel à la survie de Jack.

Comme il était essentiel que je garde Jack à mes côtés pour la survie de Mina.

Rapidement mais d'un geste calculé, je soigne mon apparence. Je laisse mes boucles brunes tomber sur mes épaules, j'arrange ma frange afin qu'elle dissimule mes sourcils, je fonce le contour de mes yeux et me pare de mes fausses lunettes de vue. Je dois ressembler à Mme Tout-le-Monde et surtout pas à un malade échappé du service de psychiatrie. Mon manteau sur les épaules, mon sac à main en bandoulière, quelques étages plus bas, je suis à l'accueil de l'hôtel. Même si je suspecte mon cœur d'avoir migré jusqu'à mes tempes et mon estomac d'avoir fait un tour dans une centrifugeuse, je ne suis pas paumée au point d'en oublier toutes mes règles de survie. Tous mes sens en alerte, je passe en revue la réception. Il n'y a pas grand monde, je compte à peine trois clients qui conversent dans le salon d'attente, en plus du portier et de l'hôtesse, devant moi.

Je lui fais commander un taxi tout en m'assurant du contenu de mon sac : mes nouveaux papiers d'identité, une partie de mes économies de Keystone et mon Beretta dissimulé dans la doublure – même si je doute franchement qu'il y reste caché longtemps.

L'horloge indique un peu plus de vingt-trois heures. Mais bon sang, combien de temps suis-je restée inconsciente ?

– Est-ce que vous vous souvenez avoir vu mon mari quitter l'hôtel ? demandé-je.

Je comprends à sa façon de me dire qu'elle n'a rien vu qu'elle me ment. Je ne lui en veux pas, je sais qu'il s'agit de discrétion professionnelle. Néanmoins, je suis incapable de retenir un « Fais chier » digne de ce nom et qui a le pouvoir de faire tourner des têtes.

Au moment où je m'apprête à quitter le comptoir, l'hôtesse m'interpelle :

– J'espère que le sandwich que nous vous avons fait livrer il y a quatre heures vous a plu ?

Je n'ai pas vu, senti, goûté l'ombre d'un sandwich, mais je comprends le sens caché de sa question.

– Excellent, lui réponds-je. Merci !

Pas certaine que ça apaise mes appréhensions mais, au moins, maintenant je sais à quelle heure Jack a quitté l'hôtel. Et quatre heures, c'est beaucoup trop, surtout quand on n'a aucune idée de ce qu'il comptait faire de Michael.

***

Le gouffre au fond de ma poitrine finit de prendre forme quand j'aperçois les bâtiments aux façades en verre de la clinique Cedars-Sinai. J'ai la sensation d'avoir fait un bond en arrière de trois ans, sauf qu'au lieu de vouloir cacher les carnets de Michael, je dois absolument les récupérer. Là où la tâche s'annonçait quasi simple à l'époque, elle est plus incertaine cette nuit. Je ne fais plus partie du personnel de la clinique et surtout je ne dois croiser aucun visage connu.

Je laisse mon manteau dans le taxi et demande au chauffeur de m'attendre, je prends une grande inspiration et entame mon ascension jusqu'aux portes de l'entrée. J'ajuste ma frange, remonte le col de mon pull et cale mes pas sur le rythme entraînant de « I will survive » de Gloria Gaynor.

J'ignore toutes les émotions qui m'assaillent. Je ne m'offre pas le loisir d'avoir mal, ou du moins, je ne me donne aucun répit pour tenter d'aller mieux. L'homme de la sécurité me dévisage une seconde, juste le temps que je lui souhaite une bonne soirée. Mon assurance est déconcertante, je ne me félicite pas, je pense à Jack, à lui, uniquement à lui.

Et d'un même coup, je m'empêche d'imaginer ce qu'il est en train de vivre. « Ton seul ennemi, c'est ton imagination », voilà ce qu'il m'aurait dit !

Sans hésiter, je prends le couloir qui mène vers l'aile Ouest. La clinique a peu changé depuis mon dernier passage. Toujours ces murs blanc immaculé, ce carrelage crème moucheté de doré, et cette odeur chlorée typique de tous les centres médicaux de la planète. Qu'importe l'heure, cette partie-là de la clinique est toujours animée, c'est l'aile des urgences au rez-de-chaussée, puis de la réanimation et des blocs opératoires dans les étages.

Et pas uniquement… C'est aussi là que se trouvent les parties privatives des personnels médicaux et paramédicaux : bureaux, vestiaires, salle de réunion, salle de détente, il y a même des chambres pour les gardes de vingt-quatre heures.

Patient, famille ou personnel, je suis heureuse de constater que personne ne fait attention à moi. Sans doute l'émulsion du lieu, la routine pour certains, ou alors mon naturel et ma facilité à me déplacer dans les couloirs. Je ne vais pas m'en plaindre mais je ne relâche pas ma garde pour autant.

Je passe enfin les portes battantes à la pancarte : « accès interdit à toutes personnes étrangères à l'établissement » et remonte un nouveau couloir. À partir de maintenant, toutes les pièces importantes seront verrouillées par empreinte digitale, le Cedars-Sinai est à la pointe de la technologie.

Je n'ai plus qu'à espérer qu'ils n'aient pas réinitialisé leur base de données.

Lorsque j'arrive devant la porte des vestiaires, mon cœur bat à tout rompre. C'est l'ultime test. Si mon empreinte est reconnue, le reste sera du gâteau. Si le cas inverse se présente, je n'aurai plus qu'à couper le doigt de la première personne qui pénétrera dans ce couloir.

Par précaution, je tape à la porte pour m'assurer que la pièce est vide. Après une longue minute, je ferme les yeux dans une grimace, je me retiens de respirer et j'applique mon doigt sur l'emplacement prévu à cet effet.

Deux secondes.

Deux interminables secondes et le clic libérateur se fait entendre.

Je suis toujours officiellement interne dans cette clinique, c'est à mourir de rire. Essoufflée et au bord de la crise de nerfs, tant cette petite victoire me ravit, j'entre dans le vestiaire. Je ne m'attarde pas, j'ai seulement besoin d'une blouse blanche. Dans la corbeille à linge sale, je trouve ce qu'il me faut. C'est mon « passe-droit », un stupide déguisement qui m'assurera un minimum de tranquillité dans les parties de la clinique qui sont interdites à tout un chacun. Je l'enfile et ressors.

Et bien entendu, tout ne pouvait pas être aussi simple, je croise deux filles dans le couloir.

– Je ne vous ai jamais vue, m'interpelle l'une d'entre elles.

Je stoppe mes pas et me retourne. À leur badge, j'apprends qu'elles sont internes. Mon Dieu, qu'elles me paraissent jeunes ! Un instant, je me demande si nous ressemblions à ça, Lizie et moi, au début de notre internat. Je souris naïvement.

– Lana, me présenté-je. Je reprends mon cursus après un accident de parcours.

Je montre mon ventre et grimace pour leur faire entendre que j'ai eu un enfant.

À croire que la grossesse peut être aussi contagieuse et dangereuse que la variole, les deux filles marmonnent rapidement leur prénom et détalent. *Et ça a appris l'anatomie du pénis…*

Autant vous dire que lorsque la porte du vestiaire se referme sur elles, je respire sans ménagement.

Deux autres couloirs plus loin et un étage plus bas, je me retrouve dans les sous-sols de la clinique et plus précisément devant les archives. Ici, à cette heure-ci par contre, je ne croiserai personne – sauf si un chirurgien a décidé de bizuter un étudiant… En effet, l'année avant ma fuite, la clinique a décidé de dématérialiser tous les dossiers des nouveaux patients et de ceux encore en vie. Ils sont tous informatisés. À l'inverse, aucun intérêt de rentrer les vieux dossiers des patients décédés dans les bases de données de la clinique. Ça serait une perte de temps et d'argent. Et toujours pour ces mêmes raisons, les vieux dossiers sont gardés jusqu'à dix ans après le décès du patient.

Le dossier de mon grand-père est encore derrière cette porte…

Il y a plus de trois ans, c'était la seule cachette qui m'avait sauté aux yeux. La seule aussi où les hommes de Michael ne seraient pas venus chercher.

Comme précédemment, j'applique mon doigt sur le lecteur d'empreintes, et même si je suis certaine d'avoir accès à cette pièce, les battements frénétiques de mon cœur dans ma poitrine me donnent la nausée. Au déclic, je ne prends pas le temps de respirer. La lumière s'allume automatiquement et les armoires m'apparaissent dans des rangées sans fin. J'ai sans doute une bonne mémoire mais pas au point de me rappeler dans quelle allée est rangé le dossier de mon grand-père. Je perds un temps fou. Je respire une tonne de poussière. Mais j'arrive à mes fins.

Benjamin Taylor, identifiant 136963. Je caresse l'écriture grossière de la secrétaire sur le dossier du bout des doigts. L'encre noire est un peu ternie et le papier cartonné sent les vieilles photos et les vieilles coupures de presse de l'album de famille enfermé à la cave. Hormis les carnets de Michael, il n'y a pas grand-chose dedans. Mon grand-père a toujours été en bonne santé, à peine s'il avait eu une carie dans son enfance ou un reflux gastrique pendant des procès problématiques, et ça l'est resté jusqu'à ce qu'il décède d'une mort naturelle dans son sommeil. C'est ce que les médecins nous ont dit.

Je repousse ma mélancolie très loin dans ma tête. Quand tout sera fini, j'aurai le droit de culpabiliser pour avoir laissé ma grand-mère toute seule mais pour l'heure il n'y a que Jack qui compte.

Je récupère les précieux documents. Ils sont intacts, tels que je les ai laissés. Je les enfourne dans mon sac à main, repose dans une grimace le dossier et rebrousse chemin.

Je marche pour ainsi dire dans mes pas. Pourtant, un sentiment étrange me pousse à rejoindre le premier étage. Je veux savoir si Lizie bosse toujours à la clinique et pas seulement. Jack assurerait ses arrières, il ne se contenterait pas d'une seule conjecture, il penserait échappatoires et issues de secours. Et apporter la totalité de ces carnets à Michael reviendrait à me suicider…

Si mon ancienne meilleure amie n'a pas changé d'avis, elle est aujourd'hui chirurgienne viscérale. Je monte les étages jusqu'au bloc opératoire, passe devant le salon des familles – rempli comme d'habitude –, et rejoins le couloir des bureaux. Mon cœur bat à tout rompre, ma tête me fait un mal de chien et mes yeux faiblissent à chaque blouse verte que je rencontre. J'analyse les visages que je croise, baisse la tête lorsque je pense reconnaître quelqu'un et frôle les murs tel un prisonnier échappé. Pourtant, entre ma couleur de cheveux, mes lunettes de vue et les années qui ont passé, les risques qu'on découvre qui je suis sont minces. Quant à Lizie, si elle est réellement devenue chirurgienne, à cette heure-ci de la soirée, elle doit déjà être chez elle puisque, sauf en cas de grosse intervention, ce sont les internes en chirurgie qui assurent les gardes de nuit.

Précipitamment, je m'engouffre dans la salle de réunion. J'ai envie de me poser contre un mur et de m'y laisser glisser. J'ai envie de porter la main sur ma poitrine pour apaiser mon palpitant. Mais je me rends compte que la salle est occupée. C'est un homme. Un médecin. Il est assis au bout de la grande table en merisier qui m'avait tant fait fantasmer rien qu'à l'idée d'y être attablée un jour. De nombreuses pages de résultats d'examens sont étalées devant lui. Il est à peine plus âgé que moi. Je comprends que je le dérange en pleine étude d'un dossier aux petits yeux qu'il lève vers moi. J'essaie de paraître naturelle mais je suis si essoufflée que la tâche est difficile. Je grimace rapidement un sourire et marche sur la pointe des pieds jusqu'aux bannettes à courrier de tous les chirurgiens du Cedars-Sinai. Je sens son regard me suivre, mais je n'y fais plus attention. Mon obsession est de trouver le nom de Lizie. Je le répète tel une prière dans ma tête, mais rien n'y fait. Il n'est nulle part.

– Je peux vous aider ? demande l'homme.

Mon pouls accélère davantage, mon sang se fait plus rare sur mes joues. Sans me retourner, je tente mon ultime carte :

– Je devais remettre ces papiers à une certaine Lizie Calagan, mais… j'ai dû mal comprendre : elle ne doit pas être chirurgien. J'étais pourtant persuadée d'avoir entendu « au bloc opératoire »…

– Oh, c'est normal, me coupe-t-il. Vous êtes au bon endroit. Par contre, la personne qui vous a demandé de déposer ces documents aurait dû vous donner son nom d'épouse. C'est Granger. Dr Lizie Granger. Sa case est tout en haut, si je me souviens bien.

L'espace d'une seconde, j'ai la sensation de flotter tant ma joie est immense. Lizie est chirurgienne et elle est mariée. Rien ne pouvait me rendre plus heureuse.

– Je peux vous emprunter un stylo ?

L'homme hoche la tête et me tend son stylo. Je griffonne rapidement sur une des feuilles vierges d'un carnet :

À remettre à Dave Benson, procureur général de Los Angeles. J'espère que ce Granger chante aussi faux que toi ! Je t'aime, LT.

Mes doigts tremblent quand je déchire la page et que je la dépose avec une partie des documents dans la bannette de Lizie. Certainement l'émotion de ne pas pouvoir lui en dire plus. Peut-être aussi la culpabilité de l'avoir laissée dans le doute toutes ces années. Vu la considération qu'elle portait à Michael juste avant que je m'enfuie, je suis sûre qu'au fond d'elle, elle n'a jamais cru à cette histoire de suicide et l'a toujours suspecté de m'avoir fait disparaître. Alors quelque part, elle sera soulagée de me savoir encore en vie.

Du moins pour l'heure, si tout se passe bien cette nuit.

Je rends son stylo au médecin et le remercie avant de sortir de la salle de réunion.

J'ai une terrible envie de partir en courant, c'est si pressant que je me force à pénétrer dans une pièce pour me calmer. C'est une réserve. Devant moi, des étagères de matériels médicaux s'étalent. C'est instinctif, j'ai l'impression que Jack m'a implanté un programme de survie dans la tête. J'attrape un scalpel et, après mûre réflexion, après m'être tâtée sous tous les angles, j'entrevois la meilleure cachette : le long de la couture interne de mon jean. Le manche du scalpel est assez fin pour la suivre et si peu épais que personne ne sentira la différence. Et si ça ne fonctionne pas, j'aurai au moins essayé. Je fais glisser mon pantalon sur mes cuisses, récupère un bout de sparadrap et le fixe sur le tissu par-dessus le bouchon du scalpel, puis je me rhabille. Son extrémité étant au bord de ma hanche sous la ceinture, je le sens à peine. Par contre, je n'aurai aucune difficulté à le récupérer en cas d'urgence. Et avec un peu de chance, le bouchon restera coincé dans mon jean quand je le sortirai.

Une profonde expiration plus tard et je suis repartie.

Mis à part mon cœur réduit en cendres, tout était d'une facilité déconcertante.

Du moins, ça l'était jusqu'à ce que je passe les portes coulissantes de la clinique. Je n'ai pas mis deux pieds sur le parvis que l'homme de la sécurité m'interpelle :

– Madame !

En plus de mes pas, mon sang se fige, ma vision se floute et mes oreilles se mettent à siffler. Dois-je partir en courant ? En serais-je seulement capable ?

Je me retourne lentement, trop lentement. Avec la même lenteur que quelqu'un pris en flagrant délit de fraude. La seule chose qui diffère, c'est que je suis blanche comme un linge et que mon visage est inexpressif.

– Vous avez oublié de laisser votre blouse.

Je crois bien qu'il doit le répéter trois fois avant que je réagisse.

Il ne s'agit que de ma blouse !

– Désolé, mais je ne peux pas vous laisser l'emporter à votre domicile. Vous savez… c'est une question de maladies nosomachins.

– Nosocomiales.

– Oui, voilà !

Je suis si soulagée que je presse mon front dans la main et soupire longuement.

Il ne s'agissait que de ma blouse !

– Vous êtes souffrante, s'inquiète-t-il.

– Non, enfin… je suis pressée.

Et je n'ai surtout pas envie de retourner dans la clinique.

– Je peux vous la laisser ?

Il cligne des yeux et se gratte la tête. Je l'ai pris au dépourvu. Je ne lui laisse pas le choix. Avant même qu'il ait essayé une réponse, j'ôte le vêtement et je lui pose sur les bras.

À Michael, maintenant.

33

Lana

Ça ne vous est jamais arrivé d'avoir la sensation de détenir l'idée du siècle, de mobiliser des montagnes pour la développer et finalement, en regardant le résultat, vous demander si c'était vraiment ce que vous vouliez ?

Moi, c'est exactement ce que je ressens quand j'approche de la demeure de Michael.

J'aurais dû attendre à l'hôtel.

J'aurais dû faire confiance à Jack.

J'aurais dû venir avec Belinda et Samy.

Et si ça se trouve, Jack va très bien et s'est seulement tiré en m'abandonnant à LA.

Ça n'a rien à voir avec le courage. À ce stade de ma vie, je ne suis même plus capable de discerner si j'ai peur, si je suis excitée ou si je manque de hardiesse. Je sais juste que je tremble, que j'ai la bouche sèche, que je suis glacée, que je n'ai jamais eu aussi mal à l'estomac et que mon cœur n'a jamais couru aussi vite pendant autant de temps.

Et finalement, ça me rappelle que je suis en vie.

Mais pour combien de temps ?

Maintenant que le chauffeur de taxi m'a annoncée à l'interphone et que les grilles s'ouvrent sur l'immense parc de la demeure, impossible de faire marche arrière. Le véhicule progresse lentement dans l'allée de graviers. Si lentement que j'ai à loisir le temps de voir une armada d'hommes de main se préparer pour m'accueillir en haut des marches de la maison.

Six.

Six hommes, juste pour moi. Michael croit-il que je sois devenue une machine de guerre ? Une grossesse, trois ans de service dans le bar-restaurant d'un village de montagne, tout au plus trente heures de ski, et tout autant de tir au pistolet… il y a mieux comme entraînement.

Il y a mieux comme accueil.

Je paie le taxi d'une main tremblante et n'attends pas ma monnaie pour sortir du véhicule. Mes jambes flageolent mais ça n'est pas le moment de m'écrouler et cela même si mon idée était stupide. Sur les six hommes, je ne reconnais qu'un seul visage : Hernando. C'est aussi le seul qui ne vient pas à ma rencontre, les autres sont déjà autour de moi, en bas des marches.

Pas la peine de chercher de la compassion ou du réconfort chez lui, Hernando est aussi pourri que ses acolytes réduits en cendres dans mon chalet. Je le fixe d'un regard inexpressif, vide. Et ce qu'importe si un homme est en train de me peloter à la recherche d'une arme. Mon Beretta est rapidement découvert dans mon sac – Hernando sourit avec arrogance quand on le lui remet –, mais mon scalpel reste invisible – c'est à moi de sourire intérieurement. Puis vient l'heure de mettre au jour les carnets. Un des hommes accourt jusqu'à celui qui me fouille pour les récupérer et les donner à Hernando. Je ne peux m'empêcher de déglutir. Sans doute parce qu'ils ont longtemps été le symbole de ma survie et que, dans ses mains, ils ne me sont plus d'aucune utilité.

Le sourire d'Hernando s'agrandit. Tellement que je me demande s'il est possible d'être plus méprisant que lui.

– Bonsoir, Leia. Avec toi ici, les festivités vont pouvoir reprendre, persifle-t-il.

Sa phrase me glace le sang. Certainement parce que je n'ai aucune envie d'y donner un sens ou parce que le seul qui me vient c'est que Jack est ici et qu'il ne passe pas un bon moment.

Au moins, maintenant, je suis fixée.

Un signe de tête à un de ses hommes et on m'enjoint de monter les marches du perron d'une tape sur l'épaule. J'ai la sensation d'être escortée vers mon bourreau à la cour de la reine Elizabeth, deux hommes de chaque côté et deux derrière. *Reste à savoir lequel compte me décapiter.*

Sitôt dans le hall d'entrée, je suis prise d'un autre malaise. Ce lieu est tel que je l'ai connu, tel que je l'ai laissé. Je déglutis et, à la main qui comprime mon biceps, je remarque que j'ai cessé de marcher. Je m'en libère d'un geste brusque, je n'ai besoin de personne pour remonter le long corridor sur notre gauche. Après un regard mauvais vers l'intéressé, je reprends mon avancée.

À cet instant, ce qui me permet de tenir, ce sont mes souvenirs. Pas ceux avec Michael mais ceux avec Jack dans cette chambre d'hôtel où, alors que j'étudiais le plan de cette villa, lui, accordait beaucoup plus d'importance à l'écartement de mes cuisses et à l'humidité avoisinante.

Je n'irais pas jusqu'à sourire mais ma nausée se tarit et mon visage arbore de nouvelles couleurs. Si bien que, lorsque nous arrivons devant la double porte en bois de chêne, j'ai l'impression d'être plus sereine, d'être plus aguerrie pour affronter ce qui m'attend derrière.

Et honnêtement, quand elles s'ouvrent, je me fous de Michael et de ce qu'il a été. Ce que je craignais le plus n'a pas la moindre importance car je n'ai d'yeux que pour Jack, le visage tuméfié, ensanglanté, à genoux près d'un homme qui le tient en joue avec un revolver alors qu'il a les poings liés dans le dos.

J'en perds toute prudence. Je m'apprête à le rejoindre en courant quand des bras me retiennent. Je me débats, je hurle, rien n'y fait.

Et c'est à peine si Jack relève la tête vers moi.

Je l'appelle, je crie son nom, rien n'y fait là non plus.

Le cœur en berne, je me laisse aller contre la personne qui me retient prisonnière. J'entends le rire de Michael.

Je l'ignore. Mes yeux, ma tête, mon souffle sont suspendus à ceux de l'homme que j'aime. Il me néglige comme si je l'avais déçu.

– Mon Dieu, Leia, tu ne peux pas savoir à quel point je me languissais de ce moment.

Au son de la voix de Michael, mes poils se hérissent. Je lève la tête vers lui. Mon cœur se remet à battre de plus en plus vite en le voyant se lever de son siège. Il se déplace, contourne le bureau napoléonien, se dirige vers moi. À chaque pas, ma respiration se fait plus rapide et mes muscles se contractent. Moi qui pensais être pétrifiée de peur, reléguée au stade végétatif en me trouvant devant lui, je me trompais.

Je n'éprouve rien d'autre que de la colère.

Pour ce qu'il a fait de ma vie.

Pour ce qu'il est.

Pour ce qu'il vient d'infliger à Jack.

La rage me submerge, mon sang cogne contre mes tempes, chaque cellule de mon corps semble possédée par une folie dévastatrice.

Une fois n'est pas coutume, je perds ma sagesse et tente de lui sauter dessus sitôt qu'il est à proximité, mais des bras se referment de nouveau sur moi.

Michael rit encore.

– Tenez-la bien, ordonne-t-il, elle m'a l'air plus féroce qu'elle n'y paraît.

Puis à moi :

– Il faut croire que tu n'as pas changé uniquement de couleur de cheveux… Néanmoins, je te préférais en rousse, se moque-t-il, et sans ça.

Il attrape mes lunettes et les arrache violemment avant de les faire voler à travers la pièce. À la douleur sur ma pommette droite, je comprends qu'une des branches m'a égratignée. Même avec toute la bonne volonté du monde, je suis incapable de rester de marbre. Je ne suis pas Jack, je n'ai aucun entraînement face à la douleur. Je geins immédiatement dans une grimace.

Ça fait un mal de chien. Si mal que j'ai une envie irrépressible de me toucher la joue. Mais c'est sans compter l'homme qui me maintient contre lui. Et dire qu'il y a quelques années Michael me faisait rêver, ses mains faisaient battre mon cœur et son odeur me faisait tourner la tête. Aujourd'hui, tout de lui me répugne.

Aujourd'hui, je vis tout ça pour un autre et même dix fois plus. Je donnerais ma vie pour cet autre, comme lui avait promis de me protéger. Alors qu'est-il arrivé au Jack que je connais pour qu'il reste prostré, silencieux et impuissant ?

– Bon ! Et si nous passions aux choses sérieuses. Que fais-tu ici, Leia ? Serais-tu devenue stupide pour venir chez moi sans défense ?

Je quitte Jack du regard pour revenir à Michael.

– Ce qu'elle avait sur elle devrait vous intéresser, monsieur, annonce Hernando, masquant à peine sa fierté.

Comme si ce connard les avait obtenus par la force ! Je peste en voyant passer les carnets de mains en mains. Michael les feuillette tous les deux. C'est très succinct. Comme sa bonne humeur… Il passe de la joie à la colère en un claquement de doigts.

Bien entendu, puisqu'il vient de comprendre que je ne suis pas stupide. Il manque un carnet.

Néanmoins, même si je sais que je viens de marquer un point, je n'affiche pas ma victoire. Il y verrait un défi et, avec Jack en mauvaise posture, je risquerais d'aggraver la situation.

– Où. Est. L'autre. Carnet ? demande-t-il les yeux fermés, sûrement pour tenter de discipliner sa fureur.

C'est immédiat, Jack se met à rire. Bon sang, mais il est fou ! Il me semble que je deviens livide en un temps record. Tout aussi rapidement, mes yeux courent de Jack, complètement hilare, à Michael, au bord de l'explosion.

En réalité, il explose. En moins de temps qu'il ne faut pour le dire, il est devant Jack et l'instant d'après son pied s'enfonce dans son ventre comme s'il venait d'exécuter un botté de dégagement au football américain.

Le choc est violent ; pourtant, j'ai l'impression de voir la scène au ralenti. Au moment où le pied s'écrase contre lui, le corps de Jack se plie en deux, du sang est projeté de sa bouche en même temps qu'il étouffe un gémissement.

Moi, je hurle littéralement.

Ça n'empêche pas Michael de recommencer.

– Parce que ça te fait rire ?

– Ouais, le provoque-t-il ouvertement en riant de plus bel.

Un autre coup part ; cette fois, il est si violent que Jack bascule et s'écroule sur le sol.

– Arrête ! hurlé-je.

Dans un ultime effort, je réussis à me libérer des bras de l'homme qui me séquestrait. Je ne me sens pas plus légère pour un sou. Ma poitrine me brûle, me serre comme si elle était prise dans un étau. Ça, c'est la peur. J'accours jusqu'à Jack et me jette à ses côtés si fort que mes genoux craquent sur le parquet en bois vernis. Je caresse délicatement son visage tuméfié, essuie diligemment du revers de ma manche le filet de sang qui s'échappe de sa bouche tout en le suppliant :

– Par pitié, arrête de rire. S'il te plaît, arrête de rire, il va te tuer.

Ses yeux s'arriment enfin aux miens.

– Je n'ai pas peur de mourir, finit-il par dire, puis il chuchote : même si, toi, Leia, tu as peur de cet homme, Lana sait qu'il y a tellement plus dangereux, n'est-ce pas ?

Est-ce un message codé ? Il n'a jamais employé mon vrai prénom sans raison. *Tout* a un sens avec lui. Mais que veut-il que je fasse ? Qui veut-il que je sois ? Lana, forte et courageuse, ou Leia, faible et froussarde ? Il rompt notre contact visuel et me repousse d'un mouvement d'épaule pour se redresser de nouveau sur ses genoux pour affronter Michael.

– Alors, Leia ? Où est le carnet manquant ?

Je pince des lèvres dans une déglutition. Les seuls mots que j'autoriserais à sortir de ma bouche seraient qu'il aille se faire voir.

Quand je le vois paraître faussement excédé, l'appréhension me gagne de nouveau. Ça va dégénérer. Et leur surnombre aura raison de nous. Deux hommes postés près de la porte, un autre tenant en joue Jack, Hernando – certainement en quête d'action – appuyé nonchalamment contre l'accoudoir d'un sofa, un autre près de moi et Michael, ils sont six et tous armés. Mon pauvre scalpel ne fera pas le poids. Et c'est sans compter le reste des hommes qui m'ont escortée et qui doivent certainement monter le guet derrière la double porte.

– Relève-la ! ordonne-t-il à l'homme dans mon dos.

J'aimerais pouvoir me rebeller ou résister mais à peine la pensée m'a-t-elle traversée qu'une épaisse main s'empare déjà de mon biceps et me redresse. Michael reprend :

– Tu vois, Leia, avant que tu ne surgisses ici, nous étions en grande discussion sur la faiblesse. J'expliquais à… Rhys que longtemps tu as été la mienne. J'ai réellement été affecté par ton départ, je ne voulais pas y croire, et cela qu'importent toutes les preuves accablantes que mes hommes ramassaient sur toi. Pendant presque un an, j'ai voulu croire que tu reviendrais, je t'aurais tout pardonné, même que tu aies pu partir avec mes carnets. Qu'est-ce que je pouvais être stupide !

Je l'observe, la bouche sèche et la gorge serrée, discourir en marchant de long en large dans son bureau, comme le merveilleux politicien qu'il souhaite paraître. Sauf qu'ici il n'a pas besoin de jouer un rôle, il n'a pas besoin de mentir : il ne m'aurait jamais pardonné. Il reprend avec tout autant de théâtralité :

– En réalité, nous avions terminé d'aborder la faiblesse. Après avoir discuté un moment de Sandro et Pedro, chacun de mes hommes s'est fait une joie de refaire le portrait de Rhys. Et encore… nous sommes bien loin de toutes les souffrances que j'imagine lui faire endurer.

Alors que je tremble intérieurement de sa menace, Jack, lui, ne bronche pas d'un cil. Imperturbable, il observe son interlocuteur, comme s'il ne l'avait jamais entendu.

– Puis il m'est venu l'idée de le cuisiner ! s'exclame Michael en revenant vers moi. Oui, parce que tu vois, je suis persuadé que Rhys possède des informations importantes, qu'il connaît tes vraies motivations à être partie ce printemps-là.

C'est au-delà de mes forces, un violent frisson me saisit.

– Tu ne m'aurais jamais laissé te quitter ! m'égosillé-je.

À son sourire, je comprends mon erreur ; mon emportement équivaut à lui donner raison.

– Sans doute, mais tu aurais pu te servir de ces carnets contre moi, les remettre aux autorités, à la presse… pouvoir prétendre à retrouver une vie normale une fois que j'aurais été mis sous les barreaux. Au lieu de ça, tes seules doléances étaient que je ne devais pas approcher ta famille et que je ne devais pas tenter de te retrouver. Mets-toi à ma place, Leia, tu n'aurais pas trouvé ça étrange ?

Pour seule réponse, je déglutis. J'ai pourtant bien envie de lui faire remarquer que ma tactique avait fonctionné jusqu'à aujourd'hui.

Il est devant moi et je ne peux pas m'empêcher de le détailler. Son teint hâlé, ses yeux d'un marron si clair qu'ils en sont presque surnaturels, ses cheveux bruns et épais parfaitement disciplinés, je devine la carrure de ses épaules sous sa chemise. Il me semble moins trapu qu'avant. Des heures en moins à consacrer au sport ? ou simple effet d'optique quand on sait que Jack fait presque le double de sa masse corporelle ? Je ne sais pas. Quoi qu'il en soit, il me domine tout de même d'une bonne tête et, lorsque je sens ses doigts glisser sur mon cou pour quérir ma nuque, je me statufie et cherche mon air.

– Mais maintenant que tu es là, les choses vont devenir plus simples…

Je n'anticipe rien. En une pression, il m'a neutralisée. La douleur qui s'étend sur mon cuir chevelu est si importante que je hurle à en vriller les tympans de tout le monde. Il m'entraîne par les cheveux jusqu'à Jack.

– Alors, Rhys ? Tu ne veux toujours pas me raconter ce qu'il s'est passé là-bas ? Tu affirmes encore que tu n'as pas de faiblesse ?

Jack ne bouge pas. Debout devant nous, il ne me regarde même pas. Ses yeux sont plantés telles des fléchettes dans ceux de Michael. Ce dernier me secoue comme un prunier. J'ai tellement mal que des larmes m'échappent.

– Est-ce que tu continueras à faire le brave lorsque j'aurai abîmé son joli minois ?

Honnêtement, il peut me faire ce qu'il veut, ça m'est égal. Je prie seulement pour que Jack tienne le coup, parce que nous savons tous les deux que *je* suis sa faiblesse mais que de son silence dépend la survie de Mina.

– Je n'ai pas peur de mourir, murmuré-je en tentant d'écarter les doigts de Michael sur mes cheveux.

Il éclate de rire.

– Mais je ne compte pas te tuer ! Du moins, pas maintenant… Je n'oublie pas que tu restes la seule à savoir où est caché le dernier…

Il n'a pas le temps de finir sa phrase qu'un bruit sourd, derrière la double porte, requiert l'attention de tout le monde.

L'espace d'un instant, un silence dérangeant envahit le cabinet de Michael. Même ma respiration anarchique et rapide n'a jamais été aussi discrète. Tous les regards sont tournés vers les portes en bois massif. Tous, sauf celui de Jack. Il est sur moi, à la fois doux et transcendant, il me pénètre et me hurle toutes ces choses qu'il s'interdit de prononcer. Entre autres : pardonner, absoudre, ou tout simplement aimer.

Au moment où Hernando se dirige vers la sortie pour aller voir ce qui se passe dans le couloir, les portes s'ouvrent et il s'écroule.

Nouveau temps mort, et nous découvrons un corridor plongé dans le noir complet et comprenons qu'Hernando vient de se prendre une balle entre les deux yeux. Puis, tout se passe si vite que je perds la notion du temps. Le coup que me flanque Michael à la tête doit me sonner assez pour me faire divaguer. J'entends les balles fuser sans les voir, des hommes crier sans pouvoir dire qui avec exactitude. Je comprends trop tard que Michael ne me tient plus par les cheveux mais contre lui, mon dos contre son torse et… l'orifice d'un pistolet sur la tempe.

Je suis son otage.

Le temps que les papillons blancs dans mes yeux foutent le camp, je découvre Jack devant nous, toujours ligoté mais libéré de l'homme qui le tenait en joue. Ce dernier a subi le même sort que les autres. *Ils sont tous morts. Tous.*

– N'approche pas ou je la descends, le menace Michael.

Jack se met à rire.

– La dernière personne à m'avoir tenu ce genre de propos a fini avec une balle dans la tête.

– Sauf que ce soir tu n'as pas d'arme.

Il a terriblement raison.

– Moi sans doute, mais tu oublies mes coéquipiers…

Jack indique d'un coup de menton une direction. Au sol, je découvre un point rouge lumineux. Le laser de l'arme d'un de ses fameux coéquipiers. Belinda ? Samy ? Il semble provenir du couloir, toujours plongé dans la pénombre. Il se déplace, rejoint mes pieds, remonte ma jambe, mon ventre. Je déglutis lorsque je le perds de vue mais n'ai aucun mal à l'imaginer sur la tête de Michael. D'ailleurs, ce dernier doit établir le même constat, puisque rapidement il revoit sa position et se ratatine derrière moi, certainement pour tenter de se fondre dans mon ombre.

– Tu disais ? le provoque Jack.

– Ton tireur ne pourra pas m'avoir sans la descendre.

– Effectivement, il a pour ordre de la garder en vie mais, dans tous les cas, tu ne sortiras pas d'ici vivant.

– Toi non plus.

C'est lorsque je sens le pistolet se décoller de ma tempe que je comprends trop tard la réponse de Michael. Il a déjà tiré.

Et il n'a pas loupé sa cible. Jack, solidement cramponné sur le sol de ses pieds, regarde sa chemise blanche se gorger de sang sur son ventre, sans ciller, tandis que moi je hurle, tout en m'agitant :

– Nooooooonn ! Nooooooonn ! Nooooooonn !

Michael resserre sa prise sous mon cou, je suffoque. Je me sens impuissante, spectatrice d'une horreur sans nom. Jack tente un pas vers nous. Un autre coup part. Toujours sur Jack. Toujours Michael. C'est de la folie. Je me débats, je crie encore, je refuse de croire ce que je vois, je refuse cette foutue réalité qui s'impose et qui veut me faire croire que Jack va finir comme ça : mort criblé de balles. *Comment Belinda et Samy peuvent-ils rester dans le noir, les bras croisés ?*

Quand le troisième coup part, je me rends à l'évidence, personne n'interviendra.

Juste pour ma survie. Juste parce qu'il leur a demandé.

– Je n'ai pas peur de mourir, murmuré-je.

C'est la seule chose qui me vient à l'esprit quand, d'un geste précis, je rejoins l'extrémité de ma ceinture et retire le scalpel de sa cachette. De la même manière, tout aussi rapidement, le manche bien en main, je plante la lame dans le poignet de Michael, qui me maintient contre lui. Je sens l'acier aiguisé traverser sa chair, ses muscles et ses tendons et, sans attendre, au moment où il se met à gémir de douleur et que son bras se détend, j'en profite pour m'échapper en me jetant au sol. Instantanément, une pluie de balles s'abat sur lui.

C'est épouvantable, d'une violence démesurée, mais je suis incapable de fermer les yeux. Michael semble animé, tel un pantin désarticulé, il sursaute, trémule dans les airs à chaque balle qui le percute. Finalement, il s'écroule et je ne permets pas à ma tête de raisonner et à mon cœur de culpabiliser.

C'est ainsi que ça devait finir…

Je me retourne et me heurte au visage livide de Jack. À deux pas de moi, les mains toujours retenues dans son dos, il tombe à genoux. Et je sais que c'est… que c'est…

Ça ne peut pas se finir ainsi.

À quatre pattes, je le rejoins et arrive à temps avant qu'il ne s'écroule au sol. Il s'échoue contre mon épaule et je ne me demande même pas où je trouve la force de retenir ce roc. Je sais seulement que… que c'est… que je refuse de comprendre et de voir la suite arriver. Je relève sa tête et le secoue.

– Ne ferme pas les yeux, tu m'entends. Tu m'entends, Jack ?

Je m'acharne à défaire ses liens, le nœud de la corde à son poignet ne résiste pas longtemps. À croire qu'il aurait presque pu se libérer sans mon aide.

Je tapote son visage et ordonne encore :

– Ne t'endors pas, tu m'entends, Jack ? Ne t'endors pas !

– Je t'entends, Lana, je t'entends.

Ses paupières s'ouvrent sur mes yeux. Ses pupilles sont rétractées, je sais au fond de moi ce que ça signifie. Mais je vois au-delà. Je vois le regard de l'homme que j'aime. Celui qui m'avait paru si froid, si hostile, si néfaste et qui s'est révélé si inestimable et si fondamental. Je ne pourrais pas vivre sans ça.

Je suis sa lumière dans l'obscurité.

– Nous… Nous allons appeler des secours, je t'en supplie, promets-moi de ne pas fermer les yeux.

Je l'aide à s'allonger, déchire sa chemise et découvre le massacre sur son ventre. Trois trous béants, saignant abondamment… C'est impossible. Je m'agite, retire mon manteau, puis mon pull pour les appliquer sur son bassin et faire pression pour stopper le saignement.

C'est impossible.

Je panique. Je tremble. Je perds la notion du temps, de la réalité.

C'est un cauchemar.

Comment en sommes-nous arrivés là ?

– Lana, m'appelle-t-il.

Mes yeux grimpent difficilement jusqu'à son visage. Son teint n'a jamais été aussi blanc, même ses ecchymoses semblent avoir perdu de leur couleur, ses lèvres tuméfiées esquissent un sourire, ses yeux brillent. Et moi, je flanche. Je m'étouffe sur mes pleurs, oppressée par la réalité, détruite par le désespoir.

– Tout va bien se passer maintenant, murmure-t-il.

Je me jette à sa tête, emprisonne ses joues de mes mains et colle mon front contre le sien.

– Arrête ! Depuis quand tu fais dans les chamallows pour me rassurer ?

Il rit près de mes lèvres en toussotant.

– Parce que c'est la vérité, Lana. Tu n'as plus à t'inquiéter pour Mina.

Je secoue la tête. Mes larmes inondent son visage, mon souffle aspire le sien, qu'importe qu'il soit faible et dérisoire.

J'ai besoin de lui.

J'arrive à déceler son odeur au milieu de celle du sang. Une nanoseconde, j'ai la sensation d'aller mieux. Je ferme les yeux, me noie dans mes souvenirs. Je repense à nos silences, à ces longs moments où nous faisions bien plus que nous analyser : nous nous apprivoisions. Je resonge aussi à ses sourires, à ses rires, qu'importe ce que certains diraient, il ne s'agissait pas d'offrandes mais de ce qu'il était avec moi et non pour moi. Je me souviens aussi de cette nuit, de ses caresses, de ses baisers, de son souffle sur ma peau, de son odeur, de sa saveur, et de tout ce qu'il s'est autorisé à… *vivre*.

– Lana, m'appelle Samy à nos côtés.

Je l'ignore, cramponnée à Jack parce que ma vie en dépend. Je n'ouvre même pas les yeux. Je sais que tout va aller de mal en pis s'il ne reçoit pas de l'aide rapidement. Je le sais car tout ce que je sens est critique. Cette odeur de plus en plus prenante de fer, son souffle si faible contre ma bouche, son cœur à peine perceptible dans son cou contre ma paume.

Ses forces le quittent.

Il me quitte.

– Lana, il faut que tu partes avec Belinda. La police ne va pas tarder à arriver.

Au moment où je sens une main me tirer en arrière, j'explose.

– Nooonn ! Il est hors de question que je le laisse ici ! Je me fous des flics.

Je repousse d'un coup d'épaule la poigne de Samy et me rapproche davantage de Jack. Je m'y accroche, je me blottis contre lui, je voudrais que nous ressemblions pour toujours au yin et au yang. Je voudrais que nous ne formions qu'une seule et même personne. Je voudrais…

– La… Lana, murmure-t-il alors que je ferme les yeux avec fureur.

Je sens ses doigts se poser sur un de mes poignets. Gelés, frêles, tellement différents de ce qu'ils sont habituellement. Il tousse encore, râle pour prendre son souffle.

– Lana, s'il te plaît, écoute Samy.

– Je ne te laisserai pas ici. Je… Je…

La pression sur ma gorge est si importante qu'elle m'empêche de parler. J'ai la sensation de m'étouffer avec mon supplice.

– Lana, s'il te plaît, continue d'être ma lumière, l'espoir que je n'ai jamais vu. S'il te plaît, crois-moi, ça va aller…

– Arrête ! me révolté-je dans un sanglot.

Je refuse de l'entendre dire ce genre de chose. Il parle comme s'il était en train de me quitter.

Et je sais que c'est ce qu'il fait.

Il me quitte alors qu'il avait promis de rester. Il avait promis de ne jamais me faire de mal. Il avait promis de me protéger…

– Tu n'as pas tenu ta promesse.

– Je n'ai pas tenu ma promesse, me répète-t-il, semblant me demander pardon.

Je me redresse pour quérir son regard. Il sourit toujours. Comme si j'étais la plus belle chose qu'il voyait, alors que c'est lui, la plus belle chose que je vois.

– Je… Je… ne peux pas, Jack. Je ne peux pas te laisser seul.

– Je reste avec lui, s'impose Samy. Je vais le mettre à l'abri.

Il s'accroupit de l'autre côté de Jack. Son visage est serein, son regard réconfortant. Ne se rend-il pas compte de la gravité de l'état de son ami ?

Ou alors, c'est moi qui divague ? Suis-je trop parasitée par mes sentiments pour y voir plus clair ?

Non. Pourtant je donnerai tout pour que cette supposition soit la bonne.

– Si tu te fais prendre, j'aurai fait tout ça pour rien, Lana. Tu dois partir avec Belinda.

– Et si… et si…

Je suis incapable de terminer ma phrase. Mes lèvres tremblent, mon souffle est inexistant, ma vision est trouble, ma tête va exploser.

Mon cœur ne bat plus.

Et si tout se terminait maintenant ?

Sa main sur ma nuque, dans un effort que je comprends ultime, il me plaque contre lui et m'embrasse.

Un baiser libérateur autant que dévastateur, car je sais à l'instant où ses lèvres s'unissent aux miennes que c'est le dernier.

34

Lana

Je serais bien tentée de dire que laisser Jack dans ce bureau fut le moment le plus difficile de toute mon existence mais je mentirais.

Je sais, à l'instant où Samy franchit le seuil de ma chambre d'hôtel, que le pire est à venir. Que le pire est à *entendre*. Après avoir attendu plus d'une heure de ses nouvelles, il est enfin là. Une mine effroyable, pâle, l'échine courbée et les yeux brillants.

Seul.

Effroyablement seul.

Je ne sais pas trop à quoi je m'attendais. Sans doute pensai-je qu'il avait eu le temps de le mener à l'hôpital ? Sans doute pensai-je que Jack était invincible ?

Sans doute suis-je trop stupide pour comprendre quoi que ce soit.

La respiration coupée, les jugulaires sous pression et les oreilles qui sifflent, je me lève de ma chaise. C'est le regard abattu de Samy qui me fige au premier pas. Belinda sort un cri strident. Moi, je me cramponne au dossier de la chaise, prête à recevoir la première déflagration d'une bombe nucléaire.

On n'est jamais assez prêt pour vivre ce genre de chose.

Jamais.

Viennent finalement les mots de Samy :

– C'est fini.

Et c'est instantané. Je vois sans la voir Belinda prendre une grande inspiration, comme si elle était possédée et se ruer sur moi en courant.

Elle ne m'atteindra jamais. Samy se jette sur elle et la retient contre lui, dans ses bras.

Elle me tient pour responsable et elle a raison.

Il me semble que je reste indéfiniment devant eux sans bouger, alors qu'en réalité ça ne dure qu'une seconde. Une seconde où je ne suis rien, où je ne ressens rien, où je ne pense à rien. Où j'oublie que je l'aime, où j'oublie que j'existe, *où je suis morte avec lui.*

Puis, mes jambes me lâchent. Je me laisse choir sur le sol sans retenue, sans crainte de me blesser.

Franchement, qu'est-ce que je peux en avoir à foutre alors qu'il ne sera plus jamais là ? Samy l'a dit : *c'est fini.*

À l'intérieur, je suis sans vie alors que je n'ai jamais été aussi vivante qu'aujourd'hui.

Rien de pire que la douleur pour vous rappeler que vous l'êtes. Même si dans un premier temps, malgré les pleurs, malgré les spasmes, malgré les vomissements, vous ne ressentez rien, tout vous explose bien trop vite et bien trop brutalement au visage.

Étendue sur le parquet glacé de ma chambre d'hôtel, je sens un énorme vide me ronger, tel un virus dans ma poitrine qui se propage à ma trachée et m'empêche aussitôt de respirer. À cet instant, je ne souhaite qu'une chose, c'est de mourir pour de vrai. Mais c'est sans compter sur mon cœur. Pourriture vitale, qui bat et qui bat, encore et encore, et toujours beaucoup plus vite et beaucoup plus fort.

Beaucoup *trop* fort.

Il cogne, il m'empoisonne, il résonne.

Il appelle les flashs. Je revis chaque instant, de ce jour détestable où il m'a abordée au Stanley's à cette nuit chez Michael. Mon ventre se charge d'électricité de la même manière que lors de son tour de passe-passe pour me désarmer contre le mur de ma chambre, le premier jour où je l'ai libéré. Son odeur m'envahit, m'enlace et m'apprivoise.

Tout est faux.

« Bonjour, avait-il dit, une main tendue dans ma direction, je m'appelle Jack Anderson. »

Mon cœur se fissure, je m'étouffe dans mes pleurs. J'ai l'impression de l'entendre pour de vrai. Un timbre rocailleux à la faculté de faire perdre la raison. *Tout est encore faux.* Je n'entendrai plus le son de sa voix. Plus jamais. Plus de long discours sur nos sentiments, plus de long moment à étudier, à méditer le sens de nos mots, l'importance de la vie.

Je lui ai pourtant dit que la sienne valait tout autant que la mienne à mes yeux. Je lui ai dit…

Je n'aurai pas non plus la chance de goûter de nouveau la saveur de ses lèvres, comme cette première fois où, la bouche glacée, parfumée de crème au chocolat, il a provoqué notre baiser.

« J'ai envie de t'embrasser, avait-il annoncé, comme s'il expliquait une simple pulsion. »

La pression dans ma trachée s'intensifie. *Et moi, j'aurais envie qu'il m'embrasse encore, ce matin, demain et tous les jours de cette chienne de vie.* J'aimerais qu'il me regarde encore, qu'il me caresse de ses yeux, qu'il me transperce, qu'il me fasse sienne comme notre dernière nuit.

« J'ai *envie* d'être avec toi, j'ai *envie* que tu me touches, j'ai *envie* d'être Jack », avait-il hurlé le regard en feu.

Même si tout ce qu'il pouvait dire avait un sens, ces paroles-là venaient de plus profond, de plus loin, de cet endroit construit à l'insu de Rhys et de toutes les personnalités qui pouvaient le constituer. *Construit par nous et pour nous.*

Mais qui n'existe plus.

À quoi me sert-il d'être ici alors qu'il n'est plus là pour m'accompagner ?

À cette unique pensée, j'ai la sensation qu'on m'arrache les viscères, je me recroqueville sur moi-même, presse avec hargne mes genoux contre ma poitrine.

C'est fini. Je suis seule. Je n'existe plus.

Je n'ai pas uniquement perdu l'une des personnes qui comptaient le plus pour moi, j'ai perdu la seule pour qui je comptais vraiment.

Comment ai-je pu l'abandonner là-bas, là où lui a donné sa vie pour moi ?

Je mords mon poing dans un hurlement. Je l'ai laissé alors qu'il avait besoin de moi. Je me refais la scène, m'étouffe, suffoque, tremble et arrive au même constat : j'aurais dû rester.

Mes pleurs redoublent. Mes remords m'anéantissent. Ils sont ma pénitence. C'est peut-être ça, mourir, finalement. C'est peut-être souffrir à l'infini et se sentir périr un nombre incalculable de fois sans avoir le pouvoir d'y mettre fin.

Et je l'accepte parce que c'est comme si j'avais tué l'amour de ma vie de mes propres mains.

***

Miami, Floride

– Il faut que tu te nourrisses, insiste Samy.

Sur un rocking-chair, blottie dans une fine couverture, je ferme les yeux sur un coucher de soleil. Encore une fois, j'essaie de trouver le spectacle magnifique. Et comme tous les soirs depuis que nous sommes arrivés dans cette villa au bord de l'océan, je n'y trouve aucune lumière. Pourtant, je suis certaine qu'avec un autre regard, vers là où les flammes de notre astre semblent se marier avec les vagues, j'y verrais toute la magie de la vie.

Mais comme pour la nourriture, je n'y trouve aucun intérêt. Tout est fade, vide de sens et douloureux.

Je sais que Jack n'aurait eu aucun plaisir à rester sur une terrasse à observer l'horizon. Mais il aurait été capable de se prêter au jeu, ne serait-ce que pour avoir mon silence.

Je souris à cette pensée.

Pourtant une larme roule sur ma joue. Ma trachée me brûle, mon œsophage se resserre. Pourquoi est-il si difficile de ne pas penser à lui ?

Il n'y a pas un matin, pas une minute, où il ne me hante pas.

– Lana… murmure une nouvelle fois Samy avec mélancolie.

Le rocking-chair bascule légèrement en avant. Je le devine accroupi devant moi, même pas la peine d'ouvrir les yeux pour vérifier, sa main fait déjà pression sur l'une de mes chevilles. Il la caresse avec bienveillance.

– Je ne peux pas te laisser mourir de faim…

Ça n'est pas non plus mon choix. C'est mon corps qui rejette la moindre miette de pain, sans doute une façon pour lui de rejeter aussi l'idée que… que tout soit terminé. Je l'entends soupirer.

– Comment Rhys a-t-il… a-t-il pu…

Il n'achève pas sa phrase comme s'il s'était résigné à me faire comprendre les choses. Quoi que ça puisse être, je m'en fous. Mon fauteuil bascule violemment. J'ouvre les yeux et me cramponne aux accoudoirs, à deux doigts d'être catapultée en avant. Samy a disparu.

***

Nous approchons de Noël. Je le sais car, ce matin, notre jeune voisin a décidé de faire du surf déguisé en père Noël. Un pantalon rouge, des bottes, un bonnet et une barbe, il a traversé la plage pour rejoindre l'océan. À la gamelle qu'il s'est prise, j'ai bien saisi que la tâche était plus compliquée qu'en short de bain. Je n'ai même pas ri. Pourtant, le voir se débattre avec sa barbe artificielle enfoncée dans la bouche pour reprendre son souffle aurait pu faire le Top 50 des vidéos les plus drôles du Web.

Pauvre garçon.

Quoi qu'il en soit, Noël approche et je ne peux m'empêcher de penser à ce que nous aurions fait si Jack avait été là. Je lui aurais acheté un de ces pulls en laine, vert, blanc et rouge, au look totalement ridicule.

L'idée me ferait presque sourire.

Presque, car je me dis que la seule chose que, moi, je demanderais, c'est qu'il soit là.

Avec moi.

***

Assise dans la cuisine, pour je ne sais quelle raison, j'observe Belinda hacher de la menthe fraîche sur la planche à découper. Tout comme moi, elle a perdu du poids. Ses joues sont creusées et certaines de ses bagues tournent autour de ses doigts.

– Aide-moi et presse ce citron ! ordonne-t-elle en me le lançant.

Je suis si faible, si hors du temps que je n'anticipe rien : je le reçois dans la tête. Même pas mal. Il tombe au sol. Sans entrain, je le ramasse et me relève mollement.

Et je me retrouve face à un couteau. La lame aiguisée, brillante et pointée dans ma direction est si proche de ma poitrine qu'il me suffirait de faire un pas pour qu'elle s'enfonce dans mon sternum. Plus de boum boum. De la même manière que l'idée me traverse de le faire, je lis dans les yeux de Belinda que l'envie de me poignarder la ronge. Même si jusqu'à maintenant elle s'est contentée de m'ignorer, je sais qu'elle me déteste presque autant que je me déteste moi-même. Et c'est déjà beaucoup, alors…

– Fais-le, ordonné-je à mon tour.

Mais contre toute attente, sans me quitter des yeux, elle fait tourner le couteau autour de son pouce, comme n'importe quel étudiant le ferait avec un stylo, et me le tend, manche en avant.

Je le récupère, retourne à ma place et m'applique à ma tâche. *Déçue.*

En réalité, je suis certaine que sa satisfaction à me voir souffrir tous les jours est plus importante que celle de me tuer. C'est aussi pour cette raison que je n'ai pas attenté à mes jours. Je préfère souffrir toute une vie pour me punir.

La mort serait une délivrance trop facile.

Ça n'est que lorsque je relève les yeux de mon jus de citron que je comprends ce qu'elle mijote.

Du rhum, du citron, de la menthe, de l'eau gazeuse, du sucre de canne et des glaçons. Elle prépare des mojitos. Après avoir mélangé les liquides, elle pose violemment deux verres sur le plan de travail et les remplit de glaçons.

Je cherche Samy des yeux. Je suis sans doute à l'Ouest et en dehors de tout ce qui se passe dans cette maison mais je sais qu'à cette heure-ci il est en plein jogging. Lorsqu'un verre de mojito glisse jusqu'à moi, je comprends que le cocktail n'est pas pour Samy mais pour moi, et que je vais vivre un merveilleux moment de copinage avec Belinda.

Super !

Dans ma tête apparaît le gif des deux nanas qui se touchent le doigt en rigolant. *So ridiculous.*

Elle lève le verre en l'air et trinque :

– Au connard qui nous a manipulées.

Je cligne des yeux, complètement ahurie. Pas pour ce qu'elle vient de dire ; honnêtement, vu que tout ce qui sort de sa bouche a été spécialement créé pour me blesser, je m'en fous. En revanche, après plus d'un mois passé à ses côtés, je peux certifier que Belinda ne boit jamais d'alcool. Or là, elle vient de se vider d'un trait un verre de mojito.

Dans une grimace, elle plisse les yeux en tirant la langue, certainement prise au dépourvu par l'amertume du rhum et du citron vert.

– Tu n'y crois pas, qu'il t'ait manipulée, n'est-ce pas ? reprend-elle.

Je hausse les épaules.

– Est-ce que c'est important ?

– Est-ce que ça t'aiderait à aller mieux ? répond-elle du tac au tac.

J'aimerais mûrir une réponse, mais je n'ai aucune envie d'aller mieux. Alors je secoue la tête.

– Tu as raison, ça ne m'aide pas non plus. Pourtant, je le déteste autant que je l'aime. Cela dit, il a encore été bon. Son plan était parfait. Tout s'est déroulé comme il le voulait. Tout.

– Sauf qu'il est…

Je ferme aussitôt la bouche. Je me refuse à le dire à voix haute.

– Il est mort, ouais ! Comme il le voulait.

Je me prends une châtaigne sous la pulpe des doigts. Je tiens ce putain de verre de mojito comme si l'information que venait de me donner Belinda m'avait choquée au point de me soûler. Je crois que c'est ma première vraie réaction depuis des semaines.

Je le relâche et le repousse instantanément.

– Tu ne l'avais pas compris ? se moque-t-elle.

Non. Je voudrais le lui dire mais mes lèvres sont scellées. Je ne m'interdis pas de parler, je suis simplement déboussolée. C'est à ce moment-là que Samy décide de rentrer. Je n'ai pas besoin de le voir, je connais toutes ses habitudes. Il récupère une serviette de bain sur la rambarde de la terrasse, s'essuie le visage en s'observant dans la vitre de la baie coulissante, puis il traverse la maison pour rejoindre le frigo et dégoter une bouteille d'eau qu'il boira entièrement tout en s'étirant.

Pour ce soir, la bouteille restera dans le frigidaire et il ne pratiquera jamais ses étirements, puisqu'il se fige en nous découvrant l'une en face de l'autre dans la cuisine. Après un coup d'œil appuyé sur la bouteille de rhum sur le plan de travail, il demande :

– Je peux savoir ce qu'il se passe ?

Belinda sourit de toutes ses dents.

– J'étais en train de discuter du suicide de Rhys.

Samy s'étouffe avec sa salive, moi je remarque que mon cœur bat anormalement vite. Je tremble aussi. Et ça va de mal en pis quand je vois Samy cligner une fois de trop des yeux pour recouvrer son calme. Il tromperait beaucoup de monde mais pas moi.

Je l'ai observé et, surtout, j'ai eu un très bon professeur. Jack.

– Je suis désolé, Lana, mais Belinda serait capable de te dire n'importe quoi pour t'anéantir.

Certes Belinda ferait tout pour m'atteindre mais ça n'explique pas son comportement. Jack aurait-il réellement planifié sa mort ? C'est inconcevable, impossible, incompréhensible, insensé.

Je n'en crois pas un mot.

C'est instinctif. Je sens mes lèvres se retrousser légèrement pour esquisser un sourire et j'articule, distinctement :

– Bien entendu.

Au moment où je m'apprête à quitter la cuisine, Belinda projette son verre dans les airs. Il vient s'éclater contre un mur, non loin de son ami.

– Mais bon sang, à quoi ça te sert de lui mentir ? hurle-t-elle.

– Arrête, Belinda.

Je n'avais jamais vu Samy énervé, mais je peux affirmer que, moi, à la place de Belinda, je l'écouterais. Il est impressionnant.

Mon cœur se pince. Jack aussi était impressionnant.

– Non. Il faut qu'elle sache. Il faut qu'elle comprenne à quel point tout est sa faute.

– Belinda, grogne Samy.

Je ne vois pas ce qui pourrait être pire que de savoir qu'il est mort. Je ne peux pas non plus culpabiliser plus que ce que je culpabilise depuis. Alors…

Je suis sur le point de quitter la cuisine quand Belinda requiert toute mon attention :

– Il a laissé quelque chose pour toi.

Je me fige, soudain à court de respiration, et me retourne pour quérir son regard. Ses yeux brillent, ses lèvres tremblent, elle se tient cramponnée au plan de travail, à deux doigts de tomber. Moi aussi je suis au bord du malaise. Ma poitrine fait caisse de résonance, mon cœur bat puissamment.

– Est-ce que c'est vrai ? demandé-je à Samy.

La mâchoire serrée, les muscles bandés, il hoche la tête. Dans son regard, je lis une rancœur et même pire : une haine démesurée.

– Tu ne mérites pas de connaître la vérité.

J'ignore sa pique, une seule chose m'intéresse, c'est de récupérer ce qui me revient de droit. C'est différent de tout ce qu'il y avait dans son sac de sport, ça n'a pas la même valeur, car je sais que ça m'est destiné.

– Qu'est-ce qu'il m'a laissé ?

Comme s'il était en transe, Samy ne semble pas m'entendre. Il contourne l'îlot central qui nous sépare, marche à grands pas vers moi, je ne bouge pas.

– Tous les jours, je me pose la même question : qu'est-ce qu'il a bien pu te trouver pour en arriver là ? Tu es faible, maussade…

– Anéantie ! le coupé-je. Je suis seulement anéantie.

– Tu as le droit d'être anéantie mais tu n'as pas le droit de gaspiller la chance qu'il t'a offerte !

Il a littéralement aboyé sa réplique.

Mon cœur loupe un battement, mes larmes percent. Pas pour son agressivité ni parce que je pourrais le craindre, mais parce que je ne trouve aucun sens à ses paroles. Je murmure, la respiration coupée :

– Parce que tu appelles ça de la chance, toi, de devoir vivre sans l'homme que tu aimes ? Est-ce que j'ai de la chance, Samy, de pouvoir respirer sans pouvoir sentir son parfum ? Est-ce que j'ai de la chance d'écouter le silence me répondre quand je crie tous les jours qu'il me manque ? Est-ce que j'ai de la chance de pouvoir m'endormir, rêver de lui, pour enfin me réveiller toujours aussi seule ? Est-ce que…

– Arrête, me coupe-t-il sèchement.

Je suis aussi dévastée qu'en colère parce que Samy ne me comprendra jamais.

C'est d'ailleurs ce que je lui dis :

– Tu ne peux pas comprendre.

– Sans doute, toi, tu comprendras mieux ce que je veux te dire quand tu sauras la vérité, me défie-t-il.

Il offre un hochement de tête à Belinda. Elle s'éclipse aussitôt.

– Au départ, ça ne devait pas se passer comme ça, explique-t-il. Nous avions convenu d'un plan, à Seattle, différent de celui que tu connais mais, avec le recul, en remettant les événements dans l'ordre, je sais qu'il n'a jamais été question de ce plan-là non plus. Il nous a tous dupés.

Je l'observe rejoindre l'îlot central. Il y pose deux mains fermes. Les bras tendus, les mâchoires crispées, son regard a changé. Ce halo-là, je le reconnais pour le rencontrer tous les jours dans un miroir : il signe la culpabilité.

La culpabilité de ne pas l'avoir sauvé pour moi, celle de ne pas avoir compris plus tôt pour lui.

– Je sais maintenant pourquoi il tenait à ce que Belinda désactive les caméras de vidéosurveillance de la maison de Tomesi. Occupée au poste de surveillance, elle ne pouvait pas m'aider à vous sortir de là.

J'assimile l'information et dois faire face aux souvenirs de cette fameuse nuit. Il n'y avait qu'un seul point rouge, un seul tireur. C'était Samy, ça, je le savais. En revanche, je ne m'étais jamais demandé ce que faisait Belinda. Aujourd'hui, je le sais. Et j'arrive à la même conclusion que Samy. Si Belinda avait été là, elle n'aurait pas hésité une seconde, elle aurait tiré sur Michael, qu'importe que j'aie été dans sa ligne de mire ou non. Et ça, Jack le savait.

J'en tremble de la tête aux pieds.

L'idée qu'il ait pu tout manigancer pour… pour en finir se précise un peu plus.

Les saignements de la plaie formée il y a quelques semaines s'intensifient.

– Et quand il m'a donné ce mot pour toi, j'ai compris. C'était une question de temps avant que le Groupe se serve de toi ou de ta fille pour l'atteindre et il le savait.

La tête me tourne : *il m'a écrit quelque chose*. Quand on sait ce qu'il en coûtait à Jack de manger dans un restaurant, on ne peut qu'imaginer la valeur de ses écrits. C'est à ce moment-là que Belinda réapparaît. D'une main tremblante, elle me tend un morceau de papier plié. Je me jette littéralement dessus. Il est froissé, abîmé comme si pendant longtemps on avait hésité à s'en débarrasser.

J'ai besoin d'être seule pour l'ouvrir. D'un pas pressé, je rejoins le salon. Mon cœur bat à tout rompre, mon estomac joue du yoyo.

Je détiens un morceau de lui entre mes doigts.

Je déplie la feuille et tremble sur son contenu. Je ne lis pas directement ce qu'il y a d'écrit, je veux prendre mon temps, je veux imprimer chaque millimètre de ce papier dans ma tête. Il y a un dessin. Un phénix, grand, beau, aux ailes déployées, il semble voler sur un flocon de neige.

Ma respiration est succincte, le souffle me manque, mes jambes flageolent, je m'appuie contre un mur en découvrant une date. Nous étions encore au chalet. Je sais exactement à quel moment il a fait ce dessin. Ce jour-là, je m'apprêtais à récupérer mes nouveaux papiers d'identité. C'était il y a si longtemps. Tout au plus une trentaine de jours. D'ailleurs, la veille, il m'avait fait une promesse…

Mon cœur bat dans mes oreilles, mes glandes lacrymales reprennent du service.

Je devine, en découvrant une encre différente, que ce mot a été ajouté après. Et je tombe au sol en lisant ce qu'il y a d'écrit. C'est comme cette nuit à l'hôtel. J'ai si mal que je m'étouffe, j'ai si mal que je souhaite crever, j'ai si mal que je crois ne pas pouvoir survivre.

Dans la vie, il faut savoir se sacrifier pour les personnes qu'on aime. Jack

Pensées manquantes

Jack
Seattle, Washington

En sortant de la douche, je trouve Belinda, déjà nue, dans mon lit. Bien entendu, c'est le seul arrangement possible avec elle, la seule monnaie d'échange qu'elle daigne accepter de ma part pour faire ce que j'ai à lui demander et pour payer ce qu'elle a déjà fait.

Pas de lumière tamisée, d'ambiance feutrée ou de musique douce, l'un comme l'autre sait ce qu'il veut et ira droit au but. Autant ne pas s'encombrer de détails inutiles. De son côté, la seule chose qui l'intéresse se trouve sous la serviette de bain enroulée sur mes hanches ; du mien, toutes les infos qu'elle a pu ramasser et les actions qu'elle a déjà menées.

– Alors ? Qui a trahi Lana ? demandé-je en ébouriffant mes cheveux encore humides de ma douche.

Elle se place au bord du matelas, à genoux, jambes écartées et me fait signe de m'approcher. Sans entrain, je m'exécute. Je lâche un sourire pour la laisser penser que son charme opère. En réalité, sous ma serviette, c'est ultra calme, ultra rétracté, ultra pas réveillé.

Je ne m'en inquiète pas, mon cerveau est loin de se trouver entre mes jambes. Et vous savez ce qu'on dit ? Dieu a donné un cerveau et un pénis à l'homme, mais pas assez de sang pour irriguer et faire marcher les deux en même temps.

Alors quand j'aurai fini de réfléchir, je pourrai bander.

– La femme, répond-elle finalement d'une voix suave, Elizabeth O'Kelly.

Sans grand étonnement. Bien entendu, j'avais raison. Et ça m'arrange parce que, honnêtement, j'ai tellement besoin de ce Benson que s'il avait été la taupe, tout mon plan serait mis en péril. Je me penche sur sa bouche et murmure :

– Il va falloir que tu t'arranges pour que Lana le sache. Ne te contente pas de le lui dire, il faut qu'elle y croie.

Bien trop hypnotisée par ce que je vais lui donner, Belinda ne pose aucune question, et surtout n'y oppose aucune réticence.

– Il faut aussi que tu t'arranges pour qu'elle vous contacte et qu'elle vous tienne au courant de notre progression jusqu'à Los Angeles. Elle doit être persuadée d'avoir la main sur quelque chose, comme si c'était sa mission, qu'elle avait réussi à avoir votre confiance.

Alors qu'en réalité, Belinda et Samy nous suivront depuis notre départ. Mais il est essentiel que Lana se sente toute-puissante, afin de lui faire penser que plusieurs choix s'offrent à elle, qu'elle peut avoir une échappatoire, qu'elle peut nous sauver.

Au moment où Belinda lève une main pour m'atteindre, je la rattrape par le poignet. Pas de brusquerie, je le porte à mes lèvres puis, après avoir souri, je fais glisser ma bouche lentement sur sa peau en remontant son bras.

Je la vois retenir sa respiration, la bouche ouverte. J'ai toute son attention. Elle sait que je n'irai pas plus loin tant que cette conversation ne sera pas terminée. C'est comme ça que nous avons toujours fonctionné tous les deux. Échange de services… Même si, en réalité, c'est beaucoup plus pour Belinda puisque c'est un prétexte pour m'avoir. Et c'est la raison pour laquelle Samy me déteste, parce qu'il connaît l'emprise que j'ai sur Belinda, l'amour qu'elle me porte et que je suis incapable de lui rendre.

Et c'est grâce à ça que je sais que Belinda fera tout ce que je lui demande.

Je suis un connard et j'en ai pleinement conscience. Mais pour l'heure, qu'importe ce que ma tête pourrait me dire, je n'ai pas le choix.

Comme Lana doit penser avoir la main sur quelque chose, Belinda doit avoir l'impression d'être ma coéquipière alors qu'en réalité, elle n'est qu'une pièce dans mon échiquier.

Lentement, je grimpe à mon tour sur le matelas et la force à reculer jusqu'à la tête du lit.

– Quand Lana comprendra que je me suis joué d'elle, continué-je en me penchant sur son visage, elle va t'appeler. Tu seras sa bouée de secours.

Quelques gouttes d'eau tombent sur son front, la faisant cligner des yeux. J'en lèche une le long de sa tempe.

– Elle ne croira jamais en un moi édulcoré, relève-t-elle judicieusement.

Mais je compte justement sur la perspicacité de Lana pour agir. Je la connais assez pour savoir qu'elle sentira l'arnaque à des kilomètres à la ronde. Entre le tableau que je lui ai dressé et l'accueil que lui a réservé Belinda, il est clair qu'elle ne lui fera jamais assez confiance pour lui remettre sa vie.

La mienne, ma sécurité, c'est une chose, mais être convaincue que Belinda puisse se soucier de la sienne, faut pas rêver. Et je ne le veux pas.

– Elle sera tellement paniquée qu'elle ne réfléchira pas à deux fois à l'idée de me rejoindre chez Tomesi.

– Comment peux-tu en être certain ?

Parce qu'elle serait prête à tout pour me sauver. Et l'idée me fait littéralement grincer des dents. Pour dissimuler mon humeur, je plonge la tête la première sur le cou de Belinda, et fais mine de humer fortement son odeur comme si elle avait pu manquer. Je dis néanmoins :

– Je n'ai pas besoin de t'expliquer à quel point l'amour peut faire faire des choses stupides, n'est-ce pas ?

Je la sens hocher la tête. Je souffle entre ses seins pour la faire frissonner. Elle dandine ses fesses, essaie d'aller à l'encontre de mon bassin pour se frotter à ma queue.

Cette dernière commence très doucement son ascension.

– Je serai en planque devant chez Tomesi pendant que toi et Samy, vous serez devant l'hôtel. Dès que Lana le quitte, vous n'aurez qu'à m'appeler et je pourrai passer à l'action. Vous ne la lâcherez pas d'une semelle, et surtout, vous attendrez mon signal pour intervenir chez Tomesi.

– On ne fonctionnait pas comme ça avant, tente-t-elle.

Je me redresse instantanément sur mes bras, le regard sévère.

– As-tu perdu confiance en moi ?

Elle déglutit, sans doute consciente de ce qu'elle risque de perdre si elle remet en question ce que je lui demande. Pour seule réponse, elle secoue la tête activement. Parfait. Une seconde plus tard, je me rue sur ses lèvres, nous avons assez discuté.

***

Le soleil n'est pas encore levé, et je profite de ce que Belinda et Lana dorment encore pour peaufiner mon plan avec Samy. Dans la cave de la maison, à la lumière d'une ampoule nue suspendue au plafond, je découvre avec lui les plans de la demeure Tomesi. Il n'a pas été bien difficile à Belinda de nous les trouver, la veille. Trois étages, trois feuilles. En réalité, ils ne me serviront pas à grand-chose, ils leur seront surtout utiles à eux, quand ils devront nous extraire de chez Tomesi.

– Tu étais réellement obligé de coucher avec elle pour arriver à ça ?

Je n'ignore pas sa colère, au contraire, je m'en sers.

– Toi comme moi, nous savons que c'était la dernière fois.

– Parce que ton cœur est déjà pris ?

Sa moquerie et son attaque ne m'atteignent pas. Je n'éprouve aucun remords à avoir couché avec Belinda, c'était une manœuvre nécessaire.

– Non, parce que lorsque tout sera terminé, vous ne me reverrez jamais.

– C'était aussi ta réplique la dernière fois.

Je ris.

– Non, Samy. Tu vas réellement être débarrassé de moi. Il y a deux plans : celui que j'ai bien voulu raconter à Belinda et celui dont elle ne fait pas partie. Tout le monde doit croire en ma mort. Tout le monde.

Même lui, sauf qu'il ne le sait pas encore.

– Je ne comprends toujours pas pourquoi tu ne ferais pas comme d'habitude ? T'éclipser, te faire porter disparu…

Je soupire, las de son jeu. Il veut me faire dire des choses qui n'ont pas de sens dans ma tête, qui n'auraient pas la moindre valeur dans ma bouche. Lana n'est pas l'amour de ma vie, Lana n'est pas ma meilleure amie, Lana n'est pas mon monde.

Lana est simplement mais tellement inestimable à mes yeux que je lui dois la vie. Je dois la sauver, c'est tout et c'est déjà énorme quand on sait toutes les personnes à qui je l'ai enlevée.

Alors je me contente de répéter :

– Il ne va pas falloir longtemps au Groupe pour arriver à la même conclusion que toi. Si je veux qu'elle vive, je dois sortir de sa vie.

Même si je dois la détruire.

– C'est pour ça que tu as demandé à Belinda de mettre à l'abri les O'Kelly.

Je hoche la tête. Le Groupe serait prêt à tout pour me récupérer. Vivant ou mort, d'ailleurs. Et ma fuite avec Lana a scellé notre destin, ils ont compris qu'elle m'était précieuse et que tout ce qui pourrait lui nuire pouvait m'être fatal à moi aussi.

Sa fille comprise.

– Donc je récapitule. Une fois que Lana me rejoindra chez Tomesi, tu te donnes dix minutes pour passer à l'action. Belinda devra éliminer toutes les preuves de notre passage, ce qui inclut toutes les bandes de vidéosurveillance, personne ne doit relier Lana à cette affaire, c'est important.

En vrai, je m'en fous, mais Belinda ne doit pas se trouver à proximité. Elle serait trop dangereuse et trop imprévisible, elle ferait tout capoter.

Samy fronce légèrement les sourcils sur l'un des plans puis suit une ligne sur la partie ouest de la maison.

– Le poste de surveillance se trouve ici, dit-il en pointant un rectangle, à l'exact opposé du bureau de Tomesi.

Je devance ses pensées :

– Tu ne pourras compter que sur toi-même et je n'ai aucune idée du nombre de gars qui se trouveront là-dedans.

Il pince les lèvres mais ne conteste pas mon plan. Tout comme moi, il a appris que rien n'est impossible. De fait, il passe vite à autre chose :

– Et comment comptes-tu t'y prendre pour simuler ta mort ?

Même si j'ai très envie de sourire face à la naïveté de sa question, je n'en laisse rien paraître.

– Une fois tout danger écarté, Belinda partira devant avec Lana et nous resterons pour faire le ménage. Bien entendu, plus tard dans la nuit, c'est seul que tu les rejoindras. Tu n'auras plus qu'à raconter un bobard. Un survivant qui nous a pris par surprise, par exemple, et je me serai pris la mauvaise balle au mauvais endroit.

– Et tu ne feras plus jamais partie de notre vie.

C'est plus une affirmation qu'une question. Samy aime tellement Belinda, désire tellement qu'elle lui appartienne sans barrière, qu'il préfère de loin me perdre et ne jamais me revoir. C'est d'ailleurs l'unique raison qui me pousse à avoir confiance en lui. Il me laisserait crever s'il le pouvait, il sauvera Lana au détriment de ma vie, je le sais.

Pour sa propre paix avec Belinda.

***

À quelques kilomètres de Sacramento, Californie

Je m'arrête en bordure de route, mais ne coupe pas le moteur et, sans brusquerie, je sors de la voiture. Lana dort paisiblement sur son siège, les joues encore rougies d'avoir tant pleuré pour avoir laissé son clebs. C'est peut-être ma seule chance pour passer ce coup de téléphone, je la saisis. Je rejoins la cabine téléphonique en une enjambée et compose le numéro que Belinda m'a dégoté.

Pas besoin de prières pour que la personne réponde, c'est sa ligne professionnelle. Deux sonneries plus tard, j'entends un « oui » autoritaire dans le combiné. Je sais d'emblée que j'ai affaire à un magnat du pouvoir.

– Bonsoir, Benson, réponds-je.

– À qui ai-je l'honneur ?

– J'ai beaucoup de noms mais… aucun à vraiment vous donner.

Un long silence se fait entendre. Je l'imagine se poser tout un tas de questions. Entre autres : qui veut ma peau ? Après tout, c'est un procureur, il doit avoir plus d'ennemis que d'amis. Je l'aide :

– Lana est en sécurité.

– Je… Je… Comment avez-vous eu mon numéro de téléphone ? s'affole-t-il.

– Est-ce que ça a réellement de l'importance ?

C'est son souffle dans le combiné qui me répond. Je vois Lana s'agiter sur son fauteuil.

– Nous n'avons pas beaucoup de temps donc je ne vais pas y aller par quatre chemins. Vous voulez récupérer les fameux documents que Lana a volés et moi, j'ai besoin de vous pour rester en vie.

Je marque intentionnellement une pause pour que l'information fasse son chemin dans sa tête. Benson, qu'importe qu'il soit ou non du mauvais côté, est loin d'être con sinon il serait déjà six pieds sous terre avec une stèle sur la tronche. Et s'il y a bien une chose que j'ai comprise, c'est qu'il tient à Lana autant qu'il désire foutre Tomesi derrière les barreaux.

Sinon pourquoi ne pas avoir tout fait pour la faire revenir à Los Angeles avec les documents ?

– Je vous écoute.

– Je vous livrerai ce que vous voulez, contentez-vous d'être chez vous demain soir. Je passerai vous prendre.

– C'est tout ?

– Oh non, mais pour l'heure, c'est la seule chose que vous devez savoir.

***

Los Angeles

Ces dernières vingt-quatre heures sont une torture. Je déteste lui mentir et me mentir certainement aussi. Parce que là où ma bouche raconte des conneries, mon corps lui ne ment pas. Il se languit d'elle quand elle s'éloigne et il palpite quand elle est trop près.

Je savais que ça serait difficile, je n'ai jamais prétexté le contraire. Lana a cette capacité désarmante à me décrypter, à m'analyser, à voir des choses que je ne remarque sans doute pas. Et forcément, chaque mensonge que j'ai pu sortir devait s'accompagner d'une action déguisée qui pouvait aller dans ce sens.

Et là, alors qu'elle fonce sous la douche, pour que nous puissions aller dîner au restaurant, je suis à deux doigts de la rejoindre pour la prendre contre le carrelage.

Une dernière fois.

Parce que je sais que tout est fini.

La prochaine fois que je lèverai les yeux sur elle, les siens n'auront plus le même éclat.

J'imbibe un morceau de tissu de chloroforme et me fonds dans l'ombre de la porte de la salle de bains. J'entends l'eau couler, un doux parfum de gel douche se fait sentir. Je fais le vide dans ma tête. Lorsque le silence s'établit, je suis tout ce qu'il y a de plus prêt. Je n'aurai même pas le souci de l'endormir et de la laisser seule dans cette chambre. Elle ne vomira pas dans son sommeil, puisque j'ai veillé à ce qu'elle reste à jeun toute la journée.

Elle me passe devant sans m'apercevoir, comme si elle avait le diable au corps. En fait, je crois qu'elle a compris.

Quelque part, je n'en attendais pas moins d'elle.

Je passe à l'action. Je la neutralise sans forcer. Comme la dernière fois, elle ne résiste pas. Par contre, son regard pourrait foutre aux enfers le pape en personne.

Elle n'a pas idée de ce qu'il m'en coûte de la laisser.

Elle n'a pas idée de ce qu'il m'en coûte de l'avoir rencontrée.

Elle n'a pas idée de ce qu'elle a pu me changer.

– Je suis navré, Lana. N'oublie jamais que tu as été ma deuxième vie.

***

Je regarde ma montre. Presque vingt-trois heures trente et toujours aucune nouvelle de Belinda et Samy. Lana aurait déjà dû être là. Je commence à avoir des doutes sur la solidité de mon plan et Benson, à mes côtés dans la voiture, me le rappelle :

– Leia ne prendrait jamais le risque de venir.

– Leia n'existe plus, réponds-je du tac au tac avec amertume.

Nous sommes garés en bordure de route à une distance considérable de la demeure de Tomesi, il fait nuit noire dans l'habitacle. Je ne vois pas sa réaction mais je l'entends soupirer et se réinstaller sur le siège passager.

– Son grand-père était mon meilleur ami, explique-t-il d'une voix mélancolique.

Bordel, sous prétexte que j'ai mis à l'abri Lana, s'il croit que nous allons pouvoir nous entendre, il est loin de la vérité. Surtout qu'elle n'est pas à l'abri. Mais ça, il ne le sait pas.

– Quand j'ai appris qu'elle était en couple avec Michael Tomesi Mayor, je n'ai pas pu rester les bras croisés. Je l'ai vue grandir, je l'ai vue changer, je l'ai vue devenir médecin…

– Et laissez-moi deviner ? Vous aviez fait la promesse à son grand-père de veiller sur elle ?

Long silence… ou comment obtenir la paix en disant la vérité pure et dure ?

Je déverrouille mon téléphone. Vingt-trois heures trente-six.

– Je sais ce que vous êtes. L'agent O'Kelly m'a mis au parfum.

– Et qu'est-ce que je suis ?

– Un tueur à gages.

J'explose littéralement de rire. Et moi, je sais exactement à qui j'ai affaire, et Benson, ce procureur plutôt bien conservé pour son âge, a trempé dans tellement de magouilles d'après Belinda que je ne doute même pas qu'il puisse connaître le Groupe.

Au pire, si ça n'est pas le cas, je vais devoir gaspiller un peu plus de salive.

Je cesse de rire pour prendre la parole :

– C'est un peu ça, oui. Mais avant de travailler pour mon propre compte, je bossais pour une agence secrète, missionnée et intégralement financée par le gouvernement. Le Groupe, ça ne vous dit rien ?

– Je… je… c'est…

Pas besoin de le voir pour sentir la peur l'étreindre.

– Ne vous inquiétez pas, je ne trempe plus avec ces gens-là, tenté-je ironiquement de le rassurer. Mais vous comprenez maintenant pourquoi il est essentiel que tout ce merdier soit aplani. Pour Lana…

Je laisse traîner ma phrase. Lui, qui se voulait bienveillant, aura de quoi nourrir sa culpabilité.

D'autant qu'il puisse connaître mes anciennes activités

arrange mes comptes. Ainsi, il ne tentera pas de me doubler. Même lorsqu'il saura que je n'ai pas la moindre idée d'où sont les documents qu'il désire tant.

Mon téléphone se met à sonner et il sursaute. Moi, je m'empresse d'y répondre.

– Oui, hurlé-je presque aussi fort que mon cœur se met à battre.

C'est le moment.

– Elle arrive, me prévient Belinda.

– Il était temps !

Mon sang s'échauffe, l'adrénaline me prend à la gorge. Bordel, c'est le seul réconfort que je peux trouver ce soir.

– Elle a fait un détour par la clinique, m'apprend Belinda. Je ne sais pas ce qu'elle est allée foutre là-dedans.

Et moi non plus. Mais est-ce que ça a son importance, finalement ?

– Nous avons tout d'abord pensé qu'elle te cherchait, mais elle ne s'est pas rendue aux urgences, complète Samy.

– Si elle n'avait pas demandé au taxi de l'attendre, je serais rentrée moi-même la chercher, reprend Belinda, acerbe.

Je pense surtout que Samy a tout fait pour la retenir. Je chasse toutes leurs remarques de mon esprit, elles risquent de m'éloigner de l'essentiel. À croire que Belinda et Samy ont oublié une partie de leurs principes et se laissent facilement diriger par leurs affects.

En vrai, ça fait si longtemps qu'ils n'ont pas joué à ce genre de jeu que ça ne m'étonne même pas.

– Laissez-lui dix minutes avant d'intervenir, ordonné-je finalement avant de raccrocher.

Je redémarre mon véhicule et reprends la route vers la villa, je laisserai ma voiture à Benson, il sait ce qu'il a à faire.

Ma pompe cardiaque tambourine fort et vite dans ma poitrine. Il ne s'agit pas d'excitation, je n'ai pas d'orgueil de ce côté-là : ce soir, je vais dire adieu à des personnes qui ont eu une importance dans ma vie.

Dans mes vies.

Et même si je suis incapable de leur dire que je les aime, j'admets annihiler mes regrets en pensant que je vais les sauver. Quel foutu égoïste je suis !

***

J'ai joué au con.

Et j'ai surtout terriblement mal joué.

Vouloir faire croire à tout le monde que je n'y réchapperai pas a été ma plus belle révérence. Je devais me prendre une balle ou deux, éloigner Lana et Belinda et tromper Samy sur mon état de santé.

Mais je me suis pris trois balles dans l'abdomen. Pas dans le bras, pas dans le pied ou dans une cuisse, non. *Dans l'abdomen.* Et je sais que j'ai mal joué mon coup lorsque je perçois le visage terrifié de Lana. Elle est médecin. *Elle sait.*

Même si ça me faisait terriblement souffrir il y a deux minutes, je ne ressens plus rien que du froid. Partout. Même là où elle me touche.

Pourtant, je donnerais n'importe quoi pour sentir la brûlure de sa peau sur la mienne. Je me contenterais même d'un picotement. Au lieu de ça, je me souviens de la douceur de ses mains, j'imagine l'humidité de ses lèvres sur ma joue et mes cheveux voleter sous son souffle.

Je la vois pleurer et je ne peux m'empêcher de lui sourire. Même avec la mine blafarde et les yeux rougis, elle rayonne. Sans doute que mon esprit me joue des tours, mais Lana sera et restera belle en toutes circonstances.

– Tout va bien se passer maintenant, lui dis-je.

Elle hurle contre mon front, complètement dépassée. Je sais qu'elle est à bout, qu'elle a vécu des choses qui la dépassent, et qu'elle comprend ce qui m'attend.

La mort.

Je n'ai pas peur. Je ne la rejette pas. Elle n'est pas une fatalité, même si je ne l'ai pas choisie.

– Depuis quand tu fais dans les chamallows pour me rassurer ? me reproche-t-elle avec raison.

La situation pue la guimauve et n'a rien de moi. Sauf que je ne cherche pas à la rassurer.

– Parce que c'est la vérité, Lana. Tu n'as plus à t'inquiéter pour Mina.

C'est le plus important.

J'ai tenu ma promesse. Les O'Kelly sont à l'abri loin de Keystone, et Samy m'a promis de garder Lana avec eux aussi longtemps qu'il le pourrait.

Ce dernier tente d'ailleurs de me l'enlever. Il le faut, ça serait une bonne chose. Plus vite tout le monde aura quitté les lieux, plus j'aurai de chances de rester en vie.

Et entre nous, c'est mal barré.

Lana lui hurle dessus et s'arrache à sa main, incapable de me laisser. Ma tigresse. Ses larmes inondent son visage autant que le mien. J'en sens leur goût salé sur ma langue. Je tente de la persuader à mon tour, c'est encore pire. Sa peine redouble, son teint se fait plus blafard, ses caresses sur mon visage plus désespérées.

Ça me tue de le penser mais la voir comme ça me met encore plus en miettes.

Elle pense que c'est la dernière fois qu'elle me voit, qu'elle m'entend, qu'elle me sent. Et elle risque d'avoir raison si tout ne s'accélère pas.

Même si je dois économiser mes forces, même si je dois discipliner mon cœur afin de réduire l'hémorragie, je lui dis ce qu'elle veut entendre et ce qu'elle a toujours voulu entendre :

– Lana, s'il te plaît, continue d'être ma lumière, l'espoir que je n'ai jamais vu. S'il te plaît, crois-moi, ça va aller…

– Arrête, me coupe-t-elle avec acrimonie.

Je ravale le reste de mes paroles. Soudain conscient que

Samy nous écoute et de la portée que pourraient avoir mes mots.

Je sais que, comme ce soir avec les carnets de Tomesi, Lana va me surprendre.

Pour le reste, je me fous qu'elle me déteste, qu'elle puisse penser que je n'ai pas tenu ma promesse, qu'elle puisse souffrir comme si elle en mourait parce que la réalité sera tout le contraire. Elle vivra.

Je l'aurai sauvée comme elle m'aura sauvé une fois.

Puis un jour, quand Samy lui aura remis mon message, elle saura à quel point je l'ai aimée.

C'est étrange ce que l'esprit, la conscience peut nous jouer des tours. Je la vois s'éloigner, je la vois franchir la grande porte, puis s'évanouir dans l'obscurité et j'ai toujours l'impression qu'elle est là, tout contre moi : son odeur, sa chaleur, son aura, elle m'accompagne. Bordel, je suis en train de crever ! C'est la seule raison qui pourrait me faire dire autant de conneries !

Samy revient vers moi et me force à me redresser. Aucune délicatesse, l'enfoiré ne me ménage pas. Une violente douleur me saisit l'abdomen, m'enserre jusqu'à la gorge. Je vois rouge, blanc, noir, je proteste quand il réussit à m'asseoir :

– Tu cherches à me tuer ?

Mauvaise réponse. Il récupère mon bras gauche et le fixe au-dessus de ses épaules avec autant de frénésie.

Cette fois-ci, impossible de ne pas gémir. J'ai la sensation que mon corps se désolidarise, d'être éviscéré alors qu'il tente de me mettre sur pied.

Je ne sais si c'est mon manque d'entraînement, mon relâchement aux côtés de Lana, ou tout simplement parce que je suis quelqu'un de différent, mais je n'ai aucune emprise sur ma douleur.

J'ai atteint un point de non-retour. Je ne contrôle plus rien.

– Ton plan était à chier, bordel ! éructe-t-il.

Dans une grimace, j'arrive à sourire. Je me suis peut-être

trompé sur Samy, ça lui ferait peut-être quelque chose si je meurs.

– Aide-moi ! rajoute-t-il.

Je ne le fais pas. Je pourrais pourtant, mais je garde le peu de force qu'il me reste pour le moment crucial. Au lieu de ça, je me fais plus lourd, crie plus fort, oppose autant de résistance que je peux.

– Laisse tomber, Samy, nous savons tous les deux que je n'y échapperai pas.

– Arrête de dire des conneries.

Il insiste, s'acharne et, au meilleur de sa forme, il réussit à me mettre debout. Je me tords littéralement de douleur, et je ne simule rien. Ça fait mal à en crever et c'est bien ce qu'il va se passer. Je vais crever pour de bon. Mais Samy ne se laisse pas attendrir. Il fait un pas en avant. Je me plie en deux pour le retenir.

– Laisse-moi ici, fais le ménage et dégage, bordel !

– Je ne t'abandonnerai pas !

Il me tire. Je résiste dans un effort ultime, campant mes pieds bien au sol. Je lui arrache mon bras et me laisse tomber ; qu'importent les conséquences, je ne suis plus à ça près. Je rampe jusqu'au bureau, et m'y adosse.

– Sois raisonnable, Samy. Regarde dans quel état je suis. Tu ne pourras pas me soigner seul, et tu peux oublier de me déposer dans un hôpital. Je deviendrai le suspect numéro un et je serai à peine passé devant un tribunal que le Groupe se chargera de mon compte.

Il me considère, les sourcils froncés, la respiration rapide. Même si l'idée ne lui plaît guère, il sait que j'ai raison.

– Pour le reste, tu fais comme nous avons prévu, continué-je. Tu gardes Lana avec toi aussi longtemps qu'elle le voudra, et tu lui donnes l'enveloppe.

Je toussote et grimace en me tenant le bide. Chaque mouvement, aussi infime soit-il m'en fait baver.

– Ça, c'était avant que tu te laisses crever ! s'énerve-t-il.

– Tu n'as toujours pas compris… ris-je avant de m'étouffer. C'était ma seule solution. Pour la sauver, je devais mourir. Le Groupe ne nous aurait jamais laissés tranquilles.

À ses yeux qui s'agrandissent d'effroi, je comprends qu'il a saisi que je l'ai berné, que j'avais un autre plan, bien différent de celui dont il a été le confident. Et honnêtement, je n'ai aucun scrupule à lui mentir encore, même dans mes derniers instants. Je ne suis plus à ça près et je ne m'attends pas à ce que saint Pierre m'ouvre les portes du paradis.

Au contraire.

– Tu ne peux pas… Tu ne peux pas me demander ça… bégaie-t-il.

– Je ne te demande pas de m'achever. Je veux juste que tu tournes les talons et que tu foutes le feu à cette baraque.

Il secoue la tête, passe la main dans ses cheveux en pestant. Moi, j'ai de plus en plus de mal à respirer, le temps me presse. J'ai des fourmis dans les extrémités, des points blancs devant les yeux et des acouphènes, j'ai perdu beaucoup trop de sang.

– Samy, murmuré-je difficilement. Si je réussis à la sauver, alors ça aura été la seule bonne action de toute ma vie. Ne me laisse pas tomber.

– Tu fais chier.

Je hoche la tête en souriant, les paupières lourdes. Je le vois s'agenouiller au-dessus de moi.

– Même si je te détestais pour Belinda, je t'ai toujours aimé comme un frère, m'avoue-t-il en m'étreignant la nuque.

Je lui souris, le souffle court, le cœur battant.

– Les frères sont faits pour ça, pour s'aimer et se détester, réponds-je avant de fermer les yeux sur son sourire.

Je sens sa main me quitter. J'entends ses pas sur le parquet. Et je me rends compte que ça serait si facile de tout laisser dans l'état. De continuer à fermer les yeux, de lâcher la pression, de se laisser glisser sur le sol et de mourir.

Même si ça signifierait abandonner.

Mon rythme cardiaque accélère la cadence ; tout doucement,

il gagne en intensité et ploie dans ma poitrine. Rhys ne me laissera jamais faire. Rhys aime pour la première fois.

J'ouvre les paupières instantanément. La respiration précipitée, j'entends l'air chasser mes cordes vocales. Samy n'est plus là. Je tâtonne le sol de mes mains, agite mes jambes.

– Bordel, Jack, si tu veux avoir une chance de survivre, il va falloir que tu fournisses un peu plus d'efforts.

Je rampe jusqu'à un siège et me hisse à la force de mes biceps sur mes jambes. La douleur me saisit chaque partie du corps, même celles qui sont indemnes. Je contracte les mâchoires et me fais violence. Je récupère les carnets de Tomesi sur le bureau, ça pourra toujours me servir auprès de Benson, et rejoins un mur pour m'y tenir.

Dans le couloir, je devine une forte odeur d'essence, le temps me presse. Tout va sauter. Il ne va plus rien rester de cette villa et de moi si je suis encore dans les parages dans les cinq minutes qui arrivent.

Je m'aide des parois pour progresser, évite comme je peux les cadavres qui jonchent le sol et manque tous les deux mètres de me vautrer. Je ne sais pas par quel moyen j'y arrive, mais je franchis la porte de service de la cuisine et me retrouve dehors.

L'air frais de la nuit pourrait être salvateur mais, honnêtement, j'ai si mal que seule la mort pourrait me libérer. Chaque pas, chaque inspiration, chaque mouvement me demandent un effort surhumain, d'autant que je n'ai plus rien pour me tenir. Je plaque mes mains sur mon ventre, fais pression et avance, le regard rivé devant moi, plié en deux, claudiquant.

Je n'ai qu'un seul objectif, c'est rejoindre Benson, qui, comme il était prévu, a dû patienter jusqu'à ce que Belinda et Lana quittent la demeure pour s'introduire sur le domaine et m'attendre près du hangar à bateau de Tomesi.

Ma vue est tellement brouillée que je serais incapable de

dire si la silhouette que je discerne au loin est bien la sienne. En revanche, je vois mon ombre se dessiner sur le gravier. Des flammes. La maison est en flammes derrière moi. Je ne me retourne pas. Je ne ralentis pas. Je pense pourtant ne pas y arriver. Et mon malaise grandit quand je tombe. Je n'ai pas anticipé la déflagration d'une explosion. J'échoue contre les cailloux la face en avant.

Je n'ai plus de force. Je respire à peine. Mes paupières sont lourdes et mon cœur ralentit.

J'ai beau forcer, implorer tous les dieux, m'en remettre à de plausibles forces surnaturelles, je suis épuisé. Anéanti.

Je ne suis pas un surhomme, je ne suis pas une divinité, je suis mortel, et c'est tout le problème.

J'espère qu'elle comprendra que je l'ai aimée.

Il a toujours été question que de ça. D'amour. Jack, Rhys, qu'importe qui je suis, qui j'ai été, je n'ai jamais fait que chercher son pardon à elle parce que j'ai toujours voulu qu'elle m'aime sans filtre, sans faux-semblant, tel que je suis.

Qu'importe que j'aie pu tuer, que j'aie pu détruire.

Et savoir que j'y suis parvenu vaut toutes les morts du monde.

Épilogue

Lana

Ça fait maintenant deux jours que je ne pleure plus. Ça fait aussi deux jours que je dors, que je me nourris. Et pour cause. Ce message m'a littéralement changée. Samy a raison, je ne peux pas gaspiller le sacrifice de Jack.

Je ne peux pas faire comme s'il ne m'avait pas donné sa vie.

Ça n'est d'ailleurs pas la seule chose qu'il m'ait offerte. J'ai aussi un compte en banque tellement rempli que je pourrais prendre une retraite dès aujourd'hui. Et à quoi ça me servirait de rester sans rien faire ?

Le soleil se lève à peine sur Miami. Je boucle mon sac. Il y a très peu d'affaires. Le nécessaire pour un nouveau départ, de quoi dormir quelques jours sans faire une machine, de quoi trouver une nouvelle ville pour s'installer.

Parce que, de la même façon que je dois arrêter de me détruire, je dois aussi partir loin d'eux. *Samy et Belinda ne sont pas mes amis.*

Je n'ai pas dit que je voulais me reconstruire. Je veux garder mes miettes, me balancer sur ce fil invisible au-dessus du précipice, je veux me souvenir à quel point ma vie a été précieuse pour quelqu'un.

Je rejoins Belinda dans la cuisine où, comme tous les matins, elle prépare le jus de fruits frais de Samy. Sûrement une habitude d'épouse modèle qu'elle n'est pas.

Dès mon entrée, elle se fige. Elle observe mon sac, que je lâche à mes pieds, puis me lance un regard peu amène.

– Tu nous quittes et tu prends le temps de venir me dire au revoir ?

J'ignore sa remarque.

– Samy m'a dit que les O'Kelly avaient déménagé, commencé-je avant qu'elle ne me coupe.

– Et tu espères que je te dise où ils sont ?

– Je veux seulement…

– Jamais, ponctue-t-elle en se délectant de l'effet qu'ont ses mots sur moi.

Je déglutis en faisant face à un afflux de bile dans ma gorge. Cette sorcière ferait tout pour me faire du mal, pour me briser encore plus que je ne le suis déjà. Je serre les poings. Ma mâchoire se contracte, ma poitrine me brûle sous la montée d'adrénaline, je vais lui foutre tout le contenu du mixeur sur la tête et faire un smoothie de son maudit sourire.

Ce dernier s'agrandit. Comme Jack, comme Samy, Belinda n'a peur de rien et je perdrais mon temps et certainement quelques dents si je me battais avec elle.

Inutile de lui offrir le plaisir de me réduire en bouillie ou de gaspiller mes faibles forces dans une bataille perdue d'avance. D'autant que le plus important n'est pas de connaître leur adresse, mais de savoir que les O'Kelly vont bien, que Mina va grandir dans un foyer aimant, avec des parents prêts à tout pour la protéger. Ma poitrine se serre, même si savoir que je ne la reverrai jamais me brise le cœur, je dois – comme je l'ai toujours fait – continuer à penser à son bien-être et à son avenir.

Je récupère mon sac à mes pieds et m'apprête à tourner les talons quand Belinda annonce :

– Mais je peux au moins te rassurer sur une chose, tu n'étais pas encore chez nous à Seattle qu'ils étaient déjà à l'abri. Rhys y a veillé.

Je cligne des yeux, certaine ni de ce qui se joue dans ma tête ni de ce qu'elle a dit. Je lui fais répéter.

– Rhys a veillé à quoi ? quand ?

Son regard se fait sévère, elle gonfle la poitrine et aplatit violemment ses mains sur l'îlot central.

– Pourquoi crois-tu qu'il m'ait rejointe cette nuit-là ? éructe-t-elle. Il avait des dettes à payer pour tout ce que j'avais déjà fait !

Je suis certaine qu'à cet instant dans sa tête, elle pense autant me terroriser que me blesser. Sauf que si je reste stoïque, la bouche ouverte et les doigts tremblants, à peine capable de retenir mon sac de voyage, c'est uniquement parce que, pour la première fois depuis quatre semaines, je réfléchis pour de vrai. C'est comme si des cases se mettaient à bouger puis venaient s'imbriquer pour que des idées rationnelles se forment et que la lumière s'allume dans ma tête. Soudain, je pense à quelqu'un d'autre qu'à moi.

Si les O'Kelly ont déménagé avant que nous n'arrivions à Seattle, où est Rebel ?

***

Je ne sais pas pourquoi je n'ai pas pensé à mon chien avant. Je ne m'étais pas posé la question de son sort. Jack m'avait certifié que si nous ne venions pas le récupérer avant la fin de la semaine, il serait renvoyé auprès de Charly. C'était tellement évident pour moi qu'il serait à Denver.

Mais maintenant, je ne suis plus sûre de rien.

J'ai l'esprit embrumé par des semaines de jeûne, de pleurs, d'insomnie. Mes neurones ont atteint depuis longtemps leur seuil d'excitabilité et tout se mélange.

Jack m'a-t-il menti ? S'est-il joué de moi afin de s'en débarrasser ? Était-ce une façon pour lui de me donner la nouvelle adresse de Charly ?

De Mina ?

Je caresse le téléphone de cette chambre d'hôtel avec des fourmillements au bout des doigts. Ils traduisent mon excitation extrême.

Mon seul projet dans les jours à venir était de me faire tatouer le dessin de Jack. Mais ça, c'était avant de comprendre qu'en enquêtant sur Rebel je pourrais trouver l'adresse des O'Kelly et revoir Mina.

Juste pour m'assurer qu'ils sont sains et saufs.

Je fais les cent pas avec ce foutu téléphone à la main et le numéro de Luxury Dog griffonné sur un papier. C'est ma dernière « mission ». Et pas des plus simples. Comment suis-je censée demander ma propre adresse – de ce qu'en sait ce centre ? Jack m'a promis que Rebel serait renvoyé chez les O'Kelly au bout d'une semaine. Mais où ? Puisqu'ils n'habitaient plus à Denver.

– Bordel ! hurlé-je en tapant du pied sur place.

Pourquoi mon cœur tape aussi fort ? Pourquoi ma bouche se remplit si facilement de salive ? Pourquoi mes veines ressemblent à de la lave en fusion ? *Pourquoi mon esprit me fait penser qu'il puisse y avoir autre chose ?*

Plus les jours passent et plus l'idée me hante qu'il n'aurait jamais pu se suicider. Ça ne colle pas à son profil. Jack ne craignait pas la mort mais il ne l'aurait jamais vue comme une solution. *Jamais.* Et pourtant j'étais là. J'ai vu les balles le traverser et le charcuter. J'ai senti son cœur faiblir dans ma paume et son souffle s'évanouir sur mes joues.

Je repousse difficilement la boule qui se forme dans ma gorge et me répète à voix haute :

– Ne pas pleurer.

Mais encore :

– S'accrocher et vivre.

Je prends mon courage à deux mains, et compose le fameux numéro.

Une femme décroche à la première sonnerie.

– Établissement Luxury Dog, que puis-je pour vous ?

Je me racle la gorge mais ne peux m'empêcher de bégayer ; ça fait si longtemps que je n'ai pas fait ça :

– Lana… Lana Harrington. Je suis la maîtresse de Rebel, je… euh…

Je prends une grande inspiration. En pensant très fort à Mina. Je veux obtenir une adresse, un indice, n'importe quoi qui pourrait me mener à elle. Ma voix doit être linéaire, infaillible, je ne dois pas puer le mensonge. Je reprends :

– Je ne sais pas si vous vous souvenez de lui. C'est un chien de montagne au pelage blanc. Mon compagnon et moi vous l'avions laissé il y a quelques semaines.

– Alors ne quittez pas. Nous gardons les fiches de tous nos petits pensionnaires. Harrington…

J'entends le bruit des touches d'un clavier dans le combiné. Puis quelques secondes plus tard, alors que mon cœur tape si fort que je dois m'asseoir au bord du lit, elle reprend :

– Oui ! Voilà ! Je l'ai. Un petit coquin ! Il a tenté de s'échapper de nombreuses fois, je me souviens. J'espère que son voyage s'est bien passé. Il a quand même traversé tout notre pays.

– Je… euh…

Et merde, me voilà en train de bégayer de nouveau. Jack m'a appris à être meilleure que ça. Voyons… Qu'est-ce qui m'avait marquée lors de mon seul et unique passage au Luxury Dog ? Je me ressaisis, la solution en tête. Même si mon interlocutrice ne me voit pas, je me redresse, le dos bien droit.

– Ce que j'ai à vous demander est un peu délicat… minaudé-je. Mon chien, Rebel, boude toutes les croquettes que je lui donne.

– Ça arrive fort souvent ! affirme-t-elle. Mais tout de même, après autant de semaines, il aurait dû reprendre une alimentation normale. Vous avez consulté un vétérinaire ?

– Justement ! Il est comme vous, il ne pense pas que ça vienne de là et il patauge un peu. Alors voilà, je sais que vous faites faire spécialement certaines de vos croquettes, mais je ne voudrais pas avoir à acheter tout un tas de paquets, surtout pour que finalement ça ne vienne pas de ça… Vous comprenez ?

– Et vous voudriez que je vous envoie des échantillons de celles qu'il aurait goûtées ?

J'ai presque envie de crier un « oui » tant sa suggestion me ravit. Mais je me concentre et modère mon excitation.

– Si ça ne vous dérange pas. Bien entendu, je vous dédommagerai…

– Oh non, Mme Harrington, voyez ça comme un service. Je vous prépare le colis dans la journée et me rendrai au service postal dès demain matin.

Et c'est là qu'arrive le moment crucial… Je ferme les yeux et me crispe dans une grimace pour demander :

– Pouvons-nous vérifier ensemble l'adresse de livraison ?

– Oui, bien entendu. Alors…

Par-delà les battements de mon cœur dans mes oreilles, je l'entends taper sur son clavier. Je cesse de respirer, de bouger pour me concentrer sur ses mots. Charly est à portée de mains. J'y suis. Je vais pouvoir retrouver Rebel et me rendre compte de mes propres yeux que Mina est en bonne santé.

Juste pour me rassurer, me promets-je.

– Rebel, votre chien, était attendu chez Logan Jackman à New York. C'est bien là-bas que je dois envoyer le colis ?

Au début, je pense avoir perdu l'ouïe car je n'entends plus mon interlocutrice. Puis, je me rends compte que j'ai tout simplement perdu le téléphone. Il m'a glissé des mains, comme la raison m'a échappé. La déflagration n'atteint pas que ma tête, elle se répercute à l'unisson dans chaque centimètre carré de mon corps, de l'extérieur vers l'intérieur, telle une onde de choc, elle se propage et s'intensifie pour finir dans mon cœur.

Qui bat. Qui bat pour de vrai. Pas seulement pour me faire vivre.

Poum, poum.

Il est là.

Poum, poum.

Il est encore là.

Poum, poum.

Logan. C'est le prénom que je lui avais donné *à lui*.

J'ai du mal à respirer, pourtant je sais que ma poitrine s'agite. Je vois trouble sans pleurer. Je tremble sans avoir froid. C'est pire qu'un état de choc.

Il est vivant…

Je le savais.

Au fond de moi je le savais, je l'ai toujours su, comme lui savait qu'un et un faisaient deux à son premier réveil dans mon chalet. Je le savais.

Je n'ai plus qu'à le retrouver.

Je devrais me sentir plus légère, soulagée, délestée, heureuse et pourtant ça n'est pas le cas. Pourquoi ? Parce que s'il est réellement en vie, c'est que quelque part il m'a abandonnée.

Sur la route qui me mène à New York, je suis incapable de tenir en place. J'ai passé le temps avant le vol en téléphonant à Los Angeles, plus précisément à l'institut qui prenait en charge ma grand-mère, en me faisant passer pour une cousine éloignée. La nouvelle qui m'a été annoncée m'a fait vomir mon petit déjeuner dans la poubelle du hall d'embarquement. Elle est décédée à peine quelques mois après mon départ. J'ai eu beau me dire qu'elle n'a pas souffert, qu'elle ne s'est pas vue partir, qu'elle n'a pas eu le temps de pleurer ma disparition et qu'elle a retrouvé mon grand-père, la culpabilité de l'avoir laissée seule m'a anéantie. Je m'étais pourtant juré de ne plus pleurer.

Une fois dans l'avion, c'est de relire les coupures de presse concernant la mort de Michael qui me fait sortir la tête de l'eau. La première est datée du lendemain de ce fameux jour où tout a basculé. Sur une photo, on découvre la demeure de Michael, ou tout au moins ce qu'il en reste. Elle a été dévastée par les flammes.

Je sais par Belinda qu'elle avait intentionnellement coupé le système d'alarme à incendie. Le temps que la fumée gagne le ciel, et que les pompiers soient prévenus, le feu avait déjà ravagé la maison.

Un nettoyage à leur façon : pas d'empreintes, pas de vidéos, rien qui aurait pu prouver notre passage. Samy a fait en sorte que la police pense à un règlement de compte. La presse parle de cartels, donc je constate qu'il a réussi.

Sur une autre coupure, l'article détaille l'arrestation de toute la famille Tomesi Mayor. Il est aussi question de mystérieux documents sur lesquels le procureur de Los Angeles, M. Benson George, s'est appuyé. Moi, je sais que Lizie est derrière tout ça. Elle a participé sans le savoir à la liberté de Mina et à la mienne.

Je l'imagine juste sourire à l'idée que je puisse être en vie !

Mais sitôt un pied sur le sol new-yorkais, la turbine qui me sert de cerveau s'est mise à tourner à plein régime. Petit à petit, les idées se sont accumulées, le voile s'est levé et une évidence m'a sauté aux yeux puisqu'aucun Logan Jackman n'existait à New York : si je voulais trouver Jack, je devais trouver Jimmy, son tatoueur. La seule chose de concret dont il m'avait parlé avant Los Angeles. Je me revois avec Jack, dans la voiture ; il avait dit : « Quand tout sera fini, nous irons à New York, chez Jimmy, pour mon nouveau tatouage. »

Et ce nouveau tatouage, je le tiens au fond de ma poche. Quelle ironie du sort quand on sait que je voulais justement me le faire tatouer aussi !

Pour ne pas oublier qu'il faut savoir se sacrifier pour les personnes qu'on aime.

Malheureusement, il existe exactement soixante-deux Jimmy possédant un salon de tatouage à New York. Aussi, j'écume un à un tous ces salons de tatouage. De tous ceux que je vois, ou qu'on me laisse voir, aucun ne connaît de Logan, de Rhys ou de Jack. J'en suis à la moitié de ma liste, à un énième refus dans un salon dans le nord de Brooklyn quand un tatouage exposé au mur requiert mon attention.

C'est *le* dessin. Même si la prise de vue ne permet pas de voir plus de choses que le tatouage, je sais exactement où il se trouve et sur qui.

J'en ai la tête qui tourne. Je vois le début d'une dame de pique au-dessus. Il recouvre son muscle pectoral.

Il n'y a plus d'espoir ou de doutes, il n'y a que des certitudes. Je suis tout près. *Il est en vie.*

Je me retiens au comptoir ; la jeune fille aux cheveux rouges, que j'ai légèrement emmerdée précédemment, a toujours le nez percé collé sur son dessin.

Je l'interpelle.

– Ouais, répond-elle nonchalamment dans un soupir.

Mes yeux naviguent entre elle et le mur. Les siens n'ont pas bougé. Je suis tellement déboussolée que je peine à réagir. Ça serait pourtant si simple de demander qui est venu se faire tatouer ce phénix et quand.

– Ça fait très mal, et ça ferait tache sur toi, reprend-elle, toujours sans aucune attention à mon égard et pensant que je désire me faire tatouer.

Elle se moque. Je voudrais lui faire bouffer son papier et lui trouver une partie de lobe à trouer de son crayon mais je suis raisonnable. *Et certainement aussi empressée d'avoir des réponses et non désireuse de batailler.* Je récupère le cadre, et n'attends pas ses protestations pour franchir l'alcôve derrière elle. Je l'entends me poursuivre dans un long couloir. Plusieurs portes, un escalier mais le sifflement significatif d'une machine à tatouer me guide jusqu'à un rideau occultant rouge, je le soulève expressément et me retrouve dans la salle… d'opération. Je me fige.

Le sifflement cesse ; la femme de Ronald Mc Donald, parce qu'elle a les cheveux aussi rouges que lui, me percute dans le dos et me fait me rapprocher du centre de la pièce.

Mon cœur bat la chamade quand l'homme se hisse sur toute sa hauteur. *Ça n'est pas lui.* J'ai tellement espoir de le retrouver que je serais capable de l'imaginer derrière chaque porte de ce bâtiment alors qu'en réalité ça fait peut-être plusieurs jours qu'il est venu ici. D'ailleurs, ma tête aurait dû le comprendre plus vite, ça m'aurait évité ce truc horrible qui s'appelle l'ascenseur émotionnel. Même la fille les fesses à l'air sur la table en cuir semble aussi désappointée que moi.

– Tu veux quoi ? grogne le molosse en me faisant sursauter.

– C'est elle qui cherchait un Logan machin chose, rabâche le sponsor de Mc Do.

Et je me rends compte à sa façon de le dire de ma stupidité. Logan, c'est pour moi. Mais pour ce Jimmy, il doit être quelqu'un d'autre. L'une des multiples identités qu'il a empruntées.

– Non, je ne recherche pas Logan, me précipité-je. Je veux trouver celui à qui vous avez fait ça.

Je lui tends son cadre. Il y jette un rapide coup d'œil et marmonne :

– Secret professionnel.

Une autre réponse m'aurait étonnée. Mais il a changé d'attitude. Alors qu'il y a deux minutes il me paraissait terrorisant, maintenant j'ai la sensation qu'il marche sur des œufs. Ça me permet de me ressaisir :

– Je voudrais me faire tatouer la même chose.

Il rit fort.

– Il faut l'accord du type à qui je l'ai déjà tatoué.

– Vous avez son numéro ?

Il plisse les yeux mais finit par hocher la tête lentement.

– Alors contactez-le et dites-lui seulement que « dans la vie, il faut savoir se sacrifier pour les personnes qu'on aime ».

Il rit encore.

Je l'imite et lance :

– À demain, Jimmy.

***

Il est 9 heures le lendemain quand je franchis les portes de la boutique de tatouage. J'ai très peu dormi, très peu mangé. J'ai beaucoup pensé, beaucoup marché. Je suis épuisée.

Pourtant, comme une adolescente qui se rendrait à son premier rendez-vous amoureux, j'ai soigné mon apparence. *Parce que naïvement je pense que Jack va débarquer à la place de Jimmy.* Mon cerveau complètement alangui s'imagine tout un tas de trucs n'existant que dans des comédies romantiques.

Sauf que Jack n'a rien de Richard Gere ou de Hugh Grant, ça se saurait !

Bref, mon apparence. Robe-pull noire, collants noirs, manteau en laine noir... Heureusement que mes bottines sont marron et que mes cheveux ont retrouvé leur teinte naturellement rousse, sinon je n'aurais pas de mal à faire croire que je porte le deuil.

C'est un peu ça, quelque part, non ?

Je jure de le tuer. Et je suis tellement certaine d'approcher du but que mon cœur va exploser dans ma poitrine.

Je progresse d'un pas incertain vers l'accueil. La nana aux cheveux rouges – qui ne sont plus rouges aujourd'hui mais bleus d'un côté et roses de l'autre, coiffés en couettes à la manière de Harley Quinn – relève plus docilement la tête ce matin.

C'est ce que je pense jusqu'à ce qu'elle me dévisage de la tête aux pieds.

– Il t'attend, se contente-t-elle de dire.

Je cache ma fébrilité en ôtant mon manteau, faisant semblant de me mettre à l'aise, alors qu'en réalité je suis un pacemaker mal réglé. Je traverse le couloir comme la veille. Mon cœur tape fort dans ma poitrine et mes oreilles bourdonnent. L'instant de vérité arrive. Je cherche à me raccrocher à tout ce qui pourrait me rassurer mais je ne trouve rien : ça sent la javel et l'antiseptique, je n'entends pas le son rauque de sa voix ou le ronflement d'un chien. Je soulève finalement le rideau et découvre Jimmy, seul.

Assis sur un tabouret à roulettes, les mains gantées jointes entre les jambes, il m'adresse un sourire moqueur avant de m'indiquer la table en cuir d'un coup de menton. Je ne bouge pas, les bras serrés puissamment contre mon manteau sur ma poitrine.

– Bon, tu le veux oui ou non, ce tatouage ?

– Vous l'avez eu au téléphone ? Il vous a donné son autorisation ? me précipité-je.

Il hoche la tête.

– Exact. Mais il a dit un truc du style : elle est trop prévisible, elle ne le fera pas.

Je tressaille. Pas pour ce qu'il vient de dire, mais parce que c'est bien lui.

– Je n'ai pas peur, réponds-je finalement.

Je crois que j'essaie de m'en persuader moi-même en le disant. Et comme si je devais à tout prix y croire, je rejoins une chaise, y dépose mes affaires et viens me poster devant la fameuse table en cuir.

– Dans le dos. Je le veux dans le dos.

– Il avait raison, ça aussi, il l'avait prévu.

Je prends une grande inspiration et retire ma robe. L'air climatisé mord instantanément ma peau. Certainement aussi que de me retrouver en soutif et collant devant un parfait inconnu ne me plaît guère.

Je repense à la nana qui se faisait tatouer la fesse droite hier. Il y a pire comme situation, c'est certain.

Je n'attends pas que Jimmy me reluque sous toutes mes coutures pour tirer sur le rouleau de papier blanc et m'allonger à plat ventre dessus sur la table.

– Tu es bien sûre de toi ? demande-t-il.

Le côté droit du visage aplati, j'entends mon cœur résonner jusqu'à froisser mes terminaisons nerveuses. J'entends aussi des bruits métalliques, des bruits de plastiques, des liquides couler. Je peux gerber ?

Surtout pas.

– Je suis sûre de moi.

Et je crois que je ne serai plus capable de m'adosser à un fauteuil de toute ma vie tant j'ai mal entre les deux omoplates. Je souffre à chaque pénétration d'aiguille dans ma peau. Le pire ? Quand elles s'approchent si près de mes vertèbres que je tremble de finir tétraplégique. Je n'ai aucune idée du temps que je passe sur cette table à serrer les dents et plisser des paupières dans la douleur mais j'en viens à bout.

– Fini ! s'exclame Jimmy. Si tu veux te voir, il y a un miroir dans la pièce à côté.

Groggy, je mets du temps à me relever et à retrouver la terre ferme. J'ai l'impression que ma peau blessée, lésée, craquelle à chaque mouvement que j'effectue. Je tente néanmoins un coup d'œil par-dessus mon épaule. Sans résultat. Je laisse Jimmy à sa désinfection, récupère ma robe pour dissimuler futilement le devant de mon corps et rejoins la pièce d'à côté.

C'est une autre salle de tatouage, légèrement plus petite, mais tout aussi opérationnelle. Je découvre une psyché dans le fond et me retourne.

C'est…

C'est un autre bouleversement.

J'ai la sensation de me faire arracher le cœur alors que c'est l'une des plus belles choses qu'on ait faites pour moi. C'est magnifique.

Il ne s'agit pas de la réplique de son tatouage comme je l'avais demandé. Celui-ci est pour moi, uniquement pour moi. Deux arbres de vie entrelacés dans une sphère, représentant le yin et yang. *Lui et moi.*

Puis soudain, tout se précipite, alors que mon cœur regagne sa position initiale et que ma cage thoracique ploie comme si elle me permettait de voler, je l'aperçois dans le miroir au-dessus de mon épaule. À l'entrée de la pièce, un sourire condescendant sur les lèvres, il a les yeux rivés à mon reflet.

Ma robe-pull tombe au sol. Je hoquette un pleur en me retournant, me précipite devant lui et le gifle.

Je n'allais quand même pas me jeter dans ses bras !

C'est ce que je fais immédiatement après. Je m'accroche désespérément à son cou, y niche ma tête pour le sentir, et ferme les yeux comme une forcenée. Il est là, bon sang, il est là. Il sent la même chose que dans mes souvenirs mais en mieux parce que c'est la réalité.

– Je te déteste, sangloté-je.

– Je t'avais dit que tu allais me détester.

J'entends la porte claquer puis, dans la foulée, ses mains se referment sur mes hanches, avec force et passion. Il me tient contre lui, m'étreint, m'enserre.

Il est là.

En chair et en os. Et il n'a pas changé.

– Je savais que tu y arriverais, murmure-t-il contre mes cheveux.

Je relève la tête, un peu plus désarçonnée, et m'en vais quérir son regard. Il nous fait reculer, fait glisser ses mains sous mes fesses et finit par me soulever et m'asseoir sur la table en cuir.

– Je ne pouvais pas prendre le risque que le Groupe comprenne ma supercherie. Il fallait que tout le monde pense que j'étais mort. Tu comprends ?

Un sourire mélancolique sur les lèvres, il suit du regard sa main qui dessine les traits de mon visage. La douceur de ses doigts sur ma joue, le long de ma tempe, m'arrache un frisson. Comment peut-il être aussi calme alors que je suis à deux doigts d'exploser.

– Et si je ne t'avais pas retrouvé ?

Son bras tombe et ses yeux reviennent dans les miens. Alors que je m'attends à un regard insondable, aussi noir que les abysses, j'y trouve tout ce que je n'aurais jamais espéré. C'est aussi doux qu'une brise en plein été, aussi réconfortant que le premier cri d'un enfant et aussi chaud qu'une flamme dans une tempête de neige.

J'en ai le souffle coupé. Il m'embrasse délicatement. Pourtant, à sa respiration, complètement décomposée, je sais qu'il fait preuve de retenue. Et honnêtement, ça m'est égal. C'était tellement inespéré que je me fous que ce baiser de retrouvailles ne soit pas parfait, je me fous que mes larmes recouvrent nos lèvres et d'avoir l'air incroyablement potiche.

Parce que le plus important, c'est qu'il soit en vie.

Il rompt le contact pour dire :

– Je savais que tu comprendrais, je t'ai appris à penser comme moi. Et toi, sais-tu ce que tu m'as appris, Lana ?

Je secoue la tête, incapable de parler tant j'ai la bouche sèche. Il récupère ma main et la pose sur son thorax. *Là où son cœur bat tout aussi fort que le mien.*

– Que notre âme n'avait pas besoin de preuve pour aimer.

Fin

Remerciements

Les remerciements ont toujours été pour moi un moment compliqué. C'est pourtant simple quand on y pense : on dit merci à toutes les personnes qui ont contribué à la conception de ce manuscrit, à celles qui nous ont aidés sans le vouloir et qui nous ont inspirés aussi. Cependant, il ne faut oublier personne.

Mais ces remerciements auront pour une fois un profil différent.

Ceux qui me connaissent le savent, j'ai commencé à écrire lorsque mon oncle est décédé, je lui avais dédicacé mon premier roman. Trois ans après, alors que je rendais, au jour près, les dernières corrections de Jack et Lana, je perdais son frère, mon autre oncle. Une mort si jeune, si difficile à accepter, si brutale qui m'a tout autant affectée. J'aimerais pouvoir hurler toute la douleur que je ressens en écrivant ces mots, crier à quel point je suis en colère qu'on nous l'ait enlevé, mais je crois que la seule chose qui a de l'importance à la fin, c'est que je puisse me souvenir de tous les merveilleux moments que j'ai pu passer avec lui. Je finirai par accepter de ne plus avoir mal le matin en pensant que j'aurais dû le rencontrer sur le chemin de l'école, je finirai par sourire en me disant que j'étais sa nièce préférée et je finirai par accepter qu'il assiste à mon mariage de là-haut au lieu de se trouver sur le banc de l'église derrière moi.

Il est à toi ce livre, tonton. Tu es ce Jack si mal parti dans la vie qui a réussi à faire de merveilleuses choses. Au-delà de la preuve que la rédemption existe, tu es la personne la plus généreuse et serviable qui m'ait été donné de connaître.

Merci, tonton, pour toutes ces belles leçons de vie. J'espère profondément que toutes les personnes qui t'aiment trouveront le courage et la force de surmonter ta disparition.

Merci à l'amour de ma vie, celui qui, à l'heure où j'écris, ne m'a pas encore passé la bague au doigt mais qui le fera dans quelques jours. Mon ange, je t'aime à la folie de l'infini, merci d'être là tous les jours, de me soutenir et d'accepter que je puisse te quitter quelques heures le soir pour mes personnages.

Merci à mes enfants, qui répètent un peu trop souvent à leurs maîtresses que j'écris des livres ; je ne suis pas certaine que Jack leur correspondrait…

Merci à ma jolie maman, à Hélène, à mes deux papas, d'être là à chaque sortie !

Merci aussi à Chrystelle, la jumelle inventée, la cousine adoptée et certainement la merveilleuse amie qui me manquait !

Merci à ma belle-sœur, ma béta de toujours, trop loin de moi mais toujours au plus près dans mon cœur.

Merci, ma Droudrou, ma combattante acharnée, mon idole, que les épreuves de la vie rendent toujours plus forte.

Merci à Laurent, à mon frère Jauffrey, à mes amies, à ma famille.

Bien entendu, je ne peux pas oublier mes béta : Lindsey, Sonia, Fat et mes fées'noménales ; au passage, je suis désolée de vous avoir fait pester, rugir et même pleurer (quoique, non, ce fut un plaisir).

Un remerciement particulier à Émilie, mon éditrice hors pair, tout terrain, aussi chasseuse de répétitions que moi, grâce à qui les anacoluthes n'ont plus aucun secret pour moi désormais. Même si ça n'était pas évident pour toutes les deux, si Lana et Jack approchent la perfection à mes yeux, c'est en partie grâce à toi ! D'ailleurs, je suis certaine que Noémie est du même avis ! Merci à toi aussi pour ton accompagnement et ton soutien.

Et parce que je sais que tu vas contribuer à la sortie de ce roman et à faire parler de lui, Carole, merci d'avance !

Merci aussi à Amina (la rouquine ou Mina, chère à mon cœur), à Marie, à Charlotte, à Sandrine, à Laura, à Mélissa, à mon attachée de presse Mélanie, à Chipie, à Soussou des Étoiles des bibliothèques (et dans mes yeux), à Douce Plume, à Elsa (des lectures d'Elsa), à Nanou, à Laurie, à Émeline, à Céline (de la bibliothèque de Céline), à Jess Kika, à Paige… je suis sûre que je vais en zapper, ne m'en voulez pas !

Enfin, je ne peux pas t'oublier, toi, lecteur, grâce à qui je suis ici. Merci de me faire vivre dans ta tête, de me lire et de me critiquer. Si j'ai réussi à te faire aimer Jack autant que j'ai pu te le faire détester, c'est que j'ai réussi le plus beau des paris : te faire entendre qu'il est difficile mais pas impossible de pardonner.

Love,
Sophie S-P

Extrait

Strong Addiction

Erin Graham

Dans la collection Luv

PROLOGUE

Ambre

DÉPENDANT, mon blog

Préambule

« "On parle d'addiction sexuelle ou de sexualité compulsive pour définir une dépendance entre une personne et un comportement sexuel, que celui-ci soit normal pour notre société ou considéré comme déviant. Cette relation est intense, excitante, envahissante, répétitive, sans contrôle et isole le sujet de toute intimité sexuelle et réciprocité affective. Les addictions sexuelles les plus fréquentes sont la masturbation compulsive, l'addiction aux sites pornographiques, le cybersexe, le sexe par téléphone, la fréquentation compulsive des clubs de strip-tease et certains comportements d'exhibitionnisme, de voyeurisme, de fétichisme, de travestisme…"

Voilà ce que dit l'Institut fédératif des addictions comportementales sur son site. Il existe des gens malades de sexe. Je n'invente rien…

Alors, sympa, me direz-vous, bandes de petites perverses

que vous êtes ! Je vous comprends, moi aussi, quand je lis cet article, mon premier réflexe est de ne pas le prendre au sérieux et de résumer le tout par : "Ah ben c'est cool, il s'éclate, en résumé !" Sauf que ce n'est pas le cas. Lorsque le sexe devient votre manière de vivre, votre oxygène, la seule chose pour laquelle vous vous levez le matin, ce n'est plus un jeu. Ce n'est plus "cool". Il s'avère que c'est une véritable maladie. Mon compagnon en est atteint. Pour lui, le sexe n'est plus un jeu depuis longtemps.

Aujourd'hui, j'ai décidé de l'accompagner plutôt que de le juger. Nous sommes au centre d'une orgie de sexe discontinue depuis que nous nous connaissons. Nous vivons de manière surréaliste en nous complaisant chaque jour un peu plus dans la luxure. Et cette aventure est unique en son genre.

Pour l'aider à accepter son état, je préfère faire de cette addiction une expérience. Le déculpabiliser. La rendre gérable, et pourquoi pas agréable ? Car nous parlons de sexe malgré tout, et que deviendrait la vie si le sexe devenait un ennemi ? Un cauchemar, je vous l'accorde… Je vais donc essayer de rendre cette contrainte ludique et vivable pour lui… Alors, j'ai décidé de la partager avec vous parce qu'il y a des choses à dire… Je commence donc cette chronique pour vous dévoiler nos secrets les plus infimes et intimes, les bas-fonds les plus sombres de ses besoins, et les expériences les plus inavouables que nous traverserons. Tout, je vous dirai tout. Déjà parce que je suis sûre que ça vous plaira, et ensuite parce que ça nous excite de savoir que vous nous suivrez dans nos perversités. À l'heure où je vous écris, je l'attends déjà dans la cuisine, nue et offerte pour assouvir son envie du matin.

La seule chose que vous ne saurez jamais, pour des raisons évidentes, c'est notre identité. Je m'appellerai donc Eva et lui Romuald… Et… considérez que nous habitons Sydney…

Maintenant je vous laisse, je l'entends arriver… Pas de panique, je reviens tout vous raconter très vite (ou pas, ça dépend de lui… :))

Bizzz les coquines »

Eva

Tous les matins depuis un peu plus de deux ans, je relis ce préambule. Parce que c'est là que tout commence. Sur le moment, ça me paraissait une bonne idée. Un moyen comme un autre d'assouvir nos besoins, enfin surtout ceux de Liam. Parce que Liam est effectivement malade. Son esprit a un besoin viscéral de sexe. N'importe où, n'importe comment, et SURTOUT n'importe comment devrais-je dire, à deux, à trois, à dix… Nous nous sommes rencontrés comme ça. Un soir où il était « en chasse ». Enfin, je le connaissais avant, mais pour des raisons purement professionnelles. Puis un soir, nous nous sommes croisés dans un club… Nous nous sommes revus souvent après cela et j'ai été subjuguée par cet homme et par son côté sombre. Et il a apprécié mon ouverture d'esprit lorsque j'ai compris son problème. Pour moi ce n'était pas un souci. Faire l'amour avec lui est tellement magique…

Nous avons testé des milliers de choses, ensemble, en couple, et ça l'a rassuré. Des orgies sexuelles, des putes, des hommes, de l'exhibitionnisme, de l'échangisme, bref, tout pour qu'il trouve enfin la paix. Paix de courte durée, mais paix quand même. Et toutes ces expériences, je les ai relatées sur mon blog chaque matin pendant deux ans. Chaque expérience, chaque doute, chaque épreuve, tout a été raconté, et lu par des milliers de personnes. Pari risqué, car tout ceci, ce petit jeu pervers, a un impératif : l'anonymat.

Certes, cela paraît évident. Mais si ça l'est effectivement

pour une personne lambda, ça l'est encore plus dans notre cas. Pour commencer par moi, je m'appelle Ambre Leroy, je suis éditrice dans une grande maison d'édition qui a pignon sur rue. C'est d'ailleurs par ce biais que j'ai rencontré Liam, qui n'est autre que Liam Nicols, l'écrivain de romances, multi-best-seller mondialement connu. C'est un Américain résidant en France depuis des années mais dont les romans sentimentaux sont distribués par milliers d'exemplaires à travers le monde, traduits dans plus d'une quinzaine de langues. Son credo ? La romance fleur bleue, les bons sentiments, l'amour avec un grand A qui fait pleurer les femmes de 15 à 90 ans. Toutes les choses qu'il ne connaît pas dans sa vie, en définitive.

Il a l'image du *lover*, du tendre, et avec son physique à tomber, n'importe laquelle d'entre nous lui donnerait le bon Dieu sans confession, voire beaucoup plus. Le gendre idéal, en quelque sorte. Ses lectrices l'ont surnommé l'Ange de la Romance. Et ça fait son fonds de commerce. Entre deux romans, il parcourt le monde pour des colloques, salons, interviews et autres, et chacune de ses apparitions provoque des rassemblements importants. Les femmes sont fébriles, les filles, les mères et même parfois les grands-mères s'évanouissent, veulent le toucher, enfin bref, l'homme de ma vie est le fantasme d'un nombre incalculable de femmes romantiques et en manque.

Imaginez que, demain, quelqu'un fasse le lien entre lui et mon blog ? Ce serait la fin. Notre fin. Moi, je pense que je pourrais m'en remettre, mais lui ? Une telle découverte serait terrible. Et à la vitesse où circulent les informations aujourd'hui, nous irions au-devant d'un véritable cataclysme. Et c'est justement sur ce point que réside mon problème aujourd'hui.

1

Ambre

La porte du couloir s'ouvre brusquement en face de moi. Mon homme apparaît, les yeux encore endormis, vêtu d'un simple pantalon de coton à peine resserré à la taille et tombant bas sur ses hanches, m'offrant ainsi une vision au paroxysme de la sensualité. Son torse imberbe et sec, ce V dont la pointe est à peine dissimulée par le tissu léger, mais aussi son regard vert pailleté, ses cheveux clairs en bataille dans lesquels il passe une main paresseuse… C'est certain, si lui souffre d'un besoin sexuel hors norme, je ne peux qu'adorer être le palliatif de tout ça. Trois ans qu'il joue avec mon corps autant qu'il le peut, et trois ans que je me pâme de désir et d'amour pour lui.

Ses lèvres s'étirent dans un sourire lourd de sens pendant que ses yeux me détaillent avec bestialité. Je suis allongée sur le canapé, l'ordinateur portable posé sur mon ventre, les genoux relevés pour servir de dossier à mon écran, ma nuisette recouvrant à peine mon intimité, voire pas du tout après réflexion. Position tout à fait volontaire de ma part. Simplement pour lui indiquer que je suis à sa disposition. Il n'a pas besoin de parler. Un regard suffit. Il parcourt de sa démarche féline les quelques mètres qui nous séparent, son objectif bien en vue. Aussi doucement qu'il le peut, il s'allonge au bout du canapé en baissant son pantalon.

– Continue d'écrire, Ambre…

Sa voix est rauque et ne permet aucun refus. Non pas que j'aie envie de lui refuser quoi que ce soit, bien au contraire. Je reprends donc mes écrits en écartant un peu plus les cuisses comme ses mains m'y invitent. Cachée derrière l'écran de mon ordinateur, je ne le vois pas. Je ne peux que ressentir. L'attente est de courte durée. Ses lèvres douces et furieuses en même temps se posent sur mon intimité et me dévorent sans attendre. Sa langue experte est partout à la fois. Elle tente plusieurs invasions, joue avec mon clitoris, descend le long de mon intimité tout entière puis remonte. J'ai beau en avoir plus que l'habitude, mon corps, lui, ne se lasse pas de l'assouvir. J'aime plus que tout être son objet, son médicament, celle dont il a besoin pour survivre. Sa langue s'anime de plus en plus. J'arrête d'écrire, de toute manière je n'arrive plus à aligner deux mots depuis cinq bonnes minutes. Je jette un œil sur le côté de mon écran pour voir son bras droit s'animer autour de son membre. Il se branle en me dévorant. Cette situation m'excite un maximum. Mon ventre se tend lorsqu'il insère plusieurs doigts sans préavis au plus profond de moi.

Oh, Seigneur, je crois que ce mec me fera mourir d'extase un jour !

Mon corps ondule de plus en plus sans que j'arrive à maîtriser quoi que ce soit. Je m'agrippe à mon ordinateur qui tangue dangereusement sous les mouvements fébriles de mon ventre et de mes jambes. Qu'est-ce qui retient l'autre ? C'est ça la vraie question. J'ai besoin de m'accrocher à quelque chose. Besoin accentué lorsque des picotements de plaisir se répandent en moi à la vitesse de l'éclair, sans prévenir. Mes jambes, mes orteils, mes bras, mon cou, mon cerveau, tout se tend et se détend en attente d'une délivrance qu'il a l'air de ne pas vouloir faire traîner, pour mon plus grand bonheur. Je relève le bassin nerveusement.

– Oh, putain, Liam !

Il grogne contre mon pubis et me déclenche par cette simple vibration calculée, un orgasme tonitruant. Je me tends tout entière contre sa bouche, lâchant mon ordinateur qui dégringole sur le tapis, pour me mordre le poing. Mon corps tremble sans discontinuer, alors que je peux enfin admirer mon amant qui relève le visage vers moi au même moment, aux prises avec son propre orgasme en train de l'ensevelir. La bouche entrouverte, ses yeux s'envolent dans un autre univers alors que sa main s'active toujours sur son membre. Il est magnifique quand il jouit. Sa main libre s'agrippe à mon genou et sa bouche vient mordre violemment l'intérieur de ma cuisse en même temps qu'il étouffe un rugissement dont je sais qu'il le considère comme honteux.

C'est à ce moment que je baisse systématiquement les yeux. Parce que, suite à la félicité de l'extase, la lueur de bien-être de son regard se transforme furtivement en éclair de tristesse. C'est court, presque indétectable. Sauf pour moi qui le connais par cœur. Et ça me rappelle que nous ne sommes pas dans la passion. Nous sommes dans la maladie. Il est comme le drogué qui vient de prendre sa dose, heureux de l'apaisement qu'il ressent et désespéré d'être dépendant à ce point. J'ai trop vu ce désespoir, maintenant, je ne le supporte plus. Il me rappelle que ce qu'il m'offre n'est pas l'amour, mais bien de la baise. Je m'en contente, car je sais qu'il ne peut pas donner plus, de par sa maladie qui annihile sa perception des choses et des sentiments. Je sais que je tiens une place importante dans sa vie, mais j'aimerais plus. J'aimerais tellement qu'il puisse m'aimer vraiment !

Il s'écroule sur moi, la tête sur mon ventre. Mes mains viennent enlacer son visage et il me laisse le bercer quelques instants en embrassant mes avant-bras. Je l'adore à un point qui n'est pas permis. Il frotte son menton sur mon ventre.

– Bonjour, ma chérie.

– Bonjour ,mon cœur. Bien dormi ?

Il lève un œil vers moi en se tordant le cou.

– Ça va. Tu bosses déjà ? Tu vas leur raconter celle-là ?

Je lève les épaules d'un air indifférent.

– Comme tu veux. T'en penses quoi ?

Il reporte son attention sur le mur du salon.

– Je ne sais pas… Oui, vas-y. Je le relirai ce soir à l'hôtel.

– Ton avion est à quelle heure ?

– Dans moins de deux heures.

Il embrasse mes doigts tendrement.

– Tu vas me manquer. Deux nuits…

Son corps se tend légèrement. Je sais que ce n'est pas moi qui vais lui manquer. Mais mon corps. Parce que si j'accepte tout, ses déviances, ses envies, ses jeux, j'y pose une seule condition : jamais sans moi. Que je participe ou ne participe pas, je veux être présente dès qu'il partage quelque chose avec quelqu'un. Ce qui signifie clairement pour lui que lors de ses déplacements, il doit se contenter de sa main, puisqu'il préfère voyager seul. C'est une condition impérative. Je veux tout savoir et contrôler ses parties de jambes en l'air.

Liam étant un homme sincère et tendre à côté de ses troubles, il a compris et accepté. Content, sans doute, de trouver une femme capable de le suivre sur son terrain sans le brimer, et comprenant la contrepartie de mon ouverture d'esprit. Et je sais qu'il se plie à mon exigence. Parce qu'il a besoin de moi, je lui permets de vivre tout ça sans culpabiliser en lui offrant un certain cadre. Il remarque mon PC étalé sur le sol.

– Merde ma puce, ton ordi !

Il se redresse et le récupère pour le reposer sur mon ventre. Puis se lève, remonte son pantalon, s'occupe de nettoyer ses dégâts sur le cuir du canapé et se dirige vers la cuisine avec une démarche nonchalante.

– Tu veux un café ?

– Oui, si tu veux.

Je me réinstalle et rallume mon écran. Il a l'air de fonctionner. Trop bien même. J'ai reçu des messages. Toujours ces messages Messenger que je ne supporte plus. Mon sang se glace d'un coup alors que j'ouvre les fenêtres qui clignotent un peu partout. J'ai cinq bonnes minutes avant son retour. Je consulte le premier message.

Prunelle_ Hello Salope, alors comment va Liam ? Tout va bien à Rambouillet ? Il part à quelle heure ? Boston, c'est ça ?

Arc-en-ciel_ Salut toi, alors l'orgasme de ce matin ? T'as pris ton pied j'espère ? Tu sais que je me suis touchée en pensant à lui ? Je crois que je vais aller à Boston, moi ! Il dira quoi, tu penses ? Si je lui raconte tes petites confidences ?

Un tremblement me paralyse tout entière. Je ne sais plus quoi leur répondre. Elles m'ont contactée il y a quelques mois, et au début, elles étaient adorables. Je ne me suis pas méfiée, beaucoup de lectrices me contactent pour papoter un peu. Et je joue le jeu, c'est le business. Sauf que ces deux-là m'ont séduite. Elles se sont confiées, et j'ai fait de même. J'ai ouvert en grand mes portes, et j'ai dévoilé des choses. Beaucoup trop de choses. Et elles ont tout noté. Chaque petit détail, chaque réponse. Et elles ont compris. Je ne sais pas comment elles ont deviné. Je suis toujours restée évasive dans mes réponses. Mais apparemment, pas assez. Au bout de quelques semaines, les filles adorables et drôles sont devenues mon pire cauchemar. Elles me menacent. Tous les jours. Toutes les heures. Elles m'envoient des messages plus affolants les uns que les autres.

Je crois qu'elles se connaissaient avant mais je n'ai pas de preuve. En tout cas, elles se sont vite liées toutes les deux. Tout part d'un groupe Messenger où j'ai créé une discussion pour nous trois. Et tout a basculé peu de temps après ça. Je ne sais pas comment les identifier. Elles ont vraisemblablement de faux comptes très bien protégés, et j'ai eu beau chercher, fouiller partout, rien ne me permet de trouver ne serait-ce qu'un indice. Je suis allée porter plainte. Mais là encore, il n'y a pas de menace de mort, donc le flic m'a ri au nez. Il n'avait pas vraiment les moyens de dépêcher une brigade de recherche pour ce genre d'enfantillage. Vu de sa fenêtre je peux comprendre. Mais vu de la mienne c'est autre chose. Parce que si elles le désirent, ces filles peuvent nous détruire totalement. Pour plusieurs raisons.

Tout d'abord, elles ont gardé les messages que nous avons échangés depuis le début. Et je ne peux rien effacer. Chaque discussion Messenger reste enregistrée à vie ! Moi, je peux les effacer de mon côté, mais ça n'efface que ma vision à moi. Pas la leur. Elles, conservent tout. Et dans ces conversations, j'ai été stupide. Lorsqu'elles ont commencé à me menacer, mes réponses, complètement paniquées, ont confirmé qu'elles étaient dans le vrai. Elles ont donc la preuve noir sur blanc que mon Romuald, le pervers sexuel décadent, n'est autre que Liam Nicols. Le grand écrivain romantique et parfait. Si l'envie leur prend, elles peuvent détruire sa réputation, sa carrière et sa vie, juste en publiant sur certains groupes de lecture deux ou trois copies d'écran. Et aussi, ce qui est loin d'être négligeable, elles ont ce pouvoir de toucher l'état mental de mon homme. Parce qu'il a déjà du mal à accepter son addiction secrète, alors si elle venait à devenir publique, je pense que ça le perdrait définitivement.

Donc, déjà, ce premier point est effroyable. Mais ce n'est pas le seul, loin de là. Lors d'une nuit, suite à une réception relativement arrosée, pendant que Liam était parti dormir, et alors qu'à cette époque j'avais stupidement accordé toute ma confiance à ces harpies, je leur ai avoué, sans réellement réfléchir à la conséquence de mes propos, que j'avais revu l'un de nos partenaires sexuels. Sans Liam. Ce jour-là, il était en déplacement à Marseille, et j'avais ressenti une angoisse inexpliquée en le voyant aux infos entouré de plusieurs femmes un peu trop proches de lui à mon goût. J'étais alors sortie avec mes deux amies, Eleanor, la sœur de Liam, et sa meilleure amie, Angel. Je les fréquente assez souvent, elles sont plutôt sympas. Elles ne sont pas au courant des troubles de Liam, et même si elles l'étaient, je ne leur aurais jamais parlé ouvertement de ce sujet. Même aujourd'hui, je ne m'imagine pas exposer les déviances sexuelles de Liam à sa sœur. Bref, nous sommes sorties ce soir-là, et j'ai retrouvé, par hasard, accoudé au bar où je passais commande, le beau Stefano, Italien genre *latin lover* au physique éblouissant. Et j'en savais déjà beaucoup sur ses attributs, puisque nous l'avions, deux nuits auparavant, avec Liam, invité à prendre part à nos petits jeux érotiques. Il a été très chaleureux avec moi, et l'alcool aidant, ma jalousie impossible à calmer au fond de moi, et notre univers sexuellement décadent toujours présent autour de moi, je n'ai pas résisté. Je l'ai rejoint dans sa chambre d'hôtel et j'y suis restée une bonne partie de la nuit. Jusqu'à ce qu'il fasse ses valises tôt le lendemain matin pour repartir en Italie, pour être exacte.

Cet écart, j'aurais pu l'assumer, s'il était resté secret. Il était injustifié car il s'avère que Liam n'a pas fauté, il me l'a prouvé par la suite, mais tant qu'il ne sait rien, personne ne souffre. C'est une simple erreur, qui ne remet pas en cause mon amour pour lui, car pendant toute la durée de mes ébats avec Stefano, je n'ai pensé qu'à Liam. Donc à quoi bon en faire toute une histoire ? Et pourtant, allez savoir pourquoi, je me suis sentie obligée de le révéler. Aux pires personnes qui soient. Arc-en-ciel et Prunelle. Si jamais elles contactent Liam… Si jamais elles lâchent cette bombe… Je le perdrai à jamais. Comment pourrait-il en être autrement ? Alors que je lui impose de souffrir sans sexe une bonne partie du temps ? Alors que son corps tout entier lui crie constamment de se laisser aller, comment pourrait-il accepter que moi, qui n'ai aucun problème de ce côté, je lui fasse un affront pareil ? C'est tout bonnement impossible ! Même si je lui expliquais que toutes mes pensées étaient tournées vers lui à ce moment, ce ne serait pas suffisant. Et je ne veux pas le perdre. Jamais. Je l'aime trop. J'en deviendrais folle. Parce que s'il a besoin de sexe, moi, j'ai besoin de lui. Nous souffrons tous les deux d'une dépendance, en définitive.

Ce qui m'amène au troisième point qui clôture ce sac de nœuds inextricable. Je suis seule face à tout ça. Je ne peux pas en parler à Liam. Si je ne lui divulgue qu'une partie de la réalité, il voudra forcément s'en mêler, et je risque que tout soit révélé. Qu'il apprenne mon infidélité. Qu'il me quitte. Qu'il disparaisse de ma vie. Et comment survivre à son abandon ?

Je suis perdue. Je les ai suppliées. Je les ai menacées

à mon tour, mais je n'ai rien à leur opposer. Je n'ose pas les signaler à Messenger, sous peine de représailles. Si je ne leur réponds pas, elles me menacent. Si je leur réponds, elles me menacent aussi. Je vis depuis plus d'un mois dans cette peur perpétuelle, dans cette recherche de solution que je ne trouve pas. Je ne dors plus, ne mange plus, et passe mon temps à trouver l'énergie nécessaire pour paraître calme et détendue devant Liam. J'ai tellement envie de tout lui avouer. De soulager ma conscience. Je n'en peux plus, pour être parfaitement honnête. Je me suis vue obligée de suivre un traitement médical pour réussir à me détendre, traitement que je lui cache, je ne suis plus à ça près. Ma vie est devenue un enfer. À chaque notification Facebook, ou sur mon blog, à chaque vibration de mon téléphone en annonce de messages Messenger, mon ventre se tord de peur et une nausée me vient. Et je ne parle même pas des crises de panique lorsque Liam emprunte mon ordinateur pour une recherche rapide ou mon téléphone pour une raison quelconque.

Je suis devenue fausse et minable. Écrasée par le poids d'une erreur sans conséquence, à la merci de deux garces que je ne connais même pas. Peureuse face à ma propre ombre. Je ne le supporte plus. J'ai même pensé à en finir définitivement.

Ma réflexion est coupée par un nouveau message. Sur le groupe de trois cette fois.

Arc-en-ciel_ Ben alors, tu réponds plus ? Si tu nous bloques, on balance tout, ma belle. Tu le sais ça ?

Sa copine reprend derrière.

Prunelle_ Non seulement on balance, mais en plus, je vais m'occuper de la queue de ton mec.

Arc-en-ciel_ Ah ah ah ! Je peux venir, Prunelle ?

Prunelle_ Ben oui, plus on est de fous ! Deux nanas, ça lui fait pas peur à l'étalon ! Bon, connasse, tu réponds ? T'as deux minutes !

Et c'est comme ça tout le temps. J'ouvre une autre fenêtre Messenger. Parce que quand je disais que j'étais seule, ce n'est pas totalement exact. J'ai un autre contact sur le réseau. Elle, je lui fais entièrement confiance. Elle est psy et a contacté Eva il y a un an pour lui proposer de travailler sur nos problèmes d'addiction. Elle veut écrire une thèse à mon sujet. Au début, j'ai été curieuse et j'ai accepté. Je me suis pas mal confiée, à elle aussi, mais contrairement aux deux garces, Méli-mélo, Jade de son vrai prénom, semble droite et elle respecte le secret professionnel. Elle connaît également l'identité de Liam et la mienne. Oui, je sais, c'est risqué. Mais pour les besoins de sa thèse, et parce qu'elle m'a mise en confiance, j'ai tout déballé.

Aujourd'hui, j'en ai marre de ses conseils et analyses. Je n'avais pas réalisé que travailler sur nos addictions signifierait essayer de les éradiquer. J'ai besoin de ce monde de perversité avec Liam. Je ne veux pas me soigner. Parce que je considère que je ne suis pas malade. Et si lui ne l'est plus, voudra-t-il encore de moi ? Maintenant que nous sommes deux, il gère mieux son addiction, et je préfère vivre comme ça plutôt que de le perdre parce que… parce que personne ne peut savoir à quoi il aspirerait sans cette dépendance. Et je sais pertinemment que pour lui, il n'est pas question d'amour. Juste de sexe. Ce qui est loin d'être rassurant.

Donc j'ai plus ou moins mis en pause ma thérapie, même si je sais que ce n'est pas sympa pour elle. J'essaie de faire quelques trucs, mais souvent, j'oublie ses conseils. Je ne lui tourne pas le dos parce que je l'aime bien, et aussi parce que dans tout ce bazar organisé qu'est ma vie virtuelle, elle est la seule personne de confiance à qui je puisse parler sans tabous ou non-dits. Elle sait tout, de toute manière. Et en plus elle répond toujours présente. À chaque fois je la sollicite parce que je ne sais plus quoi leur répondre.

Eva/Romuald_Cc Jade t'es là ?

Elle répond presque instantanément.

Méli-mélo_Oui juste réveillée. Bien dormi ?
Eva/Romuald_Elles sont déjà là. Je fais quoi ?
Méli-mélo_Ambre, ça ne peut plus durer ! Dis tout à Liam.
Eva/Romuald_Tu sais que je ne peux pas. Je l'aime trop pour le perdre.
Méli-mélo_La vérité est ta seule option, Ambre.

En plus d'être une psychologue pertinente, Jade est une grande romantique. Elle est d'ailleurs fan de Liam et de ses romans. Malgré tout ce qu'elle sait sur lui, elle est persuadée qu'il est un romantique au fond de lui. J'aimerais avoir cette même certitude, mais malheureusement, on n'en est pas là. Liam me virera aussitôt que j'avouerai. C'est une évidence.

Ce dernier revient dans le salon une tasse à la main.

– Tiens, ton café ma chérie. Tu viens avec moi sous la douche ?

Il pose sa main sur ma cuisse tendrement et reprend.

– J'ai envie d'un câlin pour une fois. Rien de sexuel. Juste toi contre moi.

Je lui souris alors qu'un nouveau message arrive devant mes yeux.

Arc-en-ciel_Youhou y a quelqu'un ? Allooooo ? T'es en train de baiser, peut-être ?

Liam est juste derrière l'écran. Tous mes muscles se contractent. Il faut qu'il parte de là.

– Oui, oui, fais chauffer l'eau, j'arrive…

Il me sourit et me tend une main que je repousse.

– J'arrive. Juste un petit truc à faire et je suis à toi.

Il passe sa main dans ses cheveux en me détaillant du regard et m'adresse un sourire.

– À la réflexion… Je pars pour deux jours… Et t'es vraiment bandante ce matin.

Il fait glisser sa main un peu plus bas sur ma peau. J'attrape ses doigts et les rejette promptement.

– Non, pas maintenant ! Liam, je t'ai dit, j'ai autre chose à foutre.

Il se redresse, surpris, et me scrute en se mordant la lèvre inférieure. Merde ! Je crois que j'y suis allée un peu fort. Liam n'est pas un homme méchant, nous ne nous agressons jamais pour rien. Et surtout, il est fier. Ce n'est pas tant mon refus, c'est uniquement la manière dont je l'ai rejeté. Ses yeux deviennent vert foncé. Il pose les mains sur ses hanches.

– Bon, OK.

C'est tout. Il tourne les talons et se rend à la salle de bains. Ça n'a l'air de rien, mais sa réaction est celle qui précède une grosse dispute dans notre couple généralement. C'est écrit. Sauf qu'il part pour deux jours, et je ne veux pas que nous nous séparions sur un malentendu. Je pose mon ordi pour aller m'excuser, mais une sonnerie, puis deux, puis un flot musical m'indiquent que les deux garces s'énervent. Tiraillée entre mes deux obligations, je finis par choisir de prendre cinq minutes pour les calmer. Cinq minutes qui se transforment en presque une heure. Jusqu'à ce que Liam apparaisse à nouveau, habillé cette fois. Il est, comme d'habitude, à couper le souffle, en jean brut et tee-shirt vert foncé assorti à ses yeux, mais son sac de voyage à la main me rappelle qu'il part loin. Nouvelles sonneries sur mon PC. Elles sont déchaînées ce matin. Et impatientes. Je n'en peux plus. Liam se mord encore une fois la lèvre en me regardant.

– Bon, j'y vais.

Il attend mes excuses. Un mot, un geste, un câlin. Il est blessé, il veut son pansement. Que je meurs d'envie de lui donner. Il me fait penser à un petit garçon sans défense. C'est tout le paradoxe Liam Nicols. Bête de sexe et tellement touchant dans sa sensibilité… Je hoche la tête à son attention en répondant aux garces de me laisser cinq minutes. Elles refusent. Je supplie. Puis je décide de les laisser à leurs horreurs deux minutes. Mais la porte de l'appartement claque lorsque je relève les yeux de l'écran. Je suis seule. Je cours jusqu'au palier, mais l'ascenseur indique qu'il arrive déjà au rez-de-chaussée et je suis en nuisette. Et Messenger sur mon PC bipe encore et toujours. J'ai envie de hurler. Je n'en peux plus ! Il faut que tout ça cesse ! Qu'elles m'oublient. Je me réinstalle devant mon écran.

Eva/Romuald_ Mais qu'est-ce que vous voulez, à la fin ! Laissez-moi tranquille !

Prunelle_ Oh, elle est colère ? Qu'est-ce qu'on veut déjà, Arc-en-ciel ? J'me rappelle plus !

Arc-en-ciel_ On veut qu'elle dégage, Prunelle. Ouais, c'est ça ! Dégage de la vie de Liam. Disparais !

Prunelle_ Ah oui, c'est ça. Dégage, salope ! Et laisse la clé sous le paillasson, on va accueillir ton homme ! AH AH AH !

Arc-en-ciel_ Oui, tu le quittes. Je veux voir dans les journaux que la femme de Liam Nicols a disparu.

Débrouille-toi comme tu veux, mais quitte-le. Maintenant ! Et on fermera nos gueules !

Je m'enfonce dans le canapé. Que je dégage. Mon cerveau n'arrive plus à réfléchir. Jade me relance…

Méli-mélo_ Que vas-tu faire ? Tu ne peux pas rester comme ça !

Eva/Romuald_ Elles me demandent de dégager. De disparaître.

Méli-mélo_ Ben voyons ! Ambre ce n'est pas la solution ! Dis tout à Liam et tu seras tranquille. Vous êtes un couple, vous devez être forts, ensemble !

Eva/Romuald_ Ce n'est pas si simple. Il ne supportera pas, lui est fidèle et très respectueux d'une certaine manière. Il ne pourra pas comprendre.

Méli-mélo_ Il faut que tu assumes tes actes. Je suis certaine qu'il appréciera ta franchise.

Eva/Romuald_ Tu ne le connais pas. Il ne doit JAMAIS savoir. Il faut que je réfléchisse à tout ça. Et que je trouve une solution. Écoute, Méli, il faut que je te laisse. Bizzzz

Elle est adorable mais foncièrement honnête. Et aussi très jeune. Elle ne sait pas encore que l'amour inconditionnel n'existe pas. Moi, par contre, j'ai perdu cette innocence depuis longtemps. Je serais capable de n'importe quoi pour lui… Des pires bassesses, de tout ce qui me permettra de reprendre le contrôle de la situation. Quitte à vendre mon âme au diable. J'allume ma playlist pour essayer d'évacuer cette angoisse qui ne me quitte plus. La musique m'a toujours fait du bien…

Disparaître pour mieux gérer tout ça me paraît une idée envisageable. Je ne vois que cette solution. Faire ce qu'elles demandent. Au moins pour y voir plus clair. Disparaître. Me laisser du temps. De toute manière, ce n'est pas la première fois que je partirais. Liam a toujours survécu à mes disparitions, je ne me fais pas de souci pour lui outre mesure. La première fois, nous n'avions pas cet accord d'exclusivité, il est arrivé juste à mon retour, donc je ne la compte pas comme un exemple probant de sa ténacité sans moi. Mais la seconde fois, il a accepté mon absence sans me poser trop de questions. De toute manière, encore une fois, je n'ai pas vraiment le choix.

Ça risque de lui faire du mal, mais je ne peux même pas lui expliquer quoi que ce soit. Je dois dégager pour pouvoir prendre du recul et trouver la solution. Réussir à rendre muettes ces garces, ou, au moins, effacer cette faute qui menace de détruire ma vie. De toute manière, la situation devient invivable. Que faire d'autre ?

Extrait

The Boss Rules

Alexane Tolley

PROLOGUE

Neuf ans plus tôt
Place du Trocadéro

Cela fait presque une heure que je joue de la gratte, attirant à chaque nouveau morceau des badauds intrigués, amusés ou captivés. Une foule ininterrompue de promeneurs occupe la place du Trocadéro. Il faut dire qu'en ce début juillet, l'affluence touristique de la capitale est à son comble. La proximité avec le public m'éclate. J'en ai besoin très régulièrement. Tout à l'heure, un couple d'une cinquantaine d'années a même exécuté quelques pas de rock. Le pied total !

Je suis monté à Paris avec Julien, mon meilleur ami, pour percer dans la musique. Au gré des prestas d'impro, des salles confidentielles, des couloirs du métro, nous avons rencontré Grégory, Damien et Margot qui rêvaient également de célébrité et se produisaient régulièrement sur de petites scènes lorsqu'un artiste avait besoin de musiciens. Julien et moi les avons rejoints et nous avons créé le Deadly Music Group[1]. Le nom est un peu pourri, mais nous avions pensé, à l'époque, que ça sonnait bien. Et puis les initiales du groupe correspondaient à celles des fondateurs de la bande. Nous nous sommes trouvés.

1. Groupe de musique mortel.

Julien a trouvé l'amour en prime et moi, la reconnaissance musicale que j'attendais depuis mon adolescence. On commence à bien fonctionner. C'est la vie que je voulais. Je ne suis heureux que lorsque j'ai une guitare en main devant un public.

En revanche, si la scène me grise, il m'est tout aussi indispensable de revenir aux sources quelquefois. Je ne veux pas perdre de vue d'où je viens. Prendre la grosse tête est le pire truc qui puisse arriver à un musicien. Il perd son âme et donc sa créativité. C'est la raison pour laquelle je suis là, tout seul, comme un con, sous un soleil de plomb, à reprendre de grands classiques du rock, devant une foule médusée. Mes potes me mettent en boîte, mais j'en ai besoin, c'est viscéral, alors j'ignore leurs moqueries.

J'en suis à débuter un de mes morceaux préférés, « She's Not There » de mon maître, Carlos Santana, lorsque je vois une petite nana qui s'installe confortablement sur les marches, juste en face de moi. Les bords de mon chapeau me gênent un peu et la lumière aveuglante de cette fin d'après-midi m'empêche de voir les détails de ses traits, mais il me semble que cette petite blonde est très jeune. Enfin, plus jeune que moi. Elle me fixe, intensément. Je manque de louper le solo de guitare tellement elle m'intrigue. Elle reste immobile le temps que je finisse la chanson. J'hésite à en démarrer une autre, car j'ai une envie irrésistible de l'aborder, mais lorsqu'elle se joint aux applaudissements, mon ego à la con me pousse à l'impressionner. J'entonne les premières notes de « The House of the Rising Sun » de The Animals, car c'est l'un des premiers morceaux que j'ai appris à jouer et je le maîtrise parfaitement, tant musicalement que vocalement. Et même si la version française de Johnny Hallyday, « Le Pénitencier », est plus connue, je préfère l'original.

Le sourire éclatant qu'elle me lance est ma récompense. Je n'ai pas envie qu'elle s'en aille. C'est trop tôt. Ses longs cheveux presque blancs dans la lumière estivale ondulent sur ses épaules fines et dissimulent les bretelles de son débardeur. Elle avance un peu et s'assoit à seulement quelques mètres de moi, en tailleur. J'inspire profondément, soulagé. J'apprécie ses pommettes hautes, ses yeux félins et ses lèvres ourlées. On dirait une poupée de porcelaine. Je suis subjugué par ses gestes gracieux. Ses mains emprisonnent sa chevelure qu'elle entortille en quelques secondes et maintient avec une baguette. Elle ouvre son sac à dos et sort un bloc de dessin. Une artiste !

Je pense être aussi subtil qu'un éléphant dans un magasin de porcelaine avec les regards que je lui lance, mais je m'en fous. Cette nana me fait un effet de dingue.

Putain !

Je me foutais de la gueule de Julien lorsqu'il a croisé Margot la première fois. En rentrant, il m'avait dit : « Mec, je ne peux pas te l'expliquer, mais cette fille est la femme de ma vie. » Dire que je me suis moqué de lui est un euphémisme… Je l'ai emmerdé des semaines durant. Et voilà que j'ai l'impression qu'il m'arrive la même chose. Je ne sais pas son nom. Je ne connais pas le son de sa voix. Je ne sais pas quelle odeur elle a. Mais, tout en ne chantant que pour elle, je suis persuadé que j'aimerai tout de cette fille.

J'enchaîne les morceaux. Des plus classiques aux plus contemporains. Les groupes d'admirateurs se font et se défont, mais je ne les regarde même pas. Ma seule constante est cette blondinette qui reste concentrée sur sa page. Je mate l'inclinaison gracile de son cou lorsqu'elle relève la tête, trop peu souvent à mon goût, pour prendre un nouvel angle. Je suis les mouvements de ses doigts lorsqu'ils ombrent le papier. Mon corps entier est tendu. Là où d'habitude, je flirte un peu avec les femmes qui s'arrêtent pour m'écouter jouer, je ne peux détacher mon attention de cette inconnue.

J'en suis à la moitié de « Behind Blue Eyes », des Who, chanson qui m'a semblé de circonstance, quand elle se lève et remballe ses affaires. Je sens mon palpitant qui s'affole.

Putain, je ne veux pas qu'elle parte !

Son petit cul moulé dans un short minimaliste me fait de l'œil lorsqu'elle se baisse pour saisir son sac. Elle se retourne et avance vers mon étui de guitare que je laisse ouvert quand je joue ainsi. Toujours avec son fichu sourire, elle dépose délicatement un papier, roulé comme un parchemin.

Merde ! Elle se tire !

Malgré les protestations des spectateurs, j'arrête de jouer et, curieux, je déroule son offrande. Ce que j'ai sous les yeux est un chef-d'œuvre. Cette blonde que je ne connais pas a su reproduire exactement ce que je pense offrir à mon public. Ce n'est pas le portrait d'un simple musicien qui joue de son instrument sur une place publique, c'est la reproduction parfaite de ce que je ressens quand je joue. Les traits sont affirmés. Le graphisme est épuré, mais dans le même temps, détaillé. C'est magique.

Je me dépêche de plier mes affaires. Elle a contourné le palais de Chaillot, j'imagine donc qu'elle descend l'esplanade vers les jardins du Trocadéro. Je ne veux pas la perdre dans la foule. Je ne veux pas la perdre tout court. Je me précipite à sa suite. Je la cherche dans la foule. Quand je la repère enfin, elle a déjà bien avancé. Je suis de loin sa silhouette comme les marins gardent le phare dans leur ligne de mire.

Si seulement je connaissais son prénom !

Je ne peux pas lui crier : « Eh ! Machine ! » Il y a mieux comme entrée en matière. C'est dans les moments comme celui-ci où j'aimerais jouer de l'harmonica. C'est beaucoup plus maniable et beaucoup plus facile à ranger. Je n'aurais jamais pensé qu'un petit gabarit comme elle aille aussi vite. Je remonte les jardins au pas de course et réussis à la rejoindre alors qu'elle s'apprête à traverser vers le pont d'Iéna. Elle sursaute quand je lui touche l'épaule.

– Désolé. Je ne voulais pas t'effrayer.

Elle éclate de rire, espiègle.

– Un grand mec comme toi ne va pas m'effrayer. Tout juste me surprendre.

Je ferme les yeux et j'inspire un grand coup. Son odeur de jasmin et d'encens me bouleverse.

Je la vois qui me regarde, interrogative, lorsque je reprends pied.

– Je voulais te remercier pour le dessin. C'est vraiment superbe ce que tu fais.

– Oh, merci. J'espère pouvoir en vivre un jour alors je m'entraîne. Et puis le sujet était plutôt pas mal.

Elle me fait un clin d'œil. Ses yeux azur sont francs. Des fringues simples, pas de maquillage. Elle est nature, sans filtre. Ouais, c'est le terme qui la décrit le mieux. Nature ! Cette nana tout en simplicité me plaît.

– Tu es libre tout de suite ?

– Comme l'air ! Je viens d'arriver à Paris et je ne sais pas encore où poser mes valises.

– Super ! Tu me laisses te servir de guide pour ce soir ?

– Pas de problème. C'est quoi le programme ? me répond-elle sans hésiter.

Je suis complètement scotché par le fait qu'elle accepte. C'était carrément gonflé de ma part. Je suis un grand veinard ; j'ai tenté ma chance, et cela a fonctionné. Je jette un coup d'œil à la signature en bas du dessin que je tiens toujours dans la main.

– Élo ? C'est ça ?

– Oui, c'est mon nom.

J'ai le sentiment qu'elle ne veut pas s'appesantir sur ce détail alors je n'insiste pas. Ce sera Élo.

– Anto, pour te servir, précisé-je en faisant une miniré-vérence qu'elle accueille dans un éclat de rire.

– Alors ? Par quoi commence-t-on ?

Je mets quelques secondes à me souvenir que je lui ai proposé de lui faire visiter Paris tant sa question est ambiguë pour moi. Il faut que je reprenne mes esprits sinon cela va devenir compliqué. Elle semble tellement innocente qu'elle doit simplement penser que je suis un mec sympa qui lui propose un moment sympa. Je vais donc m'en tenir à ça.

Nous passons la fin d'après-midi et la soirée ensemble. Elle joue magnifiquement bien les touristes et je tente de parfaire ma prestation de guide. Après avoir descendu le Champ-de-Mars, nous remontons vers les Invalides. Elle me traîne jusqu'au Louvre.

– Merci, Anto. J'ai toujours voulu voir la pyramide du Louvre.

– Pourquoi ?

– Tu me jures de ne pas te moquer ?

– Je ne te garantis rien, mais je vais essayer.

Tout semble évident avec elle. Plein de simplicité. C'est comme si j'avais rencontré ma meilleure amie, mon âme sœur.

– Eh ! méchant ! rit-elle en me donnant une tape sur le bras.

– Non, dis-moi, Élo. Je te jure que je ne me moquerai pas de toi.

– Le Da Vinci Code ! C'est depuis que j'ai lu ce bouquin que j'ai envie de voir en vrai la pyramide.

Et effectivement, je ne me moque pas, je trouve que c'est une raison plutôt originale.

– Tu veux qu'on entre ? demandé-je doucement.

– Non, je préfère l'admirer de loin. Profiter de l'environnement. J'ai peur d'être déçue si cela ne correspond pas à ce que je pense.

Je n'insiste pas. Nous repartons quelques minutes plus tard et arpentons les Champs-Élysées. Sa fraîcheur. Son rire. Son innocence. Je découvre l'insouciance.

Elle est drôle et spirituelle. Elle me raconte des anecdotes historiques et semble avide de tout. Elle danse du reggae quand nous croisons un groupe. Elle joue avec un petit garçon qui tape dans son ballon. Elle s'extasie sur un chiot qui fait tourner en bourrique son propriétaire. Elle grimpe, saute, rebondit, vit. Et moi ? Moi, je la suis, amusé, subjugué, heureux.

Elle n'est pas seulement magnifique à l'extérieur. Son âme est belle. Quand elle ressent, c'est à fond ; et je redécouvre les choses à travers elle. Quand elle voit, elle regarde vraiment ; et je redécouvre la beauté à travers ses yeux azur. Quand elle rit, elle ne se retient pas ; et je redécouvre la joie.

Je suis définitivement conquis lorsqu'elle accepte de venir chez moi. Je n'ai jamais rencontré de fille comme elle. Si… libre. Nous descendons à la station Bercy pour rejoindre le petit deux-pièces que je loue juste derrière la mairie du douzième arrondissement. J'observe son sac à dos. Très mince.

– Tu as besoin de récupérer des affaires quelque part ? Ou de passer dans une supérette pour acheter quelque chose ?

– Non, j'ai tout ce qu'il me faut dans mon sac. J'ai laissé ma valise à la gare de Lyon, dans une consigne. Le nécessaire est avec moi.

Elle conserve cette liberté d'agir mais cela ne me plaît plus tant que ça car elle accepte simplement mon hospitalité, comme si elle ne voyait pas que je suis complètement sous le charme.

J'angoisse un peu sur ce qui va se passer ce soir. Je ne veux pas qu'elle me prenne pour un enfoiré de première et qu'elle pense que si je la loge, c'est pour la baiser.

Mais bordel, qu'est-ce que j'en ai envie !

S'il faut que je la joue gentleman, je le ferai. Ce n'est pas comme si j'étais en manque d'activité sexuelle. Les groupies du Deathly Music Group sont toujours plus que disponibles. Surtout pour moi, guitariste et chanteur !

Mais tout se passe simplement. Il me semble que c'est la ligne de conduite de mon inconnue blonde.

– C'est joli chez toi, dit-elle en pénétrant dans mon appartement.

Je la regarde découvrir mon univers et me demande ce qu'elle en pense vraiment. Il est fonctionnel et sans véritable personnalité. Je ne viens là que pour dormir.

– Tu n'en penses pas un mot, lui réponds-je en riant.

– C'est vrai !

Elle ne précise rien d'autre. J'attends, étonné d'être soucieux de ce qu'elle voit, mais elle ne dit rien. Cela aurait pu m'agacer, mais elle passe déjà à autre chose.

– Tu as un endroit où je pourrais me rafraîchir ?

– Porte de gauche.

Elle s'éclipse dans ma salle d'eau et je dois me contenir. Je l'imagine dans le plus simple appareil. J'imagine le gant de toilette caresser sa peau que je pense tendre et douce. J'imagine…

– Je peux utiliser une serviette ?

– Bien sûr ! Fais comme chez toi !

Il ne manquerait plus qu'elle sorte dégoulinante. Je ne pourrais pas me maîtriser.

Quand elle ouvre la porte, elle a revêtu un de mes tee-shirts qui était resté à traîner.

– Tu m'as dit de faire comme chez moi alors je t'ai pris ça. J'ai lavé mes affaires, j'espère que cela ne te dérange pas. On dort où ?

Mon cerveau déconnecte devant toutes ces informations. Je lui montre mon minuscule canapé.

Je suis étonné de pouvoir parler sans que ma voix me trahisse.

– Je vais aussi prendre une douche, installe-toi.

Cette nana me fait un effet incroyable et j'ai bien besoin

des quelques minutes d'isolement pour me reprendre. Sauf que lorsque j'entre dans ma salle d'eau, son linge est suspendu à la barre de douche. De simples dessous en coton qui me bouleversent. Je suis tenté de me soulager mais j'ai peur qu'elle m'entende alors je me contente d'une douche froide.

Lorsque je sors, elle a déplié mon canapé-lit et s'est installée dessus, vêtue de mon tee-shirt et d'une petite culotte de coton. Ce n'est pas un string affriolant ni un sous-vêtement sophistiqué, mais la vue de ce simple bout de tissu blanc m'ébranle plus que de raison.

Je lève mon regard jusqu'à son visage et ce que je vois me fait perdre pied. Un regard incendiaire. Une envie primaire égale à la mienne.

– Tu es sûre ? lui demandé-je d'une voix rauque.

Elle se met à genoux sur mon lit et avance jusqu'à moi. Je vois la scène au ralenti. Elle me sourit encore et murmure :

– Il y a longtemps que je n'ai pas été aussi sûre de moi.

Je ne peux alors rien faire si ce n'est la toucher. Sa peau est une caresse. Je me repais de cette sensation indicible. Je la couche doucement et m'allonge dans son dos tout en passant et repassant mes mains calleuses de guitariste sur sa cuisse extraordinairement musclée. Quand elle se retourne, je marque une pause, lui donnant encore la possibilité d'arrêter. Putain, mais quand elle me sourit, je perds pied.

Je ne peux m'empêcher de la caresser. Ses deux tétons se dressent et m'appellent. Je les mordille à travers le tee-shirt et son gloussement est le plus joli son que j'aie jamais entendu. Il fait vibrer mon sexe tendu. Il me vrille surtout le cœur. Ses doigts agiles parcourent mon torse. Je souhaite qu'elle ne s'arrête jamais. Mais si elle continue, je ne pense pas pouvoir réussir à me contrôler. Je retiens mon souffle lorsqu'elle s'intéresse à mon caleçon, tendu par l'excitation.

Ses gestes sont hésitants. Elle ose mais manque manifestement d'expérience, ce qui m'émeut encore plus. C'est une torture. Je la veux. J'ai besoin de la prendre. Pourtant, je la laisse découvrir mon corps. Elle embrasse chaque centimètre de ma peau comme une aveugle qui voit avec le bout de ses doigts, le bout de ses lèvres. Elle descend toujours et encore. Ma verge en redemande et se dresse fièrement lorsqu'elle baisse mon sous-vêtement. Je la regarde faire. Elle marque un temps d'arrêt.

– Ne te sens obligée de rien, Élo, susurré-je pour la rassurer.

Elle ne me répond pas mais hoche la tête. Puis elle me regarde. Ses yeux brillent d'excitation, d'anticipation. Ses cheveux emmêlés dissimulent une partie de son joli minois et m'empêchent de l'admirer pleinement mais ses joues rosies m'indiquent qu'elle apprécie ce qu'elle voit. Je l'encourage avec un sourire et retiens mon souffle. Je serais bien évidemment très déçu si elle reculait maintenant mais j'ai envie de lui faire tant de choses que je crois bien que je survivrais à cette frustration. Tout ce qu'elle décidera me comblera à cet instant.

Je soupire d'aise quand ses lèvres se referment sur mon gland gorgé de plaisir. Sa langue le titille et lape la perle de sperme qui suinte.

– Merci mon Dieu !

Élo glousse et les vibrations de son rire m'excitent encore. Je reste immobile, m'agrippant aux draps. Je sens qu'au moindre mouvement, je vais perdre pied. Je ne me souviens pas avoir ressenti autant de plaisir pour une simple pipe. Elle s'applique et fait manifestement du mieux qu'elle peut et, paradoxalement, ce sont ses maladresses qui me plaisent le plus. J'aime que sa main soit hésitante au lieu de caresser franchement mes parties. J'aime sa langue qui donne des petits coups comme sur une glace. J'aime ses spasmes qui me serrent le gland lorsqu'elle tente de m'avaler entièrement. La caresse de ses cheveux et la griffure de ses ongles ont raison de ma retenue.

– Élo, arrête s'il te plaît ! Je ne vais pas pouvoir tenir bien longtemps.

Elle glousse encore, manifestement fière d'elle, et se cramponne à mes hanches. Elle refuse d'arrêter cette douce torture et intensifie, au contraire, ses succions. J'explose dans sa bouche, un tantinet honteux mais surtout extrêmement touché par sa confiance.

Je mets du temps à reprendre mon souffle. Élo est couchée sur mon ventre. Je caresse machinalement ses longs cheveux soyeux.

Je bouge un peu et la hisse sur mon torse. Elle se tortille, mal à l'aise.

– Chut, reste là…

– Je… commence-t-elle sans pouvoir terminer sa phrase.

– Élo ! l'appelé-je en attendant qu'elle me regarde, chose qu'elle fait quelques secondes plus tard. J'ai apprécié chaque minute, chaque seconde.

Je ne veux pas la gêner plus qu'elle ne l'est déjà mais cette nana devrait avoir confiance en elle. Elle est et elle a tout ce qu'un homme désire. Je l'embrasse sur le front et la fais rouler sur le matelas. Je suis désormais au-dessus d'elle et je pars à mon tour découvrir ce corps qui me met la tête en vrac. Son odeur florale me chavire et son grain de peau me bouleverse. Sans un mot, rassurée sur son exploit, les yeux rieurs, elle enlève lentement mon tee-shirt. Je découvre ses seins dont la peau rosée est magnifique. Je les sens frémir sous le cal de mes doigts. Je l'empêche de se tortiller et continue son supplice. Mes mains emprisonnent sa taille fine quand j'aspire goulûment ses pointes durcies. J'ai un besoin impérieux de la goûter. Je la plaque sur mon matelas avec empressement. Je lui enlève sa satanée culotte et lèche précipitamment son intimité. Élo a un hoquet de surprise mais je la sens se détendre immédiatement après. Elle retient son souffle. Elle se tend de plaisir cette fois. Je prends alors mon temps pour explorer sa féminité. Elle se déhanche. Ses gémissements me galvanisent.

– Anto ! Oui, oh merde ! Non…

Tout cela est intense. Très intense. Elle tente de m'échapper, fuyant son plaisir que je sens arriver, mais la jouissance la terrasse. Elle hoquette et se cambre contre moi pendant que je la baise avec ma langue. Nous restons un instant l'un contre l'autre, haletants. Sa fragrance naturelle est le meilleur aphrodisiaque que je connaisse et, le temps de reprendre une respiration régulière, je suis prêt pour elle. Mes doigts la fouillent encore lorsqu'elle s'offre de nouveau. Habillé de latex, mon sexe s'enfonce lentement, doucement, sûrement.

Au fil des minutes, nous nous découvrons, nous nous explorons, nous baisons. Puis lentement, nous nous mettons à faire l'amour. Les gestes deviennent plus tendres. Les regards plus appuyés, plus profonds. C'est la première fois qu'un truc pareil m'arrive. Mes coups d'un soir sont souvent imparfaits, insatisfaisants car trop rapides, pas assez intimes. Avec elle, c'est la perfection dès la première minute. Elle ne semble pourtant pas très expérimentée. Tant pis. Tant mieux. Je n'en sais rien. Tout ce que je sais, c'est que quand je me trouve en elle, il n'y a pas meilleure sensation.

Et c'est avec elle, couchée sur moi, sa tête au creux de mon épaule, ses longs cheveux blonds éparpillés sur mon torse, ses jambes reposant sur mes cuisses, que nous nous endormons aux premières lueurs du jour. Rien n'a d'importance si ce n'est son corps chaud sur le mien.

addictives

Romans déjà parus et à paraître

Rose Becker
Le Bébé, mon milliardaire et moi (aussi en poche)
Torride, sexy & dangereux
Forever You – saisons 1 et 2
Dangerous

Phoebe Campbell
Tes ordres sont mes désirs – poche
Lui résister… ou pas – l'intégrale
You Again
Single Daddy. Try Me if You Can

Mia Carre
Bad for You
Teach Me Everything
Charmant connard !

Mélodie Chavin
Campus Rules

Olivia Dean
À lui, corps et âme – volumes 1 et 2 – poche

Emma Green
Toi + Moi : L'un contre l'autre (aussi en poche)
Toi + Moi : Envers et contre tout (aussi en poche)
Toi + Moi : Seuls contre tous (aussi en poche)
Call Me Baby – volumes 1 et 2
Call Me Bitch
Love Me if You Can
Kiss Me if You Can
Bliss. Le faux journal d'une vraie romantique – volumes 1 et 2
Jeux interdits
Jeux insolents
Jeux imprudents
Une toute dernière fois
Fallait pas me chercher ! – volumes 1 et 2

Corps impatients (aussi en poche)
Cœurs insoumis (aussi en poche)
Âmes indociles
Cent facettes de Mr Diamonds – l'intégrale
Bliss. Le faux journal d'une vraie romantique – l'intégrale
(Im)parfait
Love Me if You Can – l'intégrale
Kiss Me if You Can – l'intégrale
It's Raining Love!
The Boy Next Room
Call Me Baby – l'intégrale
Call Me Bitch – l'intégrale
PS : Oublie-moi !
Fallait pas me chercher ! – l'intégrale
Recherche coloc : emmerdeurs, râleurs, lovers… s'abstenir !
10 bonnes raisons de te détester !
Just 17
Love & Lies on Campus

Kim Grey
Insolent Bastard

Megan Harold
Sublime-moi ! – poche
Breaking the Rules
Initiation with My Boss

Amy Hopper
Gone Boy
Le Coloc

Julie Huleux
Alpha Player

Kate Jacobson
Révèle-moi – volumes 1 et 2

Charlie Lazlo
Mon insupportable boss

Sienna Lloyd
Mords-moi !

Caroline Mongas
Mariage forcé. Un contrat indécent

June Moore
Étreinte – volumes 1 à 3

Zoé Murat
Stepbrother Love
Boss Me Around

Clara Oz
Arrogant

Lise Robin
Infiltrée. Sex, Drugs & Danger
Love Scandal
Forbidden Stepbrother – poche

Gaëlle Sage
Kiss, Kill & Ride

Ana Scott
Dark Ride
Last Ride
Vicious Ride
The Dominant
Evil Ride

Camilla Simon
Le voisin parfait est un enfoiré
Initiation with My Enemy

Ève Souliac
Sexy Mistake

Liv Stone
Love Lessons

Lisa Swann
Adore-moi ! – l'intégrale

Louise Valmont
Toi & moi, c'est compliqué !

Chloe Wilkox
Extreme Lover – l'intégrale
Immoral
Your Game, My Rules – poche
Dominant Boss. Apprends-moi
The Virgin's Price

Luv

Romans déjà parus et à paraître

Ana K. Anderson
Indompté
Scottish Bastard

Sophie Auger
Be with Me

Laura Black
Dark Initiation
Games of Desire
H.A.R.D. Hot, Arrogant, Rebelle, Déterminé

Margot D. Bortoli
Too Young

Juliette Brunel
Delicious

Anne Cantore
Promets-moi. Louise et Marco

Sarina Cassint
Avec toi… peut-être
Insolent Boss

Mary Ann Davis
Coach Me Love

Nora Davy
Don't Resist

Gwen Delmas
Noël, toi & moi
Perfect Boss
Sex Friends. Pas de contraintes, que du plaisir !

Cléa Dorian & Ninon Vars
Dark Love

Laurie Eschard
Love Naked

Lil Evans
Savage Rider
Crash & Burn
Boss Affair

Lou Garance
Can You Keep a Secret?

Alexandra Gonzalez
Shades of You

Erin Graham
Teach Me Love
The Boss
Secret Stepbrother
Strong Addiction

Joh Harper
Crazy Love

Marie Hayle
Under Control

Emma S. James
Under the Rain

Iris Julliard
Catch & Shoot

Lucie F. June
Fight with Darkness

Sara June
Rider in the Dark
Sexy Wild Rider

Lena Jung
Mon coloc, mes désirs & moi

Emily Jurius
Love to Hate You

Allie Krown
High School Challenge

Pauline Libersart
Tiger. Entre ses griffes

Ella Lores
Mariée par accident à un connard arrogant rencontré la veille…

Jessica Lumbroso
Emma X. Secrète et insoumise

Mila Marelli
Dark Man in Love
Crazy Wedding

Mag Maury
Fast Games
No Love, No Limits
My Hipster Christmas

Alix Parks
Never Kiss the Boss

Jeanne Pears
Insupportable coloc
Colocs & Sex Friends
H.O.T. Hypnotique, Obstiné, Ténébreux

Alexia Perkins
Arrogant Fake Lover

Sophie S. Pierucci
L'Inconnu de l'ascenseur & Moi (aussi en poche)
My Stepbrother. L'initiation
Deep & Dark – poche

Silvia Reed
Darkest. La dernière heure
Too Close

Anita Rigins
No Rules
My Rules

Avril Rose
Coffee, Sex & Law

Jana Rouze
Effet de vague – saisons 1, 2 et 3

Wendy Roy
Une seule fois (ou presque)

Ana Scott
À corps brisés

Léana Soal
Fight & Hope

Cara Solak
Perfect Obsession

Liv Stone
Initie-moi. Mes jours contre tes nuits

Lena K. Summers
Perfect Bad Boy

Kaly Swann
Austin. Breathe with Me

Alexiane Tolley
The Boss Rules – poche

Lily Tortay
Dance for Me

Flore Valier
Ta peau contre la mienne

Anna Wendell
Arrogant Bad Boy
Apprends-moi le désir

Never Kiss the Boss
Alix Parks

Elle le déteste le jour
et en rêve la nuit.

Un seul texto et la vie de Joséphine bascule. La jeune femme se retrouve brusquement célibataire, dans un nouvel appart, avec un nouveau quotidien et, cerise sur le gâteau, un nouveau patron.

Nathan est hostile, arrogant et surtout imprévisible. Pourtant, Joséphine doit lutter contre une attraction incompréhensible à son égard. Il est tout ce qu'elle fuit, mais elle ne rêve que de se jeter dans ses bras !

Est-elle prête à prendre le risque ?

Auteure : Sophie S.Pierucci

Edisource – Éditions Addictives
100, rue Petit, 75019 Paris
Imprimé par Jouve-Print – 733, rue Saint-Léonard – 53100 Mayenne, France
Dépôt légal: mai 2021 – Achevé d'imprimer: avril 2021 ISBN: 978-2-37126-431-1
Réf. contrat: ZRHY_001